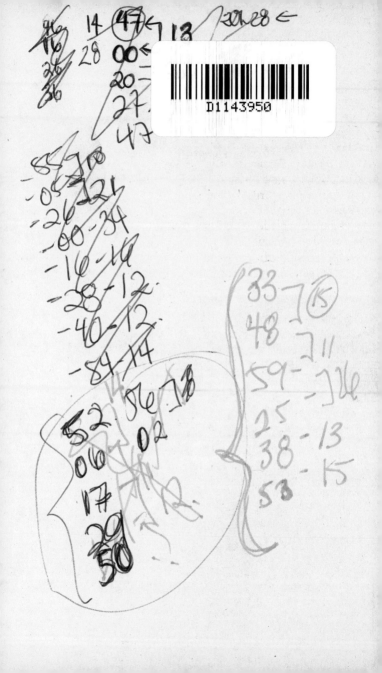

Scénariste et écrivain, Federico Moccia est né à Rome en 1963. Son premier livre, *Trois mètres au-dessus du ciel*, est rapidement devenu un best-seller. *J'ai envie de toi*, son deuxième roman, a été adapté au cinéma.

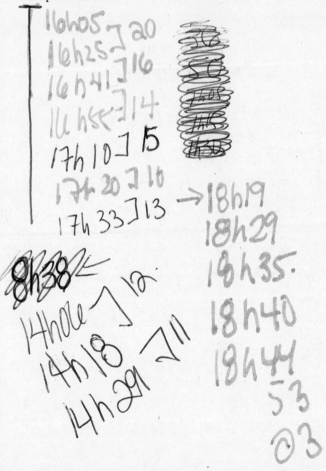

Paru dans Le Livre de Poche :

J'AI ENVIE DE TOI

J'AI FAILLI TE DIRE JE T'AIME

FEDERICO MOCCIA

Amore 14

ROMAN TRADUIT DE L'ITALIEN PAR ANAÏS BOKOBZA

CALMANN-LÉVY

Titre original :

AMORE 14
Publié par Feltrinelli, 2008.

À Giulia, mon magnifique soleil.

« C'est drôle. Ne racontez jamais rien à personne. Si vous le faites, vous finirez par sentir le manque de tout le monde. »

J.D. SALINGER.

C'est une de ces journées qui commencent avec le sourire. Quand on regarde autour de soi et que tout a l'air plus beau, les arbres qui nous entourent, le ciel, un nuage stupide qui semble avoir son mot à dire. Quand on se sent en harmonie avec le monde. Oui, quand on a vraiment un bon feeling… Avec le monde, façon de parler. Non pas que je me sois tellement éloignée de là où j'habite. Maintenant que j'y pense, l'hiver dernier, pour la première fois de ma vie, je suis sortie d'Italie. Je suis allée à Bad Gastein.

« Une ville riante et pittoresque », a dit mon père. Moi j'ai souri, du coup il était tout fier de ce qu'il avait dit. Je pense qu'il avait lu ça quelque part, sur un des dépliants qu'il avait rapportés à la maison quand il avait décidé ce voyage. Mais je n'ai pas voulu insister, ni l'embarrasser, et pendant un instant j'ai même voulu croire que la phrase était de lui. En plus, c'étaient les premières vacances que mon père prenait en hiver depuis que je suis née. C'est-à-dire depuis presque quatorze ans. Alors j'ai souri et j'ai fait semblant de rien, même si je ne lui avais pas encore pardonné. Pardonné quoi ? me direz-vous… Mais ça, c'est un autre chapitre, je n'ai pas trop envie d'en parler. En tout cas, pas maintenant, ça c'est sûr. Aujourd'hui, c'est ma journée, je ne veux pas que quoi que ce soit puisse la gâcher. Elle doit être parfaite.

Et d'ailleurs, voici les trois choses que j'ai décidé de m'accorder :

1. Manger des croissants de chez Selvaggi, les meilleurs du monde dans l'absolu, à mon avis. Quatre. Deux avant et deux après. Après quoi ? me direz-vous… ça, j'ai très envie de vous l'expliquer, et je vais le faire très bientôt.

2. Me faire donner une bouteille en verre remplie de cappuccino. Mais de cappuccino léger, fait avec du café ni trop fort ni trop léger et du lait écrémé, tellement bon que, quand tu le bois, tu fermes les yeux et pour un peu tu vois apparaître une vache qui te sourit, l'air de dire « c'est bon, hein ? ». Et toi, tu acquiesces, tu as des petites moustaches autour de la bouche, des voiles de mousse couleur café-crème, et tu souris, heureuse de ta matinée.

— Excusez-moi, vous pourriez me donner un peu de crème chantilly ?

— Comme ça, mademoiselle ?

— Oui, merci.

Mon Dieu, ce que je déteste qu'on m'appelle « mademoiselle ». Ça me fait me sentir encore plus jeune, comme si mes pensées n'étaient pas à la hauteur des leurs. Ce que je pourrais avoir ou pas, c'est juste l'expérience en moins. Mais sûrement pas l'intelligence. Quoi qu'il en soit, je fais mine de rien, je prends l'addition et je vais à la caisse. Je n'ai pas le temps de me mettre dans la queue qu'une dame – pas une demoiselle, ça c'est sûr – me passe devant.

— Excusez-moi.

Elle me regarde d'un air faussement détaché et fait comme si de rien n'était. Elle est blonde avec des mèches, porte un parfum très lourd, le maquillage est encore pire, avec du bleu ciel que même Magritte n'aurait pas eu le courage d'utiliser dans ses tableaux les plus explosifs. Je le connais parce qu'on l'a étudié à l'école cette année.

— Excusez-moi, je répète.

C'est vrai, je n'ai pas envie de gâcher ma journée, mais laisser passer une injustice, je crois vraiment que ça pourrait me retomber dessus tôt ou tard. Et je ne voudrais pas que ce souvenir stupide revienne dans un moment de bonheur. Oui, parce que je suis sûre que je vais être heureuse, aujourd'hui.

Alors je lui souris, et je lui laisse une dernière chance.

— Vous n'avez peut-être pas vu, mais j'étais là avant vous. D'ailleurs, si ça vous intéresse, après moi il y a aussi ce monsieur.

Ce disant, j'indique le monsieur à côté de moi, un type élégant, d'une cinquantaine d'années, peut-être une soixantaine, en tout cas plus vieux que mon père. Le type sourit et dit :

— Oui, en effet, elle était là avant.

Heureusement qu'il n'a pas dit « la petite fille ». Et moi, fière d'avoir marqué un point, j'avance, je passe devant et je paye. Zut, j'ai été punie. Sept euros cinquante pour un peu de crème chantilly et trois cappuccinos ! On n'y comprend plus rien, de nos jours. Je range les deux euros cinquante qu'il me reste dans mon porte-monnaie et je m'en vais.

Avant de sortir, j'aperçois le monsieur élégant qui fait un geste pour laisser passer « la décolorée ». Et elle passe, comme si de rien n'était, elle lève un sourcil et fait même une drôle de grimace, l'air de dire « ah, quand même ! ». Je la regarde plus attentivement : elle a un pantalon trop serré en bas, une énorme ceinture avec un H au milieu, un gros collier en or, ou un truc comme ça, avec deux gros C, et quand elle se tourne pour partir, sur ses fesses, qui ne sont pas petites, se détachent un D et un G. Mais c'est un alphabet à elle toute seule, celle-là ! Et le type élégant qui l'a laissée passer devant lui !

Rien à faire. Les hommes, quand ils veulent, ils se font vraiment avoir.

Quelqu'un qui ne se fait jamais avoir, par contre, c'est Rusty James. Je l'appelle comme ça parce que je trouve qu'il a quelque chose d'américain. En réalité, il s'appelle Giovanni, il est cent pour cent italien, et surtout c'est mon frère. Rusty James. RJ. Il a vingt ans, les cheveux longs, il est toujours bronzé, bien qu'il ne fasse jamais d'UV, il faudrait le payer pour ça, il est à tomber, d'après toutes mes copines, et moi je suis d'accord, même si je ne peux pas vraiment en parler, vu que je suis sa sœur, parce que je sombrerais dans le péché, un péché encore plus grave que celui que je vais commettre aujourd'hui. Mais ça, on en parlera tout à l'heure, je vous l'ai déjà dit. Quoi qu'il en soit, RJ est trop fort. Il me soutient toujours, il comprend tout. Il lui suffit d'un regard, il me sourit, secoue la tête, arrange ses cheveux, me regarde et me fait rougir, parce que ça veut dire qu'il a déjà tout compris. Ce qu'il est fort, RJ ! On ne s'est jamais dit grand-chose, en fait, mais on a toujours eu une relation d'amour forte, faite de peu de mots et de longs silences, mais de silences qui parlent, qui te font savoir qu'on t'a compris. Par exemple, quand je me suis fait gronder en octobre, ou alors c'était en février ? ce n'est pas facile de se rappeler toutes les fois, enfin cette fois, j'avais été punie comme ça ne m'était pas arrivé depuis longtemps, eh bien il a suffi qu'il me lance un regard pour que je me sente tout de suite mieux. Il m'a rappelé un film que j'ai vu avec Steve McQueen, *Papillon*.

J'étais dans ma chambre et lui est venu, il a frappé et j'ai ouvert. Je m'étais même enfermée à clé. Il m'a souri et cela a suffi. Nous ne nous sommes rien dit. Mais moi j'ai pensé que je devais avoir la même tête que Papillon, parce que j'avais beaucoup pleuré, d'ailleurs quand je me suis regardée dans la glace, je me suis vraiment fait peur, j'étais « déchirée ». Je ne m'étais pas frotté les yeux, mais ils étaient rouges quand même, on se demande pourquoi, c'est vrai, je n'avais pas un gramme de maquillage parce que c'est pas encore trop mon truc, enfin ça aussi ce sera un autre chapitre, les larmes avaient coulé en laissant des stries sur mes joues. Mais ça, je ne m'en suis aperçue qu'après. RJ m'a caressée sous le menton et puis il a souri et m'a serrée fort dans ses bras, comme lui seul sait le faire, et moi à partir de là j'ai eu la force de résister dans ma prison. Même si, heureusement, ça n'a pas duré longtemps. En revanche, il y en a une qui ne s'est pas montrée de la journée, même pas un coucou ou un « ça va » ou un texto, juste pour me montrer sa solidarité, c'est Ale. Ma sœur Alessandra. D'ailleurs, je ne suis pas sûre que ça soit ma sœur. Elle est tout le contraire de moi. Cheveux bruns, longs, 1,65 m, plantureuse, même trop, avec une poitrine qui d'après moi frôle le 95 C, maquillage à gogo, et elle change d'homme comme de chemise. À cause de ça, elle a souvent été punie, et moi j'ai toujours été là, solidaire, d'elle, de sa douleur, plus ou moins réelle, d'ailleurs. Mais qui sommes-nous, pour remettre en question ce que ressentent les autres ? Et là je fais un peu la philosophe… En tout cas, j'ai été là à chaque fois, tandis qu'elle, elle n'a pas montré le bout de son nez.

Peut-être parce que maintenant qu'on a changé de chambre, ce n'est plus la même chose. Bah. Je préfère ne pas y penser. De toute façon, j'ai d'excellents rapports avec RJ et c'est ça qui compte. C'est lui qui me remet toujours du crédit sur mon portable, pas elle… Mais je ne voudrais pas qu'on croie qu'il n'y a que l'argent qui m'intéresse.

Quoi qu'il en soit, revenons-en à mon programme. L'autre chose que je veux absolument faire, c'est ça :

3. Les journaux.

— Bonjour, Carlo, qu'est-ce que vous me donnez ?

— Ah oui, Carolina… qu'est-ce que je te donne ?

Il a raison d'être perplexe. Les dernières fois que je suis allée chez le marchand de journaux, c'était pour acheter *Winx* et *Cioè*, des revues pour les filles de mon âge. Ça ne fait qu'un mois et demi que je lis *La Repubblica*, qui est un quotidien national. Je ne voudrais pas avoir l'air de me la jouer, mais ça m'intéresse vraiment. Je voyais ce journal chez « lui » et de temps en temps je restais au salon parce que « lui », il avait à faire avec ses amis. Alors je me suis mise à le lire. Au début je le faisais plus pour, comment on dit, oui, pour me donner une contenance, avoir l'air occupé. Ne pas lui donner l'impression de perdre mon temps, que ma vie ne dépendait que de lui et de ses décisions. Puis j'ai fini par y prendre goût. En fait, ça me fait bizarre, c'est comme si j'avais grandi… maintenant je l'achète le mardi, le jeudi et le vendredi, et j'aime beaucoup ce que je lis. Il y en a un que j'adore, c'est Marco Lodoli, l'écrivain qui fait une chronique. Il y a sa photo dans un coin, les cheveux ébouriffés, il écrit toujours des choses qui me font sourire. J'ai découvert en cherchant sur Google qu'il a écrit plusieurs livres. Mais pour l'instant je n'en ai acheté aucun.

Sur mon agenda, j'ai fait la liste des dépenses du mois passé, juin, et je dois dire qu'entre une recharge de portable, l'anniversaire de Clod et deux t-shirts Abercrombie, j'ai claqué plein de sous. Alors, comme dit maman, je dois un peu me serrer la ceinture. Mais pas aujourd'hui. Aujourd'hui, c'est un jour spécial. Et je ne veux pas de limite.

— Donnez-moi *La Repubblica*, *Il Messaggero*, et puis le *Corriere dello Sport* et… (Je regarde un peu les revues posées devant moi et je n'hésite pas longtemps.)… *Dove*.

En couverture du magazine, il y a une photo fantastique, une île de folie avec plein de palmiers sur la plage. À mon avis, ces îles, ils les font à l'ordinateur. Je n'arrive pas à croire qu'il existe des endroits aussi beaux. *Dove* est coincée entre d'autres revues, je l'attrape et, du coin de l'œil, j'aperçois une pièce de deux euros ! Quelqu'un a dû la laisser tomber sans s'en rendre compte. Je passe la revue à Carlo et il prend un sac sous le comptoir. Bien. Il regarde ailleurs. Je plonge en avant et heureusement que ma main est encore maigre, elle… J'attrape la pièce de deux euros. Carlo ne s'est rendu compte de rien. Mais j'ai un flash. J'y réfléchis et je comprends qu'aujourd'hui, c'est vraiment un jour spécial.

— Eh, Carlo, là-dessous il y avait ça.

Il me sourit. Je lui tends la main avec les deux euros et les laisse tomber dans la sienne.

— Merci, Carolina.

Il les dépose tranquillement sous le comptoir, où il doit y avoir une série de petites boîtes où ranger les pièces. Il me sourit à nouveau. Qui sait s'il s'en était rendu compte ? Je ne le saurai jamais. Ça me rappelle un peu *Family Man*, le film avec Nicolas Cage, la scène où la fille va faire les courses au supermarché et le type à la caisse fait semblant de se tromper en lui rendant la monnaie, juste pour voir comment elle se comporte. Et le type à la caisse dans ce film, vous vous rappelez qui c'est ? C'est Dieu ! Oui, bon, un Noir qui est là et qui joue le rôle de Dieu. Je n'ai rien contre les Noirs, mais je n'arrive pas à penser que… Bon, d'accord, je sais que je m'aventure sur un sujet un peu délicat, mais je sais aussi que ça ne peut pas être la couleur de la peau qui détermine le fait le plus important, c'est-à-dire s'Il existe vraiment ou pas.

Il met les journaux dans un sachet.

— Un, deux et trois… ça fait sept euros cinquante.

Je suis habituée, maintenant, c'est mon prix ! Avec les deux euros que je lui ai rendus, je n'aurais pu payer que cinq euros cinquante, mais aujourd'hui je dois me créer des crédits, tout doit rester positif, il ne doit pas y avoir de torts ou d'erreurs, pour que je puisse toujours m'en souvenir comme d'un jour parfait : le jour où j'ai fait l'amour.

OK, je sais… J'ai quatorze ans presque et demi et on pourrait trouver que c'est tôt. Bien sûr, je n'en ai pas parlé à la maison, et surtout pas à mon frère. Et pas non plus à ma sœur et d'ailleurs, si ça vous intéresse, j'ai découvert en écoutant une de ses conversations au téléphone avec Giovanna, il y a quelques années, mais je m'en souviens encore, qu'elle l'avait fait à quinze ans. Et la plupart des filles à l'école l'ont fait dans ces eaux-là, du moins c'est ce qu'elles disent. Bref, j'ai aussi regardé sur Internet, j'ai lu des articles, cherché un peu, et je vous assure que je suis parfaitement dans le *target*. Bah, il me manque peut-être un mois, pour être vraiment exacte, comme dirait Gibbo, mon copain de classe mathématicien, mais quand il y a l'amour, quand tout est parfait, quand même les planètes s'alignent (je suis Verseau et lui Scorpion, j'ai vérifié ça aussi !), quand même Jamiro, dont le vrai nom est Pasquale mais qui – depuis qu'il tire les cartes Piazza Navona – se fait appeler comme ça, dit que tout va dans le bon sens, qu'il ne faut pas arrêter le flux positif… Qui suis-je, alors, pour dire non à l'amour ? Voilà pourquoi je suis en train de préparer ce superméga petit déjeuner… Parce que c'est pour lui, pour mon amour. Bientôt, je serai chez lui. Ses parents sont partis hier à la mer et lui, naturellement, il a vu ses copains et il s'est couché tard, alors on s'est mis d'accord que moi je le réveillais ce matin.

— Mais pas avant 11 heures, s'il te plaît, mon trésor… Demain je peux dormir.

Ce n'est pas possible… Ce mot. Mon trésor. Le mot le plus doux, le plus important, le plus délicat, le plus… plus… *planétique*, oui, bref, qui rassemble toutes les planètes en plus de la Terre, naturellement, prononcé par lui et de cette manière, ça m'a enlevé tous mes doutes. Je le fais, je me le suis dit hier soir après son coup de fil. Et, bien sûr, je n'ai pas dormi. Ce matin je suis sortie de chez moi à 8 heures ! Encore plus tôt que quand je vais au collège en avance pour recopier les devoirs que je n'ai pas faits.

Mais je veux vous raconter ce qu'il s'est passé pendant cette année scolaire pour que vous compreniez mieux que ma décision d'aujourd'hui est le fruit d'une réflexion longue et difficile, dont je suis sortie certaine, sereine et surtout amoureuse. C'est bizarre ! J'arrive à prononcer ce mot. Avant, j'en étais incapable. Comme dit Rusty James, chaque chose en son temps, et pour réussir à dire ce mot il m'a bien fallu trois mois. Pour décider de faire l'amour, presque un an. Mais je vais vous expliquer tout le chemin. En fait, c'est un peu comme si la vie se déroulait devant moi comme un film. Comme une série de moments, de situations, de phases, de changements qui m'amènent inévitablement à faire l'amour ! On dit que d'habitude, quand on voit sa vie défiler devant soi, c'est qu'on est en train de mourir. C'est vrai, je meurs… mais d'envie d'être avec lui ! Et comme il est… je regarde ma montre, une magnifique IVC transparente avec des perles qu'il m'a offerte, oui, lui ! Neuf heures dix, j'ai tout le temps de revenir sur l'année qui vient de passer.

Septembre

Cinq bonnes résolutions pour le mois :
— Perdre deux kilos.
— Acheter des ballerines noires avec un petit nœud.
— Me faire offrir une recharge avec 500 textos gratuits.
— Aller avec Alis et Clod voir le concert des Finley.
— Acheter Mille soleils splendides de Khaled Hosseini, il paraît que c'est très beau.

Nom : Carolina, dite Caro.
Anniversaire : 3 février.
Lieu où tu habites : Rome.
Lieu où tu voudrais habiter : New York, Londres, Paris.
Lieu où tu ne voudrais pas habiter : à la maison quand papa crie.
Chaussures : moins que je n'en voudrais. Où alors tu parlais de la pointure ?!
Lunettes : grosses, de soleil.
Boucles d'oreilles : parfois deux, mais souvent pas.
Signes particuliers : mes blessures sur le cœur.
Pacifiste ou guerrière ? « Paciguer ». Pacifiste/guerrière selon les moments.
Sexe : le mien ou si je l'ai déjà fait ?!

J'aime bien le mois de septembre, si ce n'est que c'est la rentrée des classes et la fin des vacances. On peut encore s'habiller légèrement, comme j'aime. J'adore l'été... la mer, la plage, bouger le sable avec ses pieds en dessinant des cercles pour faire enrager le garçon de plage qui ensuite, le soir, doit tout aplatir pour que la plage soit à nouveau lisse le lendemain matin ! Les parasols, en revanche, je trouve ça inutile, ils se remplissent toujours de sable et je n'ai jamais compris pourquoi ceux des autres restent toujours plus propres que le mien. L'été est ma saison préférée. J'aime beaucoup septembre, aussi, mais il faudrait qu'il n'y ait pas classe, que ce soit le mois de la fin des vacances, mais tout entier. On m'a dit que l'université commence en octobre. Tu vois, eux, ils ont tout compris.

Je viens de m'acheter un nouvel agenda. Je le commence comme ça, je n'ai pas très envie d'écrire. En fait, je préfère les textos et les mails, et Messenger, évidemment. Mais pour l'école il faut bien un agenda papier, pour les dédicaces des copines, aussi (surtout !), alors j'en ai acheté un. Un Comix, évidemment, comme ça au moins je rigole un peu !

On commence à 8 heures, ce qui est déjà dramatique en soi. Et on a démarré tout de suite par des trucs intéressants : la prof d'éducation manuelle et technique nous a dit de faire un parallélépipède sur du carton noir et d'acheter un album avec des feuilles divisées à l'équerre. Puis elle a dit :

— Apportez aussi trois morceaux de carton de quinze centimètres de côté, des ciseaux, de la colle et un crayon à papier HB.

Elle me prend pour une papeterie, ou quoi ? Qu'est-ce que j'en ai à faire du parallélépipède ! Je connais ! Mon portable est un parallélépipède !

L'heure se termine mais on n'a pas le temps de souffler que déjà arrive le prof d'anglais. Il a son attaché-case tout abîmé dans une main, un lecteur CD dans l'autre. On se regarde tous, l'air étonné. Derrière ses lunettes en cul de bouteille, il nous observe puis dit :

— Pour demain, apportez un répertoire pour écrire les mots nouveaux de la chanson que nous allons écouter. Et bien sûr, apportez vos devoirs de vacances et aussi deux cahiers. Et révisez tout !

Tout quoi ? On vient de commencer ! Elle commence mal, cette année. Alis me demande mon agenda. Je le lui passe. Elle gribouille quelque chose à la page du 18 septembre. Au bout d'une demi-heure, elle me le rend. Je lis : « Parolando (c'est ce jeu sur l'ordinateur où on joue avec des mots) : S'arranger = remettre d'aplomb la Range Rover de papa. Bovin = gros ruminant porté sur le vin. Cosmique = comique spatial. » J'arrête de lire. Je la regarde. Elle est morte de rire. Les bras m'en tombent.

C'est le prof d'italien, M. Leone, qui complète le tableau : « Pour demain, vous écrirez dans votre cahier les besoins de vos parents quand ils étaient petits. » Mais ça veut dire quoi ? Leurs besoins quand ils étaient petits ? Leurs besoins besoins ? Tout le monde rigole. Vous vous êtes donné le mot, ou quoi ? Trois matières pour demain ? Je vais être obligée de tout faire en vitesse pour pouvoir sortir avec Alis et Clod. Nous nous regardons.

— On se voit à deux heures et demie et il faudra tout faire en une heure et demie.

Eh oui, après on doit aller faire notre petit tour chez Ciòccolati. Septembre, j'aime bien aussi parce que tu peux te rappeler ton été. Et quel été ! L'été de mon premier baiser. OK. D'accord, ce n'est pas un titre original, mais je crois que rien n'est extraordinaire dans la vie d'une personne, sauf justement pour cette personne. Et puis, de toute façon, ça je veux vraiment vous le raconter, ou encore mieux, je me rappelle encore comment je leur ai raconté, à toutes les deux, mes meilleures amies : Clod et Alis.

Clod est une fille fantastique. Elle mange tout ce qui lui passe sous le nez, elle peut même te piquer ton goûter si tu ne fais pas attention, mais elle est trop forte en dessin, alors on lui passe tout. D'ailleurs, elle fait les devoirs de la moitié de la classe et elle en profite pour s'enfiler les goûters qu'elle préfère. Le mien, pain à l'huile avec Nutella, fait clairement son petit effet, alors il disparaît généralement en premier. Alis, elle, c'est une princesse : elle est grande, belle, élégante, avec un je-ne-sais-quoi de noble, l'air de quelqu'un qui n'a rien à faire avec nous toutes, mais d'un coup elle sait être très drôle, de quoi t'enlever tous tes doutes ! Même si parfois elle peut aussi être très méchante…

Donc, nous étions devant le collège, début septembre, juste après les vacances, le jour de la rentrée.

— Yahoo ! Je hurle comme une folle.

— Pourquoi tu es si heureuse ?

Je suis arrivée plus bronzée que jamais, tellement blonde que je me prends pour une Suédoise dernier modèle, une de ces chanteuses qui percent sans qu'on s'y attende avec des cheveux tellement blonds qu'ils ont l'air blancs, des jeans déchirés, les pieds nus, une guitare dans les mains et le regard langoureux. Bon, disons que je ressemblais plus ou moins à ça, les pieds nus et la guitare en moins… La guitare, j'ai bien essayé d'en jouer, pendant un moment, mais tu sais, c'est un de ces trucs qu'on hérite de ses frères et sœurs et qu'on essaye aussi, mais finalement on laisse tomber, on comprend que ce n'est absolument pas notre truc. Elle était à mon frère Rusty James, maintenant il s'en est acheté une nouvelle et il joue super bien, lui. Moi, j'ai essayé, et même si à l'école de musique ça se passait plutôt bien, c'est-à-dire que j'avais parfaitement compris où mettre les notes, celles qui vont entre les lignes et celles sur les lignes, ensuite quand il fallait tout rapporter à l'instrument, au début ça allait mais le temps que je trouve la note sur la guitare et que je la joue, j'avais déjà largement oublié le son précédent, et le temps que je retrouve le premier, puis le deuxième, maman arrivait et hurlait « C'est prêt, à table ! ». Je ne sais pas pourquoi, mais ma guitare coïncidait toujours avec l'heure du dîner ! Bref, je crois que nous sommes tous doués pour quelque chose, et que souvent nous le comprenons trop tard. Même si, comme dit M. Leone, il n'est jamais trop tard pour rien. Et moi je crois avoir trouvé ma passion, et si je ne me trompe pas, alors ça ne m'aura pris que quatorze ans, c'est-à-dire le temps d'y comprendre vraiment quelque chose, de regarder autour de moi et de pouvoir choisir. Il n'y a rien de plus beau qu'un choix. Et moi j'ai choisi. « Saluuuuut ! »

Je saute sur Clod, puis sur Alis, et nous nous cassons presque la figure tellement je suis contente !

— Un truc de fous, un truc de fous.

Je sautille autour d'elles et j'agite bizarrement les bras. « Oui, je suis un poulpe ! » et je me glisse entre elles en bougeant lentement les bras et les jambes, je m'insinue, je me transforme en odalisque, puis en girafe et enfin en un être bizarre capable de bouger la tête comme ça. Et elles, debout, elles me dévisagent d'un air sidéré. Alis est trop forte. D'abord, il faut que je vous dise qu'elle est la plus riche du collège, du moins c'est ce que dit Miss Brandi, le téléphone arabe du collège de la Farnesina, mon collège. Et je pense qu'elle l'est vraiment, vu la maison hallucinante qu'elle a. On dirait une de ces maisons qu'on voit dans les publicités. Tu sais, une maison où tout fonctionne, tout est propre, les murs sont parfaits, tu appuies sur un bouton et les lumières s'allument, augmentent et diminuent, tous les meubles sont sombres, brillants et noirs, la télé est un écran plat accroché au mur qui s'allume quand on l'effleure, même la musique est parfaite, les tapis sont beaux et les baies vitrées toujours propres. Sa maison est Via XXIV Maggio et donne sur des ruines romaines, celles du grand empereur qu'on doit étudier. Et elle nous invite chez elle pour étudier directement de la fenêtre et elle se moque de nous, elle les montre exprès avec une baguette.

— Voici la roche Tarpéienne… Là, l'Arc de Constantin, là-bas au fond…

— Le Colisée, on répond en chœur, Clod et moi. C'est le seul sur lequel il est impossible de se tromper.

Alis ouvre son sac et en sort un Nokia N95, le dernier modèle, et elle me prend en photo.

— Cette scène, je ne veux pas l'oublier, Caro !

— Alors filme-moi, je continue le ballet !

Alis ne se le fait pas répéter, elle me filme avec ce portable qui est mieux que toutes les caméras de la terre. Et je danse devant elle en m'agitant comme une folle, je bouge les mains et je suis mieux qu'Eminem et 50 Cent réunis, j'ouvre les mains et je fais un rap à tomber.

— Je l'embrasse, oui, je l'ai embrassé, une nuit de pleine lune, avec une envie folle de lui et surtout de son bas du dos.

Alis et Clod éclatent de rire. Alis me filme toujours, Clod danse en rythme et moi je continue.

— Et quel baiser, long et irrésistible, sur le bateau au milieu des bouées de sauvetage…

Mais soudain, elles s'arrêtent net et ouvrent la bouche, comme si elles ne réalisaient que maintenant que j'ai enfin fait le grand saut. Alors je continue.

— Oui, j'ai mis la langue, je lui ai mordu la lèvre et même un peu suçoté…

Mais soudain je comprends que leur surprise doit être due à autre chose. Et en effet… M. Leone est derrière moi. Alors moi aussi j'ouvre grand la bouche et j'imagine tout ce qu'il a pu entendre. Il me sourit.

— L'été a été bon, n'est-ce pas, Carolina ? Tu es bronzée et surtout très joyeuse.

— Oui, monsieur.

— Mais maintenant, c'est la rentrée, et c'est la dernière année. Et la dernière année, il faut travailler… tu le sais, Carolina, je te l'ai toujours dit, il y a un temps pour chaque chose… tu le sais, pas vrai ?

— Bien sûr, m'sieur.

— Parfait, eh bien par exemple, maintenant il est temps d'aller en classe.

Alis remet son téléphone dans son sac Prada dernier cri. Clod arrange son pantalon et nous nous dirigeons toutes les trois vers notre troisième B mythique.

Et me voici, à ma nouvelle place, près de la fenêtre. Non pas que la vue soit belle, mais au moins il y a de la lumière ! Alis et Clod sont à côté de moi. Pour l'instant. Parce que, dans ma classe, on a la mauvaise habitude de changer de place tous les deux mois en tirant au sort les places et les rangs. C'est une habitude que les profs ont prise en sixième pour nous sociabiliser. Et ensuite, dès qu'on avait sociabilisé, paf, ils nous changeaient de place. Mais bon, maintenant ils ont fait des rangs de trois, c'est mieux. Parfois les pions ont de bonnes idées.

Dernière année de collège. J'ai un peu peur. Du brevet ? Bof, pas trop. Plutôt l'après. Mais que c'est bien, l'été prochain je serai libre, libre, libre ! Sans devoirs ! Trois mois pour moi. M. Leone va arriver d'un moment à l'autre. Il nous demandera si nous avons lu les cinq livres qu'il nous avait collés, si nous avons fait les rédactions, si nous avons fini le livre d'exercices. Et puis, comme toujours, il fixera la date du test de rentrée. Quelle barbe. Demain, à tous les coups, et ce soir je vais devoir rentrer plus tôt, sinon maman va me prendre la tête. Je regarde à nouveau par la fenêtre… je voudrais être juchée sur cet arbre, là-devant. Regarder ceux qui passent en dessous, la circulation, ce collège, narguant ceux qui sont assis dans cette salle. La fenêtre. Comme dans la chanson des Negramaro : *Se ti porti dietro il mondo, porta dietro pure me* (« Si tu emmènes le monde avec toi, alors emmène-moi aussi »).

Pendant qu'on attendait le prof, j'ai essayé par tous les moyens de piquer son portable à Alis, mais il n'y a rien eu à faire. Elle m'a juré qu'elle avait effacé le film.

— Je te le jure, Caro, pourquoi tu ne me crois pas ?

— Alors donne-moi ton portable pour que je vérifie.

— Mais pourquoi tu ne me crois pas, hein ? Entre nous, on doit se faire confiance.

— J'ai confiance, mais sur ce coup-là je voudrais vérifier, d'accord ?

— OK, alors je te dis ce qu'il en est : je ne peux pas te le donner parce qu'il y a des messages que tu ne peux pas lire, OK ?

— Comment ça ? Tu ne me laisses pas lire tes messages ? Pardon, mais tu viens de dire qu'on peut se faire confiance... Ils sont de qui, d'abord ?

Bref, on a continué cette conversation jusqu'à l'heure d'EMT, et moi j'étais tellement nerveuse que, pour la première fois, j'ai scié et collé tous ces morceaux de bois directement comme sur le dessin, sans même regarder, et à la fin ce drôle d'enchevêtrement aurait dû devenir un pot à crayons, et en effet, c'en était bien un ! Incroyable, c'était la première fois que j'avais une bonne note ! Ma seule autre expérience similaire, c'était l'année dernière en EMT, quand je me suis coupé l'index de la main droite avec ce truc qu'on appelle « petite gouge » ! C'est un outil qui sert à faire les gravures. Adigraf. Une sorte de planche en plastique vert qui s'incise... qui s'incise, oui, et qui incise le doigt, aussi ! Résultat : ils ont appelé ma mère qui m'a emmenée aux urgences. Trois points de suture. J'ai vu Saturne avec tous ses anneaux, puis

Mars, Jupiter et même Neptune ! Encore des planètes ! Et après ce panorama astronomique, je suis revenue au collège. Oui, parfaitement. N'importe qui d'autre serait rentré chez lui mais pas moi, parce que maman a dit que ça allait comme ça. Mais bon, j'ai quand même raté une heure de maths !

Bon. Quoi qu'il en soit, aucune trace du petit film où M. Leone est derrière moi, même pas la possibilité de le revoir pour rigoler un peu. Rien. D'ailleurs, ce truc du film… des traces qui restent de ce que tu as fait… Je veux acheter une boîte, une boîte en carton rigide avec des fleurs dessinées. Grande, très grande, pour y mettre les choses que je n'utiliserai plus à partir de cette année. Parce que je me sens un peu plus grande. Il y a en a plein, des choses. Par exemple, les Bratz, les Winx, les livres de Lupo Alberto, les t-shirts de Pinco Pallino que maman a continué à m'acheter, même si ça me faisait enrager, les journaux intimes secrets, avec cadenas, que j'ai remplis d'autocollants et d'inscriptions diverses et variées, les livres de Geronimon Stilton, les DVD de dessins animés, les photos de l'école primaire, le calendrier avec ma tête de quand j'avais cinq ans, déguisée pour le Carnaval, horrible, la boîte avec les petites perles pour faire des bracelets, le gros stylo en plastique Bratz, la trousse avec les crayons gras, les élastiques à cheveux avec des petites fleurs en plastique. Tout ce qui me semble désormais inutile. Même si je n'ai que quatorze ans ! Je me sens différente de quand ces choses représentaient tout pour moi.

L'après-midi. Alis et Clod assises devant moi. Elles n'arrivent pas à y croire.

— Alors, je vous raconte…

C'était normal que ce soit moi qui invite. La plupart du temps c'est Alis qui invite, c'est bien compréhensible.

Je les ai emmenées chez Ciòccolati, Via Dionigi, près de la Piazza Cavour où il y a le bar Adriano, en plus elles ne connaissaient pas et moi je savais que ça ne fermait pas le midi.

Clod s'est immédiatement mise à manger, elle a commandé un Trilogy, qui coûte plus cher qu'une bague de chez Bulgari mais qui est encore meilleur. Elle l'a englouti en un rien de temps.

— Vous pouvez nous apporter aussi deux milk-shakes et une tisane ?

Alis ne tient plus en place, elle s'agite, elle ne vit que pour les ragots, où qu'ils commencent et où qu'ils finissent. Et il lui en faut des beaux ! Désormais, les histoires de Paris Hilton ou de Britney Spears, elle les trouve presque ennuyeuses.

— Alors, Caro ! Tu nous racontes, oui ou non ? Allez !

Clod fait également un signe de la tête et elle se lèche les doigts comme si elle allait se les engloutir, eux aussi. Puis elle s'essuie avec une serviette en papier et je me demande si elle ne va pas la manger avec !

Mais Clod a toujours été comme ça. Je me rappelle quand on s'était inscrites toutes les trois au catéchisme pour faire notre première communion. Nous nous achetions des petits sachets d'hosties et elle, avec l'excuse de devoir s'entraîner, elle se les mangeait toutes. Elle les gardait sous sa chaise et on aurait dit une espèce de mitraillette à l'envers ! Tum tum tum… elle se les envoyait dans la bouche comme si de rien n'était et de temps en temps elle restait bloquée, mais pas parce que le prof l'avait pincée… nooon ! Parce qu'elle en avait une accrochée au palais. Alors elle se lançait dans une drôle d'opération semi-chirurgicale en essayant de l'« extraire » avec ses doigts grassouillets et surtout colorés, vu qu'elle aimait le dessin, la seule matière où elle s'en sortait sans problème, elle les faisait glisser sur son palais et elle fouillait, fouillait, un vrai spectacle, digne de figurer dans *The Cell* ou *The Ring*, bref, même Wes Craven aurait pu s'en servir pour une de ses horreurs !

— Mais tu attends quoi, Caro ! Allez, je n'en peux plus !

Alis n'hésite jamais à dire ce qu'elle pense, et j'adore ça ! Peut-être que cette façon de faire a un rapport avec le fait qu'elle a de l'argent ? Oui : l'argent rend libre. Bon, allez, je deviens un peu trop philosophe, là.

— La tisane ?

La serveuse arrive à notre table avec un plateau.

— C'est pour moi, merci. Je lève la main à une vitesse incroyable, comme les quelques fois où M. Leone pose une question générale et par hasard, je dis bien par hasard, il se trouve que je connais la réponse.

— Donc, les milk-shakes, c'est pour vous deux.

Je la regarde et souris intérieurement. Elle ne devait pas être très forte en maths, cette fille. Sa soustraction est tellement évidente que j'en reste sans voix. Nous sourions toutes et acquiesçons, au moins comme ça elle va débarrasser le plancher et je pourrai raconter mon histoire. En effet, elle s'en va.

— Alors ?

— Lore, comme je l'appelle, est un garçon très doux. Je le connais depuis que nous sommes tout petits, nous nous sommes toujours fréquentés, même s'il a deux ans de plus que moi... (Je prends une gorgée de tisane.) Aïe, ça brûle !

Alis me met une main sur le bras.

— Justement, laisse tomber, continue.

Clod est tellement prise par l'histoire, elle aussi, qu'elle en reste la bouche ouverte, un morceau de chocolat en attente, me regardant fixement.

— Oui, allez, Caro, continue...

Alors je pose ma tasse et je souris à mes deux meilleures amies.

— Alors ? Vas-y ! Ne te fais pas prier !

OK. En un instant, je suis à nouveau là-bas.

Anzio. Août. La fin de l'été. Une grande pinède, Villa Borghese, une route qui traverse les bois pleins de feuilles, d'aiguilles de pin et de cigales. Et puis, la chaleur du soleil tout au long de la journée.

— C'est dangereux ici, n'est-ce pas ?

Nous avançons en groupe. Nous sommes cinq. Stefania, moi, Giacomo, Lorenzo et Isabella, qu'on appelle depuis toujours Isamoche, parce qu'elle est moche. Nous marchons sur les sentiers de la pinède, obligés de nous cacher parce qu'il est interdit de dépasser la grande clôture de la villa. Mais nous l'avons fait quand même, nous avons décidé de courir le risque, de partir à l'aventure. Nous allons voir le château de Villa Borghese.

— Mais c'est dangereux…

— Mais non, pas du tout ! C'est juste que si le gardien nous attrape, il nous met une amende.

— Oui mais surtout, c'est plein de vipères, ici !

— Mais non ! Les vipères, ça ne sort que le soir !

— Justement, le soleil va bientôt se coucher et c'est l'heure où elles sortent parce qu'elles ont faim.

— Mais non, je vous dis que non.

Stefania sait toujours tout sur tout. Je ne la supporte pas, quand elle est comme ça. Mais sa mère fait une tarte à tomber et sur la plage au déjeuner elle nous en offre toujours, alors il vaut mieux ne rien dire. Lorenzo guide le groupe, c'est le plus courageux. Giacomo, son ami de toujours, ou du moins depuis que je les connais, semble avoir plus peur que nous, peut-être parce que c'est le plus jeune.

Crac. Lorenzo écarte les bras et nous nous arrêtons net. Un bruit sourd à droite du buisson.

— Attention, ça peut être un animal… on dirait qu'il est gros.

— Peut-être un hérisson, dit Stefania.

Mais ensuite, on entend quelqu'un rire. Tout le monde se retourne. Isamoche est derrière nous et rit comme une folle, et même plus, elle se tord de rire. Elle a une petite pomme de pin dans la main gauche et un bout de bois dans l'autre. C'est elle qui a fait ce bruit en lançant quelque chose. Giacomo plisse les yeux.

— Tu es, tu es… tu es vraiment stupide !

Lorenzo hausse les épaules. Moi, je rectifie :

— Si tu dois dire quelque chose, dis-le franchement… C'est une conne, c'est tout, elle nous a fait peur.

Stefania secoue la tête.

— Bah, elle a fait une blague, elle a jeté la pomme de pin dans le buisson avec les petites boules rouges…

— Et alors ?

— Vous ne savez pas ? Les vipères adorent ces petites boules !

Moi, je ne sais pas ce que Stefania fera dans la vie. Mais si elle ne s'occupe pas de botanique et d'animaux, ça sera une grosse erreur ! Presque aussi grosse que la nôtre, quand on a décidé de l'emmener avec nous ! Mais je n'ai même pas le temps de rire de mes pensées, parce que juste à ce moment-là…

— Eh, vous, vous allez où, comme ça ?

Une grosse voix stoppe net nos éclats de rire. De loin, je le vois avancer au milieu des arbres, menaçant. Derrière lui, au bord de la route, sa vieille Fiat 600 grise, la portière avant ouverte. Pas de doute possible.

— C'est le gardien ! Fuyons !

Nous partons en courant le plus vite possible entre les plantes, au milieu des arbres. Lorenzo me prend par la main et me tire derrière lui.

— Viens, allez, cours, plus vite ! Allons par là, il y a des grottes.

— Mais j'ai peur !

— Peur de quoi, n'aie pas peur, tu es avec moi !

Alors nous courons au milieu des plantes hautes, dans les bois, au milieu des buissons, de plus en plus vite, tout droit.

Giacomo et Stefania sont allés vers la gauche et Isamoche, qui court plus lentement, se traîne derrière nous. Rien à faire, elle n'est pas en bonne condition physique, cette fille.

— Allez, viens.

Lorenzo me traîne dans une des grottes. Elles sont hautes d'au moins dix mètres et il fait soudain froid et sombre, si sombre qu'au bout de quelques pas on ne voit plus rien. Et personne ne peut nous voir, alors nous nous collons contre le mur. Silence, et une drôle d'odeur de vert, comme si c'était humide, mouillé. Nous voyons le gardien passer au loin, à travers les planches de bois qui servent de porte à la caverne. Ces planches, à peine tu les effleures, tu te retrouves avec des échardes dans la main qui font un mal de chien…

On voit un peu de lumière et le vert du bois, avec quelques reflets du soleil sur les feuilles les plus grandes. Mais il fait froid dans cette caverne, quand on respire des petits nuages se forment devant la bouche, comme si on fumait.

— Écoute, Lore, mais…

— Chut…

Il me met une main sur la bouche. Juste à temps. Parce que le gardien passe la tête par la porte en planches et regarde à gauche et à droite, du coup nous nous collons encore plus contre le mur. Il ne nous voit pas. Alors il retire sa tête et s'en va. Au bout de quelques secondes, Lore enlève sa main de ma bouche.

— Pff… (Je reprends ma respiration, je l'avais rete-
nue jusque-là.) Ouf.

— Tu as eu peur ?

— Non, avec toi non.

Je lui souris. Et dans l'obscurité je vois ses yeux, la
lumière s'y reflète un peu, ils sont grands et profonds
et beaux et je ne comprends pas s'il me regarde ou non,
mais il sourit. Je vois ses dents blanches dans la caverne
sombre. En fait, j'ai eu un peu peur. Mais pas tant que
ça. Et je ne veux pas le lui dire.

— Allez, tu as bien eu un peu peur. S'il nous avait
trouvés…

— Bah !

Mais je n'ai pas le temps de continuer parce qu'il
s'approche de moi et… il m'embrasse. Oui, il m'embrasse !
Je sens ses lèvres sur les miennes, et pendant un moment
je ne bouge pas la bouche, je ne sais pas trop quoi faire.
Mais je sens qu'il appuie. Sa bouche est douce. Et puis,
c'est bizarre, tout doucement il l'ouvre… alors j'ouvre la
mienne aussi. Et la première chose à laquelle je pense,
c'est heureusement que je n'ai plus mon appareil ! Je
l'ai porté jusqu'à cet hiver et maintenant mes dents sont
toutes droites. Si je l'avais encore, Lore s'en serait aperçu. Il est attentif. Voilà, il me plaît parce qu'il est attentif,
c'est-à-dire, il pense à toi, il te demande si tu as peur, si
ça te va, si ça te plaît d'aller au château, bref, il s'intéresse
à ce que tu penses.

Eh, mais que se passe-t-il ? Je sens quelque chose de
bizarre dans ma bouche. Nous sommes dans une caverne
obscure, maintenant si proches, je ne vois même pas s'il
me regarde ou pas. J'ouvre doucement un œil, j'essaye
de voir mais on ne distingue absolument rien, alors je le
referme. C'est sa langue ! Au secours… Mais… Ça ne me
dérange pas. Tant mieux. C'est bien. J'ai toujours pensé
à ce moment, peut-être que j'y ai trop pensé, d'ailleurs.

Parce que finalement on écoute tellement les histoires des autres qu'on finit par s'inquiéter plus que de raison.

Alors je me laisse aller, je le serre dans mes bras et nous continuons à nous embrasser. Ses lèvres sont douces et de temps à autre nos dents se cognent, mais ça nous fait rire et nous reprenons, légers, nous sourions dans le noir et il m'embrasse longtemps, j'ai la bouche toute mouillée autour. Mais ça ne me dérange pas… Non, vraiment, ça ne me dérange pas.

Alis et Clod me regardent, leurs milk-shakes à la main, les verres arrêtés devant leurs bouches ouvertes. La serveuse arrive.

— Vous voulez autre chose, les filles ?

— Non ! Elles répondent à l'unisson sans même lui accorder un regard.

La serveuse s'éloigne en secouant la tête. Alis pose son verre.

— Je n'y crois pas.

— Moi non plus…

Clod prend une bonne gorgée.

— Et puis, et puis ?

— Pardon, mais si vous n'y croyez pas…

— Bah, en attendant raconte, oui, raconte quand même, ça nous plaît beaucoup !

Je secoue la tête. Il n'y a rien à faire. Alis est trop curieuse.

— OK, OK, mais sachez tout de même que tout est vrai ! Alors, on en était où ?

En chœur :

— Il t'embrassait !

— Ah oui… bien sûr.

Alors je retourne dans la grotte. Sombre. On dirait un film. Il me serre contre lui, fort, plus fort… Je l'enlace.

Il glisse sa main sous mon chemisier, mais derrière, dans mon dos. Et ça ne me dérange pas. Je suis étrangement sereine. Et même, j'aime être ainsi dans ses bras… mais il s'arrête, il ne bouge pas, il ne monte pas pour dégrafer mon petit soutien-gorge. Pas maintenant, en tout cas. Il me caresse. Et continue son baiser. Il s'est un peu détaché, et il m'embrasse avec la langue sur la lèvre. Comme s'il la piquait, et sa main dans mon dos se met à monter, je le savais… Mais je ne m'inquiète pas. Soudain, nous entendons des pas rapides. Nous nous détachons et regardons vers l'entrée de la caverne. C'est Isamoche qui passe en courant devant la porte. Elle court de plus en plus vite, dehors, dans l'herbe haute, quand d'un coup elle s'écroule par terre !

— Aaaah ! (Elle pousse un grand cri.) À l'aide ! Aïe ! Aaaah !

Elle hurle, on dirait une sirène. Au bout d'un moment, le gardien arrive et l'aide à se relever.

— Que s'est-il passé ? Qu'as-tu ?

Isamoche lui montre sa main.

— Un animal m'a mordu ici, ça me fait très mal, c'était un serpent, une vipère, je vais mourir, au secours ! Au secours !

Elle crie et bat des pieds.

— Arrête, arrête, ne t'agite pas, viens avec moi, vite !

Le gardien lui prend le bras, lui serre le poignet des deux mains, et ils disparaissent derrière les arbres. Nous ne pouvons plus la voir ! Lore et moi nous regardons, mais juste une fraction de seconde.

— Viens, allons-y !

Nous courons vers la sortie de la grotte et une fois dehors nous avons juste le temps de voir la vieille Fiat 600 grise disparaître. Giacomo et Stefania nous rejoignent.

— Mais où vous étiez ?

— Dans la grotte.

— Dans la grotte ? Vraiment ? Et vous faisiez quoi ?

Giacomo a du mal à y croire. Nos regards se croisent, puis Lorenzo lui tape dans le dos.

— Que voulais-tu qu'on fasse ? On se cachait !

— Ah, d'accord. Vous avez vu le gardien ? Il a emmené Isa ! Vous croyez qu'il l'a enlevée ? Elle a beau être moche, il va demander une rançon, les parents d'Isa sont de Milan, ils sont richissimes !

Giacomo n'a rien compris. Mon Dieu, un peu plus et il nous coinçait, sur cette histoire de grotte…

— Mais non… Isa a été mordue par une vipère.

Stefania sourit.

— Mais c'est impossible !

— Puisqu'on l'a vue !

— Mais les vipères disparaissent au coucher du soleil !

— Bah, c'est ce qu'elle a dit, et le gardien lui serrait fort le bras pour que le venin ne se répande pas dans son sang.

Stefania hausse les épaules.

— Tss, si le gardien a fait ça, alors je n'y comprends rien. Au pire, ça pouvait être une couleuvre.

Lore et moi nous regardons, un peu dégoûtés.

— Hein ? Une couleuvre ?

— Oui, une couleuvre, elles mordent souvent, elles sortent au coucher du soleil, mais elles ne sont pas venimeuses.

— Ah, d'accord…

— Bon, il faut retourner à l'entrée de la Villa Borghese, il commence à faire sombre.

Nous courons dans les bois, vers le bar à l'entrée de la Villa, où il y a les terrains de tennis et le secrétariat du club. Quand nous arrivons, essoufflés, un tas de gens sont réunis autour d'une table où est étendue Isa. Elle a l'air à moitié morte. Mais quand nous nous approchons, nous comprenons qu'elle est plutôt à moitié vivante. Elle pleure, renifle et serre la main d'un monsieur qui vient de lui faire une piqûre dans le bras. Un docteur, sans doute.

— Voilà ! Il ne devrait pas y avoir de problème.

Il lui ébouriffe les cheveux et Isa esquisse un sourire. Puis il jette la seringue dans une corbeille.

Mais moi je dis : pourquoi à chaque fois que quelqu'un se sent mal puis s'en sort, ou du moins survit, ou dépasse le drame, bref, pourquoi est-ce qu'on lui ébouriffe toujours les cheveux ? En plus, souvent dans ces cas-là on est en nage, et moi ça me gênerait qu'un inconnu me mette la main dans les cheveux. Bah. Puis un type s'approche, celui qui est toujours au secrétariat du club et qui jusqu'à l'année dernière était prof de tennis, et il prend la main d'Isa.

— Fais voir un peu ! (Il regarde l'endroit où elle a été mordue. Le type rit et secoue la tête. Il repose doucement le bras d'Isa.) Tu peux te relever, il n'y a aucun danger, tu as été mordue par une couleuvre. (Puis il s'adresse au gardien.) Nous avons gâché une dose d'antidote.

Stefania nous regarde en haussant les épaules.

— Vous avez vu, qu'est-ce que j'avais dit ? Une couleuvre. Ce type, il est gardien, et il ne s'est même pas rendu compte…

— Mais comment il pouvait comprendre, s'il n'a pas reconnu la morsure ?

— Il suffisait qu'Isa lui dise s'il avait la pupille ronde ou verticale.

— Mais qui, le serpent ?

— Ben oui !

— Mais tu es folle. Elle est tombée, ensuite elle a été mordue par un serpent, et qu'est-ce qu'elle aurait dû faire, d'après toi ? L'attraper et lui ouvrir l'œil pour regarder sa pupille ?

— Oui, bien sûr ! Parce que, si la pupille est verticale, alors c'est une vipère ! De toute façon, une fois qu'il t'a mordu… au moins tu le sais !

Je fais une pause dans mon récit. Alis rit et secoue la tête.

— Cette Stefania est incroyable.

Clod est d'accord.

— Oui, elle sait tout sur tout.

Alis tourne sa cuillère dans son milk-shake, en prend un peu et la met dans sa bouche. Puis elle la repose dans le verre et en prend une autre petite bouchée. Même dans ces petites choses, elle est élégante !

— Mais ensuite, que s'est-il passé d'autre ?

— Pardon, vous pouvez m'apporter ça ? demande Clod en indiquant dans la liste le « délice aux chocolats noirs ».

— Clod !

— Écoute, j'ai envie de goûter. Si ça se trouve, ça ne me plaira pas, alors je ne le mangerai pas.

— D'accord, mais si ça te plaît ? Tu vas grossir !

— Oui, mais de toute façon la semaine prochaine je reprends la gym, et là je vais maigrir. Et puis, vous n'êtes pas au courant, mais j'ai lu dans un journal que les grosses reviennent à la mode. Parfaitement, les grosses ! Compris ? Pas les anorexiques ! La mode italienne lance dans le monde entier une ligne qui met enfin en valeur les filles qui ne ressemblent pas à des cure-dents !

Je la regarde et bois une gorgée de tisane.

— À mon avis, cet article, c'est toi qui l'as écrit !

— Oui, acquiesce Alis. Ou bien une fille qui n'arrive pas à maigrir et qui a placé tous ses espoirs dans cette mode ! Elle a tout intérêt, ça lui fait faire des économies, et en plus elle ne se fatigue pas. Donc, ça ne compte pas !

Clod hausse les épaules.

— Pensez ce que vous voulez…

De toute façon, elle l'a déjà commandé, et la serveuse antipathique nous l'apporte en un clin d'œil. Elle n'a jamais été aussi vite de sa vie ; parfois elle met des heures à apporter un truc tout simple, par exemple une tisane, et là, tac, plus rapide que son ombre. À mon avis, elle a entendu notre conversation. Quoi qu'il en soit, Clod n'est pas du genre à réfléchir trop longtemps. Pour elle, c'est comme avoir un énorme paquet de pop-corn au cinéma, sauf que là c'est mon histoire ! Comme ça elle en profite encore plus. Elle goûte l'une après l'autre les différentes sortes de chocolat, pas tout, hein, elle est maligne, elle en goûte un morceau puis remet le reste dans l'assiette pour voir lequel il vaut mieux manger en dernier, la fameuse bouchée du roi ! Ensuite, naturellement, elle se lèche les doigts.

— Alors, Caro ? Avec ce Lore, que s'est-il passé ensuite ?

— Eh, mais tu t'attends à quoi… à un film porno ?

— Oui, pourquoi pas ?

— Et puis quoi encore… c'est déjà un miracle qu'on se soit embrassés !

Regarde un peu mes copines, elles sont vraiment tranquilles, sur ce coup-là. Qu'est-ce que ça peut leur faire ! Elles, le dossier baiser, elles l'ont déjà classé l'été dernier. Du moins, c'est ce qu'elles m'ont raconté. Alis, je l'ai crue tout de suite, pour Clod j'ai eu quelques doutes, que j'ai toujours, d'ailleurs. De toute façon, pour elles c'était plus facile, elles n'avaient pas d'appareil dentaire. Même quand tu ne le portes pas, ça crée une difficulté, c'est-à-dire que tu as toujours l'impression de l'avoir dans la bouche, et quand tu as envie d'embrasser quelqu'un, rien que l'idée d'un baiser, tu vérifies quand même, même si ensuite tu n'embrasses pas le type…

c'est-à-dire, tu te demandes : je n'aurais pas mon appareil, par hasard ?

Bref, si j'en crois ce qu'elles m'ont raconté, elles ont toutes les deux embrassé un an avant moi, et toutes les deux l'été. Alis à la mer, en Sardaigne, au village-club où elle va tous les ans, elle a passé toute la journée allongée sur un ponton avec un type qu'elle avait connu au petit déjeuner à 10 heures et il l'a embrassée à 14 heures, au bout de même pas quatre heures ! Et sous un soleil brûlant ! Imagine, ils devaient être en nage ! Et leurs bouches ? Ils devaient avoir la bouche sèche. Ça ne m'a pas tellement plu, en l'écoutant. En plus, le type, je crois qu'il s'appelait Luigi, à 16 heures, il lui a dit : « Tu viens dans ma chambre, on fait des trucs ? »

Je ne sais pas si Alis y serait allée ou pas, mais il y a quand même une meilleure façon de demander les choses, non ? D'accord, ce club en Sardaigne est un club pour riches et parfois, les riches, surtout les garçons, de toute façon ce sont les seuls que j'ai connus, ils bougent de façon gauche, bref, je trouve qu'ils sont vraiment bourrins, parfois ils disent des trucs qu'ils pourraient vraiment éviter, comme ce Luigi.

Clod, elle, a été faire un camp de tennis, comme elle fait toujours, et l'été où elle a embrassé, elle a même passé son Faon supérieur, c'est le niveau après Kangourou, et Faon, ça veut dire qu'elle est plutôt pas mauvaise. D'après ce qu'elle raconte, elle a embrassé un garçon très mignon de son cours, mais qui était le plus nul en tennis. Bon, je ne dis pas qu'un type mignon ne peut pas être nul, mais à mon avis Clod ne nous raconte pas la vérité. Je ne sais pas pourquoi, mais dans la vie ceux qui sont beaux et riches sont toujours forts en tout, et un type nul en tennis, je ne peux pas imaginer qu'il soit mignon. À mon avis, il y a quelque chose qui cloche. À Rome, à chaque fois que je vais voir les Internationaux avec mes grands-parents, qui adorent le tennis, les bons joueurs, et encore plus les très bons, sont toujours très mignons, et même carrément des bombes. Donc, ce type-là, ou il apprend en vitesse à jouer au tennis, ou il se met à un autre sport, ou bien, ce qui est malheureusement très probable, il n'est pas aussi mignon que ce que raconte Clod !

Bref, dans tous les cas, maintenant je les ai rattrapées, et je dois dire que le fait d'être un peu en retard commençait à m'inquiéter sérieusement. Je suis plutôt belle, on peut le dire, même si je ne joue pas au tennis, mais pour les femmes ça ne compte pas. Je ne suis peut-être pas aussi élégante qu'Alis, mais pas non plus aussi ronde que Clod, bref, j'étais parfaitement en mesure d'être embrassée, au moins autant que mes amies. Seulement, jusqu'à cet été, ça n'était jamais arrivé. Mais ce qui est arrivé ensuite, mi-août, ne leur était jamais arrivé à elles non plus.

Je les regarde et au bout d'un moment je me décide.

— OK, je vais tout vous raconter, mais alors tout…

Soudain, Alis et Clod changent d'expression. Elles comprennent tout de suite que ce qu'elles vont entendre est vraiment quelque chose de nouveau.

Nuit. Nuit enchantée, légère, féerique. Nuit d'étoiles filantes, de vœux fous et incroyables, presque stupéfiants. C'était une nuit de la semaine où tout le monde fait un vœu secret en regardant les étoiles filantes. Nous étions tous là, au bord de l'eau, Stefania, Giacomo, Isamoche qui s'était remise de sa morsure de couleuvre et plein d'autres gens. Mais surtout, il y avait Lorenzo. Nous ne nous étions pas reparlé depuis le jour où nous nous étions embrassés. Il m'avait un peu évitée.

De temps à autre j'essayais de croiser son regard, mais c'était comme s'il ne me voyait pas. C'est-à-dire, je me rendais compte qu'il regardait dans ma direction, mais ensuite, quand j'essayais de rencontrer ses yeux, il ne me donnait jamais satisfaction, il ne croisait jamais mon regard. Comme s'il fuyait. Bah, il ne faut pas chercher à les comprendre, les garçons. Bon, d'accord, en fait je n'avais pas vraiment d'autre exemple, Lore était le premier que j'avais embrassé... et surtout le seul ! Mais ça ne m'inquiétait pas du tout, au contraire, en un sens ça me donnait confiance en moi. Bon, je sais, je ne suis pas très claire, mais ce genre de choses, on les ressent, un point c'est tout. Quoi qu'il en soit, nous étions rassemblés autour d'un pédalo, quelques serviettes posées sur le sable, et nous essayions tous de garder les fesses au sec, mais c'était vraiment humide, à la fin mon jean était quand même un peu mouillé.

— J'en ai vu une ! J'ai fait un vœu.

— J'en ai vu une autre !

— Moi aussi, moi aussi je l'ai vue !

— Moi, je n'arrive pas à les voir ! Je n'en ai pas vu une seule.

À mon avis, ils se moquent de moi. Pourquoi ils seraient toujours les seuls à les voir ?

— Pardon, pardon... j'ai une question. Si on voit une étoile en même temps, le vœu, il ne vaut qu'à moitié ?

Ils me lancent un regard noir. Mais j'ai fait naître le doute. Giacomo fixe Lorenzo, Lorenzo regarde Isamoche qui à son tour regarde Stefania qui, en regardant les autres du groupe, hausse les épaules.

— Je ne sais pas..., admet-elle, vaincue.

Pour moi, c'est déjà une victoire. Mais je rattrape le coup.

— Mais non, j'ai lu une fois sur le site de Focus Junior qu'en fait l'étoile filante n'est qu'un simple reflet qui s'est produit des années-lumière plus tôt, et qu'elle vaut tout entière pour celui qui la voit…

Lorenzo pousse un soupir.

— Tant mieux…

Je me demande quel vœu il a fait !

Puis Corrado sort sa guitare de sa housse en cuir foncé. Il dit que c'est un modèle très récent. Corrado Tramontieri est toujours habillé de façon impeccable. D'après lui, du moins. Il passe son temps à se vanter de ses choix et à citer toute une série de magasins dont je n'ai jamais entendu parler, pour être honnête. Il porte des chemises absurdes, à rayures, avec un super col bleu ciel à super double bouton, et les poignets de la même couleur. Corrado Tramontieri est de Vérone, il paraît qu'il est très riche, lui aussi, mais moi il me semble surtout ne pas avoir beaucoup de chance. Il lui en est arrivé de belles, pendant ces vacances. Entre autres, on a volé la voiture de son père et, le même jour, alors qu'il s'était arrêté chez le glacier avant la Villa Borghese qui vend des glaces qui ne sont pas les meilleures, mais qui sont bonnes quand même et surtout pas trop chères, on lui a volé son vélo. Alors père et fils se sont retrouvés à la Villa Borghese et se sont raconté leurs mésaventures ! Ils sont tombés dans les bras l'un de l'autre, amusés. En fait, aucun des deux n'était embêté pour le vol. Je trouve que c'est une insulte à la pauvreté, ça.

— Cette guitare est celle qu'Alex Britti a utilisée pour son premier concert. (Il réfléchit un instant et se rend compte qu'il n'est pas crédible.) C'est le même modèle…

— Ah…

Il joue quelques accords. Puis il regarde la lune comme s'il cherchait l'inspiration. Il reste les yeux fermés, en silence, devant le feu que nous avons allumé. À mon avis, il ne se rappelle plus les paroles. D'aucune chanson. Finalement, il hausse les épaules et commence :

— *O mare nero o mare nero o mare ne… tu eri chiaro e trasparente come me* (« Ô mer noire ô mer noire ô mer noi… tu étais claire et transparente comme moi »)…

Je le savais, je le savais. C'est le même air que celui qu'il a chanté l'année dernière. Et l'année d'avant aussi ! Avec tous les sous qu'il a, au lieu de s'acheter un nouveau vélo, il ferait mieux de se payer des cours de guitare !

Je m'approche de Lore et lui glisse à l'oreille :

— À mon avis, c'est la seule qu'il connaisse…

Lore éclate de rire.

— Viens.

Il me prend par la main et m'entraîne, nous manquons de tomber dans le feu, nous nous brûlons un peu, nous relevons en sautant à pieds joints, nous rions et partons en courant vers l'obscurité de la nuit, le souffle court à force de courir, il me tire derrière lui et nous nous enfonçons dans le sable froid. J'ai du mal à le suivre.

— Eh, je n'en peux plus !

À un moment, il s'arrête devant un gros bateau à voiles posé sur des supports, la proue vers la mer. Il a l'air prêt à bondir pour prendre le large, vers l'obscurité de qui sait quel horizon. Mais en fait non.

Lorenzo s'appuie contre la coque. Je m'approche. Je suis essoufflée.

— Enfin… je n'en pouvais plus.

Soudain, il m'attire à lui. Et il me donne un baiser qui m'enveloppe, qui m'emporte presque, m'aspire, me happe… Je ne sais pas comment expliquer… Je ne suis pas encore assez expérimentée. Mais bon, il me prend tout entière, il me coupe le souffle, les forces et les pensées. Et je vous jure, j'ai la tête qui tourne, alors j'ouvre les yeux et je vois toutes les étoiles. Pendant un moment, je vois passer une lumière et je voudrais dire la voilà, c'est mon étoile filante, et je voudrais faire mille vœux, mais je n'en ai qu'un, c'est lui. C'est ce moment, je ne peux rien demander de plus. Il est déjà réalisé. Je suis heureuse. Heureuse. Je suis heureuse ! Et je voudrais le crier au monde entier. Mais je ne dis rien et je continue à l'embrasser. Et je me perds dans ce baiser. Lore… Lore… Mais c'est ça, l'amour ? Nous avons un goût de sel, de mer et d'amour ! Oui, ça doit être ça. Nos lèvres sont si douces, comme quand on est dans l'eau et qu'on se bat sur un canot, qu'on glisse, qu'on perd l'équilibre, qu'on rit et qu'on tombe dans l'eau. Alors on boit un peu la tasse, on rit encore mais en même temps on reprend le combat. Mais nous, nous ne sommes pas en train de nous battre. Non ! Ce sont de doux baisers, d'abord lents puis soudain rapides, qui se mélangent au vent de la nuit, au bruit des vagues, au goût de la mer. Je prends une longue inspiration. Puis je lui susurre entre mes lèvres…

— Enfin…

Lore ouvre un œil et soupire lui aussi entre ses lèvres.

— Enfin quoi ?

— Enfin tu m'as embrassée à nouveau…

Il sourit dans la pénombre.

— Ah… Je ne savais pas que ça t'avait plu.

Cette fois, c'est moi qui souris, et je ne sais pas quoi dire d'autre. Bien sûr que ça m'a plu ! Et pas qu'un peu. Mais dans certains cas, il vaut mieux se taire plutôt que de dire des banalités, alors je continue tranquillement à l'embrasser. Vous savez ? quand on est vraiment détendu… Ça me plaît, il me caresse lentement la joue, puis il glisse sa main dans mes cheveux, et moi j'appuie ma tête contre sa main… Tu sais, des trucs que tu as vus dans des films et qui t'ont vraiment marquée ? Il y a même une musique au loin, mais pas celle de Corrado, qui est toujours la même, c'est une musique plus forte, qui vient sans doute d'une discothèque. Je n'y crois pas. Ils ont choisi pour nous un morceau de Liga. *Voglio volere*. Tout ça me plaît, j'adore, je me laisse aller encore plus. *Voglio trovarti sempre qui ogni volta che io ne ho bisogno. Voglio volere tutto così voglio riuscire a non crescere. Voglio portarti in un posto che tu proprio non puoi conoscere.* (« Je veux te trouver ici toujours, chaque fois que j'en ai besoin. Je veux tout vouloir comme ça, je veux réussir à ne pas grandir. Je veux t'amener dans un endroit que tu ne peux pas connaître. ») Elles sont parfaites, ces paroles… Je ferme les yeux et je chante dans ma tête, en l'embrassant, tranquille, sereine, sûre de moi, quand soudain… je sens quelque chose. Un mouvement bizarre. Mon Dieu, qu'est-ce que c'est ? Non, j'ai dû me tromper. Mais non ! C'est ma ceinture ! Oui ! Au secours ! Son autre main est sur ma ceinture. Ma ceinture ? Oui ! Il est en train de me l'enlever. Et maintenant, qu'est-ce que je fais ? Heureusement, il pense à tout.

Il me sourit et dit :

— Je peux ?

Et qu'est-ce que je lui réponds, moi ? Oui, bien sûr, vas-y… bien sûr, vas-y ? Mais non ! Ou bien : oui, oui, profite donc… profite donc ? Non, je ne peux pas lui dire ça ! Mais je ne peux pas non plus lui dire « excuse-moi mais je ne préfère pas »… Je ne sais même pas de quoi il s'agit ! Bon, je me l'imagine bien un peu… Mais je ne sais pas bien ce qu'il se passe vraiment. Finalement je dis un demi-oui en faisant un signe de la tête. Et Lore ne se le fait pas répéter. Il accélère d'un coup, il devient avide, il respire plus vite, ça m'inquiète presque. Il est essoufflé, il s'agite, se débat avec ma ceinture. Finalement il gagne, il glisse la main dans mon jean. Mais là, soudain, il ralentit, je le sens… heureusement, sa main est chaude et elle se déplace le long de l'élastique de ma petite culotte. Et Lore m'embrasse plus longuement, presque pour me rassurer, puis, sans y réfléchir à deux fois, il glisse entièrement sa main.

Je marque une pause dans le récit. Je bois lentement une gorgée de tisane en les regardant.

— Et ensuite ?

Clod est très nerveuse. Alis est bizarrement attentive.

— Oui, oui, et ensuite ?

Clod me secoue par les épaules, je manque d'en renverser ma tisane.

— Allez ! Continue ! Continue !

Et elle s'enfile tous les petits morceaux de chocolat qu'elle trouve dans l'assiette, de minuscules miettes qu'elle ramasse avec ses doigts grassouillets avant de se les écraser dans la bouche. Je lui souris.

— Ensuite… il m'a touchée là.

— Là… là ? fait Clod en ouvrant grand les yeux, surprise, ébahie, elle n'en croit pas ses oreilles.

— Là… là. Bien sûr. Là ! Où d'autre ?

Cette fille, je t'assure, parfois elle est vraiment bizarre !

Alis a repris le contrôle sur elle-même, elle sirote tranquillement son milk-shake, comme si de rien n'était, comme si on avait ce genre de conversation tous les jours. Elle pose très délicatement son verre sur la soucoupe. Puis elle me regarde dans les yeux.

— Et ça t'a plu ?

Clod la suit immédiatement.

— Oui, oui… ça t'a plu ?

— Bah, je ne sais pas… Ça m'a fait un peu…

— Un peu ?

— Un peu ?

— Un peu…

— Mal ?

— Mais non ! Il était très doux.

— Donc ça t'a fait du bien !

Alis et son sens pratique. Si ce n'est pas mal, c'est bien !

— Non, ça m'a fait…

— Ça t'a fait ?

48

— Ça m'a chatouillée.

— Chatouillée ?

— Eh oui, chatouillée, j'avais envie de rire. Bien sûr, je n'ai pas éclaté de rire devant Lore pendant qu'il me touchait ! Mais je me retenais. Je vous jure, vous ne pouvez pas savoir…

Alis secoue la tête.

— Dis-moi, il te touchait où ?

— Je te l'ai déjà dit…

— Oui, je sais, mais à la surface ?

— C'est-à-dire ?

Je la regarde, intéressée.

— Je vais t'expliquer. Excusez-moi ?

Alis a appelé la serveuse.

— Vous pourriez m'apporter un papier et un crayon ?

— Oui…

La serveuse soupire, comme si ce n'était pas son travail. En effet, ça ne l'est pas. Mais elle est payée quand même. Pour être gentille, non ? Pendant que nous attendons, Alis prend une dernière gorgée de milk-shake. Puis elle nous sourit, sûre d'elle.

— Maintenant, je vais vous montrer. Quoi qu'il en soit, c'est très clair, pour Lore aussi c'était la première fois.

— Ça, je ne lui ai pas demandé !

Alis retrousse ses manches.

— Du calme, du calme, je vais vous expliquer…

Juste à ce moment-là, un papier et un stylo arrivent à la table.

— Voilà… N'oubliez pas de me rendre le stylo.

La serveuse s'éloigne en secouant la tête. Incroyable, et puis quoi encore ! C'est une sorte de Bic, en plus ! Quoi qu'il en soit, Alis commence son explication.

— Alors, vous savez que Laura, ma grande sœur, est médecin, non ? Elle a terminé ses études de médecine.

— OK… et alors ?

— Alors, elle m'a tout expliqué ! Que ce qu'on sent est du plaisir et non pas des chatouilles, par exemple…

Elle fait un drôle de dessin, une sorte d'ovale. Quand je comprends ce que ça représente, j'en reste sans voix.

— Alis, mais tu veux vraiment nous faire un cours sur le sexe ici ?

— Bien sûr, pourquoi pas ? Cet endroit en vaut un autre…

— OK, comme tu veux.

— Continue.

Mais quelque chose me vient à l'esprit.

— Mais au fait, ta sœur, elle n'est pas orthopédiste ?

— Oui, mais quel rapport ?

— Comment ça, quel rapport, elle t'a peut-être expliqué quoi faire quand on se casse un bras ou une jambe. Mais je ne me suis rien cassé de ce côté-là, pour l'instant !

— Que tu es bête !

— Bonjour les filles, qu'est-ce que vous faites là ?

Rosanna Celibassi. La femme la plus snob, et même plus, la plus super snob de tout le quartier de la Farnesina. Elle se plante devant nous et nous regarde, curieuse et piquante, comme toujours. C'est incroyable à quel point elle ressemble à sa fille. Michela Celibassi. Elles sont identiques. La fille veut toujours tout savoir sur tout le monde, elle s'informe, elle fouille même dans nos agendas pour savoir ce qu'on fait. Moi, heureusement, toutes les informations, pensées, réflexions, décisions, et surtout histoires de cœur, au cas où il se passerait quelque chose, je les note toujours dans mon téléphone portable. Mon fantastique Nokia Slide 6500. J'y suis très attachée. Je l'ai surnommé Noki-Toki. Mais ça, c'est une autre histoire, un peu plus triste, ou peut-être plus belle, je ne sais pas, je sais seulement qu'aujourd'hui je n'ai pas envie d'en parler. Ne serait-ce que parce que là, pour l'instant, il faut régler le problème Celibassi !

— Oh, bonjour madame, rien… nous buvions un milk-shake…

Alis plie rapidement la feuille et la cache dans son agenda Comix.

— Nous papotions.

— Alice, tu te rappelles pour demain soir, n'est-ce pas ?

— Bien sûr, madame.

— C'est à 21 heures. Je vais de ce pas tout commander pour vous…

Mme Celibassi remet son élégant portefeuille dans son sac.

— Michela va être contente, non ? Elle m'a parlé de cet endroit, elle aussi, elle m'a dit qu'on y fait les meilleurs gâteaux au sabayon et chocolat de Rome. Tu sais ce qu'elle aime d'autre ? J'aimerais vraiment lui faire plaisir…

Alis sourit et penche un peu la tête.

— Non, c'est très bien comme ça, je ne vois rien d'autre.

— D'accord, alors à demain.

Mme Celibassi s'éloigne sur fond sonore de breloques, chaînes et bracelets en or de toutes sortes, qui pendent de tous les côtés. Si quelqu'un la dépouillait, il pourrait certainement partir quinze jours aux Maldives. Clod attend qu'elle soit partie.

— Eh, tu ne nous avais rien dit.

Alis est un peu gênée.

— À propos de quoi ?

— C'est ça, fais semblant de ne pas comprendre.

— Michela fête son anniversaire demain soir ?

— Je ne voulais pas vous faire de peine.

Clod hausse les épaules.

— Je ne serais jamais venue… vous allez vous ennuyer.

Alis acquiesce. Clod la regarde plus attentivement.

— Mais qui elle a invité, tu le sais ?

Alis hausse les épaules.

— Bah, je ne sais pas. Des gens de la classe…

— Mais il y aura aussi Marchetti, Pollini, Faraoni, ce groupe-là ?

Clod est agitée. Ce groupe-là, c'est les Rats. Tu y crois, toi, qu'un groupe de garçons plus ou moins débiles puisse s'appeler les Rats ? Ils sont dans l'autre section, la D. Ils mettent le bordel et ce sont des idiots. Bon, d'accord, quelques fois ils m'ont bien fait rire. Ils étaient à la fête d'Arianna Bezzi, celle qui se la raconte encore plus que Michela Celibassi, et un d'entre eux, on ne sait pas qui, même si moi j'ai une petite idée sur la question, a vraiment chié. Mais pas chié comme ça, pour dire. Il a chié pour de bon, et il l'a mis dans la machine à laver, où il y avait du linge blanc. Les chemises, chemisiers et pulls de toute la famille, et il l'a lancée. Vous imaginez ce qui est ressorti ? Les Rats ont fait plein d'autres blagues, mais je ne m'en souviens plus. C'est Matt qui m'a toujours tout raconté. Matt, de son vrai nom Matteo, plutôt bien en chair mais mignon de visage ; il a les cheveux longs, blonds châtains, un peu plus foncés que les miens, il est très sympa, toujours bien habillé, il a les t-shirts et les pantalons qu'il faut, du moins c'était le cas quand on s'est quittés pour les vacances, en juillet dernier. Je ne l'ai pas encore revu depuis. C'est lui qui m'a dit que le surnom du groupe était les Rats. Je lui ai demandé d'où ça venait mais il n'a pas voulu m'en dire plus. « Un jour, peut-être, je t'expliquerai… » Il est resté vague, comme s'il cachait quelque chose, mais moi je me suis fait une petite idée sur ce surnom, et je crois que c'est très bourrin. D'ailleurs, ces Rats, quand ils ne disent pas de cochonneries, ils ne s'amusent pas.

Mais bon, je n'arrive pas à avaler cette histoire de la fête de Michela. Alis se jette sur l'addition.

— C'est moi qui paye…

Elle me l'arrache presque des mains quand la serveuse arrive. À mon avis, elle se sent coupable. Mais bon, c'est toujours elle qui paye l'addition !

Clod a mangé un dernier petit morceau de chocolat qu'elle a volé dans mon assiette et nous sommes sorties. Nous sommes parties en flânant un peu, tu sais, comme on fait quand on se sent un peu amères. En y réfléchissant, Clod a raison, Alis aurait dû nous le dire.

— Ciao ciao… À plus tard…

Voilà, je m'aperçois tout de suite que quelque chose ne va pas, je n'ai pas fait mon « Ciaoooo » habituel. Je m'en vais. Alis monte dans sa petite voiture sans permis. Clod lui fait un signe et monte dans la sienne. Moi je prends l'air de rien et je m'éloigne de mon côté, mais dès que j'ai passé le coin de la rue j'appelle Clod. Zut ! Non, pas ça ! Je n'ai plus de crédit. J'espère qu'elle va me rappeler. Je reçois un message. « Que se passe-t-il ? »

Je voudrais pouvoir lui répondre mais je n'ai plus de crédit. Argh. Toujours au mauvais moment. Bon, dans le fond, ce n'est pas si compliqué que ça. Espérons que Clod va comprendre. Au bout de quelques secondes, mon portable sonne. C'est elle. Je réponds.

— Je parie que tu n'as plus de crédit.

— Gagné ! Alors ?

— Alors quoi ?

— Eh, sale histoire, de la part d'Alis, hein ?

— Dégueulasse.

Elle se tait pendant quelques secondes, je me demande à quoi elle pense. De toute façon, c'est elle qui paye. Et puis, comme si elle avait enfin tiré la situation au clair, elle dit :

— Peut-être qu'on devrait arrêter de la voir, non ?

— Mais, je ne sais pas, ça me semble un peu exagéré…

Nouveau silence.

— Oui, tu as raison. Mais tu veux que je te dépose, au fait ?

— Non, non, je vais marcher un peu, ça va me détendre, cette histoire m'a stressée.

— Tu sais, on va lui faire comprendre qu'elle devrait renoncer par solidarité.

— Oui…

Mais je sens que ni elle ni moi ne sommes convaincues de ce qu'il faut décider.

— Bon, on s'appelle. Tout à l'heure sur MSN, OK ? De toute façon…

Je ne sais pas ce que veut dire ce « de toute façon », mais ça fait un moment qu'elle le dit tout le temps. Je trouve ça pas mal, ça donne de la liberté… Ça laisse un peu d'espace à l'imagination… C'est comme dire : « De toute façon, quelque chose peut se passer… de toute façon c'est juste une fête, ou encore, de toute façon la vie continue. » Du moins, c'est comme ça que je l'utilise et que je le comprends.

— Tu es sûre que tu ne veux pas que je te dépose ?

— Non, je viens de te le dire, j'ai envie de marcher. Merci, tout à l'heure je prendrai le bus.

— OK, alors à plus tard.

— Oui, à plus tard.

Parfois, Clod est morte de peur. Elle a peur de conclure un coup de fil, elle pense toujours à des trucs bizarres, comme si en raccrochant on se perdait pour toujours. Peut-être parce que ses parents travaillent beaucoup et qu'il n'y a jamais personne chez elle. Bah. Non pas que ma situation soit très différente de la sienne, mais je n'ai pas ce besoin permanent de me sentir avec quelqu'un.

Alis est celle qui semble en souffrir le moins. Et dire que ses parents sont séparés et que sa sœur n'est jamais là. Bah ! Ce sont les mystères de la vie. Et même, les mystères du monde. Surtout le fait qu'elle soit toujours invitée aux fêtes, malgré le fait que nous, on a parlé beaucoup plus souvent à Michela Celibassi. Cette fois, je n'arrive pas à l'avaler. Soudain, l'idée me vient. Je souris. J'ai trouvé le moyen d'aller moi aussi à cette fête !

— Bonjour, je peux vous aider ?

— Je voudrais faire une surprise à ma meilleure amie, Michela Celibassi, quelqu'un doit passer tout à l'heure chercher son gâteau d'anniversaire.

— Oui, tout à fait.

— Alors, je vous explique, avec mes amies, on a pensé que…

Je ne sais pas comment j'arrive à le convaincre, il me laisse faire, il m'emmène à la cuisine et a un instant d'inattention, juste un instant, mais assez pour me permettre de mettre au point mon plan diabolique.

— Merci, c'est fait ! Vous êtes vraiment gentil. C'est vous qui faites tous ces gâteaux, n'est-ce pas ?

— Oui.

— Eh bien, vous êtes le meilleur pâtissier que je connaisse !

Et le type, avec sa jolie petite toque sur la tête, bon, pas une grosse toque comme on voit à la télé, une petite toque plus simple, du genre de celles qu'utilisent les médecins d'*Urgences*, mais toute blanche, me sourit d'un air satisfait. Puis il se félicite de son assistante, une dame avec une toque du même genre, et il partage tout son mérite avec elle. « Vraiment, vous êtes trop forts… », et je m'éloigne en les laissant tout fiers de leur travail. Moi aussi je souris. J'ai fait ce que je voulais faire.

En sortant de chez Cioccolati je me sens un peu soulagée. Mon portable sonne. C'est Clod.

— Eh, qu'est-ce qui se passe ?

— D'après toi, nous sommes les deux seules de la classe à ne pas être invitées ?

— Je n'en sais rien… Mais qu'est-ce que ça peut faire. De toute façon, d'une manière ou d'une autre, on ira à cette fête, nous aussi.

— Et comment ? On va s'incruster ?

— Pas vraiment… nous serons une surprise. Je t'expliquerai.

— Caro, tu es trop forte !

— Maintenant, excuse-moi, il faut que je raccroche.

— Mais ce n'est pas toi qui payes ! C'est moi qui t'appelle.

— Je sais, je sais, mais j'ai un truc à faire.

Un vrai morpion, Clod, quand elle s'y met. Elle ne te lâche plus. Moi, parfois, j'ai besoin de rester seule. Et puis, aujourd'hui, je suis en veine créative ! Je marche sur le pont et je me sens comme une de ces étrangères que je vois dans Rome. Elles tracent leur chemin, parfois elles n'ont même pas de plan à la main ! Elles se laissent porter par ce qu'elles voient.

La première chose que je veux faire, quand je pourrai, c'est voyager. J'adore l'idée, alors je marche en souriant, un peu étrangère, je traverse le Ponte Cavour et à un moment je regarde en bas. Que c'est beau ! Nous avons ce grand Tibre qui coule et qui en a vu de toutes les couleurs. De la Rome antique aux années soixante, quand on s'y baignait encore. De temps à autre, les jours où je restais à la maison parce que je ne me sentais pas bien, le matin j'ai vu des films en noir et blanc avec ce bel acteur plein de muscles, l'air sympathique, je crois qu'il s'appelle Maurizio, mais je ne me rappelle pas son nom de famille. Avec ses amis, ils plongeaient dans le Tibre, il n'y avait pas beaucoup de voitures, tout le monde avait l'air sympa, accueillant, et les fêtes étaient ouvertes.

— Pardon…

Un bourrin sur un scooter s'arrête devant moi, avec un gros casque, énorme même, et dessous un bandeau coloré jaune qui retient ses cheveux de demi-rasta. Mon Dieu, qu'est-ce qu'il peut bien vouloir ? Je sais. Il va essayer de me draguer.

— Oh, ma belle, tu sais où est la Via Tacito ?

Primo, tu m'appelles comme ça, on ne se connaît pas. Secondo, j'ai une tête de GPS ?

— Oui, bien sûr, alors, tu fais demi-tour, après le feu toujours tout droit, tu prends vers la Via della Conciliazione et ensuite tu tournes à gauche. C'est là.

— OK, à plus…

Il part sur son scooter en faisant crisser les pneus. Son pot d'échappement est à moitié défoncé. Il fait un sacré boucan.

Tertio, tu ne m'as même pas remerciée. Mais le plus grave, c'est que tu m'as arrêtée non pas pour faire ma connaissance mais pour me demander ton chemin ! Mais tu te rends compte ! Je repars, un peu énervée au début, mais je me sens vite sereine et même amusée. Étrangère dans ma propre ville. Je souris, puis je me mets à courir sur le pont. Vite, vite. Si jamais il me rattrape, celui-là… Moi, je n'en ai aucune idée, d'où se trouve la Via Tacito !

— Bonjour !

J'entre à la librairie Feltrinelli de la Galerie Sordi, sur la Piazza Colonna. En fait, j'ai d'abord fait un saut chez Zara. Vous connaissez, non ? C'est ce magasin trop cool, juste en face, qui vend tous ces trucs espagnols qui coûtent beaucoup moins cher que ce qu'on a chez nous. Et les matières sont belles, en plus, je vous jure. Malgré tout, je n'ai rien acheté. J'ai flashé sur un blouson, mais en ce moment je suis vraiment à court, il faudrait que j'invente un truc à ma mère, ou bien à mon frère. Rusty James, un blouson comme ça, il me l'achèterait tout de suite, mais lui aussi il est à court, et même pire que moi. Mamie. Mamie pourrait être mon joker. Mamie Luci. Elle s'appelle Lucilla, ma grand-mère, et moi je suis sa première petite-fille, dans le sens de petite-fille préférée, comme elle dit, mais ça aussi c'est une autre histoire, très romantique. Je vous la raconterai par le menu, c'est certain, mais pas maintenant, parce que aujourd'hui je me sens beaucoup plus douée pour la science.

Cette histoire d'Alis ne me plaît pas, et ça ne me plaît pas non plus d'avoir ressenti un chatouillement uniquement par ignorance ! Je veux savoir, me documenter, comprendre. Je ne sais pas si Lore et moi nous sommes ensemble, si c'est mon petit ami, un truc comme ça... Je sais que ce baiser m'a beaucoup plu et aussi la ceinture, le pantalon, oui, bref, tout le reste aussi... Je garde la petite bouteille remplie de sable et le coquillage pour ne pas oublier notre rendez-vous. Mais je veux arriver préparée, la prochaine fois.

— Excusez-moi, où est le rayon scientifique ?

— Ici.

— Ah.

Je regarde autour de moi. Il y a de tout. Le monsieur qui porte un badge où il est écrit « Sandro », et en dessous « Feltrinelli », me regarde d'un air curieux.

— Qu'est-ce que tu cherches ?

Hum... Je ne sais vraiment pas quoi lui répondre, je lui dis quoi, moi ?! Au secours. Je ne peux quand même pas lui répondre que je cherche un livre qui explique bien tout ça, comme ça la prochaine fois que Lore me touchera ce ne sont pas des chatouilles que je sentirai ! J'imagine sa tête. Je prends un air le plus sérieux possible.

— Un livre sur l'éducation sexuelle.

Le vendeur, avec beaucoup de professionnalisme, m'indique un rayon.

— Regarde, tout ce que nous avons se trouve là-bas.

Je pousse un soupir et je me dirige vers le rayon. Ah, mais il y a plein de trucs, ici. Je ne pensais pas qu'il y avait tant de choses que ça à savoir !

Éducation sexuelle (10-13 ans), Éducation sexuelle comme prévention. Nouveaux modèles pour la famille, l'école, les services. La Sexologie de l'an 2000 et l'éducation à l'amour.

Et celui-là… *La Tanière du lapin. Conseils et suggestions pour l'éducation sexuelle des adolescents. Avec fiches pratiques.* La tanière du lapin ! Mais donc, si on en croit ce livre… moi je serais une lapine ? Un peu comme ces journaux que j'ai vus une fois dans la chambre de RJ, oui, une lapine de *Playboy* ! Au secours !!!

J'en feuillette un. Au début, il y a plein d'explications techniques et de termes. Éjaculation précoce. Frigidité. Orgasme. Petting. Point G. Points K et C. Point L. Vaginisme. Et des dessins impressionnants, par rapport à ce que proposait Alis. J'ouvre le livre au milieu. « L'adolescence, avec ses transformations physiques (puberté), nécessite des connaissances qui nous permettent de mieux comprendre ce qui se passe dans notre corps et les nouveautés les plus importantes de notre "grandissement" et de notre sexualité différente de jeunes gens et jeunes filles. » Jusque-là… Je continue à feuilleter. « Prenez-le comme un jeu, en bref. C'est juste une question d'exercice, ensuite on arrive à ressentir un plaisir intense, en toute sécurité… » Je rougis presque en comprenant le sens. Je le referme d'un coup et je regarde autour de moi, en espérant qu'il n'y ait personne que je connaisse. Il ne manquerait plus que je tombe sur quelqu'un de ma famille ou, pire, sur un enseignant. Mme Boi, par exemple, elle, elle raconterait tout à ma mère. Bon, d'accord, ce n'est quand même pas comme la revue que les Rats ont apportée à une fête, une fois.

Je me rappelle que, le jour de sa confirmation, Matt nous avait tous invités chez lui l'après-midi. Et nous y étions allés. Très sympa. Un beau soleil entrait par les fenêtres, ils avaient préparé un buffet somptueux, avec des *tramezzini*, ces petits sandwiches triangulaires, délicieux, pas secs du tout, avec un pain épais et moelleux, ça avait du goût, et en plus il y avait beaucoup de choix. Il suffit de déplacer celui du haut, s'il ne te plaît pas, et de chercher un peu plus bas jusqu'à trouver le bon. Le bon… en fait, il n'y a pas de bon ! Il y a celui qui te plaît à toi, par exemple, moi je cherchais celui au caviar… D'ailleurs, Clod me l'a expliqué ensuite, elle sait tout sur ces choses-là, en réalité ce sont des œufs de lump ! J'aurais bien aimé aussi en trouver un au saucisson et à l'œuf, je les adore mais je n'en mange jamais, uniquement à cause de l'hypothétique possibilité d'embrasser quelqu'un, ce qui ne m'était alors jamais arrivé. Imagine, finalement quelqu'un s'approche de toi, il ouvre la bouche, et toi… une expiration au saucisson et à l'œuf et il se retrouve par terre ! Donc, même pas en rêve… Bon, bref, c'était un super buffet, il y avait même des mini-pizzas, achetées chez Cutini, Via Stresa, toutes fraîches, débordantes de sauce tomate, ce qui est très rare. En général, elles sont sèches, il n'y a pas assez de sauce, je ne sais pas pourquoi, je ne crois pas que ça coûte beaucoup plus cher. Bah…

Clod était là, quasiment étalée sur le buffet, heureuse comme une Pâque[1]. Ce truc, heureux comme une Pâque, mamie Luci le dit toujours. Mais moi, je n'ai pas bien compris ce que ça veut dire. Pourquoi on devrait forcément être heureux à Pâques ? Je me rappelle, par exemple, qu'Ale, ma sœur, a justement été larguée par

---

1. Traduction littérale de « felice come una Pasqua », équivalent de « heureux comme un pape ». (*Toutes les notes sont de la traductrice.*)

son copain à Pâques. Pour elle, c'était une période dramatique ! Elle avait acheté un œuf avec plein de trucs dedans et elle passait ses journées assise derrière la table à le regarder. Et une chose est sûre, elle n'était pas heureuse, mais alors pas du tout, au contraire ! Alors comment on dit, dans ce cas ? Elle était triste comme un Noël ? Même si c'était justement Pâques. Bon, laissons tomber, en plus à la fin Ale a cassé l'œuf et elle n'a même pas eu le temps de manger tout le chocolat qu'elle était déjà avec un autre type, mais ça c'est une autre histoire.

À cette fête, la chose la plus bizarre, c'était Clod. En même temps qu'elle se goinfrait de *tramezzini* et de minipizzas, elle en mettait aussi dans une petite assiette, comme s'il risquait de ne plus y en avoir ! On aurait dit une pieuvre, la pieuvre de la faim. Je ne sais pas si un animal du genre existe vraiment, mais en tout cas Clod bougeait ses mains comme si elle en avait mille. Une pour manger, une pour prendre un *tramezzino* et le mettre dans l'assiette, une pour attraper une minipizza et se l'enfourner dans la bouche, et une autre pour en poser une dans l'assiette, bref, une machine de guerre, ou plutôt une machine de la faim !

Moi, j'étais un peu au régime, alors je me promenais dans le salon, tu sais, quand on n'a rien à faire et qu'on s'ennuie un peu, alors on regarde les photos des parents quand ils étaient jeunes, le jour de leur mariage, et celles des parents des parents, quand ils se sont mariés eux aussi, et puis les naissances, les premières photos de Matt tout petit, qui ressemblent aux miennes, d'ailleurs, en fait quand on est petits on se ressemble tous, les yeux écarquillés devant l'appareil photo, et on ne peut pas imaginer ce qui va se passer.

Donc, à un moment, j'ai regardé autour de moi et je me suis rendu compte que la plupart des garçons qui étaient dans le salon avaient disparu, je ne savais pas pourquoi. Je suis allée vers Silvio Bertolini. Il est sympa, ce type. Bon, sympa, c'est peut-être un peu exagéré. De temps en temps, il est drôle. Le problème, c'est que ce n'est pas volontaire ! Il a de grosses lunettes et un appareil dentaire et sa mère, une grosse dame, une certaine Maria Luisa, est toujours après lui. Dès qu'il sort de l'école, elle lui remet son écharpe, son bonnet, elle ajuste son manteau, et lui il trébuche, tombe, se cogne, bref, il lui en arrive de toutes les couleurs. Moi je pense que c'est de la faute de sa mère ! Quoi qu'il en soit, nous on l'appelle Silvietto.

— Ils sont passés où, les autres ?

Il se retourne en sursautant. Il a une drôle de tartine dans les mains dont il est en train d'enlever toute la mayonnaise, parce qu'il n'aime pas ça. Il l'étale sur une serviette en papier posée sur la table. Quand je l'appelle, il fait un bond, à tel point que sa tartine lui saute des mains, elle fait une galipette et atterrit sur la serviette, se mélangeant avec la mayonnaise, ce qui anéantit tout le travail qu'il a fait jusque-là.

— Eh, qu'est-ce qui se passe ?

— Je te demandais où sont les autres ? Je ne vois plus aucun garçon.

— Par-là !

D'un geste gêné, il indique un couloir dans la pénombre.

— OK, merci.

Silvietto reprend sa tartine et recommence méticuleusement à enlever la mayonnaise, comme si rien d'autre ne l'intéressait. Moi je prends le couloir : de vieilles gravures sont accrochées au mur, et au-dessus d'un radiateur, sur une petite étagère, est posé un petit vase. Je le reconnais, c'est celui qu'on a fait au dernier cours d'EMT. Dedans, il n'y a que des fleurs séchées, vu que c'est de la terre cuite et qu'il est tellement mal fait que si on met de l'eau dedans on risque d'inonder le parquet et de faire pousser des fleurs pour de bon !

Matt n'a pas été capable de faire ça bien, il est plein de fissures ! Moi, le mien, je l'ai mieux réussi, mais quand je l'ai ramené à la maison il a disparu. Je vais faire mon enquête. Je crois que ma sœur l'a offert à un de ses fiancés en lui racontant qu'elle l'a fait elle-même. Si c'est le cas, elle risque gros, vu qu'en dessous j'ai écrit Carolina troisième B à la peinture à huile. Mais bon, même si ça arrivait, elle s'en sortirait, elle s'en sort toujours.

Je vois de la lumière. La porte de la dernière chambre au fond du couloir est entrouverte. Et il règne un drôle de silence. Je m'approche sur la pointe des pieds et je m'appuie à la porte. Peut-être qu'il n'y a personne. Non, non. Je regarde par la fente, ils sont tous là, certains assis sur le lit, d'autres par terre. Mais pourquoi ils se taisent comme ça ?

— Ohhh !

Soudain, une exclamation de stupeur et quelques commentaires, que je ne saisis pas bien. J'ouvre la porte et ils se tournent tous d'un coup, étonnés, stupéfaits, ébahis, presque épouvantés.

— Mais qu'est-ce que vous faites ?

Matt est plus rapide que les autres.

— Non, non, rien…

Il tente de refermer quelque chose qu'il tient sur le lit, au milieu des autres. Mais quelqu'un fait exprès de le bloquer, alors je le vois. Des silhouettes, des photos, et sans le vouloir j'ouvre grand la bouche :

— Non, ce n'est pas possible.

Des femmes nues, des hommes, et d'autres femmes qui tiennent leurs « trucs » dans leurs mains, et encore d'autres qui en font de toutes les couleurs. Matt essaye à nouveau de fermer la revue mais Pierluca Biodi, qui est depuis toujours le sale porc que moi et toutes mes amies connaissons, lui attrape le bras.

— Mais non, non, laisse-la regarder, comme ça peut-être qu'elle nous donnera son interprétation…

Il me fixe avec une gueule de loup, comme celui des dessins animés, avec un sourcil levé et un peu de bave au coin de la bouche. Et il sourit, ce porc.

— Alors, Caro… Qu'est-ce que tu en penses ? Hein ?

Moi je fais une grimace et un sourire malicieux, pire que le sien.

— Ah, ça… c'est vieux. Vous devriez regarder le dernier, là oui, il y a de sacrées photos de cul !

Mais juste à ce moment-là, une main se pose sur mon épaule.

— Les enfants, mais que faites-vous ici ?

C'est la maman de Matt. Cette fois-ci, la revue disparaît en une fraction de seconde sous l'oreiller et Pierluca Biondi s'assied dessus en faisant une sorte de plongeon.

— Que disais-tu, Carolina ?

— Je disais, quel dommage que vous soyez partis…

— C'est vrai, elle a raison.

— Oui, maman, mais on était en train d'organiser le match de foot de dimanche prochain, au terrain de l'école.

— Oui, je sais, Matteo, mais ce n'est pas gentil… Les autres sont tous au salon, allez, venez par-là pour discuter…

Lentement, l'un après l'autre, Pierluca, Matteo et tous les autres excités quittent la pièce et la mère, une fois qu'ils sont tous sortis, ferme la porte.

— Allez, tous au salon, j'apporte les gâteaux.

— Oui, maman.

Elle sourit. Et Matteo redevient le garçon le plus gentil du monde. Du moins, c'est ce que croit sa mère.

Quand nous arrivons au salon, Bertolini a enfin réussi à nettoyer sa tartine. Il la regarde, tout fier de son travail, il s'apprête à la manger, mais Pierluca lui tape dans le dos. Et la tartine valse à nouveau, par terre, cette fois, le côté tartiné contre le sol.

Je ne sais pas pourquoi, mais chaque fois qu'une chose doit rester propre, elle tombe par terre, et surtout elle tombe le mauvais côté contre le sol, et se salit irrémédiablement. Bizarre, cette histoire. C'est un peu comme dans ce journal des *Lois de Murphy*, qui fait tellement rire Rusty James et ses amis. C'est un journal qui recense les règles absurdes, que si quelque chose doit mal tourner ça tournera mal… Et ainsi de suite. Bah, si ça les amuse… Quoi qu'il en soit, je rejoins Matt au salon.

— Salut.

— Salut.

Il ne me regarde pas dans les yeux, il doit avoir un peu honte.

— Qu'est-ce qu'il y a ? Qu'est-ce que tu veux ?

Il me regarde enfin.

— Tu es contente d'être venue, de nous avoir découverts ?

Moi je secoue la tête.

— Qu'est-ce que tu racontes, tu devrais me remercier d'avoir été sur le pas de la porte… ça vous a laissé du temps : si ta mère était entrée et qu'elle vous avait trouvés en train de regarder cette revue, tout excités… Imagine, le jour dc ta confirmation !

— Quel rapport, ce n'est pas un péché, ça ! Je m'amusais avec mes amis…

— Oui, mais quand elle t'a demandé ce que vous faisiez, tu lui as menti… Le jour de ta confirmation…

— Oh, mais ça suffit, tu me lâches ? Oui, ça m'embête, je me sens coupable pour ça, j'y ai pensé. Mais qu'est-ce que tu veux ? Pourquoi tu me fais toute cette histoire ? Qu'est-ce que tu veux ?

— La revue.

— La revue ? (Il me regarde, les yeux écarquillés, puis il sourit.) Mais tu ne l'as pas déjà lue ?

— Allez…

Je ne veux pas montrer que je suis gênée, cette fois c'est moi qui ne le regarde pas dans les yeux.

— OK, Caro, je te la donne… mais je peux te demander quelque chose ?

— Quoi donc ?

Je le regarde dans les yeux.

— À quoi ça va te servir ?

— J'en ai assez que nous, les femmes, nous ne soyons jamais assez préparées.

— Aaaah.

Il fait un drôle de oui avec toute la tête, comme s'il avait vraiment compris quelque chose.

Le reste de l'après-midi a passé tranquillement, à part quelques regards stupides que m'a lancés Biondi, des allusions à ce que nous avions vu dans la chambre. À la fin, je suis allée dans la chambre de Matt, il m'attendait. Il avait déjà mis la revue dans une pochette qu'il m'a passée en vitesse.

— Vite, mets-la dans ton sac.

Je me suis dépêchée de la glisser dans mon sac, mais avant de partir j'ai fait semblant de devoir aller aux toilettes. Une fois à la maison, j'aurais bien aimé ne pas trouver un *Journal de Mickey*, un *Dylan Dog* ou, pire encore, un des mangas qui tapissent la chambre de Matt. Alors je suis allée aux toilettes, j'ai ouvert mon sac et dans la pochette en plastique il y avait bien la revue osée, totalement interdite aux moins de dix-huit ans. J'ai tout refermé vite fait, comme si quelqu'un pouvait me voir, et quand je suis sortie on m'a appelée. « Carolina, ta mère est arrivée, elle t'attend en bas. » Alors j'ai foncé vers la porte du salon, je n'ai pratiquement dit au revoir à personne, j'avais le cœur qui battait la chamade. Je suis sortie sur le palier, j'étais toute contente de pouvoir prendre l'ascenseur toute seule, mais au dernier moment Biondi est arrivé avec son père et je n'ai pas eu le temps de sortir qu'il avait déjà appuyé sur rez-de-chaussée.

— Tu descends avec nous ?

— Oui, bien sûr.

Alors je me suis fait tous les étages avec Biondi qui souriait en me regardant fixement. Et puis, d'un coup…

— Tu fais quoi, Carolina… Tu vas te coucher tout de suite ou tu regardes la télé, en rentrant chez toi ?

— Bah, je ne sais pas, pourquoi ?

J'avais la bouche totalement sèche.

— On ne sait jamais. Des fois que tu décides de te mettre au lit pour lire…

Il souriait, et je me sentais mourir. Matt lui a dit ! En effet, il m'a regardée, puis a regardé mon sac et a haussé le menton, comme pour l'indiquer.

— Tu n'aimes pas lire ?

Mon Dieu, j'ai failli m'évanouir, et si j'étais tombée, que j'avais glissé, si mon sac s'était ouvert et que son père avait vu la revue ? De quoi j'aurais eu l'air ? Heureusement, c'est justement lui qui est venu à mon secours.

— Allez, laisse-la tranquille… Elle fait ce qu'elle veut ! Si elle est fatiguée, elle ira se coucher.

J'ai poussé un soupir. Pfff… C'est son père lui-même qui m'a sauvée.

— Allez, sors, on est arrivés.

Il l'a poussé hors de l'ascenseur.

— Tu passeras le bonjour à tes parents, Carolina.

— Merci…

Je ne sais pas vraiment de quoi je le remerciais, mais ce crétin de Pierluca insistait.

— On se voit demain, et tu me racontes…

Je ne lui ai pas dit au revoir, je l'ai ignoré totalement. Je me suis dirigée vers la voiture de ma mère et j'ai sauté dedans. Elle m'a regardée. Je suis sûre qu'elle m'a trouvée pâle.

— Qu'est-ce que tu as, tu ne t'es pas amusée, à la fête ?

— Si ! Mais j'avais peur qu'ils me lancent une bombe à eau, de là-haut !

Ma mère n'était pas convaincue de ce que je venais de lui dire. Elle s'est penchée, a regardé par la vitre avant. Aucune terrasse éclairée. Elle m'a regardée dans les yeux, essayant d'y découvrir quelque chose, de percevoir le moindre battement de paupière un peu différent. J'ai regardé vers l'avant. Je suis restée vague.

— Hum ?

Elle me fixait encore. Je n'en pouvais plus. Imagine sa tête si la revue porno était sortie de mon sac. Alors je me suis tournée lentement vers elle, curieuse, ingénue, un peu souriante, mais pas trop. Mais surtout… très fausse.

— Qu'est-ce qu'il y a, maman ? Pourquoi tu me regardes comme ça ?

— Rien…

Dans certains cas, il vaut mieux contre-attaquer. Tu les déstabilises, et tu transformes leur sensation initiale, souvent juste, en un petit quelque chose de bizarre qu'ils avaient perçu, mais ils se trompaient. En effet, maman a dit bah, elle a haussé les épaules, puis elle a mis le moteur en marche et a filé vers la maison. Tandis que moi, sans me faire voir, j'ai poussé un soupir de soulagement.

Je passe une très mauvaise nuit. Je m'agite dans mon lit sans trouver le sommeil, je contrôle toutes les deux minutes mon sac à dos, sous la chaise, où il y a mes livres de classe mais surtout… la fameuse revue porno ! Je pense à Biondi, ce débile, qui s'est imaginé que j'allais

me mettre au lit pour la lire, une fois rentrée à la maison !
Biondi... tout le monde n'est pas aussi malade que toi !
Je n'ai même pas eu le courage de la sortir de sa pochette
en plastique ! Je l'ai mise directement dans mon sac de
classe, comme ça. Le lendemain aussi. J'ai pris le bus pour
aller au collège, comme d'habitude. Mais c'était bizarre,
ce matin-là j'avais l'impression que tous les gens du bus
étaient au courant, oui, qu'ils en avaient après moi. Tu
sais, ces visages fourbes, qui ont l'air de dire : « Oh, la
belle... Tu nous prends pour qui ? Tu veux nous faire
croire ça, à nous aussi... Je sais ce que tu as là-dedans,
qu'est-ce que tu t'imagines ? » Et puis, les autres, un peu
plus visqueux, plus obscènes... Ils ont l'air de ne regarder que toi, et surtout de te dire : « Ça t'a plu, hein ?
Maintenant, tu as compris ce qu'on fait, nous tous... »

Bref, je me sentais coupable, à tel point que je suis
descendue un arrêt plus tôt et que j'ai couru comme une
folle pour arriver au collège avant qu'ils ne ferment les
portes. Je suis arrivée en dérapant, juste au moment où
Lillo, le gardien, les fermait.

— Bonjour ! Cours, Carolina, cours... aujourd'hui,
ça va barder !

Mon Dieu ! Même lui, il est au courant ! Ou bien il
a dit ça comme ça !? Je n'y pense pas trop, je monte les
marches deux à deux, j'essaye même trois à trois, mais je
n'y réussis qu'une fois, à la deuxième tentative je manque
de me casser la figure et j'arrive enfin, essoufflée, dans le
couloir qui mène à ma salle. Je ralentis un peu. J'y réfléchis plus sérieusement. Mais il voulait dire quoi, Lillo ?
Aujourd'hui ça va barder ? Et pourquoi donc ? Je vais
vraiment me faire pincer, pour cette histoire de revue ?
Qu'est-ce qu'il peut se passer d'autre ? Alors, dans le
doute, j'appelle Jamiro. Je compose le numéro de son
portable à toute allure, mais il est éteint. Zut, mon tireur
de cartes de confiance ferait-il la grasse matinée ? Mais

ça sert à quoi, des prévisions astrologiques à partir de midi ?!? Pour moi, le matin, c'est la base de la vie, c'est malheureusement de comment ça se passe à l'école que dépend ce qui se passera l'après-midi, et surtout s'il sera possible ou non de sortir le soir ! Je réessaye, rien. Éteint. Plus aucun doute possible. Je vais devoir prendre une décision toute seule. D'un coup, j'ai envie d'aller aux toilettes. Quand je ressors, je me sens plus légère. Peut-être parce que je me suis soulagée d'un poids fondamental, mais pas physiologique… spirituel, disons. Celui sur ma conscience. J'ai laissé la revue derrière la chasse d'eau des toilettes. Je connais le truc, parce qu'une fois à la maison j'ai aidé mon frère RJ à la réparer ! Je me suis bien amusée à faire le plombier. Je lui ai servi d'assistante, et à la fin un tuyau s'est rompu et nous étions trempés ! Qu'est-ce qu'on a rigolé, de ces fous rires qu'on n'oublie pas. Même si l'eau gicle et fait des dégâts et tu prends des seaux et des serpillières et tu essayes de trouver une solution, à un moment tu glisses, tu tombes et tu te retiens à un rideau, tu le déchires ou tu casses quelque chose d'autre et juste après un seau que tu viens de remplir d'eau se renverse et tu ris comme une folle. Et il lui arrive quelque chose à lui aussi. Et vous riez encore plus fort. Vous vous regardez, tout vous fait rire, alors tu ris, tu ris et tu ris encore, et le destin a l'air d'accord avec toi, ça vaut la peine de rire un bon coup. Voilà, aujourd'hui encore, je crois que c'est un de mes meilleurs souvenirs, parce qu'on a passé un après-midi à rire tellement qu'on en avait mal au ventre. Pendant ces moments, il n'y a rien de plus beau que ces rires, tu oublies tout ce qui va mal et tu te sens en paix avec le monde. Alors tu arrêtes de rire, juste encore quelques petits éclats nerveux, mais ensuite tu te sens satisfaite, tu soupires un grand coup, de soulagement. Voilà, c'est ça, la vie, rire comme ça, avec quelqu'un que tu aimes et de qui tu te sens aimée.

Et même si j'espère que je vivrai des choses encore plus belles, je sais que cette histoire du tuyau d'eau restera un de mes meilleurs souvenirs !

J'entre dans la salle de classe en courant, juste avant que le prof de la première heure n'arrive. Non. Je n'y crois pas ! J'avais oublié. Mais vous vous rendez compte à quel point c'est absurde ? C'est don Gianni ! J'aurais fait la première heure de cours de religion avec le péché juste à côté de moi... Il lui aurait suffi d'un regard, j'aurais rougi et boum, il aurait tout perquisitionné de fond en comble, c'est sûr.

— Salut, Clod...

— Qu'est-ce qu'il y a ?

— Appelle Alis.

— Qu'est-ce que tu veux lui dire ?

— Quelque chose que je te dirai à toi aussi.

— OK... Alis !

Alis se tourne et s'aperçoit que nous la fixons.

— Qu'est-ce que vous voulez ? Ce n'est pas l'heure de la pause.

Je secoue la tête en la regardant.

— Mais non ! J'ai quelque chose d'incroyable pour vous, à la récréation ne descendez pas tout de suite, arrêtez-vous dans le couloir, j'ai quelque chose à vous montrer.

Les trois premières heures sont passées très vite. Je n'en pouvais plus, de temps en temps je voyais Alis et Clod se tourner pour me regarder et essayer d'en savoir plus. Rien. J'ai réussi à ne rien dire. Finalement, la récré.

— Venez. Venez par ici...

Nous rasons les murs du couloir, on dirait les trois filles de cette série que j'adore, *Drôles de dames*, ou bien encore pire, pour rester dans le sujet, les filles de *Sex and the City*, à une différence près : nous sommes plus jeunes !

— Voilà. Entrez là-dedans.

Je jette un coup d'œil à la ronde. Il n'y a personne, alors je les pousse l'une après l'autre dans les toilettes.

— Eh, mais qu'est-ce que tu fais ? Tu caches quoi, là-dedans, de la drogue ?

Clod est un peu inquiète. Alis hausse les épaules.

— Mais non ! Au pire, elle va nous montrer une inscription débile sur le mur… Et elle a besoin de notre aide.

— Non… j'ai quelque chose à vous montrer.

Je me mets debout sur la lunette des toilettes et je me penche, la tête derrière la chasse d'eau. Je glisse la main tout au fond, je cherche, je fouille, de plus en plus vite. Puis je redescends.

— Rien ! Les salauds ! Quelqu'un me l'a piquée.

— Mais quoi ? Tu avais caché quoi, là-haut ?

Je leur raconte tout, la confirmation de Matt, la fête, les Rats enfermés dans la chambre, la découverte de la revue porno, la cachette de ce matin dans les toilettes, et enfin le vol. Elles m'écoutent avec curiosité, mais à la fin elles n'ont pas l'air convaincues.

— Qu'est-ce qui se passe, vous ne me croyez pas ? (Je les regarde toutes les deux.) Vous ne me croyez pas, que j'ai caché une revue porno là-haut ?

Alis fait une grimace.

— Oh si, si…

Mais je vois bien qu'elle dit ça pour parler, elle n'y croit pas du tout. Clod, elle, a d'autres préoccupations.

— Écoutez, il faut descendre, sinon la récré va finir.

Nous prenons les escaliers qui mènent à la cour.

— Je vous assure que c'est vrai…

On change de sujet et on profite de la récré. Clod dévore, comme d'habitude, elle plonge dans un paquet de Chipster, oubliant tout de suite l'histoire des toilettes, de la revue et de tout le reste.

Alis, après avoir croqué dans une petite pizza et l'avoir jetée parce qu'elle n'était pas à son goût, me tape dans le dos.

— Allez, Caro, ce n'était pas si important que ça.

Elle s'éloigne, me laissant tout de même avec la sensation qu'elle n'a jamais cru pour de bon à toute cette histoire de revue. Porno.

En tout cas, j'ai évité par tous les moyens de croiser Biondi et Matt, qui avaient tout raconté, et les autres Rats, qui étaient sans aucun doute au courant. Et puis, dans cette journée, autre chose m'a frappée… Quand je suis sortie du collège, Lillo, le gardien, m'a saluée en souriant. « Ciao, Carolina ! » Il ne l'avait jamais fait avant. Et il était très bizarre, comme s'il était fatigué mais aussi content, satisfait. Est-ce que ce n'est pas lui qui aurait piqué la revue porno ?

Je suis encore en train de feuilleter le livre quand Sandro, le vendeur de la librairie, arrive derrière moi.

— Alors, tu le prends ou pas ?

Il me le dit avec un air de défi. Comme si je n'avais pas le courage… Franchement, qu'est-ce que ça peut me faire. Finalement, je me décide pour un autre, et je ne lui réponds même pas. Je prends l'air de rien. Je ne le calcule pas. Je n'aime pas me justifier devant mes parents, alors devant ce type, même pas en rêve ! Je me promène librement dans les rayons. Puis je décide d'écouter un CD de James Blunt. *All the Lost Souls*. Je mets le casque et je choisis le morceau qui me plaît. Je vois mon image dans le miroir d'une colonne. La chanson commence. Je souris. Tranquille, indépendante, une journée entière pour moi toute seule… Que c'est bon. Ça y est, c'est ma chanson, *Shine on*. J'aime bien quand il dit : « *Are they calling for your last dance ? I see it in your eyes. In your eyes. Same old moves for a new romance. I could use the same old lies, but I'll sing. Shine on, just shine on !* » C'est tellement vrai. Je ferme les yeux. Je me laisse aller, je me rends compte que je me balance un peu… Je suis le rythme. Mais quand je rouvre les yeux, dans le miroir je vois un type qui me regarde. Il a des yeux bleus intenses, les cheveux bruns, il est grand, mince et plus âgé que moi. D'un coup, il me sourit. Alors j'ai un pincement au cœur. Je baisse le regard, j'ai le souffle coupé. Mon Dieu, que m'arrive-t-il ? Quand je relève les yeux, il est encore là. Ses yeux ont même l'air encore plus beaux, maintenant. Il penche la tête sur le côté et il continue à me regarder, avec son sourire magnifique et un regard effronté. Il a l'air un peu trop convaincu. Et moi je n'aime pas les types trop convaincus. Mais qu'est-ce qu'il est beau. Je n'y crois pas. Il m'a fait rougir. Je baisse à nouveau les yeux. Mon Dieu, mais que m'arrive-t-il ? Ce n'est pas possible. Mais quand je lève à nouveau les yeux, il a disparu. Pouf. Évanoui. J'ai rêvé, ou quoi ? Un beau rêve, en tout cas.

Je me dirige vers la caisse.

— Bonjour… Je vais prendre ça.

Sandro, le vendeur, s'approche.

— Ah, *Scusate se ho quindici anni (Please, don't kill the freshman)*, de Zoe Trope…

Il le prend et le retourne entre ses mains.

— C'est un bon livre. Tu sais qu'on ne sait pas exactement qui en est l'auteur ? C'est un pseudonyme, quelqu'un se cache derrière… Mais ce n'est pas mal.

Il sourit et me le tend.

— Merci…

Mais qu'est-ce qu'il veut, ce type ?

— Et quoi qu'il en soit, on voit bien que celui ou celle qui l'a écrit n'a plus quinze ans.

Je ne comprends pas, il est obligé de le détruire, ce livre ? Je ne comprends vraiment pas. Soit il y a un message à l'intérieur, soit Zoe Trope, ou qui que soit l'auteur, lui a piqué sa copine, à ce Sandro. Laisse tomber.

Je paye. Je sors et me mets à marcher. Je m'arrête devant une vitrine. Ces chaussures plairaient beaucoup à maman. Elles ont l'air confortables. Elles sont basses, élégantes mais un peu casual, noires, brillantes. Ma mère travaille toute la journée dans une grande teinturerie. C'est un travail fatigant, toujours en contact avec le fer à repasser, la vapeur. Il fait chaud. Elle sue et travaille beaucoup. Elle repasse, elle lave, elle fait la lessive. La même chose qu'à la maison, en fait. Sauf qu'à la maison elle n'est pas payée. Mais bon, là-bas, si les choses ne sont pas prêtes ou si elles s'abîment, ça peut mal se passer. Certains clients sont mal élevés. Du moins, c'est ce qu'elle me raconte. J'y suis allée une fois, à son travail, quand j'étais petite. Un jour où elle ne savait pas à qui me laisser. Je la regardais, elle ne s'arrêtait jamais. Elle dit qu'elle se maintient en forme sans rien faire ! Les chaussures coûtent quatre-vingt-neuf euros, moi je suis en train d'économiser, et j'y suis presque. Soudain, une voix qui sourit.

— C'est celui-là, n'est-ce pas ?

Le CD de James Blunt se matérialise devant moi. J'entends même la musique, justement le morceau que j'aime tant. On dirait de la magie. Je prends peur, je rougis, je souris moi aussi. Il est là, derrière moi, je vois son reflet dans la vitrine. Il m'entoure presque de ses bras. La musique sort de son portable. Puis il apparaît derrière mon dos en souriant. Il me renifle presque. Il me tourne autour, me regarde et ne dit rien, toujours souriant.

— Tiens. Je l'ai acheté pour toi. (Il le laisse tomber dans la poche de mon sac.) J'ai eu l'impression qu'il te plaisait.

Il sourit et éteint son portable. Moi je ne dis rien. Ça me rappelle une scène d'un film que j'ai regardé une fois en cachette, je l'avais piqué dans la vidéothèque de RJ avec Alis et Clod. Comment il s'appelait, déjà ? *Neuf semaines et demie*. Elle, Kim Basinger, va au marché et voit un châle qui lui plaît mais qui coûte trop cher. Alors lui, il l'achète, il arrive derrière elle et le pose sur ses épaules, et en même temps il l'étreint. Et elle sourit. Elle m'a plu, cette scène. Lui, c'est Mickey Rourke. Et ce type est un peu comme lui, mais moi je prends le CD dans mon sac et je le lui rends.

76

— Merci, mais je ne peux pas accepter.

— C'est maman qui t'a dit ça, hein ? Mais ça vaut pour les bonbons des inconnus. Ça, il ne s'agit pas de le manger !

Il me le tend à nouveau et me sourit.

— Tu pourras l'écouter quand tu voudras.

Il est gentil. Il a l'air sympa. Il doit avoir vingt ans, peut-être dix-neuf. Et il me plaît plus que Mickey Rourke. En plus, il n'est plus si sûr de lui, comme dans le miroir, quand nos regards se sont croisés. Il sourit et me regarde fixement. Il me regarde fixement et sourit. Il a l'air plus tendre. J'ai envie de le lui dire… mais je ne vais pas tout gâcher dès le début, non ? Alors je me tais et je remets le CD dans mon sac. Nous marchons. Et je ne sais pas pourquoi, mais je me sens plus âgée. Peut-être parce que c'est lui qui s'est intéressé à moi. Nous bavardons.

Ce qu'on fait, ce qu'on ne fait pas… Je mens un peu, je me la raconte. « J'étudie l'anglais. » Ou encore : « J'ai fait un casting parce que j'aime bien chanter… » J'espère qu'il ne va pas me mettre à l'épreuve, parce que je chante faux !

— Tu es déjà allée au Cube ?

— Oui, deux ou trois fois.

J'espère qu'il ne va pas me demander à quoi ça ressemble ! Je me sens un peu coupable, mais pas tant que ça. Nous prenons une glace.

— Choisis d'abord toi.

— D'accord, alors marron et pistache, double crème chantilly !

— Pour moi aussi.

Il me plaît trop ! Nous avons les mêmes goûts… bon, en fait, je n'aime que marron, mais je prends comme lui, comme ça on a l'air en symbiose.

— Non, non, là c'est moi qui t'invite !

Il remet son portefeuille dans sa poche. Il dit d'accord, il sourit et me laisse faire. J'ouvre ma petite trousse

Ethic, je compte mon argent, je n'ai que des petites pièces. Nooooon ! Pas ça ! Bon, en fait, quatre, quatre cinquante, quatre quatre-vingt-dix ! Heureusement que j'avais assez… j'aurais eu l'air de quoi, sinon. Et puis, je ne sais pas pourquoi, mais sur l'âge je ne mens pas, je m'aide juste un peu. « Quatorze ans… » L'espace d'un instant, il a l'air perplexe, comme si je ne faisais pas mon âge. Je cherche son regard, mais il fait semblant de rien.

— Qu'est-ce qu'il y a ?

— Quoi ?

— Non, j'avais l'impression que…

Il ne me laisse pas le temps.

— Viens, on y va !

Il me prend par la main et nous courons parmi la foule. Des touristes étrangers, des gens de couleur, des Allemands, des Français et quelques Italiens. Je manque de tomber, il m'entraîne derrière lui dans son incroyable enthousiasme.

— Allez, viens, on y est presque !

Je cours et je ris et j'essaye de le suivre et enfin, comme deux parfaits étrangers, nous nous arrêtons devant la fontaine, tout essoufflés.

— Tu es prête ? Tiens.

Il me passe une pièce de monnaie puis se tourne, ferme les yeux et jette la sienne par-dessus son épaule. Je l'imite. Je ferme les yeux, je fais un vœu, ma pièce s'envole et tourne, tourne, elle tombe loin dans l'eau et rejoint le fond après de drôles de courbes. Nous nous regardons dans les yeux. Qui sait si nous avons fait le même vœu. Lui, il en est convaincu. Il n'a aucun doute.

— Je suis sûr que nous avons fait le même vœu…

Il me regarde intensément. Et moi, d'un coup, c'est comme si j'avais dix-huit ans. L'espace d'un instant, je me sens gênée. Très. Je rougis. Mon cœur bat la chamade. Je baisse la tête, je suis morte d'angoisse, je regarde autour de moi, je cherche une bouée de sauvetage. Mon Dieu, je coule… Et soudain, aussi simplement qu'il m'a fait me noyer, il me sauve.

— Au fait, je m'appelle Massimiliano…

— Enchantée… Carolina.

Nous nous serrons la main et nous nous regardons dans les yeux. Ensuite, il me fait un magnifique sourire.

— J'aimerais bien te revoir.

Je voudrais dire moi aussi… mais je n'y arrive pas. Je me sens nulle. Je dis seulement « Oui, bien sûr ».

Vous vous rendez compte ? Oui, bien sûr… mais qu'est-ce que ça veut dire ! Mon Dieu, quand Clod et Alis sauront ça. Puis il me donne son numéro de téléphone. Mais il le fait d'une drôle de façon, il l'écrit au feutre sur la vitrine d'un magasin. C'est drôle. Moi, je le rentre dans mon portable.

— Prends le mien.

Massimiliano me sourit.

— Non. Moi je ne veux pas t'embêter. Je ne veux pas ton numéro… je t'appellerais chaque seconde. Appelle-moi, toi, quand tu auras envie de rire, comme cet après-midi.

Et il s'en va, de dos, il monte sur une moto garée un peu plus loin. Il se tourne une dernière fois, il a vraiment un sourire magnifique. Je reste plantée là, avec deux certitudes. Premièrement : est-ce vraiment le hasard, ou le fait d'avoir cherché un livre d'éducation sexuelle, qui m'a permis de le rencontrer ? Deuxièmement : Lore, le garçon de cet été, ne me plaît soudain plus, ou plutôt, il est passé au second rang.

Je saute dans le bus 311 qui me ramène chez moi. Au milieu de toute cette foule, je me sens seule. Agréablement seule. Perdue dans mes pensées. Je souris. J'ai déjà envie de lui envoyer un message : « Le destin nous a fait nous rencontrer. » Non, trop fataliste. « Merci pour la glace ! »

Trop matérialiste. « Serait-ce l'amour ? » Rêveuse excessive. « Tu sais que tu es une vraie bombe ! » Réaliste excessive. « Merci, quel bel après-midi… » Vieille fille. « Tu vois, je ne résiste pas… » Fille facile. « Voici mon numéro. Appelle-moi quand tu veux. » Fille peureuse qui renonce à prendre l'initiative. Quelle barbe ! Rien. Rien ne me vient à l'esprit. Je soupire et je hausse les épaules. Et je décide de ne rien envoyer du tout.

Une place se libère parce qu'un monsieur descend. Je fais mine d'aller m'asseoir mais je vois une femme aussi vieille que ma grand-mère mais beaucoup plus grosse, avec des sacs à la main. « Je vous en prie… » Elle me remercie et elle s'installe avec un sourire en relevant les jambes. Elle porte des chaussettes qui lui arrivent sous les genoux. On les voit parce que sa jupe s'est relevée, elle soupire, elle a les jambes courtes et elle se tire en arrière en s'appuyant sur ses coudes pour se caler dans le dossier. Ensuite, elle ramasse ses sacs et elle les pose sur ses genoux. Ça y est, elle est bien installée. Elle pousse un soupir, satisfaite de tous ses efforts.

Moi, je regarde dehors, les gens qui passent, la nuit qui tombe lentement. Massimiliano… Voici le message : « Massi, avec toi c'est le max. » Fille super banale.

Quelle heure est-il ? Je regarde ma montre, 20 h 10. Zut. Chez moi, ils vont se mettre à table, je vais être en retard. Derrière moi, quelqu'un se penche pour appuyer sur le bouton. Prochain arrêt, le voyant s'allume. Voilà. Le bus s'arrête. Un type me bouscule en descendant. Encore. Il me pousse contre la porte. Un autre type s'appuie sur moi. Encore. Plus longuement, cette fois. Ils n'arrivent pas à descendre. Ils poussent un dernier coup et sautent enfin du bus. Deux jeunes types. Ils ont les cheveux courts. On dirait des étrangers, peut-être des Roumains. L'un donne une tape sur l'épaule de l'autre, qui fait oui de la tête, puis ils se retournent vers moi et me sourient. Le bus repart. Et ils disparaissent en courant. Moi je rentre en regardant les derniers magasins qui ferment, les vendeuses fatiguées qui baissent les rideaux de fer, l'une d'elles qui monte dans sa voiture. Quelqu'un traverse la rue, une femme au téléphone rit en organisant sa soirée, un homme attend sur le trottoir, énervé du retard de la personne qui doit arriver. Je descends du bus et je rentre chez moi en courant. Je ne m'arrête pas une seule fois. Je cours, je cours, la rue, la place, droite, gauche, je regarde, je traverse, la porte principale de l'immeuble est ouverte. Bien. Je sonne pour qu'on m'ouvre la deuxième porte.

— Qui est là ?

— C'est moi !

On m'ouvre tout de suite. Je monte les escaliers, premier, deuxième, quatrième étage. Plus vite qu'une athlète de haut niveau. La porte est ouverte, je la referme derrière moi.

— C'est moi, je suis rentrée !

— Va te laver les mains et viens manger.

Je vois ma mère passer avec un plat de service rempli de pâtes bien chaudes. Elle le pose au centre de la table en essayant de ne pas le cogner, mais c'est un échec.

Alessandra est déjà à table, RJ n'est pas là. Papa se sert le premier. Moi, je vais me laver les mains.

Avant d'appuyer sur le bec pour faire sortir le savon, je pense à quelque chose. Enfin, l'idée m'est venue. J'ai trouvé. Je tâte la poche de mon jean. Rien. Comment est-ce possible ? Je tâte l'autre poche, puis devant. Et encore. Rien, rien, rien. Je suis sûre que je l'ai mis là. Je cours dans ma chambre et j'ouvre mon sac. Rien. Je trouve le CD, mes clés, un bonnet et du maquillage, mais c'est tout. Je n'arrive pas à y croire. Non, non. Ce n'est pas possible. Je retourne à la cuisine. Rusty James est rentré.

— J'avais dit que je serais en retard.

— Bien sûr, tu n'en fais qu'à ta tête, tu t'en fiches. Tu n'as même pas prévenu… De toute façon… Nous sommes tous à ta disposition, n'est-ce pas ? C'est un hôtel, ici.

Je n'y crois pas. Je n'arrive pas à y croire, toujours la même histoire, toujours les mêmes phrases.

— Maman, hein que c'est vrai que je t'avais prévenue ?

RJ regarde maman. Elle sourit. Et elle baisse les yeux.

— Oui.

Elle le dit à voix basse en prenant une assiette sur la table, comme si elle faisait semblant d'avoir quelque chose à faire. Maman est incapable de mentir.

— Bien sûr ! Tu le couvres toujours, toi. Mais moi j'en ai marre ! Compris ? Marre !

— Papa, tu pourrais hurler moins fort ?

Ma sœur Alessandra. Toujours elle. Comment c'est possible d'hurler doucement ? On hurle ou on ne hurle pas, non ?

— C'est chez moi, ici, et je hurle autant que je veux, c'est clair ? C'est clair ?

Rusty James se lève de table.

— Je n'ai plus faim.

— Non, tu restes.

Papa se lève et tente de l'attraper par son pull, mais RJ est plus rapide, il s'échappe et s'enfuit, il manque de glisser sur le tapis du salon mais il se rattrape dans un virage, il dribble une chaise et en un instant il referme la porte derrière lui. Alessandra commence à manger, en silence, papa s'en prend à maman.

— Bravo, bravo… tu es contente ? Bravo… Magnifique.

Maman, pour le calmer, lui remplit son assiette. Papa se met à manger en grommelant encore mais on ne comprend plus rien à ce qu'il raconte, les mots se perdent entre les bouchées, on n'entend plus que des bouts de phrases.

— Bien sûr, qu'est-ce que tu croyais… Bien sûr, on me prend pour un con…

À mon avis, on ne comprend que ce qu'il veut qu'on comprenne. Je m'assois à table, moi aussi. Je n'ai pas le courage de le dire. Maman me sourit. Elle met quelque chose dans mon assiette. Mmh. Ça sent bon. Elle a fait des tagliatelles à la tomate, leur odeur est si douce. Je respire un bon coup et je prends mon courage à deux mains.

— J'ai perdu mon portable.

Ils s'arrêtent tous en même temps de manger et me regardent. Papa laisse tomber sa fourchette dans son assiette, il écarte les bras.

— Mais oui, bien sûr, qu'est-ce que ça peut lui faire, à elle. Je me demande bien où elle l'a laissé !

Maman me prend la main.

— Ma chérie, mais c'est celui qu'on t'a offert pour ton anniversaire ?

Alessandra ne peut pas s'empêcher de parler.

— Oui, maman, celui-là. Le Nokia Slide 6500, qui coûte trois cent soixante-dix euros.

Elle le dit avec un sourire hypocrite.

— Oui, celui qui est plus petit que le tien.

Alessandra hausse les épaules. Papa se remet à manger.

— Bien sûr, de toute façon c'est moi qui paye. Comme si l'argent poussait dans les arbres.

En plus du fait que vers chez nous il n'y a pour ainsi dire pas d'arbres, cette image ne me semble pas très juste. Maman me serre la main.

— Réfléchis à où tu es allée, par où tu es passée…

Je me repasse tout l'après-midi et je me rends compte que la dernière fois que j'ai eu mon portable dans les mains c'est avec Massimiliano quand… quand j'ai noté son numéro ! C'est vrai ! Je ne l'ai noté que dans le portable ! Comment je vais faire, maintenant ? Je n'ai plus son numéro. Je ne peux pas l'appeler. Je vois la scène au ralenti. Lui qui me sourit… « Je ne veux pas ton numéro… je t'appellerais chaque seconde. Appelle-moi, toi, quand tu auras envie de rire, comme cet après-midi. » Je ferme les yeux. Je ne rirai plus. Je ne peux plus rire. Et surtout… je ne peux pas l'appeler ! Soudain, je comprends, je revois la scène. Moi qui mets mon portable dans la poche arrière de mon jean, comme toujours, et qui monte dans le bus, et puis un détail : la main… Une main qui se glisse dans ma poche. Et eux qui me poussent pour descendre du bus. Ils le faisaient exprès, de me pousser ! Et puis les deux jeunes types, les étrangers, la porte du bus qui se referme, leur regard, la tape dans le dos de l'un, l'autre qui se retourne et me regarde en souriant.

— Putain ! C'est lui qui l'a, mon portable !

— Carolina !

Maman en reste bouche bée.

Papa repose sa fourchette.

— Bravo, bravo, tu as vu ? Qu'est-ce que je t'avais dit ? Continue comme ça, et tu vas voir ce qu'ils vont devenir, tes enfants. Et ensuite ça t'étonne, quand au JT ils parlent d'enfants qui ont tué leurs parents. Qu'est-ce qui t'étonne, hein, quoi ?

Je n'attends pas une minute de plus. Je n'en peux plus. Je me lève et je me dirige vers ma chambre.

— Où tu vas, toi ? Hein, où tu vas ?

— Tu as raison, papa. (Je reviens m'asseoir.) Je peux aller dans ma chambre ?

— Quand tu auras fini de manger.

Je mange, une bouchée après l'autre.

— Et mange lentement. Lentement, il faut manger lentement.

Naturellement, Alessandra s'en mêle.

— *Prima digestio fit in ore.*

Je la regarde méchamment. Mais elle sourit. Ça l'amuse. C'est une ennemie, que j'ai, pas une sœur. Mais pourquoi elle est aussi salope ? En plus, à mon avis, elle ne sait même pas ce que veut dire cette phrase. Qu'il faut une heure pour digérer !

J'avale enfin la dernière bouchée. Je m'essuie poliment la bouche avec ma serviette…

— Je peux me lever ?

Mon père ne me répond même pas, il me fait un geste de la main comme pour dire « ouste, file ». Je m'échappe, je m'enferme dans ma chambre et je me jette sur mon lit.

Je sais que je ne devrais pas le dire, mais parfois quand ça se dispute à la maison, comme aujourd'hui, je me dis qu'Alis a de la chance. Non, pas parce qu'elle est super riche et qu'elle habite dans une villa énorme. Parce que ses parents sont séparés. Oui, je sais. C'est horrible d'avoir des parents séparés, mais bon, au moins on en voit un à la fois, pas les deux ensemble. Par exemple, comment ça se fait que ma sœur puisse faire tout ce qu'elle veut sans qu'on ne lui dise jamais rien ? Cette nuit, elle est rentrée à 3 heures. Et elle n'avait même pas prévenu. À 3 heures, un mardi ! Ce matin elle avait cours. Évidemment, elle avait sommeil et elle ne s'est pas levée. Elle a dit à maman qu'elle avait mal à la tête parce qu'elle était enrhumée. La pauvre ! Pendant que je me préparais, je les entendais chuchoter dans la chambre. Maman lui disait que ce n'était pas bien, qu'elle ne pouvait pas rater les cours uniquement parce qu'elle était rentrée tard. Et elle qui disait, maman, excuse-moi, tu sais, mais je ne savais pas qu'Ilenia allait se sentir mal et qu'on devrait l'emmener aux urgences. Voilà ! Le coup de théâtre ! Quand elle ne s'en sort pas avec les excuses normales, elle emploie les grands moyens. Elle invente toujours des tas d'excuses, et du coup elle fait ce qui lui plaît. Et maman la croit, en plus ! Parce qu'elle est trop gentille. Ça me met en rage. Pour maman… elle bosse du matin au soir, toujours disponible pour tout le monde, toujours prête à dire un mot gentil, à comprendre les autres, à la maison aussi elle fait plein de trucs et ma sœur qu'est-ce qu'elle fait ? Elle se moque d'elle.

Quoi qu'il en soit, aujourd'hui mon plus gros problème n'est pas ma sœur. Je n'arrive pas à y croire, j'avais tout dans mon portable ! En musique, j'avais les Green Day, Mika, les Linkin Park, Elisa, Vasco, The Fray et Paolo Nutini, qui est tellement beau… Et puis un petit film de Clod, Alis et moi en sortie scolaire l'année dernière, et les plongeons pendant l'été, et puis tous les messages que je gardais. Même celui de Lore cet été… et surtout, il y avait le numéro de Massimiliano. Que je venais d'enregistrer. Je n'ai même pas eu le temps de le rentrer dans mon portable que je me le suis fait voler ! J'essaye de me souvenir du numéro. Le préfixe, c'était 335, non, 338, ou bien 334, non, 339, 328, non, 347, non, non, c'était 380, non, voilà ! C'était 393… Mais pourquoi il faut qu'il y ait toutes ces compagnies ! Ce n'était pas plus simple de n'en faire qu'une seule ? Non, hein ?! Chaque fois qu'il y a un domaine où on peut gagner de l'argent, tout le monde se jette dessus… Bah, ça sert à quoi, que je dise ça ? Ensuite, le numéro, c'était quoi ? Il y avait des 2, et puis aussi des 8… Peut-être un 7…

Je prends une feuille et j'écris des numéros, je compose toutes les solutions possibles. On dirait Russel Crowe dans ce film, comment ça s'appelait, déjà ? Ah oui, *Un homme d'exception*, où il accrochait des feuilles partout et il voyait des gens qui étaient toujours avec lui mais qui en réalité n'existaient pas ! Au secours, c'était un fou, un fou mathématique… c'est ce que je vais devenir ? Ça me fait aussi penser à ce jeu auquel Gibbo voulait toujours jouer.

Gibbo est un très bon ami à moi, il adore les maths, d'ailleurs c'est la seule matière où il est bon... Et il adore jouer à Strike and ball ! C'est un jeu où il faut deviner quatre numéros au hasard et moi je dois dire si parmi les quatre que j'ai choisis et les quatre qu'il me dit il y a un *strike*, c'est-à-dire un numéro identique à une place différente ou un *ball*, c'est-à-dire non seulement le même numéro mais aussi à la même place. Bref... ça me donne mal au crâne rien que d'y penser ! Un truc qui rend fou, après tu vois des gens autour de toi, parce qu'ils représentent ce que tu n'es pas mais que tu voudrais être !

Moi, je pense que les maths ça sert à voir si tu dépenses trop, si tu peux encore dépenser, et surtout... si tu peux oui ou non te racheter un portable ! Dans mon cas, je peux faire tous les calculs que je veux... Non, d'ailleurs ce n'est même pas la peine de les faire. Il faut que je bloque ma carte SIM. Je le sais, parce que c'est déjà arrivé à maman et papa en a fait toute une histoire, parce qu'elle avait un abonnement, pas une carte rechargeable, et donc ils pouvaient même appeler à l'étranger. En ce qui me concerne, ils n'iront pas plus loin que Florence... Je n'avais plus que cinq euros de crédit ! Je n'y crois pas... Je venais d'enregistrer son numéro et on m'a piqué mon portable ! Maintenant je sais quoi penser de Massimiliano : il porte la poisse ! Ou bien, encore pire, qu'il m'aurait fait souffrir ! Ou bien, qu'avec lui j'aurais été trop heureuse donc quelqu'un d'autre me porte la poisse et ne veut pas mon bonheur. J'aurais bien deux ou trois idées de noms, d'ailleurs, mais ça c'est une autre histoire.

Je m'assieds à mon bureau, j'ouvre mon Mac et je vais sur MSN. J'en étais sûre ! Je savais qu'elle y était. J'écris à toute vitesse, et au bout d'un petit moment Alis me répond.

« Tout va bien ? Qu'est-ce que tu as ? »

« Drame et bonheur ! D'abord j'ai rencontré l'homme de ma vie. Ensuite je l'ai perdu avec mon portable ! »

« Incroyable, il t'a embrassée et en même temps il t'a piqué ton portable ? »

« Il ne m'a pas embrassée. »

« Ah, il t'a juste piqué ton portable ? »

« Ce n'est pas lui… »

« Mais c'est qui, ce type ? »

« Il m'a mis de la musique… »

Nous continuons à nous écrire pendant un bon moment, jusqu'à ce que ma mère entre sans frapper.

— Carolina ! Mais tu es encore debout ? Tu as cours demain !

J'éteins mon ordinateur.

J'ai envoyé des devoirs à Clod, le compte-rendu du film qu'on a vu ce matin en salle de projection. *La Grande Guerre*, de Monicelli, avec Sordi et Gassman, elle n'avait pas envie de le faire… mais moi j'ai beaucoup aimé le film !

Je saute sur le lit et en un plongeon je suis sous les couvertures. Maman s'approche et me borde.

— J'ai compris, mais de cette manière elle n'apprendra rien, et puis pourquoi est-ce qu'on devrait payer toute cette électricité à cause de son ignorance… je ne vois vraiment pas pourquoi !

Je suis sûre que ça c'est mon père qui l'a pensé, et que ma mère l'a traduit de façon plus douce et plus subtile. En effet, elle me sourit. Elle l'a dit pour le dire, ça ne vient pas d'elle, c'est sûr, ça se voit. Elle me fait une caresse avec cette douceur qu'elle seule peut avoir, qui ne m'embête pas, qui me fait me sentir aimée et confiante.

— Dors bien, ma chérie…

Je m'endors avec le sourire.

Je ne me souviens plus de quoi j'ai rêvé, mais je sais que quand je me suis réveillée tout était clair. Je suis allée à l'école et la première heure est passée à toute vitesse. Je n'ai pas été appelée au tableau et Clod non plus, donc je n'ai pas dû essayer de lui souffler de loin. Alis n'est pas venue, je n'ai pas compris pourquoi mais elle n'était pas là. Elle aurait pu me le dire ! On a parlé toute la soirée et tu ne me dis pas que tu ne viens pas ? Je renonce à la comprendre. Mais je n'ai pas le temps de terminer ma pensée que la cloche sonne, la première heure est terminée… Et la voilà. Alis entre dans la salle en souriant, elle porte une chemise en lin de plusieurs couleurs avec des dessins transparents, une jupe longue et des bottes foncées, souples, qui lui tombent sur les chevilles. Elle me regarde et me sourit. On dirait un mannequin qui défile entre les tables, plutôt que ma meilleure amie.

— Eh, mais comment tu es habillée ?

Elle passe près de moi.

— J'avais envie de me faire un cadeau, aujourd'hui, j'en avais vraiment besoin…

Elle me sourit. Un peu triste, un peu mélancolique, avec ce regard toujours un peu voilé, qui manque un peu d'amour. Peut-être que c'est de la faute de ses parents, qui sont séparés depuis longtemps, du fait qu'elle n'a pas de frère, de sa grande sœur qui n'est pas très présente.

Elle me le dit tous les jours. « Toi, tu as de la chance, tu as une maison pleine d'amour… »

Moi je lui souris et je ne trouve rien à dire, ou bien seulement « c'est vrai ». Je ne peux quand même pas lui dire que mon père est toujours en colère contre tout le monde, que ma mère est souvent trop fatiguée pour plaisanter, que ma sœur est contre moi et que le seul que j'aime vraiment, RJ, n'est jamais là !

Nous nous embrassons et je sens qu'elle trafique quelque chose dans mon dos… Je m'écarte, étonnée.

— Eh, tu fais quoi ?

— Moi, rien. (Elle rougit un peu, mais ensuite elle me sourit et redevient aussi gaie que d'habitude.) Ma montre était en train de se détacher.

Elle court à sa table au fond de la classe, et juste après M. Leone arrive.

— Allez, tout le monde à sa place !

La salle se réorganise lentement, tout doucement chacun retourne s'asseoir. Le prof regarde autour de lui, comme ça, juste pour nous inquiéter un peu, puis il ramasse son vieux sac tout lisse et abîmé, l'ouvre, prend un livre et commence à expliquer.

— Alors, ce que je vais vous raconter pourra vous faire penser à une fable, mais c'est de l'histoire… de l'histoire, vous comprenez ? L'histoire de comment une terre est devenue un mythe de liberté et de cruauté en même temps, de comment la fièvre de l'or a gagné tous les hommes qui ont participé à la fameuse conquête de l'Ouest.

L'histoire que raconte M. Leone me plaît. Je suis captivée et je me dis qu'il est important que cet homme, Sitting Bull, dont il nous parle, ait eu le courage de faire tout ça. En plus, désormais, c'est inscrit dans l'histoire ! C'est dans les livres, alors nous, comme ceux qui nous ont précédés et ceux qui nous suivront, nous parlerons de lui.

— Il n'a pas eu peur ! Il a eu le courage de protéger ses terres.

Les coudes appuyés sur la table, je pose mon visage dans mes mains. Je l'aime bien, M. Leone. J'aime bien comment il raconte. On voit que ce qu'il fait le passionne. Il ne s'ennuie pas, il pourrait être un bon acteur, oui, un acteur de théâtre, même si moi je n'en ai pas vu tant que ça. Ce que j'aime bien, c'est que quand il reprend son explication, c'est toujours avec beaucoup de précision, il repart toujours du bon endroit, il ne s'embrouille jamais. C'est comme cette série que j'ai adorée, *Lost*, à chaque fois ils faisaient un petit résumé avant de repartir. Comme ça tout est toujours bien clair. Pas comme maman, quand j'étais petite. Tous les soirs, pendant des années, elle me racontait une histoire pour m'endormir, et celle que je préférais était celle de Brunella et Biondina. Elle disait que ces deux petites filles, mi-fées, mi-sorcières, avaient vraiment existé. Et moi j'adorais cette histoire ! Le problème, c'est que quand, quelques jours plus tard, je lui demandais de me la raconter à nouveau… il y avait toujours quelque chose de bizarre. « Maman, mais ce n'est pas Brunella qui perd les clés de chez elle, c'est Biondina… Mais non, maman, c'est Biondina qui est invitée à la fête du prince… »

Bref, il y avait des faits qui n'étaient jamais les mêmes. Il y avait donc deux possibilités : soit l'histoire de Brunella et Biondina était une pure invention de ma mère, parce que quand les choses ne sont pas réelles on peut facilement les confondre, soit tout était vrai et ma mère n'avait pas une bonne mémoire. Une chose était cependant certaine : dans tous les cas, c'était la faute de maman. Mais quand je le lui disais, elle souriait, me caressait la joue et sortait une phrase toute prête : « Ah, ce n'était pas comme ça ? Alors je vais y réfléchir… En attendant, dors, Morphée et ses bras t'attendent. » Elle remontait les couvertures et me bordait bien sous le menton. Et moi je la regardais sortir de ma chambre. Avec une seule question. À quoi il ressemble, ce Morphée ? On est sûrs que c'est quelqu'un de bien ? Quels rêves il va me mettre, cette nuit ? Comme si c'était des DVD qu'il mettait dans mon lecteur. Et s'il me mettait un cauchemar ? Dans ce cas, il ne doit pas être très gentil.

En un instant, je reviens à la réalité. Pendant que M. Leone continue son histoire sur l'Ouest, j'entends un portable sonner. Mon Dieu, qui est le fou qui a oublié de l'éteindre ? Ou au moins de le mettre sur silencieux, ou sur vibreur. Mais le laisser allumé, avec une sonnerie forte, en plus, ça non. Vraiment pas. C'est bizarre. C'est la même sonnerie que celle que j'avais. D'ailleurs, en sortant, il faudra que j'aille dans un magasin pour qu'on me donne une nouvelle carte SIM. En attendant, le portable sonne toujours. Le prof tape du poing sur son bureau.

— Alors ? Vous allez l'éteindre, ce portable ?

Tout le monde se tourne vers moi. Et me regarde. Ouais… j'aimerais bien que ça soit le mien. Je me le suis fait voler hier. Mais c'est bizarre, quand même, la sonnerie vient de ma table. Et ne s'arrête pas. Je regarde en dessous. Rien. Peut-être que quelqu'un a laissé tomber le sien et qu'il a fini justement sous ma table ? Rien… Il sonne toujours.

— Alors ! Carolina ?!? Bolla !

S'il m'appelle par mon nom de famille, c'est qu'il est vraiment énervé.

— Mais, m'sieur, moi…

Et tout en prononçant ces mots, je comprends. Je regarde dans mon sac, qui était posé sur ma table tout à l'heure, derrière moi, quand Alis m'a embrassée, quand sa montre se détachait… Et je le vois. Un Nokia Slide 6500 ! Je n'y crois pas ! Mais alors… Je l'avais laissé dans mon sac ? Je le prends, mais en une fraction de seconde je comprends tout. Il y a encore le film protecteur sur l'écran ! Il est neuf ! C'est Alis qui me l'a acheté ! Je me retourne, elle me sourit. Elle referme son portable, qui est sur ses genoux, et le glisse dans sa poche. Puis elle prend un air innocent. Moi je secoue la tête en la regardant, elle me sourit à nouveau. Puis je me tourne vers lui.

— Excusez-moi, m'sieur, j'ai complètement oublié de l'éteindre, c'était ma mère… elle a fini par m'envoyer un texto… Elle ne peut pas venir me chercher à la sortie.

M. Leone ouvre les bras, il hausse les épaules.

— Mais tu habites à trois pâtés de maisons d'ici…

— Oui, mais on devait aller chez Mamie, comme ensuite elles s'en vont maman m'avait demandé de l'accompagner, et comme ils ne savent pas encore comment faire parce que Papi ne veut pas aller avec elle, il veut la rejoindre plus tard…

M. Leone se rend.

— OK, OK, ça va, ça suffit, si tu continues je vais devoir parler d'un nouveau livre, un livre fait uniquement pour cette classe, *L'Odyssée de Carolina* !

Tout le monde rit, bizarrement, à la blague du prof… c'est vrai que cette année on a l'examen ! C'est pour ça que tout le monde rit à n'importe quelle blague, même mauvaise ?!?

Je mets le téléphone sur silencieux et je fais semblant de suivre les explications. En réalité, je n'en ai plus rien à faire de ce qui s'est passé dans l'Ouest, de toute façon ce qui s'est passé s'est passé, c'est déjà écrit, si on peut dire ! Je m'occupe plutôt d'enlever le film protecteur de l'écran, je me cache derrière Pratesi, qui est plutôt boulotte. Rien à voir avec Clod, ça non, mais elle fait quand même une bonne couverture !

Je le regarde attentivement. C'est incroyable, elle a pris exactement le même que celui que j'avais, et en plus elle a mis la même chanson ! Elle est trop forte, Alis !

C'est unique, une amie comme elle. Elle ne fait jamais rien peser. Bon, c'est sûr, elle a besoin d'amour, et elle le montre en exigeant toujours beaucoup d'attention, mais elle le fait à sa manière, sans exagérer. Et en même temps, elle essaye toujours de penser aux autres, et elle le fait comme si c'était la chose la plus simple et naturelle du monde, et à la fin tout se mélange, comme un grand panier où ce qui est à toi est à moi. Ce panier s'appelle l'amitié. Je sais, quand je dis des trucs comme ça je suis un peu, comment dire… pathétique, mais cette surprise du téléphone portable m'a tout émue ! Qu'est-ce que je peux y faire ? Je vous jure, je me sens stupide tellement je suis émue, même si en fait il n'y a rien de mal à s'émouvoir. Je sais. Ce n'est pas parce qu'on s'émeut qu'on est stupide ! Au contraire… ça serait stupide de ne pas s'émouvoir, plutôt. Bon, là je m'embrouille un peu, mais le truc le plus dingue, c'est qu'à un moment je reçois un message !

« Tu as vraiment eu l'air bête devant le prof ! »

C'est Clod qui comme d'habitude n'a rien compris. Évidemment, maintenant que j'y pense, hier soir je ne lui ai pas dit, à elle, qu'on m'avait piqué mon portable. Et donc, si là elle m'a écrit… Mais alors… ça veut dire que dedans il y a ma puce ! J'ouvre le téléphone pour vérifier : oui, c'est bien mon numéro ! Alis est incroyable. Je ne comprends vraiment pas comment elle a pu faire ça. Déjà que ce n'est pas facile d'obtenir une nouvelle puce, mais alors quand c'est pour quelqu'un d'autre ! Elle m'expliquera tout ça à la récré. Dès qu'on descend dans la cour, je lui saute dessus.

— Merci, merci, tu es trop forte ! Mais comment tu as fait ? Comment tu as pu avoir la carte Sim de mon numéro ?

— Je suis allée au magasin de téléphones en bas de chez moi, je leur ai donné ma carte d'identité et je leur ai expliqué ton histoire, le vol du portable et tout le reste…

— Et eux ?

— Eux, ils m'ont crue.

— Vraiment ?

— Vraiment ! Ils savent se montrer très compréhensifs, surtout quand tu as une mère comme la mienne.

— Oui, c'est vrai…

En gros, la maman d'Alis change de tout tous les jours parce qu'elle veut toujours être à la mode, elle est en compétition avec ses amies et elle veut toujours et tout de suite ce qu'il y a de mieux, elle veut être meilleure que les autres, y compris en ce qui concerne ses enfants ! Et ça, ça pèse beaucoup à Alis. Sa mère, au lieu de dire bonjour, en général, dit des trucs comme : « Mais tu sais que la fille d'Ambretta, Valentina, a fait ci et ça… et tu sais aussi que la fille d'Eliana, Francesca, a fait ci et ça… Et figure-toi que la fille de Virginia, Stefania, a fait ci et ça… ! » Elle n'a pas encore compris que c'est justement pour ça qu'à la fin Alis fait toujours ci… et ça ! Alis sourit et hausse les épaules.

— Bref, ils ont parfaitement compris que s'ils ne m'avaient pas donné une nouvelle carte Sim je n'aurais jamais acheté le Nokia 6500…

L'espace d'un instant, je rougis. Je me rappelle très bien combien coûte ce téléphone. Mes parents avaient économisé pour me l'acheter, ils avaient même ramené mon vieux Nokia 90 pour le revendre. Bah… quoi qu'il en soit, maintenant j'en ai un nouveau, et alors, dans l'euphorie de ce Nokia retrouvé, je raconte à Clod et Alis toute l'histoire de Massi, le CD qu'il m'a offert, la promenade, la glace et tout le reste.

— Bref… je crois, oui, j'en suis même presque sûre, que… oui, je suis tombée amoureuse !

— Et Lorenzo ?

— Mais pourquoi tu es négative comme ça… Et puis, de toute façon, Massi, je ne le reverrai jamais ! Il faudrait que je fasse des milliards d'essais avec des préfixes différents pour trouver son numéro…

— Il y a environ quatre-vingt-dix millions de combinaisons !

— Gibbo ! Tu as tout écouté !

— Bien sûr…

C'est mon ami mathématicien. Il adore le film *Will Hunting*, il l'a vu au moins dix fois. De temps en temps, il nous invite chez lui et il nous propose de le revoir, en nous expliquant que tout est lié aux mathématiques, même l'amour, mais pas comme un calcul, comme une dimension. Ça, je n'ai jamais compris.

— Eh, salut !

Voilà qu'arrive aussi Filidoro, qui est vraiment un type bizarre. Vous vous rendez compte de comment ils l'ont appelé, ses parents ? *Filidoro*, « fil d'or ». On dirait un nom sorti d'un vieux dessin animé. Bon, d'accord, lui il se fait appeler Filo, ce qui n'est pas si mal. Mais le faire démarrer dans la vie avec un handicap pareil… C'est marrant, Filo, lui aussi, est toujours à la mode, mais pas comme la maman d'Alis, lui c'est plutôt pour la musique. Il est au courant de tout ce qui se fait.

— Eh, vous l'avez entendue, celle-là ? C'est la dernière chanson de Jovanotti. Ça fait…

Il chantonne un morceau avec toutes les paroles. Il est vraiment incroyable. Mais comment il fait, pour se les rappeler en entier ? À l'école, il a une très mauvaise mémoire.

Gibbo insiste.

— Eh, mais de qui vous parliez, tout à l'heure ?

— Tout à l'heure quand ?

Alis prend son air hautain.

— Il y a une seconde ! Le type du portable perdu par Caro. J'ai tout entendu, vous savez…

— Mais qu'est-ce que tu racontes, tu as dû te tromper, le voilà, mon portable !

Je le sors de la poche de mon jean, et le fait de l'avoir ne m'a jamais semblé aussi opportun et fondamental que maintenant.

— Tu vois ? Tu dis des bêtises !

— Peut-être...

Gibbo n'est pas convaincu, mais heureusement nous sommes sauvées par la sonnerie.

— OK, nous on y va, bon, mon pote, ce soir chez toi ?

— Oui...

— Pourquoi vous ne venez pas ?

Et nous, en chœur :

— Oui, c'est ça, pour voir *Will Hunting* !

Et nous nous enfuyons en riant.

En classe, j'envoie un message à Alis avec un dessin. Une bouteille de champagne avec le bouchon qui saute et plein de petites bulles. Et j'écris : « Être ton amie, c'est comme si c'était tous les jours la fête ! Merci ! »

Elle me regarde et sourit, puis je la vois écrire quelque chose. En effet, un message m'arrive. « Un joyeux non-anniversaire à toi ! »

Alis adore ce film. Peut-être parce que cette Alice-là est aimée de tous. Peut-être parce qu'elle vit au pays des merveilles et qu'elle n'est jamais seule. La douleur de l'amour. Qu'est-ce que je suis poétique, aujourd'hui ! Alis écrit quelque chose dans son agenda, frénétique, comme elle est quand elle pense à quelque chose. Alors j'arrête d'écrire et je la regarde de loin, en souriant. Mon amie. Ma meilleure amie. Avec Clod, naturellement.

— Comment ça s'est passé, au collège ?

— Très bien…

Je suis sur le point d'ajouter que je ne suis pas passée au tableau, mais pourquoi le souligner ? Maman prépare le déjeuner.

— Des steaks, ça vous va ?

— Mais qui, vous ?

— Toi et ta sœur.

— Elle est déjà rentrée ?

— Elle est dans sa chambre.

— Ah…

Il faut que j'en profite maintenant, avant qu'elle n'arrive. Je ne veux raconter qu'à maman l'histoire d'Alis, combien elle est généreuse et superfantastique, mon amie, le splendide cadeau qu'elle m'a fait dès qu'elle a su pour mon portable !

— Maman, j'ai une magnifique surprise.

— Moi aussi, j'en ai une pour toi…

Je n'ai le temps de rien dire, elle se tourne vers moi. En sueur parce qu'elle a fait la cuisine, le visage souriant et ces yeux, les yeux de maman. Comme elle seule peut être. Elle qui ne ménage pas sa peine. Elle qui se lève tôt le matin. Elle qui prépare le café pour papa et le petit déjeuner pour nous et qui rentre à la maison pour préparer le déjeuner et qui repart travailler ensuite. Maman qui fait tout ce qu'elle peut, qui est belle, qui ne part jamais en vacances. Maman. Ma maman. Quand elle sourit, j'ai toujours un pincement au cœur.

— Regarde ce que je t'ai acheté…

Elle le pose sur la table, tout neuf, encore dans sa boîte. Un Nokia 90, celui que j'avais avant celui qu'on m'a piqué, tout simple, avec les fonctions de base, qui ne fait pas appareil photo. Celui qui ne coûte pas cher. Je sens mon cœur se serrer et je ne sais pas quoi dire ni quoi faire. Mais je souris, comme si c'était la chose la plus naturelle au monde.

— Maman ! Il est magnifique… merci !

Je la serre fort dans mes bras, entre nous son tablier est un peu humide. Elle me caresse les cheveux, et cette fois-ci ça ne me dérange pas. Je ferme les yeux, j'ai un peu envie de pleurer, je ne sais pas pourquoi.

— Tu sais, j'ai réussi à m'enfuir du travail… J'ai demandé l'autorisation, j'ai couru au premier magasin de téléphones que j'ai trouvé et je t'ai acheté celui-là… mais il te plaît vraiment ?

Je m'éloigne un peu, elle me regarde dans les yeux, moi je suis émue et j'acquiesce. Elle comprend et me serre à nouveau dans ses bras.

— Le seul problème, c'est qu'ils n'ont pas voulu me donner la carte Sim, ils ont dit que tu devais y aller en personne. Mais tu te rends compte ! Je ne peux même pas faire ça pour ma fille.

Elle a l'air perplexe.

— Peut-être qu'ils ne me l'ont pas donnée parce qu'ils ont eu peur que j'utilise ton numéro, je ne sais pas moi, pour lire tes messages. Ils ne savent donc pas que nous n'avons pas de secret l'une pour l'autre ?

Elle me lâche. Et se remet à cuisiner, de dos, les cheveux attachés, quelques mèches plus foncées flottant sur son long cou. Puis elle se tourne avec un beau sourire, heureuse de son cadeau, de cette bonté qu'elle voudrait sans limites.

— Eh, mais toi, tu voulais me dire quoi ? C'est quoi, ta surprise ?

Pendant un instant, j'écarquille les yeux, craignant de dire un mensonge et d'être découverte. Puis je tente de retrouver le calme, de ne rien dire d'Alis, du téléphone super cher qu'elle m'a offert. À la fin, mieux que Meryl Streep, Glenn Close, Kim Basinger, et même Julia Roberts, bref, en parfaite actrice, pour ne pas la décevoir, je lui souris.

— Maman, tu sais quoi ?

— Quoi donc, ma chérie ?

— J'ai eu bien à mon devoir !

L'après-midi, après le repas. J'ai caché le téléphone d'Alis, mon nouveau téléphone, j'ai dû l'éteindre parce que, en actrice parfaite mais pas si dégourdie que ça, je n'ai pas dit que j'avais déjà récupéré une carte Sim, ou plutôt qu'Alis l'avait fait. Au déjeuner, discussion avec Ale qui, en voyant le téléphone neuf que maman m'a offert, veut changer le sien.

— Maman, le mien… regarde, la batterie tient avec un élastique !

Et moi, bêtement, je tombe dans son piège.

— Oui, mais le tien marche très bien, et il fait appareil photo…

Maman s'inquiète.

— Pourquoi, Carolina, pas le tien ?

— Non, il n'a pas assez de mémoire !

Alessandra est vraiment idiote. Elle insiste, en plus.

— D'accord, j'ai compris… je dois faire semblant de l'avoir perdu, ou de me l'être fait voler, pour en avoir un neuf moi aussi.

— Mais moi on me l'a volé pour de bon ! Tu crois que j'aurais inventé un truc pareil pour que maman m'offre un portable ?

Pourquoi je rentre dans son jeu, alors que la question n'est pas là ! Maintenant, des téléphones, j'en ai deux, et je ne peux même pas le dire !

La seule chose positive d'Ale : elle m'a coupé l'appétit. Tant mieux, parce que j'avais décidé de me mettre un peu au régime. Maman a insisté pour que je mange, mais quand elle a vu que c'était peine perdue elle m'a épluché une pomme.

Juste après la discussion, quand Ale et moi ne nous parlions plus, Rusty James est arrivé, il s'est assis à table et il a mangé mes pâtes avec plaisir. Elles étaient encore chaudes et fumantes, mais elles ne lui étaient pas destinées, vu qu'il n'était pas prévu qu'il rentre.

— Eh, qu'est-ce qui se passe ? C'est quoi, ce silence... ça ne vous ressemble pas !

Rusty a une façon de faire très bizarre, il arrive toujours quand tu t'y attends le moins et il dit, au bon moment, ce qu'il ne faudrait pas dire ! Ale se fâche et va dans sa chambre, moi je mange ma pomme, toute contente, et Rusty mange mes pâtes. Maman retourne travailler avec une seule recommandation : « S'il te plaît, ne te dispute pas avec ta sœur... »

Dès que la porte a claqué, Rusty me demande, curieux :

— Pardon, mais qu'est-ce qui s'est passé ?

Alors je lui raconte tout. Même le téléphone d'Alis. Avec lui, je ne peux pas mentir, alors je le sors de mon sac et je le pose sur la table.

— Tu vois, maintenant... j'en ai deux !

Rusty rit et secoue la tête.

— Tu es unique, tu n'aurais pas pu le dire tout de suite à maman... où est le mal ?

— Mais non… elle aurait été trop triste! Elle a demandé une autorisation au travail, elle a pris ses économies pour m'acheter un téléphone et me faire une surprise, peut-être qu'elle s'est disputée avec papa… et moi… je lui dis que j'en ai déjà un? Tu es vraiment insensible!

Rusty sourit, amusé.

— C'est de ma faute, maintenant… OK, OK, mais de toute façon j'ai une idée…

Il me la dit, il a l'air amusé. En effet, ce n'est pas bête du tout. Je n'y avais pas pensé.

— Eh, Rusty, tu sais que tu es vraiment fort…

— Je sais.

Il me sourit.

— Tu vas faire quoi, maintenant, Caro?

— Je ne sais pas, peut-être travailler un peu et sortir…

Il redevient sérieux.

— Moi aussi il faut que je travaille, quelle barbe, je n'ai pas du tout envie. Tu sais, j'ai encore des tas d'examens à passer, pour devenir médecin, et papa ne sait même pas ce que j'ai décidé.

Je suis intriguée.

— Pourquoi, tu as décidé quoi?

— Il est encore trop tôt…

Il va dans sa chambre et me laisse seule à la cuisine. Je croque le dernier morceau de pomme resté dans l'assiette et je vais dans ma chambre. J'allume mon ordinateur. Avec l'excuse des recherches, des devoirs et de tout le reste, j'ai réussi à me le faire offrir par mes parents. Ils en ont pour je ne sais plus combien de mois de crédit. J'entre mon mot de passe et je vais tout de suite sur MSN. Je le savais. Gibbo m'a écrit.

« Alors, j'ai réfléchi, si tu enlèves les numéros des gens qu'on connaît, si tu veux trouver le numéro de ton inconnu "chéri", il y a environ quatre-vingt-dix-neuf millions six cent cinquante mille possibilités… Ou tu envoies un message à tout le monde, ce qui veut dire que tu es plus riche que Berlusconi et Picsou réunis, ou bien tu appelles le 347 8002001 et tu en finis. »

Quel idiot. Naturellement, ce numéro, c'est le sien. Il a raison. C'est impossible. Mais parfois, dans la vie… alors je ferme les yeux et j'essaye de revoir ce numéro. Il me l'a écrit sur la vitrine en plaisantant et je le vois… 335 non 334… Oui, voilà, 334… Et je continue à rêver, jusqu'au moment où je le revois, clair, net, devant moi.

Exactement comme hier. Alors je le marque sur un papier, puis je le rentre dans mon téléphone, et à la fin je reste là, le numéro en suspens. Indécise. Puis j'ouvre la catégorie nouveau message et j'écris une phrase.

« Salut, ça va ? Tu es Massi, n'est-ce pas ? On s'est bien amusés hier. Je suis Caro ! »

Et je l'envoie à ce numéro en espérant, en rêvant. Je vois ce garçon. Le voilà, c'est lui, Massi. Il doit être en train de travailler, ou de jouer au tennis, ou au foot, ou bien il fait de l'aviron, dans une barque clouée au sol. Voilà, je l'imagine, il sent son téléphone vibrer. Le message qui est arrivé. Il l'ouvre, le lit et rit… Il rit ! Puis, indécis, il réfléchit à ce qu'il va écrire, répondre. Puis il sourit intérieurement. Voilà. Il a trouvé la phrase qu'il lui faut… ou qu'il me faut. Il l'écrit à toute vitesse ? Il appuie sur envoi et le message part, traverse la ville, les nuages, le ciel, les rues, et tout doucement il se glisse entre les volets de chez moi, puis dans ma chambre, et enfin dans mon téléphone.

Bip. Bip.

Mon portable qui sonne. Un message est arrivé pour de vrai. Je n'y crois pas ! J'ouvre le téléphone, je vais dans le dossier messages reçus. Voilà, je le vois. L'expéditeur n'est pas enregistré dans mon carnet d'adresses.

Il ne vient pas d'un ami, de quelqu'un que je connais. Il y a ce numéro. C'est lui. Je n'y crois pas. J'ai retrouvé le numéro. Je lis le message.

« Vous avez dû vous tromper de numéro. Cela dit, j'ai quarante ans, je suis un homme et je ne suis pas marié. Donc, chère Caro, on se voit ? »

En une fraction de seconde, j'efface le message et j'éteins le téléphone. Terreur. Chère Caro. Spirituel, en plus[1]. Ou du moins, une tentative dramatique de l'être. Rien. Vie infâme. Ce n'était pas lui. Du coup, malheureusement, je n'ai plus qu'à me mettre à mes devoirs. Dommage. Parfois les rêves s'émiettent entre les doigts. Surtout quand il faut choisir entre le désir de revoir Massi ou étudier *Roland amoureux*.

Bon, en fait ce Roland n'est pas si mal, et je me rends compte que son histoire est magnifique. Et en effet, au fur et à mesure que je la lis, la solution m'apparaît clairement. Surtout à un moment. *La rana avvezza nel pantano, se ell'è al monte torna al piano. Né per caldo o per freddo o poco o assai si puo' la rana trar dal fango mai…* (« La grenouille est habituée au marécage, si elle est en haut elle redescend. Ni le froid ni le chaud, un peu ou beaucoup, ne peut détacher la grenouille de la boue, jamais… ») Bien sûr. Ça veut dire que l'inévitable est inévitable. Jamais on ne peut détacher Caro de Massi… Je n'ai plus aucun doute. Comment j'ai pu ne pas y penser avant ? Il y a deux possibilités.

— Je sors.

J'enfile mon blouson. Puis je mets dans ma poche la seconde possibilité. Je la tapote, sachant que grâce à elle je suis sûre de trouver Massi et toutes les informations que je veux sur lui.

Je sors en courant de l'immeuble et à ce moment-là je le vois passer.

---

1. *Caro* signifie « cher », en italien.

— Me voici, j'arrive ! je crie au chauffeur du bus, comme s'il pouvait m'entendre. Mais non. Je me traîne pour rejoindre l'arrêt avant qu'il n'arrive et ne reparte. Rien à faire. Je n'y arriverai pas. L'autobus s'est arrêté. Il me semble que le chauffeur regarde dans le rétroviseur.

— Me voici, me voici…

J'accélère mais je n'en peux vraiment plus. J'ai la langue pendante. Et je crains qu'il ne reparte d'un instant à l'autre. Les gens sont déjà descendus et ceux qui devaient monter sont montés. Je suis sûre qu'il ne va pas m'attendre, il va me faire une méchanceté, repartir juste quand j'arrive. Rien. Je ne peux plus. Mais le bus est toujours là, il m'attend les portes ouvertes, j'arrive en courant et je monte, juste quand je pensais l'avoir définitivement raté. Pfff. Je l'ai eu. Les portes se referment. « Merci… » J'épuise le peu de souffle qu'il me reste. Le chauffeur me sourit dans le rétroviseur, puis il remet ses mains sur le grand volant et repart. Il me regarde m'installer dans un des sièges. Le bus, à moitié vide, poursuit sa course vers le centre. Les rues sont vides. Tout en reprenant mon souffle, je pense à comment poser cette question.

— Excusez-moi ?

Une jeune vendeuse vient vers moi.

— Oui… Comment puis-je vous être utile ?

J'ai envie de dire : vous savez, j'ai vu des chaussures magnifiques mais trop chères. Et surtout, ce n'est pas du tout pour ça que je suis ici… Mais ce n'est pas la meilleure approche. Mieux vaut être directe.

— Hier, il y avait une inscription sur votre vitrine… Un numéro de téléphone.

— Oui, ne m'en parlez pas. Vous savez, j'ai même appelé ce numéro. C'était un jeune homme, j'ai compris qu'il avait donné rendez-vous à quelqu'un. Il a rigolé... En fait il n'avait pas de rendez-vous. Il a dit que c'était pour sa prochaine petite amie !

— C'est ce qu'il a dit ?

J'ai envie de rire. Il est vraiment fou.

— Oui, c'est ce qu'il a dit... Et alors ? Qu'y a-t-il, pourquoi ça vous fait rire ? C'est un ami à vous ?

— Non, non.

— Quoi qu'il en soit, c'est un mufle, il a éclaté de rire et il a raccroché.

La seule chose qui me vient à l'esprit est :

— Non, en fait il avait mon portable dans son sac à dos, il l'a emmené avec lui et je n'ai pas son numéro.

Je ne sais pas si elle me croit mais sa réponse est sèche.

— Nous non plus, nous ne l'avons pas. Nous l'avons effacé... et oublié.

Puis elle se tourne et s'éloigne.

Je sors et je regarde la vitrine. Évidemment, on ne peut plus le lire. J'essaye de regarder plus attentivement. Je me penche. Rien, ils ont bien nettoyé la vitrine, et comme si ça ne suffisait pas la vendeuse me regarde depuis la boutique. Nos regards se croisent, elle secoue la tête, se tourne et s'éloigne. Encore. Je me relève. Massi a bien fait de lui raccrocher au nez. Mais elle, elle a de la chance d'avoir pu l'appeler. Cela dit, il ne me reste plus que la seconde possibilité.

— Bonjour...

À la caisse de la librairie Feltrinelli, une belle jeune fille, les cheveux châtains relevés. Son nom est écrit sur son badge : Chiara.

— Bonjour, je t'écoute.

— Voilà, j'ai acheté ce disque hier...

La fille l'ouvre, le regarde de côté, puis le tourne et le retourne entre ses mains et contrôle le petit timbre argenté.

— Oui... il est de chez nous. Qu'est-ce qui se passe ? Il a un problème ? Attends, j'appelle la personne qui s'occupe de ces choses-là.

Elle appuie sur un bouton près de son siège.

Je n'ai rien le temps d'ajouter qu'il apparaît. Sandro. Le type du livre d'éducation sexuelle. Malheureusement, il me reconnaît.

— Qu'est-ce qui se passe, tu as changé d'avis ?

Chiara prend la situation en mains.

— Salut, Sandro, excuse-moi de t'avoir appelé, mais cette personne a acheté ce disque hier et je crois qu'il y a un problème.

Puis, comme si elle s'en rappelait soudainement :

— Au fait, vous avez le ticket de caisse ? Sinon, nous ne pouvons pas vous le changer.

Je n'ai pas le temps de répondre, Sandro intervient.

— Pardon, mais tu voulais acheter un livre d'éducation... (Il regarde sa collègue et décide de me ménager.) Tu as choisi celui de Zoe Trope, et finalement tu as acheté un disque... Tu ne vas pas apprendre grand-chose, de cette manière !

Il m'adresse un sourire lourd et plein de sous-entendus.

— Ce n'était pas pour moi.

— Il a un problème, on n'entend pas bien ?

— Si, très bien...

— OK, mais tu as le ticket de caisse ?

— Je ne veux pas le changer.

— Alors, quel est le problème ?

— Voilà...

Je les regarde, un peu gênée.

— J'ai compris. Arrête.

Sandro me regarde, soudain très sérieux.

— Tu as trompé la surveillance. Tu l'as volé et maintenant tu te sens coupable et tu veux le rendre ! Pourquoi maintenant, vous êtes comme ça, les jeunes, il y a les baby gangs, vous vous promenez, vous rackettez les gens, vous leur piquez leurs portables, leur argent, même leurs blousons… Tu es chef de bande ?

Je n'y crois pas ! Et je ne sais plus comment l'arrêter. Oui, vous nous avez percées à jour : moi, Alis et Clod. Les trois rebelles de la Farnesina. Nous avons même fait un coup, une fois : un demi-chocolat chacune !

— Excusez-moi, est-ce que vous pourriez m'écouter une minute ?

Il s'arrête net.

— Ce CD, c'est un garçon qui me l'a offert hier.

Je lui raconte toute l'histoire, la vitrine, le numéro écrit, puis le bus, le vol de mon portable, les deux Roumains. Eux, oui, c'est un véritable baby gang, et pas tellement baby, d'ailleurs. Je lui raconte même le cadeau d'Alis, le lendemain.

— Elle a été sympa, ton amie, dit Sandro un peu perplexe. Mais moi, qu'est-ce que je peux faire pour toi ?

— Voilà, je voudrais savoir qui est ce garçon, peut-être qu'il a payé par carte, il y a son nom dessus, ou bien il a demandé une facture, alors vous avez ses coordonnées, son adresse…

Sandro me regarde, curieux, déconcerté, et même un peu stupéfait. Puis il lève un sourcil, peut-être pas tout à fait convaincu de mon histoire. Je tente par tous les moyens de lui faire comprendre que c'est vrai, et je ne vois pas d'autre solution que de lui dire :

— Le type, celui qui m'a offert le CD, il me plaît beaucoup…

Et pour la première fois, il sourit. Peut-être parce qu'il pense que je pourrais être sa petite-fille, ou peut-être parce qu'une histoire d'amour commence, ou pourrait commencer, ou peut-être parce que cette fois-ci il me croit, il sait que je ne lui mens pas, il me dit :

— Viens avec moi, allons dans mon bureau.

Nous longeons un long couloir. Au-dessus de la porte, sur une plaque, il est écrit : « Bureaux. Entrée interdite. »

— Allez, viens, viens… ne t'inquiète pas.

Il ouvre la porte et me fait passer, puis il s'assied à son bureau, allume un ordinateur, sort des tickets de caisse d'un tiroir et les contrôle un par un.

— Alors, 15 septembre… Livres, livres, film, CD double, encore livres, livres… Le voilà. Cette personne n'a acheté qu'un CD. James Blunt, *All the Lost Souls*, ticket de caisse n° 509. (Il regarde sur l'ordinateur.) Acheté à 18 h 25.

Oui, l'heure correspond. C'est bien lui. J'étais sortie depuis quelques secondes. Sandro survole l'écran pour contrôler comment le paiement a été effectué. Je sens mon cœur battre plus vite, de plus en plus vite. Sandro sourit. Ça dure un instant. Puis ce sourire disparaît de son visage. Il me regarde, de derrière l'ordinateur, et ne sourit plus.

— Non. Je suis désolé. Vingt euros quarante, il a payé en liquide.

— Merci quand même.

Je sors de la Feltrinelli accablée. Rien. Je n'ai plus aucune possibilité. Je ne reverrai plus jamais Massi. Mais je ne savais pas à quel point je me trompais.

Je prends le bus et tout a l'air plus triste, moins coloré, presque en noir et blanc. Il y a peu de monde, et tous les gens me semblent embués, pas même un couple, quelqu'un qui rit, ou qui écoute un peu de musique, en battant le rythme avec la tête. Il n'y a rien à faire, quand un rêve s'évanouit, même la réalité a l'air plus moche.

Eh… Attends ! Cette phrase, il faut que je l'écrive dans mon agenda des citations. En fait, je n'en ai pas encore, mais j'aimerais bien en acheter un ! J'ai rassemblé pas mal de citations à moi mais je les ai écrites sur mon agenda, et sur le portable que les deux types m'ont piqué.

D'un coup, je pense au mail que Clod m'a écrit hier. Elle est en train de lire un livre de Giovanni Allevi, qu'elle adore, soit dit en passant, pas tant pour comment il joue mais pour comment il est, un livre qui s'appelle *La musica in testa*. Elle m'a copié un truc que je trouve super et qui marche trop bien maintenant : « Quand tu suis un rêve sur ta route tu rencontres plein de signes qui t'indiquent la direction, mais si tu as peur tu ne les vois pas. » Voilà. Tu ne les vois pas. Je regarde derrière moi d'un air suspicieux. Je ne voudrais pas que celui que m'a offert Alis subisse le même sort. Alors, pour être plus sûre, je le prends dans ma poche arrière et je le glisse dans ma poche avant. Bon, au moins je suis soulagée. C'était quoi, la phrase que j'avais notée dans mon portable ? En fait, pour être sincère, c'était assez nul. Oui, je m'en souviens : « Il n'y a rien de plus beau que quelque chose qui a commencé par hasard et s'est bien terminé ! »

Ça me plaît beaucoup et, je ne sais pas pourquoi, ça me fait penser de nouveau à Massi, à tout ce que ça aurait pu être et… Eh, mais c'est mon arrêt, ça ! J'appuie juste à temps sur le bouton pour demander l'arrêt, et l'autobus freine brusquement. Le chauffeur me regarde, toujours dans le rétroviseur, et secoue la tête. Une femme un peu grassouillette ne réussit pas à s'accrocher à la barre métallique et tombe dans les bras d'un monsieur âgé. Mais il ne se fâche pas. Et même, il sourit. La dame s'excuse tant qu'elle peut. Et lui, il continue de sourire.

— Il n'y a pas de problème. Tout va bien.

En attendant, je descends, et finalement je souris, moi aussi. Peut-être que ma distraction a changé le destin de quelqu'un.

Le bus repart, me passe devant tandis que je marche. Je les vois, le monsieur âgé et la dame grassouillette, bavarder en riant. Peut-être que j'ai créé un nouveau couple. Peut-être qu'ils ne le sauront jamais, mais parfois c'est nous qui faisons qu'il se passe quelque chose dans la vie des autres. Parfois volontairement, parfois non. J'arrive en bas de chez moi et je les vois tous là, comme toujours. Comme autrefois. Les filles assises sur le muret, les garçons qui jouent au foot. Ils courent dans la cour, en nage, passionnés, avec des buts improvisés, d'un côté un garage au rideau de fer rouillé, de l'autre l'espace entre une pompe à eau verte, un peu jaunie par le soleil et, un peu plus loin, des blousons jetés par terre. Les garçons de la cour. Ils courent, crient, hurlent leur nom.

— Allez Bretta, allez Fabio ! Passe, allez ! Fabio, Ricky, allez Stone, allez !

Ils se passent un ballon à moitié dégonflé, noirci, marqué par tant de tirs. Ils courent. Ils courent sous les derniers rayons du soleil, en nage après cet après-midi de foot, aux pieds ils ont de vieux mocassins de fête rayés par les graviers de l'asphalte. Et puis, les filles, les supporters de la cour. Anto, Simo, Lucia, Adele. L'une d'elle suce une Chupa-Chups, une autre feuillette d'un air ennuyé un vieux *Cioè*, je le reconnais. Il date d'au moins deux mois. Dedans, il y avait un poster de Zac Efron. L'autre cherche désespérément une chanson dans son iPod, qui est en fait un vieux Mp3. Elles m'aperçoivent. Adele me salue.

— Salut, Ca'.

Anto lève la tête et fait un signe du menton. Simo me sourit. Lucia continue de sucer sa Chupa-Chups et tente un « iao », qui devrait être « ciao », si elle ne voulait pas grossir à tout prix.

Et elles se replongent dans ce match improbable. Moi, je les salue toutes, comme d'habitude, d'un mythique

« Ciaooo ! », et je me sauve. Je rentre en courant dans l'immeuble et j'appelle l'ascenseur. Mais comme je n'ai pas envie d'attendre, je monte à pied par l'escalier, deux à deux. En passant, je les vois à travers la vitre du palier. Riccardo court comme un fou. Il a le ballon. Et il ne le passe pas. Bretta est à côté de lui, il court, le suit. Ils sont dans la même équipe.

— Allez, passe-le ! Passe !

Mais Fabio, qui est contre eux, est plus rapide, il la lui prend et se dirige vers l'autre but avec Stone. Bretta s'énerve, il se tourne et court lui aussi vers son but.

— Je t'avais dit de le passer, je te l'avais dit !

Trop tard. Stone et Fabio marquent un but en shootant dans le rideau de fer rouillé du garage, qui résonne jusque dans les escaliers. Ricky est au milieu de la cour, les mains sur les hanches. Il respire longuement pour reprendre son souffle. Puis, avec la main, il met ses cheveux en arrière. Ils sont pleins de sueur, aussi longs que d'habitude. Bretta passe près de lui, en colère, et shoote dans une pince à linge cassée, tombée d'un étendoir.

— Ça fait trois à zéro pour eux…

— Allez ! On va égaliser.

— Ouais, c'est ça…

Puis Ricky regarde en l'air, vers les escaliers, et me voit. Nos regards se croisent. Il me sourit. Moi je rougis un peu et je m'enfuis. Je cours dans les escaliers et en un instant je me retrouve trois ans plus tôt. J'avais onze ans, lui treize. J'étais très amoureuse de Riccardo. De cet amour dont tu ne sais pas très bien ce qu'il signifie, tu ne sais pas où il commence ni où il finit. Tu aimes bien le voir, le rencontrer, lui parler, il t'est sympathique, et quand tu ne le vois pas pendant un moment, il te manque. Bref, cet amour-là, qui est si beau… parce qu'il est absurde. C'est l'amour à l'état pur. Sans l'ombre d'une pensée, que du bonheur et des sourires. Et l'envie de faire des cadeaux, comme ceux que tu as envie de recevoir de tes parents et que parfois ils ne te font pas, parce que dans ce cas-là ce n'est pas leur boulot.

14 février. La Saint-Valentin. Ma première fois. Mon premier cadeau à un homme. Un homme... un garçon ! Un garçon... un gamin ! Je m'arrête là, va, parce que, après ce que j'ai découvert sur lui, je ne sais plus quel mot utiliser.

Dring.

— Carolina, va ouvrir, moi je suis à la cuisine, j'ai les mains sales.

— Oui maman.

— Avant d'ouvrir, demande qui c'est ! (Je lève les yeux au ciel. Elle me dit toujours la même chose !) Tu as compris ?

— Oui maman. (Je m'approche de la porte.) Qui c'est ?

— Riccardo.

J'ouvre et le voilà devant moi, ses cheveux longs, tellement longs... mais coiffés. Avec une chemise en jean légère, assortie à ses yeux bleus, un sourire heureux, pas du tout gêné, qui finit par me montrer ce qu'il a dans les mains.

— Tiens, je t'ai apporté ça.

— Merci.

Je reste sur le pas de la porte. Puis je prends le paquet et je le tourne, je le regarde mieux. C'est un petit banc en fer avec deux cœurs assis dessus. Ils sont en tissu rouge, un cœur a des tresses, l'autre des cheveux noirs.

Ricky sourit.

— C'est nous deux... Et en dessous il y a des chocolats.

Je le lui rends.

— Ouvre-le. Moi je reviens tout de suite.

Je réapparais juste quand il a réussi à enlever le scotch et le papier transparent. Il prend un chocolat dans la boîte et le regarde pour voir à quoi il est. Mais moi je suis plus rapide. Il ne s'y attend pas.

— Tiens.

Je lui donne moi aussi un paquet, Ricky le regarde, gêné, le tourne et le retourne dans ses mains.

— C'est pour moi ?

Ben oui, j'ai envie de lui dire, qui d'autre ? Mais je souris et je me contente d'acquiescer. Il est heureux, et il ouvre son cadeau. Une casquette.

— Qu'elle est jolie. Bleue, comme j'aime. C'est toi qui l'as faite ?

Je ris.

— Mais non ! Juste les initiales.

Je les lui fais remarquer, sur le bord : R. et G. Ricky Giacomelli. Mais en fait, je mens. Je suis bien incapable de ça ! Coudre ? Quand je prends une aiguille, je suis sûre de me piquer. Pire que les roses du jardin. Mais j'ai dû ranger la cuisine je ne sais pas combien de fois pour avoir le courage de demander à ma mère de coudre ces initiales sur la casquette. Et ce n'était pas tant pour la cuisine à ranger que pour toutes les questions que je savais que j'aurais à affronter sur ces initiales. C'est pour qui ? Et pourquoi tu lui offres ? Et vous avez fait quoi ? On a fait quoi, maman ! Mais ça nous regarde. Ne serait-ce que parce qu'il n'y a rien de pire que de ne pas avoir le courage d'admettre, même pas à soi-même, qu'on ne sait vraiment pas quoi faire… N'avoir absolument aucune idée.

Ricky se la met sur la tête.

— Comment elle me va ?

— Très bien.

Je souris et nous restons sur le seuil de la porte, nous nous regardons. Puis Ricky prend un chocolat.

— Tu aimes le chocolat noir ?

— Oui, beaucoup.

Il me le passe. Il en prend un au gianduja. Nous les ouvrons en même temps, en nous regardant, en souriant, en roulant en boule les morceaux de papier doré. Puis il me prend le mien des mains et le met autour du sien, ce qui fait une boule dorée encore plus grande, il la laisse tomber dans le vide et il la frappe en vol d'un coup de pied, il lui fait faire un arc et elle passe par une fenêtre ouverte sur les escaliers.

— Goal !

Il fait le pitre, lève ses deux mains au ciel. Et moi, amusée, j'applaudis.

— Bravo ! Beau but !

Mais ensuite, le silence retombe. En cet après-midi hivernal, à deux pas de la pluie fine qui tombe un peu plus loin, là où ce petit ballon de foot improvisé a terminé sa course. Nous nous regardons en silence. Ricky enlève sa casquette. Il joue avec, un peu gêné. Il regarde vers le bas, ses mains, puis à nouveau mes yeux. Je fais de même. Puis, soudain, Ricky s'approche, sa tête ondule vers moi... Comme si... Comme si... Oui, il veut m'embrasser. Et moi vers lui. Aujourd'hui, mon premier baiser, la Saint-Valentin, la fête...

— Qu'ils sont mignons ! Les deux amoureux qui vont s'embrasser !

Ma sœur, quelle idiote !

— Nous étions juste en train de nous dire au revoir.

— C'est ça... alors dites-vous vite au revoir parce que maman a dit que c'était prêt.

Heureusement, elle s'en va.

Nous nous regardons un court moment, gênés. Puis Ricky essaye de résoudre la situation.

— Tu viens ce soir ?

— Où ça ?

— Chez Bretta, c'est son anniversaire.

— Ah oui, c'est vrai ! J'avais complètement oublié !

Nous restons sur le pas de la porte, nous nous regardons en silence.

— À table !

Ma sœur repasse. Elle rit. Je vous jure, je la déteste.

— Bon, ciao. À ce soir.

Je ferme la porte. Ricky remonte tout content, il met sa casquette. Il sourit. Ce soir il va la revoir. Mais il ne pensait pas à moi ! Il pensait à Rossana. Et vous savez qui c'est ? La maman de Bretta. Ça, je ne l'ai découvert que le soir, à la fête. Et j'ai cru que le monde s'écroulait. Une déception incroyable. Et puis, j'ai compris que le monde des garçons ne pouvait pas s'écrouler. Il est fait comme ça.

Maintenant, je vais vous raconter ce qui s'est passé, ce qui se tramait depuis des semaines sans que je le sache. J'ai rassemblé des indices, des détails, et Bretta m'a aussi raconté quelques trucs. Mais jamais au grand jamais je n'aurais cru que Riccardo, ce garçon mignon et romantique qui m'avait offert le petit banc avec les deux cœurs amoureux, puisse en arriver là.

Riccardo habite au dernier étage de notre immeuble, et juste en face il y a l'immeuble de Bretta. Dont le vrai nom est Gianfranco, en fait. Je n'ai jamais compris d'où vient le surnom Bretta. Mais ça, c'est une autre histoire. Trop difficile pour moi, pour être honnête. Quoi qu'il en soit, un jour Riccardo travaillait dans sa chambre. Un de ces après-midi monotones où on n'arrive pas à retenir quoi que ce soit. Le soleil se couchait, il travaillait à son bureau, face à la fenêtre, il n'avait pas encore allumé sa lampe, quand soudain, dans l'immeuble d'en face, dans l'appartement de Gianfranco, ou de Bretta, si vous vous y perdez, une lumière s'est allumée. Un instant spécial. Comme si quelque chose était sur le point de se produire. Cette chambre vide, cette lumière allumée, personne qui n'entre, cette attente qui crée un lent suspense. Et voici que Rossana entre dans la pièce. Elle est nue, complètement nue. Elle sort de la douche. Elle se sèche les cheveux en les frictionnant avec une serviette. Riccardo n'en croit pas ses yeux. Il se lève de son bureau et ferme la porte de sa chambre, bien qu'il n'y ait personne chez lui, comme ça, pour être sûr. Et il continue à la regarder.

Elle, Rossana, la mère de son ami, n'est pas particulièrement belle, mais elle a une très grosse poitrine. Et puis, je ne sais pas, le fait de… oui, bref, de l'espionner comme ça. Ça l'excite encore plus. Rossana jette la serviette sur le lit et disparaît, sort de la chambre.

Riccardo reste un peu à son bureau, il attend. Mais les secondes passent, les minutes, et son envie reste. Alors, au bout d'un moment, il n'en peut plus, et il a une idée. Il va dans la chambre de sa mère, il n'avait pas encore de portable mais il savait que chez Bretta il n'y avait pas de mouchard sur le téléphone fixe, alors il fait le numéro. Puis il court à son bureau où il se rassied, essoufflé et encore plus excité. Au bout d'un moment, Rossana entre à nouveau dans la chambre. Elle est encore nue. Ses cheveux ont un peu séché, et elle va vite vers le téléphone, elle prend le combiné, mais naturellement au bout du fil il n'y a personne.

— Allô ? Allô ?

Riccardo sourit, puis raccroche le téléphone en la regardant, nue, secouer la tête. Elle se frictionne les cheveux, ouvre l'armoire, indécise sur ce qu'elle va mettre. De temps à autre, son corps se détache, nu et rose, sur la porte de l'armoire entrouverte. On voit son dos, qui sent le gel douche et la crème, même de loin. Et cette serviette humide jetée sur le lit, et cette sensualité qui sort par la fenêtre entrouverte. Rossana s'en va. Riccardo compose à nouveau le numéro. Et elle revient, aussi nue qu'avant. Elle s'approche du téléphone. Riccardo est déjà revenu à son bureau. Il la voit répondre, toujours nue.

— Allô ? Allô ? (Rossana attend une seconde, en regardant le combiné muet.) Mais qui est-ce ?

Puis elle se tourne vers lui, les seins nus, généreux, encore plus beaux dans la lumière de la chambre. Riccardo sourit dans la pénombre, dans le silence de sa chambre, on n'entend que le bruit d'une fermeture Éclair baissée, celle de son pantalon. Puis un soupir excité qui se perd dans ses mouvements, et la femme en face de lui. Elle se penche, enfile lentement une petite culotte prise dans un tiroir de l'armoire, trop bas pour ne pas être excitante. Et cette histoire, quand Riccardo est seul chez lui, continue pendant des semaines.

Rossana est une femme qui aime prendre une douche à la fin de la journée et pour qui il est naturel de se promener nue chez elle. Elle est souvent seule, et trop souvent obligée de répondre à ce téléphone muet. Tandis que Riccardo, toujours là, dans la pénombre de sa chambre, la regarde. Il sourit. Il s'imagine être là-bas. Près d'elle, dans la pièce. Assis sur ce lit. Si par hasard elle s'éloigne, Riccardo voit s'allumer la lumière du salon ou de la salle de bains, alors il compose à nouveau son numéro de téléphone pour la faire revenir dans la chambre à coucher, pour la regarder encore, pour pouvoir l'admirer dans toute sa nudité. Elle, si entière, si pleine, ses seins si gros. Et tout se passe de façon quasi parfaite, presque monotone.

Jusqu'à ce soir-là.

Le 14 février, la Saint-Valentin, la fête des amoureux. Et aussi l'anniversaire de Bretta.

— Salut ! Salut ! Comment ça va ?

Ils s'embrassent à tour de rôle, la bande de jeunes gens entre chez Bretta. Il y a Anto, Simo, Lucia et toutes les filles et les garçons des deux immeubles. Bretta a invité tout le monde, évidemment. Riccardo arrive, il salue poliment la maman de Bretta, Rossana.

— Bonsoir, madame…

— Salut, Riccardo, comment ça va ?

— Bien, merci, et vous ?

Ils se sourient, très polis dans leurs rôles respectifs. Riccardo la regarde s'éloigner dans sa robe longue, il l'observe déambuler lentement parmi les invités. La maman de Bretta salue les autres et, malgré la longueur de son caftan, Riccardo distingue les courbes qu'il ne connaît que trop bien.

Qui sait si elle a mis son soutien-gorge tout en dentelle bordeaux, ou l'autre, le noir transparent… Mais il est soudain enlevé et ramené à la réalité.

— Ricky, on s'assied à côté ?

Je le regarde et je lui souris en pensant au petit banc avec les deux cœurs qu'il m'a offert, au chocolat mangé ensemble, à ce silence si embarrassant mais si romantique… Et aussi à ma sœur, cette salope !

— Bien sûr ! Asseyons-nous tout de suite à côté, avant que les autres ne prennent toutes les places.

En un instant, nous sommes à table. Et les autres nous suivent de près, comme si nous avions donné le coup d'envoi du dîner.

— Allez, moi je me mets ici.

— Et moi en bout de table.

— Non, ici il y a Maria.

— Et là c'est la place de Lucia.

Finalement, après quelques petites discussions, nous sommes tous assis. Je compte. Nous sommes dix-huit. Et moi je suis heureuse, si heureuse. Riccardo est à ma droite et à un moment il déplace la nappe. « Regarde. » Il m'indique sa poche gauche.

Noooon… Trop mignon ! Il a la casquette bleue que je lui ai offerte. Avec mon argent. Bon, d'accord, celui de maman, mais lui il ne le sait pas. Il me sourit, je lui serre la main sous la nappe et juste à ce moment la maman de Bretta arrive.

— Voici les premières choses à manger. J'ai fait des beignets délicieux, à la mozzarella, aux fleurs de courgette, des *suppli*[1], et on va commencer par les olives farcies.

Elle passe derrière nous et dépose un premier beignet dans chaque assiette.

— Voilà, une olive pour toi, une pour toi, une autre pour Lucia…

Qui est un peu avant Riccardo mais, bizarrement, arrivée à lui, elle le saute.

— Voilà, pour Carolina. Pour toi… et celle-là pour toi, Adele.

Elle finit le tour. Nous mangeons tous notre olive. Mais moi je n'en croque que la moitié.

— Tu en veux un morceau ?

Je l'approche de la bouche de Riccardo, mais il secoue la tête.

— Non, merci, ça ne me dit rien.

Alors je la termine. D'accord, il a dû lui dire qu'il n'aimait pas ça ! Juste à ce moment-là, la maman de Bretta arrive avec une autre grande assiette.

— Et voici les *suppli* !

Elle commence le tour.

— Un pour toi, un pour toi…

Ils sont chauds, elle les prend sur l'assiette avec une serviette pour ne pas se brûler et elle les pose dans nos assiettes.

— Celui-ci pour toi, celui-là pour toi, Lucia…

Et elle saute à nouveau Riccardo.

— Et celui-là pour Carolina !

—————

1. Riz à la tomate avec des morceaux de mozzarella et des petits pois, frit en beignets.

Cette fois, Riccardo se tourne vers elle en souriant.

— Excusez-moi, Rossana, mais c'est la deuxième fois… vous n'avez rien mis dans mon assiette.

Rossana s'arrête, se tourne vers lui et lui sourit :

— Où est le problème, à toi, je te fais des strip-teases, non ?

En une seconde, Riccardo devient tout rouge, les autres se taisent et se regardent sans bien comprendre ce que signifie cette phrase. Bretta et Stone, eux, rient et regardent Riccardo, qui voudrait disparaître sous la table. Mais le dîner continue, lui il ne dit rien, il ne parle à personne et évidemment ne mange rien. Il passe tout le reste de la soirée dans un coin du salon avec un drôle de sourire, en nous regardant jouer à un jeu de questions. De temps en temps, je me tourne, je le regarde et je lui fais un sourire, pour lui soutenir un peu le moral, mais je ne sais pas bien quoi lui dire, j'hésite à l'inviter à jouer avec nous. Il me sourit, lui aussi, mais il a l'air très triste, et nous en revanche nous nous amusons beaucoup, alors que lui n'attend qu'une chose, que la soirée se termine. À partir du lendemain, Riccardo a toujours baissé le store de sa chambre. Chez Bretta, il n'y a plus eu de coups de fil anonymes, et évidemment notre *love story* a pris fin ce 14 février.

Je reviens au présent. Ils jouent toujours dans la cour. Comme si le temps n'avait pas passé ! Ils réussissent à marquer un but contre Stone et Ricky saute dans les bras de Bretta ! Un truc de fou. Si quelqu'un espionnait ainsi ma mère, je lui casserais la figure, je ne l'embrasserais plus jamais. Je me demande comment ils l'ont découvert. Ça fait partie des choses que je ne saurai jamais. J'abandonne mes amis dans la cour. Peut-être pour toujours. Ils vont me manquer un peu. Comme c'était bien, de jouer ensemble le dimanche, après les devoirs dont nous gratifiait l'école. Nos jeux préférés étaient un, deux, trois, soleil, la marelle et l'élastique. J'étais très forte à l'élastique, à la marelle je me débrouillais, à un, deux, trois, soleil je m'ennuyais. Mais ce que j'aimais par-dessus tout était jouer à la gamelle. Une fois je les ai tous libérés en passant dans le jardin des voisins. Il est plein de plantes, d'orties, de ronces. Mais moi je l'ai traversé quand même, mieux que Rambo ! Et à la fin… gamelle ! J'ai été la star de l'après-midi. Peut-être parce qu'ils avaient tous été découverts et que j'étais la dernière à pouvoir les sauver, et c'est ce qui s'est passé. Et vous savez qui devait chercher les autres ? Riccardo. À l'époque, je ne savais rien de cette histoire. Quand je pense que tous les soirs j'écrivais son nom dans mon journal intime. Je n'avais pas encore mon portable, pour cacher tous mes secrets. Eh… Parfois, la vie te donne le moyen de te venger sans que tu le saches.

Je sonne à la porte. On ne m'a pas encore donné les clés. Je n'ai pas le temps de rentrer que maman m'assaille :

— On peut savoir où tu étais ?

— Au collège. J'avais une recherche à faire avec mes amies.

— Pourquoi tu ne m'as pas prévenue ? Tu aurais pu laisser un mot. Quelque chose ! Pourquoi il faut toujours que je m'inquiète pour toi ?

Elle est rouge. Fatiguée, éreintée. Elle est en train de repasser, après sa journée de travail. Maman, j'étais partie à la recherche de Massi ! Mais le lui dire n'est peut-être pas une bonne idée.

— Maman, regarde… (Je sors de ma poche le téléphone neuf qu'Alis m'a offert.) Je l'ai retrouvé !

— Bien… je suis contente.

122

Elle soupire. Elle est encore fâchée. Mais elle finit par m'embrasser. Elle se baisse et me serre fort dans ses bras. Puis elle s'éloigne et me regarde dans les yeux.

— Il ne faut pas que je puisse m'inquiéter pour toi. Ça me rend folle, de ne pas savoir où tu es. Déjà que je m'inquiète beaucoup pour ton frère et ta sœur… (Elle m'ébouriffe les cheveux.) Ne t'y mets pas, toi aussi !

Juste à ce moment-là arrive Ale. Je lui souris.

— J'ai retrouvé mon vieux téléphone. Tiens… (Je mets ma main dans ma poche et je prends le neuf que maman m'a offert.)… c'est pour toi.

Je lui donne le téléphone. Ale le prend et l'examine. Puis elle me regarde fixement en faisant une grimace.

— C'est ça… D'après toi, j'accepte tes déchets ?!

Elle se tourne et s'en va. En haussant les épaules, en soupirant, agacée. Mais en attendant, le téléphone neuf, le déchet, comme elle dit, elle l'a gardé.

L'après-midi se termine tranquillement. Je travaille à la cuisine avec maman qui prépare à manger. De temps à autre, je répète à voix haute, et ça la fait sourire, quand je fais ça. Elle a éteint la télé qu'elle regardait presque sans le son.

— Sinon, ça va te distraire…

Soudain, je sens mon portable vibrer. Je le sors discrètement de ma poche. Je regarde, j'ai reçu un message d'Alis. Je jette un coup d'œil à maman. Elle ne s'est rendu compte de rien. J'ouvre le message. Noooon ! Trop fort !

« Salut. J'ai réussi à vous faire inviter toutes les deux chez Michela Celibassi. Clod vient de son côté. Moi je passe te prendre à 20 h 30, OK ? »

Sans réfléchir, je réponds : « Parfait », avec plein de smileys. Mais bon, maintenant, il faut le dire à maman.

D'habitude, il faut la prévenir au moins trois jours à l'avance. Et, comme si elle s'était rendu compte de quelque chose, elle se tourne soudain vers moi.

— Dis-moi, ça te va, des pâtes au thon, ce soir ? Ale aime ça, elle aussi… Giovanni n'est pas là, de toute façon. Qu'est-ce que tu en dis ?

— Voilà… maman. À ce sujet, j'aurais quelque chose à te dire… C'est-à-dire, je sais, j'aurais dû te le dire avant, mais je ne le savais pas, c'est-à-dire, ce n'est pas que je ne le savais pas, je l'espérais, je l'espérais parce que je n'étais pas invitée.

Bref, je l'ai embobinée un peu, de sorte qu'à la fin elle était quasiment obligée de dire oui, c'était même un soulagement pour elle. Je lui ai dit qu'on y allait toutes, que même les professeurs venaient, que mon année scolaire s'y jouait, qu'on allait décider quel lycée choisir, que toutes mes amies seraient là, et puis je répétais souvent « Mais si tu préfères, je n'y vais pas, hein… », qui est le meilleur moyen pour la faire céder, et aussi que c'était une fête élégante.

À tel point qu'à la fin elle m'a dit : « Je t'en prie, vas-y, vas-y. Je suis heureuse que tu y ailles ! »

Je ne me le suis pas fait répéter deux fois. J'avais fait semblant d'être un peu déprimée et indécise, alors je fais mine de profiter de cette victoire.

— Merci, maman !

Je lui saute au cou et je la serre dans mes bras, je l'embrasse. Je la serre fort et je lui envoie un bisou d'amour, mais surtout une phrase qui sort très facilement : « Je t'aime, maman, ciaooo ! », et je me sauve dans ma chambre. Je me mets à sortir plein de vêtements de l'armoire. Un top noir. Un jean foncé. Peut-être qu'il y aura les Rats. Il faut que je fasse effet sur Matteo, Matt, comme il veut qu'on l'appelle. Et Massi ? Tu n'y penses pas, à Massi ? C'est vrai, ça. Je mets son CD, je l'écoute et je danse en me préparant. Je choisis quelque chose, je l'enfile, de toute façon personne ne peut entrer dans ma chambre. Zone libre ! Mais défendue pour vous ! Accès interdit ! Il y a trois écriteaux sur la porte. Mais ça n'a pas l'air de gêner Ale le moins du monde. Elle entre sans frapper.

— Pardon, tu peux baisser la musique, je travaille !

Elle est comme ça. Elle ne dit rien d'autre, elle s'en va, plus antipathique que jamais. Finalement je choisis trois choses : un pantalon Miss Sixty, pour le montrer à maman. Puis je me rends compte que, bien que j'aie baissé la musique, Ale est allée au salon, alors je fonce dans sa chambre et je trouve tout de suite ce que je cherchais. Le truc incroyable, avec ma sœur, c'est que pour le bas on fait la même taille... Heureusement, comme ça je peux lui piquer tout ce que je veux, exactement comme maintenant. En ce qui concerne le haut... je vais devoir être patiente. Mais je ne m'inquiète pas, tout a l'air de se développer comme il faut. Je retourne dans ma chambre, je prends les deux autres trucs qui d'après moi me vont à merveille, et puis du maquillage, même si pour l'instant je ne mets qu'un trait de Rimmel. Je mets tout dans un petit sac puis, sans me faire remarquer, je sors tout doucement sur le palier et j'appelle l'ascenseur. Le voilà, il arrive. J'entre sur la pointe des pieds et je mets le sac au-dessus, dans un petit compartiment juste en dessous des ampoules. Puis, rassurée, je rentre à la maison. Je referme la porte tout doucement et je vais dans ma chambre sur la pointe des pieds. Je remets la chanson de Massi. Elle est trop belle. Je danse un moment les yeux fermés, et je rêve... Mais je les rouvre d'un coup. Peut-être que je ne le reverrai jamais, et rien qu'à l'idée je me sens détruite. Je me jette sur mon lit et je feuillette le livre que je suis en train de lire, *Scusate se ho quindici anni*, et je relis la phrase qui m'a tant plu hier. « Tu en connais plus sur toi que ce que certaines personnes réussiront à connaître. Elles s'enferment, elles interrompent le flux de sang dans leur cœur et elles sourient comme si c'était la chose la plus naturelle au monde. » Maintenant que j'y repense, je ne suis plus si convaincue que ça. Une autre qui m'a plu, c'est celle-ci : « Je me perds moi-même, je me perds dans quelque chose que je n'arrive même pas à trouver. C'est peut-être ça, le problème. Je n'arrive pas à le trouver. Je n'arrive pas à l'atteindre. Rien à faire, je n'y arrive pas. » Je regarde par la fenêtre. Le soir qui tombe. Les premières étoiles qui brillent. Comme je suis poétique… C'est que j'ai envie de tomber amoureuse. Et juste à ce moment-là, la chanson sur le CD de Massi recommence, c'est le destin ! Et comme si ça ne suffisait pas, mon téléphone vibre sur le bureau. C'est Alis. « Tu descends ? »

Je réponds tout de suite : « *Five minutes.* »

Je me sens un peu *english*, aujourd'hui.

— Maman, je suis bien, comme ça ?

J'arrive à la cuisine, toute en beauté tranquille. Maman pose sur la table l'aiguille, le fil et la chaussette qu'elle était en train de repriser. Puis elle me regarde, de haut en bas, me scrute tout entière, puis sourit.

— Oui. (Tout semble aller pour le mieux.) Elles sont déjà en bas ?

— Oui.

— OK, vas-y, et ne rentre pas trop tard. Garde ton portable allumé et sur toi, et sois à la maison avant 11 heures.

Je l'embrasse rapidement sur la joue et je file avant que papa ne rentre. Avec lui, ça pourrait être un peu plus compliqué. Juste au moment où j'arrive sur le palier sort notre voisin d'en face. Oh, non, il ne manquait plus que ça. Comment je vais faire, maintenant ? C'est un type sympa. Il s'appelle Marco, il travaille à la télé, il doit avoir quarante ans. Je décide de tenter le coup. J'ouvre la porte de l'ascenseur et je le regarde en souriant.

— Vous faites quoi, vous descendez à pied pour garder la forme ou vous prenez l'ascenseur ?

Marco me regarde, un peu perplexe, il lève un sourcil.

— Pourquoi, tu trouves que j'ai grossi ?

À mon avis, il a pris quelques kilos. Mais si je lui dis, il va se vexer, non ? C'est difficile, dans ces cas-là. Il faut être diplomate, et moi malheureusement je ne le suis pas toujours. Ou alors, spirituelle. Là, je suis meilleure.

— Qu'est-ce que vous préférez... Un mensonge ou une vérité dramatique ?

Il me sourit, même s'il semble un peu vexé.

— J'ai compris. Je vais descendre à pied.

— Mais non... je plaisantais !

Mais je ne lui laisse pas le temps d'y réfléchir à deux fois. J'entre dans l'ascenseur, je ferme les portes et j'appuie sur le bouton rez-de-chaussée. Au bout de même pas un étage, j'appuie sur stop. Je n'ai que quelques minutes pour me changer. Allez, vite. Je prends le sac en haut, j'en sors les vêtements et je me déshabille en vitesse. Les chaussures, le pantalon, le chemisier. Et j'enfile le top, la jupe courte et les bottes. Je ramasse tout ce qui traîne par terre et je le remets dans le sac, puis je prends le maquillage. Je me mets un peu de Rimmel, un peu de fard à paupières, un peu d'eye-liner, ça y est, je suis prête. À ce moment-là, j'entends quelqu'un, au rez-de-chaussée, qui frappe sur la porte et crie :

— Ascenseur ! Ascenseur !

Une autre voix.

— Il est bloqué ?

Je mets le maquillage dans le sac et j'appuie sur rez-de-chaussée. J'ai l'impression d'être dans un film d'action comme *Mission impossible*, sauf qu'il n'y a pas

Tom Cruise et surtout… que je ne peux pas changer de visage, comme lui. J'arrive au rez-de-chaussée et j'ouvre la porte. Je tombe sur Marco et sur Mme Volpini, celle du deuxième étage.

— Qu'est-ce qui s'est passé ?

Je souris, naïve, tentant de faire la plus petite fille possible.

— Ben… Je ne sais pas, il s'est bloqué.

Mais Marco, qui doit avoir l'œil et une excellente mémoire, vérifie dans l'ascenseur que par hasard il n'y a pas une autre moi, et secoue la tête.

— Voilà pourquoi j'avais soudain grossi.

Je souris en me dirigeant vers la sortie.

— Oui… Un peu d'exercice et tu as tout de suite tout perdu !

Je pars en courant. Et si elle faisait comme d'habitude ? Elle s'en rendrait compte ? Rien n'échappe jamais à une maman, même pas de loin. J'ouvre mon portable et j'appelle à la maison. C'est Ale qui répond.

— Tu me passes maman ?

— Mais tu es où ?

— Passe-moi maman.

Elle ne me répond pas. Elle pose le combiné et je l'entends appeler. « Maman, téléphone… » Je rapproche le téléphone de mon oreille, je me penche un peu et je la vois s'éloigner de la fenêtre, où elle se tenait. Je savais qu'elle y était ! Je ne fais ni une ni deux, je cours vers la rue. En même temps, j'entends sa voix dans le téléphone.

— Oui, qui est-ce ?

— C'est moi.

— Caro, qu'y a-t-il ? Où es-tu ?

— Je suis déjà en voiture avec Alis.

— Et pourquoi tu appelles ?

— Je voulais te dire une chose. Je t'adore, maman.

Je la sens sourire à l'autre bout du fil, plus douce et plus maman que jamais, et l'espace d'un instant je me sens coupable.

— Moi aussi ! Mais ne rentre pas trop tard.

— Bien sûr, maman…

Je raccroche, je me sens plus sereine, mon sentiment de culpabilité a disparu et je monte dans la voiture d'Alis avec une seule certitude :

— Ce soir, on va s'amuser comme des folles !

Alis démarre sur les chapeaux de roue.

— Un peu, oui ! Tu sais qui il y aura ?

Elle débite une liste de noms qui n'en finit plus, au bout de quelques minutes j'ai presque tout oublié. Tout en parlant, elle conduit à une vitesse incroyable. Alis est terrible, dans sa petite voiture. Elle est trop forte, elle s'est acheté une Aixam couleur crème, elle a fait faire tout l'intérieur en rose et sur la carrosserie elle a fait peindre deux énormes yeux roses à la Hello Kitty. Et elle a même fait mettre une connexion pour son iPod ! Comme ça on peut écouter notre musique. Je mets tout de suite un morceau que j'adore : *Stop ! Dimenticata*, de Tiziano Ferro. Et je danse en rythme. Puis j'ai un doute :

— Eh, mais comment tu as fait ?

— Quoi donc ?

— Comment tu as fait pour nous faire inviter, Clod et moi ?

— Oh, facile. J'ai dit que vous étiez en train d'organiser une fête incroyable au Supper, tu sais, cette boîte toute blanche où il est difficile d'entrer.

— Mais on n'organise rien du tout, nous.

— Qu'est-ce qu'elle en sait, elle ?

— Et si elle le découvre ?

— Vous avez changé d'avis ! On n'a pas le droit de changer d'avis ?

— Tu es folle !

— Oui, complètement !

Elle se gare en braquant d'un coup, je me cogne contre la portière, si la vitre était baissée je serais sans doute passée au travers !

— Eh, ça c'est du freinage !

Elle rit. Elle déconnecte l'iPod et le met dans sa poche. Nous descendons. Il y a plein de voitures sans permis Chatenet, Aixam et Lieger garées en bas. Je les reconnais toutes. Samantha, Simone, Elettra, Marina. Ce que j'aimerais en avoir une. Je vais bientôt avoir quatorze ans. Peut-être que mes parents y réfléchissent. Je leur ai bien fait comprendre que ça me plairait beaucoup, je me suis même endormie plusieurs fois avec le catalogue Chatenet ouvert sur le visage, comme un journal ! Celui des occasions, aussi, au cas où ils voudraient économiser un peu ! Mes parents travaillent dur et on ne peut pas dire que l'argent coule à flots, à la maison. D'accord, j'ai mon argent de poche, je vais dans une bonne école et je n'ai pas à me plaindre. Ma sœur Ale a eu un scooter à quatorze ans et demi. Rusty James à quinze ans, mais depuis il n'a plus rien voulu, il s'est toujours débrouillé tout seul, il a fait plein de petits boulots, il a organisé des fêtes dans des boîtes de nuit et travaillé dans des pubs, tout ça pour se payer la moto qu'il a maintenant. Son rêve est de s'acheter une voiture, il le dit toujours. « Je voudrais une vieille Mercedes Pagoda, comme celle de Richard Gere dans *American Gigolo*, je la choisirais bleu ciel… » Moi je ne l'ai pas vu, ce film, mais pour qu'il en parle comme ça, elle doit être vraiment belle, cette voiture !

Je regarde mieux, et au milieu des voitures sans permis de mes amis j'en vois une nouvelle, elle est bleu foncé métallisé, avec sur les portières des numéros plus clairs de différentes tailles. On dirait une drôle de séquence : un cas compliqué, comme dans *Da Vinci Code*. Je me demande à qui elle est.

— Bonsoir ! (Alis salue le monsieur à la porte, qui a une liste à la main.) Sereni et Bolla.

Le type contrôle sur la liste, puis avec un sourire il se déplace sur le côté pour nous laisser passer. Quelle villa ! Quel endroit splendide. L'entrée donne sur le virage du Viale Parioli, j'en ai toujours entendu parler mais je n'étais jamais venue.

— Ah, vous voilà !

Clod sort de derrière un arbre, dans le virage.

— Qu'est-ce que tu fais là ?

— Devine. Je vous attendais.

— Mais il y a la moitié de la classe, à l'intérieur, tu aurais pu entrer.

— Oh, tu es lourde… J'avais honte, allez, on entre ensemble.

Ce que nous faisons. Nous marchons un peu et la maison nous apparaît enfin dans toute sa beauté. On dirait une vieille ferme, de celles qu'on voit sur les photos de la campagne, surtout en Toscane et en Ombrie, en tout cas jamais à Rome, mais celle-ci est en plein centre ! En plus, la musique est à fond.

— Les Finley !

Dans un coin, sous les arcades, un DJ bouge la tête en rythme, il se mord la lèvre, il a une casquette à visière et il nous salue en levant le menton vers nous. « Allez ! » Il met un autre morceau en scratchant.

Alis se détache du groupe et va retrouver des filles qui dansent au bord de la piscine, elle enlève ses chaussures et reste pieds nus. La musique est incroyable. Et le type a compris que ça plaît, alors il monte le son. Les woofers des baffles résonnent jusqu'aux étoiles. Alis a choisi une tenue trop mignonne. Je ne m'en aperçois que maintenant. Elle a une robe avec plein de franges, blanche, avec des cordelettes, ou des trucs du genre, qui bougent en rythme. Elle ouvre son sac, qu'elle a posé tout près, elle en sort un bandeau qu'elle se met autour du front, et elle agite la main vers le ciel en la faisant tournoyer, « Yoouuuuu », comme si elle était une fille sauvage à cheval. C'est invraisemblable, elle qui est toujours si sérieuse, elle devient folle à la première note de musique qu'elle entend. Elle continue à sauter entre les gens, à leur danser autour.

— Qu'est-ce qu'on fait, on y va aussi ?

Je regarde Clod en attendant une réponse.

— Non… Moi j'ai honte !

— Mais honte de quoi ? Allez, on va s'amuser, écoute un peu cette musique. (Je la prends par un bras. Et je l'entraîne derrière moi.) Allez, viens !

Mais elle résiste un peu, et moi je la tire péniblement.

— Eh !

Elle rit.

— Quoi ?

Je ris.

— Tu le sais !

Elle est lourde. Quoi qu'il en soit, elle a un peu envie de venir, ne serait-ce que parce que si elle résistait vraiment, je ne serais pas capable de la tirer ! Ce moment est un peu stupide. Finalement, nous arrivons près d'Alis, nous nous mettons à danser, et j'aperçois les autres de la classe : Martina, Vittoria, Stefy, Giuli, et aussi Lallo et les autres… Il y a même les Rats. Je vois Luca et Fabio… Quelqu'un me tape sur l'épaule.

— Eh, mais c'est Caro !

Je me tourne et je souris : c'est Matteo, Matt ! Je continue à danser devant lui et je hausse la voix. Je hurle un peu pour couvrir la musique.

— Tu cherchais qui ?!

— Toi… Mais je ne te reconnaissais pas. Tu es superbe !

Je rougis un peu. Mais je continue à danser devant lui, en le regardant dans les yeux. Zut, chère lune, aide-moi, dis-moi que ça ne se voit pas que je suis aussi rouge qu'une tomate. Dis-le-moi, je t'en prie ! Je continue à danser, je le regarde dans les yeux, je souris, je suis complètement hébétée. Mais pourquoi ça me fait ça quand il me fait un compliment ? À mon avis, il a compris, et il le fait exprès. Finalement, j'arrive à dire quelque chose de plus ou moins sensé.

— Tu dis ça parce que je suis plus maquillée que d'habitude.

— Mais non… je ne m'en étais même pas aperçu. Viens !

Cette fois, c'est lui qui me prend par un bras, il me tire tellement fort que je manque de trébucher. Je cours derrière lui, Alis et Clod me voient partir comme une flèche, comme tirée par un élastique.

— Eh, mais ils vont où ?

Clod s'approche d'Alis.

— Tu ne sais pas que Matt, comme elle l'appelle, lui plaît depuis très longtemps ?

Heureusement, je n'ai pas le temps de les entendre, je suis déjà loin, plus loin que le jardin, que le buffet, entraînée par l'enthousiasme de ce fou de Matt. Il s'aperçoit que je jette un coup d'œil à la table.

— Après on revient manger quelque chose, OK ?

Je lui fais signe que oui. Mais je n'en ai rien à faire. Il me traîne dans la maison, nous traversons des salons pleins de tableaux, de statues et de bustes en marbre posés sur d'élégantes colonnes. On se croirait dans un des musées qu'on visite parfois avec l'école.

— Viens, je veux te montrer quelque chose…

Matt me sourit. Je le trouve encore plus beau que dans mon souvenir. C'était quoi, déjà, l'histoire ? Ah oui, il a changé d'école parce que ses parents ont déménagé. Il est grand, mince, cheveux blond foncé, yeux noisette. Un croisement entre Colin Farrell, Brad Pitt et Zac Efron.

Bref, vous avez compris de qui je parle ? Une bombe atomique. Et comme si ça ne suffisait pas, il est toujours super stylé : jean militaire, chaussures North Sails, pull près du corps à col en V, avec des pièces aux coudes, doubles coutures, un peu plus foncées que la couleur du pull, bleu-gris. Mythique. Mais pourquoi je vous dis ça ? Alors, ne nous le dit pas, diraient Alis et Clod. Heureusement qu'elles n'entendent pas mes pensées… et heureusement, il ne les entend pas, lui ! Du moins, j'espère.

— À quoi tu penses ?

Il me sourit.

— Hein ? Non, à rien. Rien… À combien cette maison est grande.

Il sourit. À mon avis, il n'en croit pas un mot. Je rougis à nouveau. Et de deux.

— Voilà, on est arrivés !

Nous entrons dans une salle remplie d'armures.

— Regarde…

Elle est pleine de vieux fusils, d'arquebuses, d'épées, de longues lances, de heaumes et de drôles de drapeaux. Matt me tient par la main, nous déambulons entre toutes ces vieilles armes, ces étendards et ces blasons, et nous arrivons à un incroyable habit endossé par un mannequin, fait de perles et de petites pierres de mille couleurs, avec un gilet en losanges d'argent, d'or blanc, un peu plus clairs, et de fils dorés qui s'entrecroisent comme une trame magique. Il me pousse jusque-là, puis il me laisse aller, si bien que je finis derrière le mannequin.

— Voilà, arrête-toi là… (Il sort de sa poche un Nokia N95. Je le reconnais de loin, c'était mon deuxième préféré.) Ne bouge pas… ne bouge pas. Voilà, comme ça, garde la tête droite !

Je me retrouve là, immobile derrière ce mannequin, comme si je portais moi aussi cet ancien habit précieux.

Il oriente son téléphone vers moi, cadre, puis prend la photo. Flash. Il sourit.

— Voilà. Tu es ma princesse.

Zut, alors. Il n'y va pas de main morte. Mais je n'ai pas le temps de penser plus loin, il me prend à nouveau par la main et me fait tourner sur moi-même. Je cours derrière lui, à grand-peine. Il dépasse deux autres armures, toutes simples, puis il s'arrête au fond de la pièce, il me regarde d'un air malicieux, et aussi un peu fourbe.

— Chut, par là. C'est un passage secret !

Il se glisse derrière une cheminée, dans un passage étroit qui mène à un escalier, éclairé par de petites ampoules qui créent une lumière faible, presque vacillante, comme des bougies. Je le suis, nous montons cet escalier de bois en colimaçon, qui nous mène à un petit portail.

Quand nous l'ouvrons, il grince. Nous sortons sur la grande terrasse de la maison. Comme si nous étions arrivés par une petite lucarne. C'est un grand espace à ciel ouvert, avec quatre flèches dans les coins.

— Je pense que c'était un vrai château ! Viens.

Matt me prend à nouveau par la main, et moi, naturellement, je le suis. Dans l'obscurité de la nuit, nous nous retrouvons au bord de la terrasse. Il n'y a qu'une vieille balustrade blanche un peu décrépie. Il s'y appuie et se penche un peu en avant.

— Regarde, on voit tous les gens qui dansent.

Je me penche à mon tour. J'aperçois Alis, au milieu des autres, qui se déchaîne avec Clod, Simona, et toutes les autres filles de la classe. Elles font une espèce de petit train, la musique nous arrive légèrement ouatée, brisée par le vent qui emporte quelques notes au loin.

— Allons voir de l'autre côté…

Il va jusqu'à la balustrade opposée. Loin de tout et de tous. De ce bruit. Nous nous retrouvons sous de grands arbres vert foncé, aussi sombres que la nuit qui nous entoure, comme la ville qui semble si lointaine. Plus loin, on ne voit que les mille lumières des rues qui mènent au centre.

— Tu vois, là-bas, c'est l'Autel de la patrie. (Il indique un point de la main. J'essaye de suivre son doigt, je finis par le voir.) Ou du moins, je pense que c'est ça.

Puis j'en indique un à mon tour.

— Là-bas, au fond, tout illuminé, c'est quoi ?

Matt me sourit.

— Laisse-moi voir…

Il prend quasiment appui sur mon bras avec sa joue, puis il avance tout doucement en essayant de voir ce que je lui montre, comme si mon doigt était un viseur.

— C'est celui-là, que tu m'as montré ?

— Oui, oui…

Je sens sa joue chaude sur mon bras, finalement il prend ma main dans la sienne et m'attire vers lui. Il me regarde dans les yeux.

— Je ne sais pas, je sais seulement que tu as les mains froides.

Quelqu'un me l'a déjà dit. Mon Dieu, c'était qui ? Ah oui, Lorenzo. Et moi, qu'est-ce que je lui ai répondu ? Ah oui, en tremblant… Mains froides, cœur chaud. Une réponse terrible, et éculée, en plus. Mais ensuite Lorenzo m'a embrassée. Avec Matt, c'est différent. Je prends le risque.

— Oui, un peu. Mais je n'ai pas froid…

Il me sourit. Il prend mon autre main. Il les tient toutes les deux dans les siennes.

— C'est vrai, l'autre est plus chaude.

Il me regarde encore dans les yeux, intensément, trop intensément. Il fait glisser mes bras dans ses mains, jusqu'aux coudes, il m'approche doucement. Et il s'approche, lui aussi. Je n'y crois pas. Au bout de deux ans. Deux ans. Non, mais… Deux ans ! J'ai envie de le crier. Ça fait deux ans qu'il me plaît !

— Matteo !

Une voix soudaine. Nous nous tournons tous les deux vers le petit portail par lequel nous sommes entrés. Une fille arrive, et puis d'autres gens. En une fraction de seconde, c'est comme si toute la magie s'évanouissait. Matt lâche immédiatement mes bras et s'éloigne de moi. La fille qui l'a appelé est là avec deux autres.

— Mais où tu étais ?

Matt a l'air un peu en difficulté.

— J'étais ici…

— Oui, je sais, je t'ai vu d'en bas. Et elle ?

— Elle aussi, elle était ici.

Nous nous taisons. Silence de plomb. Les deux autres me regardent fixement.

Matt retrouve la parole.

— Nous nous sommes retrouvés ici… Elle était dans ma classe, avant…

Mais la fille n'a pas l'air de vouloir l'écouter.

— Moi, je suis sa copine.

J'ai envie de lui dire tu as de la chance, ou bien qu'est-ce que ça peut me faire, ou encore personne ne t'a rien demandé. Mais je m'en sors avec un stupide « Ah, d'accord… ». Et tout pourrait se précipiter, mais juste à ce moment-là je suis sauvée. Les voilà, derrière les deux filles.

— Gibbo !

Il y a aussi Clod et Alis.

— Tu vois que c'était elle, qu'est-ce que je t'avais dit !

Puis, s'adressant à moi :

— On t'a vue d'en bas !

Oh, mais au lieu de danser, tout le monde regardait par ici, ou quoi ? Bah… J'en profite pour m'éloigner.

— Carolina… (Je me tourne une dernière fois vers Matt.) Ce que tu indiquais, c'était Saint-Pierre.

Il me sourit. Peut-être légèrement déçu. Peut-être. Je fais demi-tour et je m'en vais sans même lui répondre. J'attrape le bras de Gibbo.

— Viens, on va danser !

— Mais je viens d'arrêter !

— Allez, elle est géniale, celle-là.

— Mais on n'entend rien, d'ici.

— Allons-y !

Je l'entraîne dans les escaliers avant qu'il ait le temps de dire ouf !

Alis et Clod me rejoignent. Je me tourne vers elles.

— Vous saviez, vous, que Matt avait une copine ?

Alis ouvre les bras.

— Bien sûr !

— Et toi aussi ?

Clod acquiesce.

— Tout le monde le sait.

— Moi non ! Vous n'auriez pas pu me le dire ?

— Mais tu es partie comme une flèche, quand il t'a embarquée…

— Enlevée, plutôt !

Clod me donne une tape sur l'épaule.

— C'est vrai ?

— Eh oui… Pardon, mais comment vous le saviez ?

Alis et Clod se regardent, puis éclatent de rire.

— Parce qu'à nous aussi, il nous a toujours plu !

— Bande d'infâmes… Et vous ne m'avez jamais rien dit !

— Bah, tu en parlais toujours avec tant d'enthousiasme, comment on aurait pu te dire quelque chose…

— Et puis, après que tu nous as parlé du Lorenzo de cet été et de ce Massi l'autre jour, on s'est dit : maintenant, Matt est à nous !

— N'y pensez même pas !

Je leur saute dessus, je fais mine de les frapper. Gibbo, derrière nous, en reste sans voix.

— Eh, mais vous faites quoi ? Du calme, les filles, l'escalier va s'écrouler !

Alis et Clod se libèrent et descendent en courant.

— C'est la guerre... Qui ne tente rien... ne tente rien !

Je tente de les poursuivre, mais je trébuche et je descends les trois dernières marches en roulant. Heureusement, j'arrive à m'arrêter avec mes mains.

— Aïe, aïe... Aïe.

Je regarde mes paumes pour voir si je me suis blessée. Rien, tout va bien.

Gibbo arrive, il m'aide à me relever...

— Mais qu'est-ce que tu fabriques ?

— Je me suis fait mal. (Je me masse l'arrière de la jupe.) Je me suis cogné les fesses !

Puis, inquiète pour Ale, je regarde derrière.

— Est-ce que ma jupe s'est déchirée, par hasard ?

— Fais voir.

Il me fait tourner. J'attends un peu.

— Alors ?

Je me retourne, Gibbo me sourit.

— Non, non, rien... tout a l'air bien. Très bien, même !

— Crétin ! Allez, on va danser.

Je pars en courant, légèrement endolorie mais pleine d'envie de vivre, de danser, de hurler, de danser... De tomber amoureuse, et tant pis pour toi, Matt, toi et ta « copine ». Je débarque au milieu du groupe et je danse comme une folle, mieux que les autres, je tiens le rythme et je chante :

— *Ho aspettato a lungo una cosa che non c'è, invece di guardare il sole sorgere...* Jurez-moi une chose...

Clod me regarde, étonnée, et lève un sourcil.

— Maintenant ? Mais qu'est-ce que tu as, ce soir ?

— Oui, maintenant ! Parce que c'est important : tout de suite, maintenant et pour toujours !

Alis est plus conciliante.

— OK, dis-nous…

— Oui, on t'écoute.

— Jurez-moi que nous ne nous disputerons jamais à cause d'un garçon, que plutôt que de trahir notre amitié nous resterons enfermées chez nous, nous ne ferons jamais cette connerie, pas de larmes par notre faute, confiance éternelle, tranquillité totale, aucun secret entre nous… (Puis je les regarde, indécise, et j'ouvre les deux bras, les paumes des mains tournées vers le haut.) Je vous en prie… jurez !

Une fraction de seconde. Puis elles sourient. Et nous nous serrons toutes les trois, nous continuons à danser comme si nous étions un seul et unique corps, en sautant, folles de joie, au rythme de la musique. Nous nous regardons dans les yeux, unies, nous chantons toutes les trois ensemble, à tue-tête. En ce moment précis, je suis la personne la plus heureuse du monde. Je ferme les yeux et je danse, serrée contre mes meilleures amies, sans pouvoir imaginer ce qui se passera un jour.

— Voilà le gâteau !

Quelqu'un crie, et tout le monde se regroupe autour d'une table. Il arrive avec, au centre, plein de grandes bougies de toutes les couleurs qui forment le numéro quatorze, et en dessous l'inscription « Joyeux anniversaire Michela ! ». Puis Michela apparaît, tout le monde se pousse pour lui faire de la place, et elle se met juste devant le gâteau.

Puis elle sourit en nous regardant tous, les invités, ses amies, ses amis, quelques parents, plusieurs serveurs qui attendent avec les assiettes et les couverts à la main, et un peu plus loin sa mère, tout émue, un appareil photo à la main qui tremble un peu tandis qu'elle essaye de cadrer… son « incroyable fille ! ». Michela regarde tout le monde.

— Je peux ?

— Vas-y ! Vas-y !

Quelqu'un, pour avoir l'air intéressé, sort son portable et fait quelques photos. Puis Michela prend son élan et souffle les bougies, mais elle n'arrive à éteindre les dernières qu'après avoir repris son souffle, tout en faisant semblant de ne pas l'avoir fait.

— Attends, attends, refais-le… J'ai appuyé trop tôt.

Sa mère. Ben oui, qui d'autre à votre avis ?

— Maman, ça suffit ! (Michela est d'accord avec nous.) Allez, maman, ça ne vaut pas, si je le refais…

Mais un type, en voyant la mère si déçue, sort un briquet de la poche de son pantalon, ce qui revient à annoncer à tout le monde qu'il fume déjà, mais ce qui donne à la mère une seconde et dernière chance.

— Voilà, elles sont rallumées, allez !

— Maman, ne te trompe pas, parce qu'après je ne souffle plus, hein ?

— D'accord.

— Tu as compris ? Je ne le referai pas.

— Oui, je t'ai dit que oui… Michela ! Si au lieu de perdre ton temps à discuter tu soufflais, tu aurais déjà terminé, à l'heure qu'il est !

Elle souffle à nouveau les bougies et sa mère, heureusement, réussit enfin à immortaliser l'instant. Puis Michela va voir le DJ, et on voit bien qu'elle le trouve très mignon.

— Jimmy, tu me mets celle qui me plaît tant, s'il te plaît ?

Jimmy, lui, n'a pas du tout l'air intéressé par le produit Michela.

— Mais laquelle ?

— Tu sais, celle qui fait « nananana »…

Elle tente maladroitement de chanter quelque chose.

— Oh, tu devrais aller à *La Corrida*, le jeu téléphonique, tu as plus de chances d'y gagner que moi de comprendre de quelle chanson il s'agit.

— Allez !

Michela sourit en faisant comme si de rien n'était, comme si elle n'était pas au centre de la fête, mais surtout en reprenant la mélodie. « Nananana… » Jimmy secoue la tête.

— Allez, tu te fiches de moi, tu as parfaitement compris laquelle c'est, tu sais, celle des Negramaro !

— Ah… Tu pouvais le dire plus tôt !

Jimmy lance le disque, qui en effet ne ressemble en rien à l'air chanté par Michela. On dirait presque un signal, tous les serveurs se mettent à passer des plats avec des parts de gâteau aux jeunes gens les plus affamés. Je me retrouve à côté de Clod juste au moment où on lui passe une assiette. Puis c'est mon tour.

— Je vous en prie, mademoiselle, voici pour vous.

— Merci.

C'est drôle, quand des gens dont tu pourrais être la fille, ou au moins la petite sœur, te vouvoient.

Mmh… qu'il sent bon, ce gâteau. Pur chocolat, noir comme il faut. J'en prends un peu avec ma cuillère. Chaud à l'intérieur, avec la crème, toujours au chocolat, qui coule par-dessus. À l'odeur, il a l'air délicieux. Bien sûr, je m'en souviens, ils l'ont acheté chez Ciòccolati. Là où moi… comme nous n'étions pas invitées à la fête… Je suis sur le point de mettre la cuillère dans ma bouche, mais d'un coup je m'arrête.

Noooon ! Mais comment j'ai pu ne pas y penser plus tôt.

— Arrête, Clod !

Elle me regarde. Elle s'apprêtait justement à en manger une énorme bouchée.

— Ne le mange pas…

Mais qui peut l'arrêter ? Qui peut arrêter quelqu'un comme Clod dans un moment comme celui-ci, ce qu'elle préfère au monde ? En effet, elle hausse les épaules. Et elle enfourne une énorme bouchée, mâche deux ou trois fois, rapidement, et la fait disparaître avec un sourire joufflu et satisfait.

— Et pourquoi je ne devrais pas le manger ? Il est délicieux.

— Ah oui ? Il y a un problème, il est aussi plein de piment.

Elle me regarde et fait « tss » avec la bouche, comme pour dire « mais qu'est-ce que tu racontes ».

— Tu te rappelles ? Je te l'avais dit. Que d'une manière ou d'une autre, nous serions invitées à cette fête… Mais qui pouvait deviner que ça serait grâce à Alis ?

J'ai à peine le temps de finir ma phrase que Clod écarquille les yeux, ouvre grand la bouche et pousse une espèce de hurlement, mais sans souffle.

— Ahhhhh ! Ça brûle ! C'est terrible !

Je cours lui chercher un verre d'eau.

— Tiens, tiens, bois…

Clod le prend et le boit d'un trait.

— Je t'en supplie, ne dis rien.

Elle me tend le verre vide en secouant la tête.

— Encore, encore…

Je cours lui chercher encore de l'eau, comme si je devais éteindre un incendie. En effet, elle a la gorge en feu. Tout comme les autres, d'ailleurs.

— À l'aide !

— Ahhh !

— Ça brûle ! Mais qu'est-ce que c'est ? Ça brûle !

— On essaye de nous empoisonner !

La mère de Michela, la photographe ratée, s'approche du gâteau, passe son doigt dessus et le goûte, comme une parfaite petite fille gâtée. Puis soudain elle tord la bouche et comprend de quoi il s'agit.

— Du piment !

Et puis, une autre affirmation, encore plus grave.

— Demain, ils vont m'entendre, chez Ciòccolati.

Moi, je ne pense qu'à une chose : chez Ciòccolati, est-ce qu'ils vont comprendre que c'était moi ?

Clod me regarde en faisant des grimaces.

— Mais combien tu en as mis ?

— Plein ! J'étais trop dégoûtée que nous soyons les deux seules à ne pas être invitées à la fête.

— Bien sûr…

Elle secoue la tête. Je lui donne un coup de coude.

— Tu sais, j'en ai mis une moitié pour toi, hein !

Les autres hurlent.

— De l'eau, il n'y a plus d'eau… Quelqu'un peut en apporter ?

Les serveurs arrivent en courant, comme s'ils sortaient de nulle part, avec des bouteilles d'eau à la main, certaines plus fraîches que d'autres, ils les passent aux invités, certains boivent directement au goulot, d'autres, plus polis, servent des verres aux assoiffés-désespérés qui crient « ça pique ! ». Au milieu de cet attroupement de gens qui attendent pour boire, de la foule autour des tables, j'aperçois Matt. Il tient par la main celle qui s'est présentée comme « sa copine ». Il a la langue pendante et il se l'évente avec la main, comme si cette espèce d'éventail improvisé pouvait servir à quelque chose. Bien ! Je l'avais complètement oublié, mais parfois on mérite une petite vengeance. J'ai donc une nouvelle maxime à inscrire dans mon agenda : « Une vengeance n'est jamais gâchée. »

— Eh, tu viens avec moi ?

Gibbo arrive et me prend par la main. C'est la soirée des enlèvements, ou quoi ?

— Où ça ?

— Dehors, c'est une surprise.

Je regarde un peu autour de moi.

— Allez, avec cette histoire du piment, cette soirée est devenue un vrai mouroir. Même le DJ s'est brûlé la gorge ! Écoute cette horrible musique… Il va en falloir, du temps, avant qu'on recommence à s'amuser ! Au moins quarante-deux minutes… si ça repart, d'ailleurs. Je me demande bien qui a eu l'idée de mettre du piment dans ce gâteau… à moins que ça ne soit une erreur du pâtissier…

J'ai envie de le lui dire, mais mieux vaut ne pas trop ébruiter cette histoire.

— Pourquoi ?

— Parce que c'était génial.

En fait, j'aurais pu lui dire.

— Et pourquoi, génial ?

— Parce que ça me donne la possibilité de m'enfuir avec toi.

Il me prend par la main et me tire. Nous sortons de la villa.

— Voilà, arrête-toi et ferme les yeux.

— Pourquoi ?

Je le regarde, inquiète. Il me sourit et ouvre les bras.

— Je te l'ai dit, c'est une surprise !

J'y réfléchis. Gibbo n'est pas le genre à m'embrasser si je ferme les yeux. Et même si c'était le cas… Après la déception de Matt, ça ne serait pas si mal. Il est mignon, ce soir : jean serré avec grands revers, sweat-shirt Abercrombie bleu nuit, casquette à petits carreaux blancs et bleu clair. Il est même très mignon ! Quoi qu'il en soit, il ne le ferait jamais, ou du moins pas comme ça, en traître. Je ferme les yeux. Je le sens s'approcher, puis il me prend la main. L'espace d'un instant, j'ai peur.

— Viens, suis-moi.

Je le suis, les yeux fermés.

— Eh, ne me fais pas tomber ! Et ne me fais pas marcher dans un « porte-bonheur » !

Gibbo rit.

— Je n'ai jamais vu de rue aussi propre. À mon avis, ils envoient des balayeurs spéciaux pour la nettoyer.

Il ralentit un peu.

— Tu es prête ? Nous sommes arrivés. Ouvre les yeux !

Jusqu'à ce moment, je les avais vraiment gardés fermés, d'abord parce que j'aime bien être sincère, bon, au moins quand c'est possible, ensuite parce que j'aime beaucoup les surprises. Et celle-ci, c'est vraiment une surprise avec rubans, spéciale, incroyablement spéciale ! Bref, une de ces surprises qui te laissent sans voix.

— Alors, elle te plaît ?

— Tu t'es acheté une voiture ! Si elle me plaît ?

Je tourne autour et la dévore des yeux. C'est celle qu'on a vue en arrivant. Bien sûr, tous ces numéros, à qui pouvait-elle être ? Et puis, toute métallisée, bleu foncé avec des reflets plus clairs…

— Mais c'est toi qui l'as fait faire comme ça ?

— Bien sûr ! Tu as vu les bandes sur le bord, avec le blanc et le bleu clair, les couleurs de la Lazio, qui partent des roues avant et vont jusqu'à l'arrière ?

— Magnifique !

— Et encore, tu n'as pas vu l'intérieur.

Il appuie sur un bouton et quatre voyants s'allument.

— Il y a même une alarme !

— Bien sûr, avec tout ce que j'y ai mis, si je me la fais voler c'est comme si un magasin d'électroménager se faisait cambrioler.

— Tu exagères !

Mais, en effet, quand il ouvre la portière, des lumières bleu clair, glaciales, éclairent la voiture par en dessous.

— On dirait les lumières de ce film…

— *Fast and Furious*… On l'a vu chez toi, ces lumières t'avaient beaucoup plu. C'est pour ça que je les ai mises.

Je souris. Je ne sais pas si c'est vrai. Mais ça me plaît qu'il l'ait dit. Je monte. Gibbo s'assied à côté de moi.

— Tu es prête ?

— Toujours prête !

Gibbo allume le moteur et nous partons. Je pensais qu'il allait faire quelques mètres pour me la montrer, mais il ne s'arrête pas !

— On va où ?

— Faire un tour de rêve.

— Et Alis et Clod ?

— Tu les verras demain matin en cours.

C'est vrai, il n'a pas tort.

— De toute façon, la fête est finie, maintenant.

— OK, mais arrête-toi un instant, je dois prendre quelque chose.

Gibbo revient en arrière, pendant que j'envoie un message à Alis. Au bout d'un instant, elle arrive au portail.

— Qu'est-ce qui se passe ?

Je descends.

— Je dois récupérer mon sac qui est dans ta voiture.

— Tu t'en vas ? Ne me dis pas que Matt a changé d'avis !

À ce moment-là, Gibbo sort de sa petite voiture neuve.

— Ah, Gibbo…

— Salut.

— Salut.

Alis ouvre sa voiture et me donne mon sac.

— Maintenant que Lore t'a allumée… on ne t'arrête plus.

— Mais non, on fait juste un tour.

— Oui, oui, appelle ça un tour, si tu veux.

— Il vient de s'acheter une voiture.

— Toutes les excuses sont bonnes !

— Mais c'est vrai !

Gibbo s'approche.

— Elle te plaît ? C'est ma nouvelle Chatenet. Tu veux venir avec nous ?

Je la regarde et je lui souris, comme pour dire « tu vois ? ».

Je monte avec Gibbo, qui part à toute allure.

— Regarde.

Il appuie sur un bouton, un écran apparaît.

— Tu as même la télé !

— Oui, et regarde ici.

Il appuie sur un autre bouton et le clip d'Elisa démarre.

— Non ! Je n'y crois pas ! Je l'adore ! C'est fou, incroyable, superfantastique, c'est le destin, qu'elle passe juste maintenant sur MTV !

— Mais non ! C'est un DVD !

Il ouvre une pochette et le sort.

— Tiens, il est pour toi, je savais que tu l'adorais.

— Merci !

Je le serre contre ma poitrine.

— C'est la plus belle chose que tu pouvais m'offrir.

Je danse en bougeant la tête en rythme, et je chantonne :

— *Quante cose che non sai di me, quante cose che non puoi sapere... quante cose da portare nel viaggio insieme...* (Puis je regarde plus attentivement l'intérieur de la voiture.) Mais c'est génial, ici.

Des chiffres de couleur bleue avec des ombres et des parties brillantes tapissent la voiture. Deux petites enceintes devant et un woofer énorme derrière. Un écran plat à l'avant.

— Il est grand comment ?

— Quinze pouces, comme un gros ordinateur. Et j'ai fait mettre des vitres teintées pour pouvoir regarder quand il fait jour !

Il me regarde, très fier, tout en conduisant.

— C'est trop fort ! Bravo… j'adore.

Je lui souris, et Gibbo est vraiment heureux. Si seulement j'avais une voiture, moi aussi, même une toute simple, sans tous ces trucs. Avec tout ce qu'il a mis comme options, c'est comme s'il s'en était acheté deux. Il aurait pu m'en offrir une ! Et, comme s'il lisait dans mes pensées :

— Caro, maintenant, je vais pouvoir passer te prendre tous les jours ! Je peux aussi te raccompagner chez toi.

— Mais j'habite à deux pas de l'école.

— Quel rapport, je passe te chercher, je t'emmène prendre un petit déjeuner, et puis je t'accompagne à l'école !

— Ah oui, ça me plaît, ça, et tu sais où tu vas m'emmener, prendre un café au bar Due Pini.

— Bien sûr.

Gibbo prend un virage serré. Je m'accroche à la poignée de la portière et il rit, il accélère, il conduit vite, avec la musique à fond et le pot d'échappement qui fait un boucan d'enfer. Puis il me regarde d'un air malin.

— Ça se voit, que j'ai mis un pot d'échappement Aston, ça va plus vite.

— Ça se voit, ça se voit…

Nous montons la musique pour pouvoir entendre les paroles. Nous entrons dans le quartier de Trastevere, Gibbo prend une petite ruelle sur la droite. San Pancrazio. Il prend à toute allure une série de virages, et nous arrivons au Janicule.

— Tu as vu où je t'ai emmenée ?

— Oui, c'est magnifique…

La Chatenet bleu métallisé avance lentement sur la place. Le pot d'échappement émet un grognement beaucoup plus silencieux. Gibbo trouve une place libre et se gare, non loin du muret d'où on voit toute la ville.

— On descend ?

— Bien sûr.

Nous marchons jusqu'au muret, je m'y appuie, il est glacé.

— Regarde, Caro… Regarde ces voitures qui roulent, en bas. Tu les vois, tous ces phares allumés ? C'est beau, non ?

— Oui. Peut-être que ce sont toutes des voitures sans permis. Mais pas aussi belles que la tienne.

— Tu es gentille.

— Je le pense vraiment.

Nous restons un moment sans rien dire à regarder la ville.

— Il fait froid, hein ?

— Un peu.

Je serre mes bras autour de mes épaules. Gibbo sourit.

— C'est parce qu'il y a plein d'arbres, ici. Oui, cette zone est verte à au moins 70 %. Tu sais, ce sont les plantes qui produisent ce froid, parce qu'elles oxygènent l'air toutes les quatre minutes à 60 %, ce qui le rafraîchit.

— Ah, je ne savais pas.

En réalité, je pense que je ne sais même pas un pour cent des choses absurdes qu'il sait, lui.

— Gibbo, tu sais ce qui me plairait, maintenant ?

— Quoi donc ?

— Un chocolat chaud !

— Allons voir s'il y a quelque chose d'ouvert dans le coin.

— Oui, essayons… J'en meurs d'envie ! Tu sais ce qui me ferait vraiment plaisir ? Un chocolat noir amer de chez Ciòccolati.

Je regarde ma montre.

— Mais à cette heure-ci ils ont fermé, c'est sûr.

Gibbo sourit et fait un peu le fanfaron.

— Et si je t'en faisais un directement dans la voiture ?

— Oh oui, bien sûr ! Et celui de Ciòccolati, s'il te plaît…

— Oui, exactement, celui de Ciòccolati.

— Tu as une baguette magique, c'est ça ?

— C'est ça. Alors ?

— Allez, fais voir !

J'avance vers la voiture. Il m'arrête.

— Non, en fait je n'en ai pas !

— Tu vois ? Je le savais.

— Ah oui ? Tu en es sûre ?

— Cent pour cent, presque autant que de cette histoire des arbres, bref, que s'il fait froid c'est de leur faute…

Gibbo rit.

— On parie ?

— OK, ce que tu veux.

Il hausse un sourcil. Je m'inquiète.

— Eh, sans exagérer, quand même !

— Alors c'est toi qui décides.

— Non, toi.

Gibbo réfléchit un moment.

— OK, alors si je te fais un chocolat chaud dans la voiture…

— Noir amer de chez Ciòccolati…

— Noir amer de chez Ciòccolati, alors toi…

Il y réfléchit un peu… me regarde.

— Moi ?

Il soupire.

— Tu me donnes un baiser.

Je me tais.

— Un baiser… baiser ?

— Ben oui, le chocolat c'est bien du chocolat chocolat, non ?

Je me tais. Il veut un baiser ? Pendant que je réfléchis,
il sourit.

— Pardon, mais tu as dit que de toute façon je n'avais
pas de baguette magique… qu'est-ce que ça peut te
faire ? Tu n'as rien à perdre.

Il le fait exprès. C'est du bluff. Ou peut-être pas.

— Gibbo, vu que tu es toujours tellement fort en calcul, quelles sont mes chances ?

— Il y a 30 % de chances que je gagne, et 70 % que
tu gagnes.

Il ouvre les bras. Je le regarde dans les yeux. Je l'étudie. Je veux comprendre s'il ment ou pas. Il a une expression tranquille, l'air de quelqu'un qui n'a rien à cacher.

— OK. J'accepte.

Nous montons dans la voiture. Gibbo sourit et pousse
un bouton, tac. Je n'y crois pas. Un petit tiroir s'ouvre
sous le tableau de bord avec une petite casserole, de
l'eau, une plaque électrique, un fil qui se relie à l'allume-
cigare et… plein de sachets de chocolat différents : au
lait, au gianduja, et noir amer ! Et avec les différents
pourcentages, en plus, 75 %, 85 %, 90 % !

— Mais ça ne vaut pas !

— Pour toi, quand c'est l'autre qui gagne, ça ne vaut
jamais.

— Mais tu le savais !

— Et toi, tu pouvais dire non…

Gibbo ouvre la petite bouteille d'eau et la verse dans
la casserole, puis il prend la plaque, pose la casserole dessus, relie le câble à l'allume-cigare et met le moteur en
marche.

— Je ne t'ai obligée à rien !

— C'est vrai…

Gibbo prend les sachets.

— 75 %, 85 % ou 90 % ?

— 85.

Il verse le chocolat dans la casserole et le mélange avec une petite cuillère. Il a même des petites cuillères ! En un rien de temps, le chocolat est prêt.

— Mais tu m'as fait croire que tu n'en avais pas.

— Non, ça non. Tu m'as dit : tu as une baguette magique, ou quoi ? Et moi je t'ai dit que non, que je n'en avais pas.

Il verse le chocolat dans deux tasses et me passe la mienne.

— C'est vrai, cette petite voiture n'est pas magique. Elle est juste bien organisée.

Je regarde la tasse.

— Noooon, incroyable ! Il y a écrit Caro !

— Oui.

Il sourit et boit son chocolat. Et moi je bois le mien. Il est délicieux.

— Mmh, c'est bon. C'est délicieux.

Nous nous taisons pendant un moment. Alors Gibbo met un autre CD avec une musique magnifique. Je crois que c'est Giovanni Allevi, je l'ai entendu dans une pub. J'essaye de perdre du temps avec mon chocolat, mais il n'y a presque plus rien dans ma tasse. Il s'en aperçoit, me la prend des mains et la remet dans le tiroir. Puis il me donne un mouchoir.

— Tiens.

— Merci... Mais tu as des tasses avec les noms de toutes les filles que tu emmènes faire un tour ?!

— Non, il n'y a qu'une tasse.

Il s'approche.

— Et elle porte ton nom.

— Ah oui ?

Il s'approche un peu plus.

— Oui…

Il s'approche encore plus. Je souris.

— Il est tard. Il faut que je rentre.

— Mais tu as perdu un pari.

Je regarde dehors. Puis je change d'avis, je me retourne vers lui, je le regarde, je secoue la tête.

— Je n'y crois pas ! Gibbo, on est amis depuis toujours.

— Non, Depuis huit cent vingt-quatre jours, depuis qu'on se connaît, et ça fait huit cent vingt-trois jours que tu me plais.

Je ne peux vraiment plus reculer.

— Pardon, mais tu ne pouvais pas le dire av…

Il ne me laisse pas le temps de finir. Il m'embrasse. Je résiste un instant, mais ensuite je me laisse aller… Dans le fond, j'ai perdu, il faut bien que j'honore mon pari et puis… il sent le chocolat, c'est bon !

Au bout d'un moment, nous nous écartons.

— Voilà. J'ai honoré mon pari… (Je fais semblant d'être un peu fâchée.) On y va, maintenant ?

— D'accord.

Gibbo met le moteur en marche, et tourne sur la route qui mène chez moi. Mon Dieu, et maintenant que nous nous sommes embrassés ? Qu'est-ce que ça va changer à notre amitié ? Nous ne serons plus amis. Je le regarde du coin de l'œil, il sourit.

— Qu'est-ce que tu as ? À quoi tu penses ?

Il se tourne vers moi, amusé.

— Imagine quand Filo va l'apprendre !

— Pourquoi, tu vas lui dire ?

— Non, non, s'excuse Gibbo. Mais peut-être que ça va se savoir.

— Et comment ? Si ni moi ni toi ne le disons, il n'y a pas beaucoup de chances…

Je le regarde plus attentivement.

— Eh, ne me dis pas que tu avais fait un pari avec lui, aussi !

— Mais qu'est-ce que tu racontes ?

— Tu as fait le pari que ce soir tu m'embrasserais. Attention, si je découvre que c'est ça, je ne te parle plus jamais.

Gibbo lâche le volant, lève la main gauche et met la droite sur sa poitrine.

— Je te jure que ce n'est pas le cas.

— Tiens le volant !

Il le reprend.

— OK. Mais tu me crois ?

Je le regarde, il soutient mon regard, comme pour me convaincre.

— OK, je te crois. Même si tout à l'heure on a fait un jeu du même genre et que tu as fini par m'embrouiller.

— Mais c'était différent...

— Pourquoi ?

— Parce que je voulais t'embrasser !

— Crétin.

— Allez, je plaisante, on ne va pas se disputer...

— OK.

Il pousse un soupir. Moi aussi. Espérons que Filo ne l'apprenne pas. Une fois, il m'a demandé un baiser et je ne le lui ai pas donné, en disant que ça détruirait notre amitié. Puis, soudain, une curiosité me vient à l'esprit.

— Pardon, hein ?! Mais si au lieu d'un chocolat chaud je t'avais demandé un cappuccino, vu que j'adore ça, je n'aurais pas eu à t'embrasser ?

Gibbo est perplexe.

— Tu veux savoir la vérité ?

— Toujours !

Il ouvre à nouveau le tiroir et il le fait tourner sur lui-même. Derrière, il y a toutes les sortes de café et de déca-féiné possibles.

— OK, OK…

Je mets ma main dans mes cheveux.

— Ramène-moi chez moi !

Heureusement, il met Lenny Kravitz. *I'll be waiting.*
Ça va un peu mieux. *He broke your heart, he took your
soul, you're hurt inside, 'cause there's a hole, you need
some time, to be alone, then you will find, what you've
always known, I'm the one who really love ya, baby, I've
been knockin' at your door.*

Et maintenant ? Comment je fais, maintenant qu'on
s'est embrassés ! Non, je n'arrive pas à y croire, et le plus
absurde c'est qu'en plus c'était bien. Il y a trop de sympathie entre nous, nous nous amusons, nous nous disons
tout… et si à partir de maintenant les choses n'étaient
plus comme avant ? Je serais dans de beaux draps, moi.
Surtout… surtout que c'est lui qui m'aide en maths !

— Voilà, on y est.

— Arrête-toi un peu plus loin.

Gibbo va jusqu'au bout de la Via Giuochi Istmici et
s'arrête.

— Je voudrais que tu me rendes un service.

Gibbo sourit.

— Bien sûr, ce que tu voudras.

Il sourit trop ! Au secours. Il ne pense quand même
pas qu'on s'est mis ensemble… Bah, mieux vaut ne pas
y penser.

— Bon, alors tu dois sortir et vérifier qu'il n'y a personne, OK ?

— Et toi ?

— Moi je reste dans la voiture.

— Pour faire quoi ?

Évidemment, Gibbo ne peut pas le savoir.

— Quelque chose.

— Mais quoi ?

Bon, il a raison, dans le fond. La voiture est à lui, et
puis de toute façon il va me voir sortir, après.

156

— Il faut que je me change. Quand je suis partie de chez moi, je n'étais pas du tout habillée comme ça.

— Ah…

Maintenant qu'il a compris, il descend de voiture et il s'éloigne. Puis il s'arrête. Il me tourne toujours le dos. Mais je préfère éviter les mauvaises surprises. Je baisse la vitre.

— Et n'essaye même pas de regarder !

Gibbo se retourne et sourit.

— Non, non, tu peux être tranquille.

— Mais tu t'es retourné !

— C'est parce que tu m'as appelé.

— Alors ne te retourne plus.

Je mets mon pantalon sous ma jupe.

— Même pas si tu m'appelles ?

— Non, même pas si je t'appelle. Et puis, de toute façon, je ne t'appelle pas.

Mais il se retourne quand même.

— Tu es sûre ? Et s'il t'arrive quelque chose ?

— Allez… retourne-toi !

Gibbo se tourne, et j'attaque la partie la plus difficile. Je prépare mon chemisier, puis je contrôle, et j'enlève mon top. Gibbo ne bouge pas, heureusement. Il est immobile au bout de la rue, toujours de dos. Mais juste à ce moment-là… Toc, toc. On frappe à la vitre, je sursaute.

— Caro… Mais qu'est-ce que tu fais ?

Je suis à moitié nue, je n'ai pas complètement enfilé mon chemisier. J'en ressors en souriant.

— Rien !

Heureusement, c'est Rusty James. Je mets mes chaussures et je descends.

— Comment ça, rien ?

— Allez, rien, je me changeais. (Je remets tout dans le sac.) C'est que maman ne voulait pas que je sorte comme ça, alors…

Gibbo, en me voyant avec quelqu'un, s'approche.

— Voici Gustavo, il m'a raccompagnée à la maison !
(Naturellement, je ne lui raconte pas le reste…) Et voici
mon frère Giovanni.

— Salut.

Ils se saluent sans se serrer la main.

— Bon, moi je rentre, on se voit demain au collège.

— À quelle heure tu viens ?

— Pour la première heure.

— OK, ciao.

— Ciao… Gibbo.

Il monte dans sa voiture et s'éloigne. Le pot d'échappement émet une drôle de symphonie, dans la nuit.

— Son Aixam est très discrète…

— C'est une Chatenet…

— Tu deviens aussi précise que papa. (RJ me regarde
et sourit.) Sérieusement, j'espère que tu n'as pas pris de
lui, sinon toi et moi on ne va pas s'entendre. Plus tu vas
grandir, plus on va s'éloigner…

À ce moment-là, je me sens envahie par une tristesse
incompréhensible. Tu sais, quand ça te prend sans raison apparente. Jusque-là, je m'étais bien amusée. Alors
je le pousse.

— Ne plaisante pas avec ça.

Je m'approche de lui. Je m'appuie contre lui, comme
ça peut-être qu'il va me prendre dans ses bras, comme
seul RJ sait le faire. En effet, il le fait, et je me sens vraiment protégée. Alors je lève la tête et je le regarde.

— On ne va jamais s'éloigner l'un de l'autre, n'est-ce
pas ?

Il rit.

— Comme la lune et les étoiles…

Je souris.

— Toujours dans le ciel bleu. Comme nous deux !

Nous éclatons de rire. Je ne sais pas comment on a
inventé ça, c'est sorti un soir d'été. Nous regardions le
ciel dans l'espoir de voir des étoiles filantes et à la fin,

comme on n'en avait pas vu une seule, nous avons inventé cette poésie. D'ailleurs, je l'ai même utilisée dans une rédaction, et M. Leone me l'a corrigée, et moi j'ai dû lui expliquer pendant des heures… j'ai essayé de négocier, de lui faire comprendre que ce « nous deux » sonnait bizarre, d'accord, mais que c'était une liberté poétique pour respecter la rime. Bref, à la fin il m'a quand même mis la moyenne. Même si, à mon avis, cette rédaction méritait beaucoup plus.

— Caro, viens, j'ai quelque chose à te dire.

Nous nous asseyons sur un banc de la Via dell'Alpinismo, tout près de mon collège, où il y a un petit parc pour les chiens. Je suis un peu inquiète. Quand il fait ça, RJ a toujours de grandes nouvelles à annoncer.

La dernière fois que nous nous sommes assis ici, il m'a raconté qu'il avait quitté sa copine. Debbie, c'est son nom, elle était chouette, et aussi très belle. RJ a toujours eu des copines très belles, mais cette fois-là ça avait l'air de pouvoir durer plus que d'habitude.

Debbie riait beaucoup, elle était tout le temps gaie, elle plaisantait avec moi et elle me disait que RJ et moi on se ressemblait beaucoup. Puis elle me prenait sur ses genoux, elle discutait avec moi, elle me faisait la fête. Et une fois, quand elle est allée voir son père, qui habite à New York, elle m'a même rapporté un t-shirt Abercombie super.

Debbie me manque, et pas à cause de ce t-shirt, mais je ne peux évidemment pas le dire à RJ, d'ailleurs s'il a pris cette décision c'est qu'il devait avoir ses raisons.

— Viens, assieds-toi à côté de moi. (Je m'assieds. Je me sens sereine. Il règne un drôle de silence, dans ce parc, il y a des recoins sombres, mais avec RJ je n'ai pas peur.) Tu es prête, Caro ?

J'acquiesce. Il met une main dans la poche de son blouson et il en sort des pages de journal. Il les ouvre, tout content.

— Et voilà !

Il m'indique un article où tout en bas il y a son nom, Giovanni Bolla.

— C'est toi !

— Oui, c'est moi. Et ça, c'est mon premier article. En fait, c'est une nouvelle.

Il me la lit. Ça me plaît, je l'écoute avec plaisir. C'est l'histoire d'un garçon qui s'enfuit de chez lui à l'âge de douze ans, qui prend son vélo dans le garage après s'être disputé avec son père et qui s'enfuit. En l'écoutant, je me rappelle qu'une fois il m'a raconté qu'il avait fait quelque chose dans le genre, lui. Il est amusant, son récit, plein de détails, de passion. Il est rapide, pas ennuyeux, amusant et émouvant, oui, il me plaît, peut-être aussi parce que j'aime comment il le lit. De temps à autre je ris parce que son personnage, Simon, est parfois un peu empoté, et vraiment drôle. Quand il a terminé, RJ tourne la page.

— Alors ? Comment tu la trouves ? C'est ma première nouvelle.

— Elle est magnifique...

J'ai envie d'en dire plus, mais tout ce qui me vient est :

— Elle fait rêver !

— C'est déjà beaucoup.

— C'est un peu autobiographique, non ?

— Bah, tout le monde se dispute avec son père un jour ou l'autre.

— Oui, bien sûr.

Avec le nôtre, c'est très facile. Et je lui pose une question complètement absurde, et en la disant je m'en veux, mais il est déjà trop tard.

— Mais ils t'ont payé ?

RJ ne se fâche pas, il est plutôt content, même.

— Bien sûr ! Pas beaucoup, mais ils m'ont payé. (Il remet le journal dans sa poche.) Imagine, c'est la première fois que je gagne de l'argent en écrivant.

— C'est vrai…

Il se lève.

— Allez, Caro, on rentre, il est presque minuit, maman va s'inquiéter pour toi !

Nous nous dirigeons vers notre immeuble. Nous ne disons rien, et j'apprécie ce moment. Soudain, je m'arrête, et la question sort toute seule :

— Tu ne la vois plus, Debbie ?

RJ me sourit.

— On s'appelle de temps en temps…

Mais il ne veut pas m'en dire plus.

— Je l'aimais beaucoup.

Je ne lui parle pas du t-shirt et de tout le reste.

— Oh, moi aussi. C'est pour ça que je l'ai rappelée !

Il rit. Puis il ouvre la porte de l'immeuble et me fait passer devant.

— Allez, entre.

— RJ, tu veux bien faire quelque chose pour moi ?

— Encore ?

Il dit toujours ça. Il rit à nouveau.

— Dis-moi, Caro.

— Tu me la donnes, ta première nouvelle ? J'ai envie de l'encadrer.

Giovanni, le frère de Carolina

Je m'appelle Giovanni. Carolina m'appelle Rusty James. Je suis son frère. Mon rêve est d'écrire. De mettre tout un monde sur une page. D'entendre les touches de l'ordinateur cliqueter ou, mieux encore, de voir l'encre d'un stylo-plume sécher sur un carnet qui tient tant bien que mal à l'aide d'un peu de colle et d'un élastique. C'est ma passion. Le moment où je me sens le plus vivant, c'est quand je relis une phrase, un passage, une idée que j'ai fixée pour toujours sur une feuille blanche. Ce blanc, je l'ai transformé et fait mien. Difficile de faire comprendre ça à ceux qui pensent que la vie n'est que la carcasse d'un rêve passé, qui ont cessé de s'émouvoir, pris par les nombreuses difficultés de la vie. Comme si les difficultés n'étaient que des ennuis, alors qu'elles sont des occasions, des possibilités de montrer qu'on peut y arriver. Suis-je un idéaliste ? Un fou ? Un rêveur ? Je ne sais pas. J'ai vingt ans, je regarde autour de moi et je vois que la vie est dure. Dure, mais aussi splendide. Je connais les problèmes du monde, je ne fais pas l'autruche, prendre un crédit pour s'acheter un nid minuscule, c'est dur, de même que trouver un travail qui ne te permette pas seulement de survivre, mais qui te laisse la possibilité de t'exprimer et de vivre dignement. Je sais aussi que nous sommes entourés d'injustice et de violence. Et pourtant, j'espère encore. Je m'émeus devant l'aube, je donnerais tout ce que j'ai pour un ami sans pour autant me sentir pauvre. Je danse avec la vie, je l'invite à danser, je la serre, mais pas trop, je la regarde dans les yeux, je la respecte et je l'aime, de même que j'aime le regard d'une femme amoureuse. Voilà. Je voudrais être dans ce regard, dedans, toujours, être son rêve, la faire sentir aussi précieuse et unique que la goutte de rosée qui, le matin, illumine soudain le pétale d'une violette. Je suis le contraire de mon père, ce qui me fait un peu souffrir. Je voudrais qu'il me comprenne. Mais, comme il le dit, je n'ai que vingt ans, qu'est-ce que je connais à la vie ? Ça me fait penser à Ligabue qui chante *Quando hai solo diciott'anni quante cose che non sai, quando hai solo diciott'anni forse invece sai già tutto non dovresti crescere mai* (« Quand tu n'as que dix-huit ans combien de choses tu ignores, quand tu n'as que dix-huit ans peut-être qu'au contraire tu sais déjà tout, tu ne devrais jamais grandir »)… C'est tellement vrai, et peut-être qu'il est inévitable d'être si différents. En revanche, je suis en parfaite syntonie avec elle, Carolina. Ma Caro. Avec son enthousiasme, ses sourires et l'énergie avec laquelle elle vit, elle est vraiment irrésistible. Nous sommes très semblables, nous nous comprenons sans avoir besoin de parler. Je l'aime beaucoup, j'espère qu'elle aura une vie heureuse. Elle le mérite vraiment. Elle, elle me fait confiance, elle croit en moi, elle me respecte et se fait respecter. Elle, elle est loyale avec les autres, différente et mûre. Sage. Oui, Carolina est sage, même si elle ne le sait pas encore ! Et c'est bien, c'est bien qu'elle conserve cette innocence rêveuse, qui ne signifie pas qu'elle est trop naïve, mais plutôt qu'elle est encore capable de s'étonner. Et puis, il y a aussi ma mère, que j'adore parce qu'elle s'est toujours sacrifiée sans jamais se plaindre, tout ça pour nous faire avoir ce dont nous avions besoin, et surtout l'amour. J'aime ses mains un peu abîmées, ses yeux qui sourient quand elle parle de nous, l'odeur de sa peau quand elle est aux fourneaux. Une odeur d'ancien, de quelque chose qui me rappelle l'enfance. Une bonne odeur. Ma sœur Alessandra, en revanche, je n'arrive pas à la comprendre. J'aimerais bien qu'elle se confie plus à moi, en fait je ne la connais pas, nous n'avons jamais vraiment parlé. Et puis, elle a toujours l'air un peu jalouse de sa sœur et chaque fois que, justement à cause de ça, j'essaye de lui donner de l'attention et de l'importance, c'est comme si elle refusait. Elle est de plus en plus dure, et je ne comprends pas pourquoi. J'adore mes grands-parents, les racines de ce que je suis, leur franchise simple de sages qui ont vu le monde et ce qu'il y a dedans. Je les adore parce que dans soixante ans je voudrais être comme eux, encore amoureux de la vie et de la femme qui l'a partagée et transformée avec moi. Un vrai pari, à tenter avec loyauté. En ce moment j'aime une femme, belle, douce, sincère. Je l'aime et j'espère que ce sentiment ne s'arrêtera pas, qu'il continuera de me faire sentir aussi bien que maintenant. Et pourtant, de temps en temps, j'ai peur, comme si ça allait finir bientôt, ou comme si ce n'était pas ma voie. Je ne sais pas pourquoi. Des sensations. En attendant, j'en profite, de toute façon c'est très beau. *Viva la vida!*

Octobre

Wishlist :)
Le dernier CD de Radiohead et des Finley.
Un bandeau pour les cheveux, noir et brillant, genre années 1930.
Me coiffer les cheveux en arrière et ne pas vomir quand je me regarde dans la glace.
Acheter le coffret de High School Musical.
Aller chez Pulp Fashion, Via Monte Testaccio, pour fouiller un peu dans le vintage années 1970.
Me faire des UV ! Et papa me tuera.

En octobre, il ne s'est pas passé grand-chose. Bon… à part que je me suis disputée avec don Gianni, le prêtre qui nous donne les cours de religion au collège, que j'ai discuté avec Gibbo des suites du baiser et que j'ai embrassé Filo pour les mettre d'accord tous les deux. Ah si, j'oubliais ! RJ est parti de la maison. En fait, quand j'y repense, le mois a été assez agité, mais procédons par étapes.

— Bonjour, les enfants !
Dès qu'il entre, quatre élèves sortent, ceux qui sont dispensés de son heure. Je ne sais pas si c'est pour des

raisons de péché, ou autre chose, mais à mon avis il est important de rester, de ne pas quitter le navire. Même pour discuter, dire ce qu'on pense, mais ne jamais se retirer. C'est un peu comme s'avouer vaincu, je trouve. Au moins, moi je suis restée. C'est ce que j'ai toujours pensé. Jusqu'à ce jour-là.

Don Gianni les regarde et soupire :

— Les pauvres… Ils ne savent pas ce qu'ils font.

Ça, il aurait pu l'éviter parce que, si des élèves quittent la classe en ayant la permission, ça veut dire qu'ils l'ont demandée à leurs parents, ils en ont parlé, ou peut-être même que ce sont leurs parents qui l'ont proposé. Bref, quoi qu'il en soit, ils savent ce qu'ils font ! Bon, à la limite ça peut passer, admettons qu'il ait dit ça comme ça. Mais ce qu'il a dit après, je ne l'oublierai jamais.

— Les filles, aujourd'hui nous allons parler d'un cas précis qui peut mieux nous faire comprendre certains aspects de l'amour…

Quand il a dit ça, j'ai refermé mon agenda, j'ai caché mon téléphone sous ma trousse et j'ai sorti mes antennes, intéressée par le sujet.

— Oui, parce que l'une de vos amies m'a raconté plusieurs de ses expériences, et je voudrais la prendre comme exemple pour vous expliquer certains comportements… Je peux, n'est-ce pas, Paola Tondi ?

Et Paola, Paoletta, comme on l'appelle, s'est recroquevillée sur elle-même, s'est enfoncée dans sa chaise. Puis elle a regardé autour d'elle et à la fin elle a refait surface, comme un sous-marin militaire, quand ils sortent de la mer à l'improviste en émergeant de l'eau pour planer au milieu des vagues.

— Bien sûr, oui, bien sûr…, a-t-elle dit d'une voix tremblante.

Qu'est-ce qu'elle pouvait dire d'autre ? Je vous jure, c'était la surprise générale. Aucune d'entre nous n'aurait jamais pu imaginer que Paola Tondi, Paoletta, puisse être prise comme exemple pour nos expériences sexuelles !

Bon, je vous explique. Elle mesure un mètre quarante, elle est plutôt large, naturellement elle porte un appareil dentaire bien visible, elle a les cheveux crépus, le visage grêlé, un nez crochu et les yeux ronds comme des billes. Et, comme si ça ne suffisait pas, en plus elle pue ! Vous avez compris ? Moi, je voudrais savoir qui a eu le courage, qui a été l'intrépide à se lancer dans une telle mission !

Et don Gianni en profite. Paoletta, dans un moment spécial, un jour où elle avait peut-être besoin de parler à quelqu'un et elle ne savait pas à qui s'adresser, lui a tout raconté, et lui qu'est-ce qu'il fait ? Il s'en sert, avec tous les détails, pour nous faire cours. Mais vous vous rendez compte ?

— Les filles, retenez bien ce que je vais vous dire : l'amour n'a pas d'âge, et même une fille de treize ou quatorze ans comme Paola peut se trouver face à ce doute : peut-être est-il trop tôt pour avoir un rapport ?

Don Gianni nous regarde en essayant de lire sur nos visages. Il a posé ses mains sur le bord du bureau et il se penche en avant, il nous passe en revue, comme une mitraillette prête à tirer. Mais nous, rien, nous faisons semblant de ne pas exister, nous écoutons avec des visages inexpressifs, totalement purs, indifférents et ingénus. Tout le monde se tait, même si plusieurs d'entre nous ont envie de craquer et dire « Non, ce n'est pas trop tôt ! ».

En effet, Lucia, Simona et Eleonora sont avec un garçon depuis plus d'un an, je crois. Mais ça fait quand même tôt. Et surtout, ça les regarde. Et puis, je ne comprends pas comment Paola Tondi a pu avoir l'idée de raconter un truc pareil à don Gianni, et surtout, dans ce qu'elle lui a raconté, comment démêler le vrai du faux !

— Paola, tu vas servir d'exemple à tes amies et à tes camarades de classe… Tu dois les aider à ne pas douter, comme malheureusement ça s'est produit pour toi. Donc, tu étais chez toi, seule, parce que tes parents étaient partis pour le week-end, c'est bien ça ?

Paoletta acquiesce.

— Et tu as dit à ta grand-mère qu'ils partaient beaucoup plus tard, le soir, de manière à avoir l'appartement pour toi tout l'après-midi, c'est bien ça ?

À nouveau, Paola acquiesce.

— Et là, tu as appelé le garçon qui te plaît depuis un moment, c'est bien ça ?

Paola acquiesce. L'histoire continue.

— Qui est le fils de l'épicier en bas de chez toi…

Cela devient très gênant, parce qu'il entre de plus en plus dans les détails, mais aussi parce que Paola ne prononce pas un mot, elle ne bouge même pas la tête. En plus, de temps à autre, don Gianni sourit, et ça me dérange vraiment. C'est d'ailleurs ça qui me fait sauter sur mes pieds.

— Excusez-moi, mais pourquoi vous riez ? C'est vrai, pourquoi vous riez ? Il peut s'agir d'une histoire d'amour, d'une passion, ou même d'une erreur devant le Seigneur, c'est sûr… mais vous, au lieu d'expliquer, de nous aider à comprendre, on dirait que vous vous amusez. C'est quoi, ce cours ?

— Bolla, je ne comprends pas ton intervention. Je suis en train de vous enseigner comment vous comporter dans certaines situations, et ceci vaut pour tout le monde, même pour toi… Tu as l'air d'en avoir bien besoin.

— Qu'est-ce que vous insinuez avec cette dernière phrase ? Après tout ce qui vous est arrivé, à vous les prêtres, vous venez me dire que j'en ai besoin ? Mais de quoi ? Sûrement pas de vous le raconter à vous, si c'est l'usage que vous en faites ensuite… Bravo, vous ne voyez même pas que ce que vous racontez met Paola Tondi très en difficulté !

— Ce n'est pas vrai.

— Si, c'est vrai.

— Alors je vais le lui demander. (Il se tourne vers notre Paoletta avec un sourire visqueux.) Dis-moi, Tondi, es-tu en difficulté ?

— Attendez, non, comme ça ça ne vaut pas, vous l'obligez à répondre ce que vous voulez, ce n'est sans doute pas ce qu'elle pense vraiment. (Je vais me mettre juste devant Paoletta, la cachant à la vue de don Gianni.) Tu es en difficulté ? Tu peux me le dire, à moi.

— Non, comme ça ça ne vaut pas.

Don Gianni descend de l'estrade, se met devant, et nous continuons ainsi pendant un moment.

— Tu es en difficulté ? Dis-le-moi.

— Non, dis-le-moi à moi, à moi tu peux me le dire !

À la fin, Paoletta, qui n'en peut plus, s'enfuit en pleurant. Et en voyant cette scène, les quatre qui d'habitude sortent pour ne pas suivre le cours rentrent en courant.

— Voilà, c'est nous qui avions raison !

Tout le monde se met à crier, à frapper du poing sur la table et à lancer des trucs. Finalement, Don Gianni sort de la classe, et il y a une sorte d'ovation. « Ooooooolé ! » Tout le monde éclate de rire, et on fait encore plus de boucan, jusqu'à ce qu'arrive le directeur. Bref, morale de l'histoire, moi non plus je ne suivrai pas le cours de religion la semaine prochaine. Et dire qu'au fond, ça m'amusait un peu.

Je suis seule dans le jardin de l'école, à l'heure de la récréation. Alis et Clod s'amusent avec d'autres amies. Je ne sais pas ce qui m'a pris, j'ai eu besoin d'un moment de solitude. Ne me demandez pas pourquoi, je ne saurais pas vous répondre. Et puis, je suis occupée à élaborer une de mes *wishlists*.

La chanson que tu voudrais avoir écrite :
L'alba di domani, Tiromancino.
Celle que tu voudrais qu'on ait écrite pour toi :
Se è vero che ci sei, Biagio Antonacci.
Celle qui te rappelle ton enfance :
Parlami d'amore, Negramaro.
Celle de tes parents :
Almeno tu nell'universo, Mia Martini.
Celle du soir :
Que Hiciste, Jennifer Lopez.
Celle qui décrit un beau moment de ta vie :
Girlfriend, Avril Lavigne.
Celle à chanter avec les amis :
What Goes Around. Comes Around. Justin Timberlake.
Celle que tu lui dédierais, à lui :
How to Save a Life, The Fray.
Celle pour quand tu es énervée :

Makes me Wonder, Maroon 5.
Celle avec le meilleur début :
Hump de Bump, *Red Hot Chili Peppers.*

— Eh, mais qu'est-ce que tu as, ça fait quelque temps que tu m'évites.

Gibbo me rejoint dans le jardin.

— Moi ?

— Oui. Ne fais pas comme si de rien n'était. C'est vrai. Il n'était pas bon, mon chocolat ?

Il me sourit. Il est mignon, gentil, et en plus il me passe les devoirs. Mais le problème, c'est qu'il me plaît pour un baiser, rien de plus. Comment je peux lui dire ? Bon, je vais essayer.

— Voilà, Gibbo... je suis vraiment triste.

— Pourquoi ? Qu'est-ce qui t'est arrivé ?

— Quand je pense que je pourrais te perdre comme ami.

— Et pourquoi tu me perdrais ? C'est même beaucoup plus simple, maintenant.

— C'est-à-dire ?

— Bon, finalement, c'est quelque chose que j'avais dans la tête, et si ça n'était pas arrivé comme ça, par jeu, ce pari perdu, il y aurait eu de grandes chances, plus de 77 % de probabilités, que notre amitié se termine.

Il me regarde, me sourit, s'approche, comme pour me donner un autre baiser.

— Mais maintenant que nous sommes enfin ensemble...

Il essaye de me donner ce baiser, mais quand il arrive à ma bouche je tourne la tête alors il m'embrasse sur la joue. Je me lève.

— Voilà, c'est justement ça. Nous ne sommes pas ensemble. Tu vois, c'est ça le risque, si ça continue

171

comme ça ni toi ni moi n'auront plus envie… On se per-
dra de vue.

Gibbo ouvre les bras.

— Pardon, mais tu n'as pas vu *Quand Harry rencontre Sally*?

— Et alors?

— Ils sont très amis, et même tellement amis qu'ils cherchent toujours un partenaire pour l'autre, mais à la fin ils comprennent que les seuls qui peuvent leur convenir, c'est eux, elle pour lui et lui pour elle, qu'il n'y a pas d'autre possibilité.

Il s'approche à nouveau pour m'embrasser, moi je me tourne de l'autre côté et il finit par m'embrasser sur l'autre joue.

— Oui, mais il y a un petit détail…

— Lequel?

— C'est que tu parles d'un film, et moi de notre triste réalité.

Je lui tourne le dos et je m'en vais. Un peu exagéré, hein? Une belle sortie avec une phrase à effet, mais au moins ça va le faire réfléchir. Gibbo reste au fond du jardin et ouvre les bras.

— Mais pourquoi une triste réalité? J'avais l'impression qu'on s'amusait bien, tous les deux!

Je fais semblant de ne pas entendre, je rentre et je monte les escaliers. On dirait vraiment un film. D'ailleurs, juste à ce moment-là je rencontre Filo, qui me prend par le bras.

— Excuse-moi, tu peux venir un instant?

Il m'entraîne dans le couloir, un des élèves adossés au mur s'en aperçoit et nous regarde, un peu étonné.

— Viens, viens, entre.

Il ouvre la porte des toilettes des profs et me pousse à l'intérieur.

— Aïe, Filo, tu me fais mal au bras!

Il me lâche.

— Explique-moi ce que j'ai entendu, explique-moi.

Il se met devant moi et me bloque dans un coin. Je cherche à lui échapper par tous les moyens mais il me maintient les bras au-dessus de la tête, contre le mur.

— Mais quoi ?

J'ai peur de comprendre de quoi il parle. Alis et Clod… elles ne savent pas tenir leurs langues, ça c'est sûr. Bravo, les filles ! Non, bravo Caro, toi qui continues à leur raconter tes histoires.

J'essaye de m'enfuir, mais à chaque fois Filo me bloque dans le coin.

— Alors ?

— Alors quoi ?

— C'est vrai ?

— Mais quoi ! (Je lui hurle à la figure.)

— Que tu as embrassé Gibbo ?

— Oui…

— Comment ça, oui ? (Il crie.)

— C'est-à-dire, non.

— Ah, alors non. (Il est rassuré.)

— En fait, oui et non.

— Qu'est-ce que ça veut dire ?

— Je te l'ai dit, oui et non.

Je passe en dessous et je réussis à faire le tour de l'autre côté, mais il me bloque à nouveau.

— Qu'est-ce que ça veut dire, oui et non ? Soit tu l'as embrassé, soit tu ne l'as pas embrassé. Tu m'expliques ?

— OK. Mais lâche-moi, il faut me lâcher, d'accord ? Fais-moi un peu de place, je suffoque. OK ?

— OK.

Filo a l'air de se calmer. Il s'écarte un peu mais garde le contrôle, pour que je ne puisse pas m'échapper. Je le regarde dans les yeux.

— Je vais t'expliquer. (Je pousse un long soupir.) Je l'ai embrassé.

Filo plisse les yeux.

— Non, je n'y crois pas. Ce n'est pas vrai ! Tu me racontes des bêtises !

— Pardon, mais c'est toi qui m'as demandé, non ?

— Mais pourquoi tu l'as embrassé ? Quand je te l'ai demandé tu m'as dit que non, que c'était impossible, que nous étions trop amis ! Parce que tu n'es pas amie avec lui, peut-être ?

— Oui, et en effet je t'ai dit : oui et non.

— C'est-à-dire ?

— C'est-à-dire que je l'ai embrassé, mais avant je l'ai prévenu que je ne le referai jamais.

Filo est un peu perplexe. Puis il lève un sourcil.

— D'accord, mais comme je te l'avais demandé d'abord, tu aurais dû m'embrasser d'abord.

— Je comprends, mais apparemment ce n'était pas le moment. Ensuite il s'est passé des choses, j'ai changé.

— Tu as changé ?

— Oui, j'ai l'air d'être la même, mais j'ai changé.

— OK, alors puisque tu as changé, tu vas m'embrasser, moi aussi.

— Quoi ? C'est hors de question.

Rapide comme l'éclair, je fais une feinte et j'arrive à sortir des toilettes des profs. Filo me rejoint en un rien de temps et me reprend par le bras. Il me serre un peu.

— Allez, Caro, ça ne vaut pas !

— Ne serre pas, Filo.

— OK, mais ça ne vaut pas. J'étais le premier. Tu dois m'embrasser aussi, ce n'est pas juste. Et puis nous serons à nouveau tous amis… comme avant.

Je le regarde : il est capricieux, on dirait un gamin, peut-être qu'il est vraiment blessé, et au fond il est plus beau que d'habitude, avec son air boudeur et ses cheveux emmêlés. Il est mat, Filo, plus grand que Gibbo, maigre, les cheveux longs et les lèvres charnues, les yeux sombres et quelques tâches de rousseur cachées ici et là sur ses pommettes. Il plaît à plein de filles, Filo, mais je ne sais pas pourquoi, depuis un an il est obsédé par l'idée qu'on puisse avoir une histoire. Je le regarde dans les yeux. Il me sourit.

— N'est-ce pas, Caro ? Nous sommes honnêtes… J'ai raison ?

— Raison ? Un baiser est un baiser. Il m'a fait la cour, il m'a fait une surprise, il m'a fait rire. Il a eu une belle idée, il ne m'a pas enfermée dans les toilettes, lui… et il ne m'a pas forcée à l'embrasser !

Je me tourne et je m'en vais. Filo reste quelques instants immobile au milieu du couloir, il me fixe. Puis il hurle.

— OK ! C'est juste ! Une belle idée, hein ? OK. Moi aussi, je vais en trouver une !

Je ne me retourne pas, je continue à marcher, en souriant, bien qu'il ne puisse pas me voir.

Quand même, quelle fatigue, pour les garçons, de nous conquérir. Mais ça vaut pour nous aussi. Comment je fais, pour trouver quelqu'un qui me plaît ? Bon, à part ceux à qui je plais déjà un peu, qui te cherchent, ça c'est une autre histoire, d'ailleurs je ne sais pas pourquoi mais ceux-là ils ne me plaisent jamais, ou bien s'ils m'ont plu un jour, dès que j'ai découvert que je leur plaisais, moi aussi, pouf, tout s'est évanoui. C'est vrai. Moi je parle des garçons qui ne me plaisent qu'à moi, qui ne le savent même pas, et à qui d'une manière ou d'une autre j'essaye de le faire comprendre. Alis dit toujours qu'il faut faire « la proie qui fuit ». Premier théorème d'Alis ! Elle dit que c'est la meilleure tactique. D'après Clod, ce n'est qu'une perte de temps, parce que si tu plais vraiment au type il a le temps de se lasser. Première loi de Clod ! Alis dit aussi qu'il faut se contrôler pour ne pas trop rougir quand il passe… comme ça il pense qu'au début il nous plaisait mais que maintenant on s'en fiche. Comme ça, c'est parfait, parce que si par hasard on lui plaît il a l'impression de nous perdre ! Oui, j'ai compris… comme si je pouvais contrôler mes rougissements. Alis, toujours elle, dit qu'il ne faut pas lui prêter trop d'attention, et toujours lui montrer qu'on parle avec d'autres garçons. Puis voir ce qu'il fait. Mais bon, moi j'ai un autre problème à régler, on se plaît tous les deux, beaucoup même, et on se l'est dit ! Masssssiiiiiii, tu es où ? Et puis, comme si ça ne suffisait pas, à la quatrième heure la prof d'italien nous a donné comme devoir à la maison une photocopie avec des questions sur une nouvelle qui s'intitule *Ce que vous cherchez vraiment*. J'ai regardé le papier et j'ai eu envie de lui dire… vous parlez de moi, par hasard ?

Chez mes grands-parents Luci et Tom. La maison de mes grands-parents est belle. Non qu'elle soit spécialement grande ni luxueuse. Elle est chaleureuse. Mais de cette chaleur particulière qui n'arrive pas des radiateurs. Qui est dans plein de petites choses. Dans les tableaux, dans les photos qui racontent la vie de maman quand elle était petite, puis quand elle a grandi. Dans la façon dont mamie Luci fait attention à toutes ces petites choses.

— Caro, sois plus énergique, sinon ça va rater !

Je n'ai jamais réussi à bien faire lever la pâte à pizza. Elle reste toujours basse et molle. Ce n'est pas facile ! Je verse la farine en pluie sur le marbre de la table. J'émiette au milieu la levure de bière et je la dissous dans quelques cuillères d'eau tiède. Puis j'ajoute le sel et l'huile. Mais j'ai l'impression que je rate toujours soit les doses soit la technique. Et c'est là que le meilleur arrive : il faut obtenir une pâte moelleuse, dit mamie. Et il faut de la force !

— Tu dois pétrir la pâte jusqu'à ce qu'elle se détache de tes doigts. Ensuite, tu peux faire une boule, l'enfariner, la mettre sous un torchon et la laisser lever à l'abri des courants d'air pendant environ deux heures. Ou au moins jusqu'à ce que la pâte ait doublé de volume.

Le problème, avec moi, c'est que ça ne gonfle pas ! Alors je me rends et je laisse toujours mamie le faire. Un autre truc que je rate toujours mais que j'aime bien préparer avec elle, quand je vais voir mes grands-parents, c'est le risotto aux champignons. J'adore ça et maman n'en fait presque jamais, bien que mamie Luci lui ait appris à le faire.

C'est agréable d'être ensemble à la cuisine. J'ai même mon tablier personnalisé avec mon nom dessus et deux louches sur les côtés, brodé à la main par mamie. On peut parler tranquillement de plein de choses en coupant les légumes, en faisant revenir des oignons, en choisissant la viande, et ainsi de suite. Cuisiner ensemble, c'est un peu comme être encore plus amis. Ça me rappelle la scène du film *Le Chocolat*, quand Vianne veut partir du village où elle n'est pas acceptée parce qu'on la trouve dangereuse, trop différente. Malgré les protestations de sa fille, elle fait les bagages. Puis elle descend les escaliers, ouvre la porte de la cuisine et voit tous ces gens qui préparent ensemble le chocolat avec tant de délicatesse. Des gens qu'elle trouvait incompréhensibles, qui ne se parlaient pas et qui maintenant sont là, les uns à côté des autres, l'air heureux et unis. Et c'est aussi grâce à elle. Ainsi, quand « le vent violent du Nord parle à Vianne de villages qui sont encore à visiter, d'amis dans le besoin qui sont encore à découvrir, de batailles qui sont encore à faire… », elle ferme la fenêtre et choisit de rester vivre là, avec ces gens désormais amis. J'adore ce film. Je l'ai vu avec mamie Luci.

Avec maman, on n'a jamais le temps de cuisiner ensemble. Le dimanche, parfois, mais on ne prépare rien de spécial. Et puis, Ale arrive toujours au milieu, elle se moque de nous, pire encore, elle nous fait enrager, ou c'est papa qui nous dit de nous dépêcher : il ne comprend pas qu'on perde des heures à préparer des choses compliquées quand un plat de spaghettis au beurre ferait tout aussi bien l'affaire. Bref, nous ne sommes jamais vraiment seules, nous n'en profitons pas vraiment. Chez les grands-parents, c'est plus amusant parce que papi Tom ne se montre quasiment pas, de temps en temps il passe la tête par la porte et dit « Mes femmes ! », puis il s'en va, il ne veut pas savoir ce que nous préparons, il préfère les surprises !

Pendant que la pâte à pizza monte, ce qui n'est certainement pas grâce à moi, en attendant de préparer le risotto, je parle avec mamie, qui a toujours tant de belles choses à raconter. Quand on commence, on ne sait jamais où ça va se terminer. Aujourd'hui, par exemple, on parlait de beauté, de femmes maigres, de femmes grassouillettes, et ainsi de suite. Mamie me disait qu'à son époque avoir quelques kilos en trop était une chance parce que les hommes aimaient les femmes avec des courbes.

— Mamie, ceux d'aujourd'hui aussi, ils aiment les courbes !

— Bah, je ne sais pas, ils sont entourés de toutes ces maigres qui s'inquiètent pour le moindre gramme de trop. En fait, le problème, ce n'est pas d'être maigre ou non. Ce qu'il faut, c'est un équilibre, c'est se sentir bien.

— Oui, mamie, mais c'est plus facile à dire qu'à faire. Au collège, il y a des filles bien en chair qui ne s'aiment pas du tout et qui passent leur temps à se plaindre. D'ailleurs, elles finissent par être antipathiques avec celles qu'elles trouvent plus mignonnes qu'elles, elles gardent leurs distances. C'est comme s'il y avait deux factions : les belles et les moches. Mais qui peut décider si une fille est belle ou moche ?

— Oui, mais par exemple ton amie, elle ne se fait pas tous ces problèmes, et elle est sympathique avec plein de monde.

— Oui, mais Clod est un cas à part. Si tout le monde pouvait être comme elle ! Elle a bon caractère. Elle aime manger, et elle mange. Elle aime un garçon, elle ne recule pas. Elle aime se préparer et s'habiller. Quand on se moque d'elle, elle s'en fiche. Elle en rit, même. Par exemple, hier, à la récré, il y avait un type de troisième F qui nous casse toujours les pieds, il lui a dit : « Eh, Clod, t'es tellement grosse que quand t'as sommeil tu t'endors morceau par morceau… » Et elle : « C'est original, change de source, au lieu de toujours copier Zelig. » Mais elle lui a dit ça calmement, hein, elle n'était pas énervée !

— Bien. Ça veut dire qu'elle est consciente d'elle-même. Et plus belle, aussi. Parce que la beauté n'est pas dans la taille ou dans le visage. Je ne t'ai jamais raconté ce que disait Audrey Hepburn ?

— Non.

Mamie se lève et prend un livre sur l'étagère, un beau livre, grand, plein de photos de l'actrice. Elle se rassied et le feuillette.

— Voilà… écoute.

Mamie se met à lire, de sa voix encore si ferme.

— « Pour avoir des lèvres attirantes, dis des mots gentils. Pour avoir un regard amoureux, cherche le bon côté des gens. Pour avoir l'air maigre, partage ta nourriture avec ceux qui ont faim. Pour avoir de beaux cheveux, laisse un enfant passer ses doigts dedans une fois par jour. Rappelle-toi, quand tu auras besoin d'un coup de main, que tu en trouveras une à l'extrémité de chacun de tes bras. Quand tu vieilliras, tu découvriras que tu as deux mains, une pour t'aider toi, l'autre pour aider les autres. La beauté d'une femme augmente au fil des ans.

La beauté d'une femme n'est jamais dans l'esthétique, la vraie beauté d'une femme se reflète dans son âme… »

Elle ferme le livre. Avec une sérénité spéciale, qui me plaît tant.

— C'est beau…

— Essaye de t'en rappeler, Caro, parce que c'est vrai. Il ne s'agit pas de kilos, il s'agit d'harmonie. Allez, on va le faire, ce risotto… ça fait presque deux heures qu'on est là, on n'a pas vu le temps passer ! Pendant que j'étale la pâte et que je mets ce qu'il faut dessus, toi tu commences à préparer le risotto… De toute façon, je t'aide. J'avais déjà mis les champignons séchés à tremper dans l'eau tiède, et le bouillon est prêt. Prends la poêle et mets-y un fond d'huile et une noix de beurre. Mais attends avant d'allumer le gaz.

Je suis à la lettre les instructions de mamie.

— Il faut combien de temps ?

— Environ quarante-cinq minutes. Maintenant, prends les morceaux d'oignon blanc, tu vois, sur la planche en bois, je l'avais déjà préparé, et coupe les champignons en lamelles.

Je m'applique.

— Comme ça ?

— Oui. Allume sous la poêle et fais fondre le beurre. Ensuite, ajoute les oignons et les champignons et fais rissoler le tout. Mets une pincée de sel.

— Mais si ça brûle ?

— On fait attention, non ? Vas-y, c'est bien. Bientôt, on y mettra un peu de l'eau dans laquelle ont trempé les champignons. Tu ne l'as pas jetée, n'est-ce pas ?

— Non, non.

— Maintenant, il faut mettre le riz, il doit griller.

— Il crépite !

— Eh oui, il faut qu'il crépite, laisse-le pendant quelques minutes. Prends le vin blanc, dans le verre à côté de l'évier. Mets-le dans la poêle. Augmente le feu. Quand il se sera évaporé, on éteint tout et on laisse reposer pendant dix minutes.

C'est ça que j'aime, avec mamie : son calcul exact des temps de préparation et de cuisson. Elle ne se trompe jamais. Et puis, avec elle, tout a l'air facile, je me sens forte, je me prends pour un cordon-bleu. En attendant, elle a déjà mis au four la grande plaque avec la pizza. Elle l'a divisée et préparée de quatre façons différentes : margherita, champignons, tomate et saucisse, sans mozzarella.

— Mamie, quand est-ce que tu as appris à cuisiner ?

— Quand j'étais petite, sur le tas. J'étais l'aînée et mes parents travaillaient ensemble à la bonneterie de papa, alors je devais faire à manger pour mes frères. Mais heureusement, ma grand-mère m'aidait beaucoup. C'est elle qui m'a appris. Maintenant, rallume le gaz, mets à feu moyen. Nous allons ajouter le bouillon au fur et à mesure. Une louche à la fois. Et tourner… comme ça tu fais un peu de gym. Ah, et goûte pour voir s'il faut du sel.

Je goûte, comme une vraie cuisinière. Mamie me regarde et sourit, tout en mettant la table.

— Non, c'est bien comme ça !

— Alors tourne encore. Tu veux que je te remplace ?

— Non, mamie, maintenant c'est moi qui fais la cuisine !

Elle rit et acquiesce. Elle continue à mettre la table, avec amour et goût, comme à son habitude. Chez mes grands-parents, il y a toujours un petit vase avec des fleurs au centre, par exemple.

Elle veille à ce que je me sente importante, mamie. Elle me fait même croire que je sais cuisiner ! En réalité, c'est elle qui a tout fait, elle avait déjà préparé les ingrédients, moi je n'ai fait qu'exécuter ses ordres.

Plusieurs minutes s'écoulent. J'ai continué à ajouter du bouillon et à tourner. Mamie vient goûter.

— Mmmmh, bravo ! C'est bon ! Maintenant, prends cette assiette, oui, celle avec le parmesan râpé et la mozzarella. Voilà, maintenant coupe le feu et ajoute le fromage.

Je m'exécute.

— Couvre le tout avec ça…

Elle me donne un couvercle en verre. Quand je le pose sur la poêle, il s'embue immédiatement à cause de la vapeur.

— Il faut attendre cinq minutes !

Elle prend trois assiettes creuses et y met le risotto.

— Voilà, maintenant on saupoudre de persil hâché…

— Mmh, ça sent bon ! J'ai une de ces faims…

— À table ! crie mamie.

— J'arrive, répond papi depuis la pièce du fond.

— Oui, mais tout de suite ! ajoute-t-elle en apportant les assiettes à table. Prends ça, Caro…

Je la suis avec le pain.

— Ton grand-père, il faut l'appeler une heure à l'avance, il reste dans son bureau à dessiner, on dirait qu'il ne voit pas le temps passer…

Nous posons tout sur la table. Je lui souris.

— C'est parce qu'il adore ça…

— Oui, mais il n'aime pas le risotto trop cuit, ni froid ! On ne peut pas tout avoir !

— Me voici, me voici… Tu as vu comme j'ai été rapide ?

Ils se sourient et s'embrassent légèrement sur les lèvres et moi, je ne sais pas pourquoi, je suis un peu gênée, je regarde de l'autre côté.

Nous nous asseyons tous les trois à table, papi prend la première bouchée et s'exclame, l'air étonné :

— Mais c'est délicieux !… Qui est le cordon-bleu ?

— Elle…

Nous répondons en chœur, mamie et moi, en nous montrant du doigt, et nous éclatons de rire. Nous dégustons avec plaisir tous ces plats préparés avec amour et qui n'ont pas le même goût qu'au restaurant. À la fin du déjeuner, papi se lève.

— Restez là, ne bougez pas…

Mamie Luci essaye de se lever.

— En attendant, je vais préparer le café.

— Non, non, juste un instant… je reviens tout de suite.

Il disparaît dans le salon, mais revient peu après. Il a son appareil photo à la main.

— Voilà, voilà…

Il pose l'appareil sur une étagère près de lui, appuie sur le bouton du retardateur et cours vers mamie et moi. Il a juste le temps de nous passer le bras autour du cou. Clic !

— Une photo de nous trois, l'estomac plein !

Il nous serre fort.

— Carolina, ça c'est pour toi…

Et pouf, un livre sort de derrière son dos.

— Papi, merci !

Il me regarde, tout fier et heureux.

— Je suis sûr que tu deviendras une grande cuisinière…

Je le prends et je vais dans le salon, où je me jette sur le gros fauteuil bordeaux qui a même un repose-pieds. Il est très confortable. De toute façon, quand elle fait la vaisselle et qu'elle range la cuisine, mamie ne veut pas que je reste dans ses pattes. Le livre, c'est *Kitchen*, de Banana Yoshimoto. Je l'ouvre.

« Il n'y a pas d'endroit au monde que j'aime plus que la cuisine. Peu importe où elle se trouve, comment elle est faite : du moment que c'est une cuisine, un endroit où on fait à manger, moi je suis bien. Si possible, je préfère quand elles sont fonctionnelles et quand je sens qu'on y vit. Avec des torchons secs et propres, et des carreaux blancs qui brillent. Mais même les cuisines incroyablement sales me plaisent. J'aime leurs carrelages parsemés de petits morceaux de nourriture, tellement sales que la semelle des pantoufles devient immédiatement noire. J'aime quand elles sont grandes, d'une taille exagérée. Avec un frigo énorme, plein de provisions qui permettraient de tenir tout un hiver, un frigo imposant, avec une grande porte métallique contre laquelle m'appuyer… »

Je le ferme et je le pose sur mes jambes. Je regarde mamie, à la cuisine, qui met les assiettes dans le lave-vaisselle après les avoir rincées. J'aime la cuisine de mes grands-parents parce qu'ils l'utilisent vraiment, ils la vivent. Puis papi arrive, il s'approche d'elle. Il prend un verre, y verse de l'eau, lui dit quelque chose, ils rient. Elle s'essuie les mains sur le tablier qu'elle a autour de la taille, puis elle s'arrange les cheveux. Ils ont encore tant de choses à se dire. Je me replonge dans le livre que papi m'a offert. Voilà. Leur cuisine me plaît parce qu'elle est pleine d'amour.

12 octobre. Le prof a profité de ce jour anniversaire pour nous faire étudier la découverte de l'Amérique. Il nous a rappelé que c'est grâce à Christophe Colomb qu'on peut manger du chocolat aujourd'hui ! Et Clod, évidemment, m'a fait plein de signes, le V de la victoire, et puis avec ses mains elle a mimé un cercle qu'elle se posait sur la tête comme une auréole. Saint Christophe ! Mais bon, ensuite le chocolat lui donne des boutons et elle se plaint ! Octobre, c'est aussi le mois des châtaignes. Parfois maman, quand elle est du matin et qu'elle rentre vers 14 heures, bien qu'elle se soit levée tôt (à 6 heures, la pauvre !), elle fait son gâteau à la châtaigne ! Je l'adore. J'enlève toujours les pignons un à un et je les mange avant le reste ! Oui, octobre est vraiment un bon

mois… le mois du jaune orangé, des premiers blousons qu'on descend du grenier, en attendant Halloween. Mais c'est aussi le mois avant novembre, et novembre je déteste.

J'ai passé toute la soirée sur MSN avec Clod et Alis, toujours à cause de cette histoire de Filo.

Clod n'avait aucun doute.

— Mais pourquoi tu ne l'as pas embrassé ? Il est devenu canon, et puis il est trop sympa, et puis c'est lui qui a personnalisé le premier sa voiture, bien avant Gibbo.

Alis soutenait exactement le contraire.

— Bravo, fais-le souffrir, eux ensuite ils en profitent, qu'est-ce que tu crois, c'est juste une compétition entre mecs, si tu n'avais pas embrassé Gibbo tu crois qu'il se serait intéressé à toi ?

Voilà, ça, c'est la deuxième loi d'Alis ! Bref, elles m'ont donné chacune leur avis, après j'en fais ce que je veux. En plus, moi de mon côté je répondais au fur et à mesure en essayant d'expliquer ma position à chacune.

— Mais l'année dernière il m'avait déjà demandé de l'embrasser !

Alis et Clod :

— Oui, d'accord, mais tu fais quoi maintenant ? Tu les laisses se disputer ?

— Et puis quoi encore, vous êtes folles ! Je n'embrasse pas par charité, moi.

— Bien sûr que non, mais il est mignon quand même…

— Il est très mignon, mais moi je ne pense qu'à Massi.

— Mais puisque tu as embrassé Gibbo.

— Quel rapport ? C'était parce que j'avais perdu mon pari, c'était un jeu, sinon je ne l'aurais jamais embrassé. Je pense à Massi, je te dis.

Et Clod :

— Mais on ne sait même pas si tu le reverras un jour, celui-là ! Ce n'est que ton imagination, à mon avis il te plaît parce qu'il n'est pas là, justement.

Et Alis, encore plus déterminée :

— Tu vois ? Tu voulais Lorenzo, et une fois que tu l'as eu… Tac ! maintenant tu passes ton temps à en chercher d'autres.

J'ai « eu » Lorenzo ? C'est un bien grand mot… Mais je n'ai pas le temps de répondre, maman entre dans ma chambre.

— Caro ! Mais tu es encore devant l'ordinateur ? Mais va te coucher voyons, tu as cours demain… Mais…

Tous ces « mais ».

— Mais maman, nous discutons de notre mini-mémoire pour le collège. (Je ne lui laisse pas le temps de dire ouf.) De toute façon je vais éteindre, il est tard.

Je me glisse dans mon lit.

— Tu t'es lavé les dents ?

— Bien sûr, juste après manger ! Sens…

Je souffle fort devant elle. Maman éclate de rire et agite sa main devant son visage.

— Mmh… pas terrible… ça sent encore les brocolis qu'on a mangés au dîner !

— Mais maman…

Je fais semblant d'être vexée et je me mets les couvertures par-dessus ma tête. Et puis, n'entendant plus rien, je me retourne vers elle et je la vois qui regarde le mur. Là où est accroché l'article de RJ que j'ai fait encadrer par Salvatore, le monsieur qui a une boutique au bout de la Via Farnesina.

Maman le regarde et pousse un long soupir. Je m'assieds sur le lit et je l'observe.

— C'est beau, n'est-ce pas ? C'est une très belle nouvelle, elle parle des rêves des jeunes… Tu sais que j'ai été la première à la lire ? C'est lui qui me l'a dit.

— Oui, je l'ai lue plusieurs fois. Il est bon.

Puis elle sort de la chambre. Légèrement déçue, ou inquiète, je ne sais pas. Évidemment, pour nous RJ ne peut être que bon. Mais l'est-il vraiment ? Moi je pense que oui ! Sur cette dernière conviction, je m'endors… Et je rêve de je ne sais quoi. Pourtant, au réveil, j'ai la conviction que cette journée va être différente des autres. Je le sens… je sais que quelque chose va se passer ! Alors je sors du lit, je me prépare, je prends mon petit déjeuner, je dis au revoir à tout le monde, je sors en courant, je regarde autour de moi… Je suis très en retard mais heureusement j'arrive au collège avant qu'ils ne ferment la porte, et en classe tout se passe bien, rien à signaler.

Pas d'interrogation, pas de discussion, ni avec le prêtre ni avec les autres profs. Enfin, quand je sors du collège… La surprise !

Je le savais, je le savais, je le sentais ! Accrochée à la grille, il y a une enveloppe où il est écrit « Caro, 3ᵉ B », je m'approche, je la prends, dedans il y a un mot avec une écriture en majuscules que je ne reconnais pas.

« SUIS-MOI… LE FIL DE CARO »

Et il y a aussi une petite cuillère avec un fil attaché, un fil long, bizarre, du genre des fils en caoutchouc qu'on utilise pour les plantes. Alors je le suis, je l'enroule en marchant. J'ai l'impression de vivre un conte de fées, mais je ne me rappelle pas bien lequel, vu que maman les confondait un peu tous quand elle me les racontait, quand j'étais petite.

Je me retrouve dans le petit parc derrière l'école, les gens me regardent enrouler ce drôle de fil… de Caro ! Des petites filles sur une balançoire me montrent du doigt, amusées par cette drôle de fille qui passe en suivant un long fil, interminable.

Finalement j'arrive dans un coin du parc, le fil disparaît là, derrière le dernier buisson. Alors je ferme les yeux. C'est un rêve… ou un miracle, plutôt. Maintenant, je vais me retourner et Massi sera là. Alors je contourne lentement le buisson, le fil toujours à la main, et je le vois : Filo. J'éclate de rire.

— Nooon ! Mais tu es fou ?

Il a mis un tablier blanc et devant lui, disposées sur une table en bois, il y a plusieurs coupelles avec de la glace. Il s'est même fabriqué un petit chapeau avec une feuille blanche à carreaux repliée plusieurs fois, comme les toques des glaciers. Du moins ceux que je connais ! Il a une baguette à la main, et plusieurs petites cuillères colorées dans la poche de sa chemise.

— Alors, mesdames et messieurs… Je vais illustrer les produits de ce nouveau glacier : F.I.C. ! Mais attention, comprenez-moi bien : Filo Ice Cream.

Il y met même un peu d'anglais ! Après la déception initiale de ne pas avoir découvert Massi, je m'amuse bien. Je tape dans mes mains comme une petite fille.

— Oui, oui, voyons voir.

Je m'installe sur la chaise qu'il a apportée jusque-là, il y a même une petite table. J'écoute en acquiesçant les propositions de ce drôle de glacier.

— Alors, si je me rappelle bien… vos parfums préférés sont chocolat blanc, chocolat noir, vanille, sabayon, gianduja, pistache et naturellement marron ! (Il se les est tous rappelés, sauf un…) Et coco ! (Celui-là aussi ! Incroyable. Filo me sourit.) Tu manges souvent des Bounty, n'est-ce pas ?

— Quelle mémoire, mais tu les as achetés où ?

— En bas, chez Mondi.

— Mmh, mon préféré. Alors, faites-moi un petit pot…

Je commande l'une après l'autre des combinaisons délicieuses. Je les avale toutes, une vraie merveille. Ces glaces sont tellement bonnes que j'en oublie toutes mes résolutions de régime. De toute façon, je suis à quarante-neuf, j'ai un peu de marge.

Finalement, Filo s'assied par terre, à côté de moi, et mange lui aussi avec entrain. Il a aussi préparé des petites serviettes en papier, et même un peu de crème chantilly. Que dire ? C'était vraiment une belle surprise. Mais maintenant, je vais avoir un petit gage. Petit... ça dépend de quel point de vue. Ainsi, après nous être gentiment gavés de ces douceurs, nous rapportons les chaises et la table au bar et nous prenons le chemin du retour.

— Tu as vu ? Ils ont été vraiment gentils, hein ?

— Oui.

Pendant que nous nous dirigeons vers chez moi, je ne dis rien. Au bout d'un moment, je décide qu'il vaut mieux aborder le sujet tout de suite.

— Écoute, Filo, tu m'as fait une jolie surprise.

— Merci. (Il me regarde, curieux, puis lève un soucil.) Mais...

Je lui souris.

— Mais ?

— Oui, j'ai compris, tu es sur le point de me dire quelque chose qui commence par « mais »...

— En effet. Je pense qu'il vaut mieux que nous ne nous embrassions pas.

— Tu n'as pas mis le « mais », mais ça revient au même. Mais enfin, tu avais dit que tu voulais une surprise, moi je t'ai fait une surprise, alors ça ne t'a pas plu ?

— Si, ça m'a plu.

— J'ai bien vu, tu as tout mangé, tu as même raclé le pot de crème chantilly avec ton doigt.

— Oui, tout était délicieux.

— Alors qu'est-ce qui ne va pas ? Pardon mais je t'ai demandé avant lui, pour le baiser, tu as dit qu'il t'avait

fait une surprise, et maintenant moi aussi je t'en ai fait
une. Ça devrait suffire, non ?

— Non. Ça ne suffit pas. Les choses doivent se passer
par hasard. Là, c'est trop…

— Trop ?

— Trop construit !

— C'est ça… Invente autre chose ! Si je t'avais fait
une surprise pas construite, ça aurait été trop facile, moi
je t'en ai fait une belle, avec le fil, tes parfums préférés…
et c'est trop construit !

— Mais non, quel rapport, pas la surprise… la situation !

— Mais c'est toi qui l'as dit !

— Quoi donc ?

— Qu'il te fallait une surprise ! Et ça ne peut pas
arriver par hasard, une surprise, sans une situation
construite ! C'est impossible, non ?

— OK, laisse tomber, je renonce.

— Comment ça, tu renonces ? Ça veut dire quoi ? Ah
non ! Moi je te l'ai faite, la surprise. Maintenant, je veux
mon baiser !

— Chut, ne hurle pas ! Je voulais dire que je renonce
à t'expliquer. Viens. (J'ouvre la grille de l'immeuble et je
le fais entrer. Heureusement, la porte est ouverte. Nous
entrons.) Suis-moi.

J'ouvre une autre porte.

— Mais où on va ?

— Chut, on pourrait nous entendre… On est dans
la cave.

Je referme la porte derrière moi. Nous nous retrouvons dans la pénombre. Seuls quelques rayons de
lumière passent en dessous des portes en fer qui mènent
aux garages.

— C'est beau, ici.

Je regarde autour de moi.

190

— Oui… Allez, on se dépêche.

Cette fois, c'est lui qui se plaint.

— Mais je n'y arrive pas, comme ça. C'est trop…

— Ça suffit, j'en ai assez.

Je l'attrape et je l'embrasse. Au bout de quelques secondes, je m'écarte.

— Construit…, dit Filo en souriant dans la pénombre.

— Arrête, idiot ! Bon, maintenant on est quittes, hein ?

— Mais non, pour moi ça ne valait pas, là.

— Pourquoi ?

— Parce que c'est moi qui dois t'embrasser.

Il penche la tête sur le côté. Il me sourit. Il est mignon. Et tendre. Tout doucement, il s'approche et m'embrasse. Enfin. Comme il faut. Mmh… Il a un goût de myrtille. C'est bon, la myrtille ! Il avait pris toutes les glaces aux fruits et moi, les autres. Filo embrasse avec passion, il m'entoure de ses bras, m'attire vers lui. Juste à ce moment-là, j'entends la dernière porte en fer qui s'ouvre, de l'autre côté, au fond de la cave, celle du grand garage où mon frère range sa moto. Mon frère ? Je regarde vers la porte du fond… Mais c'est mon frère !

Je prends Filo par la main et je lui dis à voix basse de se dépêcher. Je cours vers la porte qui donne sur le hall. Je l'ouvre en vitesse. Puis je la referme derrière moi.

— Vite, vite !

Je l'accompagne jusqu'à la grille.

— Mais ça ne vaut pas ! Et le baiser ?

— Tu l'as eu, ton baiser, tu en as même eu deux !

— Oui, mais pas comme je voulais, moi.

J'ouvre la grille et je le pousse dehors.

— Allez, file !

Filo me sourit.

— Moi j'en voulais un… un peu plus construit !

— File, je t'ai dit !

Je referme la porte, et j'arrive à l'ascenseur juste au moment où mon frère ouvre la porte de la cave.

— Salut !

— Oh, salut !

Je feins la surprise, tout en essayant de ne pas le regarder dans les yeux. Mais je m'aperçois bien qu'il me regarde fixement.

— Comment ça s'est passé, à l'école ?

— Bien.

Je le regarde furtivement, il me sourit. Je détourne le regard.

— Ah, donc ça s'est bien passé à l'école… Et comment ça s'est passé, tout à l'heure ?

— Hein ?

Je le regarde à nouveau. Il rit.

— Dans la cave…

— Ah, tout à l'heure, rien… Tu sais, il avait perdu un truc et… (J'essaye d'inventer quelque chose mais je n'ai pas d'idée. Alors je me rends.) Non… De toute façon… Il allait s'en aller.

— Ah oui… ? Et tu sais où tu aurais fini, toi, si c'était papa qui était rentré ?

Il secoue la tête, nous entrons dans l'ascenseur. Nous montons au quatrième étage. Et il y a un de ces silences… tu sais, ces silences, plus ils durent plus ils sont longs, plus ils sont longs et moins tu trouves quelque chose à dire ; et moins tu trouves quelque chose à dire plus tu as hâte qu'on arrive. Et en effet, dès que l'ascenseur arrive à l'étage, je sonne chez nous, et dès que la porte s'ouvre, j'entre dans la maison en courant.

— Salut, maman ! Ça s'est bien passé, à l'école. J'ai eu une bonne note en histoire…

En un rien de temps, je me retrouve au bout du couloir, dans ma chambre. Après toute cette tension, j'ai besoin de me détendre un peu ! Je mets le CD de Massi, je m'allonge sur le lit et j'appuie mes jambes contre le mur. La tête en bas, j'écoute ce morceau que j'adore. Je fais le point, et au bout du compte je me sens un peu coupable. C'est vrai, je suis amoureuse d'un garçon que je n'ai pas embrassé, et j'en ai déjà embrassé trois dont je ne suis pas du tout amoureuse ! Ça ne va pas du tout. Non, pas du tout. Stop, je n'embrasserai plus personne jusqu'à ce que… Bon, mieux vaut ne pas fixer d'objectifs, je risque de ne pas réussir à les tenir. Jusqu'à ce que… j'y arrive ! Voilà, c'est beaucoup mieux comme ça.

— À table ! crie ma mère.

— J'arrive !

Je me lève de mon lit. Bien, avec ce nouveau programme de baisers, je suis beaucoup plus détendue et j'ai même un peu faim. Mais pas tant que ça, vu toute la glace que j'ai mangée !

Un après-midi tranquille. J'ai travaillé toute seule à la maison jusqu'à 5 heures. Ale est sortie avec une de ses copines, une certaine Sofia. Elles vont toujours faire les boutiques, elles ne font jamais rien d'autre. Ale a tellement de vêtements qu'ils n'entrent plus dans son armoire, et en plus elle n'en porte pas la moitié. D'ailleurs, l'autre soir, elle ne s'est même pas aperçue que je lui avais piqué une jupe, ce n'est pas un hasard. Bah, tant mieux, de toute façon ça la regarde, et puis moi ça m'arrange. Ensuite, Clod est passée me prendre avec sa mère et nous sommes allées à la gym.

Pour certaines choses, Clod est trop forte. On va à une salle de sport qu'elle adore, près du Tibre, mais elle a honte, alors il y a plein de trucs qu'elle ne fait pas. Même si elle est très forte en gymnastique artistique. Bon, d'accord, elle est un peu ronde. Un peu beaucoup, même. Mais elle a le rythme, la passion et la détermination. Enfin, c'est vrai, une fois, elle s'est retrouvée coincée entre les barres parallèles.

Et Aldo était là.

Aldo est un type trop marrant, il fait toujours le pitre, il rit, plaisante, fait plein d'imitations, et à chaque fois il nous dit : « Vous êtes prêtes ? Qui je suis, là ? Hein ? Je suis qui ? » Et il imite une voix. Clod et moi, nous nous regardons. Moi, je ne reconnais jamais personne, jamais un nom ne me vient à l'esprit, même au hasard. Clod, elle, passe en revue toutes les personnalités ita-liennes du passé et du présent, et les étrangers, aussi, je ne sais pas, Brad Pitt, Harrison Ford, Johnny Depp, ce qui est absurde parce qu'ils parlent en italien dans les films, donc elle devrait plutôt dire le nom de ceux qui les doublent.

Bref, Clod tente à tout prix de deviner. Moi, j'arrête tout de suite parce qu'il est impossible de comprendre de qui il s'agit, et ça m'embête, mais Clod continue avec des noms improbables, de plus en plus improbables, certains je ne les ai même jamais entendus. À mon avis, elle les pré-pare exprès. À la fin, elle est épuisée. Moi, j'ai renoncé depuis longtemps et Aldo nous regarde d'un air amusé, d'abord elle, puis moi, puis encore elle et enfin moi.

— Vous donnez votre langue au chat ?

Je regarde Clod. Je n'ai aucun doute.

— Oui, oui… on donne notre langue au chat.

— C'était Pippo Baudo !

— Pippo Baudo, le présentateur ?

— Eh oui !

Je fais demi-tour et je m'éloigne. Mais Clod reste.

— Bravo, oui, tu es très fort. C'est vrai, c'était vrai-ment lui… Je l'avais sur le bout de la langue ! C'est juste que je ne trouvais pas le nom.

Quand elle vient se changer dans les vestiaires des filles, je lui dis :

— Je ne peux pas y croire ! Comment tu peux être aussi hypocrite ? C'était tout sauf Pippo Baudo ! Tu le vois toujours à la télé, tu le reconnais, peut-être ? Même moi je ferais mieux que ça !

— Et alors ?

Elle est fâchée, elle s'assoit sur le banc et ne change que ses chaussures.

— Alors quoi ?

— Si je fais ça pour lui faire plaisir, qu'est-ce que ça peut te faire ?

— À moi ? Rien ! Mais il faut bien se comporter avec soi-même, il faut être honnête.

Clod se lève et enfile sa veste de survêtement.

— Comment tu fais, pour ne pas comprendre ?

— Je ne te suis pas, là…

— Ce n'est pas si difficile. C'est même très facile !

Elle fait mine de s'en aller. Je la rejoins, je lui attrape une épaule et je la fais se retourner.

— Pardon, mais tu veux me dire quoi, là ? Moi, je m'en fiche, qu'il soit fort en imitations ou pas, ce type. Il peut aller faire des concours, s'il veut. Mais ça voulait dire quoi, « c'est même très facile » ?

— Rien.

— Comment ça, rien ? Tu l'as dit ! Alors ? Qu'est-ce qui devrait être facile pour moi ?

— Facile. C'est facile parce que…

Juste à ce moment-là entre Carla, la maman de Clod.

— Vous êtes prêtes ?

— C'est facile pour toi… qui en as embrassé trois !

Elle sort en courant, elle me laisse seule avec Carla, qui me regarde bouche bée. Je fais comme si de rien n'était, je change de t-shirt et je remets mon survêtement.

— Voilà, je suis prête !

Je prends mon sac et nous sortons.

Je vous jure, le trajet pour rentrer à la maison a été terrible. D'abord, parce que je ne pouvais pas parler avec mon amie Clod vu qu'il y avait sa mère, ensuite parce qu'elle avait lancé ça devant sa mère, justement. Qu'est-ce qu'elle va penser, maintenant, cette dame ? Elle va en parler à ma mère ? Elle va me juger ? Elle va interdire à sa fille de me fréquenter parce que je ne suis pas une fille comme il faut ? Bah. Je vous jure, c'était pire que le pire des maux de tête. Ce silence dans la voiture. Un silence pesant. Et puis, toute une série de pensées que je n'arrivais pas à arrêter, un tourbillon, un ouragan. Une haine envers Lorenzo, et puis envers Gibbo, et surtout envers Filo. Et puis, une haine terrible envers mes amies Alis et Clod qui savent tout, et une haine encore plus forte envers moi-même, qui leur ai raconté ! Enfin une haine particulière envers Carla, la maman de Clod, il fallait qu'elle arrive à ce moment-là ? Zut !

Je descends de voiture.

— Au revoir… et merci.

Je m'enfuis sans rien ajouter. Je monte les escaliers en courant. Je me demande ce qu'elles vont se dire, dans la voiture. Elles seront contre moi, c'est sûr !

Ale m'ouvre.

— Salut.

Je vais dans ma chambre. J'enlève ma veste et je vais tout de suite sur MSN. Heureusement, Alis est connectée, alors je lui raconte tout.

« Mais c'est normal que vous vous soyez disputées, tu ne t'es pas demandé pourquoi elle, justement elle, t'a dit que c'est facile pour toi ? »

J'insiste pour qu'elle m'explique, mais elle finit par me dire qu'il faut que j'y arrive toute seule. Alors je m'allonge sur mon lit. Je mets le CD de Massi, je suis sûre que ça va m'aider. Je retourne le problème dans tous les sens, finalement je pense à une solution. Mais est-ce que c'est la bonne ? Je retourne sur MSN et heureusement j'y trouve Clod.

« Excuse-moi… Je n'y avais pas pensé. Je pense avoir compris… Mais ça n'a pas été facile pour moi ! Je t'aime beaucoup… »

Nous ne disons rien d'autre, et nous promettons d'en parler au collège.

Le lendemain, pendant la récréation, nous allons toutes les deux nous mettre dans un coin.

— Clod… Ce n'est pas vrai, que tu as embrassé un garçon l'été dernier, n'est-ce pas ?

Clod me regarde, l'air sérieux.

— Pourquoi ?

— Dis-moi si j'ai raison.

— Mmh…

Elle acquiesce, désolée. Je lui souris et je hausse les épaules.

— Mais ce n'est pas si important. Moi, ça m'est arrivé par hasard, je ne m'y attendais pas. Ça s'est passé un peu comme ça, avec Lorenzo.

— Oui, et avec Gibbo, et avec Filo ! Tu en es déjà à trois.

— Mais je m'en fiche ! Moi, ce que je veux, c'est embrasser Massi.

— Massi aussi !

— Seulement Massi ! J'ai embrassé des garçons que je ne voulais pas embrasser, donc en un sens ça ne vaut pas.

Clod éclate de rire.

— Tu sais que tu es incroyable ! Tu es capable de retourner les choses comme des omelettes ! C'est ma mère qui dit toujours ça…

— Qu'est-ce qu'elle t'a dit, hier, quand je suis partie ?

— Elle t'a attaquée…

— C'est-à-dire ?

— Elle a dit qu'on ne doit pas se comporter comme ça. Mais moi je t'ai défendue, je lui ai dit : « Maman, mais qu'est-ce que tu en sais, toi ? Ne dis rien, tu ne peux pas parler de ce que tu ne connais pas, ce n'est pas juste. Et puis, c'est mon amie. » Et elle : « Oui, mais le fait qu'elle soit ton amie n'empêche pas qu'elle peut faire des erreurs ! » Et moi je lui ai répondu : « Elle n'a pas fait d'erreur… on l'a embarquée. » Et elle : « Bon, alors j'espère que toi, au moins, tu ne te feras jamais embarquer. » Et moi je lui ai dit : « Et moi j'espère que si ! J'espère vraiment qu'on m'embarquera, un jour ! » Et je suis sortie de la voiture.

Je la regarde. Elle m'a défendue, bien que ce que j'aie fait la gêne, parce qu'elle ne l'a pas fait, elle. Elle m'a défendue devant sa mère. C'est une grande preuve d'amitié, ça. Je lui souris.

— Clod, ne t'inquiète pas. Ça arrivera quand tu t'y attendras le moins. Ce n'est pas si important.

Elle me regarde. Ses yeux sont légèrement voilés par la tristesse.

— Je sais, mais vous êtes toutes déjà en avance. Alis a été toute l'année dernière avec Giorgio, celui de troisième D. Ils s'embrassaient devant tout le monde à la sortie. Tu sais comment elle est, elle le faisait exprès, peut-être qu'elle s'en fichait complètement, mais en attendant elle le faisait ! Quand est-ce que j'embrasserai, moi ?

Je souris.

— Bientôt, tu verras, très bientôt…

Je lui entoure les épaules avec mon bras, je la serre contre moi.

— Je t'offre mon goûter, tu veux ? Je ne l'ai pas encore mangé. Un sandwich à l'huile et au Nutella, c'est bon, non ?

Mais quand je l'ouvre, je ne sais plus où me mettre. Oh non… maman a changé. Elle a mis du salami, des tranches toutes fines. Quelle barbe ! Je lui ai déjà dit de me prévenir, quand elle change la garniture. Mais elle, rien, elle est comme ça !

— Tu as de la chance que ta maman s'en occupe !

Elle m'arrache le sandwich des mains et en prend une bouchée. Quand elle retire sa bouche, je vois qu'elle en a englouti plus de la moitié. Non mais ! Pourtant je ne dis rien, je garde les bras autour d'elle tandis qu'elle mange mon sandwich. Puis elle se tourne, me regarde et me sourit.

— Juste une chose, Caro. N'essaye pas d'embrasser Aldo !

Je la serre un peu plus fort.

— Je ne sais pas, ma belle, je ne sais pas, je vais y réfléchir… Mais pardon… Puisque vous vouliez me piquer Matt ! Et puis, c'est vous qui l'avez dit, nous sommes amies, nous devons tout partager ! N'est-ce pas ? Allez, laisse-moi un morceau de sandwich.

Je le lui arrache des mains et je m'enfuis en courant.

— Sale…

— Ciaooo !

Mais avant qu'elle ne m'attrape, je suis déjà rentrée dans la salle.

Cet après-midi-là, rien de spécial. Octobre, le mois du doux farniente… mais ce n'était pas avril, ça ? Bah. Et puis, il pleut. Pourquoi il pleut ? Je tente de faire un jeu. Un pas. Je te trouve. Deux pas non. Trois pas, peut-être demain. Quatre pas, dans quelque temps. Cinq pas, pas pour moi. J'invente un nouveau jeu sur les carrelages carrés de ma chambre. Je fais un saut, les yeux fermés. Si mes pieds retombent sur le même carreau, ça vaut pour un pas, je retrouverai Massi. Si j'en touche deux, je ne le retrouverai plus. Si je fais un bond plus large et que j'en touche trois, je le verrai peut-être demain. Enfin, si j'en touche quatre, je le reverrai dans une semaine et si j'en touche cinq, je me suis trompée depuis le début. Une fois, ma grand-mère m'a raconté qu'il existe un baiser du carrelage. Ou bien c'était la danse ? Quoi qu'il en soit, je n'ai personne ni pour un baiser ni pour danser, d'ailleurs pour moi ça pourrait bien être la même personne, Massi. Bon, allez, j'essaye. Voilà… Je saute,

200

en gardant les jambes un peu écartées. Je n'y crois pas. Le même carreau. Massi… je te trouverai ! Et vu qu'aujourd'hui les choses se passent plutôt bien pour moi, je décide de faire un test.

J'en ai trouvé plein sur Internet, avec des questions différentes. Ils sont sympas. Et puis, si on relit ses réponses quelque temps plus tard, on voit combien on a changé !

Quelle heure est-il ? 19 heures.

Où es-tu ? Dans ma chambre.

Que faisais-tu ? J'écoutais les Tokio Hotel en regardant le clip de By Your Side sur YouTube.

Es-tu de bonne humeur ? Pas mal, mais c'était mieux ce matin.

Qu'as-tu fait hier soir ? Je suis sortie avec Alis et Clod.

Crois-tu que tu pourras répondre aux questions suivantes ? Si je ne me fais pas kidnapper avant, oui.

Aimes-tu les pyjamas Benetton ? Comment ça ? Pourquoi ceux-là ? Tu es payé par eux ?

Aimes-tu l'odeur des allumettes éteintes ? Oui.

Aimes-tu que des gens plus grands te prennent dans leurs bras ? Oui, je me sens comme sous un toit.

Fais-tu souvent des promesses ? Seulement si je peux les tenir.

Es-tu confiante, en ce moment ? Oui.

As-tu récemment changé d'opinion sur quelque chose ? Oui, sur les coups de foudre !

L'endroit où tu es heureuse de ne pas être en ce moment ? En classe.

L'endroit où tu voudrais être ? Sur une moto avec Massi.

Aimerais-tu t'appeler Chantal ? Pas vraiment.

Quel objet est dessiné sur ton tapis de souris ? Un chien.

Regarde à ta droite, que vois-tu ? Des étagères avec des livres et un tabouret.

Regarde à ta gauche, que vois-tu ? La porte.

Que fais-tu d'habitude le samedi soir ? L'après-midi je sors avec Alis et Clod, le soir ça m'arrive mais je dois rentrer à 23 heures et ne pas m'éloigner de la maison.

Le bar que tu préfères ? Le petit salon de thé Ombre Rosse dans le quartier Trastevere.

Tu aimes boire ? De l'eau, oui.

Si tu devais changer de look ? Je tenterais l'Emo... Mais je ne sais pas si ça m'irait. Converse ou Vans, ongles noirs, cheveux lissés avec frange asymétrique. Je pense que ça irait mieux à Clod. En tout cas, j'ai trouvé un site super : www.starstyle.com pour copier le look des stars ! Et devinez qui m'en a parlé ? Alis !

Après le test, je suis sortie, je suis retournée à la Feltrinelli au cas où par hasard Massi y serait repassé. Dans le bus, j'ai essayé d'imaginer sa vie, ce qu'il fait, qui il est... D'après moi... Non, pas d'après moi. Il y a certaines choses que je sais. Alors : il est romain, il a environ dix-neuf ans vu qu'il est parti sur une belle moto sportive, toute neuve. Donc, il doit être de bonne famille. Il pourrait même habiter le centre. Oh, je manque de tomber ! L'autobus fait une embardée. Il conduit vite, ce chauffeur... Je m'accroche à une poignée qui pend du plafond en essayant de ne pas perdre l'équilibre. Je regarde dehors et l'espace d'un instant j'ai l'impression de le voir. Nous le dépassons. Non. Ce n'est pas lui. Mon Dieu, j'ai la berlue ! Je le vois partout, mais il est trop grand, ce type ! Mais bon... Il n'est pas mal. Non, ça ne va pas du tout, il est avec une fille. Et puis... Massi est beaucoup mieux. De toute façon, je ne pourrais jamais sortir avec un type qui a déjà une histoire. Pardon, mais on est tellement nombreux sur la terre, je devrais justement en choisir un qui est déjà pris ? Après, quand tu l'embrasses, il a encore le goût de l'autre, qu'il a embrassée juste avant. C'est un peu comme l'embrasser directement elle. Beurk ! Quelle horreur. Et pourtant, les journaux et la télé ne parlent que de ça. Moi, quand un type comme Massi m'embrassera enfin, je le garderai pour moi, je ne le laisserai pas s'échapper ! Je crois qu'il est vraiment parfait. Il pourrait être sportif de haut niveau, mais il a dit qu'il faisait des études, je l'ai rencontré dans une librairie, donc il lit. Et puis, il n'est pas bûcheur, parce qu'il s'y connaît en musique. Il m'a offert le CD de James Blunt ! Mais il connaissait aussi Amy Winehouse et Edie Vedder ! Donc il est au top. Et puis… Je l'ai vu à la Feltrinelli, et il ne s'est pas mis à jouer avec ces stupides Playstation, ou à faire tous ces autres trucs que font certains garçons. Et même des grands, d'ailleurs. Pour ça, mon frère aussi est différent des autres garçons que je connais. Mon Dieu, non pas que j'en connaisse tant que ça… En tout cas, Rusty James, pour moi c'est le meilleur, mon petit ami devrait être comme lui ! Quelqu'un qui aime écrire, peindre, prendre des photos, qui ait une veine créative, qui soit plein de rêves. Sa nouvelle était magnifique. Elle m'a beaucoup plu, et s'ils l'ont publiée c'est qu'elle a dû plaire aussi à des gens importants ! Il n'est pas pistonné, donc ça veut dire que ce qu'il a écrit a de la valeur. Il les a sans doute frappés dans leur imaginaire. Ou bien il est allé au siège du journal, il a apporté son histoire et peut-être que le chef est une femme. Oui, voilà, une femme un peu plus âgée que lui. Ça aussi, c'est bizarre. Il s'en passe de toutes les couleurs… Moi, je trouve ça bizarre qu'une femme tombe amoureuse d'un type plus jeune qu'elle. Peut-être parce que déjà, ceux de mon âge, je les trouve gamins. Si j'étais plus vieille que les garçons de ma classe, je les considérerais encore moins ! Bah ! Et puis, depuis toujours les hommes ont à leurs côtés une femme un peu plus jeune. Bon, dans l'histoire, je ne suis pas sûre, je ne me rappelle pas bien. Adam et Ève, par exemple, ils devaient sans doute avoir une petite différence d'âge, mais pas beaucoup, vu qu'elle était le produit de sa cuisse à lui. En tout cas, ils sont bizarres, ces deux-là. Ils étaient dans un endroit fantastique, sans embouteillages, paisible, plein de vert, sans panneaux publicitaires, sans pollution, sans école… Bref, au paradis, et il a fallu qu'ils gâchent tout pour manger une pomme ! Mets-toi au régime, plutôt. Ou bien choisis un autre fruit. On t'a dit de ne pas la prendre, eh bien ne la prends pas ! Ce n'est quand même pas si difficile de résister à une pomme. Et puis, ce n'est pas n'importe qui, celui qui te l'a dit ! C'est Lui en personne ! Et toi, tu fais quoi ? Tu la prends quand même ! Tu l'as vraiment cherché.

Stop, je préfère ne pas y penser. J'entre à la Feltrinelli. Ces librairies ont bien changé, par rapport à avant. Il y a un grand rayon musique, un bar à l'intérieur, des télévisions, des écrans plats partout. Et aussi un vigile qui contrôle tous les gens qui sortent, et je ne sais pas pourquoi mais de temps en temps quelque chose sonne. À mon avis, il arrête les gens au hasard, il voit à leur visage ou à comment ils sont habillés s'ils ont pu voler quelque chose.

— Pardon, madame…

Il arrête une dame très sérieuse, du genre tellement sérieux qu'avant qu'elle vole quelque chose moi j'aurai dévalisé une banque.

— Oui ?

La dame sourit. À mon avis, elle croit qu'il veut la draguer.

— Je peux ?

Le vigile indique le sac en plastique qu'elle tient à la main. Il l'ouvre, prend le ticket de caisse au fond et le lit en contrôlant ce que la dame a effectivement dans le sac.

— Merci.

Tout a l'air normal. La femme ne répond pas. Elle lève le menton, puis toute la tête, et enfin le corps, et elle s'éloigne d'un air hautain ! Elle espérait vraiment que le vigile la draguerait. Après cette scène très amusante, je décide de faire un tour. Je passe dans les rayons. Rien. Pas l'ombre d'un Massi. Voilà, c'est exactement ici que nous nous sommes vus pour la première fois. Ou plutôt, que j'ai croisé son regard… et lui le mien. Je prends les écouteurs et j'écoute à nouveau James Blunt, le CD qu'il m'a offert. Et si c'était un rite magique qui le faisait apparaître à chaque fois ? Je ferme les yeux. Je tiens les écouteurs avec mes mains, je bouge un peu la tête. Je t'en prie, magie, agis. Je chantonne un peu. Voilà, le morceau qui me plaît tant arrive à la fin. J'ouvre lentement un œil, puis l'autre. Rien. L'endroit où il était apparu la première fois reste vide. Et puis, nooooon, incroyable.

— Ciao, Carolina. Mais tu ne l'as pas déjà, ce CD ? Ce n'est pas celui que t'a offert le garçon que tu as perdu ?

C'est Sandro, le vendeur de l'autre fois. J'enlève les écouteurs. Soit c'est un pot de colle, soit il me cherche, celui-là ! À chaque fois que je viens ici, il est là… Et il tombe sur moi ! Il doit pourtant bien faire des tours, non ?

— Oui, c'est celui que j'ai, mais je voulais écouter à nouveau un morceau… j'ai eu envie.

Sandro lève un sourcil, il n'a pas l'air convaincu. Mais il décide de faire son travail.

— Je pensais que tu écouterais les Tokio Hotel ! Tu sais que le dernier Justin Timberlake est sorti, il est génial ! Les filles de ton âge l'adorent.

Je le regarde. Mais quel âge il croit que j'ai ? Bah ! Et puis, sincèrement, je m'en fiche.

— Moi je n'aime pas, je préfère les Finley, et puis de toute façon je suis venue pour acheter un livre.

— Ah, bien, tu as donc fini l'autre… ça t'a plu, Zoe Trope ?

— Pas mal.

Il me tient compagnie pendant que je me promène dans les rayons. En effet, ces derniers temps je n'ai rien lu d'autre, un peu parce que je suis très occupée avec le collège, un peu parce que j'ai l'impression qu'il n'y a rien de bien à lire. En tout cas, pas de ces livres que tu ouvres et qui te captivent tout de suite ! Avant, je lisais les Chair de poule, qui n'étaient pas mal du tout. Je n'aimais pas beaucoup Geronimo Stilton. En revanche, je me suis bien amusée avec Harry Potter, même si au troisième tome j'ai lâché.

— Tu as déjà lu Moccia ?

Sandro entre dans mes pensées comme une fusée.

— Non !

Je dois être la seule de ma classe à ne pas l'avoir lu, mais je crois que c'est absurde qu'un type nous raconte des histoires comme ça.

— Et pourquoi ? Il plaît beaucoup, surtout aux filles de ton âge !

— C'est justement pour ça ! Moi, je ne comprends pas pourquoi il ne parle que de gens beaux, qui n'ont même pas un bouton, et puis super riches, en plus, ils ont des voitures de luxe, ils vont à toutes les fêtes, ils vivent dans des endroits incroyables, et puis ils tombent amoureux et ils finissent trois mètres au-dessus du ciel !

Il me sourit.

— C'est sûr, les gens aiment le riche et le beau, mais il y a autre chose, Carolina, ce n'est pas exactement comme tu le décris…

Ce type est un ami de Moccia, ou quoi ?

— Moi, c'est ce que je pense… Et puis, j'ai vu le film qui a été tiré du livre, avec Riccardo Scamarcio…

— Et il t'a plu ?

— Lui oui, le film bof.

Une jolie fille passe à côté de nous, ça doit être une de ses collègues. Elle a un badge, elle aussi, elle s'appelle Chiara.

— Salut, Sandro, les nouveaux carnets en moleskine sont arrivés, si tu les cherches je les ai mis derrière la première caisse.

— OK.

Il rougit. Nous continuons à marcher. Il se tourne un instant pour la regarder. Elle marche vite, elle est grande, ses jambes sont longues et fortes, ses cheveux châtains lui tombent dans le dos, elle porte une jupe noire et un gilet bordeaux comme celui de Sandro, ça doit être une sorte d'uniforme.

— Elle est mignonne…

Sandro me regarde.

— C'est vrai.

— Elle est très mignonne.

Il me regarde à nouveau, mais cette fois il ne dit rien, il essaye plutôt de changer de sujet.

— Tu sais ce qui pourrait te plaire, comme livre ? *I love shopping*, de Sophie Kinsella. Elle explique que le shopping compulsif est un art, en fait.

— Moi, rien qu'à l'idée qu'on explique comment dépenser plein d'argent, je me sens déjà nerveuse.

Sandro éclate de rire.

— Tu as raison, je te comprends.

Nous arrivons devant des piles de livres où il y a écrit fiction. Je le regarde.

— Tu lis beaucoup, toi ?

— Pas mal. J'aime lire, et puis pour bien faire mon métier, à mon avis, je dois savoir ce que je vends, connaître les histoires, ce que veut dire un auteur ou un autre… Tu ne peux pas te limiter à lire la quatrième de couverture d'un livre pour savoir ce qu'il raconte, ni te contenter de le feuilleter et de lire des morceaux au hasard, ou pire encore lire ce qu'en disent les critiques dans les journaux ou écouter ce que te racontent vaguement les vendeurs. Un livre est un moment particulier dans lequel des personnages prennent vie, en lisant ce qu'ils pensent, disent, ressentent, vivent et souffrent tu peux comprendre si un auteur est bon ou pas. Parce que chacun de ses mots fait partie de ces personnages qui ont pris vie… mais ils ne deviennent vivants que pour ceux qui lisent vraiment.

Il me regarde et finit par sourire. Il doit avoir dans les trente ans.

— Zut… c'est beau, ce que tu dis. Très forts, ces concepts… Tu as de la chance.

— Pourquoi tu me dis ça ?

— Ce n'est pas moi qui le dis. C'est ma maman. Ceux qui aiment leur travail ont de la chance.

Juste à ce moment-là, sa collègue Chiara repasse.

— Vous vous entendez bien, tous les deux, hein ? Que de bavardages ! C'est bien…

Elle s'éloigne. Sandro, en extase, la regarde et sourit. Aïe… Je prédis des ennuis. Ou bien du bonheur.

— Tu as doublement de la chance.

Sandro me sourit.

— Et toi tu es très maligne. Tiens…

Il prend un livre dans un rayon.

— Celui-là, c'est moi qui te l'offre.

Je rentre à la maison, très contente. Maintenant, je trouve Sandro sympathique. Au début, je pensais que c'était un de ces types bizarres qui aiment bien les jeunes filles, non pas que je sois si jeune que ça, mais bon, si un type de trente ans flashe sur moi, c'est qu'il n'est pas normal. De toute façon, moi je ne sortirai jamais avec un type de trente ans. Mais en fait c'est un grand travailleur, il aime son travail. Son intérêt pour moi, ce n'était que de la sympathie. D'ailleurs, il a même pris à cœur ma tentative désespérée et ratée de retrouver Massi… Et ça, à mon avis, ça peut vouloir dire qu'il ne s'agit pas d'un jeune homme trentenaire qui aime les jeunes filles comme moi… mais les hommes. Je ne sais pas pourquoi cette idée bizarre m'est venue. Peut-être parce qu'il est rare aujourd'hui que les gens trouvent le temps de s'occuper de quelqu'un d'autre sans raison apparente. Mais ensuite, quand j'ai vu comment il regardait Chiara, je n'ai plus eu de doutes. Il aime les femmes. Et même plus que ça ! Il est très amoureux de cette belle fille et je me demande s'il a fait quelque chose, une tentative, quelque chose de plus que juste lui baver derrière comme un débile. Il n'y a rien de pire que d'être hébété par la beauté de l'amour. Et zut ! Dans la vie, ça n'arrive pas si souvent. Moi je le savais, et quand Massi est arrivé j'étais prête à jouer toutes mes cartes. C'est le destin qui m'a fait un croche-patte. Me faire voler mon portable, il ne manquait plus que ça, c'était impossible à imaginer. Stop, je ne veux plus y penser.

Je suis dans le bus qui me ramène à la maison. J'ai même trouvé une place assise. Le livre que m'a offert Sandro est vraiment marrant. Tu penses quelque chose, tu l'ouvres à cette page et il te donne la réponse. C'est *Le Livre des oracles*. Mythique. D'habitude, quand tu te poses plein de questions, tu n'as jamais la réponse, et surtout tu n'as pas le courage de demander à quelqu'un, parce que si les gens savaient à quoi tu penses, ils seraient morts de rire. Donc, avoir ce livre entre les mains, c'est parfait. Et surtout… il ne peut pas rire, lui ! Bon, la première question est un peu évidente, mais je la pose quand même. Rencontrerai-je à nouveau Massi ? Je ferme les yeux. Je pose les mains sur le livre, pour lui transmettre un peu de confiance, et surtout pour lui faire sentir pour de bon mon envie de le revoir… C'est vrai, je veux qu'il comprenne bien. Puis j'ouvre les yeux et j'ouvre le livre au milieu, sûre de moi. La phrase qui trône au centre de la page semble avoir lu dans mes pensées.

Ne désespère pas. Cela arrivera bientôt.

Bien ! Très bien, même ! C'était exactement ce que je voulais entendre. Merci, livre. Toi, au moins, tu sais écouter mes prières. Mais je vais te poser une autre question. Pour être un peu plus précis… que veux-tu dire par « bientôt » ? Tu sais, ça peut vouloir dire quelques jours, ou quelques semaines, ou des mois, et même des années ! Bref, je ne voudrais pas me tromper sur l'interprétation de ce « bientôt ». Alors j'y réfléchis, je ferme les yeux, je pose la main sur la couverture pour transmettre toute ma curiosité et je rouvre le livre au milieu. Cette fois, la réponse a vraiment besoin d'être interprétée.

Il faut avoir du sens pratique.

C'est à moi que tu dis ça ? Moi, avec Massi, je passerais tout de suite à la pratique ! Alors, cher livre, ça veut dire quoi ? Que je dois le chercher encore, que je dois faire plus d'efforts ? Ou bien avoir du sens pratique veut dire que je dois laisser tomber Massi et m'en trouver un autre, ce qui serait plus simple ? Bref, je suis assaillie par mille questions. Je m'apprête à retenter la lecture d'une page du livre, quand je comprends qu'une seule chose est certaine : j'ai raté mon arrêt ! J'appuie vite sur le bouton. Je demande l'arrêt d'après, mais il est très loin de la maison ! Je vais voir le conducteur.

— Pardon… Vous pourriez vous arrêter ici, s'il vous plaît ? J'ai raté mon arrêt. Je vous en prie…

Il me répond sans même me regarder.

— Je ne peux pas, c'est le règlement…

— Merci quand même…

Je le remercie, mais en réalité je pense tout le contraire. Quelle poisse, je soupire et je retourne à la porte centrale. Je sais bien, que vous ne pouvez pas ! C'est bien pour ça que je vous l'ai demandé gentiment ! Mais cette réponse… ce n'est pas difficile, d'être gentil avec son prochain. Rien, quelle barbe… je n'ai plus qu'à attendre le prochain arrêt. Ils ne pourraient pas les faire un peu plus rapprochés ? Une dame, qui a entendu ma question, entre dans mes pensées.

— Ils ne peuvent pas ouvrir chaque fois que quelqu'un le demande, sinon à quoi serviraient les arrêts ?

Elle me regarde avec l'air de me dire « tu peux le comprendre toute seule, non ? ». J'ai envie de lui répondre : « Je suis d'accord au sujet des arrêts, mais en revanche à quoi sert une casse-pieds comme toi ? Je le sais bien, tout ça ! Qu'est-ce que vous ajoutez au débat ? Qu'est-ce que vous me dites de plus, hein ? » Mais juste à ce moment-là le bus s'arrête, je me colle à la porte et dès qu'elle s'ouvre je saute sur le trottoir et je me mets à courir vers chez moi.

Je sonne à l'interphone.

— Qui est là ?

— C'est moi. (Je monte les escaliers en courant. Je sonne à la porte, Ale m'ouvre.) Salut… (Je traverse le couloir.) Maman, je suis rentrée.

Mais ils sont où ? Il n'y a personne à la cuisine. Les portes vitrées du salon sont fermées. Ale me passe devant.

— Ils sont là-bas. Je pense qu'ils vont en avoir pour un moment… Moi, je mange.

Elle va à la cuisine. Je devrais peut-être la rejoindre. Mais avant, je veux comprendre ce qui se passe. Je suis trop curieuse. Je m'approche, et j'entends la voix de maman.

— Il va peut-être changer d'avis.

Mon père hurle, comme d'habitude.

— Bien sûr… C'est de ta faute, à chaque fois tu le défends !

Par la fente de la porte, je vois la scène. Mes parents sont assis et mon frère, Rusty James, sérieux, se tient devant eux.

— Mais pourquoi vous vous disputez ? Pourquoi tu hausses le ton, papa ? Pourquoi tu t'en prends à maman ? Elle n'y est pour rien. C'est ma décision. J'ai presque vingt ans… je peux prendre mes décisions, qu'elles soient bonnes ou mauvaises, non ?

— Non ! D'accord ? Non, parce qu'elles sont mauvaises !

Mon père hurle à nouveau :

— Elles ne peuvent être que mauvaises… C'est clair ? Tu arrêtes l'université ! Qu'est-ce qu'il peut y avoir de bon là-dedans ?

— Que je n'ai pas envie de faire médecine.

— Oui, c'est ça, tu veux de la passion. Tu veux devenir décorateur.

— Scénariste.

Mon frère secoue la tête et s'assied sur le bras du fauteuil. Mon père reprend.

— Ah, bien sûr… et tout l'argent que j'ai dépensé pour tes études, pour que tu deviennes médecin, pour que tu aies un travail ? Qu'est-ce qu'il devient, cet argent ? Jeté par les fenêtres ! De toute façon, toi, tu t'en fiches !

Mon frère soupire.

— Je te le rendrai, d'accord ? Je te rendrai tout ce que tu as dépensé pour moi. Comme ça je n'aurai plus de dette envers toi.

Papa se lève de sa chaise, va vers lui, le prend par son blouson, le tire par la manche et le bouscule avec rage, le faisant presque tomber.

— Ne fais pas l'insolent avec moi…

Rusty James manque de glisser. Il se relève et finit debout devant lui. Papa est plus petit. Mais ils se mettent quand même l'un devant l'autre, et papa le prend par le col.

— Tu as compris ? Hein ? Tu as compris ?

Il hurle de plus en plus fort, la bouche grande ouverte, en le tenant par le col de son blouson, le visage à un millimètre de celui de Rusty. Il crie de plus en plus fort.

— Tu as compris, oui ou non ?

Espérons qu'il ne se passe rien. On dirait une scène de film, où ils pourraient sortir un couteau ou un pistolet, ou bien un type pourrait entrer et dire « haut les mains » et tirer, et de toute façon à la fin un des deux finit au sol, mort. Mais c'est un film, ça. Alors que là… Papa et Rusty sont de plus en plus près l'un de l'autre. Papa le tient toujours par le col de son blouson. Rusty est inébranlable, dur, il se met à le pousser avec son torse pour le faire reculer. Papa pousse aussi, ses pieds glissent sur le parquet du salon, sur le tapis usé. Papa recule, Rusty le pousse, papa résiste mais ne fait pas le poids. Rusty sourit. Papa enlève sa main du col, la lui met dans la figure, et Rusty James tourne le visage de l'autre côté, comme un cheval qui piaffe, qui fuit son maître, rebelle, rageur, emballé, ils vont presque au clash.

— Arrêtez, arrêtez ! (Maman s'interpose. Avant qu'il ne soit trop tard, avant de finir dans le journal, avant que ce jeu stupide ne tourne mal.) Arrêtez ! (Tant mieux… Moi, je ne serais pas entrée dans la pièce. Bon, peut-être que si, je l'aurais fait.) Stop… Arrêtez de vous disputer.

Rusty James s'éloigne. Il respire profondément. Je ne lui avais jamais vu cette expression sur le visage. Papa respire aussi, mais plus vite. Comme si le souffle lui manquait, comme si ce jeu bizarre et violent lui avait coûté trop d'efforts, comme s'il avait trop forcé pour pousser son fils. Puis il retrouve la parole, il recoiffe le peu de cheveux qui lui restent et il s'embrouille un peu.

— Moi, je ne lui paye pas à manger et à dormir pour qu'il ne fasse rien de sa vie. Moi, je me lève tous les matins aux aurores et je vais travailler à l'hôpital, je lui ouvre la voie pour qu'un jour, après l'université, il devienne médecin, et lui il fait quoi ? Il fait l'insolent, il crache sur l'argent que je n'ai pas, sur la nourriture, sur notre maison.

— Moi, je n'ai jamais craché…

— Tu es en train de le faire, là ! Tu devrais avoir du respect ! Tu devrais avoir au moins le courage de l'admettre. Tu n'es pas content ? Alors n'accepte pas de vivre et de manger ici, pour faire ensuite ce qu'il te plaît… Tu devrais avoir le courage de partir…

Papa le regarde en souriant, d'un air de défi… puis il se laisse tomber sur une des vieilles chaises du salon. Il continue à le regarder, il rit presque, avec une expression railleuse, insolente, avec méchanceté, comme seul papa sait le faire.

— Mais que je suis bête, c'est vrai, tu n'as pas le courage…

Et Rusty James fait quelque chose à quoi je ne me serais jamais attendue. Soudain, il met la main droite dans la poche arrière de son jean. Mon Dieu, il va sortir un couteau, ou pire, un pistolet, comme je me disais tout à l'heure. Mais non. Il en sort une enveloppe. C'est une lettre. Je regarde mieux. Il y a écrit « Pour maman ». Et en effet, il la lui donne.

— Tiens… c'est pour toi. (Tandis qu'il la lui remet, il regarde papa une dernière fois.) Tu vois… Je savais déjà ce que tu allais dire. Tu es prévisible.

Cette fois, c'est lui qui rit, en s'éloignant. Mais son rire est triste, amer, déçu. J'ai tout juste le temps de me cacher. Je vais dans l'autre pièce, il sort du salon. Il traverse le couloir et se dirige vers l'entrée. Je l'entends claquer la porte. Alors je retourne à ma place, ma cachette d'où j'ai tout suivi, toute la scène. Maman a ouvert l'enveloppe, elle est en train de déplier la lettre. Voilà. Maman se met à lire, les yeux pleins de crainte, de gauche à droite, vite, elle dévore les mots comme si elle cherchait quelque chose, quelque chose qu'elle sait déjà. Et papa la regarde, un peu énervé, il ferme les yeux, un peu vaincu par le fait que Rusty James ait déjà tout imaginé. Puis il frappe du poing sur la table.

— Je ne sais pas ! Tu pourrais peut-être me lire quelque chose, à moi aussi ! Comme ça, je saurai ce que je fais dans cette maison.

Maman pousse un long soupir et commence :

— « Maman, ne m'en veux pas, mais si je t'ai donné cette lettre ça veut dire que les choses en sont allées ainsi. Je pense que tu es quelqu'un de formidable… Tu ne ménages pas ta peine, tu te lèves tôt le matin… »

— Ah oui ! Parce que moi, je dors, peut-être, je ne travaille pas, moi ?

Maman s'arrête un instant. Le regarde. Papa lève la main vers elle.

— Oui, oui, continue, continue !

Maman reprend la lecture :

— « Cette lettre, je l'ai dans ma poche depuis six mois. Ce soir, je l'ai réécrite parce que, en disant à papa que j'allais abandonner l'université, je savais ce qui allait se passer, et donc que le moment viendrait de te la donner. J'ai été heureux, toutes ces années… »

Maman marque une pause, elle a une sorte de sanglot. Puis elle respire longuement, une fois, deux fois, trois fois, et reprend sa lecture. « Mais je crois qu'à vingt ans il faut essayer d'être encore heureux. Quand papa m'a inscrit en médecine, j'ai essayé par tous les moyens de lui faire comprendre que ce n'était pas ce que je voulais faire dans la vie. Mais lui, têtu comme il est, et convaincu en plus de connaître tous les barons de la médecine, il n'a rien voulu entendre… »

— Bien sûr, parce que lui, il connaît tous les pédants ! Je suis curieux de voir ce qu'il va faire, sans études. Comment il va manger ? Où il va habiter ? En tout cas, il ne reviendra pas ici !

Maman le regarde et fronce les sourcils, d'un coup elle est plus dure, papa ne sait pas que quand on touche à Rusty James elle peut devenir une vraie tigresse. Puis elle respire longuement, encore plus longuement qu'avant, et elle reprend la lecture.

« Je sais toute ta fatigue, ta patience et ton amour, et je ne doute pas que tu comprendras mon choix d'abandonner la médecine pour faire ce que j'aime vraiment : écrire. Tu te rappelles, quand je te lisais mes rédactions ? Une fois, tu m'as dit qu'elles t'amusaient, qu'elles te faisaient rire, et aussi qu'elles t'émouvaient. Voilà, maman. Je voudrais que tu comprennes que d'une certaine façon c'est toi qui m'as donné le courage de ne pas ignorer ma passion. Je ne veux pas vivre une vie triste faite de jours qui se ressemblent passés à espérer une seule chose, que le temps passe, sans un sourire, une émotion, l'espoir d'un succès tant désiré, oui, peut-être prendre quelques coups mais s'en remettre et ensuite travailler avec encore plus d'entrain pour réussir, pour y arriver. J'ai la possibilité de vivre cet enthousiasme que toi aussi, d'une certaine façon, tu as dû étouffer. Je veux devenir écrivain, écrire pour le cinéma, pour le théâtre ou écrire un roman, j'aime lire, étudier et connaître les textes des autres, ce qui n'a jamais intéressé papa. J'ai essayé mille fois de lui communiquer mon désir, mais chaque fois il avait mieux à faire : regarder le match, lire le *Corriere dello Sport*, aller jouer aux cartes avec ses amis. Je ne pense pas non plus que ma décision lui importe vraiment. Il est comme ça, il ne peut pas admettre que les autres aient une passion. Merci maman pour tout ce que tu m'as donné, et surtout parce que c'est toi qui m'as donné ce courage. J'en suis certain, ça ne pouvait que venir de toi et me pousser vers le haut, à avoir une vie différente de celle que quelqu'un d'autre, sans amour, avait déjà décidée pour moi. »

Papa n'en peut plus. Il se lève d'un bond, arrache la lettre des mains de maman.

— Bravo. Bravo, tu as vu ? C'est de ta faute, si je dois écouter toutes ces conneries après une journée de travail !

Il la déchire en trois morceaux au moins.

— Noooon ! Arrête !

Maman se jette sur lui. Ils se battent. Elle réussit à l'arrêter avant qu'il ne la déchire en mille morceaux. Puis plusieurs morceaux de la lettre tombent par terre. Maman se penche, elle les ramasse, tandis que papa secoue la tête et sort du salon. Je cours à ma cachette et je le vois passer, il va vers sa chambre à coucher. Il claque la porte. C'est le signal. Je ressors. Et j'entre tout doucement dans le salon. Maman est à genoux, encore en train de ramasser les morceaux de lettre, elle m'aperçoit, me regarde avec son visage désolé, elle a les yeux tendres et tristes, et aussi un peu brillants, comme si elle voulait pleurer mais qu'elle retenait ses larmes. Alors je me penche à côté d'elle et, tout doucement, je l'aide à ramasser ces bouts de papier. Puis, quand il n'y a plus rien par terre, nous nous relevons, nous les disposons sur la table et nous les assemblons. Nous les lissons, parce que certains sont très abîmés. Moi, je ne sais pas pourquoi, mais je dis :

— C'est comme si on faisait un puzzle…

Je voudrais ne pas l'avoir dit, mais heureusement elle sourit. Puis, quand nous avons enfin tout remis en place et que chaque phrase a retrouvé son sens, sa signification, maman s'éloigne, elle va à l'armoire, celle avec les vitres, où il y a les vieilles assiettes importantes que nous n'utilisons que pour les fêtes. Elle ouvre un tiroir et en sort un rouleau de Scotch, elle le pose sur la table et en tire une longue bande, qu'elle coupe avec les dents parce que le mécanisme ne fonctionne plus. Elle prend un premier morceau et le colle sur la feuille, pour figer les mots arrachés, et moi je tiens bien le papier, des deux mains. En silence, elle fait coïncider le premier morceau de papier comme il faut. Puis elle prend un autre morceau de Scotch, elle le déroule, le coupe avec ses dents et le met sur un autre bout déchiré, cette fois de haut en bas. Elle me regarde et me sourit, pleine de douleur. Elle pose sa main sur les miennes, elle lisse la feuille, elle appuie sur le Scotch qu'elle vient de mettre pour qu'il tienne bien. Nous continuons, en silence, pendant un bon moment.

Finalement, maman ramasse délicatement la feuille recollée. Elle la tient des deux mains. On dirait un parchemin qu'elle vient de retrouver, issu d'une fouille, où figureraient les indications pour trouver un trésor. Maman sourit. Son trésor. Notre trésor. Rusty James… qui a disparu, pour l'instant.

— On peut savoir ce que vous faites ? Vous ne venez pas manger ? (Ale apparaît à la porte. Elle a encore la bouche pleine.) Moi, j'ai fini ! J'en avais marre d'attendre… Je vais dans ma chambre.

Maman ne dit rien. Moi, je pense : plutôt que Rusty, elle ne pouvait pas partir, elle ?

Alors nous allons à la cuisine et nous mangeons toutes les deux, maman et moi. Elle me fait de délicieux spaghettis à la tomate. Et même si je devrais me mettre au régime, en réalité j'ai pris cinq cents grammes alors que j'avais perdu deux kilos, j'ai encore de la marge, je décide de savourer les pâtes sans me poser de questions.

— Mmh, elles sont bonnes, ces pâtes ! Elles sont un peu piquantes, c'est bon…

Maman sourit. Elle a mis du piment ! Nous mangeons en souriant, en parlant de tout et de rien. Je décide de lui parler de Massi, comme ça, pour la distraire.

— Tu sais, maman, j'ai fait la connaissance d'un garçon… (Mais je la vois soudain changer d'expression. Le sujet n'a pas l'air de beaucoup la distraire.) Au début, il

218

me plaisait, mais depuis que je lui ai parlé il ne me plaît plus. C'est normal ? Tu crois qu'un jour quelqu'un me plaira pour de bon ?

Avec cette dernière question, j'ai enfin réussi à la distraire.

— Oh oui, ne t'occupe pas de ça, chaque chose en son temps…

Nous continuons comme ça, je l'écoute tout en l'aidant à débarrasser. Nous mettons les assiettes sales dans l'évier, à gauche, et elle parle, elle parle, elle me raconte quand elle avait mon âge… du premier garçon qu'elle avait rencontré. De temps en temps, je lui pose une question.

— Il était beau ?

Maman sourit. Moi, je ne me sens pas coupable pour Massi, d'accord, je lui ai dit qu'il ne me plaisait pas mais comme ça, pour la rassurer, si un jour elle le rencontre elle ne saura pas qu'il s'agit de la personne dont je lui avais parlé, et qui continuera de me plaire. Elle m'épluche une pomme, je la mange puis je vais me coucher. Comme d'habitude, elle me dit « Caro… lave-toi les dents », je réponds « bien sûr » et je me mets au lit. Mais je les entends se disputer. Papa et maman. Ils crient, discutent, claquent les portes et font plein de bruit. Alors je mets mon iPod. De ma chambre, je vois celle de mon frère. La porte est encore ouverte. Rusty James n'est pas revenu. Je le savais, il résiste. Il est comme ça. Je ne pense pas qu'il reviendra. Je me dis que j'aimerais bien l'appeler pour lui dire quelques mots et lui faire sentir que ce qui s'est passé ne me déplaît pas, qu'il est mon frère et qu'il me manque. Mais parfois il faut savoir résister à l'envie de passer un coup de fil, parce que l'autre est énervé et qu'il peut avoir besoin d'être seul, de ne parler à personne, même pas à ceux qui l'aiment. Mais au moins, je peux demander au livre des oracles ce que j'ai très envie de savoir. Je le pose sur mon ventre. J'ai toujours les écouteurs de l'iPod sur les oreilles. J'ai mis random, les chansons arrivent au hasard. J'aime bien être surprise par la musique, j'écoute un morceau auquel je ne m'attends pas parce que je ne l'ai pas choisi, mais qui pourrait bien avoir un sens… Je mets la main sur la couverture du livre. Je le caresse et je pose clairement ma question : Rusty va-t-il revenir bientôt ? Au bout de quelques secondes, je l'ouvre. Je le pose droit sur mon ventre pour pouvoir lire plus facilement.

Il vaut mieux que certaines choses en aillent ainsi.

En lisant la phrase, j'ai l'impression de mourir. Je ne peux pas y croire. C'est impossible. Non. Il ne reviendra plus jamais. J'ai envie de pleurer. Et comme si ça ne suffisait pas, à ce moment-là l'iPod lance Ligabue. *Questa è la mia vita… sempre io che pago… non è mai successo che pagassero per me* (« Ceci est ma vie… c'est toujours moi qui paye… jamais personne n'a payé pour moi »)… Les larmes coulent sur mes joues et je me sens soudain seule, sans cette certitude que lui seul savait me donner : mon frère. Je continue à pleurer. Je voudrais tant dire à quelqu'un tout ce qui me passe par la tête en ce moment. Mais je ne sais pas à qui m'adresser. Ou bien, je voudrais que mon frère et mon père entrent dans ma chambre et me disent : « Pardon, Caro, ne pleure pas ! C'était une blague. » Mais ce n'était pas une blague. Et je ne savais pas combien d'autres choses allaient changer.

Silvia, la maman de Carolina

Je suis la maman de Carolina. Je m'appelle Silvia. J'ai quarante et un ans, je n'ai pas fait d'études. J'ai un bac linguistique qui ne m'a servi à rien. Je travaille dans une blanchisserie. Mon rêve est de voir mes enfants heureux. Vraiment. Tous. Satisfaits et capables de voler de leurs propres ailes. C'est la raison pour laquelle je me lève le matin et je reviens fatiguée le soir. Mais cela ne me pèse pas. Ce sont mes enfants et je les aime très fort. Ils sont si différents, fragiles. Giovanni et Carolina sont très liés, je sais qu'ils s'entraideront toujours et ceci me rassure. Alessandra a ses lubies esthétiques et certaines faiblesses qui font qu'elle se comporte parfois différemment de ce qu'elle est en réalité. Parce que Ale est gentille, moi je le sais. Giovanni est tellement beau. Et doué. Pas tellement à l'université, parce qu'il n'a passé que très peu d'examens et je sais, je sens que ce n'est pas sa voie, qu'il la suit à contrecœur pour nous faire plaisir, surtout à son père. Je parle de comment il écrit, de comment il arrive à m'émouvoir quand il raconte quelque chose. Carolina le dit toujours, elle aussi. Elle y croit. Je voudrais tellement que Rusty James, comme l'appelle Carolina, réussisse dans ce qui lui plaît. Il le mérite. Mais j'ai peur qu'il ne soit déçu. Son père ne le soutient pas, de même que ne le soutiendront pas d'autres gens qui pensent qu'écrivain n'est pas un métier mais une passion qui ne te fait pas manger. On dit qu'on ne publie que les pistonnés, ce qu'il n'est pas. Nous ne connaissons personne d'important qui puisse l'aider, malheureusement. Pas dans ce domaine. Dario, mon mari, a consacré du temps et de l'attention aux « grands pontes », les médecins qui se baladent en blouse blanche dans les couloirs où il travaille. J'espère que Rusty James aura la force d'affronter tous les « non » qu'il recevra, et que malgré cela il ne s'arrêtera jamais. J'aimerais savoir que je leur ai enseigné ça, à mes enfants : que la vie est à nous et que personne ne nous offre rien, que nous la construisons nous-mêmes en fonction de ce que nous voulons vraiment. Mais il faut y croire, autrement c'est le contraire qui se produit. Nos peurs l'emportent et nous envoyons tout balader. Nous nous perdons nous-mêmes, tout en continuant à accuser les autres. Ma vie est simple, et aux yeux des autres elle pourrait sembler modeste et sans satisfactions. Ce n'est pas le cas. Je vis comme il me semble bon de vivre, de la façon qui me permet, certes au prix de bien des sacrifices, de faire avancer ma famille. Une famille que j'ai voulue comme elle est. Et Carolina, ma Caro, qui est celle qui me comprend le mieux, me dit de temps en temps qu'elle m'estime et que je n'ai pas besoin de gagner beaucoup d'argent ni de faire un travail « chic ». Elle dit que je suis une bonne mère, honnête et vraie. Et c'est de ça dont je suis fière.

L'amour. J'aurais aimé connaître le même amour que mes parents, mais un sentiment comme celui-là est rare. Je ne suis pas jalouse, j'aime mon mari mais je sais que lui, avec le temps, s'est un peu perdu dans ses frustrations. Au fond, c'est un homme bon, et je me rappelle tous les projets et les idées qu'il avait quand il était jeune, quand il voulait affronter le monde et m'offrir le « bien-être ». Peut-être qu'il ne m'a jamais comprise, parce que je n'ai pas réussi à lui faire sentir que mon « bien-être » serait de le sentir plus serein, de ne pas le voir s'énerver et crier comme il le fait parfois. Même si je sais que c'est sa façon de prouver son amour, de demander qu'on le comprenne. De quoi je rêve ? D'être fière de mes enfants, et pour cela il n'y a qu'une façon : qu'ils soient heureux, courageux, forts et qu'ils aient confiance en la vie. Toujours conscients qu'être vivant est un cadeau merveilleux, que les autres, tous les autres, même ceux qui ont l'air différents ou distants, ont quelque chose de bon au fond d'eux, qu'on découvre quand on leur fait confiance. Qu'il importe peu d'avoir un peu ou beaucoup d'argent, parce que les vraies valeurs, quand elles sont enracinées, sont une richesse inépuisable. C'est comme ça que j'ai toujours essayé de vivre. Et j'en suis heureuse.

Novembre

Quand j'aurai quatre-vingts ans je voudrais pouvoir dire que j'ai :
— passé un week-end en Alaska.
— Fait de la danse du ventre.
— Embrassé plus de cinq garçons, et en dernier Massi.
— Acheté une longue robe blanche.
— Utilisé un grille-pain automatique.
— Acheté un frigo américain.
— Bu un café avec le chanteur des Finley !

Je suis allée faire un tour au cimetière avec maman. Chaque fois que j'y vais, Alis et Clod doivent me consoler. Une glace, une balade. Ça me rend triste… Maman se met là, elle arrange les fleurs qu'elle vient d'acheter chez le fleuriste qui a la baraque juste devant. Moi, je ne sais jamais quoi dire. Tous ces gens, la douleur du souvenir. Quelque chose que je ne comprends pas encore bien, parce que pour l'instant je n'ai perdu personne, heureusement. J'ai encore mes grands-parents, Luci et Tom, et tous les gens qui me sont chers. C'est peut-être pour ça que je me sens mal à l'aise, ici. Je sais, je pourrais ne pas y aller, mais maman me le demande toujours, elle me demande de lui tenir compagnie, sinon elle irait seule. Papa ne va jamais au cimetière. Ale, on n'en parle même pas. Avant, c'était Rusty qui l'accompagnait, mais maintenant elle me le demande à moi, et je n'ai pas envie de la laisser seule. Elle y a plusieurs de ses oncles et tantes. Je l'aide à prendre l'échelle, je lui passe les fleurs, je vais lui chercher de l'eau. Et elle arrange tout ça. Moi, je l'attends en me promenant, je lis les inscriptions sur les pierres tombales, les prières. Il y en a de très courtes qui sonnent bizarrement. Puis j'observe les photos passées où on reconnaît difficilement les traits des visages. Et ces noms qu'on n'utilise plus, ces noms aussi lointains que ces vies… Ensuite, maman m'appelle et nous partons. Comme ça. Comme nous sommes venues.

Novembre a été un mois bizarre, un mois de passage, de ceux que je n'oublierai pas facilement. Pour la première fois, je me suis sentie… comment dire… femme. Et ceci grâce à mon frère. C'était un vendredi. Le vendredi, c'est toujours un peu bizarre, au collège. Peut-être parce qu'on sent que samedi et dimanche arrivent, alors on fait encore plus de bazar.

— Ne lui fais pas ça ! Elle ne va pas s'en remettre !
Mais Cudini ne veut écouter personne. Quel drôle de type. Grand et maigre. Il a toujours des sweat-shirts incroyables, il dit que c'est un oncle qui les lui rapporte d'Amérique, il voyage tout le temps pour son travail. Aujourd'hui il en a un militaire, bleu-gris et vert, qui vient directement de Los Angeles. L'oncle de Cudini achète plein de choses à l'étranger, et les rapporte en Italie : des films pour la télé, des objets dans les magasins, des tableaux pour ses amis, des vêtements pour femmes, des t-shirts et des jeans pour les jeanseries, de la bière pour les bars. Et il a toujours un billet d'avion ouvert,

pour son neveu aussi. En plus de tous les cadeaux qu'il lui fait. Cudini aime les sweat-shirts, mais surtout il aime faire cette blague à Mme Fioravanti, la prof d'EMT. Il l'appelle le « mort tombant ». Il met la capuche de son sweat-shirt qu'il accroche au portemanteau de la classe, et puis il se laisse tomber « en poids mort », comme il dit ! Et quand Mme Fioravanti arrive, et bien il s'en passe de toutes les couleurs.

— La voilà, la voilà, elle arrive !

Alis entre en courant dans la salle. Elle adore faire le guet.

— Tout le monde assis !

Chacun s'installe à sa place, quand Mme Fioravanti arrive on dirait une classe parfaite. Elle s'arrête juste devant Cudini, qui est accroché au portemanteau.

— Que se passe-t-il ? Vous êtes tous sages et silencieux… Que se passe-t-il ? Je dois m'inquiéter ?

Elle n'a pas le temps de terminer sa phrase que Cudini se met à piaffer, à se débattre, se démener, en hurlant « Ah ah ! ». Il crie comme un fou, comme un corbeau blessé, comme un rapace qui s'éloigne dans une vallée perdue. Il agite les bras et les jambes, pendu par la capuche de son sweat-shirt, et il fait cogner le portemanteau contre le mur. « Ah, ah… »

Mme Fioravanti bondit.

— Au secours, que se passe-t-il ? (Elle porte la main à son cœur.) Quelle peur ! Mais qu'est-ce que c'est ?

Elle voit cette espèce de chauve-souris humaine accrochée au mur qui crie et se débat.

— Ah ah ah…

Cudini hurle tant qu'il peut ! Alors Mme Fioravanti prend sa sacoche et le frappe avec sur le dos, plusieurs fois, avec force, en essayant de calmer ce drôle d'animal. Cudini finit par trébucher sous les coups répétés, il ne tient plus bien sur ses jambes, il perd l'équilibre. Il n'est plus accroché au portemanteau que par son sweat-shirt, et finalement il se laisse tomber. Le sweat-shirt s'étire, la capuche résiste, mais Cudini finit par tomber, en emmenant avec lui le portemanteau en bois, qui se détache avec toutes ses vis et tombe par terre en faisant un énorme boum. Aïe ! Cudini roule par terre et le portemanteau lui finit dessus. Nous éclatons de rire, un grondement, un autre fou se met debout sur sa chaise, tout le monde hurle, fait du bruit, imite des animaux bizarres.

— Hia hia !

— Glu glu !

— Roar roar !

— Sgrumf sgrumf !

Mme Fioravanti continue à frapper Cudini avec sa sacoche, bien qu'il soit maintenant par terre et recouvert de bois.

— Prends ça, et ça…

— Aïe, aïe, madame, mais c'est moi !

Il réussit enfin à se dégager du portemanteau, il enlève sa capuche et découvre son visage.

— Cudini ! C'est toi ? Je pensais que c'était un voleur !

Cudini se relève, tout endolori.

— Aïe, aïe… Ils m'ont fait une blague, mes camarades m'ont suspendu à ce portemanteau…

— C'est quand même bizarre qu'ils fassent toujours la même blague, et toujours à toi ! Et que toi tu tombes toujours dans le panneau ! Je ne te croyais pas stupide, pourtant…

À partir de là, Cudini n'a plus pu rien dire. Il a été puni et a dû passer tout l'après-midi à suivre les travaux pour refaire le plâtre du mur et remettre le portemanteau en place. Et surtout, il a dû présenter la note du maçon à ses parents. Apparemment, ils n'ont pas utilisé de cartable, comme Mme Fioravanti, mais lui ont mis directement des coups de pied, surtout son père. Quoi qu'il en soit, toute la scène du « mort tombant » a été filmée par Bettoni, le meilleur ami de Cudini, avec son portable, qui a même un zoom. Et puis il l'a mise sur le site www. scuolazoo.com, et apparemment il est entré au top ten ! On n'a jamais autant rigolé qu'aujourd'hui. Mais ce qui m'a le plus surprise, ça s'est passé à la sortie.

— Salut, Gibbo ! Salut, Filo.

— Eh, Clod, on s'appelle plus tard ?

— Bien sûr. Tu vas faire quoi ?

— Alis voulait peut-être aller faire un tour dans le centre.

Juste à ce moment-là, un Klaxon. Je ne peux pas ne pas le reconnaître. C'est lui ! Mon frère. Je ne l'ai pas vu ni eu au téléphone depuis une semaine. Ça me faisait de la peine. En fait, je pensais qu'il allait rentrer à la maison juste après la dernière dispute avec papa, ou bien au bout de un jour ou deux. Mais il a tenu une semaine sans rentrer, je ne sais pas chez qui il a dormi, et ensuite il est passé prendre toutes ses affaires ! Qu'il est chouette, Rusty James ! D'un côté, il me manquait, mais en même temps j'aime bien quand les gens font ce qu'ils disent.

— Alors, tu fais quoi ? (Il me sourit, assis sur sa moto, une magnifique Triumph bleue avec le pot d'échappement argenté, chromé, et un siège en cuir noir, très long.) Tu viens avec moi ? (Il me regarde et me tend un deuxième casque.) J'ai une surprise.

Il me fait un sourire à tomber. Il me plaît trop, RJ. Il est toujours bronzé, peut-être parce qu'il a la peau mate et des dents tellement blanches qu'elles ressortent encore plus. Peut-être parce qu'il fait de la moto et qu'il est toujours en vadrouille. Ou bien parce que, comme dit maman, « le soleil embrasse les beaux ». Bah, je ne sais pas. Mais bon, je cours vers lui, je lui prends le casque des mains, je le mets sur ma tête, je l'embrasse et je grimpe en vitesse, je pose les pieds sur la béquille et hop, je passe la jambe de l'autre côté, comme si je montais à cheval. Je serre fort sa taille. Alis et Clod et les autres filles me regardent. Rusty a beaucoup de succès… et même plus ! Elles voudraient toutes un frère comme lui, ou bien un ami, ou un homme, bref, d'une manière ou d'une autre elles voudraient toutes être à ma place… mais c'est ma place !

— Ciaooo !

Je leur fais un signe avec mon bras droit, que j'arrive à lâcher un instant. Mais Rusty passe la première et la moto fait un bond en avant. J'ai juste le temps de me raccrocher à lui, nous sommes déjà en plein dans la circulation. Le vent dans les cheveux. Je me regarde dans le rétroviseur. J'ai les yeux mi-clos et des mèches blondes sortent du casque. Je trouve mes lunettes Ray-Ban dans mon sac. Je me les mets d'une main, lentement, au début une branche s'emmêle un peu dans mes cheveux, puis derrière mon oreille, mais j'arrive à la mettre bien. Voilà. Maintenant, je suis moins gênée par le vent. Je vois bien la route. Les berges du Tibre. Direction le centre. Nous nous éloignons de l'école, de la maison…

— On va où ? je hurle pour me faire entendre.

— Quoi ?

— On va où ?

Rusty James sourit. Nos regards se croisent dans le rétroviseur.

— Je te l'ai dit, c'est une surprise.

Il accélère un peu, je le serre fort et nous nous enfuyons, loin de tout et de tous, perdus dans le vent.

Un peu plus tard. Rusty James ralentit, rétrograde et prend à gauche. Il descend le long du fleuve. Il se met debout, en appui sur les repose-pieds de la moto, pour sauter une petite marche. Je fais pareil pour ne pas me cogner les fesses contre le siège. Il me regarde et sourit.

— Bravo !

Puis nous nous rasseyons tous les deux, il accélère, passe les vitesses, met les gaz, il prend la piste cyclable, le fleuve est encore plus près, maintenant. Au bout d'un moment, il ralentit.

— Voilà… On est arrivés.

Il coupe le contact de la moto, qui est toujours sur sa lancée, et fait les derniers mètres en silence dans la campagne. Seules quelques mouettes dans le ciel interrompent le flux tranquille du Tibre.

Rusty James met la béquille et m'aide à descendre.

— Tu es prête ?! Voilà… (Il me montre une magnifique péniche, juste en face de nous.) À partir d'aujourd'hui, quand tu me cherches, c'est ici que tu peux me trouver.

— Vraiment ? Tu es sérieux ? Tu l'as achetée ?

— Tu me prends pour qui ? Allez, monte.

Il me fait passer devant.

— Non, non, vas-y d'abord.

— OK.

Il monte le premier sur la passerelle qui relie la péniche à la rive.

— Peut-être qu'un jour je pourrai l'acheter, qui sait. Pour l'instant, je la loue, et j'ai même obtenu un bon prix.

Je ne le lui demande pas. J'ai déjà été bien assez stupide de pouvoir imaginer qu'il se l'était achetée. Mais il s'occupe de satisfaire ma curiosité.

— Imagine, je ne paye que quatre cents euros par mois.

« Que » quatre cents euros ! C'est ce que j'arrive à économiser en un an. Mais s'il le dit ça doit vouloir dire que c'est un très bon prix, alors je fais preuve d'enthousiasme.

— Bravo… Ce n'est pas très cher.

— Pas très cher ? Ce n'est pas cher du tout. Alors, voici le salon.

Il me montre une grande pièce avec une table au centre, et de vieux fauteuils dans un coin. Tout est très vieux et très abîmé, mais je ne veux pas le lui faire remarquer.

— C'est grand, comme salon…

— Oui, c'est un peu vieux, ça ne fait pas longtemps que c'est habité. Viens, je te montre la cuisine.

Nous entrons dans une pièce toute blanche, très lumineuse. Il y a une baie vitrée au fond, et un escalier qui mène au toit. Au milieu, de gros fourneaux tout en fer, pas du tout rouillés. Il ouvre un placard :

— Tu vois, là on met la bombonne de gaz.

— Comme à la mer !

Nous le disons en même temps et ça nous fait rire. Je le regarde un moment sans rien dire. Alors Rusty James tend la main droite.

— Oui, je sais à quoi tu penses, allez, on le fait…

Nous approchons chacun notre main droite, puis nous unissons nos petits doigts et, en souriant, nous les faisons bouger, comme un mouvement de balancier.

— Un, deux, trois… floc !

Et nous les lâchons.

— Bien !

Il éclate de rire.

— Alors, quel que soit notre vœu, il se réalisera !

Évidemment, je ne lui dis pas mon vœu, sinon il ne se réalisera pas, et d'ailleurs je ne vous le dis pas non plus. De toute façon, vous vous en doutez, non ?

— Viens, ça c'est la chambre à coucher…

Il ouvre une porte au fond de la pièce.

— Avec salle de bains. Comment tu trouves ?

Moi j'écarte les bras et je hausse les épaules.

— Je ne sais pas quoi dire. C'est… c'est très beau !
(Je retourne vers le salon.) C'est immense, il y a plein
d'espace !

— Oui, ici je veux me mettre un bureau. Ici deux
tableaux, là une petite armoire… (Rusty me montre plein
d'endroits dans le salon.) Ici des rideaux blancs, ici plus
foncés, ici une lampe par terre, ici le meuble pour la télé,
et la télé dessus. Ici, un grand canapé pour la regarder, et
là une table basse pour poser des choses…

Je le suis, ça me plaît, il a les idées bien claires sur la
disposition, les couleurs et les lumières.

— De ce côté, vu que le soleil s'y lève, je veux mettre
des rideaux bleu ciel, et puis des fleurs dehors. (Il
s'arrête. Il a l'air de chercher à se rassurer.) Il va me falloir un peu de temps pour trouver tout ça, et bien sûr un
peu d'argent.

Il me regarde, je ressens plein de tendresse pour lui,
pour la première fois je trouve qu'il fait un peu plus
jeune que son âge. Mais ça ne dure qu'un instant.

— Mais il n'y a pas de problème… J'ai un peu d'argent
de côté, je continue à écrire et je propose mes textes, tôt
ou tard ça marchera. C'est que, de nos jours, les canapés,
les meubles, sans parler des tables… ça coûte très cher !

— Mais il y a cet endroit, comment ça s'appelle, il y a
toujours des pubs dans la rue, où les prix sont très bas !
Ah oui, Ikea. Le seul problème, c'est qu'ensuite tu dois
les monter tout seul.

— Caro, tu sais que tu viens de me donner une idée !
Attends, je vais passer un coup de fil…

Il prend son portable dans sa poche et appuie sur
un bouton. Incroyable. Rusty James a même le numéro
d'Ikea ? Il me sourit.

— Maman… Oui, je suis avec Caro. Je voulais te dire
qu'elle rentrerait plus tard… Oui, elle mange avec moi,
OK ? Non, non, pas chez McDo, je te jure ! Hein ? On

se voit quand… On se voit quand… (Il me fait un clin d'œil.) Bientôt, très bientôt… je veux te montrer quelque chose. Oui, dès que c'est prêt, on se voit ! OK, oui, je t'appelle bientôt. Au revoir, maman. (Il raccroche.) Tu as vu ? Jure que tu ne lui diras rien. Je veux lui faire une surprise et l'inviter quand tout sera aménagé.

— Je le jure !

— Bien, alors allons-y.

— Où ça ?

— Comment, où ça ? Tu as eu une idée géniale… chez Ikea !

On est arrivés très vite, et je vous jure que je ne m'étais jamais autant amusée. Alors, d'abord, nous avons mangé sur place, et c'était un peu comme aller en Suède. En réalité je n'y suis jamais allée, mais il y a une sorte de self-service où les noms des plats sont suédois, les assiettes, les dessins, la nourriture, tout. Sauf les caissières, qui doivent être du quartier Tufello, dans ce coin-là, vu qu'elles avaient un accent romain à couper au couteau qu'à mon avis personne n'a jamais entendu, sauf peut-être les copains brancardiers de papa à l'hôpital. Donc, nous avons pris du saumon délicieux avec des patates au four à tomber, et puis un drôle de pain noir suédois, avec une mie très compacte qui te donne l'impression que tu ne vas pas grossir ! Cette idée m'a fait chaud au cœur. Et puis, le reste, c'était génial. Ikea est une véritable ville ! Pleine de meubles en tous genres, des chambres, des chambres d'enfants, des baies vitrées, des fenêtres, des rideaux, des salons, tout déjà installé pour que tu puisses te faire une idée. Et encore des assiettes, des verres, des lampes, des serviettes, des bougies. Bref, tout ce que tu cherches, tu le trouves ! Alors nous nous sommes promenés, accompagnés par un vendeur, un certain Severo, drôle de nom, hein ? Il était tout sauf sévère, d'ailleurs… Rusty James et moi on a fait semblant d'être un couple, et moi je décidais toujours, comme ça se passe parfois dans certains couples. Finalement, c'est toujours la femme qui choisit, surtout s'il s'agit de choses pour la maison. Et l'homme... ben, l'homme paye !

— Voilà, Rusty, je voudrais ces rideaux, cette table de nuit, et puis ce tapis pour la chambre, et puis cette table, et puis ça... et ça...

Rusty rit, dit oui et me laisse tout choisir. De temps en temps, il me fait juste réfléchir sur certaines choses.

— On ne devrait pas le prendre un peu plus clair ? Tu te rappelles, la cuisine ? Elle est blanche.

— Oui, c'est vrai, tu as raison.

Severo regarde le code de chaque chose que nous choisissons. À la fin, nous prenons plein de trucs.

— Voilà, tout devrait y être !

Severo passe la feuille à Rusty qui contrôle la liste.

— Oui, tout y est.

Puis ils se dirigent vers la caisse. Severo lui explique que s'il paye un petit quelque chose en plus on lui livrera les meubles dans deux jours à la péniche, et s'il paye encore plus les livreurs lui monteront tout eux-mêmes.

— Non, ça je m'en occupe, mais s'ils me les livrent ça m'arrange.

Alors Rusty James signe, et nous nous apprêtons à partir, tout contents.

— Attendez, attendez...

Severo nous court après.

— Vous avez oublié ça...

Il nous donne une photocopie avec tout ce que nous avons choisi, et puis un catalogue Ikea.

— Si vous vous rendez compte qu'il manque quelque chose, vous pouvez regarder là-dedans...

Il nous remet le catalogue. Puis il reste planté devant nous et il nous sourit.

— Je peux vous dire une chose ?

Mais il n'attend pas qu'on lui réponde.

— Vous êtes un couple trop mignon. Je n'ai jamais vu des gens qui soient aussi d'accord sur tout.

Il nous fait un beau sourire satisfait. Quel personnage, ce Severo ! Il n'a rien à voir avec son nom, moi je l'aurais plutôt appelé Sweaty, ou Sympa, ou Joyeux, ou bien Serein ! Mais sûrement pas Severo !

Rusty James me passe un bras autour du cou et lui sourit.

— C'est grâce à elle si nous sommes d'accord sur tout.

Il me serre contre lui et m'emmène, comme si j'étais vraiment sa copine. Et là, je vous jure que j'ai l'impression d'avoir au moins quinze ou seize ans, ou bien dix-huit, bref, je me sens femme. Mais surtout, la femme la plus heureuse du monde.

Simple Plan, *When I'm Gone*. Je l'écoute sur mon iPod et je me demande comment ça serait si soudain je m'en allais. Non, je ne parle pas de mourir. De partir. Comme l'a fait Rusty James. Genre aller vivre à Londres. Laisser tout le monde ici. Je n'écrirais qu'à maman et à mon frère. Et peut-être qu'ils seraient les seuls à être tristes de mon départ. Quoi qu'il en soit, à part ça, qui de toute façon n'est qu'un rêve, pour revenir à la réalité ce matin Cudini a essayé de battre le record pour monter dans le top ten de Scuolazoo.com. À mon avis, il enrageait, parce qu'un certain Ricciardi, d'une école de Talenti, était mieux classé que lui. Il nous a montré la photo sur le site pendant l'heure d'anglais, au laboratoire où il y a plein d'ordinateurs qui sont destinés à un autre usage, c'est sûr, mais bon, tout ça c'est théorique.

— Regarde… regarde… Regarde la tête qu'il a, et il est premier ! Vous vous rendez compte, ce Ricciardi me bat !

Ce Ricciardi, qui n'est pas mal, d'ailleurs, a un beau visage, mais surtout il a fait une blague trop forte à son prof ! Il est arrivé habillé en prêtre, sur des échasses, il a béni la classe et il est ressorti par la porte de derrière sans tomber !

— C'est marrant.

— Oui, mais Ricciardi est supporter de la Roma !

— Quel rapport ?

— Pour moi, ça compte.

Comme si cette compétition n'avait pas de frontière, tout a son importance. Cudini est vert de rage. Il ne supporte vraiment pas.

— Bon, j'ai une idée. Bettoni, viens ici !

Ils font des messes basses dans un coin. Cudini lui parle à l'oreille, et de temps en temps il s'écarte.

— Tu as compris ? (Puis il se remet à lui parler à l'oreille.) C'est fort, non ?

Bettoni rit comme un fou.

— Oh, bravo, c'est génial… Tu vas le battre, ce con de Ricciardi, c'est sûr.

Maintenant, tout le monde en a après lui. Si seulement il y avait une raison !

Solidarité de la Farnesina. Appelons-la comme ça, du nom de notre collège.

Nous retournons dans la salle parce que le cours d'italien va bientôt commencer. Nous bavardons en attendant le prof, comme d'habitude, sauf Bettoni qui essaye de se préparer au mieux avec son portable, comme si dans sa vie il avait toujours et uniquement fait du cinéma.

— Tu le veux comment, avec le zoom ? Ou en panoramique ?

Cudini le regarde d'un air perplexe.

— Tu te fous de moi, ou quoi ? Comme tu veux. Je veux juste que tu ne te trompes pas, que tu me filmes bien. Attention, je ne peux le faire qu'une fois, parce que ensuite ça ne vaudra plus, tout le monde aura pigé le truc.

C'est vrai, le truc absurde, c'est que maintenant les téléphones portables font tout. Avant, ils servaient uniquement à communiquer. Aujourd'hui ils font iPod, caméra, ordinateur pour aller sur Internet et sans doute bien d'autres choses que moi, honnêtement, je ne sais pas faire. C'est pour ça qu'ils coûtent si cher. Et c'est pour ça qu'on m'a piqué le mien ! À mes yeux, sa plus grande valeur, c'était le numéro de Massi ! Mais je préfère ne pas y penser.

Juste à ce moment-là, M. Leone arrive.

— Bonjour, les jeunes. Allez, tout le monde à sa place ! (Le prof va s'asseoir à son bureau. Il pose son sac, l'ouvre et en sort ses cahiers.) Alors, aujourd'hui, comme prévu, j'interroge.

Il regarde sa liste et vérifie les noms qu'il avait notés. Cudini regarde Bettoni et lui fait un signe de la tête, comme pour dire « Tout est en place ? Tout est OK, je filme ! ». Comme d'habitude, Bettoni lui fait un signe avec le pouce « Tranquille, tranquille, tout est OK ! ».

Parce que, avec Bettoni, il ne faut jamais s'inquiéter, d'après lui. Moi, je trouve que Cudini a l'air très tendu.

— Alors, le premier que je vais interroger est… Cudini !

M. Leone lève les yeux vers lui. Cudini regarde Bettoni qui filme avec son portable et fait signe que oui de la tête, il est en train de filmer le prof. Puis Bettoni tourne le téléphone vers Cudini, qui avale sa salive et commence.

— Monsieur, aujourd'hui vous n'allez pas m'interroger, et vous savez pourquoi ? Parce que moi, aujourd'hui, je prends la fuite !

Et ce disant il prend son élan, saute sur la table de Raffaelli, la plus bûcheuse de la classe, et il saute par la fenêtre.

— Aaaaaaah !

Et puis boum ! Un choc pas possible. M. Leone, et nous, et Bettoni, bref, tout le monde court à la fenêtre. Cudini est étendu au milieu de la cour, la jambe toute tordue.

— Mon Dieu, mais il est fou ! Il s'est cassé la jambe ! Il s'est fait mal ! hurle M. Leone.

Bettoni continue à filmer avec son portable. Moi je secoue la tête.

— Cudini est complètement fou ! Il a sauté du deuxième étage ! Ou alors il se croyait encore en 4e B, quand on était au premier étage…

Bettoni ferme son téléphone.

— Bon, ça suffit. Assez filmé ! Deuxième étage ? Mais non, Cudini pensait qu'il y avait une terrasse sous cette fenêtre !

Bettoni regarde Raffaelli, qui nettoie sa table, là où Cudini a posé les pieds avant de sauter.

— J'ai toujours dit qu'elle portait la poisse, cette fille.

On a emmené Cudini à l'hôpital. Morale : il a la jambe dans le plâtre pour un mois. M. Leone, pour le protéger des ennuis qu'il aurait pu avoir avec l'inspection d'académie, a dit qu'il avait glissé alors qu'il faisait une blague, et il a quand même dû lui mettre une note dans son cahier. Mais le plus important, c'est que son film, avec la chute finale, parfaitement immortalisée par Bettoni, est maintenant en tête du classement sur Scuolazoo.com ! Au-dessus de Ricciardi le *romanista*, comme on l'appelle, puisqu'il supporte la Roma.

— Youpi !

Il s'est même fait filmer à l'hôpital, pour se mettre encore sur le site.

— Pour montrer à tout le monde que ce n'est pas un montage photo… Je suis en chair et en os, moi !

Il est vraiment fou, Cudini. Mais bon, on est tous allés le voir quand même.

— Par contre, je ne veux pas voir Raffaelli ! Sinon, je ne sais pas comment, mais je suis sûr que je vais me retrouver avec l'autre jambe cassée, aussi !

— Allez, ne dis pas ça. C'est moche, c'est comme ça que naissent les réputations de porte-malheur…

— Porte-malheur, ouais ! En attendant, je ne veux pas la voir ici. Pour le reste, on ne dit rien à personne, d'accord ?

Cudini sourit et prend un chocolat dans la boîte que lui a apportée Alis. Il est immédiatement imité par Clod, naturellement ! Elle est incorrigible, celle-là ! Et Cudini aussi, à sa façon ! Mais je le trouve sympa, maintenant. Je ne sais pas si c'est parce qu'il s'est fait mal. Peut-être que cette histoire de plâtre l'a obligé à rester un peu tranquille, à se calmer. Avant, il était très agité. Filo dit toujours qu'il est possédé par le démon, qu'avant de l'inviter chez soi il faut appeler un exorciste. En tout cas, le jour où je suis allée le voir à l'hôpital, il était tout gentil, tout calme, presque poli.

— Tu me dessines quelque chose sur mon plâtre ? Mais un truc bien, Caro, parce que ton dessin, j'y tiens… il ne peut être que magnifique ! Tu es trop forte en dessin.

En fait, je l'ai entendu dire la même chose à Silvia Capriolo et à Paoletta Tondi, qui sont vraiment fortes en dessin, elles, elles comprennent les perspectives, les dimensions, les ombres et les clairs-obscurs. Moi, on peut dire que je suis meilleure dans le style bande dessinée. Et en effet.

— Tu fais ça comme ça ?

— Oh, Cudini, j'ai apporté mes feutres exprès. Reste tranquille !

En moins de deux, je me concentre sur le plâtre. Bleu ciel, bleu, orange pour le bec, les contours noirs, je lui fais même les chaussures ! Au bout d'une demi-heure, quand je me relève, Cudini trépigne d'impatience.

— Allez, pousse-toi, pousse-toi, je veux voir…

Il est trop curieux.

— Merde…

Il en reste bouche bée.

— Il te plaît ?

— Un peu, oui !

Il le regarde, satisfait. Je m'approche à nouveau, avec mon feutre noir.

— Qu'est-ce que tu fais, tu vas tout gâcher ! Ne fais rien, il est parfait comme ça.

— Mais je veux signer !

J'écris Caro, et pendant ce temps Cudini me sourit.

— Caro, je l'adore, ce petit aigle que tu m'as dessiné. Blanc et bleu ciel comme mon cœur, les couleurs de la Lazio, du ciel, de la petite culotte de la fille de mes rêves…

Juste à ce moment-là entre la mère de Cudini.

— Francesco, comment tu te sens ? Comment va ta jambe ?

Elle l'embrasse sur la joue.

— Mon fils, j'étais si inquiète. Je n'en dors plus la nuit.

Elle l'embrasse à nouveau.

— Maman, il y a du monde.

Alis, Clod et moi nous regardons en souriant. Et Alis, qui sait toujours comment réagir, dit :

— Ne vous inquiétez pas, madame.

Mais Cudini s'agite dans son lit.

— Oui, mais c'est ma jambe, justement. Maman, tu t'es installée dessus !

— Pardon, pardon. Regarde qui je t'ai amené. Ta tante, avec Giorgia et Michele.

Une dame entre. Elle est censée être très élégante mais elle a trop de parfum et une fourrure exagérée, toute gonflée… Du jamais vu, même pas dans les documentaires animaliers. Et puis, elle est maquillée, et en plus elle a des boucles d'oreilles et un collier énorme, un truc à te faire tomber et perdre l'équilibre sans plus pouvoir se relever.

— Francesco… mais qu'est-ce que tu as fabriqué ?

Et la tante, digne sœur de la mère, se jette à son tour sur Cudini pour l'embrasser.

— Aïe, tata !

— Allez, c'est rien…

— Non… toi et ton sac, vous vous êtes jetés sur mon plâtre.

— Ah, pardon.

Puis Cudini salue ses cousins.

— Salut, Giorgia, ça va ?

— Comment ça va, toi, plutôt ? sourit la fille.

Elle est plus modérée que la mère-tante ouragan force quatre, elle est un peu timide et très mignonne, un trait de maquillage, des cheveux raides châtain clair, un jean et un pull orange. Son frère est en survêtement, un bel Adidas noir. Il porte un sac de sport en bandoulière, dont sortent deux raquettes.

— On dirait Nadal ! plaisante Cudini en le regardant.

Michele esquisse un sourire.

— Federer, plutôt. Je joue plus dans son style, et je suis moins bourrin.

— Oui, oui, de toute façon c'est toujours Nadal qui gagne !

— Sur terre battue.

Michele est très différent de Cudini. Il est plus petit, un peu roux, les cheveux courts. Il est maigre mais pas trop, robuste. Il est mignon, il a l'air bien élevé. L'exact opposé de Cudini. Clod lèche ses doigts encore pleins de chocolat et fait une de ses sorties habituelles.

— Donc, tu joues au tennis.

Cudini ne rate pas une occasion pareille.

— Non, les raquettes, c'est pour balayer… Tu es une vraie comique, toi !

Puis Cudini prend un air triste.

— Le problème, c'est que tu n'en es pas consciente !

Alis et Giorgia rient de bon cœur. Michele essaye de ne pas la mettre en difficulté.

— Oui, je participe à un tournoi, pas loin d'ici. D'ailleurs, je vais bientôt y aller… Et puis, de temps en temps, l'après-midi, je donne des cours de tennis pour gagner un peu d'argent.

Je le regarde. Il me sourit. Il est mignon. C'est super, qu'il donne des cours de tennis pour se faire un peu d'argent. Un peu comme Rusty James. Michele non plus ne veut pas coûter trop cher à ses parents, même si pour eux je ne pense pas que ça soit un problème, contrairement aux miens.

— Ça coûte cher, un cours?

Je décide de participer à la conversation.

— Non, pas très, et puis on trouve toujours un arrangement. Le tennis, c'est trop beau pour qu'on n'essaye pas au moins une fois.

Je lui souris.

— Ça me plairait…

Michele devient professionnel.

— Tu sais jouer?

— Je n'ai jamais essayé, mais je suis peut-être douée. Je me débrouille plutôt bien en sport.

Clod acquiesce pour montrer que je ne raconte pas d'histoires. Alis prend un air suffisant. Je ne sais pas pourquoi, mais parfois elle est un peu jalouse de moi. Pardon, mais tu aurais pu lui parler, toi aussi, non? On n'est pas dans un film muet.

Clod se sent mieux, elle décide elle aussi d'intervenir.

— Moi, une fois j'ai essayé… Je n'étais pas trop mauvaise.

Cudini ne laisse pas passer une occasion pareille.

— Oui, elle est très forte en sport… au basket, on s'en sert comme ballon!

Et il éclate de rire, tout seul. Il faut toujours qu'il gâche tout. Heureusement, juste à ce moment-là deux infirmières entrent dans la pièce.

— Excusez-nous mais il faut que vous sortiez de la chambre… Nous devons faire le ménage et vérifier les malades avant que les médecins n'arrivent. Merci.

L'une d'elles est blonde, un peu grassouillette mais très mignonne, peut-être un peu trop maquillée mais elle a une poitrine qui fait largement concurrence à celle de ma sœur, même quand elle met un push-up. Et en effet, Cudini pose ses coudes sur le lit et se relève un peu sur ses fesses, comme pour se rendre plus présentable, si tant est que cela soit possible. Et, pour la première fois, il a l'air d'accord avec une décision officielle.

— Oui, oui, il faut que vous sortiez...

Sa mère et sa tante lui font des bisous, avec plus de hâte que tout à l'heure, et nous nous retrouvons tous dans le couloir de l'hôpital.

— Ciao...

Michele et Giorgia nous disent au revoir. Michele est sur le point de dire quelque chose, mais il change d'avis et s'en va. La maman de Cudini nous salue à son tour.

— Au revoir, les filles, merci d'être passées.

La tante également.

— Oui, c'est très gentil de votre part.

Nous restons un moment à bavarder dans le couloir.

— Il n'y aurait pas une machine à boissons chaudes, par exemple du chocolat ?

— Clod, mais tu viens de t'envoyer tous les chocolats de Cudini.

— En effet, je n'ai pas faim, j'ai soif. Je devrais au moins pouvoir trouver de l'eau quelque part !

— Ça alors, tu as vraiment soif.

— J'ai soif, j'ai soif, je suis en train de me déshydrater... et puis, vous savez, boire aide à maigrir, ça dissout les graisses.

— Oui, mais pas le chocolat !

— Mon Dieu, ce que tu peux être tatillonne...

Un docteur passe devant nous.

— Excusez-moi.

Clod s'approche de lui.

— Pardon, vous pourriez me dire s'il y a une fontaine à eau par ici, vous savez, celles qui envoient un petit jet vers le haut ?… pour boire de l'eau, quoi !

Et elle nous regarde, ou plutôt elle me regarde, soyons précis, comme pour dire tu as vu… qu'est-ce que tu croyais ?

— Oui, il y en a une en face des toilettes, au bout du couloir.

Alis, Clod et moi nous dirigeons donc vers le fond du couloir. Clod a l'air de s'être réveillée, peut-être parce qu'elle va enfin pouvoir étancher sa soif.

— Il était pas mal, le cousin de Cudini.

Alis est d'accord.

— En tout cas, il est mieux élevé que lui… Et puis il est mignon, aussi.

Je suis d'accord avec elles, moi aussi. Et puis, je voyais bien qu'il me regardait, et c'est toujours comme ça, on ne peut rien y faire, quand tu vois que tu intéresses quelqu'un, automatiquement il te plaît un peu… en tout cas, en ce moment, pour moi ça marche comme ça.

Clod éclate de rire.

— Qu'est-ce qui se passe, pourquoi tu ris ? À quoi tu penses ?

Clod s'approche de la fontaine.

— Qu'il était trop beau… habillé sportif, comme ça…

Alis lève un sourcil en la regardant.

— Bah, comme l'a dit Cudini, toi tu fais le ballon de basket, et moi j'aimerais bien être sa petite balle de tennis !

Clod appuie sur le bouton et boit enfin.

— Tu es en train de te cudiniser.

Elle arrête de boire et me regarde. Elle a les lèvres encore humides et un air de petite fille curieuse.

— Qu'est-ce que tu veux dire, Caro ?

— Qu'Alis est vraiment lourde !

— Oui, c'est ça, ose me dire qu'il ne te plaisait pas à toi, Michele.

— Il ne me plaisait pas.

— Mais il te regardait…

— Bon, les filles, qu'est-ce qu'on fait ?

Clod s'interpose dans notre conversation.

— Pourquoi on ne va pas…

— Non, moi je vais réviser…

— Moi aussi, demain il y a le contrôle de maths.

— C'est la deuxième heure. On aura bien le temps de réviser avant.

— Pourquoi, on a quoi, la première heure ?

— Religion.

— Justement… c'est pratique, tu peux prier en espérant que ça marche en maths.

Nous sortons de l'hôpital en plaisantant. En y réfléchissant, on ne devrait peut-être pas être aussi joyeuses, vu que les gens qui entrent ici ont tous un problème. Mais le fait que Cudini soit là, ça nous met en joie, finalement l'hôpital est un endroit un peu comme l'école… tant que c'est pas toi qui y es, c'est super ! Mais quand nous arrivons à la sortie, après le portail, là où sont garées les voitures de Clod et d'Alis, là où je voudrais tant avoir moi aussi garé la mienne, nous le voyons : Michele. Il est debout, son sac de raquettes sur l'épaule, l'air un peu gêné.

Alis, Clod et moi nous regardons. Clod sourit.

— C'est moi qu'il attend.

Mais Alis est toujours terrible, dans ces cas-là.

— C'est ça, oui ! Il attend Caro…

— Tu es sûre ?

— Mille pour mille.

Moi, je ne dis rien. Parfois, il faut savoir rester en retrait de certaines conversations. Mais à la fin, pour être gentille avec Clod, je dis :

— Pourquoi tu dis ça ?

En effet, plus nous approchons, moins nous avons de doutes. Michele se dirige droit vers moi. Alis lève un sourcil et regarde Clod.

— Tu vois ? Qu'est-ce que tu imaginais ?

Clod, qui ne sait pas quoi répondre, tente de s'en sortir le mieux possible.

— Je disais ça comme ça… je plaisantais.

Michele est juste devant moi. Clod et Alis me font un grand sourire, comme si on était super copines, d'ailleurs on l'est, c'est juste qu'on se le disputait un peu, ce Michele.

— Caro, nous on y va…

— Oui, on se voit demain matin au collège.

Michele les salue d'un signe de tête et attend qu'elles soient parties.

— Toi aussi, tu as une voiture sans permis ?

Quelle barbe, ça commence bien, il faut tout de suite qu'il remue le couteau dans la plaie.

— Non.

— Alors je peux te raccompagner ?

— Bien sûr. (Nous marchons.) Pardon, mais tu n'avais pas un tournoi ?

— Si, mais je devais jouer contre Grazzini, j'étais sûr de perdre. C'est le plus fort. Autant que je n'y aille pas, comme ça je peux toujours imaginer que j'aurais pu le battre.

Je souris.

— C'est vrai. Mais il faudra bien que tu l'affrontes tôt ou tard, ce Grazzini.

— Tôt ou tard. Le plus tard possible !

Il m'ouvre la portière d'une Smart Cabrio trop jolie. C'est le dernier modèle, la Doubletwo. Il fait le tour et met son sac avec les raquettes à l'arrière. Ouah ! elle est belle à l'intérieur, sièges en cuir, tableau de bord noir, lecteur CD et écran plat pour les DVD. Superbe. Et puis, c'est une voiture d'adulte. Mais donc, il est adulte ! Mon Dieu, je n'y avais pas pensé… Il rentre dans la voiture et sourit. Je souris aussi, mais je suis un peu gênée. Quel âge il peut bien avoir ? C'est pour ça qu'il est aussi à l'aise, le tournoi, la voiture, sa façon de parler, ses réponses pour mettre Clod à l'aise… Stop, je n'en peux plus. Autant que je le lui demande tout de suite.

— Excuse-moi mais… elle est vraiment belle, cette voiture.

Je n'ai pas pu. Comment j'aurais pu commencer par lui demander son âge ? Ça reviendrait à admettre que j'ai peur de quelque chose. Peur de quoi… Heureusement, il intervient dans mes pensées.

— Elle te plaît ? Mes parents me l'ont offerte il y a deux mois… Pour mon anniversaire.

Je lui souris. Il aurait pu dire quel âge il a eu, non ?

— Pour mes dix-huit ans.

On dirait qu'il lit dans mes pensées. Michele me regarde.

— Ah…

Je souris, toute contente.

— Je peux te poser une question ?

— Bien sûr…

— Quel âge tu as, toi ?

Je me tais pendant un petit moment.

— Moi ?

— Oui.

Il me sourit à nouveau. Évidemment. Qui d'autre, idiote ?

— Quatorze…

Je fais l'impasse sur quelques mois. Parfois, certains détails n'ont pas une grande importance. Michele sourit. Il a l'air satisfait de ma réponse.

— Dis-moi, tu dois rentrer tout de suite ou on peut faire un tour ? De toute façon, pour l'instant je n'ai plus de tournoi.

— On peut faire un tour.

Alors il démarre, et il est très marrant. Je l'avais cru sérieux, mais non ! Il ouvre le toit amovible de la voiture et il me passe une casquette et des lunettes.

— J'en ai toujours deux. Au cas où l'autre personne n'en aurait pas.

Je lui souris, j'enfile la casquette et je la tiens avec ma main. Je mets aussi les lunettes. Des grosses D&G avec des verres dégradés et de gros sigles sur les branches, un peu années 1970, mais pas mal du tout. Elles couvrent bien les yeux, on ne sent pas du tout le vent. En réalité, j'ai mes lunettes dans mon sac. Mais je trouvais ça moche de le lui dire. Il est tellement gentil. Et sa Smart est vraiment jolie. Je n'étais jamais montée dans une Smart. Avec le toit ouvert, en plus, c'est super. Rusty James rêve d'une voiture, lui aussi. Décapotable. Il m'a dit que pour lui le rêve ça serait une vieille Mercedes, une Pagodina bleu ciel. Il m'a dit qu'elles ne coûtaient pas trop cher, les vieilles. Mais bon, qui sait quand il pourra se l'offrir, pour l'instant il a déjà loué la péniche, et ça me semble déjà incroyable. Et puis les meubles d'Ikea, même s'il va les payer à crédit. D'ailleurs, je me demande s'ils sont arrivés. Je l'appellerai tout à l'heure.

— Ça te dit, quelque chose de chaud ?

C'est vrai, on est en novembre, c'est un peu absurde de se balader comme ça. On dirait deux fanatiques à Miami, avec bonnets et lunettes de soleil, qui longent la plage en voiture. Mais ici il fait un peu froid, quand même.

— Oui, volontiers !

Michele me sourit et prend un virage pour m'emmener Dieu sait où. Je ne le lui demande pas. Je ne suis pas pressée. Je suis curieuse et détendue. Je me laisse aller contre le dossier et je me sens un peu maître du monde. Peut-être qu'un jour j'aurai une voiture, moi aussi. Ce qu'il faudrait, c'est un peu de musique.

— Tu as des CD, Michele ?

— Appelle-moi Lele… Tiens, branche ça.

Il me passe son iPod.

— Il y a un câble dans la boîte à gants. Choisis le morceau que tu veux.

— OK, merci… Caro.

— Quoi ? Pourquoi tu m'as dit « merci Caro » ?

J'éclate de rire.

— Non, excuse-moi. Je t'ai dit merci pour l'iPod, et Caro… tu peux m'appeler Caro !

— Ah, je n'avais pas compris.

Nous rions pendant un moment. La situation est comique, et je choisis Moby, que j'aime beaucoup, *In my Heart*. Bon, je ne voudrais pas qu'il prenne ça pour un message. Mais ça le fait rire, Michele, ou plutôt Lele. Il n'a pas l'air d'y prêter trop attention. Je suis bien, je n'ai pas envie d'y penser. Finalement, il m'emmène dans un endroit très chouette, Via del Pellegrino, qui s'appelle Sciam, où ils ont toutes les sortes de thé que tu veux, et même des tisanes. Et tu peux même fumer le narguilé. Alors on le fait. Moi, je trouve que ça ressemble plutôt à un joint, comme ceux que Cudini fume de temps en temps, que rien qu'à les sentir ça te rend bête ! Bon, c'est vrai, ça fait sourire. Mais ça fait du mal, à mon avis. Clod, qui fume un peu, a essayé, une fois, elle a fumé quelques taffes et dans l'après-midi elle a vomi. Elle était désespérée. Sans doute parce que en quelque sorte elle avait perdu du poids, je pense. En tout cas, on s'amuse comme des fous, Lele et moi. Je choisis un narguilé à la rose sauvage et au miel. Pas mal du tout. Ensuite on nous apporte des petits gâteaux, délicieux, j'en mange plusieurs, ils sont légers, et puis ce qui est bien ici c'est qu'on sent plein d'odeurs : réglisse, jasmin, fruits exotiques, essences naturelles, mélangées au tabac. Puis arrive un certain Youssef, je pense que c'est le propriétaire, il nous montre sur le mur un panneau défense de fumer. « Chez nous, cigarettes et cigares sont interdits, seul le narguilé est autorisé. C'est entièrement naturel… » Il nous fait essayer une pipe pour deux personnes et nous fumons ensemble un peu de tabac toscan avec du miel et de l'essence de pomme ! Ça me fait rire, en même temps j'ai un peu envie de tousser, mais au final je trouve ça très fort. Et me voici à nouveau dans la Smart, un goût agréable dans la bouche, un peu sucré, qui ne me dérange pas du tout, et nous sommes tous deux parfumés à l'encens.

— Merci, j'ai passé un très bon moment.

— Je t'en prie, moi aussi je me suis bien amusé. C'est ici que tu habites ?

Je lui indique mon immeuble.

— Oui. Au quatrième étage.

— Et c'est quoi, ton nom de famille ?

— Bolla…

— OK, tiens, je t'ai marqué mon numéro de portable.

Il me tend une carte du bar où nous étions.

— Comme ça, tu as le choix. Soit tu vas prendre une tisane avec une amie, soit tu m'appelles… J'ai donné des consignes à l'entrée, ils ne te laisseront pas entrer avec un autre. C'est vrai, cet endroit c'est moi qui te l'ai fait découvrir !

— D'accord.

Je mets la carte dans ma poche. Je voudrais dire quelque chose de spirituel. Mais je n'ai pas vraiment d'idée.

— Alors toi non plus, tu ne dois pas y aller avec une autre.

Lele me sourit.

— Bien sûr.

Je descends de la voiture et je m'enfuis. Je pense en avoir dit assez.

Quand je rentre à la maison, maman me fait une tête au carré.

— Tu étais où ? Ton portable ne prenait pas. On te l'a offert pour pouvoir être tranquilles…

Elle m'énerve un peu, je ne savais pas que ça ne captait pas là-bas, je n'ai vraiment pas fait attention. Je ne peux pas passer mon temps à vérifier qu'il y a du réseau ! Je ne me sens pas libre, comme ça ! Mais moi je veux être libre, et donc tout ça me rend très nerveuse. J'ai envie de lui dire que celui-là, c'est Alis qui me l'a offert, mais je laisse tomber.

— Pardon, maman, je ne m'étais pas rendu compte que ça ne captait pas. Nous sommes allées voir Cudini à l'hôpital, celui qui s'est cassé la jambe.

— Je sais qui c'est… difficile de l'oublier. Je préférerais que tu ne fréquentes pas les types dans son genre…

— Maman, elles allaient toutes le voir.

— Toutes qui ?

— Alis, Clod…

En j'en glisse trois ou quatre autres de la classe, pour bien lui montrer que je ne pouvais pas ne pas y aller.

— Si je n'y étais pas allée, ça aurait fait mauvais effet.

Maman s'approche de moi, elle a l'air rassurée. Elle m'embrasse, et fait une tête bizarre, un peu étonnée.

— Mais… Caro, tu as fumé ?!

J'en reste sans voix. Je n'y ai pas pensé une seconde ! Ça se sent ! Je ne peux quand même pas lui expliquer que je n'ai pas fumé, ou plutôt que j'ai fumé le narguilé, mais juste en aspirant, sans avaler. Elle ne s'en remettrait pas. Narguilé. Je m'imagine déjà en cure de désintoxication… Bref, je suis sur le point de lui dire, mais je change d'avis.

— Mais non… mais qu'est-ce que tu imagines ?! C'est que toutes les filles voulaient fumer, mais à l'hôpital on ne pouvait pas, à part dans les toilettes, alors je leur ai tenu compagnie, je n'allais pas rester toute seule dans le couloir !

Elle fait une drôle de tête. Je ne sais pas si elle me croit, mais finalement elle décide de laisser tomber.

— D'accord, c'est bon, va dans ta chambre ou dans le salon, je t'appelle quand c'est prêt… (Je fais mine de m'éloigner. Mais je sais bien qu'elle n'a pas terminé.) Et va te laver les mains…

— Oui, maman !

Finalement, la soirée est tranquille. J'ai envoyé un texto à Rusty James : « Alors, comment va "notre" péniche ? Les meubles sont arrivés ? » Il me répond tout de suite : « Pas encore ! Tu t'inquiétais, hein ? C'est pour ça que ton portable était éteint ! »

Zut, mais lui aussi il a essayé de m'appeler ? Je vérifie dans les appels en absence. C'est vrai. Bon, tant mieux si les meubles ne sont pas encore arrivés. J'ai bien envie de lui donner un coup de main pour les monter.

Dîner formidable, hamburger et double portion de frites. Je n'ai pas résisté à la tentation. C'est comme cette pub que j'ai vue dans la rue. J'adore. « Je résiste à tout sauf aux tentations. Oscar Wilde. » Je pense que ce type était un génie. J'en connais aussi une autre de lui, c'est Alis qui me l'a dite, elle l'avait lue sur un blog : « La mode est ce que l'on porte, ce qui est démodé c'est ce que portent les autres. » Fantastique. En tout cas, la vraie difficulté à résister, on la rencontre quand quelque chose nous plaît, pas dans les autres cas. Quand on est confronté à la tentation, par exemple les frites. Moi, je ne sais pas comment fait maman, mais les frites qu'elle fait, coupées à la main et frites comme ça, un peu brûlées, je ne peux pas m'arrêter, je pourrais en manger une montagne. Avec d'autres tentations, c'est différent. Par exemple : « Est-ce que Lele me plaît ? » Pas pour l'instant. D'accord, il est marrant, il a été gentil, il a renoncé à son tournoi pour moi, pour faire un tour. Très mignon. Rien à dire. Mais de là à me plaire, il y a de la marge. Par exemple, Massi me plaît beaucoup parce que dès le départ tout a été bizarre, comment on s'est rencontrés, ce qui s'est passé, le tour qu'on a fait. Et puis, rien que le fait qu'il soit apparu comme ça, à l'improviste, dans la librairie, bref, le hasard… Le destin fatal ! Toujours le destin, d'ailleurs, qui m'a fait perdre mon portable avec son numéro. Je me rappelle que, au lycée, Rusty James avait écrit sur son sac à dos : « L'attraction la plus excitante est exercée par deux opposés qui ne se rencontreront jamais ! » C'était d'un certain Andy quelque chose, une sorte de peintre qui, pour devenir célèbre, avait eu l'idée de faire plein d'images de Marilyn Monroe et de Coca-Cola avec plein de couleurs différentes. Mais rencontrer quelqu'un dans un hôpital, c'est quoi comme attraction ? Lele est apparu dans la chambre d'hôpital de Cudini qui a la jambe cassée. Tout au plus, une attraction normale. Un peu plâtrée, dans le meilleur des cas. Ha, ha. Une chose est sûre : si par hasard je perdais la carte de visite, aucun problème pour retrouver Lele. Dans le doute, je rentre quand même son numéro dans mon portable. Et je le note dans mon agenda. Enfin, je mets la carte de visite dans le premier tiroir de mon bureau. Bref, cher Lele, si je décide de t'appeler, je trouverai facilement ton numéro, aucun doute là-dessus. Le problème, c'est plutôt : Lele… ai-je envie de t'appeler ? Et comme si ce dilemme personnel ne suffisait pas, je n'ai même pas le temps d'entrer sur MSN qu'elles sont déjà là ! Comme deux oies jacassantes, ou même pire, comme deux vautours sur de la chair fraîche ou comme des pies voleuses sur de l'or brillant. Quoi qu'il en soit, les voici, Alis et Clod, les deux rapaces du ragot !

« Alors ? Tu l'as embrassé ? Comment il est ? Sympa ? Vous avez fait quoi ? Vous vous êtes mis ensemble ? »

Pire que des mitrailleuses ! Même maman, quand elle est inquiète, ne pose pas autant de questions aussi vite.

Je les rassure tout de suite. Non, les filles, il ne s'est rien passé.

Naturellement, elles ne me croient pas. Je ne sais pas pourquoi, mais quand tu dis la vérité, souvent les autres ne te croient pas. Les mensonges passent plus facilement. Mais sur certaines choses, impossible de mentir. Non. Dans certains cas, impossible. Il faut que le compte y soit, en quelque sorte. Mais pour moi, le lendemain, le compte n'y était pas du tout ! J'avais contrôle de maths ! Et j'avais complètement oublié. En fait, je m'en suis souvenue en m'endormant. Mais il était trop tard. J'avais l'impression d'entendre la voix de mamie Luci : « Quand Morphée arrive, il ne faut pas lui résister… » Je ne demande qu'à lui céder tout de suite, moi ! Le vrai problème, à l'école le lendemain, ça a été mes sources. Ce jour-là, les choses ne se sont pas passées comme je l'attendais. Mes bases scolaires m'ont trahie, ou plutôt, cette base qui s'appelle Gibbo !

— Tu fais quoi ? Tu me le passes, oui ou non ? Allez !

Gibbo se tourne vers moi et me dit :

— Je suis en retard, je n'arrive déjà pas à finir le mien. Ne me distrais pas… Il y a encore du temps !

Alors j'ai tenté de commencer le premier exercice, puis le deuxième, le troisième, et finalement le dernier, à la quatrième page. Commencer, ça ne veut rien dire. Le problème, c'est d'arriver à un résultat, au vrai sens du terme. J'ai essayé de faire ces exercices un tas de fois, mais je n'ai jamais trouvé deux fois le même résultat. C'est moi, le vrai génie rebelle ! L'autre soir j'ai vu le film à la télé, je l'ai même enregistré, tellement il m'a plu. Il y a Matt Damon, que Clod adore, qui joue Will Hunting, et puis Ben Affleck, qu'Alis et moi on adore. On lui a dit, à Clod.

— Comment tu fais pour être fan de Matt Damon alors que dans le film il y a aussi Ben Affleck ?

Elle nous a répondu :

— C'est parce que je suis plus réaliste. Moi, j'ai une chance qu'un type comme Matt me remarque, vous avec Ben vous n'en avez aucune !

Un truc de fou. Quitte à rêver, autant rêver en grand, non ? En plus, je trouve le personnage de Matt Damon plus faible que celui interprété par Ben. Je me rappelle une phrase que le prof Sean, qui est en fait Robin Williams, dit à Will, Matt Damon. J'ai rembobiné pour bien comprendre les mots et je l'ai écrite dans mon journal intime : « Tu ne sais pas ce qu'est une vraie perte, parce que ça n'arrive que quand tu aimes quelque chose plus que tu ne t'aimes toi-même. Je doute que tu aies jamais osé aimer quelqu'un autant que ça. Je te regarde et je vois un homme intelligent, sûr de lui. Je vois un petit macho qui se chie dessus de peur ; mais tu es un génie, Will, personne ne le nie ! Personne ne peut comprendre ce qu'il y a au fond de toi, mais toi tu penses tout savoir de moi parce que tu as vu un portrait de moi et que tu as fait voler en éclats ma vie de merde. » Voilà, si un prof me disait ça, ça me ferait pleurer. Mais peut-être qu'il n'existe plus de profs aussi passionnés que lui…

En tout cas, ce matin, je vis un cauchemar.

— Gibbo… alors ?

— Que se passe-t-il, au fond ? Silence.

La prof s'est rendu compte que nous parlions. Quelle barbe ! Elle qui est toujours distraite, en général elle lit son journal ou elle feuillette une revue en se léchant l'index toutes les deux secondes, quand on a besoin qu'elle soit vraiment distraite, rien, elle devient attentive.

On ne peut jamais compter sur elle. Je retente le coup. Je me penche et je lui dis à voix basse.

— Gibbo, alors ? Allez, ça va sonner…

— Je suis déjà en retard…

— OK, mais tu as déjà la moyenne ! Moi je suis un vrai désastre ! Allez, fais-m'en au moins un…

Je n'aurais jamais dû dire ça, il m'a prise au mot. Il l'a fait à toute allure et il me l'a rendu, en s'excusant.

— Je n'ai réussi à faire que celui-ci !

Il a laissé tomber la feuille sur la table.

— Comment ça ? Tu ne me fais rien d'autre ?

En fait, je fais semblant. Quand on te rend un service, tu ne peux pas trop en demander. Mais… zut. Si tout va bien, j'aurai presque la moyenne. Incroyable. Finalement, j'essaye de faire un effort, il ne reste plus que dix minutes et j'invente ce que je peux. D'ailleurs, il vaut toujours mieux faire quelque chose, ou du moins essayer, que de rendre copie blanche. Là, tu n'as qu'une certitude… l'échec ! Et je dois dire que mes hypothèses se sont avérées être bien meilleures que prévu.

Deux jours plus tard, la prof nous rend les contrôles.

— Allez, du calme, du calme. Pourquoi toute cette agitation ? Qu'est-ce que vous avez à vous raconter ? Allez, tout le monde à sa place, je serai curieuse de voir qui aura encore envie de plaisanter, quand je vous les aurai rendus.

En effet, sur ce coup-là, elle n'a pas tort.

— Très insuffisant, insuffisant, très insuffisant…

Une catastrophe. On dirait une sorte de procession. Tous les élèves vont jusqu'à l'estrade, prennent leur copie, la regardent juste pour vérifier qu'ils ont vraiment eu cette note, puis retournent à leur place. À l'heure d'avant, italien, tout le monde riait et plaisantait, maintenant tout le monde est triste. Même les meilleurs, les plus bûcheurs, s'écroulent. Même Raffaelli, qui est une bête en maths. Effondrée. Insuffisant. Une catastrophe.

— Bolla.

Elle m'appelle, c'est mon tour, mon moment, ma fin.

— Alors, avec toi, on ouvre un drôle de chapitre…
Viens, viens ici, que je t'explique. (Je m'approche de
l'estrade.) Alors, le premier exercice est juste, sans
l'ombre d'un doute. (Je croise le regard de Gibbo, qui me
sourit et secoue la tête de haut en bas comme pour dire
« Tu vois ? Qu'est-ce que tu croyais ? ».) En revanche,
pour les trois autres, tu m'as proposé des options. (Elle
ouvre la copie et me l'agite devant le nez.) Pour chaque
exercice, tu m'as donné trois résultats différents. Mais,
Carolina, en réalité, seul l'un d'entre eux est juste !

— Oui, le résultat est juste, d'une manière ou d'une
autre, non ?

— Oui, mais fais un calcul de probabilités. Est-ce
qu'on peut rendre un devoir avec trois résultats différents ? Deux faux et un juste, pour chaque exercice ?

— Madame, ma mamie Luci me le dit toujours : il
y a ceux qui disent que le verre est à moitié plein, et
ceux qui disent qu'il est à moitié vide. Tout dépend de
comment on voit la vie.

Après ça, vous n'allez pas me croire mais la prof m'a
mis suffisant moins moins. D'accord, il y a deux moins,
mais il y a aussi un suffisant ! C'est fort, non ? Après,
on n'ira pas dire que je ne suis pas un vrai génie. Matt
Damon savait faire les calculs, dans ce film, moi je suis
complètement nulle et j'arrive quand même à avoir suffisant. C'est bien moi, le génie rebelle, non ?

Je n'y crois pas. Je n'arrive pas à y croire. Quand je suis rentrée à la maison, il y avait un cadeau pour moi, avec un petit mot. Maman et Ale sont au salon, elles me regardent fixement.

— Mais tu t'y attendais ? Qui te l'a offert ? C'est qui ?

Ale n'en peut plus, évidemment.

— Je ne sais pas encore, je n'ai pas lu le petit mot. Comment je pourrais le savoir ?

J'envisage toutes les possibilités. Gibbo. Gibbo qui s'excuse parce qu'il ne m'a fait qu'un seul exercice du contrôle de maths ? Mmh. Non, ce n'est pas son genre d'avoir de telles attentions. Filo, pour s'excuser du baiser volé ? Non, ça fait trop longtemps. On ne fait pas un cadeau aussi longtemps après ! Alis et Clod ? Non, en ce moment, elles s'attendraient plutôt à ce que ça soit moi qui leur fasse un cadeau… Comme si je devais m'excuser parce que j'ai marqué trop de points, dernièrement. Alors je réfléchis. Je pense à plein de gens différents. Matt qui a quitté sa copine et qui veut me montrer d'autres vues de Rome. Dans la série : j'aimerais bien, mais c'est impossible ! Lorenzo ! Il souffre, parce que l'été est dans trop longtemps. Mais nous ne nous voyons jamais pendant l'année scolaire… À mon avis, il ne sait même pas où j'habite. Soudain, une drôle d'idée. Et si c'était Ricky qui s'est enfin remis de la honte qu'il a eue ce soir-là et qui veut se rattraper ? Non, ça fait trop long-temps, maintenant. Et puis, il aurait à nouveau relevé son store. Enfin, la fulguration, le miracle, une sorte de Jugement… dernier sentimental. Et si Massi avait trouvé mon adresse ? Et si, ce jour-là, en discutant, je lui avais laissé un signe, un indice, un détail, et que lui, après maintes recherches, il m'avait enfin trouvée ? Je prends le paquet et je le soupèse. Je le fais sauter en l'air. Il est très léger. Si c'est la chaussure de Cendrillon, ça doit être une chaussure en liège !

— Alors, tu l'ouvres, oui ou non ?

— Oui, allez, nous sommes trop curieuses.

Même maman s'y met, maintenant.

Je lui souris.

— Mais, si je l'ouvre maintenant, c'est la fin de la surprise.

Elles sont perplexes. C'est vrai, moi je le pense. Tant qu'un cadeau est emballé, tant qu'un petit mot n'est pas ouvert, tout est encore possible. Le vrai bonheur est tout ce qui peut se passer l'instant d'avant ! Là-dedans, il y a Massi, sa déclaration, les lunettes que j'adore ou encore un iPod Touch empaqueté pour que je ne devine pas ce que c'est, ou encore un autre rêve !

Mais je décide tout de même de ne pas les faire languir trop longtemps.

— OK. On va faire comme ça : d'abord, j'ouvre le paquet, et ensuite le petit mot, d'accord ?

Elles n'ont pas d'autre choix que d'être d'accord, évi-demment. Tout ceci est à moi. Comme d'habitude, Ale réussit à être insupportable.

— Allez, ça suffit, dépêche-toi ! Je dois sortir, moi.

Tu n'as qu'à sortir tout de suite, j'ai envie de lui dire. Personne ne te retient ! Qu'elle est lourde… mais je ne le lui dis pas, pour maman. Je déballe le cadeau. Je fais ça vite, et je le prends dans mes mains. Elles se penchent toutes les deux pour mieux voir.

— Qu'est-ce que c'est ?

— Une casquette avec mon nom écrit dessus.

Je la regarde, perplexe. Elle est jolie, rose clair, toute douce, avec un strep derrière et « Caro » écrit devant, en relief.

— Mais qui te l'as envoyée ?

— Bah.

Sérieusement. Je ne vois pas. Rien ne me vient à l'esprit, même pas un nom. Il ne me reste plus qu'à lire le petit mot.

« Salut ! J'aimerais bien te donner des cours de tennis, où tu veux, quand tu veux, avec ou sans cette casquette sur la tête. Un prof à l'entière disposition d'une élève prometteuse. » Et puis c'est signé : « Lele. PS : Si par hasard tu as fumé un narguilé avec quelqu'un d'autre, alors ma proposition tombe à l'eau... Je plaisante ! PPS : Tu en as fumé un avec quelqu'un d'autre, oui ou non ? »

J'éclate de rire. Sympa, la chute du PPS !

— Alors, on peut savoir qui c'est ?

Ale est vraiment impatiente. Maman aussi est sur des chardons ardents, mais elle résiste et ne dit rien.

— Un ami à moi, qui veut m'apprendre à jouer au tennis.

Ale s'en va en haussant les épaules.

— C'est ça, je me demande bien à quoi je m'attendais, moi !

Maman est plus gentille, au moins elle fait semblant d'être curieuse.

— Et toi, qu'est-ce que tu vas faire ?

— Je veux commencer tout de suite, comme ça dès que j'aurai un peu d'entraînement, j'assommerai Ale à coups de balle !

J'ai téléphoné à Lele et je l'ai remercié pour tout, y compris la casquette et les cours de tennis.

— Lele, il va falloir que tu sois patient… Tu sais, je suis nulle. Mais vraiment nulle, hein.

— Je serai très patient. Depuis que je t'ai vue fumer le narguilé et tousser comme tu l'as fait, je sais que nous ne pouvons qu'avoir du succès, avec le reste.

Je n'ai pas compris ce qu'il veut dire, mais je ris pour être polie.

— C'est vrai.

— Alors je passe te prendre lundi prochain, on jouera à 15 heures, c'est la meilleure heure, d'accord ?

— OK, parfait.

Nous raccrochons. Il y a juste un petit problème : je n'ai pas de raquette. D'ailleurs, pour être précise, il y a plusieurs petits problèmes : je n'ai pas de balles, je n'ai pas de tenue de tennis, je n'ai pas de chaussures, de t-shirt, de poignets, de chaussettes, bref, je n'ai rien de rien, et surtout… je n'ai pas un euro ! Mais j'ai une maman… une maman très gentille, qui a tout compris sans que j'aie besoin de lui dire et qui m'a fait une superbe surprise. Elle m'a laissé une enveloppe avec cent euros dedans, et un petit mot très tendre : « Pour ta leçon de tennis. Pour que tout se passe toujours comme tu voudras. Il suffit que tu n'attaques pas Ale à coups de balle. Ta maman qui t'aime très fort. »

La phrase « Il suffit que tu n'attaques pas Ale à coups de balle » m'a bien fait rire. Mais elle m'a émue, aussi. Je vous jure, j'avais les larmes aux yeux, je ne sais pas comment elles ont fait pour ne pas couler. Finalement, tout ça m'a rendue bien triste. Au lieu de me rendre heureuse, ça m'a fait penser que papa n'est jamais gentil avec elle, qu'il ne veut pas comprendre à quel point elle est douce et gentille, tout ce qu'elle fait, et tout ce qu'elle ferait si elle pouvait… et puis, maintenant, le fait que Rusty James soit parti. Je suis sûre que, même si elle ne dit rien, ça la rend très très triste. Les gens ne montrent pas toujours ce qu'ils ressentent. Et maman encore moins. Peut-être parce qu'elle voudrait voir tout le monde heureux. À mon avis, si un sur trois l'est, c'est déjà un miracle. Et puis… le bonheur. On dirait un mot facile, mais je crois qu'en fait c'est un mot très difficile, c'est-à-dire que tout le monde en parle mais personne ne sait vraiment ce que c'est, et surtout où on peut le trouver. J'ai regardé un peu sur Internet et j'ai compris que depuis l'Antiquité, les Grecs, les Romains, les philosophes, les savants, et même les contemporains, tout le monde a tenté de l'expliquer encore et encore. D'autres, bien plus nombreux, ont simplement essayé de l'atteindre. Moi, je suis assez heureuse par moments, et après avoir lu tout ce qu'on a dit, fait et écrit sur le bonheur, je crois que ça dépend en grande partie de nous, aussi. La seule chose qui me semble absurde, c'est que maman dit parfois que je ne travaille pas.

Sortie du collège. Je saute dans la voiture sans permis de Clod.

— Tu es la seule à pouvoir m'aider !

— C'est quoi, encore une de tes missions impossibles ?

— Plus ou moins. J'ai prévenu ma mère que je ne rentrais pas. Allez, envoie un message à tes parents…

— OK.

Elle écrit à toute vitesse sur son LG rose. Elle est trop forte, Clod. C'est l'amie parfaite. Elle ne pose pas de questions. Elle suit. Elle est heureuse d'être avec moi. Alis aussi est un peu comme ça, je dois dire ! Mais pour cette « mission », je préfère Clod. Alis n'en ferait qu'à sa tête. Elle voudrait régler mon problème elle-même, et je me sentirais trop gênée. Déjà, il y a eu l'histoire du portable, et heureusement maman m'a crue. Cette fois, ça serait vraiment impossible.

Clod referme son téléphone et me sourit.

— C'est fait ! Alors ? On va où ?

— Bah, dis-moi, toi. J'ai cent euros et je dois m'habiller de la tête aux pieds pour jouer au tennis.

— Cent euros… au grand minimum, tu me payes deux Big Mac !

— S'il te plaît, Clod, pour aujourd'hui…

Elle se penche de mon côté et ouvre ma portière.

— Allez, ouste, dégage. Je ne peux pas t'aider…

— Et pourquoi pas ?

— Quand je ne mange pas, je ne connecte pas.

— Bon, d'accord. (Je referme ma portière.) Tu trouves toujours une excuse, hein ? Allez, on y va.

Et naturellement nous sommes allées chez McDo.

— C'est plus fort que toi, hein ?

— Mais il y a un menu en promo. Deux Big Mac, une frite et un Coca, seulement dix centimes de plus que deux Big Mac tout seuls ! On ne peut pas rater ça. Si tu veux, je te donne un peu de Coca.

— Merci pour ce sacrifice !

Bon, avec elle, pour ce qui est de manger, c'est perdu d'avance. Et comme je ne veux pas « perdre le match », vu que c'est quand même de tennis qu'il s'agit, je décide de la satisfaire. Et je lui pique quelques frites.

Au bout d'un moment, toujours en mangeant, Clod me dit :

— Tu sais, l'autre jour j'ai envoyé un texto à Aldo.

— Allez. Et qu'est-ce que tu lui as écrit ?

— Rien, un truc comme ça.

— Comme ça comment ? (Je vois bien qu'elle n'a pas trop envie d'en parler.) Pardon, mais d'abord tu m'en parles, après tu ne m'en parles plus.

Elle me sourit.

— Bon, d'accord. Je lui ai écrit que j'aimais bien ses imitations.

— Non ! Je ne te crois pas !

Je mange deux frites. J'ai faim, tout à coup. C'était comment, déjà ? Encore une des phrases de mamie Luci : « Qui va au moulin s'enfarine. » Et aussi : « Qui accompagne le boîteux apprend à boîter. » Mais moi, je dirais plutôt : « Qui accompagne Clod finit par manger ! »

— Pardon, mais tu penses à quoi, là ?

Je m'excuse.

— Non, rien, rien. (Je me concentre sur elle.) Je n'y crois pas, Clod. Tu lui donnes de faux espoirs, à ce type, il va se prendre pour un grand imitateur, il va se convaincre qu'il finira à la télé, qu'il fera des émissions, qu'il jouera au théâtre ! Pourquoi tu ne lui dis pas qu'il te plaît, un point c'est tout ? (Je mange deux autres frites et elle me regarde d'un air inquiet. Je parle tout en mastiquant.) Comme ça, peut-être qu'il laissera tomber cette histoire des imitations. (Je mange une autre frite.) Et puis, s'il veut continuer quand même… (Une autre frite.) … alors c'est que c'est une véritable passion, et dans ce cas-là il faut qu'il continue, mais au moins ça ne sera pas de ta faute ! Parce que, on peut le dire… Aldo n'est pas doué du tout ! (Après cette précision, je mange une autre frite.) Tu es d'accord ?

— Oui, oui, je suis d'accord. (Elle prend toutes les frites et les éloigne de moi.) Surtout, je suis d'accord sur le fait que tu es une coquine, parce que tu m'as tenu tout un discours, tu m'as distraite, et en attendant tu as mangé toutes les frites !

— Mais qu'est-ce que tu racontes ?

Je glisse ma main entre les siennes pour en attraper une autre mais elle est rapide, elle bouge et les recouvre toutes de ses mains. Alors j'essaye de l'autre côté, avec l'autre main, mais elle met ses bras autour. Mais moi j'insiste, j'essaye de libérer les frites prisonnières, je lui écarte les mains.

— Non, allez, non ! (Je lui tire un bras, puis l'autre, et je lui prends une main.) Non, à l'aide !

En même temps, Clod tente d'en attraper quelques-unes de la main droite et de les manger.

— Je vais les faire disparaître !

— Non, donne-les-moi ! (Je la tire plus fort. Elle s'oppose.) Non, j'ai dit non !

Alors je la lâche brusquement. Et elle part en arrière, elle fait une sorte de plongeon, elle tombe du tabouret. Les frites volent, de même que l'assiette et le plateau et tout ce qui reste du Coca. Clod finit sur le carrelage, on entend quelques garçons plus jeunes rire en la montrant du doigt. Deux personnes plus âgées viennent immédiatement l'aider à se relever.

— Vous vous êtes fait mal ?

Clod se relève.

— Non, non, tout va bien…

Elle nettoie son pantalon derrière, sur les fesses, puis sourit d'un air satisfait.

— Heureusement que j'avais déjà mangé les deux Big Mac !

Je la regarde et j'écarte les bras.

— Tu vois ce qui se passe, quand on n'est pas généreux !

Morale. « Certes nous étions jeunes, nous étions arrogants, nous étions ridicules, nous étions excessifs, nous étions irréfléchis, mais nous avions raison. » Abbie Hoffman. Ce qu'il peut avoir raison. Souvent, je trouve les réponses que je n'ai pas dans les citations célèbres. J'aime ça. Celle-ci, je l'ai trouvée sur Internet et je m'en suis souvenue ! Je les écris toujours sur mon agenda ! Et je dirais que ça colle très bien à la situation ! Parce que j'ai eu raison !

— Va lentement, lentement, tourne là, il faut mettre le clignotant, Caro.

Je suis au volant de la voiture de Clod. Elle est assise à côté de moi, elle me donne une leçon. Au cas où j'en aie une un jour. Ça me plairait tellement.

— Voilà, maintenant va tout droit, par là, tout droit, et puis à droite. Mets le clignotant…

En réalité, elle m'a laissé conduire uniquement parce qu'elle s'est fait payer une autre portion de frites et elle se la mange tranquillement, sans attaque possible de ma part. Elle en prend une, se lèche les doigts puis m'indique une place.

— Voilà, gare-toi ici, c'est autorisé.

Je fais un créneau parfait. Je ne sais pas comment elle a fait pour la voir, cette place ! Biiiip ! Une voiture derrière nous klaxonne.

— Le clignotant ! hurle un monsieur qui a au moins trente-cinq ans, stressé par la circulation et la vie.

Je me penche par la fenêtre.

— Je l'avais mis !

— C'est ça ! Il faut le mettre plus tôt !

Il s'éloigne très vite, si bien que nous ne pouvons pas continuer notre aimable conversation.

Clod me regarde et secoue la tête. Je hausse les épaules.

— De toute façon, avec toi, c'est toujours de ma faute !

Je lui pique la dernière frite avant de sauter de la voiture.

Nous marchons, le nez en l'air, époustouflées par la grandeur.

— Comment tu l'as découvert, cet endroit ? C'est génial !

— C'est ma mère qui m'a emmenée là, une fois. On a acheté plein de trucs pour Noël pour toute la famille. Et on a réussi à ne pas dépasser notre budget !

— Super !

Nous avançons en silence. Clod n'a pas de frères et sœurs. Elle a plein de cousins, aussi bien du côté de son père que du côté de sa mère, qui ont eux-mêmes plein de frères et sœurs qui ont tous eu envie de faire plein d'enfants. Bref, aux fêtes d'obligation, son appartement devient un énorme terrain de jeux. Il y a de tout. Du bébé qui vient de naître aux grands, et même tellement grands qu'ils viennent de se marier. Toutes les tranches d'âge sont représentées. La seule chose qui manque, c'est l'argent. Mais ils sont presque tous dans le même cas, alors il n'y a pas trop de jalousies inévitables qu'on voit toujours dans les familles. En plus, le papa de Clod s'occupe de plusieurs appartements et immeubles, dans le sens où il est syndic. Et il dit toujours que s'il gagnait un euro à chaque dispute qu'il entend, il serait million-naire. Mais il en est loin. Chez Clod, c'est très simple. C'est meublé bizarrement, les rideaux sont tous dif-férents et chaque pièce est pleine de couleurs, de fau-teuils étranges, des pièces uniques, peut-être parce que sa maman a une boutique dans le centre où elle vend des meubles en tous genres. Mais Clod ne se plaint pas. Elle a quand même réussi à avoir une voiture d'occasion et elle ne manque jamais de rien. Et puis, ses parents s'entendent bien, je ne les ai jamais entendus se disputer. Je me demande pourquoi Clod mange autant. Peut-être parce que ça lui plaît, tout simplement. Bah…

— Viens, on va au deuxième étage, c'est là qu'il y a le sport.

Nous montons en courant. Je vous jure, c'est un endroit incroyable. Il y a des survêtements accrochés dans tous les coins, pas cent, mais mille, et tous à trois euros ! Et puis des t-shirts de toutes les marques, Nike, Adidas, Tacchini, Puma, tous à deux euros cinquante.

— Regarde celui-là, comment il me va ?

Clod en met un contre elle, il est joli, blanc avec des coutures bleues et rouges sur les manches. Mais à mon avis il est trop court pour elle. Pire, je pense qu'elle ne rentre pas dedans.

— Joli, mais tu en as besoin ?

Elle le repose dans le tas.

— Bah, pour la gym !

Je lui ai raconté toute l'histoire de Lele. Elle a dit qu'il avait été trop mignon de m'envoyer ce paquet.

— Ça se voyait bien, que tu lui plaisais.

— D'accord, Clod, si tu le dis. On va faire comme ça : si j'apprends quelque chose en tennis, ensuite je te donne des cours.

— C'est ça, je demande à voir !

Elle prend un autre t-shirt.

— Et celui-là ?

Il est bleu avec les bords bleu ciel et blancs. Et un peu plus grand.

— Mieux. Je préfère.

Elle regarde le prix, quatre euros. Elle trouve ça trop cher.

— Allez, prends-le, je te l'offre !

En réalité, après le McDo, nous sommes déjà descendues de cent à quatre-vingt-treize euros, moins son t-shirt ça fait quatre-vingt-neuf euros quarante. Désormais, en tant que « génie rebelle », je suis trop forte, je ne peux plus me tromper. Mais bon, cette Clod ! Il fallait qu'elle choisisse le t-shirt le plus cher !

— Et celui-là, il te plaît ?

Je lui montre un t-shirt blanc avec des petites lignes beiges et bleues sur le devant. Clod le regarde, penche la tête.

— Pas mal, mais je crois que ce n'est pas une marque connue. Qu'est-ce qu'il y a écrit, sur la poitrine ?

— IL.

— Connais pas.

Je prends le t-shirt et je regarde l'étiquette derrière.

— Il y a écrit Fila.

— Fila, c'est ça ! Avec ça, tu ne toucheras jamais une balle.

— Mais qu'est-ce que tu racontes ? C'est connu, tu sais.

Je lui montre le mur. Il y a des photos des plus grands joueurs de tennis avec ce t-shirt.

— Nooooon, trop fort !

Clod lit le nom sous une des photos.

— Fila a été portée par… Dmitri Toursounov !

— C'est qui ?

— Je n'en sais rien, le type sur la photo. S'ils l'ont mis, ça doit vouloir dire qu'il est bon.

— Que tu es bête !

— Oui, mais en attendant prends-le, tu verras, tu joueras très bien avec !

— Et celui-là ? C'est Sergio Tacchini !

Nous continuons à piocher dans les grands bacs en fer pleins de t-shirts et de survêtements en tous genres, modernes ou vieillots, mais tous les articles sont neufs, jamais portés, et à des prix incroyables. Des tas de gens d'horizons divers piochent avec nous dans les grands bacs en fer. Des dames grassouillettes, des jeunes garçons tout maigres, un type de couleur, un Asiatique, un petit vieux, une femme de trente ans, une de quarante ans et un couple de vingt ans. Un peu plus loin, il y a les jupettes de tennis, et dans un autre bac les chaussettes, et puis d'autres t-shirts, et puis des étagères avec toutes sortes de chaussures de sport et des centaines de raquettes, de quinze à cent cinquante euros. Les plus chères sont reliées entre elles par une petite chaîne en métal, et si tu en veux une il faut appeler un vendeur ou une vendeuse, comme cette jeune fille qui est occupée à aider un petit grand-père à se trouver un survêtement Adidas.

— J'en veux un noir avec des bandes blanches. Sans autres couleurs, tout simple, comme ceux qu'on faisait autrefois, vous voyez ?

La vendeuse cherche dans le bac.

— Comme ça ?

Elle en sort un. Le petit vieux le regarde, et soulève un peu ses lunettes pour voir mieux.

— Mais il est bleu, celui-là… Vous pensiez que je n'allais pas m'en rendre compte ?

La vendeuse le laisse retomber dans le bac.

— Mais non ! Je voulais dire, comme ce modèle…

— Oui, mais j'en veux un noir. Noir.

Le petit vieux tape du pied par terre et secoue la tête, comme si l'espace d'un instant il avait perdu toute la sagesse de ses années et qu'il était redevenu enfant.

Nous sortons enfin. Alors, de bas en haut : chaussures de tennis, chaussettes, jupette avec en dessous un short Adidas, t-shirt Fila, veste Nike, raquette et deux poignets. Certes, tout n'est pas assorti, il y a plein de couleurs différentes, mais bon, coût de l'opération…

— Tu sais combien ça m'a coûté ?

— Combien ?

— Quatre-vingt-un euros cinquante.

Clod se frotte les mains, toute contente.

— Super ! On a fait des économies. Il nous reste de quoi nous payer deux bons chocolats chauds…

— Clod !

— Mais il fait froid !

— Je sais, mais on pourrait se mettre un peu au régime, non ?

— Justement, c'est pour ça, il fait froid, donc on se dépense !

En parlant de dépenses, en voici une qui nous attend dehors. Nous arrivons à la voiture juste au moment où un contractuel est en train de mettre un PV à la Chatenet. Clod court dans l'espoir d'arriver à temps.

— Non, pardon ! Non, me voici, me voici, je suis là !

— Je vois, mais le PV est arrivé avant !

— Je vous en prie, nous sommes parties juste un instant et nous sommes déjà de retour !

— Qu'est-ce que vous racontez ? J'ai fait toute la rangée, ça fait bien une demi-heure que cette petite voiture est garée ici...

— C'est qu'il y a plein de monde, à l'intérieur...

Clod voit bien que ça ne suffit pas, comme excuse.

— Et puis, mon amie n'arrivait pas à se décider.

Cela n'a pas l'air de suffire.

— Et puis, il y avait la queue à la caisse !

— Excusez-moi, dit le type, mais si c'était si compliqué que ça, ça n'aurait pas été plus simple de payer le stationnement ? Avec deux euros pour deux heures, vous étiez tranquilles. Cela réglait le problème, qui n'en est pas un, d'ailleurs...

— Vous ne pourriez pas le régler, vous, maintenant ? Je vous en prie.

— Je suis désolé mais je ne peux pas. La prochaine fois, réfléchissez-y quand vous vous garerez.

Voilà. Une fois, mamie Luci m'a dit une phrase qui est très à propos maintenant : « C'est trop facile de juger après coup. » Mais je ne la dis pas à Clod, sinon elle va s'énerver encore plus.

— Merci, hein ! (Elle attend que le contractuel s'éloigne.) Qu'est-ce que ça lui coûtait, de me rendre service, ils sont vraiment salauds. Qu'est-ce que ça peut leur faire, à eux. De toute façon... (Elle prend le PV et l'ouvre.) Soixante-treize euros ! Je n'ai pas tout cet argent ! Quand maman va le savoir, elle sera furieuse.

— Je suis désolée, c'est de ma faute.

— Mais non, c'est moi qui t'ai dit de la mettre ici. On ne voit même pas les lignes bleues, qui indiquent que c'est une zone payante.

En fait, on les voit très bien, c'est juste qu'on n'y a pas pensé du tout.

— Allez, on partage…

— Mais non…

— Mais si, tu es venue jusqu'ici pour moi. Allez, tiens, j'ai dix euros. Je t'en dois encore vingt-cinq, ou plutôt vingt-six cinquante, c'est ça ?

Clod prend les dix euros.

— OK, d'accord, quand tu pourras, tu me donneras les vingt-cinq qui restent. Moi, en attendant, je vais faire bon usage de ces dix euros…

— Tu vas les donner à ta mère pour payer le PV ?

— Je lui en donnerai cinq. Le reste, c'est juste ce qu'il faut pour nous payer deux super chocolats chauds avec chantilly chez Ciòccolati. Tu viens ? Allez ! De toute façon, c'est moi qui offre !

Je suis rentrée à la maison. Maman a voulu voir comment m'allaient les affaires que j'avais achetées.

— Mais il n'y avait pas un ensemble, une jupe assortie au t-shirt ?

Elle est assise sur le lit, un peu perplexe.

— Maman, maintenant c'est comme ça qu'on joue au tennis, c'est fini les ensembles. Tu n'as pas vu Nadal ?

— Non, c'est qui ?

— Tu sais, c'est celui qui gagne toujours, il est très fort, et aussi très beau. Voilà, lui par exemple il a un short large bleu et il le porte très bas, avec l'entrejambe là. (Je mets ma main sous mes jambes.) Il est trop canon !

Ma mère fait une tête absurde, trop drôle.

— Et comment il fait pour jouer au tennis sans se casser la figure ?

— Maman, c'est élastique !

— Ah.

— Et puis, il a toujours un t-shirt trop cool.

— C'est-à-dire ?

— Un t-shirt tout ouvert ici, sans manches.

— Et il est canon ?

— Canonissime !

— Si tu le dis. Allez, va te laver les mains, on va passer à table.

— OK.

— Une dernière chose… Ne ramène jamais un type comme Nadal à la maison.

Je ris. Oui, elle pourrait succomber à son charme. Mais ça, je ne le lui dis pas.

Elle sort de la chambre. Je me regarde dans le miroir. Il me va trop bien, cet ensemble… vintage. Je mets ma casquette avec écrit Caro. Puis je la tourne. Je mets la visière derrière. Voilà, comme ça. Puis je tente un coup, mais sans raquette, sinon je risque de casser quelque chose. Ma chambre est trop petite pour un smash. Boum. J'essaye mon coup, convaincue et sûre de moi. Un beau coup droit, rien à dire. À ce moment-là, Ale passe dans le couloir.

— Tu es forte. Mais tu n'as pas honte de sortir habillée comme ça ? Tu te mets au softball ?

— Au tennis.

Et je lui claque la porte au nez. De toute façon, la promesse faite à maman de ne pas l'assommer à coups de balle ne vaut pas !

Je n'ai pas vu la semaine passer. Tranquille. Pas d'interrogation. Le devoir d'italien a très bien marché, tant mieux, même si M. Leone m'a mis une note entre parenthèses sur une feuille : « Attention à ne pas prendre trop confiance en toi, tu t'écartes du sujet. » La dernière fois, il m'avait écrit que j'avais été trop brève. Il n'est jamais content ! C'est vrai, ça ! En plus, le sujet était quand même spécial : *Qu'est-ce que la vraie beauté ?* Comment on peut savoir si on est belle ? Il n'existe pas de bellomètre, que je sache ?!? C'est une question stupide, mais on se la pose toutes. Qui décide si je suis belle ? Les garçons qui me regardent ? Moi, je pense être mignonne… mais jusqu'à quel point ? Les compliments des parents ne comptent pas. Ils ne sont pas vrais. Tous les parents pensent que leurs enfants sont les plus beaux du monde. Papa, par exemple, dit que je suis trop normale. Voilà, tu vois ? Normale. Une comme tant d'autres. Mais je suis moi ! Carolina ! Unique ! Bah. Pourquoi je ne me sens pas comme ça ? Si seulement j'étais comme Alis. Elle est incroyable, trop forte. Elle ressemble un peu à Angela Hayes dans *American Beauty*, un film que Rusty James m'a fait voir en DVD l'an dernier. Elle a seulement les cheveux plus foncés. Alors, bref, comment je peux savoir si je suis belle ? Les amis ? Alis dit que je suis mignonne mais que je pourrais améliorer mon look.

Clod dit qu'elle m'envie parce que j'ai un beau corps mais que de visage je lui plais moins. Bah. Moi, parfois je me trouve mignonne, parfois un vrai cageot. En tout cas, dans ma rédaction, j'ai écrit plein de choses qui me venaient à l'esprit. Je ne crois pas qu'on puisse parler pareil de tous les sujets ! On a plus de choses à dire sur certaines choses qui nous intéressent plus, en revanche il y a des sujets, tu en parles parce que tu es obligé. Mais celui-là, il m'a plu, comme sujet. En revanche, je me souviens d'un devoir que M. Leone nous avait fait faire l'an dernier. L'importance de recycler. Mais qu'est-ce qu'on pouvait bien raconter là-dessus ? Une fois que tu as dit que la nature est en danger à cause de la pollution, que tu as cité Al Gore, que tu as parlé un peu des voitures à hydrogène, tu as épuisé le sujet. Voilà, ce qui serait bien, ça serait de faire un devoir et, quand tu en as un peu marre, pouvoir changer de sujet, alors tu dis d'autres choses et puis, quand tu as fini, rebelote, encore un autre sujet, mais toujours dans le cadre du même devoir. Un peu comme quand on parle, en fait. Dans le fond, l'école sert à arriver préparé dans la société. Et en effet, quand on t'invite quelque part, tu ne parles pas toujours de la même chose, non ? Si c'était le cas, tu deviendrais très ennuyeux et plus personne ne t'inviterait. Bon, voilà, si un jour par hasard je deviens, je ne sais pas, moi, ministre de l'École par exemple, je changerai tout un tas de trucs. Par exemple, je ne mettrais plus de devoirs sur table le lundi matin. Pour commencer ! De toute évidence, il arrive qu'on se couche tard le dimanche soir. Souvent, c'est le seul jour de la semaine où on te laisse aller à une fête, alors quand tu arrives le matin il te faut un peu de temps pour émerger, on ne peut pas te mettre tout de suite un contrôle ou une interro ! Ou bien, quand un prof fait une mauvaise correction sur ta copie, par exemple comme c'était arrivé en maths à Raffaelli, qui avait trouvé une correction qui en fait était fausse, je donnerais au prof qui s'est trompé une sorte de punition constructive. Par exemple, être interrogé tour à tour par tous les élèves de la classe ! Pourquoi pas ? Il leur arrive bien d'inventer des punitions qui n'existent pas, eux. Comme cette fois où on avait chahuté en classe et où la prof de maths nous avait demandé de lui écrire une lettre d'excuses ! Une lettre d'excuses ! On devait s'excuser pour notre comportement et « suggérer des solutions pour que ça ne se reproduise pas ». Du jamais vu ! En tout cas, une fois on m'a proposé d'être déléguée de classe et j'ai refusé catégoriquement. Alis et Clod étaient venues me le suggérer avec trois ou quatre autres filles. Mais aucun garçon. D'accord, les garçons ne s'intéressent pas beaucoup à l'organisation des choses ni aux décisions. Eux, ils chahutent, un point c'est tout. Mais quand quelque chose est décidé et qu'après ils ne sont pas contents, ils se mettent à discuter. Mais quand il est trop tard ! Alors ils se remettent à chahuter. Bref, avec eux, tout est prétexte à chahuter. Mais bon, ça, c'est une autre histoire. En tout cas, moi, rien qu'à l'idée de devoir retourner à l'école l'après-midi de temps en temps, en dehors des cours, cela me rend malade. Pour être déléguée, il faudrait me payer… je ne suis pas folle ! Finalement, c'est Raffaelli qui a été élue, la seule qui voulait vraiment le faire, à mon avis, même si elle faisait semblant de ne pas être plus intéressée que ça. Je crois que c'est parce qu'elle avait peur de ne pas être élue… De toute façon, ça lui va très bien, d'être déléguée. Elle est complètement folle, elle ! En tout cas, je suis rentrée chez moi toute contente.

L'après-midi, gymnastique artistique et aucune imitation de la part d'Aldo. Incroyable ! Aurait-il changé ?

Il a compris qu'il n'est pas doué, qu'il vaut mieux qu'il s'exerce tout seul dans sa chambre, quand personne ne le voit. Non, c'est beaucoup plus simple que ça. Il n'est pas venu parce qu'il était malade. Clod lui a envoyé un texto.

« Je suis désolée. »

Et il lui a répondu : « Moi aussi. »

Serait-ce le début d'une histoire possible ? Bah. Trop peu d'éléments pour pouvoir se faire un avis. Ce qui nous a le plus fait rire, c'est qu'à un moment Aldo lui a envoyé une phrase bizarre, et à la fin vous savez ce qu'il a écrit ? « Devine qui je suis ?!? »

Non, mais vous vous rendez compte ? Une imitation par texto. Et le plus absurde, c'est que Clod lui a répondu : « Pippo Baudo ! »

« Bravo ! Alors c'est que je l'imite bien ! »

J'ai réfléchi, peut-être bien qu'ils vont se mettre ensemble. Si ce n'est pas de l'amour, ça…

Soirée super tranquille. Papa n'est pas rentré dîner, il avait une soirée avec ses collègues. Ale est sortie, elle est allée au ciné avec des amis, alors je me suis retrouvée en tête à tête avec maman. Elle a fait des frites, celles que j'aime tant, et puis de la viande à la sicilienne, c'est une tranche de viande avec de la chapelure dessus, mais qui est cuite au four, pas frite, c'est délicieux, c'est ma viande préférée. Le problème, c'est qu'Ale aussi aime ça, alors chaque fois il faut partager avec elle, et elle mange toujours les plus gros morceaux.

— Mmh, c'est bon, maman, c'est délicieux.

— Mais c'est la même viande que d'habitude.

— Non, elle est meilleure !

Je prends une énorme bouchée et bizarrement elle ne me dit rien, elle me sourit. Et je vous dis la vérité : si je devais choisir une amie parfaite, eh bien je la choisirais elle.

Un peu plus tard, nous nous mettons devant la télé, toujours seules à la maison, comme deux copines qui se font une petite soirée. Nous nous asseyons sur le canapé, les jambes repliées, sous les coussins. Maman est gentille. Nous regardons *Amici*, une émission qu'elle n'aime pas beaucoup.

— C'est parce qu'il y a de belles chansons que cette émission te plaît, c'est ça ?

— C'est aussi que j'adore la présentatrice, Maria de Filippi !

— Moi, je l'aime bien quand elle présente *C'è posta per te*. Quand elle fait se rencontrer des gens qui ne se sont pas vus depuis longtemps, quand elle permet à un couple de se remettre ensemble, ou quand elle fait se rapprocher des parents et leurs enfants. Là, elle me plaît, Maria, je la trouve géniale !

Elle est drôle, maman. Comme si Maria était une autre personne, quand elle change d'émission.

Mon portable sonne. Je le regarde.

— C'est Rusty James !

Maman rit.

— Tu l'appelles encore comme ça ?

— Bien sûr, pour toujours !

Je réponds.

— Salut RJ, comment ça va ? Tu en es où ?

— J'ai bien avancé.

— Alors quand est-ce que je peux venir ?

— Pour terminer ce que tu n'as pas terminé ?

Je ris. En effet, c'est une histoire absurde. Le jour où tout ce qu'il avait commandé chez Ikea est arrivé, il m'a envoyé un texto « Tout est arrivé. Tu viens m'aider ? » Je lui ai répondu OK, alors il est passé me prendre au collège et nous sommes allés chez lui. Vous n'allez pas me croire, mais les meubles Ikea sont hallucinants ! Il y a des feuilles avec des explications très simples pour des meubles très compliqués, tout en encastrements, avec des vis que tu tournes et qui se bloquent, d'autres que tu dois placer de façon très précise pour en bloquer une autre, qui ne doit plus bouger. Bref, il faut être très calé, pour y arriver. Et moi, disons que je ne suis qu'un petit peu calée. J'ai monté une chaise et j'étais épuisée. Je me suis écroulée par terre et quand Rusty m'a vue, il a dit : « OK, j'ai compris, va... », et il m'a lancé mon blouson. « Allez, je te ramène à la maison. »

Je suis rentrée, j'ai mangé, j'ai pris une douche et je suis allée me coucher ! Une première ! J'étais détruite. Quand je pense qu'il restait cinq autres chaises, deux tables de nuit, un lit, trois tables, deux armoires et je ne me rappelle même plus le reste... J'aurais dû me faire hospitaliser !

— Sérieusement, Rusty, tu en es où ?

— Tout est monté. Si je t'avais attendu... il y avait plus de chances qu'Ikea fasse faillite ! Tu es où ?

— À la maison avec maman... (Je regarde maman et je lui souris.) On est juste toutes les deux.

— Bien ! J'avais décidé d'inviter ceux que je trouverais à la maison ! Alors je vous attends dimanche pour le déjeuner, ça vous va ?

Je saute sur le canapé, je me mets debout et je sautille. Maman me regarde, elle me prend pour une folle. Je suis trop contente.

— Qu'y a-t-il ? Que se passe-t-il ?

— Il nous invite ! Maman, c'est un endroit magnifique, génial, trop génial !

Je lui passe le téléphone.

— Salut, comment ça va ?

— Bien, maman, tout va bien...

J'entends Rusty dans le téléphone, sa voix grésille dans le haut-parleur.

Maman avale sa salive. J'espère qu'elle ne va pas se mettre à pleurer. J'arrête de sauter sur le canapé.

— Tu es sûr ? Il n'y a pas de problème… tu as besoin de quelque chose ?

— Non, maman, tout va bien, et puis, je viens de le dire à Caro, je vous invite à déjeuner dimanche chez moi, ça vous va ?

Maman est sur le point de fondre en larmes. Elle met sa main sur son nez, sur sa bouche, comme pour arrêter quelque chose. Peut-être une émotion trop forte.

— Allô, maman, tu es là ?

Maman ferme les yeux. Elle respire longuement, très longuement. Puis elle les ouvre.

— Oui, je suis là…

— Qu'est-ce qui se passe, tu es déjà inquiète de ce que je vais vous faire à manger ? Je n'y ai pas encore réfléchi !

— Quel idiot…

— De toute façon, que des choses simples ! Je ne cuisine pas aussi bien que toi. Je parie que Caro a voulu manger de la viande comme elle aime avec des frites.

Elle éclate de rire.

— Bravo, en plein dans le mille…

Le plus dur est passé. Elle me regarde, je lui souris.

— Alors je vous attends ?

— Nous y serons. Je peux emmener aussi Ale, si elle est libre ?

Je tape des pieds sur le canapé, j'agite les poings. Mais pourquoi ? J'entends rire à l'autre bout du fil.

— Bien sûr, évidemment. Si Caro est d'accord !

Maman me regarde.

— Caro a dit oui.

Maman ment et raccroche.

— Mais ce n'est pas vrai, ce n'est pas vrai. Je ne suis pas d'accord ! Je n'ai pas dit oui !

— Allez, sois gentille, il va être triste si tu n'en parles pas à ta sœur.

Elle m'attrape, me fait retomber sur les coussins du canapé et se bat avec moi.

— Non, maman ! Je ne résiste pas ! Pas les chatouilles ! Je ne peux pas !

J'envoie des coups de pied, je secoue la tête dans tous les sens, je tente de me dégager.

— C'est vrai que tu veux qu'Ale vienne ?

— Oui, oui, stop, stop, je serais très heureuse qu'elle vienne ! Aïe ! Stop !

Maman me lâche.

— OK, c'est comme ça que j'aime ma petite fille.

Je me rassieds sur le canapé.

— D'accord, elle vient, mais si quand on lui en parle elle refuse de venir, pour des raisons qui la regardent, parce qu'elle a autre chose à faire, je jure que dès que je saurai jouer au tennis je lui envoie une balle dans la figure !

Maman éclate de rire et dit seulement :

— Ne jure pas, Caro !

Je me suis toujours demandé comment on mettait les bateaux dans les bouteilles en verre. Ça me fait penser à quand j'essaye de me faire rentrer une règle de géométrie dans la tête. Il y a trop de dimensions pour mon cerveau !

Papi Tom a trois bouteilles comme ça au salon, et chaque fois que je les regarde ça me semble impossible.

— Papi, je sais que tu me l'as déjà expliqué quand j'étais petite, mais je ne me rappelle plus !

— Quoi donc, Carolina ?

— Comment on les met dedans, vu qu'elles sont plus grandes que le goulot de la bouteille ?

Papi se tourne, je suis devant la bibliothèque, une bouteille à la main. Il s'installe plus confortablement sur sa grosse chaise noire, à son bureau. Il cale bien son dos et sourit.

— Un peu, que je te l'ai déjà raconté.

— Mais redis-le-moi, comme ça je comprendrai peut-être quelque chose à la géométrie…

— Quel rapport avec la géométrie ?

— Je t'expliquerai après. Allez, dis-moi !

Je m'assieds par terre, en tailleur.

— D'accord… alors, autrefois les gens avaient peur de prendre la mer parce que ce n'était pas comme aujourd'hui, les embarcations étaient moins sûres, on voyageait pendant des jours sans savoir ce qui allait se passer. Alors, les marins s'en remettaient à la chance et à la prière. Et pour les concrétiser, ils emportaient avec eux des objets porte-bonheur, un peu comme toi quand tu emmènes ce truc en peluche pour tes interrogations.

— Tu veux dire mon ourson, le porte-clés ?

— C'est ça.

— Ça fait des années que je ne m'en sers plus, papi !

— Bravo, ça veut dire que tu as grandi...

Il se moque de moi.

— Mais non ! Il a dû perdre ses pouvoirs... aux dernières interrogations j'avais à peine eu la moyenne.

Il rit.

— À mon avis, tu n'y croyais plus assez. Les marins, eux, devaient vraiment y croire, pour penser qu'un petit saint, qu'une amulette ou qu'une mèche de cheveux pouvaient les protéger contre les tempêtes, les mutineries et les pirates. Mais le problème était de conserver et de protéger ces objets, en particulier ceux qui s'abîmaient facilement, dans un lieu ne craignant pas l'humidité. Ils n'avaient pas de coffres-forts personnels ni de bidons. La seule solution était la bouteille ! Alors, tout doucement, l'objet qu'on a fini par voir le plus souvent dans les bouteilles était justement le symbole de leur vie, le bateau. Et pour le mettre dedans, ils faisaient comme ça. Ils faisaient passer la maquette entière par le goulot, avec les voiles et les mâts pliés, auxquels étaient attachés de longs fils qu'ils tiraient ensuite pour hisser la mâture.

— Ah !

— Et ils les utilisaient comme porte-bonheur, mais aussi comme marchandises d'échange.

— Mais toi, tu en as déjà fait un ?

— Oui, un de ces trois-là ! Le plus grand.

— Noooon ! Et comment tu as fait ?

— D'abord tu construis le bateau dehors, ensuite tu le démontes et tu le reconstruis à l'intérieur avec la méthode des fils.

— Mais ça prend un temps fou !

— Et beaucoup de patience ! Comme souvent dans la vie.

— Papi, on en fait un ?

— Mais puisque tu as dit toi-même que ça prenait un temps fou… Caro, tu t'ennuierais au bout de dix minutes. Et puis, pour ce genre de hobby, il faut de la constance !

— D'accord, mais alors je veux faire quelque chose avec toi, tu es tellement fort ! Qu'est-ce qu'on pourrait faire ?

— Il y a du vent aujourd'hui, pas vrai ?

— Oui, pourquoi ?

— Qu'est-ce que tu dirais de faire un cadeau à mamie ?

— Oui ! Quoi ?

— On va lui faire une girandole qu'elle pourra mettre dans un pot sur la terrasse. Comme ça, chaque fois qu'elle tournera, elle pensera à toi. On lui dira que tu l'as faite toute seule. D'ailleurs, on va en faire plusieurs ! Ça fera comme des éoliennes maison !

— Quelle bonne idée ! Mais comment on va faire ?

— C'est très facile. Va chercher les morceaux de carton colorés qui sont dans mon petit meuble, là-bas.

Je fais ce qu'il dit. J'ouvre la porte et j'en prends un jaune, un vert et un rouge.

— Il faut les recouper, de cette taille environ… comme des carrés.

Il me montre.

— Caro, va dans la cuisine sans te faire voir et prends des pailles. Elles sont dans le tiroir de la petite table en marbre, là où il y a les couverts.

— D'accord !

Je me sens comme quand j'étais petite et que je devais voler quelque chose dans le buffet, mon cœur battait la chamade. Bon, mamie est par là, j'entends des bruits. Elle range quelque chose dans l'armoire. Je trouve les pailles. J'en prends quelques-unes et je reviens tout de suite dans le bureau de papi.

— Maintenant, il nous faut de la colle, des feutres et des crayons, mais j'ai tout ici.

— Tu es une véritable papeterie !

— Regarde, on fait comme ça… (Papi plie le carré en diagonale.) Maintenant, colorie les triangles comme il te plaît.

Je m'installe, comme une petite fille, tandis qu'il coupe d'autres morceaux de carton.

Quand nous avons fini, papi colle les pointes quasiment au centre des carrés, puis coupe des cercles et les colle sur les pointes pour bien les maintenir. Ensuite, il prend des épingles à grosse tête, il fait un trou au centre de la girandole et en glisse une. De l'autre côté, il met une paille, puis bloque le tout avec du Scotch, en faisant attention à laisser un peu d'espace entre la girandole et la paille. Je fais comme lui, et je prépare les trois autres girandoles. En dix minutes, nous avons terminé. Elles sont magnifiques !

Mamie, qui ne nous dérange jamais quand nous sommes dans le bureau, ne sait rien. Papi me fait un clin d'œil puis ouvre la porte.

— Mon amour, tu nous préparerais pas un bon thé ? Carolina et moi en avons bien besoin…

Sa voix arrive de la chambre à coucher.

— Bien sûr…

Alors je prends les girandoles et je sors sur la terrasse, sans faire de bruit. Je les dispose dans les pots de fleurs. Voilà. Elles sont superbes. Un petit vent les fait tourner.

Je me cache dans un coin et j'attends.

Au bout d'un moment, mamie sort, sa tasse de thé vert à la main.

— Vous êtes où ? (Elle regarde autour d'elle. Je l'espionne, cachée derrière les feuilles du jasmin. Je vois son expression changer.) Tom ! Tom !

Papi arrive.

— Oui ?

— Mais il y a des girandoles !

— Des girandoles ?

— Oui, là, c'est toi qui les as mises ?

— Non.

— Mais où est Caro ?

Ils me cherchent, et papi, complice, se prête au jeu. Au bout de quelques minutes, je jaillis de ma cachette.

— Me voici, mamie !

— Mais qu'est-ce que tu fais là ?

— Il te plaît, notre cadeau ?

— Notre ? dit papi. Mais tu as tout fait toute seule !

Puis il regarde mamie Luci, qui sait très bien comment les choses se sont passées.

— Je te le jure… c'est elle qui a tout fait !

— Ne jure pas…

Ils s'embrassent doucement sur les lèvres, et ensuite nous nous installons sur la terrasse pour regarder les girandoles tournoyer dans les pots. Puis le vent tombe, alors elles s'arrêtent, mais une nouvelle rafale arrive, elles repartent. Quand elles tournent à cette vitesse, les couleurs se mélangent pour ne faire plus qu'une. C'est magnifique. Je bois un peu de thé. Papi et moi nous regardons, tout fiers. Je dois dire que ça va vraiment bien chez eux.

Les derniers jours de novembre. Aujourd'hui, à l'école, on parle d'amour. Mais d'amour très malheureux ! Le prof d'italien nous a parlé de deux écrivains, Dino Campana et Sibilla Aleramo. Il a dit qu'il en avait assez que Campana ne soit pas au programme, que c'est un auteur qui n'y est jamais et que c'est dommage. Il a choisi de nous raconter leur histoire à tous les deux. Je la connaissais déjà un peu parce que Rusty m'avait montré le film en DVD. Un beau film, bien qu'assez triste. Tout ce qu'il a écrit pour elle. Mais comment ça se fait que les amours impossibles sont ceux qui rendent le plus créatif ? Pendant que le prof lisait « Nous avons trouvé des roses, c'étaient ses roses, c'étaient mes roses, ce voyage que nous appelions amour », tous les élèves étaient distraits, mais moi j'étais bizarrement attentive. Je trouve qu'autrefois on parlait de l'amour avec plus de passion. On utilisait des mots différents. Et Massi, qu'est-ce qu'il dit de l'amour ? J'espère juste qu'il n'est pas en train de le dire à une autre ! J'étais là d'abord, moi. D'ailleurs, je suis la seule ! En tout cas, c'est sûr, avoir un homme qui te dit des mots comme ça, ça doit être superbe… « Parce que je ne pouvais pas oublier les roses, nous les cherchions ensemble… » Moi non plus je ne peux pas oublier. Et puis, personne ne m'a jamais apporté de roses. L'amour est une fleur que personne ne t'a jamais offerte et dont tu te rappelleras toujours. Je fais de la poésie, moi aussi ! Et puis, grosse surprise. En sortant du collège, je reçois un texto.

« Tu te rappelles qu'aujourd'hui c'est notre premier cours ? Les balles, le terrain et le prof sont prêts, il ne manque plus que toi ! Je passe te prendre ? J'ai réservé le cours à 15 heures. »

Je rentre à la maison comme une fusée… et encore, c'est peu dire ! Je réessaye tout ce que j'ai acheté. Et un énorme dilemme se pose : short ou jupette ? Finalement, j'opte pour rester en survêtement et jouer comme ça. Je m'assieds à table. Maman a réussi à revenir pour nous préparer quelque chose, mais moi naturellement je suis trop nerveuse !

— Qu'est-ce qu'il y a, Caro, tu ne manges pas ?

Je n'ai pas le temps de répondre. Ale s'en charge, la bouche pleine.

— Non ! Aujourd'hui elle a softball.

Maman me regarde, étonnée.

— Tu n'avais pas dit que tu allais jouer au tennis ?

— Si. C'est elle qui fait l'idiote… On a sonné ! J'y vais !

Je cours à l'interphone.

— Salut… c'est le prof qui vient chercher son élève préférée !

— J'arrive…(Je cours dans ma chambre prendre ma raquette.) Maman, j'y vais.

— Ne rentre pas trop tard !

— Non !

Ale arrête un instant de manger.

— Bon softball !

— Trop sympa.

J'appelle l'ascenseur mais je suis trop agitée. Je ne tiens pas en place, je ne peux pas attendre. Juste à ce moment-là sort M. Marco, celui qui travaille à la télé.

— Je vous ai appelé l'ascenseur, prenez-le.

— Merci.

— Oui, cette fois c'est moi qui suis au régime !

Je pars en courant. Il secoue la tête. Je souris et continue à descendre à toute vitesse, sans lui donner trop d'importance. Je sors de l'immeuble.

— Me voici !

Lele se penche de mon côté pour m'ouvrir la portière. Je monte dans la Smart. Lele démarre pendant que je mets ma ceinture.

— Tu sais, j'ai beau être ton élève préférée, je suis peut-être la pire, aussi !

— Peut-être, mais en tout cas tu es celle que je préfère !

Pourquoi il me dit ça ? C'est gentil, mais il l'a dit sur un drôle de ton… Il fait allusion à quelque chose ? Ou alors peut-être pas… Je n'ai pas compris. Lele me regarde, me sourit.

— Tu es ma seule élève !

Compte rendu du tennis.

Alors, vous voyez ce que c'est, une joueuse de softball ? Ces filles qui attendent la balle, immobiles, puis qui la frappent avec une force incroyable, au point de l'envoyer hors du terrain ? Et ensuite, qui courent tout doucement, de base en base, en levant les bras, tranquilles, justement parce qu'elles ont envoyé la balle très loin ? Voilà, c'était à ça que je ressemblais. Simplement, quand tu fais ça au softball, tu es un champion, mais quand tu fais ça au tennis, tu es une nullité ! Au diable, Ale ! Elle avait raison. Chaque balle qui m'arrivait, je la frappais et elle finissait de l'autre côté. Pas du côté de l'adversaire, non, sur le terrain d'à côté. Au lieu de jouer au tennis, j'ai joué à m'excuser.

— Excusez-moi, je me suis trompée.

— En effet !

Deux types sympathiques, nos voisins de court.

Lele, lui, continuait à prendre les balles dans le panier et à me les envoyer toujours au même endroit, toujours à la même vitesse, toujours au même rythme. Une machine de guerre… patiente.

— Plie les genoux, regarde la balle, frappe vers l'avant… bravo !

— Oh, le prof, arrête de raconter des conneries à ton élève !

Encore plus sympas, nos voisins.

Finalement, ça a quand même été un après-midi amusant. Après le cours, nous avons pris un verre au bar. Un bon Powerade, qui te remet d'aplomb, même si je n'ai pas tellement couru, à part pour ramasser les balles. Mais j'ai quand même un peu transpiré, et ça c'est bien. Et puis, avec mon survêtement, j'ai quand même fait une certaine impression. À la fin, nos deux voisins de court sont repassés nous voir.

— Faites-nous savoir quand vous rejouez… on viendra avec un parapluie !

Lele a éclaté de rire, puis s'est adressé à moi :

— Bon, peut-être que la prochaine fois, on prendra le court du fond.

— OK, volontiers…

J'ai souri en buvant ma dernière gorgée de Powerade. Très polie. Très gentille. Très *tennis woman*. Mais avec une seule question dans la tête : il est si patient que ça, ce Lele ? Et donc… il y aura vraiment une prochaine fois ? Bien. Maintenant que je suis une vraie *tennis woman*, je pourrai avoir un peu plus confiance en moi. Je tenterai la jupette… Je souris à cette idée. Si je me doutais de ce qui allait se passer !

Dimanche.

— Allez, prends celle-là, elle est jolie !

— Laquelle ?

— Celle-là, avec toutes les fleurs.

— OK.

Je descends de voiture.

— Vous me donnez cette plante ?

— Celle-ci ?

— Oui, merci.

Maman m'attend dans la voiture. Je me tourne vers elle.

— Je prends aussi une petite carte ? Comme ça on lui écrit un mot gentil.

— D'accord.

Le fleuriste emballe la plante de Cellophane et me la tend.

— Vingt euros, s'il vous plaît.

Je paie et je remonte dans la voiture.

— Alors, je vais où ?

— Toujours tout droit, suis les berges du Tibre.

— Mais c'est près ?

— Tout près !

Maman conduit tranquillement.

— Si tu le dis !

— J'y suis déjà allée !

J'ai même monté une chaise, j'ai envie d'ajouter, mais ça me semble un peu réducteur.

— Je lui ai même donné un coup de main pour monter ses meubles.

— Ah…

C'est mieux comme ça. J'ai cette plante entre les jambes, un bleuet, qui sent très fort et qui de temps à autre me vient dans la figure et me pique un peu le nez, alors je bouge à droite et à gauche pour ne pas finir au milieu des feuilles. Mais ça me gêne beaucoup moins qu'Ale qui, comme je l'imaginais, n'a pas pu venir.

— Maman, qu'est-ce qu'on lui écrit ?

— Je ne sais pas… c'est toi, l'écrivain ! Avec tout ce que tu notes dans ton journal !

Ça me fait penser qu'hier matin Alis m'a fait lire une phrase géniale, qu'elle avait trouvée sur Internet : « L'amour est quand la fille se met du parfum, le garçon de l'après-rasage, et qu'ils sortent ensemble pour se renifler. Martina, 5 ans. » Trop fort. Trop vrai. Il faudrait quelque chose d'aussi drôle que ça.

— Mais non, ce que j'écris dans mon journal me sert à me rappeler ce que j'ai fait… L'écrivain, c'est plutôt lui !

— Espérons !

Maman fait une drôle de grimace. Elle est inquiète. Mais elle décide de ne pas y penser.

— Je vais tout droit ?

— Oui, toujours tout droit, nous y sommes presque. Ça y est, j'ai une idée, tu es prête ?

Maman me sourit.

— Bien sûr. Dis voir.

— « Pour que tout ce que tu souhaites puisse éclore… »

Je la regarde, interrogative. En fait, cette phrase convient moins à un écrivain qu'à un fleuriste. Je réponds moi-même.

— Non, c'est crétin.

Je continue à réfléchir. Voilà.

— « Pour ta nouvelle maison… »

Non ! En plus, c'est une péniche, même si ça maman ne le sait pas encore. Ah, ça y est, je pense à une autre phrase.

— « Pour toi, avec tout notre amour. »

Maman est toute contente.

— Ça, ça me plaît !

Je change d'avis.

— Oui, mais ça fait trop première communion.

— C'est-à-dire ?

— C'est triste.

— Mais qu'est-ce que tu racontes ?

— Ce n'est pas joyeux. Non, non, ça ne va pas.

Je propose plein d'autres phrases dont je ne sais même pas comment elles me viennent à l'esprit. À un moment, je sors même un « Pour un futur céleste… », parce que les fleurs de la plante sont de cette couleur ! Finalement, je trouve quelque chose qui nous convient à toutes les deux.

— Tourne, tourne ici !

J'étais distraite, je le lui ai dit au dernier moment. Maman s'exécute, braque pour tourner et descend vers le fleuve. La voiture glisse un peu, on doit nous prendre pour des folles.

— Mais nous allons vers le fleuve.

— Eh oui…

Je n'en dis pas plus. Elle fait encore quelques mètres.

— Voilà, nous y sommes !

Maman reste bouche bée.

— Mais c'est une péniche !

— Elle est belle, n'est-ce pas ?

Je glisse ma main entre celles de maman, sur le volant, pour sonner le Klaxon. Puis je descends de voiture, la plante dans les bras.

— Rusty… nous sommes arrivées !

RJ sort de la péniche en souriant et court sur la passerelle.

— Voici mes femmes préférées !

Il me prend dans ses bras et me fait faire un petit tour, me penchant au-dessus du fleuve, la plante toujours dans les bras.

— Au secours !

Mais dans ses bras je n'ai pas peur. Puis il me pose en me laissant retomber sur les planches de bois après la passerelle, et il court chercher maman.

— Viens… viens, je vais te montrer.

— Mais ce n'est pas dangereux ? Il n'y a pas de rats ?

— Mais non ! Regarde ce que j'ai fait…

Il lui montre, par terre, plusieurs assiettes d'anchois, le long de la route.

— J'ai des chats de garde… Les seuls mickey mouse que tu verras ici, ce sont mes bandes dessinées. Venez, venez, je vais tout vous montrer.

Il entre et nous fait visiter la péniche.

— Alors, ici c'est la cuisine, là il y a le salon, et là-bas la chambre à coucher.

Nous le suivons, enthousiastes. Je n'en crois pas mes yeux. Il l'a vraiment transformée, on dirait un autre endroit. Des rideaux bleus, bleu ciel et blancs, des tables claires de chez Ikea, parfaitement montées.

— Voilà, tous les meubles, c'est Caro qui m'a aidé à les monter…

Maman me regarde d'un air satisfait.

— Ce n'est pas vrai, j'ai juste donné un petit coup de main.

— Non, elle en a beaucoup fait. D'ailleurs, regarde ça.

Il nous emmène dans une petite chambre toute claire, qui donne sur le fleuve, avec une magnifique baie vitrée et une grande table où est posé son ordinateur, que j'aime tant… parce qu'il est beaucoup plus rapide que le mien !

— Voici ta chambre, Caro. Tu viens travailler quand tu veux. Bientôt, j'aurai l'ADSL, comme ça tu pourras rester en contact avec Alis, Clod et tous tes amis de MSN…

— Non ! Incroyable, tu m'as même mis une photo de Johnny Depp ! Elle est géniale, cette chambre !

En plus, elle est bien plus grande que la mienne. Mais ça, je ne le dis pas.

— Maman, je pourrai venir y travailler, de temps en temps ?

— Bien sûr, à condition que tu travailles. À mon avis, il y a trop de distractions, ici.

Rusty me prend dans ses bras.

— Mais non. Ici c'est calme, tranquille, personne ne crie ni ne fait de bruit. C'est beaucoup plus tranquille qu'à la maison.

Maman et lui se regardent. Ils ne disent rien. Puis Rusty voit la plante et fait semblant de ne s'en rendre compte que maintenant.

— Oh, la belle plante que vous m'avez apportée ! Un bleuet.

Il s'approche et prend le petit mot.

— « Pour notre écrivain, pour que tu sois heureux ! »

Rusty sourit. Il remet le mot dans l'enveloppe et la glisse dans la poche de son blouson.

— Je le suis, maintenant que vous êtes là, je le suis. Allez, à table !

Je vous assure, ce fut un après-midi magnifique. Rusty James avait préparé la table dans le salon, près de la grande fenêtre, celle où entre le soleil. Parce que, aujourd'hui, bien qu'on soit déjà fin novembre, il y avait un soleil splendide.

Salade de riz, et avant petits hors-d'œuvre comme je les aime, des petites mozzarellas, des petites saucisses, des olives, des tomates cerise, des petits poivrons farcis au thon et aux câpres. Bref, tout était petit.

— Ça, c'est une spécialité, je l'ai achetée spécialement pour vous... des petites tommes aux herbes.

Je ne connaissais pas, maman non plus. Mais nous avons goûté et ça nous a plu. Un fromage doux, pas trop gras, pas trop fort, avec plein d'herbes dessus. Et puis un vin mousseux bien frais, glacé. Boum ! J'aime bien quand les bouchons sautent, libres comme l'air. Rusty a ouvert la bouteille en la dirigeant vers la fenêtre ouverte, vers le fleuve. Le bouchon a fait un long vol et puis... plouf ! Il a atterri au milieu du Tibre, il est allé sous l'eau et il est remonté immédiatement à la surface. Nous l'avons regardé s'éloigner, libre, dans le courant, vers qui sait quelle direction.

— Maman, je peux en boire, moi aussi ?

— Pour aujourd'hui...

— Oui, bien sûr.

Alors j'en bois, tout en goûtant à cette belle salade.

— C'est quoi, ça ?

Rusty sourit.

— Des feuilles d'épinard.

— Aussi grandes que ça ?

— Oui, aussi grandes.

Maman les coupe au couteau.

— Mmh, elles sont bonnes, tu as mis des poires et du parmesan.

Elle bouge les feuilles et arrive au fond.

— Et des pignons, et des raisins secs !

— Oui, et je l'ai assaisonnée au vinaigre balsamique.

— Ah, c'est ça, ce petit goût piquant.

— Ça ne pique pas !

— Tu dis toujours que tout pique, toi !

Nous rions. Je me sens comme à la maison, ou plutôt une nouvelle maison, plus tranquille. C'est vrai, il n'y a pas de bruit. On est vraiment bien ici. Nous mangeons en silence. Rusty a une petite chaîne hi-fi au salon. À un moment, il se lève et met un CD. Coldplay. *X&Y*. Magnifique, je n'ai entendu cet album qu'une fois mais il m'a tout de suite plu. Peut-être parce que dans une des chansons il y a une phrase qui dit : « *You don't have to be alone, You don't have to be... all alone at home...* »

Puis il va à la cuisine et revient très vite, un petit gâteau au chocolat à la main, celui que j'aime tant. Et une bougie au centre !

— On fête quoi ?

— On fête un bon non-anniversaire.

Il sait que j'adore Alice au pays des merveilles.

— Mais non, je plaisante, c'est parce que vous êtes mes premières invitées ici.

Je ne sais pas si c'est vrai, mais ça me fait plaisir de le penser. Nous soufflons tous les trois la bougie. Puis maman coupe le gâteau, elle fait trois parts identiques, un de ces rares cas où chacun en veut pareil, pas un morceau de plus ni de moins.

Puis Rusty fait un café et ils le boivent, pas moi, et on se met dehors sur des chaises longues pour prendre le soleil, les pieds sur le parapet.

Ma chaise est la plus proche du parapet, parce que je suis la plus petite. Mais je ferme les yeux et je me sens bien, je me suis rarement sentie aussi bien. Bon, c'est sûr, j'aimerais bien que Massi soit assis sur une autre chaise, à côté. Mais peut-être qu'aujourd'hui il n'aurait même pas sa place.

Rusty James nous regarde, l'air satisfait.

— On est bien, ici, hein ?

Maman lui serre la main.

— Oui…

Au moins, on est tous d'accord là-dessus.

Soudain, on entend un bruit bizarre. Tchaff… tchafff… Puis des gens qui soufflent. Un canoë sort du virage, quelques mètres devant nous. Deux garçons pagaient en rythme.

— Ciaooo !

Je leur fais un signe de la main et eux, sans cesser de pagayer, ils me sourient. L'un d'eux lève le menton, comme pour nous saluer, mais ensuite ils disparaissent aussi vite qu'ils sont arrivés, en suivant le sillage du courant du Tibre.

Alors je me rallonge sur ma chaise longue et je ferme les yeux. Oui, on est vraiment bien, et je peux le dire : c'est le plus bel après-midi de novembre.

Dario, le papa de Carolina

Je suis le père de Carolina. Je m'appelle Dario. J'ai quarante-huit ans, j'ai fait l'université et je travaille à l'hôpital. Ce que je ne supporte pas, ce sont les discours inutiles. Et le fait que les gens ne s'engagent jamais vraiment dans les choses qui servent. Les choses concrètes. Ce qui fait depuis toujours avancer le monde. Tu travailles depuis des années, tu t'es toujours beaucoup battu pour plein de choses et très peu pour toi. Tu penses avoir fait ton devoir, t'être sacrifié, mais finalement tu ne retrouves pas tes billes. Ça commence par la famille : ce que tu prêtes, on ne te le rend jamais. Et ça continue comme ça jusqu'à ta mort. La vie. Tout le monde demande, personne ne donne. Tout le monde vole et s'en accommode très bien. Et toi, quand tu essayes d'être honnête, tu en es toujours de ta poche. Même à la maison. Où je ne peux jamais être tranquille. Une fois, je voudrais rentrer et que tout soit fait, que tout aille bien. Je voudrais voir mon fils Giovanni étudier des livres sérieux pour ses examens, au lieu de perdre son temps avec toutes ces bêtises de rêves et d'envie d'écrire. De toute façon, il n'y arrivera pas. Ce monde n'est pas fait pour les rêveurs. Avec un diplôme de médecine en poche, au moins, il pourrait faire quelque chose. Avec ce que coûte la vie. Au moins, il pourrait s'acheter une maison, et ici on aurait un peu plus d'espace. Parce que, personne n'y pense jamais,

mais on est un peu à l'étroit. Et quand on élève son fils jusqu'à vingt ans, on aimerait bien qu'il nous apporte quelques satisfactions, non ? J'espère qu'Alessandra me décevra moins. Elle n'est pas très bonne à l'école, mais elle réussira bien à avoir son bac, et elle pourra être secrétaire juridique ou commerciale. Je l'y verrais bien. De toute façon, elle, l'université, elle s'en fiche. J'aimerais bien, aussi, qu'elle s'habille un peu mieux. Elle est belle, mais parfois elle s'affiche trop. Elle dit que c'est la mode d'aujourd'hui. Moi ça ne me plaît pas, et surtout je n'aime pas que les gens fassent des commentaires. J'essaye de lui faire passer le message, mais sur ce sujet il n'y a rien à faire. C'est sa mère qui la laisse toujours faire ce qu'elle veut. Carolina, je n'arrive pas bien à la comprendre. Plus elle grandit, plus je trouve qu'elle ressemble à Giovanni. C'est bien ce qui m'inquiète. Quand je me dispute avec mon fils, elle se met de son côté, et ma femme aussi. Ça n'est pas comme ça qu'on fait, les parents devraient avoir une ligne de conduite commune, ne pas se contredire devant les enfants. C'est normal, de cette manière, qu'ils grandissent comme ça. Je voudrais que Carolina soit un peu plus à la maison, elle n'a que quatorze ans. Ensuite, on se plaint que les choses aillent mal et on entend ces histoires à la télé. Il faut de la discipline. Et un père qui passe ses journées à travailler pour ramener de l'argent à la maison voudrait que sa femme contrôle un peu plus les choses, non ? Sinon, à quoi elle sert ? À quoi servent les familles ? Et puis, vraiment, mes enfants tiennent trop de discours inutiles. Ils fréquentent trop de gens à qui tout est toujours tombé tout cuit dans le bec et qui ne connaissent pas l'effort. Les rêves et l'amour. Pourquoi pas ? Mais d'abord, il faut de l'argent ! Avec de l'argent, tu peux être sûr de réaliser tes rêves et de trouver facilement l'amour. Mais on ne gagne pas d'argent avec du travail humble, comme le mien ou celui de ma femme, et encore moins en écrivant des livres. C'est donc si compliqué que ça à comprendre, pour mes enfants ? Quand je leur dis d'avoir plus les pieds sur terre, ils ne voient pas que je le fais pour leur bien, pas pour les faire souffrir ? Apparemment, personne ne le comprend, ils passent leur temps à me faire enrager et crier. Personne n'est jamais de mon côté, sauf parfois Alessandra, mais c'est seulement pour que je la laisse faire certaines choses. Je voudrais que ma femme me soutienne un peu plus. Le soir, nous ne nous couchons pas à la même heure, elle va au lit plus tôt et quand j'arrive elle dort déjà. Je ne sais pas si nous nous aimons ou si nous sommes ensemble par habitude… Elle se laisse aller, elle ne fait plus beaucoup attention à elle. J'aimerais bien, un soir, la trouver un peu apprêtée, coiffée et maquillée, plutôt que son visage tout pâle et toujours les mêmes vêtements. De toute façon, à mon avis l'amour dans les couples dure au maximum un an. Ensuite, si tout va bien, on s'estime et on se veut du bien. L'amour, c'est un truc de cinéma ou de livres.

Décembre

Trois choses que je déteste : ne pas tenir une promesse, les problèmes de géométrie dans l'espace, les cheveux quand ils n'en font qu'à leur tête.
Trois choses que j'aime : les cartes de Noël faites à la main, les cadeaux qu'on met le 24 au soir dans la boîte aux lettres, le 31 décembre.
Trois choses à manger que j'adore : le riz cantonais, le chocolat, les frites de maman.
Trois choses de ma chambre que j'aime : les poupées, les coussins sur le lit, toutes les photos sur le bureau.
Trois choses de ma chambre que je voudrais changer : la petite armoire, le vieux tapis avec les cercles, le fond d'un tiroir cassé de la commode.

Décembre a été un mois encore plus incroyable. J'ai découvert quelque chose que je n'aurais jamais imaginé, même si j'en avais entendu parler et j'avais essayé de comprendre ce que ça voulait dire. Mais je pensais que c'était exagéré. En fait, ça me semblait impossible. La fin d'un amour.

Mais d'abord, je vais vous raconter la bonne note que j'ai eue en italien. J'ai écouté *Parlo con te*, de Giorgia. Le silence. Tout ce vide qu'il y a parfois. Ce que ça peut être vrai. Combien de mots je dis aux gens sans jamais les dire.

Peut-être parce qu'on est en décembre. Parce que les journées courtes me rendent un peu mélancolique. Parce que demain j'ai un contrôle d'anglais et que je dois finir la recherche pour le cours d'arts plastiques et que je n'ai pas envie. Peut-être, mais quand j'écoute cette chanson je la trouve très juste. Délicate, mienne. Peut-être parce que, comme je vous disais, ce matin on m'a rendu mon devoir d'italien. « Bien + ». Je n'ai jamais compris ce que voulait dire ce plus. Complètement bien ? Vraiment bien ? Bah. Quoi qu'il en soit, rien que le sujet m'avait fait sourire et m'avait mise de bonne humeur : *Décris-toi à tes parents. Ce qu'ils ne savent pas, ce que tu voudrais leur dire et ce que tu n'auras jamais le courage de leur dire.*

Un mot. Bien sûr, il faut toujours mentir un peu. Mais j'ai quand même relevé le défi, même si je pense que les profs donnent ce genre de sujets parce qu'ils sont pires que les services secrets. En tout cas, j'ai fini par écrire quelque chose, et j'ai gardé le brouillon.

« Chers papa et maman, je m'appelle Carolina, mais ça vous le savez déjà parce que c'est vous qui avez choisi ce prénom. Mes amis m'appellent Caro. Pour me décrire, je dirais que les chansons *Fango*, de Jovanotti, et *Parlo con te*, de Giorgia, fonctionnent assez bien. On dit que je suis mignonne. Vous le dites aussi, mais je ne vous crois pas. Le truc bizarre, c'est que quand je me regarde dans la glace et quand je vous regarde, je ne trouve pas que nous nous ressemblions beaucoup, mais la prof de sciences, qui est la même que la prof de maths, dit que c'est normal : c'est la génétique. J'aimerais bien changer plein de choses chez moi, par exemple la taille. Mais je ne suis pas sûre.

« Je lis plein de livres, même ceux auxquels je ne comprends pas tout, parce qu'ils traitent de sujets compliqués. Mais moi j'essaye quand même. Ce sont les livres de la bibliothèque de Giovanni, mon frère, dit Rusty James. J'aime beaucoup la musique et j'aimerais bien devenir DJ mais je n'ose pas. J'ai deux meilleures amies, Alis et Clod, qui s'appellent en fait Alice et Claudia, mais je préfère Alis et Clod. Comme vous savez, je suis en troisième, et je travaille… ça dépend, ni très bien ni très mal, j'ai des pics, comme dit M. Leone, c'est-à-dire des résultats inattendus qui influencent mes moyennes. J'ai beaucoup de rêves mais je n'ai pas encore le courage de les réaliser. C'est-à-dire, j'y crois, mais j'ai encore peur. J'aimerais bien qu'on déjeune tous ensemble avec la télé éteinte, mais ça n'arrive jamais. Je m'entends bien avec mon frère et ma sœur, plus avec mon frère qu'avec ma sœur. J'aime les couchers de soleil parce qu'ils signifient que j'ai passé une autre journée, et pourquoi pas une belle journée. J'aime la mer parce qu'il y a de l'eau et l'eau est douce et devient ce que tu veux. J'aime l'école, même s'il y a toujours des devoirs à faire et des interrogations. J'essaye toujours de faire de mon mieux. Quand je passe au tableau, j'ai honte, je rougis un peu, mais je parle beaucoup et je finis par m'en sortir. Parfois les gens ne comprennent pas que je fais ça justement parce que je suis timide, même si on ne dirait pas, parce que je suis très bavarde. À toi, papa, je voudrais te dire de m'écouter un peu plus, parfois les autres peuvent avoir raison, ne sois pas tant sur la défensive, la vie est belle, profites-en. À toi, maman, je te dis que tu es fantastique, si douce, il faudrait plus de gens comme toi. À ma sœur, je voudrais dire d'être un peu moins superficielle, tandis qu'à mon frère, je lui dis qu'il est mythique. Il est mon modèle, je l'adore parce qu'il respecte toujours ses propres choix, avec courage, et je crois qu'il ira loin. C'est peut-être la personne de la famille à qui je ressemble le plus. Tandis qu'Ale est comme papa… Et maman, après nous avoir mis au monde, elle s'est partagée, pour que personne ne se dispute. Quelles sont les choses que je n'aurai jamais le courage de dire à mes parents ? Si je les disais ici, je risquerais d'être hors sujet ! Ou plutôt, j'aurais l'impression de n'avoir vraiment pas eu le courage de leur dire directement à eux, vous ne trouvez pas ça juste, comme raisonnement, monsieur ? Bon, à part ça, j'ai un caractère joyeux, je suis un peu maladroite mais on dit que ça contribue à me rendre sympathique. Et surtout, je suis très directe, ce qui est parfois un bien et parfois un mal. Dans le cas présent, je peux le dire sans problème, j'ai beaucoup aimé cette rédaction. »

Et j'ai conclu par quelques citations ! Trois pages et demie ! Et aussi des réflexions sur le courage de parler pour de bon à mes parents, de sortir du sujet et de s'adresser directement au prof. Je pense que tout ceci a contribué à la note ! Bref, ça a très bien marché et j'en suis super contente. Mais ce qui a vraiment donné du sens à tout ça est que décembre a été la fin d'un amour. Procédons par ordre.

J'ai fait des progrès en tennis. Ça, c'est sans aucun doute une nouvelle importante. Ale ne s'est plus moquée de moi, et pourtant elle m'a vue sortir quatre ou cinq fois habillée – comme elle disait au début – en joueuse de softball. À mon avis, elle a compris qu'elle risquait de se prendre quelques balles. J'ai déjà bien étudié la position : elle arrivera au croisement où elle s'arrête en général avec son scooter, et moi, à environ cinq mètres, je viserai parfaitement, sur l'épaule ou sur le casque, ou bien, si je fais vraiment des progrès, en plein dans le ventre. Dans tous les cas, ça va faire mal. Pour elle. J'y ai bien réfléchi. Je lui ferai un lift ou un slice. Vous voyez : j'ai même appris le vocabulaire. Oui, parce que Lele est vraiment un prof patient. Même les voisins de court de la première fois, quand ils m'ont revue, ont dit : « Eh, tu as fait des progrès ! Tu arrives même à passer le filet ! »

Blague à part, je pense qu'ils ont bien remarqué que je m'étais améliorée. Sérieusement, je ne le dis pas pour me donner des airs. J'ai fait des progrès.

Mais ensuite, le 7 décembre, notre relation a complètement changé, et pas seulement du point de vue tennistique.

— On fait quoi ? Tu prends une douche rapide et on va manger quelque chose ?

— D'accord, bonne idée.

Je monte et je demande la permission à maman. Bizarrement, je la convaincs tout de suite. Bon, en réalité j'ai dit qu'il y avait une espèce de super fête avec toute la classe dans une pizzeria pour l'anniversaire de Giacomini.

Avant de sortir, je le note dans mon agenda, je ne voudrais pas qu'ensuite la même personne ait deux anniversaires. Maman n'a pas bonne mémoire mais pour certaines choses, je ne sais pas comment elle fait, soit elle le sent soit elle s'en souvient vraiment. Ou bien, ce qui est plus probable, elle comprend très vite quand je lui mens. Une fois, avec Clod, nous avons pensé que ça serait bien qu'il existe des « cours de mensonges ». Dans notre école, il y a un cours de théâtre, l'après-midi, et j'ai vu des gens s'améliorer, c'est-à-dire être meilleurs dans le spectacle de fin d'année que les années précédentes. Mais un cours de mensonges, ça servirait un peu à tout le monde. Tout le monde est obligé de mentir de temps en temps, ne serait-ce que pour ne pas faire souffrir quelqu'un, ou pour ne pas décevoir, ou tout simplement pour ne pas faire savoir quelque chose sur quelqu'un d'autre. Et quand on n'est pas préparé, on rougit immédiatement, et c'est vraiment gênant ! Par exemple, quand ça m'arrive, moi je le sens tout de suite, et je me rends compte que la personne en face de moi s'en aperçoit, alors je rougis encore plus ! Bref, c'est un piège qui n'en finit plus…

Avec Clod, nous avons pensé qu'Alis serait la prof parfaite. Elle arrive à dire des mensonges d'une manière, mais d'une manière… unique ! Avec froideur, tranquillité, en souriant… On dirait Hilary Duff, non pas qu'elle dise beaucoup de mensonges, encore que je n'en sache rien, mais parce qu'elle joue bien et qu'elle est trop sympathique, et donc imaginer Alis comme elle, ça me donne l'impression que c'est à la hauteur de ses capacités.

Je me rappelle, un jour qu'on était chez elle. On dansait et on sautait sur son lit, qui évidemment est très grand, elle est la seule à avoir un lit à deux places à quatorze ans ! Télé allumée, le son à fond. MTV. Clip des Finley, *Questo sono io*. Elle les imitait parfaitement ! J'adore quand on fait ça, toutes les trois ! En plus, Alis, toujours elle, fumait, et elle voulait nous faire essayer, à nous aussi, mais on n'avait pas du tout envie.

— Allez, essayez.

— Mais on n'a pas envie.

— Mais c'est cool.

Elle s'arrête d'un coup.

— Chut… taisez-vous !

— Qu'est-ce qu'il y a, Alis, qu'est-ce qui se passe ?

— L'ascenseur… ça doit être ma mère.

Elle ouvre la fenêtre, jette la cigarette, prend un chewing-gum et le mâche à toute allure. Ensuite elle se lèche les lèvres et le jette dans la poubelle. Juste à temps.

— Alice ? Alice, tu es là ?

— Oui, maman, je suis dans ma chambre.

Sa mère arrive.

— Salut… ah, tu es avec tes amies ?

— Bonsoir, madame.

Grazia, la mère d'Alis, regarde autour d'elle et renifle l'air.

— Vous étiez en train de fumer ?

Alis la regarde et laisse tomber les bras.

— Oui, maman… (Sa mère est étonnée, et Alis change immédiatement d'expression.) Mais tu penses bien que je plaisantais ! Giorgio est passé tout à l'heure, il s'est allumé une cigarette.

— Mais…

— En effet, je lui ai dit que tu ne voulais pas, et j'ai ouvert la fenêtre… Pardon, maman.

Elle lui saute dans les bras et lui fait un bisou qui sent la menthe.

— OK, OK… dis-lui, quand même, à ce Giorgio, parce que ce n'est pas bien de fumer… Et si jeune, en plus !

— OK, maman, je lui dirai.

La mère sort de la chambre avec un grand sourire, sa fille est si innocente. Mais vous vous rendez compte ? Elle est géniale. Elle a même plaisanté sur la chose pour faire croire que c'était possible, qu'elle aurait même pu le lui dire, mais qu'en fait ce n'était pas vrai. Alors qu'en fait tout était vrai ! Et quand sa mère est sortie, une fois le danger passé, bien qu'elle puisse revenir et sentir l'odeur de cigarette, qu'est-ce qu'elle a fait, Alis ? Elle a rallumé sa cigarette ! C'est elle, la super championne des mensonges ! Quoi qu'il en soit, à mon niveau, ce 7 décembre, je m'en suis pas trop mal sortie, ou peut-être que maman a eu envie de me croire, et de toute façon je lui ai dit que Lele passait me prendre, un ami de Giacomini, qui a quinze ans et demi. Heureusement, ce soir-là maman était seule à la maison, et de la fenêtre elle pouvait très bien prendre la Smart de Lele pour une Aixam.

— Qu'est-ce qu'il y a, pourquoi tu ris, Caro ?

— Non, rien, Lele…

— Rien, ce n'est pas possible !

— OK, je riais parce que je sais déjà que ce soir, au diable mon régime !

Lele me regarde et sourit.

— Bien ! J'adore les gens qui aiment manger. Et puis, avec tout le sport qu'on a fait, tu es justifiée.

Je lui souris. En réalité, je pensais que j'ai un petit problème d'âge. Il faut que je me comporte un peu plus comme Alis. J'ai dit à maman que Lele a quinze ans et demi, et j'ai dit à Lele que j'en ai quatorze et demi !

Je lui souris.

— C'est vrai ! Et j'ai une faim tout à fait justifiée !

Piazza Cavour. Un restaurant chinois qui a l'air délicieux, à l'odeur. Nous nous asseyons et au bout d'une minute Paolo arrive pour prendre la commande. En fait, c'est un Chinois qui s'appelle Paolo. Trop marrant.

— Toi tu prends quoi ?

— Moi des nems, du riz cantonais et un poulet au citron.

— Moi tout pareil, mais avec un poulet aux amandes. Et apportez-nous aussi de l'eau plate.

Puis il s'adresse à moi :

— Tu préfères de la gazeuse ?

— Non, non, plate, c'est parfait.

— Donc, de l'eau plate, et une bière chinoise. (Avant que Paolo ne s'éloigne, Lele lui sourit.) Merci.

J'aime bien qu'on soit gentil aussi avec les gens qui nous servent. C'est vrai, on va au restaurant, on paye, et les serveurs sont obligés d'être gentils avec toi, eux, alors c'est bien de leur donner de l'importance. En ça, Alis est bizarre, par exemple. Elle ne remercie jamais personne ! Quand elle va au restaurant, c'est comme si tout lui était dû. C'est bizarre. Avec nous elle est toujours gentille, elle nous donne de l'importance, elle nous fait nous sentir comme si on passait avant elle et avant tous les autres. Bah.

Les plats arrivent, nous nous mettons à manger et nous ne parlons quasiment plus, sauf pour dire que c'est bon.

— Je peux ?

— Oui, bien sûr.

— Mmh, le tien est bon aussi.

Nous nous sourions. Tout est vraiment bon. Et puis, Lele mange bien. Bon, je comprends que c'est une pensée difficile, mais bien manger veut dire beaucoup pour moi. C'est-à-dire, manger la bouche fermée, mâcher lentement, prendre de petites bouchées, sans hâte, en parlant de temps en temps. Il y a des gens avec qui je ne me sens pas bien à table. Des noms ? Mon père. Ale, ma sœur, qui lui ressemble en tout et pour tout, d'après moi, alors que mon frère et moi on a pris de maman. Et aussi Clod, même si elle, bien qu'elle mange de cette façon, elle arrive quand même à me faire rire.

Je parle à Lele du collège, de mes amies.

— Il y a plusieurs filles dans ma classe qui savent jouer au tennis, mais elles font toutes semblant de ne pas savoir jouer parce que Raffaelli, qui est insupportable et qui en plus porte la poisse, risquerait de vouloir jouer avec elles. Et toi ?

— Quoi moi ?

— Comment ça se passe, à l'université ?

— Oh, tranquille. Je suis en première année. Je prépare l'examen de droit romain. Excusez-moi…

Il appelle Paolo, qui arrive immédiatement.

— Vous voulez autre chose ?

— J'aimerais bien ces espèces de boules…

— De la glace frite ?

— Oui.

— OK, alors apportez-nous trois boules de glace frite et l'addition, s'il vous plaît.

Nous mangeons la glace en riant, moi je mange celle au chocolat, qui est la meilleure. Puis Lele prend une grappa à la rose et nous sortons.

C'est la nuit. Il est 10 heures. Il fait froid.

— On va au Zodiac ?

— Oui, il y a quelque chose de spécial ?

— Ils ont sûrement installé la crèche…

Nous prenons la route qui monte, pleine de virages. Nous garons facilement la Smart. Quelques autres personnes, pour la plupart plus âgées que nous, regardent la crèche.

— Tu as vu, il manque l'enfant Jésus.

— Ils le mettront le jour de Noël.

— Ah oui, bien sûr.

Quelle idiote. Nous nous éloignons en silence. Nous prenons une petite rue qui domine la ville.

— D'ici, Rome la nuit est magnifique.

— Oui…

Lele s'appuie à la barrière. Il me sourit.

— Toi aussi…

Puis il me prend la main, joue avec pendant un instant puis il m'attire à lui et il m'embrasse. Je ferme les yeux et je me perds entre ses lèvres.

Il y a un vent léger, frais, pas particulièrement froid. Je me laisse porter par son baiser. Je ne sais pas quoi penser, si ça me plaît, s'il a bon goût. Mais… oui, c'est ça ! Sérieusement, je ne m'y attendais pas.

Le baiser se termine, nous restons un moment sans rien dire, nos bouches encore toutes proches. Puis nous nous écartons. Nous sourions. Lele inspire longuement, très longuement.

— Pardon.

— De quoi ?

— Eh bien… de t'avoir attirée à moi de force et…

— Non, non, ça va…

Il s'approche à nouveau.

— Tu joues très bien au tennis.

Il m'embrasse encore. Lentement, cette fois, sans hâte. Avec douceur, en me caressant les cheveux. OK. Tout va bien. Mais cette phrase, on aurait pu s'en passer ! Ça veut dire quoi, ça ? Que c'est une récompense ? Que si je n'avais pas progressé, il ne m'aurait pas embrassée ? Peut-être que j'exagère. Peut-être que je me pose trop de questions. Mais c'est la première fois que nous sortons, à part pour aller au tennis. Oui, bon, moi je ne m'attendais pas à ce qu'il m'embrasse ce soir ! Et en effet, dans la voiture, plus tard, sur le chemin du retour, une drôle de gêne. Un silence bizarre qui au fur et à mesure, bon, bref, plus ça se prolonge, plus ça devient gênant, plus on y pense et moins on trouve les mots. Et puis, à la fin, comme souvent…

— Alors ?

— Pourquoi on ne fait pas…

On parle en même temps. On se tait. Et à nouveau on parle en même temps.

— Non, je voulais dire…

— Voilà, je disais…

Finalement, on rit, d'une manière ou d'une autre il faut prendre une décision.

— OK, Caro, parle toi !

— Non, je voulais dire, tu crois qu'une fois je pourrais jouer un match ? Je veux dire, j'en suis capable ?

— Oh oui, bien sûr… C'est ce que j'allais te dire, une fois on pourrait jouer pour de bon. On devient plus compétitifs, on court plus, on fait plus de sport, quoi ! Et puis, comme ça, après tu peux vraiment manger ce que tu veux !

Je ris, mais au fond de moi je pense : qu'est-ce que ça veut dire ? Qu'en réalité je n'ai pas assez couru ? Que quand je joue, c'est comme si je ne jouais pas ? mais alors pourquoi il a dit que j'avais fait beaucoup de progrès ? Pour m'embrasser ? Voilà, j'en arrive toujours là… Bon, de toute façon on est en bas de chez moi.

— Et voilà.

Lele s'arrête un peu plus loin que la porte de mon immeuble.

— Je suis heureux que nous soyons sortis, ce soir.

— Moi aussi…

Lele me regarde, mais ne dit rien. Moi je baisse les yeux et je regarde les clés que j'ai sorties de ma poche. Je joue un peu avec. Ils me les ont enfin données, même si à mon avis ce n'est que pour ce soir.

Lele pose une main sur la mienne.

— J'aimerais bien te revoir.

Je regarde sa main. Puis lui. Je n'ai pas bien compris tous ses discours sur le tennis, mais il y a une chose dont je suis sûre, et je veux le lui dire.

— Moi aussi j'aimerais beaucoup te revoir, mais il faut que je te dise quelque chose.

— Quoi ?

— J'ai treize ans et demi.

— Ah.

Lele enlève sa main de la mienne. Puis il se tourne lentement vers la fenêtre. Je me tais. Je le regarde. Lui, il regarde dehors.

— Lele, je suis désolée, je ne voulais pas te mentir. Je ne sais même pas pourquoi je t'ai dit ça... Mais c'est toujours moi. Ou je te plais, ou je ne te plais pas. Je ne crois pas que cette petite année en moins me fasse devenir une autre personne.

Silence. Puis Lele se tourne vers moi et me sourit.

— Tu as raison. Je ne sais pas ce qui m'a pris. On joue lundi ?

— Bien sûr ! On fait un match !

Cette fois, c'est moi qui m'approche de lui et qui l'embrasse. Mais sur la joue. Puis je fais mine d'ouvrir la porte. Mais il me prend par le bras et m'attire vers lui. Il m'embrasse. Sur la bouche. Un peu plus longtemps que tout à l'heure. Mais, je ne sais pas pourquoi, cette fois j'ai l'impression qu'il s'agite trop. Comme si sa langue était devenue folle. J'ai envie de rire, mais je ne peux pas. Et puis, il me pose une main sur la poitrine ! Non ! Il va trop vite, il la serre, pire qu'une balle de tennis ! Qu'est-ce que c'est que ça ? Je réussis à me dégager de son étreinte et tout doucement, avec beaucoup de délicatesse...

— Je dois y aller… On s'appelle demain.

Je glisse hors de la Smart et je rentre dans l'immeuble en courant, sans même me retourner.

Ascenseur. J'ai des palpitations. Je respire profondément. Encore plus profondément. Il faut que je me calme. D'ailleurs… Mieux que Cendrillon, hein… il est onze heures et demie. Mais je suis sûre que tout le monde ne dormira pas. Je tourne doucement la clé dans la porte. Et en effet.

— Caro, c'est toi?

— Oui, maman.

Elle sort du salon et vient vers moi.

— Alors? C'était bien? Comment s'est passée la soirée?

— Oh, très bien, nous sommes allés manger dans une pizzeria du quartier.

— Il y avait qui?

— Un groupe…

Elle cherche mon regard.

— Un groupe, hein.

— Oui, des gens du collège que tu ne connais pas.

Je me dirige vers ma chambre.

— Caro?

— Oui, maman, qu'est-ce qu'il y a?

— Je voudrais un bisou…

Je m'approche et je vois bien qu'en plus de me faire un bisou elle me renifle. Elle veut peut-être sentir si j'ai fumé. Là-dessus, au moins, pas de problème. Elle me sourit, rassurée.

— Ah, une dernière chose, Caro…

— Quoi donc?

— Les clés.

Je les sors de la poche de mon pantalon et je les lui remets. CQFD. Maman sourit.

— Tu verras, tu les auras bientôt, c'est juste une question de temps. Et de confiance.

Je vais dans ma chambre. Je me déshabille. Soudain, je pense à plein de choses qui n'ont rien à voir. Peut-être pour dissimuler mon émotion. Pour me plonger un peu dans la normalité. Demain, c'est le 8 décembre, la fête de l'Immaculée Conception. Pas d'école ! Grasse matinée ! Oui, j'aimerais bien… maman ne me laisse jamais le faire. Elle me réveille au plus tard à 9 heures et elle me force à faire le ménage dans ma chambre. Ale aussi devrait. Mais elle va rentrer tard, elle aura sommeil, elle se lèvera à midi, déjeunera, prendra une douche, se fera belle et sortira à nouveau. Elle n'a donc pas le temps de faire le ménage. Et qui s'en charge ? Maman… Maman. Qui a sans doute rapporté de la cave les lumières, les décorations et le sapin en plastique, parce que nous sommes une famille écologique. J'ai hâte que le 24 arrive pour aller lorgner à travers les paquets, la nuit. Oui, je le fais encore, même si je sais que le Père Noël n'existe pas. Mais pourquoi je pense à ça maintenant ? Et soudain je réalise, comme si ma comète personnelle était apparue : Lele m'a embrassée ! J'allume mon ordinateur. Internet. MSN. Même si maman n'est pas d'accord, je ne peux pas m'en empêcher. C'est plus fort que moi.

« Tu es là ? »

Alis répond dans la seconde.

« Bien sûr, où veux-tu que je sois ? Alors, comment ça s'est passé ? »

Je lui raconte tout dans les moindres détails, du début à la fin, même le fait que je lui avais menti, qu'à la fin il a fait comme si de rien n'était, et de mon sein traité comme une balle de tennis. Alis me répond plein de choses, elle me rassure et me fait comprendre que cette histoire de Lele pourrait marcher et que l'histoire de la balle de tennis c'est seulement le fait que parfois les garçons sont assaillis par un désir soudain qu'ils n'arrivent pas à dominer. J'aime bien Alis. Elle dit exactement ce que j'ai besoin d'entendre, tout ce que je voudrais pouvoir raconter à quelqu'un comme ma mère, mais j'ai trop honte, et puis je ne sais pas comment elle réagirait. Bref. Alis est vraiment parfaite pour ça, disons que c'est une sorte de maman virtuelle plus élastique que ma vraie maman.

Qui ouvre la porte, juste quand j'évoque son nom.

— Caro ! Qu'est-ce que tu fais ? Je n'y crois pas, tu es encore devant ton ordinateur ! Mais il est tard, il faut que tu dormes !

— Tu as raison, mais je voulais vérifier un truc pour les devoirs de la semaine prochaine.

— Maintenant ?

— Oui, j'avais un doute et si je n'avais pas regardé je n'aurais pas pu m'endormir.

J'éteins mon ordinateur. Je saute sur mon lit et je me glisse sous la couette. Maman vient me border.

— Tout va bien, maintenant ?

Je fais signe que oui avec la tête, et comme je sais déjà quelle sera la prochaine question, j'anticipe. J'ouvre la bouche.

— Dents lavées… sens…

Je lui souffle dans la figure. Maman rit, m'embrasse à nouveau et me pose doucement la tête sur l'oreiller. Puis elle va vers la porte.

— Maman…

— Oui… j'ai compris.

En sortant, elle laisse la porte entrouverte. Elle n'est peut-être pas virtuelle, mais elle aussi elle me comprend très bien. Je plonge dans mon oreiller en souriant, et en une seconde je sombre dans le monde des rêves.

Ce qui me plaît beaucoup et qui en même temps m'inquiète un peu, en décembre, c'est l'arrivée de Noël. J'adore faire des cadeaux. Mais je suis inquiète parce que je n'ai pas d'argent. Pour être plus précise et sincère, ce qui m'inquiète encore plus, c'est de ne pas recevoir les cadeaux que je veux. Ce n'est pas un secret, tout le monde sait que j'aimerais bien avoir un chien. Je l'ai dit à qui voulait l'entendre, même au marchand de journaux et au monsieur du bar où je prends mon petit déjeuner de temps en temps, les rares fois où je suis en avance le matin. Je l'admets, c'est rarissime… En tout cas, cette année, vu que j'ai changé d'idée, pour le cadeau que je veux, j'ai sans doute un peu embrouillé les gens. Même Franco, le pizzaiolo de Via della Farnesina, me l'a fait remarquer l'autre jour. Je venais de me prendre une grosse part de pizza würstel et pommes de terre, c'est-à-dire un repas complet ! Il n'y a que lui qui la fait, cette pizza ! Moi je l'appelle la pizza Boule… Tu n'as pas le temps de la finir que déjà tu deviens une grosse boule.

Donc, je lui ai annoncé mon nouveau souhait en matière de cadeau, vu que maman va souvent acheter de la pizza chez lui quand elle rentre tard, alors je me suis dit : je vais lui dire, à lui aussi, comme ça un jour où maman passe il pourra toujours lui en parler, l'air de rien. Franco m'a regardée d'un air surpris et m'a dit :

— Caro, mais tu ne voulais pas un chien? Et maintenant tu veux une voiture sans permis? Il faut suivre, avec toi!

— Pourquoi? C'est quand même simple…

Et je suis partie en mangeant ma pizza Boule. Une voiture et un chien ensemble! Ce n'est pas possible? Et pourquoi pas? J'aimerais vraiment avoir un chien, maintenant, peut-être parce que quand je serai plus grande j'aurai tellement de choses à faire que je n'aurai plus le temps. Du moins, c'est comme ça que j'imagine les choses. Je préfère ne pas y penser. Si on m'offre un chien, je le prendrai. Et si on m'offre une voiture, je la prendrai aussi. L'autre jour, je cherchais des citations à mettre dans mon journal, parce que j'ai bien vu qu'en les utilisant avec parcimonie elles marchent bien avec M. Leone, et j'ai trouvé celle-ci : « La liberté n'est pas le fait de choisir entre blanc et noir, mais de se soustraire à ce choix prescrit. » C'est un certain Adorno qui l'a dit, et je suis tout à fait d'accord avec lui. Donc, entre chien et voiture… les deux!

Et puis, je voudrais un autre cadeau… Massi! Toi et moi. Unis pour toujours, même si tu ne le sais pas. Par-delà le temps. Complices parfaits. Différents, mais c'est mieux, non? Tu t'en rends compte? Tu me vois? J'ai vu un très beau clip des Rooney, *Tell me Soon* : une petite fille dans une chambre à coucher toute rose, le groupe entre et lui chante une chanson! Et puis à la fin, toutes les amies de la petite fille arrivent aussi. C'est pas à moi que ça arriverait, ça!? En plus, le chanteur est mythique. Dans mon collège, il n'y en a pas, des comme ça! Filo lui ressemble un peu, mais il vaut mieux que je ne lui dise pas. Sinon il va m'organiser un concert avec cover band, et à la fin il me demandera un autre baiser, avec l'excuse que c'est comme si j'embrassais le vrai chanteur!

Je dois dire que cette année, je m'en sors mieux. Avec mon téléphone, j'ai fait des photos des gens auxquels je tiens le plus, et je les ai transférées sur mon ordinateur. Dès que je finis d'organiser le blog que Gibbo m'a « offert », c'est-à-dire qu'il m'a ouvert sur Splinder, je les y mets toutes, en les faisant défiler en ligne sur l'écran, c'est trop beau, surtout avec un effet spécial… J'y travaille, en attendant. Je veux faire de belles cartes de Noël colorées, avec des phrases d'auteurs célèbres que j'aime bien. J'en ai trouvé des géniales. Genre, pour M. Leone : « Enseigner, c'est apprendre deux fois », de Joseph Joubert. Pas mal, hein ? Et aussi pour Mme Boi, la prof de maths. Photo et phrase. Genre celle-là, trop forte, que j'ai trouvée sur Internet : « Il est tout à fait possible d'apprendre à un calepin à monter aux arbres. Mais pourquoi ne pas embaucher tout de suite un écureuil ? », apparemment ça vient d'un manuel de techniques de sélection du personnel ! Pour la prof de maths, vu que c'est ma plus mauvaise matière, je ne peux pas me permettre de me planter. Carton rouge. J'ai pris une photo où, heureusement, elle est bien, et ce n'était pas facile parce qu'elle est un peu grosse, mais surtout elle a une tête de pleine lune avec des cheveux bouffants et filasse, souvenir d'une permanente lointaine. Comme phrase, j'ai pensé à « Il faut apprendre aux hommes, dans la mesure du possible à tous les hommes, que le savoir ne vient pas des livres mais de l'observation du ciel et de la terre », Comenio. Je ne sais pas si ça sonne bien mais je trouve ça assez positif, disons que si je lui envoie ça elle pourrait fermer les yeux sur quelques-unes de mes insuffisances, vu qu'elle pensera peut-être que je n'étudie pas trop le livre mais que j'apprends directement de la vie ! Ou bien, pour les maths… de Gibbo !

Les cadeaux, je vais en faire à ma famille, à Gibbo, Filo, Clod et Alis. À mes amies, je voudrais faire un cadeau personnalisé. Elles ont toutes les deux une voiture sans permis, alors je leur offrirai… un plein ! Oui, avec cette histoire que l'essence coûte très cher, je pourrais acheter des bons et les leur offrir ! Un pour Alis et un pour Clod ! Comme ça, elles pourront se déplacer dans Rome grâce à moi. Et puis, à Clod, qui vient de m'envoyer un texto débile, « Deux poulets discutent dans le frigo le 24 décembre et disent "C'est le jour de Noël, nous sommes cuits"… », je pourrais aussi lui offrir une série de messages tout prêts et un peu plus intelligents ! Ah, et bien sûr un cadeau pour Lele, aussi. Bon, c'est sûr, je ferais bien un cadeau à Massi, aussi. Et lui, il pourrait m'en faire un très beau… montrer le bout de son nez ! Ça me fait penser à cette citation d'Héraclite : « Si on n'espère pas l'inespérable, on n'y arrive jamais. » Je l'ai choisie pour la carte avec photo de la prof d'anglais.

Là non plus, ce n'est pas ma meilleure matière, mais avec ça… peut-être que « l'inespérable » se produira ! Elle m'a tellement plu, cette phrase, que je l'ai accrochée au-dessus de mon bureau. Et le fait que Noël approche me fait penser qu'un miracle pourrait se produire pour de bon. Rencontrer à nouveau Massi me semble possible. Ainsi, portée par cet espoir, je retourne à la Feltrinelli. Mais non, rien, même pas en photo. Rien à faire. C'est comme la nuit des étoiles filantes, à la mer. Quand tu en vois une, tu dois avoir un vœu tout prêt, parce que ensuite tu peux ne plus en voir pendant des heures ! Ça m'est arrivé. L'étoile passait et je n'avais pas le temps de faire mon vœu parce que j'en avais trop dans la tête, et je m'embrouillais ! Dans le fond, comme le disait Hugo, « L'âme est pleine d'étoiles filantes ». Est-ce que ça veut dire que nous avons déjà des étoiles filantes à l'intérieur, qu'il n'y a pas besoin de regarder le ciel ? Bah.

Je joue à deviner les cadeaux que j'aurai. Un autre CD des Finley ou de Giovanni Allevi ? Une trousse, de toute façon c'est ma sœur qui l'utilisera ? Un livre ? Une écharpe et des gants de maman ? Une clé USB pour mon ordinateur ? Un abonnement au cinéma de la part de Rusty James ? Ou alors il m'offrira le coffret de *Smallville* ? Mais le cadeau que je préférerais, ça serait de trouver un petit mot dans la boîte aux lettres, écrit à la main… avec une certaine signature. En attendant, je suis toujours à la Feltrinelli, je me tourne et…

— Bonjour, Carolina.

— Bonjour.

En tout cas, maintenant Sandro se souvient de mon prénom. C'est vrai qu'avec l'histoire de Massi…

— J'ai un livre pour toi, viens !

Je le suis dans les rayons.

— Le voilà… *Trois mètres au-dessus du ciel*. Ça te plaît ?

— Bah, je ne sais pas. Une copine à moi l'a lu, elle a adoré… Mais à la fin ils se séparent !

— Je sais… mais ensuite, dans le suivant, qui s'appelle *J'ai envie de toi*, il comprend qu'il ne faut pas rester sur une histoire passée…

Je le regarde. Je lève un sourcil. Parlerait-il de moi ? Peut-être ! Mais moi, je n'ai rien vécu du tout, avec Massi. On ne s'est pas séparés. Ça n'a jamais commencé. Je n'ai aucun doute là-dessus.

— Non, merci… En ce moment, j'ai plutôt envie de quelque chose de drôle.

— OK, alors il y a ça, qui est très amusant… *Le Journal de Bridget Jones*. C'est l'histoire d'une fille de trente ans, ses amies sont mariées ou bien ont quelqu'un, un fiancé, et elle est la seule célibataire. C'est à mourir de rire !

Mais il veut me porter la poisse, ou quoi ? Ou alors c'est un moyen d'exorciser cette éventualité. Il me reste seize ans et quatre mois, avant mes trente ans. Je ne finirai pas comme cette fille ! Mais bon, OK, mieux vaut comprendre ce qui pourrait se passer… pour l'éviter !

— OK, je le prends. Au fait, je suis venue pour acheter des cadeaux à mes deux copines. Et à deux copains…

Lele, je ne sais pas s'il aime lire, et puis je ne le connais pas assez.

— OK, mais aide-moi un peu, explique-moi quel genre c'est, tes amis, et on va essayer de leur trouver quelque chose.

Alors je me retrouve à parler de Clod, Alis, Gibbo et Filo. Et je dois dire que c'est un petit groupe bien sympathique. Chacun a son caractère, ses particularités, mais ils sont tous trop forts. Et je ne sais pas pourquoi, mais je me sens le liant de ce groupe. Et puis, c'est vrai : avec un inconnu, c'est plus facile de dire des choses vraies sur tes amis, de ne pas réciter, de les montrer sous leur meilleur jour, parce que tu n'as pas peur qu'on les juge et qu'on te dise par exemple « Mais pourquoi tu sors avec ces gens-là ? », ce que ferait maman si je lui disais la vérité sur Alis. Ou « Qu'est-ce que fabrique Gibbo ? ». Finalement, je ne sais pas comment, mais je parle aussi de Rusty James, j'en parle pendant une heure, je ne m'arrête plus. Et Sandro rit en m'écoutant.

— Tu es vraiment amoureuse de ton frère !

— Oh oui ! J'aimerais bien trouver quelqu'un comme lui… mais peut-être que ça n'existe pas.

Je voudrais ajouter « à part Massi », mais il finirait par me trouver lourde, alors je laisse tomber.

— Et puis, il y a ma sœur Ale. Mais elle, elle n'a jamais rien lu de sa vie.

— Je ne te crois pas !

— Ne me crois pas. Elle regarde *Loft*, parfois *L'Île de la tentation*… c'est tout !

Sandro sourit.

— Tu es trop destructive, je ne te crois pas… Pourquoi tu en veux à ta sœur ?

— C'est elle qui m'en veut.

Sandro éclate de rire.

— J'ai compris. Ce qu'il faut, c'est un beau cadeau… un livre qui vous fasse faire la paix, à toutes les deux.

— Mais non, c'est juste qu'on est très différentes. Mais autant moi j'accepte tout d'elle, autant elle, elle passe son temps à se moquer de moi, elle n'accepte rien de moi !

Juste à ce moment-là passe Chiara, sa collègue qui lui plaît tant. À la façon dont il la regarde, on voit bien qu'elle lui plaît. Aujourd'hui, elle a les cheveux lâchés.

— Eh, mais vous êtes un vrai petit couple, tous les deux… je suis jalouse !

Elle rit, puis s'éloigne. Avec un superbe sourire. Une fille vraiment gaie, rayonnante. Bon, ce n'est peut-être pas vrai, peut-être qu'elle a une vie tout à fait normale sans aucune joie particulière, je n'en sais rien, moi. Mais en tout cas elle montre aux autres son meilleur côté, son sourire, et c'est ça qui compte. Peut-être que c'est justement ça, sa capacité à réagir aux choses. C'est ce que je pense. Ou du moins c'est ce qu'il me semble quand elle passe, ou quand elle parle. Et je ne crois pas que c'est juste parce qu'elle est vendeuse, c'est-à-dire habituée à être gentille pour son travail. Il y a des choses qu'on a ou qu'on n'a pas, et à mon avis ça se sent. Elle a l'air gentille et généreuse. Et aussi trop parfaite pour s'entendre avec Sandro. Mais moi, au fond, qu'est-ce que j'en sais ? De toute façon, je ne le lui dis pas. Elle est loin, maintenant. Et autre chose me vient à l'esprit.

— Pourquoi tu ne le lui as pas dit ?

Il me regarde bizarrement.

— Quoi donc ?

— Je ne sais pas, quand elle t'a dit ça tu aurais pu lui répondre un truc du genre : « Si tu es jalouse… on n'a qu'à faire un petit couple toi et moi ! »

Sandro rougit. Je me dis que j'aurais peut-être mieux fait de me taire, faire comme tout le monde, semblant de rien, mais comme ça il va se bouger un peu, du moins j'espère. Et puis, c'est beau de s'intéresser sincèrement aux autres. Ça me plaît. Je ne le fais pas pour me mêler de ce qui ne me regarde pas, pas du tout, je le fais parce que je tiens à ce que les autres soient heureux, et si tu veux que les autres soient heureux... tu finis par l'être aussi ! C'est Ligabue qui le dit : *Credo a quel tale che dice in giro che l'amore porta l'amore* (« Je crois ce type qui raconte que l'amour apporte l'amour »)...

Donc, j'insiste.

— Tu sais, les femmes, il y a des choses qu'elles aiment entendre... Peut-être que tu lui es sympathique... si tu ne tentes pas ta chance, tu n'en sauras jamais rien.

— Donc ?

— Donc, il faut qu'on te trouve un livre, pour que tu te déclares !

Sandro secoue la tête et se met à rire.

— Allons chercher des livres pour tes amis, va...

Au bout d'environ une heure et demi, je suis sortie avec quatre-vingt-dix-neuf euros en moins et un tas de cadeaux. Plus exactement :

L'Ami retrouvé, d'Uhlman, pour ma sœur Ale, en espérant qu'on se retrouve toutes les deux... Et puis *Rusty James*, pour mon frère Rusty James, vu que c'est de ce film qu'il tire son nom, un film qu'il cite toujours mais qu'il n'e voit jamais vu qu'il ne l'a pas ; pour Gibbo, un étui de portable en tissu avec écrit « Génie rebelle » et un petit livre sur les maths avec des tests ; pour Filo, un billet pour aller voir au théâtre la comédie musicale de *La Nuit avant les examens* ; pour Clod, le DVD de *Le Chocolat*, plus une petite boîte de truffes de chez Alba ; pour Alis, le DVD de *Le Diable s'habille en Prada*, et pour Lele je n'ai rien trouvé. Dans le sens où je n'ai rien trouvé de satisfaisant. C'est vrai, on ne se connaît pas si bien que ça, on ne s'est pas beaucoup vus, à part les cours de tennis et la soirée au Zodiac. La seule soirée ! Moi je pense que les cadeaux ne doivent pas être faits au hasard et qu'il ne faut pas non plus choisir quelque chose qu'on voudrait pour soi.

Lele, je ne sais pas, j'aimerais bien lui offrir un sweat-shirt, oui, un beau sweat bleu clair. Ou mieux ! J'ai une super idée. Je vais voir si j'arrive à le faire !

Je fais un tour dans le centre et je trouve un cadeau pour mes parents, c'est joli, à mon avis ça leur sera utile, et puis ce n'est pas cher. Je l'achète et je continue ma promenade. C'est bizarre, en décembre certaines rues changent complètement d'aspect. Il y a plein de guir-landes lumineuses suspendues, des dessins de Père Noël sur toutes les vitrines, et du coton derrière, pour faire comme de la neige. Des jeunes gens marchent en riant, certains se tiennent par la main, d'autres sont tout seuls, perdus dans leurs pensées. Deux amies un peu plus âgées que moi, et aussi qu'Alis et Clod, marchent bras enlacés. L'une des deux a la main dans la poche arrière du jean de l'autre. L'autre lui pique quelque chose dans son sac, un papier, je crois, et elle se met à courir. La première la poursuit.

— Arrête, arrête ! Je ne veux pas que tu le lises !

Elles disparaissent dans la foule qui continue tran-quillement à avancer, lent fleuve humain, avec ses pen-sées, ses douleurs, ses joies.

Bon… Ça suffit, avec ces pensées bizarres. Je me sens Carolina philosophe… alors que je préférerais être Carolina amoureuse. J'arrive à un arrêt de bus. Je vais l'attendre ici. Je regarde un peu autour de moi. Il y a une vitrine avec des vêtements, chemises à deux cent soixante-dix euros, pulls à deux cent quatre-vingts, blou-sons à trois cent soixante-dix euros. Mais qui peut acheter ça ? Oui, ils font quoi, dans la vie, les parents d'une fille qui peut se permettre ce genre de choses ?

À dire vrai, Alis a des choses qui coûtent encore plus cher. Et ses parents, ils font quoi ? Ils sont séparés. Je n'ai pas compris si le fait de se séparer te rend riche ou si c'est le fait d'être riche qui te fait te séparer. Il faut que je demande à Alis. En prenant des pincettes, ça sera mieux.

Voici le bus. Il passe juste devant moi. Je recule un petit peu, parce qu'il me frôle. Non… Je n'y crois pas. Les portes s'ouvrent et je vois descendre les deux jeunes qui m'ont piqué mon portable. C'est eux ! Aucun doute. L'un des deux a le même blouson horrible. Je m'en souviens comme si c'était hier. Il m'avait poussée, plusieurs fois, avant de descendre, et moi je n'ai vu que cet affreux blouson vert clair, horrible, comme ses cheveux, comme son visage, comme son rire stupide de voleur… roumain. Et je ne dis pas ça parce que je suis raciste. Ça non, je ne le suis pas. Pour moi, ils pourraient même être du meilleur quartier de Rome. Je respecte tout le monde. Et surtout, je veux qu'on me respecte, moi, et ce qui m'appartient. Au-delà de la nationalité. Les rejetons de riches familles italiennes qui piquent des trucs à l'école et qui te menacent, je les déteste aussi. Je déteste les lâches, je déteste ceux qui prennent le dessus sur les autres, d'où qu'ils soient, quels que soient leur nom et leur style. Je déteste ceux qui ne respectent pas la vie et la sérénité des autres. Je déteste ceux qui, au lieu de demander ce qui n'est pas à eux, le volent. Et te laissent comme ça, sans défense, impuissant, déconcerté et triste. Alors tu voudrais être un super héros avec des armes secrètes et des pouvoirs magiques, grâce auxquels il te suffit de regarder le type pour que pouf ! il disparaisse.

Les portes du bus se sont refermées et il est reparti. Mais je ne suis pas montée. Je suis derrière eux. Avec mon gros paquet, l'assiette de Noël pour maman et papa, et le sac qui contient tous les cadeaux pour les amis.

Et maintenant, je leur dis quoi ? Bah, je vais bien trouver quelque chose. Il faut que je sois gentille. Que je les mette à l'aise. Tu te rends compte. C'est absurde ! Mettre à l'aise deux types qui t'ont piqué ton portable. Avec le numéro de Massi dedans.

Plus je les suis, plus je réfléchis. Plus je réfléchis, plus je suis nerveuse. Plus je suis nerveuse et plus je voudrais être grande, forte et pouvoir les tabasser. Ou bien simplement avoir Rusty James avec moi. Là, ça serait mauvais pour eux. Dans le fond, ils ne sont pas si baraqués que ça. Ce sont deux types quelconques. Oups. Mais ils sont deux… et surtout ils se sont aperçus que je les suis.

— Oh, c'est nous qu'tu suis ?

— Hum… oui… c'est-à-dire non… c'est-à-dire oui.

— Oh, tu t'décides… oui ou non ?

Roumains, tu parles… Ces deux types sont bel et bien romains, oui ! Bon, peut-être qu'on se comprendra plus facilement.

— Alors, il y a quelque temps, j'ai perdu mon portable, un Nokia Slide 6500, il est…

J'ai l'idée de prendre dans ma poche le neuf, celui que m'a offert Alis. Et s'ils me piquent celui-là aussi ?

— C'est celui qu'on voit souvent sur les pubs…

— J'vois pas à quoi y r'ssemble. Eh ben ? dit l'un des deux, le plus gros, qui doit aussi être le plus méchant.

— Ça n'a pas d'importance… donc, je l'ai perdu dans le bus, dans le même bus que celui où vous étiez.

— Nous ?

— Oui, vous bavardiez, je vous ai remarqués, et comme vous l'avez peut-être trouvé et ramassé…

Ils me regardent.

— Oui, bref, je suis descendue, il est tombé de ma poche, vous l'avez ramassé et vous vouliez me le rendre, mais le bus a fermé ses portes et il est parti vite… vous n'avez pas pu…

Ils sont tous les deux assez perplexes.

— Qu'est-ce que tu racontes, tu t'fous de not'gueule ou quoi ?

— Je ne me permettrais pas… Non, je voulais juste vous dire… par hasard, vous n'auriez pas la puce, oui, ma carte Sim… ?

L'un des deux lève un sourcil. L'autre aussi. Comment je vais m'en sortir, moi ? Je ne sais pas quoi faire. Quoi dire d'autre. Je pourrais renoncer à certains de mes cadeaux et leur offrir comme rançon. Mais qu'est-ce que ça peut leur faire, à ces deux-là, *Le Chocolat* ou *L'Ami retrouvé* ? Ils vont penser que je me moque d'eux. Alors je joue la carte de la pitié.

— Dedans, il y avait le numéro d'un ami… Je l'aime beaucoup. Il n'est plus là, il a disparu, je ne le trouve plus. Il est peut-être mort. Il allait tellement mal… J'aurais voulu l'appeler pour Noël… Si je ne l'appelle pas, qu'est-ce qu'il va penser ? Et son numéro était sur cette Sim, seulement sur cette Sim ! Je n'ai pas besoin du portable, juste de la Sim… ma Sim…

Ils me regardent une dernière fois.

— On s'casse.

Et ils s'en vont comme ça, sans même daigner me donner une réponse, n'importe quelle réponse. Tant mieux. Je m'en suis sortie… Ouf…

Massi… Ne viens pas me dire que je n'ai pas tenté l'impossible.

Je suis rentrée à la maison et j'ai caché les cadeaux dans mon armoire.

J'ai pris une petite douche, j'ai dîné en vitesse, pas de dispute avec Ale, et je suis allée me coucher. Tu sais, quand tu es crevée, mais tellement crevée que tu n'as qu'une hâte, te mettre au lit ? Je suis triste que Rusty James ne soit pas là. Il serait venu me raconter quelque chose ou me lire une de ses nouvelles. C'est bizarre, quand il manque une personne dans un endroit où on est habitués à être plusieurs, soudain tout est différent. Pour moi, en tout cas, c'est comme ça. Et après cette sensation étrange, je me perds dans mes rêves. Je souris. Tout est si beau. Je suis dans ma voiture sans permis, c'est l'été, Massi est assis à côté de moi et naturellement nous écoutons James Blunt. Il a les pieds dehors et il bouge en rythme, il fait des blagues, il me laisse conduire. Je porte les lunettes que j'aime tant et moi aussi je bouge la tête en suivant la musique… À notre droite, il y a la mer. C'est Sabaudia, une plage très jolie où mes parents m'ont emmenée quelques fois. Il y a une pinède, et tout de suite après plein de dunes de sable exposées au vent. Et moi je suis là avec Massi. Nous descendons de la voiture. Nous marchons sur la plage, je regarde les vagues et quelques cerfs-volants dans le ciel, il me tient la main et je suis heureuse.

Je voudrais que ce rêve se réalise. Sur cette pensée, je m'endors pour de bon.

Ce que j'aime les assemblées convoquées par les délégués de classe, ces réunions inutiles où on décide par exemple les films intéressants pour les élèves qu'on passera l'an prochain dans la salle de projection. Je les aime encore plus quand ils les font pendant les deux dernières heures du vendredi matin. On pouvait choisir de rester ou de sortir plus tôt, avec l'autorisation des parents. Et maman a signé, parce que je lui ai dit que de toute façon ça ne servait à rien et que je préférais rentrer à la maison réviser mon contrôle de lundi. Et donc, je suis rentrée à 11 h 30 ! Bon, si je voulais vraiment pinailler, je dirais qu'ils auraient pu la mettre pendant les deux premières heures, comme ça j'aurais pu dormir un peu, mais on ne peut pas tout avoir.

Le vendredi, à cette heure-ci, il n'y a personne à la maison. Maman est encore au travail, papa à l'hôpital ou au bar avec ses amis pour sa pause, Ale en cours. Le meilleur moment. J'aime être à la maison quand il n'y a personne. Il n'y a pas de bruit et je peux faire ce que je veux. Par exemple, j'aime bien aller dans la chambre de mes parents essayer des affaires de maman, genre un pull ou une jupe. Je ne sais pas pourquoi. Peut-être pour me sentir proche d'elle. Peut-être pour mettre quelque chose de différent. Non pas que maman ait des vêtements à la mode, au contraire, c'est plutôt Ale qui en a, mais je n'aime pas ses affaires. Ale n'a pas beaucoup de goût, si elle pouvait elle mettrait quelque chose de provoquant et moulant rien que pour aller aux toilettes. Maman a des choses simples, pas trop colorées, un peu toutes pareilles. Mais ce sont ses affaires, et je les mettais déjà en cachette quand j'étais petite. J'étais drôle, parce que tout était trop grand. J'ouvre l'armoire et je vois, au-dessus des autres, un t-shirt que je ne lui ai jamais vu. Il doit être neuf. Hier il y avait le marché, elle a dû se l'acheter là-bas. Maman ne va presque jamais dans les magasins. Elle dit qu'au marché on trouve les mêmes choses moins chères et qu'il n'y a pas les vendeuses qui font semblant de te faire des compliments. Les gens du marché sont directs et authentiques, tu peux essayer les vêtements sans que personne te stresse. Le t-shirt est joli, rayé bleu et blanc, avec des coutures rouges sur les bords, un peu style marin, c'est la mode cette année. Ça doit bien lui aller. Peut-être que je lui piquerai pour sortir, une fois ou deux. De toute façon, elle ne s'en aperçoit pas. D'ailleurs, pendant que j'y suis, je vais l'essayer, tant qu'il n'y a personne. Je vais enlever mon t-shirt quand j'entends sonner.

Driin.

L'interphone.

Driin.

Encore. Tant pis, je remettrai ça à plus tard.

J'arrive. Qui ça peut être, à cette heure-ci ? Peut-être maman, qui sait que je suis à la maison. Peut-être qu'elle voulait me faire une surprise mais qu'elle a oublié ses clés. Ça me semble bizarre. Ça ne peut pas non plus être papa. Ale ne rentre pas avant 14 heures. Peut-être que c'est le facteur. Il arrive toujours vers midi, dit maman. Je réponds.

— Oui ?

— Hum, salut.

Je ne reconnais pas tout de suite la voix.

— Qui est-ce ?

— Debbie.

— Debbie ! Salut ! Je t'ouvre.

J'appuie sur le bouton pour ouvrir en bas et j'attends. Debbie ? Ça fait longtemps que je ne l'ai pas vue. Trop ! Dommage, d'ailleurs, je l'aimais beaucoup. Je me demande ce qu'elle veut. À cette heure-ci, en plus. J'ouvre la porte de la maison, j'entends l'ascenseur qui monte. Il s'arrête. Debbie en sort.

— Salut, Caro, alors c'était bien toi, à l'interphone. Je ne pensais pas que tu serais à la maison. Je pensais trouver ta maman.

— Debbie ! Viens, entre. Non, aujourd'hui je suis sortie plus tôt. Maman est au travail…

Elle me suit. Je referme la porte.

— Viens, entre. Tu veux boire quelque chose ?

— Non, merci.

Elle est un peu bizarre. Elle regarde autour d'elle.

— Tu es seule ?

— Oui, ils sont tous sortis. Mais ils vont bientôt rentrer.

Je ne comprends pas bien ce qu'elle fait là.

— Alors, Debbie, comment tu vas ? Qu'est-ce que tu deviens ?

— Tout va plutôt bien.

— Tu travailles encore dans ce magasin ?

— Oui, la boutique de vêtements. J'y suis bien, et puis comme c'est du temps partiel je peux suivre quelques cours à la fac, le matin. Et toi, qu'est-ce que tu racontes ?

— Bah, le collège, c'est comme d'habitude, cette année j'ai le brevet, et je suis toujours avec mes amies Alis et Clod !

— Et avec tes parents, tout se passe bien ?

— Oui, comme d'habitude. Les disputes parce qu'ils trouvent que je sors trop. Ale qui me stresse comme une vieille de cent ans, et RJ qui est toujours RJ. Mais ça tu le sais !

Je lui souris, je prends un air complice. Un drôle de silence s'installe. J'aime bien Debbie, elle est sympa, intelligente, et elle m'a toujours traitée comme une petite sœur. Et puis, c'est la copine de Rusty James, et il fait toujours le bon choix ! Mais aujourd'hui quelque chose ne va pas. On ne dirait pas la même Debbie.

— Écoute, Caro…

— Je t'écoute !

Elle prend son sac et l'ouvre. Je le reconnais. Rusty me l'a montré quand il lui a acheté, avant de lui offrir. C'est un grand sac carré et plat qu'on porte en bandoulière. Elle cherche quelque chose.

— Tu pourrais me rendre un service ?

— Bien sûr !

Elle en sort une enveloppe bleu clair, en papier travaillé en couches, on dirait de la dentelle, c'est très beau. Fermée, mais pas cachetée.

— Tu pourrais donner ça à Giovanni tout à l'heure, quand il rentrera ?

Certaines questions sont déstabilisantes. Tu ne comprends pas si tu es bête parce que tu ne les comprends pas ou si ce sont elles qui n'ont pas de sens. Dans le doute, en général je préfère me taire. Comment ça tout à l'heure, quand il rentrera, je pense. Giovanni ne rentrera pas. Mais comment ça, Debbie ne le sait pas ? Impossible. Je n'y crois pas. Ça veut dire quoi ? Qu'est-ce qu'il se passe ?

Debbie me tend l'enveloppe. Je la prends.

— Pardon, mais tu ne peux pas la lui donner quand tu le verras, toi ?

Debbie ne dit rien. Elle regarde ses pieds. Papi Tom dit toujours que quand on regarde ses pieds, c'est qu'on voudrait s'enfuir. Zut, mais alors… Debbie veut s'enfuir ? Et pourquoi ? Je voudrais comprendre ce qu'il se passe.

— C'est bientôt samedi, vous vous verrez le soir quand tu sortiras du magasin, non ? Je pense que tu le vois plus souvent que moi, Rusty…

— Comment ça ?

— Comment ça, comment ça ? Depuis qu'il est parti, je ne le vois pas tous les jours. Je vais à la péniche, j'ai même ma chambre, mais je n'y vais pas si souvent que ça…

Debbie lève brusquement les yeux. Elle me regarde fixement.

— Pourquoi, il n'habite plus ici ? Quelle péniche ?

Là, je ne comprends vraiment plus rien. Je ne suis pas en train de parler avec Debbie, la sympathique Debbie, la copine de mon frère ?

— La péniche sur le Tibre !

Debbie a l'air d'une petite fille qui s'est perdue dans la confusion de la fête foraine et qui ne trouve plus ses parents. Impossible qu'elle ne sache rien. Ou alors j'ai raté quelques épisodes décisifs. Je tente le coup.

— Debbie, mais ça fait combien de temps que tu n'as pas vu mon frère ?

— Un moment…

— Un moment genre quelques heures ou un moment genre un bon moment ?

Debbie me regarde, ses yeux s'humidifient. Je me rends compte que je n'ai pas perdu beaucoup d'épisodes, mais en tout cas le plus important. Ils ont dû se séparer. Elle me sourit, un peu gênée.

— Je ne savais pas qu'il n'habitait plus ici…

Elle le dit sur le ton de quelqu'un qui vient de prendre une belle claque, celles auxquelles tu ne t'attends pas et qui ne font pas mal tout de suite. Mais qui te laissent sans voix. Et moi je ne sais vraiment pas quoi faire, quoi dire, comment en sortir. Heureusement, c'est elle qui me sauve en regardant sa montre.

— Excuse-moi, Caro, il est tard, je dois y aller.

Elle redevient la Debbie légère et souriante de toujours, elle sautille presque jusqu'à la porte d'entrée.

— Tu me rends ce service, tu lui donnes la lettre quand tu le vois ?

— Oui, oui.

Je la suis jusqu'à la porte. Si elle est mal, elle ne le montre pas. Elle sort et appelle l'ascenseur, qui arrive tout de suite. Il devait être à l'étage du dessous.

— Salut… et merci.

Elle me fait un grand sourire puis elle entre dans l'ascenseur, appuie sur un bouton et disparaît.

Je rentre à la maison. Je m'assieds sur le canapé. Je regarde l'enveloppe, que j'ai posée sur la table en verre quand elle s'est levée. Mais qu'est-ce qui s'est passé entre eux ? Je vais appeler Rusty pour qu'il m'explique. Zut. Pour une fois que ça avait l'air de marcher. Un si beau couple… Ils ne se sont quand même pas trompés ? Lui ? Elle ? Non, je n'y crois pas, ce n'est pas possible. Si c'est ça, Rusty va m'entendre. Et si c'est elle, c'est elle qui va m'entendre. Je prends mon portable, mais je change d'avis. Il y a certaines choses dont on ne peut pas parler par téléphone. Je lui envoie un texto.

« Salut ! On peut se voir quand pour parler un peu de vive voix ? J'ai aussi quelque chose pour toi. »

Je regarde à nouveau l'enveloppe. Elle n'est pas fermée. Peut-être que la réponse est dedans. Il suffirait d'un instant. De toute façon, personne ne le saurait. Je la prends, je la tourne et la retourne entre mes mains. Je n'ai pas envie qu'ils se séparent, ces deux-là. Mais même si je l'ouvre et que je lis, qu'est-ce que je peux y faire ? Eux seuls savent ce qu'ils ont à faire… Oui, mais moi aussi je voudrais le savoir. C'est vrai, je les ai toujours soutenus, moi ! Et puis, si on me demande de faire le facteur, j'ai bien droit à un prix, non ?

Je fais doucement glisser le triangle de papier bleu ciel. Je l'ouvre.

« Mon amour, excuse-moi… »

J'entends une clé dans la serrure. Ale fait son entrée. Je remets la lettre dans l'enveloppe et je la cache vite derrière un coussin.

— Salut… Mais tu es à la maison ? Tu as mis l'eau à chauffer pour les pâtes ?

— Non.

— Qu'est-ce que tu attends ?

— Je t'attendais toi…

— Oui, c'est ça…

Elle va dans sa chambre.

Je reprends la lettre, je la cache bien. Je la lirai plus tard, au calme. Ou peut-être pas. Peut-être qu'il est juste que ces mots restent entre eux. Et sur cette dernière décision définitive, je vais dans ma chambre.

Au collège, c'est toujours pareil, quand Noël approche, il y a toujours une sorte d'adrénaline. Déjà, le dernier jour, on fait la fête de l'arbre. Tout le monde apporte un cadeau, et puis on tire au sort pour savoir qui offre à qui ! C'est très marrant, mais les garçons offrent toujours des trucs absurdes, parfois dégoûtants. Ils le font exprès parce que ça les amuse d'être transgressifs, de gâcher la fête de Noël et toute l'ambiance.

Cudini s'est fait enlever son plâtre. Il a défié M. Leone au ballon. Il s'agit de le faire rebondir sur son pied le plus grand nombre de fois possible. Il lui a dit que s'il le battait il ne devait pas l'interroger pendant tout janvier et lui mettre une bonne note pour le mois. Le prof a relevé le défi.

— Alors, vous êtes prêts ? Allez ! Une, deux, trois…

Je compte avec le reste de la classe, ils sont tous clairement contre le prof.

— Quatorze, quinze…

Mais il est fort. Il fait rebondir la balle tranquillement.

— Vingt-deux, vingt-trois…

Quelqu'un siffle, un autre tape des pieds. Je ne vous raconte pas le bordel ! Ils tentent de le distraire par tous les moyens. Mais il continue !

— Trente-cinq, trente-six…

Il fait un effort terrible pour la rattraper.

— Trente-sept ! Eeeeeh… Eeehhh !

Il ne va pas y arriver.

— Ooooh…

Il l'a perdue ! Tout le monde bat des poings sur les tables, une sorte de hola démarre.

— Chut, les enfants, ne faites pas de bruit ! Si le directeur arrive, ça va barder… comment je lui explique ce *certamen*, moi ?

— Hein ?

— *Certamen*… compétition, Cudini, compétition. *Certamen* veut dire compétition.

— M'sieur, parlez comme vous mangez ! Pourquoi il faut toujours que vous nous embrouilliez ?

Mes camarades… Tous des lords anglais, comme vous pouvez le constater.

— Allez, c'est à toi !

Cudini prend la balle et la fait rebondir sur son pied.

— Un, deux, trois…

Je compte. Il a du mal à sauter. Il est encore un peu faible sur ses jambes et il jongle avec celle qui était cassée.

— Dix, onze, douze…

Cudini renvoie la balle trop loin, il essaye de la rattraper en sautillant sur une jambe, il donne encore un coup, « Treize », et en tentant le quatorzième il glisse et se retrouve par terre.

— Aïe !

Il met sa main gauche sur son coude.

— Aïe, ça fait mal ! Je me suis cogné le coude.

— Fais voir.

M. Leone s'agenouille à côté de lui et regarde son bras.

— Rien… Tant mieux ! J'ai eu peur que tu te sois encore cassé quelque chose !

— Mais ça me pique super fort, m'sieur ! Je vois des étoiles.

— Bien sûr ! Tu t'es cogné sur un point névralgique. Là, il y a un nerf qui part…

Il commence une explication qui ne ressemble pas à celle d'un prof d'italien ! On dirait un prof de médecine. Et la chose la plus incroyable, c'est que Cudini finit par se relever et Bettoni, son meilleur ami, vient vers lui.

— Regarde ça.

Il lui met son téléphone devant les yeux, un petit film commence. « Dix, onze, douze... » Et boum ! Le vol plané de Cudini.

— Aïe, ça fait mal !

Cudini rit en se revoyant.

— Putain, quelle chute ! Mais... c'est fort, ça fait bien rigoler. Donne-le-moi, je vais tout de suite le mettre sur Scuolazoo.com.

— Bien sûr, c'est pour ça que je te l'ai montré... avec ça, tu vas marquer plein de points. Tu vas entrer directement au top ten !

Ils rient comme des fous et s'éloignent bras dessus bras dessous, tout fiers du vol plané et de l'entrée possible au top ten.

— Quoi qu'il en soit, Cudini, c'est moi qui ai gagné. Prépare-toi, demain je t'interroge.

— Allez, monsieur... la revanche !

Après-midi tranquille. J'ai déjeuné chez mes grands-parents.

Ils m'ont raconté comment ils se sont rencontrés. À une fête. Les fêtes de l'époque n'étaient pas comme celles d'aujourd'hui. Elles étaient plus ouvertes, et tout le monde était vraiment ami, d'après ce qu'ils m'en ont raconté. Aujourd'hui, ce n'est plus comme ça. Et je crois qu'il y a toujours un peu de jalousie.

À un moment, papi a pris la main de mamie et l'a embrassée avec amour. Mamie a fermé les yeux, comme si en fait elle souffrait de quelque chose. Puis elle les a rouverts, elle a poussé un soupir et souri, comme si elle essayait de retrouver un peu de sérénité. Moi je ne savais pas bien quoi faire, alors je me suis versé un peu d'eau en faisant semblant d'avoir soif.

Un peu plus tard, après le dessert, pendant que mamie débarrassait, j'ai fouillé un peu dans la bibliothèque. J'ai pris un livre, je l'ai feuilleté.

« — Jamie, je t'aime. — Je sais, répondit-il à voix basse. Bien sûr que je le sais, mon trésor. Laisse-moi te le dire dans le sommeil, combien je t'aime. Parce qu'il n'y a pas grand-chose que je puisse te dire quand nous sommes éveillés, sinon les mêmes pauvres mots répétés encore et encore. Mais quand tu dors dans mes bras, je peux te dire des choses qui sembleraient idiotes hors du sommeil, et tes rêves sauront qu'elles sont vraies. »

C'était *Le Chardon et le Tartan*, de Diana Gabaldon. Voilà, moi aussi, un jour, je voudrais pouvoir dire des mots comme ça à Massi. Oui, à lui. Parce que si une personne que je n'ai vue qu'une fois demeure aussi présente à mon esprit, si c'est à elle que je dédie mes pensées, mes sentiments, les choses amusantes qui m'arrivent, bref, tout ce que je vis de mieux, alors c'est forcément quelqu'un de spécial. Ou alors je suis une rêveuse désespérée ?

En tout cas, je préfère penser que c'est grâce à lui et pas à cause de moi. De toute façon, quand j'arrive à la maison, je vois Gibbo qui m'attend en bas. Avec sa voiture neuve, naturellement.

— Qu'est-ce que tu fais là ?

— Salut, Caro ! Je cherchais un chauffeur pour ma voiture, ça te dit ?

Il est trop fort, Gibbo.

Je sonne à l'interphone pour prévenir que je vais faire un tour. Naturellement, c'est Ale qui répond, et comme d'habitude quand je lui dis quelque chose elle ne répond pas. Je resonne.

— Tu as compris ?

— Oui.

— Alors dis-le ! Préviens maman pour ne pas qu'elle s'inquiète, dis-lui que je n'ai plus de batterie.

Elle raccroche. Et je re-sonne.

— Tu as compris, je n'ai plus de batterie ?

— Oui, je t'ai dit oui.

— Non, tu as dit oui pour ce que j'ai dit avant !

— Ça va, j'ai compris.

— Quoi donc ?

— Tu n'as plus de batterie.

Gibbo klaxonne.

— Allez, Caro !

Je monte dans la voiture et nous partons.

— Vous faites toujours ça ?

— Toujours. Ma sœur est une casse-pieds ! On va où ?

— Va tout droit ! Au bout, tu tourneras à droite.

Je fonce au bout de la rue et j'amorce le virage. Gibbo se tient pour ne pas me tomber dessus. Je suis le virage avec mon corps, puis je remets le volant au centre et la voiture retrouve son équilibre.

— Eh, je te laisse conduire, mais je ne t'ai pas demandé de démolir ma voiture ! Ça ne va pas…

Gibbo me regarde.

— Quoi donc ?

— Tu conduis trop bien, maintenant.

— Et alors ?

— Je préférais avant. Tu étais moins sûre de toi. Tu sais que l'excès de confiance représente 65 % des causes d'erreur ?

Gibbo. Je le regarde. Il est trop marrant. Il est comme ça, on ne peut rien y faire. *Le Livre des tests* va beaucoup lui plaire.

— OK, tu as raison.

Je souris et je ralentis.

Un peu plus tard.

— Voilà, arrête-toi ici.

— On est où ?

— Ne t'inquiète pas.

Il prend son petit ordinateur dans son sac. Puis il descend et me fait signe de le suivre.

— Je n'y crois pas !

Je m'arrête, abasourdie par tous les bruits qu'on entend.

— Mais c'est un chenil !

— Oui, viens.

Il me prend par la main.

— Bonjour, Alfredo !

Un monsieur à l'air sympathique avec des moustaches blanches et un gros ventre vient à notre rencontre.

— Bonjour ! Qui est cette amie ?

— Elle s'appelle Carolina.

— Enchantée.

Il me tend une grosse main molle où la mienne se perd facilement.

— Bonjour.

— Alors, faites comme chez vous. De toute façon, tu connais le chemin, Gustavo, n'est-ce pas ?

— Oui, oui, merci.

Gustavo. Ça me fait rire quand on l'appelle comme ça. Pour moi, c'est Gibbo, un point c'est tout, depuis toujours. Alfredo disparaît au fond du sentier, dans une drôle de petite masure. Moi, curieuse, je prends Gibbo par le bras et je lui pose plein de questions.

— Eh, mais comment tu le connais ? Comment tu connais cet endroit ? Tu viens souvent ? Et pourquoi, tu veux prendre un chien ?

— Eh, eh, du calme ! Alors, je le connais parce que mon cousin a pris un chien ici, avant aujourd'hui je n'étais venu qu'une fois, avec lui. Et maintenant je veux offrir un chien à une autre de mes cousines qui en rêve, elle nous a tous bassinés avec ça. Regarde.

Il sort de sa poche une enveloppe.

— Mes parents m'ont donné de l'argent pour faire une offre au chenil. C'est chouette, hein ?

— Oui.

Je baisse les yeux, un peu déçue.

— Qu'est-ce qui se passe, Caro ? Qu'est-ce qui te prend ?

— Bah, je ne sais pas. Ça fait tellement longtemps que je veux un chien… alors, venir ici et voir tous ces chiens si beaux… et prisonniers… et ne pouvoir en choisir qu'un… pour ta cousine, en plus !

— Si ça peut te consoler, ma cousine est très sympa et mignonne. Mais bon, quand j'ai eu ma voiture, la première personne que j'ai voulu emmener faire un tour, c'était toi ! Et puis…

— Et puis ?

— Elle, je ne l'ai pas embrassée !

— Crétin !

Je lui donne une tape sur l'épaule.

— Aïe ! Attention, sinon j'ouvre les cages et je lâche tous les chiens sur toi !

— C'est toi qu'ils mordront ! Moi, ils me sauveront, parce qu'ils verront tout de suite que toi tu t'en fiches, que tu n'es qu'un misérable opportuniste !

— Carrément ! Allez, donne-moi un coup de main, tiens-moi ça.

Il prend un petit câble et le connecte à son ordinateur.

— Tu fais quoi ?

— On va prendre des photos de ceux qu'on trouve les plus mignons, et ensuite j'y réfléchirai un peu.

— Alors tu avais besoin de moi uniquement parce que tu ne pouvais pas faire ça tout seul !

— Mais non, c'est que toi, tu t'y connais… Tu me diras lequel est le plus mignon et le plus sain.

— Ils sont tous mignons et sains.

— Justement. Il faut qu'on en choisisse un. Tu m'aides !

— OK… Espèce de macho !

— Quel rapport ?

Gibbo éclate de rire et me prend en photo. Elle apparaît directement sur l'écran de son ordinateur.

— Eh, mais je ne suis pas un chien, moi !

— C'était pour tester. Allez, on y va.

Nous nous approchons des cages. Ce qu'ils sont mignons ! Ils ont des petits museaux rigolos, ils sont doux. Ils penchent la tête sur le côté et nous observent. Certains n'aboient même pas. À mon avis, ils ont compris que de notre décision dépendra leur vie future. Moi je les emmènerais tous, si je pouvais.

— Celui-là ?

J'en indique un.

— Ou celui-là ? Ou bien celui-là ?

— Tu ne peux pas te décider ?!

— En matière de chiens, non.

Je hausse les épaules. Gibbo secoue la tête et continue à me suivre. Ils me plaisent tous. Maintenant, ils se sont un peu familiarisés. Ils accourent, aboient, et viennent se frotter à moi quand je tends la main. Ils veulent être caressés.

— Ils ont besoin d'amour.

— Comme 70 % des gens.

— Gibbo !

Nous prenons d'autres photos. Nous leur donnons des noms. Gibbo écrit même leur race et leurs signes particuliers ! Je ne sais pas comment il a fait, mais avec un téléphone portable et un ordinateur on peut aller sur Internet et comprendre à quel genre de bâtard, dans le sens de chien abandonné, on a à faire. À la fin, plus d'hésitations possibles. Le chien dont héritera la cousine veinarde de Gibbo s'appelle Joey ! C'est moi qui ai choisi son nom !

— Comment elle s'appelle, ta cousine ?

— Gioia.

— Parfait ! Tu vois, les choses n'arrivent jamais pas hasard.

D'ailleurs, ce qui se passe quand je rentre à la maison n'est pas non plus un hasard.

— Ciao.

— Merci pour ton aide, Caro. Je n'aurais jamais su lequel choisir…

— De rien, je me suis bien amusée. Tu m'enverras par mail les photos du petit ?

— Lequel ?

— Le cocker.

— Pourquoi, c'était ton préféré ?

— Non, mon préféré est Joey ! Mais Lilly aussi, si un jour je peux… elle me plairait. Je l'aurai au moins en photo ! Je t'aurais bien demandé aussi celle de Joey, mais ça va me rendre triste de penser que c'est ta cousine qui l'a !

Gibbo rit.

— OK ! On se voit demain matin.

Je n'ai pas le temps de rentrer dans l'immeuble qu'une main sort d'un buisson et m'attrape au vol.

— Tu étais où ?!

— Quelle peur ! Lele… Qu'est-ce que tu fais là ?

— Je t'ai appelée mais ton portable était éteint.

— Je n'ai plus de batterie.

— Montre.

— Mais Lele…

Il est bizarre. Absurde. On dirait un autre. Il me fait peur.

— Tu veux vraiment le voir ? Je te dis la vérité. Je n'ai aucune raison de mentir.

Et en même temps, je me dis… que je ne devrais pas me justifier. De quoi ? Et avec lui ? Pourquoi ? Mais je sors quand même mon Nokia de ma poche. Je m'apprête à le lui tendre. Il change soudain d'expression. Il se détend. Il devient plus calme.

— Non, non, pardon. Tu as raison. C'est que, pendant un instant…

Il ne dit rien d'autre, il se tait pendant un petit moment.

— J'ai eu peur qu'il te soit arrivé quelque chose.

Ce n'est pas vrai. Ce n'est pas pour ça qu'il s'est inquiété pour moi. Il était inquiet pour lui, il a eu peur que je puisse sortir avec quelqu'un d'autre.

— On dîne ensemble, ce soir ?

Je souris.

— Je ne peux pas.

— Allez ! Je veux faire la paix.

— Nous ne nous sommes pas disputés. Et mes parents ne me laisseront pas sortir, si je les préviens aussi tard.

— Invente quelque chose.

En réalité, je pourrais dire que je vais chez Alis. Ça arrive qu'on aille dîner chez elle. On l'a fait l'autre soir, on s'est fait une pizza chez elle, une pizza surgelée. La cuisinière n'était pas là et la maman d'Alis était allée à une fête. Dans la villa, il n'y avait que les chiens et bien sûr le couple de Philippins qui vivent sur place, mais qui en général ne nous embêtent pas trop. Clod a fait un de ces bordels ! Elle voulait améliorer les pizzas, qui étaient de simples margheritas surgelées, avec du jambon cuit, des câpres et des anchois. Et puis, dans le frigo, elle a aussi trouvé des courgettes et du lard. Résultat : elle a tout mis ! Et c'était vraiment lourd, comme pizza. Mais qu'est-ce qu'on a rigolé ! Clod aurait mis des marrons, si elle en avait trouvé ! Ces petites sorties chez Alis, mes parents me laissent y aller, quand je les préviens au moins deux jours avant, à condition que Clod passe me prendre et qu'elle me ramène avant 11 heures. Là, je ne vois pas bien quoi inventer, et puis, je ne sais pas… Peut-être est-ce à cause de ce qui vient juste de se passer ? je n'ai pas très envie.

— Lele, je n'ai pas le courage de me disputer avec mes parents…

Il ne dit rien, penche la tête sur le côté. Et puis il la relève en souriant, comme s'il était convaincu par ce que je viens de dire.

— OK. Et demain, tu as envie de jouer ?

— Pourquoi pas ? On fait un match ?

Je l'embrasse sur la joue et quand je m'écarte je vois qu'il fait la tête, comme s'il était déçu. C'est bizarre, il a dix-huit ans mais il a l'air plus jeune que moi. Il me regarde et me dit :

— C'est comme ça que tu me dis au revoir ?

Je m'approche et je l'embrasse légèrement sur les lèvres, mais je n'ai pas le temps de m'écarter, il me prend dans ses bras et m'embrasse plus longuement. Et profondément ! Attends ! Juste en bas de chez moi. Il est fou. Mais il ne me lâche pas. Je me laisse aller. Il continue à m'embrasser. Avec la langue, et je le laisse faire. Ça me fait bizarre, dehors, dans le froid, un baiser aussi… chaud. Heureusement que Rusty James n'habite plus ici. On dirait un titre de film. S'il me surprenait, je serais morte ! Mais comment ça se fait que, pendant que j'embrasse Lele, je pense à toutes ces choses ? On pense à quoi, en embrassant ? Il faudra que je demande à Alis. Sûrement pas à Clod. Ou encore mieux, à ma sœur Ale ! En tout cas, il m'embrasse encore. Et si quelqu'un arrivait ?

— Hum, hum…

Je ne croyais pas si bien dire. En entendant la voix, nous nous écartons tous les deux comme des automates. Il ne manquait plus que ça. Mme Marinelli. Deuxième étage. L'une des plus commères de l'immeuble. Ma mère dit qu'elle trouve toujours à redire sur tout et sur tout le monde. « Votre fils gare mal sa moto. Votre fille jette ses cigarettes devant la porte… »

Et ma mère : « Si vous saviez les manœuvres qu'on est obligés de faire ! Et puis… Vous vous trompez, ma fille Alessandra ne fume pas ! »

Et là, qu'est-ce qu'elle va lui dire ?

« Votre fille Carolina bloque l'entrée de l'immeuble en embrassant un garçon juste devant la porte. »

Vraiment, il ne manquait plus que ça. Mme Marinelli sort ses clés et me fait un drôle de sourire. Forcé.

— Pardon, hein, mais je voudrais passer.

— Je vous en prie.

Je me déplace. Lele en profite pour s'éclipser.

— Salut, je t'appelle tout à l'heure.

Lui aussi est très gêné, alors il disparaît comme par magie, pouf. Mme Marinelli met un moment à trouver la clé du portail, et juste quand elle met enfin la main dessus, j'entends une autre voix dans mon dos.

— Laissez ouvert !

Ma mère. Je n'y crois pas. On est dans *The Ring*, ou quoi ? Ou plutôt dans *Saw 1, 2, 3* et *4* ! En tout cas, c'est un film d'horreur.

Maman arrive toute contente, peut-être un peu fatiguée, deux sacs de courses à la main.

— Salut, Caro !

— Maman, attends, je vais t'aider.

Je cours vers elle et je lui prends un sac des mains.

— Non, prends plutôt celui-là.

— Mais ils pèsent pareil !

— Oui, mais dans celui-ci il y a les œufs.

Toujours son immense confiance en moi. Et si elle était arrivée un peu plus tôt ? Comment on dit, déjà, pour dire que quelque chose a raté ?… Un œuf cassé dans le panier ? Ça aurait été pire, là, une véritable omelette ! Je souris à ma mère. Elle me renvoie mon sourire, puis lève les yeux au ciel, comme pour dire « Il fallait vraiment qu'on tombe sur Mme Marinelli ? ». Il ne nous manquait plus que ça, elle est tellement casse-pieds. Oui, je sais !

Je lève un sourcil, comme pour l'approuver… Soudain je prends conscience que c'est uniquement grâce à son « hum, hum » si Lele et moi nous nous sommes écartés, en fait je lui dois tout, à Mme Marinelli ! Si on avait continué, c'est maman qui aurait fait « hum hum » ! Argh !

Et maintenant, je fais quoi, moi ? Nous attendons l'ascenseur toutes les trois. Je prends les escaliers, comme d'habitude, quitte à les laisser seules ? Elles vont se dire quoi ? Mme Marinelli n'attend que ça… elle parlera, elle balancera tout, elle trahira notre secret… je ne peux pas les laisser seules. Quand l'ascenseur arrive, je fonce à l'intérieur. Maman me regarde, étonnée.

— Tu ne montes pas à pied ?

— Non, non, je viens avec vous.

Je lui souris.

— Je t'aide à porter les courses.

Mme Marinelli me regarde, l'air de dire : « Oui, bien sûr. C'est juste pour ça que tu viens avec nous, non ? »

Dans l'ascenseur, personne ne dit rien, mais nos expressions en disent long.

Mme Marinelli lève un sourcil désapprobateur, vipérine et malicieuse, et elle me scrute d'un air interrogateur, comme si elle me demandait : « Tu vas le dire à ta mère, n'est-ce pas ? »

Je la regarde d'un air très coupable, comme si je répondais : « Bien sûr, bien sûr, je me suis mal conduite mais je vais tout lui dire… »

Elle fait une sorte de oui avec la tête, l'air rassuré, comme pour dire : « De toute façon, tu le sais, si tu ne le lui dis pas, ma chérie, tôt ou tard c'est moi qui lui dirai. »

L'ascenseur s'arrête enfin à son étage, elle descend.

— Au revoir…

Puis elle me regarde et fait un drôle de sourire.

— Bonne soirée.

L'air de dire : « Bonne discussion. »

Maman appuie sur le bouton de notre étage. Dès que les portes se referment, elle me regarde.

— Mais qu'est-ce qu'elle avait, Mme Marinelli ?

— Je ne sais pas… rien !

— Elle avait l'air bizarre, et puis elle te regardait…

Maman est trop forte, elle voit tout.

— Ben, oui…

Autant affronter ça tout de suite.

— Maman, tu sais, Lele, le garçon avec qui je joue au tennis…

— Oui, eh bien ?

— Nous étions devant le portail quand elle est arrivée.

— Et alors ?

Maman est curieuse, et aussi un peu inquiète. L'ascenseur arrive à notre étage, je sors la première.

— Tu sais, les trucs habituels…

Maman me court après, s'arrête devant la porte et pose les courses par terre.

— Non. Je ne sais pas.

Maintenant, elle est vraiment inquiète.

— Quels trucs habituels ?

— Ce qui peut se passer entre un garçon et une fille.

Maman me regarde et écarquille les yeux. Elle est trop anxieuse, alors je décide de tout lui dire.

— Il voulait un baiser, et moi je lui ai donné !

— Ah.

Elle pousse un soupir de demi-soulagement.

— Voilà, c'est tout, je t'ai tout dit.

C'est vrai, je lui ai presque tout dit, non ? Au début, je ne voulais pas le lui donner, ce baiser. Disons que j'ai raconté une partie de l'histoire… Mais voilà, je le savais, ça ne suffit pas. Nous en avons parlé toute la soirée. Vu que papa rentrait tard et qu'Ale était sortie, nous étions toutes les deux. Maman a dit un truc trop mignon :

— Enfin ! Comme deux copines, toi et moi, toutes les deux !

À une amie, tu peux tout lui raconter. Mais à une mère ? Si je lui disais la moitié de ce que savent Alis et Clod, je ne sortirais pas pendant une semaine, à mon avis. Ou même un mois. Peut-être deux ! Alors j'ai dû lui parler un peu de Lorenzo, mais pas trop, un peu de Lele, mais pas assez, pratiquement rien de Gibbo ni de Filo, et absolument rien de Massi ! À la fin, nous nous sommes serrées dans les bras, maman a poussé un soupir et nous sommes allées nous coucher, comme deux amies heureuses et sereines. Facile, la vie, non ?

La fête de l'école. L'arbre de Noël. C'est le jour que je préfère. C'est vrai, c'est juste avant Noël, au lieu de travailler on ouvre des cadeaux et si on a de la chance on peut même tomber sur quelque chose de chouette ! Le plus amusant, c'est que tout le monde essaye de deviner quel est le cadeau d'Alis, parce qu'en général elle achète quelque chose de conséquent, et surtout de très cher. L'an dernier, elle a offert un appareil photo numérique Canon. Et le pire, c'est que c'est Raffaelli qui est tombée sur son cadeau, une bûcheuse qui énerve tout le monde. Quand elle a ouvert le paquet elle n'en revenait pas, elle a mis les mains sur sa bouche, elle était écarlate. Et comme d'habitude, Cudini s'en est mêlé.

— T'en fais une tête, si tu te prends en photo toi-même tu vas cramer l'appareil !

Tout le monde a éclaté de rire, sauf Alis qui a fait une grimace, et là on a tous compris, il n'y avait plus de doute possible. Qui peut se permettre de faire un tel cadeau ? Difficile de se tromper, malheureusement. Tout le monde apporte un cadeau. Les paquets sont numérotés de un à vingt-cinq, comme le nombre d'élèves dans la classe. Chacun pêche un papier où est écrit un numéro qui correspond au cadeau qu'on prend ensuite dans un grand panier que tient M. Leone, sans jamais le lâcher, évidemment. Le problème, c'est que les garçons apportent toujours des cadeaux pourris. Une pomme à moitié mangée, un billet pour un concert déjà passé, ou pire encore des chaussettes sales qui puent. Mais cette année, ils ont battu tous les records.

— Fais voir, qu'est-ce que tu as eu ?

— Une écharpe, elle est jolie !

— Et moi une casquette !

— Et toi ?

— Un drapeau de la Roma ! Mais je vais le brûler, moi je suis pour la Lazio.

— N'y pense même pas, ou alors c'est moi qui te mets le feu.

Et ainsi de suite.

— Et ça ? C'est joli… Un petit ballon ! Mais quelle drôle de forme.

C'est justement tombé sur Raffaelli. Tous les garçons se mettent à rire comme des idiots. Et elle, pire, elle insiste.

— Pourquoi vous riez ?

Naturellement, Cudini ne laisse pas passer une occasion pareille.

— Parce que tu ne comprends vraiment rien à rien !

— C'est un préservatif !

Cudini ne l'a pas lâchée. On n'a jamais compris si c'était lui qui avait fait le cadeau. On sait juste que son ami Bettoni a filmé la scène avec son portable et que naturellement il s'est à nouveau retrouvé au top ten de Scuolazoo.com.

Le lendemain après-midi, je suis allée livrer mes paquets. Clod m'a accompagnée avec sa voiture. Trop marrant. Je me sentais comme un drôle de facteur. Ce qui était bien, c'est que tout le monde était sorti. Il n'y a rien de plus gênant pour moi que de voir quelqu'un ouvrir son cadeau devant moi. Si ça ne lui plaît pas, ça se voit tout de suite. Le visage passe de souriant à, comment dire… suspendu. Il y a des gens incapables de rien cacher. Alors j'entrais, je laissais le paquet au gardien avec un petit mot, et je repartais pour une nouvelle livraison.

La seule à qui je n'ai pas pu faire autrement que de lui donner son cadeau en main propre, c'est Clod, vu que j'étais en voiture avec elle.

— Tiens… le dernier, c'est pour toi.

— Merci ! C'est vraiment gentil.

— Clod, mais tu ne l'as pas encore ouvert !

— Je sais, mais ça me plaît déjà ! Moi aussi j'ai quelque chose pour toi.

Elle ouvre la boîte à gants et en sort un paquet léger.

— On l'ouvre ensemble, Caro, ça te va ?

Comment lui dire non ? Alors nous déballons nos paquets dans la voiture. Pour moi, ça ne prend qu'un instant. Clod s'en aperçoit.

— Ça te plaît ? C'est une compilation.

— Oui, beaucoup.

Je le tourne et le retourne dans mes mains avant de l'ouvrir. C'est un CD avec plusieurs chansons. Fait par elle. Sur la pochette, il y a les titres et un joli dessin.

— Tu as mis *Rise Your Hand* ! Je l'adore !

Je me demande si elle a vu mon visage suspendu, si elle l'a reconnu. C'est vrai, venant d'elle, je m'attendais à plus. Et puis, elle est très forte à l'ordinateur, et ça c'est un CD fait en série, tout bête. Elle en a fait pour tout le monde, pas juste pour moi ! Comme ceux qui envoient des textos de vœux à tout le monde. Je déteste ça ! Ça doit être parce que cette année Clod a dépensé plein d'argent, elle n'avait plus rien. Mais de là à faire des économies sur mon dos… À mon avis, c'est justement là, quand tu fais un cadeau à quelqu'un, que tu te rends compte de combien tu l'aimes. L'amour est proportionnel à ce que tu arrives à économiser ! Quoi qu'il en soit, j'ai peur de n'avoir rien réussi à dissimuler du tout.

— Qu'est-ce qui se passe, ça ne te plaît pas ?

— Bien sûr que si… mais il n'y a rien d'Elisa… genre *Un senso di te.*

— Je me suis bien dit que tu la voudrais ! Mais je l'ai téléchargée trop tard, il n'y avait plus de place.

— Merci, il est super quand même !

Clod sourit, à nouveau heureuse. Elle déballe le sien.

— Nooon ! Trop fort ! Je suis trop contente ! *Le Chocolat* ! Je voulais vraiment le voir, et je n'avais pas pu y aller. Ma mère disait que j'aurais grossi rien qu'en le regardant, ce film.

J'éclate de rire.

— Et ça, c'est quoi ?

Elle lit la petite carte.

— « À la place du pop-corn, pour mieux suivre le film et bien entrer dans l'histoire. »

Elle le déballe également.

— Des chocolats ! Mmh !

Elle retourne la boîte.

— Chocolat noir à 70 %. Ça doit être incroyable !!! Ce soir, je mets le film et je les dévore. Merci !

Elle me prend dans ses bras et m'embrasse. Elle est douce et parfumée. Clod, on dirait une peluche vivante. Moi, je la serre dans mes bras, heureuse, et j'aimerais bien avoir le même enthousiasme pour son CD. Mais je n'y arrive pas, et ça me fait un peu de peine. Qu'est-ce que je peux y faire ? Bon, au moins je ne suis pas fausse.

— Merci… ton CD aussi me plaît beaucoup.

Je n'ai même pas le temps de formuler ma pensée que je me renie toute seule.

Cela dit, les jours suivants, les cadeaux de Gibbo, de Filo, et même d'Alis, ce qui est incroyable, ne sont pas terribles. Comme s'ils avaient tous fait des économies sur mon dos. Gibbo m'a offert un petit album photo avec une vieille photo de classe de sixième. Une photo horrible, en plus. Filo m'a offert une barrette et Alis un petit sac à fermeture Éclair dont honnêtement je ne vois pas bien ce que je vais faire. J'étais mal, sérieusement, très mal, et je ne sais pas combien j'ai réussi à le cacher. Quand j'ai ouvert le cadeau d'Alis, qui était celui dans lequel j'avais fondé le plus d'espoir, je dois avoir fait une tête terrible. Il y avait aussi Filo, Gibbo et Clod, et j'ai même eu l'impression de les voir rire. Ensuite, ils ont retrouvé leur sérieux.

— Qu'est-ce qu'il y a ? Ça ne te plaît pas ?

— Si, si, il est très joli…

Et tout est redevenu normal. Mais je trouvais qu'ils me regardaient un peu bizarrement. Je devais avoir l'air très déçue, ils l'ont bien compris. Mais en fait, il y avait autre chose. C'est pour une autre raison, qu'ils avaient ri. Je ne m'y serais jamais attendue. Jamais.

Le soir de Noël. Nous sommes tous à table. Rusty James, mamie Luci, papi Tom et la maman de papa, mamie Virginia. Et puis Ale, maman et papa. Notre dîner est un festin. Maman a fait des trucs de rêve : des pâtes au four, et puis des crevettes et des poissons de toutes sortes, un gros bar avec de la mayonnaise, un délice. Celle que maman fait elle-même, un peu salée avec beaucoup de citron. Bref, quand tu manges autant que ça, tu penses déjà à toute la gym qu'il te faudra faire pour tout reperdre… Soudain, on sonne à la porte. Maman est étonnée.

— Qui ça peut bien être ?

— Quelle heure est-il ?

— Presque minuit.

Ale, toujours égale à elle-même.

— Alors c'est le Père Noël.

Rusty James sourit.

— Moi, je n'attends personne.

Je m'en mêle, amusée.

— Moi non plus.

Sans savoir que je me trompe.

Papa va ouvrir, et la seconde d'après ils sont tous au milieu du salon : Filo, Gibbo, Clod et Alis. Et puis, soudain, Gibbo bouge un peu, et je le vois, entre ses jambes, pas très sûr de lui.

— Je n'y crois pas.

Je hurle en me levant :

— Joey !

Je cours et j'embrasse mes amis et ce petit chien pataud et terrorisé.

— Petit !

Je le serre contre ma poitrine, je lui ébouriffe les poils de la tête, je souffle dessus, je le tiens fort contre moi.

— Il s'est enfui de chez ta cousine, hein ? Il est venu chez moi. Il m'a choisie !

Je m'éloigne un peu pour mieux le regarder.

— Il est trop mignon !

Mes amis sourient, heureux de mon enthousiasme, qui cette fois est sincère. Et puis, tous ensemble, ils me le disent.

— Joyeux Noël, Caro !

Je comprends d'un coup.

— Mais… vraiment ? Je n'y crois pas !

Gibbo le caresse.

— Oui. Quelle cousine ? Je ne parle même pas avec ma cousine, moi ! Ce chien a toujours été pour toi. Joyeux Noël, Caro.

— Oui, joyeux Noël.

— Meilleurs vœux à notre Caro.

Filo m'embrasse, puis Clod, et enfin Alis s'approche de moi. Elle me sourit, rentre un peu la tête dans les épaules, elle est un peu embarrassée, puis elle me serre très fort dans ses bras et me chuchote à l'oreille : « De notre part. On t'aime. » J'ai les larmes aux yeux, je m'agenouille à côté de Joey. C'est mon rêve, ce que j'ai toujours voulu. Joey, enfin te voici. Et lui, comme s'il comprenait combien il a été rêvé et désiré, pose sa patte sur mon genou. À ce moment, j'ai presque honte d'être aussi émue. Je le savais, ça y est, les larmes coulent… Maman s'en rend compte, et comme d'habitude elle me sauve.

— Les enfants, vous voulez quelque chose, je ne sais pas, je peux vous offrir un Coca, quelque chose à manger ? Il y a des biscuits…

— Non, non, merci madame, moi je dois rentrer chez moi.

— Moi aussi.

— Moi aussi, mes parents m'attendent en bas, nous allons à la messe.

Alors, comme ils sont apparus, beaux et souriants, mes amis disparaissent dans les escaliers, en courant, en se donnant des coups de coude, en chahutant. Avec une dernière recommandation de la part de Gibbo.

— Surtout, traite-le bien. Et n'oublie pas qu'il lui faudra au moins une semaine pour s'habituer à ta maison. Ah, et au début, tous les chiens, juste pour comprendre où ils sont, font pipi partout !

Il s'enfuit à son tour dans les escaliers. Chez moi, c'est tellement petit qu'il s'y habituera tout de suite. Ils ont été vraiment gentils.

Mamie Luci et papi Tom me regardent serrer Joey dans mes bras. Même Ale s'approche et le caresse.

— Il est vraiment beau… Mais c'est toi qui l'as choisi ?

— Gibbo me l'a fait choisir au chenil, mais en me faisant croire que c'était pour sa cousine. Je suis tombée dans le panneau !

À ce moment-là, mon père dit la chose la plus terrible qu'il pouvait dire :

— Oui, mais moi je ne veux pas de ce bâtard chez moi.

— Mais papa, c'est mon cadeau.

— Oui, mais tu l'as dit toi-même, ils l'ont pris au chenil. Il pourrait être malade.

Maman intervient.

— Nous l'emmènerons chez le vétérinaire, nous lui ferons faire toutes les piqûres qu'il faudra.

— Bien sûr, déjà qu'on se marche dessus, ici, il ne nous manquait plus qu'un chien.

J'ai envie de pleurer mais je ne veux pas le montrer, alors je vais dans ma chambre avec Joey. Je les entends se disputer. J'entends des cris. J'entends ma mère et mon père, et aussi Rusty James, tout le monde dit quelque chose mais je ne comprends pas quoi. Je me sens soudain très seule dans un monde bizarre. Je serre Joey dans mes bras et je suis heureuse, mais j'ai aussi envie de pleurer. Je voudrais être beaucoup plus grande et avoir une maison à moi, loin d'ici, où je pourrais faire tout ce que je veux, inviter mes amis, garder Joey et ne jamais y faire venir mon père. Jamais. Je le déteste. Il ne peut pas être aussi méchant. Et sur cette pensée, je m'endors.

Quand je me réveille le lendemain matin, je suis en pyjama. Maman a dû me changer pendant que je dormais. Je ne me souviens de rien. Je lance un regard désespéré dans ma chambre et heureusement il est là, dans un coin, dans un petit panier, sur une vieille couverture bleue que j'utilisais quand j'étais petite, je me rappelle. Joey dort encore, ou plutôt il somnole, parce qu'il a ouvert un œil et il me regarde.

Maman m'explique la situation. Papa a été très dur. Il a dit que quand il rentrerait Joey devait être parti.

— Il faut que je le ramène au chenil, maman ? Mais mes amis me l'ont offert ! Ils ont fait un don pour lui !

Maman me sourit en faisant la vaisselle.

— Peut-être qu'il y a une solution. Rusty James, comme tu l'appelles, a dit qu'il pouvait le garder, lui. Ça te va ?

Non. Ça ne me va pas. Même si c'est mieux que rien. Mais je ne le dis pas. Je me tais et je vais dans ma chambre.

Aujourd'hui, c'est la première et dernière journée de Joey à la maison, alors je veux la passer seule avec lui.

L'après-midi. Je suis allée chez RJ. Il s'est procuré une niche trop mignonne, dessus il y a écrit *Joey*, des lettres en bois rouges avec des bords bleus. Il a mis une couverture dedans et une gamelle devant. Il a acheté plusieurs paquets de biscuits pour chiens. Bref, il a pensé à tout. À presque tout : moi, je ne veux pas l'abandonner, Joey.

— Mais Caro, tu peux venir quand tu veux, il sera toujours ici avec moi. Il a plus d'espace, il peut sortir quand il veut, il y a la nature. Il serait à l'étroit, à la maison. Il sera bien ici…

— Oui, mais il me manque déjà.

Rusty sourit, prend son portable et appuie sur un bouton.

— Maman, Caro peut rester dîner ici avec moi ?

Pause.

— Oui, bien sûr… Je la raccompagne. Oui… OK… Non… Pas trop tard.

Il raccroche et me sourit. Rusty sait rendre les choses faciles, parfois. Il s'agenouille et caresse Joey, il l'ébouriffe, ça a l'air d'amuser le chien. Voilà, je le savais. Ils se sont déjà attachés l'un à l'autre. Je suis un peu jalouse. Peut-être que RJ est la bonne personne à qui parler. Oui, allez, je vais essayer.

— Je peux te poser une question ?

RJ arrête de caresser Joey et me regarde.

— Je t'écoute.

— Si une fille avait embrassé quatre garçons mais en réalité n'en avait rien à faire d'aucun d'entre eux, qu'est-ce que tu penserais d'elle ?

— Quel âge elle a ?

— Elle est un peu plus grande que moi, dans les quinze ans.

RJ sourit. Je ne sais pas s'il a compris.

— Disons que c'est une fille… un peu facile.

— Vraiment ? C'est vraiment ce que tu penses ? Mais elle l'a fait un peu par jeu…

— Certaines choses ne se font pas par jeu.

Je réfléchis.

— C'est vrai. Mais toi, tu pourrais tomber amoureux d'une fille comme ça ?

— J'espère pas, mais malheureusement c'est justement elles qui me font perdre la tête… Allez, Joey, on y va !

Puis il se met à courir et traverse la passerelle.

— Allez, viens, viens.

Joey le suit sur le quai, aboie, saute, court et lui tourne autour. RJ a raison. Je crois que je n'embrasserai plus personne, à part Massi, si je le trouve un jour. Je les regarde. Deux parfaits amis. Je voudrais en être heureuse, mais il me manque déjà un peu. Pourquoi on ne peut pas être heureux quand on est petit ? Il faut être grand pour réaliser ses rêves ? C'est pour ça que mes amies veulent grandir vite ? En fait, je sais que je ne peux pas trouver de réponse à ces questions. Alors je cours derrière eux. On dirait trois idiots, mais l'espace d'un instant je me sens heureuse.

— Allez, viens ici, viens, Joey.

Je cours, je ris et je saute avec Joey, nous nous faisons la fête, nous courons avec Rusty, et je me sens tellement libre que je ne pense plus à rien. C'est peut-être ça qu'on ressent, quand on est grand.

Je dois faire mes devoirs. Je commence par l'italien : commentaire et fiche sur le film qu'on a vu avant les vacances, *Persepolis*. Évidemment, pas sur *High School Musical*, hein ? En attendant, j'écoute *La Distanza*, de Syria. Et je la dédie à Joey… Ensuite, pour le cours de littérature, commentaire de *Alla sera*, d'Ugo Foscolo. Le Gros Foscolo, comme l'appelle Gibbo. Yahoo ! Quelle rigolade…

Tout finit toujours par s'arranger, mais parfois je ne sais pas pourquoi on ne comprend pas bien ce qui se passe. Par exemple, l'histoire avec Lele reste pour moi un mystère. Après ces baisers et la honte devant Mme Marinelli en bas de l'immeuble, nous ne nous sommes pas revus. Non pas qu'il se soit passé quelque chose, ou qu'on ait voulu éviter des explications. Simplement parce que ses parents sont de Belluno, au nord, alors le soir de Noël ils sont partis là-bas en famille. Mais ensuite, le 28, il est rentré et il m'a rapporté deux superbes cadeaux.

— Tiens, Caro, ouvre-le.

Je m'attaque au paquet orange avec un ruban plus clair et une belle étoile de Noël dessus.

— Oh… c'est vraiment joli.

Un ensemble pour jouer au tennis, Nike, une robe toute blanche avec des petites bandes bleu ciel sur les côtés. Je le pose contre moi.

— Il est magnifique ! Et puis, c'est la bonne taille.

Je regarde l'étiquette. Oups. Il a oublié d'enlever le prix, il l'a payé très cher. Mais je ne le lui dis pas. Soudain, j'ai un doute. Et je ne peux pas m'empêcher de lui demander.

— Comment ça, un ensemble pour jouer au tennis ? Il ne te plaisait pas, le mien ?

Il est un peu gêné, il balbutie…

— Non, c'est-à-dire si, c'est-à-dire non…

— Oui ou non ?

— Il me plaisait, mais celui-ci tu le mettras quand il fera moins froid.

— Ah…

Je décide de le croire. Mais ça ne me plaît pas tant que ça. Je ne trouve pas très important d'avoir des articles de marque. Pour ça, je me sens très différente d'Alis, qui peut tout se permettre, et qui en effet a tout. Mais je me sens aussi différente de Clod qui ne peut rien se permettre mais qui oblige ses parents à faire des sacrifices pour lui payer des vêtements de marque. Moi, j'aime bien être moi, c'est tout. Inventer, plutôt ! Mais ne pas peser sur maman. Même si au bout du compte c'est elle qui me dit oui et qui m'achète ce que je veux. D'un coup, je me retrouve avec un autre cadeau dans les mains.

— Et ça ?

— Ça, je l'ai acheté juste après notre coup de fil…

Il sourit. Il est content de son idée. C'est un petit paquet et je ne sais pas ce que ça peut être. Alors, curieuse, je l'ouvre. C'est une boîte noire avec une drôle de poignée, en dessous il y a un petit lacet, auquel est relié un anneau.

— Qu'est-ce que c'est ?

— Regarde…

Il le tourne. En dessous, il y a écrit « Joey » en lettres jaunes.

— C'est une laisse spéciale, elle s'allonge et se rac-
courcit. Tu peux lâcher le chien et le laisser aller où il
veut, et ensuite, en appuyant sur ce bouton, tu le fais
revenir vers toi.

— Ah, c'est super ! C'est vrai, j'ai vu ça une fois au
parc.

J'ai l'air enthousiaste de ce cadeau, mais en réalité je
ne le suis pas du tout. Je déteste les colliers. Ale aussi
m'en a offert un, et en effet elle ne me comprend pas du
tout. Mais Lele est content, il sourit. Lui non plus, ne me
connaît pas. Alis, Clod, Filo et Gibbo auraient tout de
suite compris que je mens. Ensuite, Lele me fait un drôle
de sourire. Au début, je ne comprends pas... Ah, mais
bien sûr ! Il veut son cadeau, lui aussi.

— Ah, moi aussi je t'ai acheté quelque chose...

Je lui donne un paquet que je sors de mon sac à dos.

— C'est un petit cadeau, hein...

Je le lui tends.

— Les miens aussi, c'étaient des petits cadeaux.

Pendant qu'il l'ouvre, j'ai envie de lui dire que c'est un
petit cadeau dans le sens où je n'aurais jamais pu dépenser autant d'argent ! En fait, je lui avais acheté un autre
cadeau, mais finalement, je ne sais pas pourquoi, je n'ai
pas réussi à le lui donner. Un sweat-shirt bleu clair avec
ma photo dessus. Je l'ai préparé, j'ai trouvé un endroit
où ils en faisaient, mais à la fin, quand tout était prêt,
quand mon nom, « Caro », était écrit dessus, je ne sais
pas pourquoi, je n'ai pas pu. Je ne sais pas pourquoi, ou
peut-être que si.

— Caro, merci ! C'est génial !

Il ouvre son livre sur les joueurs de tennis les plus
célèbres. De John McEnroe à Nadal. Il regarde la dernière page et la voit : une photo de lui que j'ai prise pendant qu'on jouait. Je l'ai imprimée en grand et recoupée.
Et en dessous, j'ai écrit : « Le vrai champion, c'est toi. »

— Merci, Caro !

Il s'approche de moi, me prend dans ses bras, m'embrasse. Je me laisse aller contre lui. Je suis désespérée. Je continue à l'embrasser les yeux fermés. Mais j'ai envie de m'enfuir. Je comprends. Le vrai champion, c'est peut-être lui. Mais de tennis. Pas de mon cœur. Je me sens très mal, mais je voudrais remercier le sweat-shirt ! Quand il a été prêt, je l'ai imaginé sur lui, et j'ai tout compris : je m'en fiche complètement, de Lele. Et maintenant, le grand dilemme : comment le lui dire ? Dans mon collège, des histoires comme ça, terminées aussi vite qu'elles ont commencé, il y en a eu des milliers. Certaines, sur un simple accord verbal : on se met ensemble ? D'autres, plus à l'ancienne. Qu'est-ce que tu en dis, on est fiancés ? Et puis, les filles arrivaient en classe et disaient, tu sais, moi je suis avec lui, moi avec lui. Mais en fait, la plupart de ces incroyables amoureux ne s'étaient même pas embrassés ! Et les quelques-uns qui ont résisté, qui sont vraiment devenus des couples, avec les baisers et tout le reste, ont duré au plus une semaine ou deux. Et en plus, la plupart se sont quittés par textos. Même pas un coup de fil ! Des messages du genre : « Salut, je te quitte. » Quelle tristesse. Je ne peux pas lui faire ça, à Lele. Non. C'est une question d'orgueil, de dignité, de courage… Mais qu'est-ce que ça serait bien, juste un texto ! Ça serait tellement plus simple. Un texto long, bien écrit, où tu expliques pourquoi et comment les choses ne vont pas, ou bien tu dis que c'est peut-être un peu tôt, que ça prend trop d'importance, que tu as peur de souffrir par amour… Mais maintenant, c'est devenu un défi personnel.

Ce jour-là : le 29 décembre.
— Tu fais quoi, Caro ?

— Rien de spécial, peut-être que tout à l'heure j'irai voir Joey.

— Mais pour le moment tu restes à la maison ?

— Oui.

— Il y a qui, chez toi ?

— Personne, mais Ale va bientôt rentrer.

— OK… ciao !

Bizarre, ce coup de fil de Lele. Mais je l'oublie vite. Au bout d'une seconde, j'entends l'interphone. Je vais répondre.

— Qui est là ?

— Surprise ! C'est moi !

— Lele !

— Je t'ai appelée de mon portable, j'étais en chemin. Je peux monter ?

— Non, je descends.

— Allez !

— Maman ne veut que je fasse entrer personne quand je suis seule à la maison.

Je l'entends soupirer.

— OK.

— Je descends dans une minute.

Je cours à la salle de bains, je me regarde dans le miroir. J'ai l'air encore plus battue qu'un œuf. Alors je mets un peu de Rimmel, je prends de l'eye-liner dans la petite trousse d'Ale, pour souligner un peu mes yeux, et je mets du crayon bleu ciel sur mes paupières. Voilà. Je me regarde dans le miroir. Ça va un peu mieux. Puis j'éclate de rire. C'est vrai, ça, je veux le quitter… et je me fais belle. Cela n'a pas de sens. Mais non, quel rapport, c'est pour lui laisser un bon souvenir. Oui, mais pour quoi faire ? Je ne le reverrai peut-être jamais. Sur ce, je prends les clés, je ferme la porte derrière moi et je descends en courant.

Je répète la phrase pour ne pas me tromper. Une fois, deux, trois. Encore. Encore. Une fois de plus. Voilà, je le vois. Je vais vers lui. Décidée, sûre de moi, déterminée. Et au dernier moment, je m'aperçois qu'il tient un paquet dans ses mains. Il me sourit et me le donne.

— Tiens, c'est un petit cadeau pour Joey.

Trop tard. Désormais, je ne peux plus m'arrêter, ça serait comme lever le pied de l'accélérateur d'une Ferrari en pole position, enlever le doigt de la détente d'un fusil chargé, ne pas allumer la mèche d'un pétard du Nouvel An. Alors, au lieu de le remercier, je sors tout d'un trait.

— Je suis désolée, je préfère qu'on se sépare. Je sens que nous sommes trop différents...

J'ai réussi. Je lui ai dit ! Je lui ai tout dit ! Je n'y crois pas. Et tout d'un trait ! Sans m'arrêter ! Lele en reste comme deux ronds de flan, son paquet à la main, la bouche ouverte, incapable de dire quoi que ce soit. Au bout d'un moment, il arrive à fermer la bouche. Et à dire quelque chose qui n'a absolument aucun sens, il s'en rend bien compte.

— Mais comment... comme ça ?

J'ai un peu envie de rire. Je ne sais pas quoi faire. J'ai envie de lui dire : « Qu'est-ce que j'en sais, moi ? », mais je trouve ça moche. Finalement, je dis quelque chose d'un peu plus doux :

— C'était mieux que je te le dise tout de suite... Je voudrais qu'on reste amis.

Doux, tu parles ! Lele fait une de ces têtes. Je crois que c'était la pire phrase que je pouvais dire ! Mais je n'avais pas d'autres idées. Lele pose son paquet sur le muret puis s'assied, lui aussi. Et il se défoule un bon coup.

— Comment ça ? Moi, je trouvais qu'on allait très bien ensemble, on s'amusait bien, on s'entendait bien. On aimait bien jouer au tennis ensemble.

Puis il s'arrête et devient soudain lucide, sérieux, attentif, comme s'il avait tout compris et ne comprenait pas comment il ne s'en était pas rendu compte plus tôt.

— J'ai compris… je n'aurais pas dû partir, c'est ça ?

C'est absurde. Je ne crois pas que quand on se fait larguer, ce qui d'ailleurs ne m'est encore jamais arrivé, il faille à tout prix chercher une raison aussi concrète. C'est un ensemble de choses qui ne vont pas ! Si quelqu'un te quitte simplement parce que tu pars quelques jours avec tes parents pour Noël, tu ne perds pas grand-chose. Puis Lele fronce les sourcils, comme s'il avait compris encore d'autres choses, bien plus importantes, que je lui cacherais.

— Dis-moi la vérité, tu as quelqu'un d'autre !

Et là, je dis la pire chose que je pouvais dire :

— Malheureusement, non !

Ou peut-être que c'est tout simplement la chose la plus vraie que je pouvais dire. Lele est hors de lui.

— Mais comment… mais moi…

Il parle, il parle, il parle tellement que ça me donne mal à la tête.

— Ça suffit, Lele. J'y ai bien réfléchi, c'est comme ça.

— OK.

Il descend du muret. Il a l'air défait.

— Tiens. C'est pour toi.

— Il vaut peut-être mieux que tu le gardes, maintenant que nous ne sommes plus ensemble.

Je n'aurais jamais dû dire ça. Il redémarre au quart de tour.

— Mais tu es vraiment sûre ? Tu as bien réfléchi ?

— Tu ne sais pas à quel point… Je n'en ai pas dormi de la nuit.

En fait, quand ça m'est venu à l'esprit, c'était aussi clair que le sweat-shirt que je ne voulais plus lui offrir, la décision était immédiate mais je préfère lui faire croire que c'était raisonné et réfléchi, sinon il va recommencer.

— OK. Si tu y as bien réfléchi… Mais prends-le quand même, le cadeau. Il ne peut être que pour Joey.

Alors je décide de l'accepter.

— Une dernière chose, Caro.

— Quoi donc ?

— Juste un baiser.

Mon Dieu, j'ai l'impression d'avoir déjà entendu cette phrase. Ah non, c'est le titre d'un film ! Mais comment ça, juste un baiser ? Ça veut dire quoi ? Ce n'est pas possible, pas du tout, je ne ressens plus rien, je ne peux pas. Mais comme d'habitude, ma bouche n'en fait qu'à sa tête. Pire que d'habitude, même.

— OK, mais pas trop long, alors !

Je n'y crois pas moi-même. Pas trop long !!! Comment j'ai pu dire un truc pareil ? Mais je n'ai pas le temps d'y réfléchir. Lele, un vrai poulpe, se jette sur moi et m'embrasse. Mieux que jamais, plus que jamais. On dirait un funambule de la langue, un artiste du baiser profond, un fou aux lèvres folles... Peut-être parce qu'il veut me faire ressentir encore quelque chose, il veut me faire comprendre à quel point je me trompe, il veut...

— Hum, hum.

Nous nous écartons. Je n'en crois pas mes yeux.

— Excusez-moi.

C'est à nouveau Mme Marinelli. Mais cette fois-ci, elle est providentielle.

— Non, non, c'est moi qui m'excuse. J'allais rentrer.

Je profite qu'elle ouvre la porte pour rentrer dans l'immeuble.

— Salut, Lele. On s'appelle.

Je vois bien qu'il voudrait ajouter quelque chose. Mais il ne peut plus.

— Caro... alors... je t'appelle tout à l'heure !

— Oui, oui, c'est ça.

Je monte dans l'ascenseur avec Mme Marinelli. Ce n'est pas long, c'est pire : une éternité ! Elle ne me regarde pas, elle me fixe ! Et je sais très bien ce qu'elle pense. Finalement, quand l'ascenseur s'arrête à son étage et qu'elle descend, je n'y tiens plus.

— Vous savez, je lui ai dit, à ma mère.

— Ah oui ?

— Oui. Et elle m'a donné son autorisation !

Et j'appuie sur le bouton de l'ascenseur. Je la laisse sur son palier. Les portes se referment sur son visage stupéfait, la bouche ouverte. Et dès que l'ascenseur repart, je me mets à danser, toute contente de ma victoire. À la maison, j'ouvre le cadeau. Trop mignon. C'est une espèce de petit pull pour chien avec écrit « Joey ». Bleu et rouge, les mêmes couleurs que sur sa niche. Pour quand il fait trop froid. C'est une gentille attention. Finalement… Mais ça ne dure qu'un instant. Non. Je ne le rappellerai pas. Sinon, il va recommencer avec toutes ses questions, « Mais tu es sûre, Caro, tu sais, tu te trompes, tu as bien réfléchi ? » Je n'ai jamais été aussi stressée que ces derniers jours où j'ai pris la décision de le quitter. J'aurais dû être heureuse de ses baisers, me réjouir à l'idée qu'il allait venir me chercher, que j'allais le revoir, rejouer au tennis avec lui, mais au contraire, quand le rendez-vous approchait, tout devenait plus lourd, insupportable… et très moche. C'est ça, l'autre visage de l'amour ? C'est quoi, l'amour ? J'étais si heureuse, au début, avec Ricky, puis avec Lore, qui m'avait toujours plu, et maintenant c'est fini avec Lele, qui me plaisait tant au début, lui aussi. Mais alors… si c'était moi qui ne fonctionnais pas bien ? Puis d'un coup, sans savoir pourquoi, je me sens beaucoup plus tranquille. Non. Moi, je ne « fonctionne pas ». Moi, je suis amoureuse de l'amour. Et ça, ce n'était pas de l'amour. C'était mon envie d'être amoureuse, de tomber amoureuse. Mais il faut quelqu'un, pour ça. Quelqu'un qui fonctionne pour de bon. Il faut aussi un sourire, et une certitude : l'amour, c'est Massi. Suivie d'un grand désespoir, celui de ne pas savoir comment le retrouver.

Les derniers jours de décembre, Lele m'appelle toute la journée. Je ne réponds pas. Pas pour l'instant. Je lui envoie un message un peu spécial.

« Excuse-moi mais pour l'instant c'est mieux comme ça. »

Il peut l'interpréter de mille manières. C'est bien. J'aurais voulu lui écrire qu'il n'était qu'une erreur, mais ça aurait été un peu dur.

Le 31 au soir. Une fête fantastique, où tous mes amis sont invités et où nous nous amusons comme des fous. Grande première : mes parents m'ont laissé y aller. Et ensuite, je suis allée dormir chez Alis.

C'est Gibbo qui m'a emmenée en voiture. Cette fête incroyable avait lieu chez un certain Nobiloni. DJ fantastique. Musique de rêve, ouverture sur les Finley, puis les Tokio Hotel, puis que des trucs des années 1980. Et pour la première fois… je me suis saoulée. Bière, champagne, puis encore bière, puis encore champagne. À la fin, nous sommes allés sur le Ponte Milvio pour voir les feux d'artifice. Quel spectacle. Une neige légère tombait, les feux d'artifice explosaient dans le ciel ! Quelqu'un avait apporté une chaîne toute petite mais avec des enceintes incroyables, de la super musique, nous avons dansé sous les étoiles. Et puis un couple est arrivé, la fille avait les yeux bandés. Il l'a emmenée jusqu'au troisième lampadaire, il lui a enlevé son bandeau, et quand elle a vu où ils étaient elle lui a sauté au cou en hurlant « Yeaaaaah ! Je t'aime ! ».

Je t'aime ? Je n'y crois pas ! Quelle phrase ! Et moi ? Quand est-ce que je dirai je t'aime, moi aussi ? Ensuite, le type a sorti de sa poche un cadenas, ils l'ont accroché à la chaîne autour du lampadaire et ils ont jeté la clé dans le fleuve. Bravo ! Applaudissement général quand ils se sont embrassés. Et nous ? Nous, pauvres nulles ? Nous qui avons toutes un cadenas dans notre poche depuis des mois dans l'espoir de l'accrocher autour d'un lampadaire avec notre amoureux, mais pour qui cela ne reste qu'un doux rêve ? Pourquoi il n'y a pas un poteau pour nous aussi, sur le Ponte Milvio ? Le poteau des célibataires ! Et sur cette pensée... adieu, année passée ! Ciaooo !

Voilà ce qu'il s'est passé pendant les premiers mois de l'année. Ce qui est beau lorsqu'on fait le bilan de sa vie, je trouve, c'est de s'apercevoir que les trucs qui nous rendaient malheureux, on a fini par les oublier complètement alors que ce qui nous rendait heureux, au contraire, on s'en souviendra toujours. Et surtout, en revoyant ce qu'on a fait, on prend conscience qu'il y a toujours quelque chose qu'on aurait pu mieux faire. Alors je voudrais revenir à ce moment et changer mon choix, prendre une autre décision, un peu comme dans *Sliding Doors*, un film magnifique avec Gwyneth Paltrow, ou bien *Family Man*, avec Nicolas Cage, on peut voir comment tous les deux, un garçon et une fille, auraient eu des vies bien différentes. Mais ça, ça ne marche que dans les films. En vrai, on sait bien que c'est impossible. Généralement, nous n'avons qu'une seule possibilité, un choix de cœur, d'instinct, basé sur la confiance, sans possibilité de revenir en arrière. Mais quelle heure est-il ? Incroyable, il n'est que neuf heures et demie.

Il doit dormir encore. Il a dit 11 heures, mais s'il se réveille à midi ? J'ai essayé, juste par acquit de conscience. Son portable était éteint. Normal. Tout seul chez lui, un samedi matin, ses parents sont partis depuis une semaine, la femme de ménage ne vient pas, qu'est-ce que tu veux de plus de la vie ? Dormir. Dormir, parfois, c'est magnifique. Quand tu es en paix avec le monde, quand tu as travaillé et que tu n'as pas ménagé ta peine, quand tu ne t'es disputé avec personne, quand tu as aidé à la maison et que tu as mangé léger. Alors il ne te reste plus qu'à aller dormir… et rêver. Ça aussi, c'est magnifique, quand c'est comme ça. C'est presque un dû. C'est comme entrer dans un cinéma les yeux fermés. Quelqu'un a payé le billet pour toi mais tu es sûre de ton coup, tu sais que ce n'est pas une arnaque, que tu vas sourire, t'amuser, et que tu sortiras de là tout émue… Bon, dans ce cas, dors bien, Massi, à plus tard. De toute façon, en juillet, le cappuccino je le bois froid, et les croissants, eh bien, l'important, c'est qu'ils soient frais.

— Bonjour, Erminia !

Elle me sourit, elle ne se souvient pas de mon nom. Nous venons chez elle avec maman de temps en temps, et moi je prends un bouquet de fleurs à dix euros, ceux qui sont dehors. Maman dit que c'est bien d'avoir un peu de couleurs dans la maison pour les fêtes. Erminia est depuis toujours à ce coin de rue. Au début, elle n'avait qu'une toute petite échoppe, quelques plantes qu'elle gardait dehors, devant la petite fontaine, et un jeune homme qui l'aidait. Maintenant, elle a trois employés, plein de plantes, et sa petite échoppe est devenue une véritable boutique.

— Je peux t'aider ?

— Non… merci.

Puis j'y réfléchis. Finalement… C'est vrai, je n'ai jamais offert de fleurs à un homme. D'habitude, ce sont eux qui nous offrent des fleurs. Mais oui, pourquoi pas ? C'est une bizarrerie. Mais une très belle bizarrerie, pour un jour unique, spécial, qui n'a pas… Qui n'aura pas de comparaison possible. Rien ne sera plus pareil, quand je l'aurai fait. Quand j'aurai fait l'amour.

— Oui ! J'ai changé d'avis !

Erminia sourit, amusée par mon enthousiasme soudain.

— Je finis de servir ce monsieur et je suis à toi.

— Merci.

— Alors, qu'est-ce que vous voulez ?

— Des roses, mais pas trop, juste ce qu'il faut, avec
une tige pas trop longue. Quelque chose de normal.

Erminia lève un sourcil et prend un bouquet dans un
vase.

— Celles-ci ?

— Hum…

Le monsieur les regarde en secouant la tête.

— Combien elles coûtent ?

— Vingt-huit euros.

C'est un bouquet de roses bigarrées, à la tige moyenne.

— Elles sont belles, mais un peu chères.

Le monsieur est un peu indécis.

— Vingt-cinq ?

Il n'est pas indécis sur les roses, mais sur le prix. Ou
peut-être sur la fille. Erminia sourit.

— Oui… d'accord.

Je me promène entre les fleurs pendant qu'elle prépare
le bouquet. Le monsieur prend une petite carte dans une
boîte, puis il paye.

— Voilà… merci.

Erminia vient vers moi.

— Alors, qu'est-ce que je peux faire pour toi ?

— Je voudrais quelque chose de simple…

Erminia me regarde.

— … mais beau…

Je lui souris.

— Oui, beau.

— Qui doit exprimer quoi ?

J'hésite.

— Ce n'est pas un anniversaire. Mais c'est une date
qui restera importante…

— J'ai compris.

Je la regarde sans un mot. Après ce que je viens de dire, je me demande bien ce qu'elle peut avoir compris.

— Elles te plaisent, celles-ci ?

Elle prend un bouquet de toutes petites fleurs bleu ciel, toutes petites mais très lumineuses.

— C'est quoi ?

— Des Forget me not, « ne m'oublie pas ». Ce sont les fleurs de l'amour de jeunesse.

— C'est-à-dire ?

Erminia me regarde.

— Chaque fleur raconte une histoire, parfois le choix trahit, c'est-à-dire qu'il raconte le moment d'amour qu'un couple vit. Par exemple, les gens de tout à l'heure, ils n'ont plus de passion.

— Vraiment ?

— Oui, un type qui demande combien coûtent les fleurs, ça veut dire qu'il n'est plus si amoureux que ça.

— Peut-être qu'il est très amoureux mais qu'il n'a pas beaucoup d'argent ?

Erminia éclate de rire.

— Elles te plaisent, celles-ci, n'est-ce pas ? Donne-moi ce que tu veux.

Un peu plus tard, je me retrouve dans la rue avec ces fleurs magnifiques. Ce sont les fleurs de l'amour de jeunesse. Qu'elles sont belles. Je les regarde, elles sont enveloppées dans un voile léger, bleu clair, sur lequel elles se détachent bien, elles ont l'air plus sombres. Et reliées par un ruban bleu électrique.

— Caro !

Mon Dieu, cette voix, je la reconnais. Je me retourne.

Rusty James sur sa moto. Il s'arrête à deux pas de moi et me sourit.

— Qu'est-ce que tu fais ici ?

— Moi… ?

— Oui, toi ! Qui d'autre ?

Je cache les fleurs derrière mon dos, je ne sais pas si Rusty James s'en aperçoit mais en tout cas il fait semblant de rien et continue à parler.

— Je t'ai appelée tout à l'heure, mais ton portable ne captait pas… Tu vas où, comme ça ?

— Chez une amie.

Rusty me sourit, puis hausse les épaules. Comme s'il avait compris. Mon premier mensonge. Bon, bref. Le premier mensonge que je lui dis, à lui. Alors Rusty secoue la tête et remet le moteur en marche.

— OK… tant pis. Dommage, j'avais une surprise pour toi.

Il a l'air à nouveau joyeux. Peut-être qu'il ne s'est rendu compte de rien. Mais il change d'avis.

— Eh, Caro, je t'appelle dans l'après-midi, d'accord ? Ou bien demain. Plutôt demain, d'ailleurs, c'est dimanche. OK ?

Je lui souris.

— OK.

— Alors ma petite sœur est déjà prise, malgré la belle surprise que je voudrais partager avec elle.

Et il s'en va comme ça, ses cheveux dépassant du casque, avec ses lunettes de soleil et son si beau sourire. Je me sens un peu coupable. C'est la première fois que je lui mens. Il est loin, maintenant. Seul. Sans Debbie. Ils me plaisaient tellement, comme couple. Ils plaisantaient, ils riaient. Moi, la lettre, je la lui ai donnée, je ne l'ai même pas lue. Espérons que ça s'arrange. Il y avait un autre couple qui me plaisait beaucoup, Francesco et Paola. Ils étaient à Anzio. Je les voyais tous les ans, depuis toujours, depuis que j'y allais. Ils allaient à la plage en scooter. Elle était derrière, elle se serrait tout contre lui. Ils avaient une Vespa gris métallisé et quand ils arrivaient ils l'éteignaient, et la dame des toilettes s'énervait. Oui, Donatella. La dame des toilettes. Elle était vieille, cette dame, et elle trouvait toujours quelque chose à redire. Les toilettes étaient à l'entrée de l'établissement et on pouvait y aller pour se laver les pieds, s'enlever le sable ou faire pipi. Mais elles étaient tellement sales que si tu y allais pieds nus, par terre il y avait cette espèce de boue… Brrr. Rien qu'à y penser, je frissonne. Je détestais ça. Donc, Francesco coupait le moteur, sautait de la Vespa, mettait une main derrière, là où il y a la plaque, et lui faisait descendre les trois marches.

Il ne pouvait pas utiliser la planche de la dame des toilettes, parce que, une fois, Donatella lui avait crié : « Elle est trop fine ! C'est pour les vélos, pas pour ta sale Vespa ! » Et Francesco avait éclaté de rire. Vous comprenez ? Au lieu de s'énerver, il avait rigolé. Et il avait poussé sa Vespa comme si c'était un vélo. Il était vraiment baraqué. Et, une fois qu'il avait garé la Vespa près du sable, Paola et lui prenaient un parasol pas trop loin, et puis ils jouaient aux raquettes, ils étaient très forts. Ils jouaient dans l'eau, là où elle est très basse, avec fougue, ils frappaient la balle fort, rageusement.

Paola avait toujours des tout petits maillots, de couleur orange, ou cerise, ou jaune foncé, jamais trop clairs, des petits seins, les cheveux châtain clair qui lui descendaient jusqu'aux épaules, elle était mince, bronzée, musclée. Francesco était tout en boucles, avec un nez un peu aquilin, les épaules larges et de longues jambes, maigre, sec, avec beaucoup d'abdos, des petites taches de rousseur sous ses yeux clairs et de belles dents blanches. Il riait souvent. Oui, en plus ils se faisaient des blagues. Mais drôles. De temps en temps, il arrivait sous le parasol avec un seau plein d'eau, et pendant qu'elle lisait il en faisait couler tout doucement le long du dossier de la chaise longue.

— Comme ça je ne mouille pas ton journal !

— Ah, elle est glacée ! Salaud !

Elle lui courait après, il faisait des écarts à gauche, à droite, il disparaissait entre les pédalos, ils se poursuivaient autour des douches, et parfois elle se jetait sur lui et ils se battaient dans le sable. Une fois le haut du maillot de Paola s'est même arraché, mais ça ne l'a pas gênée. Elle a continué à se battre les seins nus. Les gens s'arrêtaient et riaient. Ils étaient beaux et sauvages, l'attraction de la plage. Je ne me rappelle pas bien ce qu'il se passait d'autre. Ah si, des fois c'est elle qui lui faisait des blagues. Une fois, elle a enterré sa chaise longue, mais lentement, hein. Elle a fait un trou très profond et quand la chaise est tombée, elle est tombée de haut. Il est resté coincé dans le trou, et il riait pendant qu'elle le recouvrait de sable chaud.

— Aïe, Paola, ça brûle !

Ils riaient toujours. Mais l'été dernier, il était tout seul. Il a passé tout son temps sous le parasol à lire des livres. Plein. Je ne sais pas pourquoi, mais je me suis dit qu'ils devaient être ennuyeux. Peut-être parce qu'il avait toujours l'air un peu absent. Et je n'ai entendu personne lui poser de questions sur Paola. Mais quelqu'un de la plage devait être au courant et il l'a dit à Walter, notre garçon de plage, qui l'a raconté à une amie de maman, Gabriella, qui ne sait pas tenir sa langue. Et en effet, le lendemain… « Si, si, c'est Walter qui me l'a dit, ils se sont séparés. »

J'ai été triste. Très triste. J'avais l'impression que notre plage avait changé. Comme s'il y avait quelque chose en moins. Comme s'il n'y avait plus le pédalo rouge, celui pour le sauvetage, ou le marchand de journaux qui passe de temps en temps avec sa carriole, ou le type tout bronzé en débardeur blanc et short bleu qui vend de la noix de coco.

Francesco et Paola étaient à moi. Ils ne m'ont peut-être jamais remarquée, parce que j'étais petite et insignifiante, mais toute leur histoire, quand ils arrivaient en Vespa, comment ils jouaient aux raquettes, et puis leurs blagues et leurs baisers, tout ça a rempli mes étés. Et même s'ils ne le savent pas, ces deux amoureux me manqueront.

Presque sans m'en apercevoir, j'arrive devant l'église. Je monte tout doucement les marches, poussée par je ne sais pas quelle raison. J'ouvre la grande porte. Silence. Une grande nef, vide, ordonnée. Sur les bancs en bois, personne, sauf une vieille dame tout au fond. Elle dépoussière des cierges autour d'un petit autel. C'est là qu'on fait les baptêmes, je m'en souviens. Une fois, j'ai assisté à un baptême. C'était très beau. Le bébé regardait ses parents, les yeux écarquillés. Il ne pleurait pas. Il attendait, curieux et aussi un peu anxieux de ce qui allait se passer. Je souris. Pourquoi je pense à cet enfant ? Justement aujourd'hui. Je lève un sourcil. Je n'ose pas imaginer ce qui se passerait. La maison. Le collège. La vie. Mon père, ma mère, mon frère, mamie Luci. Et ce que pourrait dire Ale… Je préfère ne pas y penser.

— Carolina ?

Je me tourne.

— Bonjour… Tu ne me reconnais pas ?

Le prêtre, naturellement. Il est grand. Il a les cheveux courts et un beau visage, serein, ouvert.

— Je suis don Roberto. Nous nous sommes rencontrés l'an dernier, pour la préparation de la confirmation… tu as posé des questions…

Naturellement. Mais il sourit, puis penche la tête : avec une certaine curiosité, mais légère, tranquille, bienveillante.

— Qu'est-ce que tu fais ici ?

Il redevient sérieux.

— Je peux t'aider?

Il a même l'air un peu inquiet. Et moi je ne sais vraiment pas quoi lui dire.

— Je suis venue prier…

Oui, ça doit être crédible. Il me sourit.

— Viens. Sortons…

Nous nous promenons dans la cour. On se croirait dans le livre que nous a lu M. Leone, don Abbondio qui parle avec Lucia. Mon Dieu, mais c'est une scène des *Fiancés* de Manzoni, ça! J'aimerais bien… mais c'est un peu tôt. Et don Roberto parle un peu de tout, peut-être pour me mettre à l'aise.

— Je sais que tu t'es disputée avec don Gianni pendant le cours.

— Oui, comment vous le savez?

— C'est lui qui me l'a raconté.

— Ah, je préfère.

Dans ce cas, il est un peu mieux que je ne pensais, don Gianni. Mais je me demande bien comment il lui a raconté. Don Roberto me regarde, il lit dans mes pensées.

— Il a dit que c'est lui qui avait fait une erreur, tu sais, il voulait vous mettre à l'aise mais en fait il n'aurait pas dû raconter la vie privée de votre amie…

— En effet!

— Maintenant, je parie que tu n'as plus confiance en nous.

— Pas en vous, en lui.

— Et en moi, encore un peu?

Il me regarde, me sourit, il veut me transmettre sa sérénité.

— Oui, bien sûr…

— Alors, tu veux me dire pourquoi tu es entrée à l'église?

— Pour prier, je vous l'ai dit.

— Oui, bien sûr, mais quand on prie de cette manière, c'est généralement parce qu'on est dans un moment délicat et qu'on a peur de faire une erreur.

Aïe. Il a trop d'intuition, celui-là.

J'attends un peu, je respire un grand coup. Et je pense à lui.

— Mon frère est parti de la maison. Il ne s'entendait plus avec mon père, alors…

— Il a été courageux, ton frère. Aujourd'hui, il y a peu de jeunes qui ont le courage de partir de chez eux et de chercher leur voie.

— C'est vrai.

Il y a ensuite un drôle de silence. Rusty James m'a été d'un grand secours, là encore. Certes, ce n'est pas pour lui que je suis entrée à l'église, mais quoi qu'il en soit j'espère que tout ira bien pour lui. Et une prière, ça ne fait jamais de mal, non ?

— Bon, je dois y aller.

— Bien, Carolina, fais ta prière, si tu veux. Mais tu verras, tout ira pour le mieux.

— Merci, mon père.

Je sors, avec sa bénédiction, et j'espère aussi celle de quelqu'un d'autre. De toute façon, Lui, il sait tout, même de quelle prière je parlais… on ne peut pas Lui mentir, non ?

Je continue à marcher. Tous les recoins sentent bon, toutes les fleurs, toutes les plantes semblent créer leur propre espace. Ma ville me semble plus belle que jamais. Ou peut-être que c'est l'amour. Rien que d'avoir prononcé ce mot, je suis inquiète. Il faudrait peut-être mieux que je retourne à l'église et que je confesse tout ? J'ai envie de rire. Non. C'était comment, cette phrase ? « L'amour rend extraordinaires les gens ordinaires. »

Et il rend les villes plus belles. Tout devient plus beau. C'est comme avoir des lunettes avec les verres de l'amour. Des lunettes « Love ». Les miennes. Même si je ne les ai pas sur le nez, c'est mon cœur qui les porte ! Aujourd'hui, je suis en veine poétique.

Quelle heure est-il ? Dix heures moins le quart. Il doit dormir encore. Mais Jamiro est sans doute réveillé, lui. Je prends mon portable et je compose son numéro. Il me fait rire. En réalité, il s'appelle Pasquale. Je me rappelle quand je l'ai rencontré, sur la place Navona. Il y a un an.

— Venez, on se fait tirer les cartes !

Alis est trop contente quand il y a quelque chose de nouveau à faire, et surtout quand elle peut dépenser de l'argent.

— Je vous l'offre !

Clod n'hésite pas une seconde.

— Moi je suis d'accord.

— OK.

Je ne veux pas avoir l'air impolie.

— Moi aussi.

— Asseyez-vous, je vous le fais à toutes les trois ensemble, je vous ferai même un prix. Je m'appelle Jamiro.

Il nous serre la main à toutes les trois et Alis, à qui rien n'échappe jamais, lui dit :

— Mais tu t'appelles Pasquale, toi.

Il reste sans voix.

— Qu'est-ce que tu en sais ?

— C'est écrit sur la carte postale qui dépasse de ton sac.

Jamiro rit.

— C'est mon nom d'artiste. Je m'appelle Jamiro. Tu m'as fait peur, pendant une seconde j'ai cru que c'était toi, la voyante…

— Oui, une médium !

— Oui.

Alis montre Clod et ne laisse pas passer l'occasion.

— Et elle, c'est une extra-large !

— Crétine !

Mais Clod ne se fâche pas, elle rit. Jamiro nous lit les lignes de la main et nous tire les cartes. Puis il me regarde et dit un truc incroyable.

— Tu rencontreras le soleil.

— C'est-à-dire ?

— Je ne sais pas, je vois seulement ça. Tu rencontreras le soleil.

— Espérons que tu ne finiras pas comme Icare…

Alis et ses blagues incessantes. Clod qui ne comprend pas. Moi qui ne pouvais pas imaginer. Que j'allais le rencontrer si vite.

Jamiro répond enfin à son portable.

— Alors ? Tu es encore dans le monde des rêves ?

— Ce qui est rêve, ce qui est réalité…

Il répond toujours comme ça.

— Et surtout, qui es-tu, toi ?

— Comment ça, tu ne m'as pas reconnue ? Je suis ton cauchemar.

— Caro !

— Oui, bravo. Tu vois ?

— Que se passe-t-il ? Comment ça se fait que tu m'appelles aussi tôt ? À cette heure-ci, un samedi matin ? Ça ne te ressemble pas. Que se passe-t-il ?

— Je ne sais pas… mais c'est important, très important pour moi. Que disent tes cartes ?

— Je vais voir tout de suite.

Silence. J'entends des mouvements légers, comme des feuilles qui touchent le sol, comme si on feuilletait un livre, comme… Comme des cartes que l'on pose sur une table.

— Jamiro…

— Qu'y a-t-il ?

— Il faut que je m'inquiète ?

— Je ne crois pas… ou peut-être que si.

— Ce qui veut dire ?

— Je vois un peu de pluie. Non… non… il y a un soleil. Voilà. Quand le soleil apparaîtra à nouveau, tout sera plus clair. Serein…

— Yahoo ! Merci, tu es un amour.

Je raccroche et je pars en courant. Je cours comme une folle. Je n'ai plus aucun doute. Mes prières seront exaucées.

Un peu plus loin. Même heure, même ville.

Jamiro secoue la tête. Il regarde son téléphone. Puis ses cartes. Ça y est, je vois. Ce n'est pas la pluie. Jamiro sent son cœur se serrer. Ce sont des larmes.

Janvier

Bienvenue à la nouvelle année, que j'espère pleine de belles choses ! En attendant, moi je prends de bonnes résolutions ! *Happy New Year. Ein gutes neues Jahr. Feliz Año Nuevo. Scastlivogo Nonovogo Góda.* Je les connais toutes ! Vous voyez, chers profs, je les connais toutes !

Compte rendu de fin d'année
Les amis qui mettent le plus de bordel ? Gibbo et Cudini !
Les amies les plus vraies ? Clod et Alis !
La chanson de fin décembre ? Celle des Tormento, Resta qui.
Tu as changé quelque chose dans ta vie ? Oui, j'ai quitté Lele.
Avec qui tu t'es le plus disputée ? Ma sœur, comme toujours.
La devise de l'année qui se termine ? Ad maiora, je ne savais pas ce que ça voulait dire mais mon frère me l'a expliqué.
La devise de l'année qui commence : Ad maiora ! Maintenant que j'ai appris ce que ça veut dire...
Les films que je veux voir : Into the Wild, Cous Cous, Sans plus attendre, Le Merveilleux Magasin de Mr. Magorium, P.S. I love you.
La pensée du jour : je veux que cette nouvelle année soit stratosphérique.
Ce que je détesterai de cette nouvelle année : les examens, la mauvaise éducation, Mme Marinelli quand elle me demandera

si j'ai un petit ami, Clod quand elle se rongera les ongles, Alis quand elle se coiffera trop branchée, papa quand il ne grondera pas Ale, les cours d'EMT sur les conducteurs et les isolants, me lever à 7 heures pour aller en cours, ne pas trouver mes chaussons, celles qui diront « moi je suis maigre mais je mange de tout, j'ai un métabolisme rapide ».

Ce que j'adorerai de cette nouvelle année : Smallville, High School Musical, Sex and the City, la série I liceali qui passe maintenant sur Sky, qu'on ne peut voir que chez Alis, Criminal Minds, l'émission Parla con me, Zelig, l'émission Le iene, faire du scooter, même si je n'en ai pas encore, les danseuses, Miss Ribellina, le chocolat.

Habillement : jean, t-shirt col bateau, grosse ceinture, baskets.

La citation : « Nous nous sommes retournés après douze pas, parce que l'amour est un duel et nous nous sommes regardés pour la dernière fois. » Jack Kerouac, Sur la route.

La chanson : Hey there Delilah, des Plain White T's.

Ah, j'oubliais. Être heureuse.

Janvier est un mois exceptionnel ! Au début de l'année, on a toujours plein de bonnes résolutions, comme quand la semaine commence ou quand quelque chose de nouveau se prépare ; même en amour, on a un programme chargé, mais parfois cela ne dépend pas de nous. Et donc, ça ne vaut pas ! Et puis, de toute façon, j'ai lancé mon nouveau blog, j'ai changé les photos sur mon MySpace, et j'ai trouvé des nouveaux émoticones pour MSN. Bref, l'année a démarré sur les chapeaux de roues. L'important, comme pour tout, c'est d'arriver à conserver ce bel enthousiasme.

Après-demain, c'est la rentrée ! J'adore rester à la maison pendant les vacances. Me prélasser un peu plus longtemps au lit le matin. Et puis sortir l'après-midi avec Alis et Clod. Rome. Les rues. Les magasins. Les vitrines en préparation pour les soldes qui vont bientôt commencer. Nous trois, à nous taquiner pour les trucs habituels. Plein de temps libre, même si on a quand même beaucoup de devoirs. Les films de Noël à la télé, que je regarde pendant environ cinq minutes, les promenades avec Joey, les textos débiles de Clod – à mon avis, elle les copie sur Internet –, genre : « Un cheval entre dans un cinéma, se dirige vers la caisse et dit : un ticket, s'il vous plaît. Et la caissière : Aaaah ! Un cheval qui parle ! Et le cheval : Ne vous inquiétez pas, dans la salle je me tairai. » D'ailleurs, je ne sais pas si elle me les envoie juste à moi ou si elle fait un envoi groupé. En tout cas, je les reçois ! Et puis la *Befana*, cette drôle de fée que nous avons chez nous et qui apporte de petits cadeaux aux enfants sages le jour des Rois ! Je voudrais une chaussette pleine des bonbons à l'orange que j'aime tant, un indice pour retrouver Massi, et savoir quelle section choisir pour le lycée ! Il faut déjà faire les préinscriptions ! Alis dit qu'elle fera la section classique, Clod veut aller en artistique ou linguistique et moi classique. En réalité, j'aimerais bien ne pas avoir à choisir entre elles deux… ouf ! Mon frère, toujours aussi mythique, m'a dit que je devais choisir en fonction de ce que je ressens et non pas de ce que font mes amies, parce que de toute façon l'amitié continue, tandis que si tu te trompes d'orientation, ensuite tu le paies. Il a raison… comme toujours, d'ailleurs ! En tout cas, j'ai reçu une chaussette trop géniale : des petits Mars, des réglisses en rouleaux et d'autres, plus petits, des animaux colorés gommeux, des petits chocolats de plein de sortes, noirs et au lait. J'aimerais bien qu'ils durent au moins jusqu'à Pâques ! J'ai programmé de n'en manger que le samedi. Comme ça, je tiens jusqu'au chocolat de Pâques… et ensuite jusqu'à l'été ! Et surtout, je ne grossis pas. Chose fondamentale. Si je rencontre Massi, je ne voudrais pas qu'il me dise « Qui es-tu ? Qui ? Carolina ? Avec vingt kilos de plus, alors ! ».

La gymnastique est très importante. J'adore mes cours de gym artistique, je me fatigue, je transpire, je m'amuse.

Drin. Mon portable. Je regarde l'écran. Alis. Elle ne résiste pas. Je lui manque. Entre MSN et le portable, elle m'a cherchée une bonne centaine de fois. Je réponds mais je ne lui laisse pas le temps de parler.

— OK, je peux comprendre… Tu ne peux pas t'en empêcher, hein ? Mais tu sais, après-demain, c'est la rentrée.

— Idiote… tu es prête, Caro, j'ai une nouvelle énorme !

— Dis-moi tout.

— Nous sommes invitées à la fête de Stefania Borzilli !

— Noooon !

— Siiiii !

— Alis, tu es géniale.

— Je passe te prendre dans une demi-heure, d'accord ?

— On fait quoi ?

— Shopping de folie !

Elle raccroche. Elle ne me donne jamais le temps de répondre à ses propositions. Et si j'avais autre chose à faire ? Un engagement, une sortie avec ma mère, avec une autre amie, avec… avec un garçon ! Alis est comme ça. À prendre ou à laisser. Ou plutôt, à prendre, et se laisser emporter. Quoi qu'il en soit, elle est irrésistible. Je suis sûre que c'est uniquement grâce à elle que Stefania Borzilli nous a invitées.

Stefania Borzilli, quinze ans, a redoublé sa cinquième. Un mythe du collège. La légende, vraie ou fausse, dit qu'elle a déjà fait l'amour. Je ne sais pas si c'est vrai, mais un été, elle venait d'avoir quatorze ans, elle s'est enfermée dans une chambre à coucher de sa maison de campagne à Bracciano, dans la grande chambre avec vue sur le lac, avec un très beau garçon, un certain Pierre Frery, un Français qui parle italien, qui était dans notre collège avant mais qui est reparti à Paris depuis. Et personne n'a jamais su ce qu'il s'était passé cette nuit-là. Ensuite, ils sont sortis en courant et ils se sont jetés dans la piscine, au beau milieu de la fête, lui en slip noir, elle en petite culotte, et en tout cas ce que tout le monde a vu, c'est qu'ils se sont embrassés dans l'eau.

Un jour, j'étais au gymnase. C'était l'année dernière. Les cinquièmes sortaient de leur cours et nous on entrait pour jouer au volley, il y avait Stefania Borzilli, et lorsqu'elle est passée le sweat-shirt accroché autour de sa taille est tombé.

— Eh, tu as perdu ça.

Je l'ai rattrapée et je le lui ai rendu.

— Merci.

Elle m'a fait un sourire incroyable. Un beau visage ouvert, sans ombre, quelques taches de rousseur, deux grands yeux bleus, les cheveux châtain clair, un peu frisés, libres et sauvages. Elle a pris le sweat, elle s'est tournée et elle est partie en rebondissant presque sur ses jambes. Moi, je ne sais pas si son histoire est vraie, mais depuis Alis est en compétition avec elle, et quand je lui ai dit « Elle a l'air sympa… », elle m'a répondu « Non. Ce n'est pas possible, tu ne peux pas trouver une fille comme ça sympa ». Sincèrement, j'ai laissé tomber, et depuis je n'ai pas abordé le sujet. Je ne sais pas pourquoi Alis en veut autant à Stefania Borzilli, et encore moins pourquoi elle tient tant à aller à ses fêtes, du coup.

Malgré tout, je crois que ça va être incroyable, et je ne veux rater ça pour rien au monde.

— Prends ça, regarde comme c'est joli.

Alis décroche d'un présentoir un top à paillettes bleues.

— Mais il est minuscule !

— Tu veux quoi, un jogging ? Je te rappelle que le thème de la fête, c'est Tokio Hotel.

— Et alors ?

— Alors il faut qu'on soit de vraies gogo girls.

Clod émerge d'un tas de vêtements.

— Oui, moi je veux quelque chose d'unique ! Ça, comment ça m'irait ?

— Mais c'est minuscule !

— C'est vous qui disiez que c'est bien !

— Oui, mais toi tu ne rentres pas dedans !

Nous rions, nous sommes déchaînées. Au magasin Catenella, Via del Corso, c'est un vrai spectacle, nous essayons tout ce que nous pouvons. Des jupes à paillettes, des boas, des tops en tous genres, des blousons courts avec boucle en métal, des ceintures et des lacets en caoutchouc noir. Trop cool. Et puis… « Adele, mets tout sur mon compte. » Alis est comme chez elle, là-bas. Elle nous traîne dehors, avec tous les vêtements possibles et imaginables.

— Nous serons de vraies bombes !

— On va chez Ciòccolati, ça vous dit ?

Clod et ses lubies.

— OK… mais c'est moi qui vous invite !

Je mets les choses au clair.

— OK.

— Non, non, je suis sérieuse, Alis, sinon je ne viens pas !

Un peu plus tard, nous sommes assises à notre table préférée.

— Salut, les filles, qu'est-ce que je vous sers ?

Nous n'en croyons pas nos yeux. À la place de la demoiselle qui va à deux à l'heure, et qui est même carrément à la masse et antipathique, pour être honnête, il y a lui : Dodo. Du moins, c'est ce qu'il y a écrit sur son badge. Un drôle de croisement entre Zac Efron et Jesse McCartney, avec une pointe de Riccardo Scamarcio et Raoul Bova, ça vous évoque quelque chose ? Voilà, agitez bien le tout, et pouf, c'est magique, le voilà. Un de ces sourires, un sourire sans une dent de travers, la peau mate, des cheveux noirs épais, des yeux noisette, on dirait presque un indigène tellement il est foncé, et un Bounty, tellement il est appétissant. Mais il était où, avant aujourd'hui ? Il nous regarde, nous avons toutes les trois la bouche ouverte et le regard un peu vitreux. Il ouvre gentiment les bras.

— Vous n'avez pas encore choisi ? Vous voulez que je revienne plus tard ?

— Ehhh…

Clod a vraiment perdu la tête, ou bien elle le fait exprès. Je lui donne un coup de coude.

— Aïe.

Dodo rit.

— Je reviens tout à l'heure, c'est mieux.

Il s'éloigne. Nous le pensons toutes les trois, mais c'est Alis qui le dit :

— Il a un beau petit cul, en plus.

— Alis !

— Quoi ? Qu'est-ce que j'ai dit de mal ? Ce n'est pas vrai ?

Clod sourit.

— Moi, il me fait penser à un Magnum Classic, le premier et le meilleur…

Elle voit tout sous le prisme nourriture, Clod. Alis pose ses mains sur nos bras.

— Écoutez, j'ai une idée géniale… On fait un concours ?

— De quoi ?

— De la première qui se met avec lui !

— Allez…

— Vous avez peur, hein ?

Alis nous regarde en levant un sourcil, avec un air de défi.

— Moi je n'ai pas peur.

Je lui souris.

— Je n'ai pas peur de toi.

Clod lève un sourcil.

— Moi, c'est Aldo qui me plaît.

— Mais il ne te calcule pas ! Imagine plutôt, quand il verra que tu es intéressée par quelqu'un d'autre, au lieu de te faire des imitations… il en viendra aux faits !

Bref, nous avons bien rigolé, jusqu'à ce qu'il revienne.

— Alors, les filles, vous avez choisi ?

Nous le regardons fixement, on dirait des débiles. Et nous nous lançons dans ce concours absurde. Moi j'ai un peu honte, Alis est effrontée, du jamais vu !

— Alors, moi je voudrais… Une profiterole, tu sais, plein de crème et du chocolat noir… comme toi !

— Alis ! je murmure.

Elle rit et se met une main sur la bouche. Dodo, lui, est impeccable.

— Je suis désolé, nous n'en avons pas.

— Et un tiramisù ?

— Non plus.

Clod et moi finissons par commander.

— Pour nous, un chocolat… au piment.

Bref, quand il s'éloigne, nous rions toutes les trois, et nous nous sentons ridicules. Mais je n'ai plus honte, en fait je m'amuse comme une folle, et je ne sais pas pourquoi mais pour la première fois de ma vie j'ai l'impression de transgresser. Je m'en vante, je le regarde préparer le chocolat au piment derrière le bar. Et soudain je me sens fragile. Ces trucs que tu ne comprends pas. Ça dure un instant, il lève les yeux, croise les miens et s'arrête. Il me fixe un peu trop longtemps et à la fin je cède, je baisse les yeux, je rougis un peu et j'ai honte. Et quand je les relève, il n'y est plus. Il a disparu.

— Alis…

— Qu'est-ce qu'il y a ?

— J'ai un problème.

Elle me regarde, vraiment inquiète.

— Qu'est-ce qu'il y a ? Qu'est-ce qui se passe ?

Je lui souris.

— Il me plaît vraiment.

— Tu m'as fait peur !

Elle me donne un coup sur l'épaule, je manque de tomber de ma chaise.

— Alis !

— De toute façon, à moi aussi, il me plaît vraiment.

C'est comme ça que le concours commence.

— Tu es toute souriante, Caro.

— Oui, mamie, c'est vrai !

— Trop souriante.

— Oui, mamie, c'est vrai !

Nous rions. Elle m'a percée à jour. Je lui tiens compagnie pendant qu'elle prépare à manger. C'est bien d'habiter tout près de chez mamie, comme ça je peux aller et venir sans problème, et quand je me sens seule ou que mes parents se disputent ou qu'Ale me casse les pieds ou que Rusty me manque, c'est là que je me réfugie…

— Que font mes femmes préférées ?

Papi Tom est un vrai spectacle. Ses cheveux blancs sont toujours bien coiffés, il est grand et un peu gros, avec des grandes mains et des doigts fins. Il adore construire, créer, peindre, dessiner. Et moi je ris en le voyant.

— Nous faisons les commères !

— Alors ne bougez pas !

Il attrape l'appareil photo accroché à son cou, son Yashica numérique, et il nous immortalise. Nous sommes sur le canapé, moi j'enlève mes chaussures, je remonte mes jambes, je les mets en arrière et je prends la pose, je relève mes cheveux des deux mains, je les mets sur ma tête, comme s'ils étaient attachés.

— Tu te prends pour Brigitte Bardot ?

— Qui ça ? Personne ne la connaît, celle-là !

Il baisse son appareil.

— Aucun homme de l'époque ne peut l'oublier.

— Alors oui, elle me ressemble beaucoup !

Je souris en montrant toutes mes dents. Et papi prend d'autres photos.

— Je vais tout de suite les imprimer ! Je veux voir ce que ça donne…

Tout content, drôle de bonhomme campé sur ses longues jambes, il se déplace un peu gauchement, manque de trébucher sur le tapis du salon, se cogne contre le coin d'une table basse et fait tomber une petite boîte en argent. Il la ramasse, la remet à sa place, la déplace un peu, essaye de la reposer exactement où elle était. Puis il sourit une dernière fois à mamie Luci et disparaît au fond du couloir. Mamie Luci continue à le regarder. Elle ne se fâche pas quand il fait tomber des choses. Elle ne lui fait jamais un reproche. Et ses yeux sont joyeux quand elle regarde vers là où il est parti. Maman n'a jamais regardé papa comme ça. Puis elle se tourne vers moi.

— De quoi tu me parlais, Caro ?

Je lui parle de l'endroit où on va toujours, Ciòccolati, du nouveau serveur Dodo et de notre concours à toutes les trois.

— Fais attention, quand même…

— Pourquoi tu dis ça, mamie ?

— Parce qu'une d'entre vous pourrait bien tomber amoureuse et souffrir.

— Mais non, c'est un jeu !

— L'amour ne regarde personne en face.

Je hausse les épaules et je souris. Je ne sais pas quoi répondre. Cette phrase me plaît assez, mais en même temps les mots de mamie m'ont laissé une drôle de sensation.

— Regarde… Regarde comme tu es bien ! Tu es la nouvelle B.B.

Papi arrive avec des photos imprimées en noir et blanc. C'est moi, les cheveux tirés, qui ris, moi qui tombe sur le canapé, moi qui fais la maligne et me jette sur mamie. Et à ce moment-là, je décide.

— Je veux être photographe !

— Bravo… alors commence avec ça.

Il me met son appareil autour du cou.

— Papi… mais c'est lourd…

— Mets-le devant tes yeux et vise. Vise-moi !

Je le lève, je cadre sur papi. Puis j'ouvre l'autre œil, celui qui ne regarde pas dans l'appareil. Il me sourit.

— Maintenant, appuie. Tu vois le bouton, à droite ?

— Celui-là ?

— Oui, celui-là.

— OK…

J'essaye de faire entrer papi en entier, mais il est gros. Je finis quand même par y arriver.

— Voilà… ne bouge pas… c'est fait !

— Fais voir.

Papi me prend l'appareil et regarde la photo. Il est un peu perplexe au début, puis son visage s'ouvre sur un magnifique sourire.

— Tu seras très bonne !

Nous ne sommes jamais allées aussi souvent chez Ciòccolati que les jours suivants, et chacune de notre côté. Pour Clod, c'est une fête, avec l'excuse d'y aller pour draguer Dodo je pense qu'elle a goûté à tous les gâteaux. C'est devenu un véritable défi. Jusqu'au jour où j'ai compris que je pourrais bien être la gagnante.

— Salut… et tes copines ? Où tu as laissé tes gardes du corps ?

Je lui souris.

— Elles vont arriver.

— En attendant, je t'apporte quelque chose ?

— Oui, un chocolat chaud light…

— Tu es le contraire de Claudia, hein ?

— Oui.

Incroyable, il connaît déjà le nom de mon amie ! À tous les coups, celui d'Alis aussi. Elle a même dû lui dire son nom de famille, où elle habite et ce que fait son père. Si ça se trouve, il n'y a que le mien qu'il ne connaît pas. Tant mieux, comme ça il ne me confondra pas avec les autres.

— Voilà. Je t'ai mis deux nouveaux biscuits que nous sommes en train de tester, un au coco et un à l'orange, ils sont très fins. Goûte.

Je prends une petite bouchée du premier.

— Mmh, délicieux.

Je mords dans le deuxième.

— Celui-ci aussi ! Ils sont vraiment forts, ici…

— Oui, et puis, en plus du chocolat, il y a parfois des surprises spéciales…

Il me regarde, je suis un peu gênée. Alors je jette un coup d'œil à mon portable.

— Elles ne m'ont pas appelée, je pense qu'elles ne viendront pas. Si tu veux bien m'apporter l'addition, je bois mon chocolat et j'y vais.

Dodo s'approche et me dit tout bas.

— C'est réglé… C'est la maison qui offre.

— Mais non.

— Si, c'est normal.

Il redevient sérieux et fier.

— Tu as goûté les nouveaux biscuits. Tu n'es pas une cliente comme les autres, tu es une cliente test !

De temps en temps, il me regarde de derrière le bar. Je fais comme si de rien n'était, je jette quelques coups d'œil à mon portable comme si j'attendais vraiment un appel ou un message d'Alis ou Clod. En réalité, nous nous sommes fixé des tours très précis. Un après-midi chacune, pour voir qui draguera Dodo la première. Ce n'est pas bien beau… Chaque fois qu'il me sourit, moi… je ne sais pas. Mon cœur bat très vite. Mais c'est peut-être plus à cause de cette compétition avec mes copines, ou bien l'envie de réussir à vaincre ma timidité… Je ne sais pas. Pour être beau, il est beau, mais il ne me plaît pas. Je regarde dans la salle, il n'est plus là. Il est passé où ? Bon, ça suffit. J'y vais. Je sors de la chocolaterie.

— Carolina, je peux te raccompagner ?

Je me tourne. C'est lui ! Il n'est plus en uniforme. Et il connaît mon prénom !

— Bien sûr, mais qu'est-ce qu'ils vont dire ?

J'indique la boutique.

— Ils m'ont donné la permission.

— Ils sont gentils.

— Oui, ils m'aiment bien.

— Carrément ?

— Oui. Je suis venu travailler ici parce que j'ai décidé de changer de moto et je veux mettre un peu d'argent de côté.

— Et ils t'ont embauché comme ça ?

— Disons que la patronne a un faible pour moi…

— C'est ça !

— Oui, c'est vrai… je suis son fils !

Nous sommes rentrés en bavardant et je vous assure que je me suis bien amusée. Il est marrant, il aime jouer au foot.

— Dans mon équipe, il n'y a que des top models. Nous aimons trop le foot, sinon nous pourrions faire une belle équipe de strip-teaseurs !

Je ris. En effet, en regardant de plus près, il a un très beau corps. Nous parlons de tout et de rien. Il est vraiment très sympa.

— Dix-neuf ans. Et toi ?

— Quatorze.

De toute façon, nous sommes presque arrivés.

— Ah…

Je ne sais pas pourquoi, mais chaque fois que je dis mon âge je déclenche ce type de réaction. Déception, surprise, fuite soudaine ? Bah… Imaginez si je disais qu'en fait je n'ai que treize ans !

— À quoi tu penses ?

— À rien. C'est drôle, je n'aurais jamais imaginé que tu étais le fils de la patronne de Ciòccolati.

— En fait, je préférerais ne pas travailler avec maman, mais tu sais, je fais ce que je veux, et quand j'ai besoin d'un peu de liberté…

Il me regarde, l'air amusé.

— Oui, bien sûr.

— J'ai lu un livre, récemment, qui m'a beaucoup plu. *Le Journal de Bridget Jones.*

Incroyable ! C'est celui que m'a conseillé Sandro, à la Feltrinelli, mais je ne l'ai pas encore lu. J'aurais pu faire mon petit effet, mais non. Comme d'habitude, j'ai l'air très bête.

— Tu connais ?

Si je lui dis que je l'ai et que je vais le lire, il va croire que je lui raconte des mensonges.

— Oui, j'en ai entendu parler.

— Lis-le. Tu verras. Je suis sûr que ça te plaira.

Nous arrivons en bas de chez moi. Je m'arrête. Il y a un drôle de silence. Il me sourit.

— Je suis content que tu sois venue aujourd'hui.

Je ne dis rien.

— Comme ça j'ai pu te raccompagner.

Nouveau silence. Puis Dodo prend son courage à deux mains. Il s'approche lentement de ma bouche. Direct, toujours en souriant. Je pense qu'il y a des moments où tout se décide. Ça dure un instant, et plus rien ne sera plus jamais pareil. Dodo avance lentement, très lentement, en me regardant dans les yeux, en souriant. Ses dents sont parfaites, son sourire magnifique. Ses yeux sombres, profonds, intenses. Et pourtant… Je vous l'ai dit, mais je ne sais pas… Au dernier moment, je me tourne d'un coup et je lui offre ma joue. Et il me donne un baiser léger, presque déçu, désolé, amer. Puis il s'éloigne.

— Mais…

— Salut, je dois y aller.

Je m'enfuis sans dire un mot. J'ouvre le portail, j'entre, je le referme derrière moi. Je vois qu'il me regarde toujours, il n'a pas bougé. Puis il hausse les épaules, secoue la tête et s'en va. Je sais déjà ce qu'il pense : comment ça se fait qu'une fille comme moi, une fille de quatorze ans, puisse lui mettre un vent ? Ça pourrait bien le turlupiner longtemps. Ou alors, ça ne sera qu'un nuage léger qui ne durera qu'un instant ? Qui sait. Moi, je souris. Je n'ai aucun doute. Ce n'était qu'un jeu, un jeu avec mes amies. Mais quelque chose ne tournait pas rond. Ce baiser ne m'inspirait pas.

J'entends un bruit. Le portail s'ouvre et derrière moi entre… je n'y crois pas ! Mme Marinelli ! J'ai appelé l'ascenseur mais je ne l'attends pas.

— Bonsoir.

Je monte les escaliers en courant. Il ne manquait plus que ça. Elle aurait pu assister à un autre baiser… Et avec un autre garçon ! Elle n'aurait pas pu résister. Elle aurait carrément mis une affiche sur la porte.

Les jours suivants, je n'ai rien dit à Clod et Alis. Je ne sais même pas pourquoi. Nous sommes retournées une fois chez Ciòccolati et nous avons plaisanté toutes les trois avec Dodo comme si de rien n'était.

— Oui, merci, nous voulons toutes les trois la même chose.

Alis et ses allusions. Il rit. Dès qu'il s'est éloigné, Alis sort son portable de son sac.

— Regardez.

C'est une photo de Dodo en tenue de foot.

— Il me l'a envoyée avec son portable…

Clod éclate de rire.

— Ah oui ? Regarde.

Elle sort son portable de sa poche. Il y a la même photo.

— Quel salaud !

Alis est furax. Elle lève les yeux vers moi.

— Tu as aussi la même photo ?

— Non… Moi j'ai une photo de lui en train de nager… sans maillot !

— Ah oui ? Alors c'est lui qui régale.

Alis se lève, elle nous prend par le bras et nous entraîne hors de la boutique.

Nous nous enfuyons sans payer, en riant, et Alis se retourne de temps en temps pour voir s'il sort de la boutique.

— Bien fait pour lui. Ça lui apprendra à faire le crétin.

Les jours suivants sont tranquilles. J'ai commencé à lire *Le Journal de Bridget Jones.* Ça me plaît, mais quand je lis le soir je m'endors toujours un peu !

Je suis allée voir Joey. Nous avons fait une promenade le long du fleuve, Rusty James est resté à la péniche pour écrire. C'est beau, là-bas, il y a des arbres, des fleurs, et le Tibre n'est pas aussi sale qu'à d'autres endroits. Et puis, il y a plein de jeunes qui passent en canoë. Ils ont des t-shirts bleu ciel, je pense qu'ils font partie d'une équipe. Ils arrivent et disparaissent très vite, ils n'ont même pas le temps de saluer. Ça doit être fatigant, comme sport.

L'autre jour, à la sortie du collège, Alis nous a pour ainsi dire kidnappées.

— Venez avec moi.

— Mais on va où ?

— On y va, c'est tout !

Nous avons fini dans un endroit hallucinant. Moi, j'étais en voiture avec Clod, nous la suivions.

— Maman, je ne rentre pas tout de suite.

— Tu vas où ?

— Déjeuner chez Alis. Clod vient aussi. Ensuite nous travaillerons un peu.

— Ne rentre pas tard, hein !

— Non…

— Promis ?

— Promis.

En fait, elle nous a emmenées manger dans un japonais. Clod refuse d'entrer.

— Je n'aime pas. Ils n'ont que du poisson cru.

— C'est le même que celui que tu manges mais cru, juste qu'il ne fait pas grossir.

— Vous savez… avant, j'avais un poisson rouge.

— Et alors ?

— Alors, il s'appelait Aurora, et un matin je ne l'ai pas retrouvé. Il a sauté de son aquarium dans le lavabo, et il a dû trouver son chemin jusqu'à la mer…

Clod et sa fantaisie.

— Oui, comme celui de Disney, comment il s'appelle déjà ? Nemo.

— Voilà, c'est ça, bravo, Caro. Je l'ai vu au moins quatre fois.

L'enthousiasme de Clod, le cynisme d'Alis :

— C'est ça. Aurora est morte, tes parents l'ont jetée à la poubelle… Ils ne te l'ont pas dit pour que tu ne sois pas triste.

Clod réfléchit.

— C'est vrai, une fois c'est moi qui ai changé l'eau de l'aquarium et au bout d'un moment j'ai bien vu qu'elle haletait…

— Bien sûr ! L'eau devait être gelée. Tu l'as tuée. Oui, elle est morte, c'est sûr.

— Et si elle était vivante, et qu'on venait de la pêcher et que je la mangeais justement au japonais ?

— Tu es vraiment casse-pieds.

Bref, une discussion sans fin. Nous avons fini par aller chez un japonais de la Via Ostia qui fait aussi thaïlandais, chinois et vietnamien. Comme ça, plus facile de commander.

— Mmh, qu'ils sont bons, ces travers de porc.

Clod les dévore. On dirait une mitraillette à nourriture.

Alis attend qu'elle ait fini de manger pour le lui dire.

— Ça t'a plu, hein ?

— Oui, c'était délicieux.

Comme à son habitude, Clod se lèche les doigts.

— Tu sais que les travers de porc que tu manges au restaurant chinois sont presque toujours des morceaux de chats... enlevés dans la rue.

— Qu'est-ce que tu racontes ?

— Oui, ils les tuent et ils les transforment en... travers.

Clod nous regarde, elle est au bord des larmes.

— J'avais un chat, Tramonto, il a disparu il y a trois mois... ·

— Pardon, mais... tu ne nous as rien dit !

— J'espérais le retrouver.

— Et à la place tu l'as mangé !

Clod se lève et hurle.

— Ahh ! Quelle horreur !

Tout le restaurant se tourne vers nous.

— Excusez-la... sans le savoir, elle vient de manger Tramonto.

Alis est vraiment terrible. Mais parfois, elle est à mourir de rire. Et puis, elle a une qualité fondamentale : c'est toujours elle qui invite.

Mais sa mission n'est pas terminée.

— Venez avec moi !

— Mais où ?

— Suivez-moi.

Elle monte dans sa voiture sans permis et disparaît Via della Giuliana. Je plaisante avec Clod.

— Suis cette voiture !

Un coup de volant sec, nous nous engageons sur les remparts auréliens. Nous la suivons. On se croirait dans

Mission : impossible avec Tom Cruise. J'aimerais bien le rencontrer, celui-là, pas tant pour lui que parce que ça voudrait dire que nous sommes vraiment belles. Oui, dans ses films, les femmes sont toujours des canons ! Alis conduit vraiment à merveille. Droite, gauche, elle zigzague entre les voitures comme si c'étaient des poteaux de slalom. Puis, sans mettre son clignotant, elle prend à gauche. Clod la suit.

— Attention !

Nous manquons de faire un tonneau. Les deux roues de droite se soulèvent. Clod lâche le volant, le rattrape tout juste, la voiture atterrit sur les deux autres roues, tremble un peu, puis nous prenons la descente à toute vitesse. À droite, à gauche, et encore à droite.

— Mieux que Daniel Craig dans James Bond !

Clod est très tendue.

— Elle conduit comme une furie. Il faut que je la suive.

Je me tiens pour ne pas perdre l'équilibre.

— Toi aussi, tu t'en sors bien. Comment tu fais ? Tu n'as jamais conduit comme ça.

Clod me regarde et inspire profondément par le nez, on dirait un taureau hors de lui.

— Je pense à Aurora, mon poisson rouge, et surtout à Tramonto, mon chat, vu que cette salope d'Alis dit que je l'ai mangé ! Je leur dédie cette course.

Sur ce, elle accélère encore et nous nous engageons à toute blinde sur l'Aurelia, en dépassant Alis, qui nous regarde et rit, ébahie.

Un peu plus tard. Vers Fregene, dans la campagne verte et sombre de la Via Aurelia plus lointaine.

— On est où ? Comment on a fait pour arriver jusqu'ici ?

— *Les Palmiers…*

— C'est quoi, une bénédiction ?

— Oui, blague à part, c'est quoi ?

— Un club.

— Alis, tu peux être un peu plus précise ?

Elle est tranquille. Elle sort des cigarettes de son sac et s'en allume une. En fait, elle n'aime pas vraiment fumer. Elle le fait exprès quand elle veut se donner des airs ou dire quelque chose d'important. Elle me regarde.

— Quelle heure est-il ?

— Presque 6 heures.

Elle jette par terre la cigarette qu'elle vient d'allumer et l'écrase avec son pied.

— Allons-y !

Nous la suivons sans comprendre où nous allons. Avec Clod, nous nous regardons puis elle secoue la tête.

— Elle est folle.

— Allez, venez, passez par ici !

Nous traversons un long couloir qui longe le club et nous nous retrouvons face à un grand terrain de football.

— Asseyons-nous ici.

Nous avons à peine le temps de nous installer dans les gradins que des joueurs de foot sortent d'une espèce de tunnel.

— Le voilà… le voilà, c'est lui !

Alis se lève et saute en agitant les bras, euphorique.

— Dodo ! Dodo ! Nous sommes là ! Ici !

En plus, c'est drôle, parce que vu que nous sommes les seules dans les gradins, ça ne peut être que nous qui faisons signe.

Dodo se détache du groupe et vient vers nous.

— Chut !

Il sourit en mettant un doigt sur sa bouche.

— Je vous ai vues.

Puis il s'approche du filet.

— Quelle belle surprise… Je suis content que vous soyez venues. Après, je vous présenterai mon équipe. On pourrait aller manger une pizza…

Je regarde Alis, puis Clod.

— Moi, je ne sais pas si je peux…

Alis hausse les épaules.

— Ce que tu peux être barbante.

Je ne dis rien, ça me met hors de moi quand elle dit ça, elle sait très bien comment est mon père.

Dodo me regarde, penche la tête.

— Tu es encore fâchée pour l'autre soir ?

— Non, non…

Je regarde Alis et Clod pour tenter de minimiser le tout. On entend un sifflement. Dodo se tourne.

— Excusez-moi mais je dois y aller. On commence.

Il va au centre du terrain.

— Ils ont même un arbitre !

Alis me regarde de travers.

— Pourquoi… il s'est passé quoi, l'autre soir ?

— Mais non, rien.

— Non, pas rien, sinon il ne t'aurait pas demandé si tu es encore fâchée.

— Mais rien.

— Raconte !

J'explose. De toute façon, je ne peux plus reculer.

— Je suis allée chez Ciòccolati, puis il m'a raccompagnée, et en bas de chez moi…

— En bas de chez toi…

— Il m'a demandé…

— Il t'a demandé ?

Alis n'en peut plus.

— Il m'a demandé de sortir et j'ai dit non. Ma mère ne voulait pas.

— Ah oui, et il te demande si c'est toi qui es fâchée…

Alis se met à regarder le match. Clod me regarde et fait une drôle de grimace, comme pour dire « tu le sais bien, elle est comme ça ». Puis Alis s'allume une autre cigarette et soudain me regarde.

— J'ai l'impression que tu ne nous dis pas tout, je me trompe ?

— Mais non, Alis !

Je ris, en espérant la confondre et dissimuler la vérité.

— Je t'assure… c'est comme ça que ça s'est passé.

— Si tu m'as raconté un bobard…

— Mais c'est la vérité, pourquoi je te mentirais ? Et puis, c'est un concours, non ? Tu n'as pas encore gagné, que je sache.

— Si on se raconte des bobards entre nous, ça revient à nier toute notre amitié.

Elle regarde à nouveau vers le terrain. Ils ont commencé à jouer. Elle fait la supporter. Elle se lève et hurle « Allez Dodo… allez, tu es le plus fort ! On t'aime ! ». Nous nous levons à notre tour. « Oui, allez Dodo ! Dodo ! Dodo ! » Puis nous entonnons une sorte de chœur. « Mets un but pour nous, Dodo Giuliani ! » Nous nous sautons au cou, nous manquons de tomber des gradins, nous nous sentons amies… nous rigolons bien et… nous sommes amies ! Et je suis bien contente d'avoir raconté un bobard.

Clod n'a pas résisté, elle s'est achetée un paquet de Smarties.

— Pourquoi tu les regardes, tu en choisis et tu en remets certains dedans ?

— Parce que j'aime ceux au chocolat !

— Mais ils sont tous au chocolat…

— Les marrons ont encore plus le goût de chocolat.

Clod et ses lubies. Toujours alimentaires. Je laisse tomber.

Ils vont dans les vestiaires.

Alis les regarde du coin de l'œil. Elle attend que le dernier disparaisse.

— Venez avec moi !

Elle nous tire toutes les deux par le bras. Clod laisse tomber son paquet de Smarties.

— Nooon ! Tu les as fait tomber.

— Je t'en rachèterai ! Allez, on y va. Et puis, j'ai bien vu, il ne restait plus que des jaunes.

— Non, les bleus aussi sont bons !

— Allez, venez.

Elle nous tire, elle nous pousse. Elle nous fait faire un drôle de parcours. Nous tournons autour du bâtiment du club et nous arrivons derrière, dans un champ plein de plantes, d'arbres et de buissons.

— Mais on est en pleine campagne !

— J'ai peur…

— Chut ! Mais de quoi ?

— Des animaux.

— Il n'y a pas d'animaux ! À part toi !

Clod soupire. Nous avançons dans l'herbe haute.

— Voilà, regardez…

Nous nous postons sur une petite colline. Un peu en contrebas, il y a des petites fenêtres, étroites et longues, placées en hauteur sur le bâtiment derrière le champ.

— Les voilà… les voilà !

Ils arrivent. Je vois les joueurs entrer, puis Dodo.

— Nooon ! Alors ce sont les vestiaires.

— Oui. (Alis sourit, toute contente.) Et ils vont se changer.

Je regarde Alis, étonnée.

— Comment tu connaissais ce club, toi ?

— Ma mère vient souvent. Là-bas, à gauche, ce sont les vestiaires des femmes. Je viens de temps en temps, l'été, ils ont une piscine.

Je la regarde. Je ne sais pas si elle me ment ou pas. Et honnêtement, je m'en fiche un peu.

— Regardez…

Certains sont en slip. D'autres n'ont carrément plus rien sur le dos. Ils se mettent sous la douche, se savonnent. Ils rient, blaguent, mais nous n'entendons pas ce qu'ils disent, juste des phrases entrecoupées dans le silence de la nuit, qui n'arrivent pas à sortir de ces fenêtres, qui butent contre le bruit des bancs, des sacs de sport qu'on laisse tomber.

Petit à petit, ils se déshabillent tous devant nos yeux.

— Regarde… regarde un peu celui-là, comme il est beau…

— Et celui-là ?

Alis en indique un autre. Il est nu et il a les mains là.

— Vous avez vu son truc ?

— Alis !

— Mais il est incroyable !

— J'ai compris, mais…

— Chut.

Nous regardons en silence. De loin, nous les entendons rire et parler, mais nos yeux sont comme happés. Je regarde en bas, entre leurs jambes. Je rougis un peu, je voudrais ne pas regarder, et en même temps si. Je me sens bizarre. J'ai chaud. Mais il fait chaud ? Bah, peut-être pas…

Clod nous regarde d'un air inquiet.

— Moi je peux vous dire une chose… À mon avis, ça fera très mal…

— Oui… Si ça arrive un jour !

Puis, soudain.

— Eh, vous, qu'est-ce que vous faites là ?

Une voix, un cri dans la nuit. La silhouette d'un homme, à deux cents mètres. Elle est noire, comme entourée d'un halo de lumière. Alis se lève la première.

— Allez, on se sauve !

Elle descend de la petite colline en courant, dans la campagne verte et sombre. Je la suis, et juste après arrive Clod.

— Attendez-moi !

Nous courons aussi vite que nous pouvons, le cœur battant, jusqu'à en perdre le souffle, dans l'herbe haute, au milieu des buissons obscurs. Alis est tout près de moi, je l'ai rattrapée. Clod se traîne péniblement derrière nous.

— Je n'en peux plus, j'ai envie de vomir.

— Non… Il ne manquait plus que ça.

— Regarde !

Nous nous retrouvons devant une petite cabane pleine d'outils de jardinage qui borde l'enceinte du club. Juste à côté, il y a un muret. Alis se lance. Elle grimpe sur le muret, puis sur le toit. Elle met les mains dans le grillage, les pieds, elle réussit à escalader, et elle saute par terre. Je fais la même chose, et je me retrouve moi aussi de l'autre côté.

— Ça sert, la gymnastique artistique, hein ?

— Oui, pour des fuites comme ça !

Clod arrive enfin, suivie d'assez près par le gardien. Elle est essoufflée, la langue pendante et les joues écarlates.

— Vous êtes déjà passées ? Moi, je ne vais jamais y arriver.

Elle monte sur le muret, lentement, et elle arrive péniblement en haut.

— Et maintenant ?

— Maintenant tu passes ta jambe par-dessus et tu enjambes le grillage.

Elle fait deux tentatives mais rien à faire, elle est loin du compte. Le gardien est tout près. Nous la regardons, puis lui, puis à nouveau elle. Alis n'hésite pas une seconde.

— Il faut y aller !

— Non !

Clod est désespérée.

— Comment… vous me laissez ici ? Moi, votre amie.

Toi et tous tes Smarties, j'ai envie de lui dire. Mais j'ai une autre idée.

— Jette-toi par terre, peut-être qu'il ne te verra pas.

Nous courons le long de la route qui longe le grillage. Le gardien change de direction. Il nous suit en courant parallèlement à nous.

— Arrêtez-vous ! Arrêtez-vous ! Je veux vos noms.

Il est vieux, il halète. Nous courons à toute allure vers les voitures. Mon Dieu, espérons qu'il n'ait pas d'attaque. Et surtout, qu'il ne découvre pas Clod ! Nous arrivons enfin au parking.

— Allez, vite, ouvre !

Alis prend les clés. Le gardien nous rejoint à l'entrée. Alis ouvre enfin la portière. Je monte à côté d'elle. Elle met le moteur en marche. Le gardien est sorti de l'enceinte du club. Alis donne un coup d'accélérateur et nous démarrons sur les chapeaux de roues, tous feux éteints.

— Allez, allez, accélère !

Je regarde dans le rétroviseur. Le gardien fait encore quelques pas en courant sur la route blanche derrière nous. Puis il s'arrête. Il est enveloppé d'un nuage de poussière et disparaît ainsi dans la nuit.

Alis pousse un soupir.

— Pfff… On l'a échappé belle…

— Oui ! Pauvre Clod, je me demande comment elle va s'en sortir…

Alis me regarde et hausse les épaules.

— Les filles comme elle, elles s'en sortent toujours.

— Tu crois ?

— Bien sûr…

Je prends un air convaincu, même si je ne le suis pas tant que ça. Il est vrai qu'il n'y avait pas d'autre solution.

Un peu plus tard. Je suis dans mon lit, je reçois un texto. C'est Clod.

« Tout va bien, j'ai réussi à m'enfuir à l'instant. J'ai dû attendre la fermeture du club. Merci, les copines, hein ! »

Les jours suivants, nous avons réussi à faire la paix. Il a suffi qu'on lui offre des goûters à volonté pendant toute la semaine. C'est Alis qui a payé, évidemment. Dans le fond, c'est elle qui nous a entraînées dans cette « mission »... moins « impossible » qu'« érotique » !

J'ai passé trois jours merveilleux. Je me suis bien amusée. Maman m'a donné la permission de dormir chez Rusty. Je suis restée dehors, sur une chaise longue, à regarder le fleuve sous la lune. C'est silencieux, là-bas. On n'entend rien, même pas les voitures qui passent au-dessus de nous le long du Tibre. Rusty m'a mis un chauffage, un de ces gros champignons chauds avec une coupole sur le dessus, ils ont comme du feu à l'intérieur et avec ça tu ne sens pas le froid. Il l'a allumé et il l'a mis près de moi. Et puis, il s'est mis à déambuler, des feuilles à la main.

— Alors… Tu es prête ? Tu es la première à qui je le lis… « Un jour comme tant d'autres, mais plus tant que ça après ce moment. Jamais plus, depuis qu'ils se sont rencontrés… »

Il me sourit. C'est son roman.

— Ça me plaît ! Continue…

— « Lui, un jeune homme fermé, dur, les cheveux longs, les mains marquées par le travail quotidien fatigant… »

Il continue à lire en marchant lentement, et mettant de la passion dans ses mots, en bougeant la main droite comme s'il battait le tempo. Moi je le regarde, et son histoire me plaît. Il me l'avait déjà racontée mais il ne m'avait rien lu. C'est une histoire d'amour. J'écoute.

— « Elle lui plaisait, cette fille maigre, presque osseuse, mais le regard plein de faim, de curiosité… »

Cette fille m'est déjà sympathique, je l'imagine un peu, à travers ses mots, mais ensuite, sous le champignon chaud, je m'endors. J'entends la voix de Rusty James, au loin, qui continue à lire.

— « Et leur regard fut si intense que… » Caro !

J'ouvre les yeux, presque instinctivement, peut-être parce que j'ai entendu mon nom, et j'ai une sensation bizarre, comme quand on se sent un peu déplacé.

— Tu t'es endormie !

— Pardon… Mais c'était très beau…

— C'est ça, c'est très beau et tu dors… allez, viens avec moi.

Il pose son roman sur une petite table. Il met un livre dessus, bien qu'il n'y ait pas de vent, et je n'ai pas le temps de me lever que déjà il me prend par en dessous et me soulève. Il m'emmène, j'entoure son cou de mes deux bras.

— Ne te venge pas… ne me jette pas dans le fleuve.

Rusty rit.

— Pourtant, c'est ça qu'il te faudrait ! Au moins, ça te réveillerait.

Je le serre plus fort. Il me sourit, il n'est pas fâché. Il est comme ça. Et je me sens aimée.

— C'est que je suis un peu fatiguée… mais je veux le lire, ton roman.

— Oui, oui, on a le temps… Je dois le relire, et ensuite je l'enverrai à des maisons d'édition. C'est pour ça que je voulais savoir ce que tu en penses.

— Les femmes pleureront puis elles souriront.

— C'est-à-dire ?

— Elles pleureront en le lisant parce qu'elles seront émues et elles souriront quand elles feront ta connaissance parce qu'elles essayeront de sortir avec toi !

— Idiote…

Il me laisse tomber sur le lit et me couvre avec la couette. Je me glisse dessous, heureusement je me suis déjà lavé les dents.

— Rusty…

— Oui ?

— Sérieusement, je voudrais le lire.

Un dernier sourire.

— Bonne nuit, Caro. Dors bien.

Il éteint la lumière et je me tourne de l'autre côté. Bien que nous soyons sur le fleuve, je n'ai pas peur. Au contraire. J'entends l'eau couler lentement en dessous de moi. Ça me plaît. Je sombre dans un sommeil profond.

Le lendemain, je suis allée chez mes grands-parents. Papi Tom m'a expliqué des choses sur la photographie. Nous avons pris des photos, nous les avons même imprimées.

— Elles te plaisent, mamie Luci ? Regarde comme elles sont belles… devine celles que j'ai prises et celles qu'a prises papi Tom.

Elle rit.

— Celle-là, c'est toi qui l'as prise…

— Non, tu t'es trompée ! La mienne, c'est celle avec les fleurs.

Je suis partie en courant. Quand je suis repassée à la cuisine, j'ai vu qu'elle était triste, silencieuse, mais elle ne s'est pas aperçue que je la regardais. Elle pleurait. Alors, sans faire de bruit, je suis sortie tout doucement de la pièce. Puis je me suis arrêtée à la porte et j'ai regardé une dernière fois derrière moi. J'ai vu son reflet dans la vitre, elle me regardait. Pendant un instant, nos regards se sont croisés. Elle s'est sentie percée à jour. Alors je suis partie en courant. Plus tard, pendant le dîner, elle m'a souri.

— Mamie, tu as fait la viande que j'adore, les côte-lettes avec des tomates dessus.

— Oui, bien que papi n'aime pas trop ça.

Elle l'a regardé avec des yeux, je ne sais pas comment dire, et puis ce sourire, oui, qui parlait d'amour. Ou du moins, c'est ce qu'il m'a semblé. Papi a fait semblant de se fâcher.

— On ne peut vraiment rien attendre de vous… Je vais me laver les mains.

Il est sorti de la cuisine. Mamie est devenue sérieuse, elle m'a regardée avec un sourire doux, légèrement triste, peut-être un peu inquiet.

— Tu ne diras rien, n'est-ce pas ? C'est notre secret.

Je me suis versé de l'eau sans la regarder, puis j'ai vidé mon verre d'un trait et je lui ai fait oui de la tête. Elle a souri. En réalité, je n'avais pas soif, mais si j'avais dû par-ler je sais que j'aurais fondu en larmes. Papi est revenu.

— Alors, qu'est-ce qu'on mange ? Ou alors vous avez déjà tout avalé ?

Il s'est assis en bout de table, entre nous deux, il a pris ma main dans les siennes, grandes et fraîches, vu qu'il venait de les laver.

— Un monstre, tu es un monstre, mais tu es tellement belle que je te mange la main !

Il a essayé de me mordre la main, il l'a mise dans sa bouche. Moi j'ai tenté de m'échapper, mais ça me faisait rire. Mamie aussi était de bonne humeur, elle a même fini par oublier notre secret.

Moins deux ! Demain soir, c'est la fête mythique de Stefania Borzilli au Supper. Je commence les préparatifs à la maison.

— Maman, demain Alis m'invite à dormir chez elle.

— Il y aura qui ?

— Clod, moi, et Alis.

— C'est tout ?

Elle lève un sourcil, légèrement dubitative.

— Bien sûr, tu veux l'appeler ? Et puis évidemment, il y aura sa mère.

Maman secoue la tête.

— Elle est vraiment compliquée, cette famille.

— Mais pas Alis, Alis est mon amie, elle n'a rien à voir avec le bordel de ses parents.

— Caro ! Arrête, je n'aime pas quand tu parles comme ça… On dirait que tu fais déjà partie de cette famille. Ils t'ont adoptée, ou quoi ?

Je change de ton.

— Non, non, pardon, maman.

— OK. Demande à ton père. Moi, je suis d'accord pour que tu y ailles.

— Oui, mais essaye de le convaincre. Sinon, à quoi ça sert ! Si tu veux, tu peux y arriver.

Je la serre contre moi. Au début, maman lève les bras. Comme si elle se rendait. Puis elle les laisse retomber. Et elle m'embrasse.

— Tu es terrible. Va au collège, tu vas être en retard, et ensuite il ne sera plus question que tu sortes.

— Oui, oui, j'y vais.

Je pars en courant, je ne me le fais pas répéter deux fois. Je fais mine d'avoir vraiment peur d'être en retard.

On dirait Raffaelli, celle qui ne vit que pour le collège, qui aime vraiment étudier et qui n'en a pas honte. Je fais ça tellement bien que je mériterais l'Oscar de la meilleure actrice ! Et en effet… quand je rentre du collège, je gagne ma permission.

— Oui, papa a dit que tu pouvais y aller !

Ma maman géniale. Je la serre encore contre moi.

— Eh… arrête, tu vas me faire tomber ! C'est quoi, toute cette joie ? Il faut que je m'inquiète ?

Oui, c'est vrai. J'ai été bête. Je change d'expression.

— Non, c'est que je suis contente que tu comprennes à quel point je tiens à mon amitié avec… Alis et Clod…

Maman me regarde.

— Quand j'avais ton âge, j'avais une amie, Simona, et un jour, de but en blanc, elle n'a plus voulu me voir.

— Peut-être que tu étais trop belle pour elle.

Elle sourit et penche la tête.

— Je ne plaisante pas. Alors je suis allée la voir et je lui ai demandé des explications. Si j'avais fait quelque chose de mal. Et elle m'a simplement dit : non, non, rien du tout. J'étais un peu occupée, c'est tout. Mais depuis ce jour-là, elle ne m'a plus jamais appelée.

Je la regarde d'un air perplexe.

— Qu'est-ce que tu veux me dire, maman ?

— Que pour moi Simona était ma meilleure amie. Pour elle, je n'étais rien, mais je ne l'avais pas compris.

— Oui, maman, mais Alis, Clod et moi, nous nous le sommes dit, nous nous racontons tout, nous sommes vraiment unies, c'est différent… C'est juste que tu n'es pas avec nous… tu ne peux pas comprendre.

— Ah, c'est ça, je ne peux pas comprendre. Tu sais ce que me disait toujours ma mère ? « Parfois il faut te cogner contre une vitre pour comprendre qu'il y a une vitre. »

— Mamie ne comprenait rien à rien… Moi, je comprends très bien.

Je m'enfuis.

— Appelle-moi quand tu arrives.

— Oui, maman.

Je descends les escaliers en courant, et comme prévu Clod m'attend en bas.

— Ciaooo !!!

Je monte dans sa voiture, mais d'abord je salue maman qui, naturellement, me regarde de la fenêtre.

— On y va. Allez, Clod, vite !

Elle démarre en trombe.

— Pas si vite, ma mère est à la fenêtre !

— D'abord tu veux que je démarre vite… Et ensuite non… On n'y comprend rien, avec toi !

— Qu'est-ce que tu as ? Tu es de mauvaise humeur ?

— Moi ?

— Qui d'autre ?

— Mais non, je n'ai rien.

— Ce n'est pas vrai !

— OK, j'aurais pu y aller avec Aldo, je l'ai eu au téléphone, il est invité aussi !

— Vraiment ? Comment il la connaît ?

— Bah, une copine d'un copain à lui. Il y aura du monde, ce soir…

— Tant mieux. Tu le verras là-bas.

— Oui… la seule fois où je peux me débrouiller pour le voir hors de la salle de sport… Je le vois là-bas ! Et si je ne le trouve pas ?

— Ce que tu es lourde… C'est mieux, comme ça tu te fais désirer !

— Et s'il ne me désire pas ?

— Si tu pars comme ça, tu n'iras pas bien loin… Ça ne va pas du tout.

Clod hausse les épaules.

— Si tu le dis…

— Fais-moi confiance !

Je la regarde, elle est inconsolable. J'essaye de changer de sujet.

— Tu as apporté la came ?

Dit comme ça, on se croirait dans un film de gangsters où tout le monde tire des coups de feu, court, s'enfuit, est incroyablement beau, et où il y a de la drogue.

— Oui, oui, tout est derrière…

Je me tourne. Dans les sacs de Catenella, il y a tous nos super vêtements ! Nos tops à paillettes, nos minijupes, nos bottes et nos bas.

— Yahoo ! Ça va être génial, ce soir.

Clod me regarde et retrouve soudain son sourire.

— Oui, une soirée de folie !

En un rien de temps, nous arrivons chez Alis. Elle nous ouvre la porte et nous saute dessus en criant.

— Yahoo ! Vous voilà enfin ! On va pouvoir commencer les préparatifs !

Elle nous tire à l'intérieur. Sa mère apparaît à la porte du couloir.

— Alis, ne cours pas comme ça, tu vas casser quelque chose !

— Maman, tu es lourde, tu avais dit que tu nous laissais seules.

Alis accompagne sa mère à la porte du salon où l'attend une de ses amies. Elle la pousse quasiment hors de « chez elle ».

— Oui, oui, je vais sortir... Mais ne casse pas tout dans la maison...

— Qu'est-ce que ça peut te faire ? Ça se rachète. Rapporte-moi plutôt une belle surprise, vu que nous n'avons pas encore fait la paix.

Ce disant, elle les met toutes les deux dehors, et elle referme la porte de la maison. L'amie de sa mère secoue la tête.

— Elle est toujours comme ça, ta fille ?

— Penses-tu, là c'est quand elle va bien !

Juste après, Alis se précipite dans le salon et met les Tokio Hotel. Elle danse comme une folle, elle saute sur les canapés, nous passe devant, nous ébouriffe à tour de rôle.

— Ce soir, nuit de folie ! Venez, on va là-bas.

Une chambre énorme, avec tous les miroirs possibles et imaginables. Nous essayons nos vêtements, un, deux, nous en essayons d'autres, tous plus différents les uns que les autres.

— Tu vas voir, il va t'aller super bien, celui-là !

Alis en a bien plus, elle en a même acheté d'autres pour nous, des surprises. Une femme de chambre impeccable apparaît sur la pointe des pieds.

— Mademoiselle, je vous ai préparé du thé vert, de la tisane et du chocolat.

— Laisse-les là et file.

Je lui jette un regard noir, elle s'en aperçoit et ajoute :

— Merci.

Nous nous maquillons, empilant toutes sortes de couleurs, rouge à lèvres, ombre à paupières.

— Il faut quelque chose de plus foncé ! Essaye ce crayon, le bleu.

— L'argenté me va vraiment bien.

Alis s'approche.

— C'est vrai. Dégrade un peu par ici. Encore plus…

Je me regarde dans le miroir.

— Je mettrais bien un peu de bleu, puis du bleu ciel, et du blanc pour le dégradé…

— On dirait une folle !

— Exactement !

Alis monte le son et nous continuons à rire, nous donner des coups de coude, nous maquiller. Trois vraies folles.

Huit heures. Enfin prêtes.

— Nous sommes des bombes !

Le gardien qui, en nous voyant sortir, se met la main sur le front, n'est pas tout à fait de notre avis.

— Salut beauté ! Nous sommes les meilleures !

Alis et ses manières. Au moins elle plaisante, elle rit, elle ne le traite pas mal.

Nous descendons jusqu'aux voitures. Clod est vraiment drôle avec sa robe courte. Elle a, comment dire, une élégance sympathique !

— On passe par où ?

Alis lève un sourcil.

— Moi, j'ai quelque chose à faire en chemin. On se retrouve là-bas.

— Comment ça ? Et s'ils ne nous laissent pas entrer ?

— Mais si, vous êtes sur la liste. C'est dans le centre, près du cinéma Barberini : en descendant, sur la droite… Le Supper, tout le monde connaît.

Et elle démarre sur les chapeaux de roues dans sa voiture rose toute accessoirisée Hello Kitty.

— Je me demande bien où elle va.

— Bah… elle a toujours de drôles de surprises…

Clod est plus dure.

— Moi, je pense qu'elle a perdu la tête.

— Pour moi, c'est Alis, un point c'est tout.

— Ouais, si tu veux. Bon, allez, on va chercher Le Supper.

Nous descendons la Piazza Barberini.

— Il faut que tu prennes par là.

— Mais non, Alis a dit à droite.

Clod ralentit.

— Qu'est-ce que tu fais ?

— Je demande…

— À ce type ?

Ma copine s'arrête devant un gars à la peau basanée, manifestement un immigré.

— Pardon, vous savez où est Le Supper ?

L'homme s'approche de la voiture.

— Le quoi ?

Je hausse les épaules.

— Tu vois ? Qu'est-ce que je t'avais dit ?

Clod insiste.

— Le Supper.

— Pardon, je n'avais pas compris. Chouette endroit. Deuxième à droite, et vous y êtes !

— Merci !

Il s'éloigne. Clod me regarde d'un air satisfait.

— Tu as vu ?

— Oui, mais c'était à droite !

Nous trouvons une place, puis la boîte de nuit, enfin nos noms sur la liste, et nous nous retrouvons à l'intérieur.

Je n'y crois pas ! Tous les Rats sont là ! Et Cudini, avec son copain.

— Salut !

Quelqu'un passe près de moi. C'est Matt.

Je le salue froidement.

— Salut.

— Tu es fâchée ?

— Moi ? Pourquoi ?

— Pour cette soirée, la fête, quand nous sommes montés sur la terrasse… et je ne t'avais pas dit que j'avais une copine.

— Mais non… pourquoi je serais fâchée ? Non. Excuse-moi, je vais dire bonjour à mes amis. Ils sont là-bas. Viens, Clod.

J'esquive, nous nous éloignons.

Clod me regarde.

— Mais qui tu as vu, Caro ?

— Personne, c'est juste que je n'avais pas envie de rester là.

Puis je les vois pour de bon.

— Regarde. Gibbo et Filo !

— Salut les copains !

Nous allons les retrouver. Ils sont collés au DJ. Gibbo a des écouteurs énormes. Il me fait un clin d'œil et rit. Filo prend le micro, baisse la musique, intervient dans le morceau et se met à chanter *When did your heart go missing ?* des Rooney.

Nous nous regardons, Clod et moi.

— Ouah ! il chante super bien…

— Oui, depuis toujours !

Puis Filo fait un rap et dit des choses sur la soirée. Nous nous mettons à danser comme des folles, nous sautons, nous nous poussons, nous nous embrassons. Soudain, Clod se bloque.

— Qu'est-ce qu'il se passe ?

— Aldo est là…

Oui, le voilà. Il marche parmi la foule, entraîné par une fille qui le tire par le bras.

— Mais il est avec quelqu'un ?

Clod ne répond pas à ma question, elle descend de l'estrade du DJ et va au milieu de la piste. Elle se met à danser entre les gens. Elle est en plein milieu de sa trajectoire, et en effet la fille qui tire Aldo lui passe devant. Dès qu'elle est passée, Clod danse exprès devant Aldo pour se faire remarquer. Il la voit et lui dit bonjour.

— Salut !

— Ah, salut !

Sérieuse, faussement souriante.

— Tu viens d'arriver ?

— Oui, tu as vu le monde qu'il y a ?

— Oui.

La fille est revenue en arrière.

— Ah… voici Serena, et voici Claudia.

Puis, s'adressant à Clod :

— Tu sais, elle aussi, elle sait faire des imitations ! Tu adorerais.

Clod lui tourne le dos, le laissant dans un coin.

— Mais, Claudia…

Aldo écarte les bras. La fille le reprend par la main et l'emmène avec elle.

Clod me rejoint et se met à danser, les yeux tout petits, les dents qui grincent presque tellement elle est énervée.

— Qu'est-ce qu'il se passe ?

— C'est un salaud !

— Ah, oui, bien sûr.

Comme si soudain tout était clair.

C'est à ce moment-là que je la vois.

— Regarde, Alis est arrivée.

Elle marche au milieu des gens, la tête haute. Elle sourit, salue, dit bonjour de la main, embrasse quelqu'un. Et derrière elle... je n'y crois pas : Dodo Giuliani ! C'était ça, la surprise. Puis elle nous voit et secoue la tête en souriant, comme pour dire : « Vous ne vous y attendiez pas, hein ? Vous avez vu qui je vous ai amené ? »

Elle se met à danser devant lui. Dodo la regarde, il ne nous a pas vues. Il lui dit quelque chose à l'oreille. Elle rit, jette la tête en arrière. Elle rit encore plus fort, comme pour nous faire comprendre, à nous et à tout le monde, à quiconque en doutait, que ce qu'il vient de lui dire était un incroyable compliment. Alis danse avec plus de conviction, elle lui tourne autour, s'approche, se frotte à lui, et finalement sa bouche est devant la sienne, proche, trop proche. Elle le regarde dans les yeux, sourit, bouge lentement. Alis a la bouche entrouverte, avec ses dents parfaites, son demi-sourire. Dodo ne peut pas résister, c'est clair, et en effet il l'embrasse. Une nouvelle chanson démarre, comme une explosion. Alis s'écarte de lui et danse et lève les mains au ciel et nous regarde. Elle sourit et crie « Yeah ! », elle lève deux doigts, l'index et le majeur de la main droite, comme le V de victoire. Clod et moi nous regardons.

— Oui, elle a gagné...

Je fais semblant d'être déçue, même si je sais bien comment ça aurait pu se passer avec ce Giuliani. Clod a l'air plus déçue. J'essaye de la consoler.

— Allez... Alis a été meilleure que nous, c'est clair.

— Mais qu'est-ce que ça peut me faire ! Moi, ce Dodo, il ne me plaît pas du tout. Oui, il est beau, mais inutile. Moi, c'est Aldo, qui me plaît !

C'est une histoire de dingues. Alis a fini par se mettre avec lui et elle est toute contente parce qu'elle a gagné… et nous, nous sommes toutes contentes parce qu'elle nous a sauvées.

— Tu sais, Aldo, peut-être qu'il s'en fiche, de ce char d'assaut.

Nous regardons toutes les deux dans la même direction. Aldo est assis dans un coin, il boit un jus de fruit, elle danse devant lui. On dirait une grosse odalisque.

— Clod… moi je trouve qu'il a l'air de s'ennuyer !

— Et moi je trouve qu'elle a l'air d'une petite grosse !

— Tenez, les filles.

On nous passe deux pots de Nutella.

— Qu'est-ce qui se passe ?

— Comment ? Tu n'es pas au courant ? C'est le Tuca Tuca sweet qui commence !

— C'est-à-dire ?

Nous essayons d'en savoir plus, mais la fille en uniforme de Supper cow-girl, qui a plein de pots de Nutella accrochés à sa drôle de ceinture, disparaît dans la foule.

— Ça sert à quoi ?

Clod sourit.

— En tout cas, ça se mange !

Juste à ce moment-là démarre un morceau de Tiziano Ferro.

E Raffaella canta a casa mia, e Raffaella è mia, mia, mia. Mia. Solo mia. E Raffaella…

La foule danse, déchaînée, tandis que le clip est projeté sur les écrans.

— Allez, les jeunes, choisissez votre partenaire !

Plein de couples se forment à toute vitesse. Juste après, le DJ mixe parfaitement et arrive sur la chanson de Raffa : *Si chiama uhm… tuca tuca tuca ! L'ho inventato io* (« Il s'appelle hum… tuca tuca tuca ! C'est moi qui l'ai inventé… »).

Les filles et les garçons ont de grosses cuillères en plastique et ils enduisent de Nutella la personne qui est devant eux. Sur les jambes, le cou, les bras, le ventre, partout où on peut en mettre, et puis juste après, en rythme, ils se mettent à lécher, mordre, bref, à récupérer leur Nutella.

— Quelle horreur !

— C'est génial !

— Mais ça fait grossir !

La seconde d'après éclate une guerre du chocolat. Très vite, tout le monde étale du Nutella sur tout le monde, tout le monde se mord et se lèche. C'est une espèce de cercle dantesque des gourmands. Et elle apparaît au milieu de ce drôle de Tuca Tuca sweet.

— Clod, Caro ! J'ai gagné… vous avez vu ?

— Oui, tu es très forte !

Alis disparaît au fond de la piste, là où se trouve Dodo. Clod voit Aldo tout seul, elle va le rejoindre. Le DJ fait un nouveau mix, et moi je me mets à danser sur *Happy Ending*, de Mika. J'ai les yeux fermés, j'écarte les bras et je tourne sur moi-même, les cheveux au vent, en suivant le rythme, et tout le monde a peur, personne ne s'approche. Je ris toute seule, intérieurement, et même si personne ne veut m'enduire de Nutella, je me sens étrangement heureuse. Puis j'ouvre les yeux. Il y a des étoiles sur le plafond du Supper.

— Géniale, cette fête !

Clod me prend par le bras à la sortie de la boîte. Les gens partent en faisant du boucan, certains bras dessus bras dessous, d'autres en tapant dans une canette, match de foot improvisé.

— Oui, sauf que je suis un vrai chocolat sur pattes ! Un type m'en a mis partout pendant que je dansais, et il voulait me lécher le bras ! Je me suis tellement énervée que j'ai failli lui mettre des coups de pied.

— Tu n'étais pas dans l'esprit ! Ça se voyait…

— Et toi, alors ? Aldo a gâché ta soirée…

— Pas du tout, après on a parlé. De toute façon, j'ai compris ce que tu avais, Caro, tu es déçue pour Alis et Dodo.

— Moi ? Mais qu'est-ce que tu racontes… les voilà !

Ils courent vers nous, main dans la main.

— Salut, on se retrouve à la maison !

Ils disparaissent.

— Quelle bande de fous ! Mais qu'est-ce que tu vas imaginer ? Je suis contente pour elle.

— C'est ça…

— Qu'est-ce que tu as, Clod ?

— Rien !

— Tu es bizarre.

— Je ne t'ai rien dit.

— Si, tu m'as dit que tu avais tiré les choses au clair avec Aldo.

— Oui, en effet…

— Et alors ?

— Alors, rien.

Elle se tait jusqu'à ce que nous arrivions à la voiture. Puis elle s'arrête. Je regarde autour de moi.

— Mais la tienne n'est plus là ! On te l'a enlevée, ou pire on te l'a volée ! Voilà pourquoi tu étais bizarre. Tu le sentais ! Tu te rends compte, Clod, tu as des pouvoirs !

Je la secoue par les épaules.

— Tu as compris, tu le sentais… tu es… une médium !

Clod me regarde, l'air triste.

— Mais non, je l'ai prêtée à Aldo.

— À Aldo ?!

— Oui, pour accompagner la fille qui était avec lui.

— Alors ce n'est pas que tu as des pouvoirs spéciaux, c'est que tu es folle !

— Écoute, ne me dis pas ça ! C'est ma voiture et je la prête à qui je veux ! On dirait ma mère !

— Mais ta mère, au moins, elle a sa voiture ! Nous, on n'avait que celle-là. Et maintenant ?

— Maintenant, on l'attend. Il va revenir.

— Mais quand ? Appelle-le sur son portable.

— Je viens de le faire. Il est éteint.

— Réessaye !

— Ça fait une heure que j'essaye.

— Mais alors c'est lui qui a des super pouvoirs, il est… débile !

Je me mets à marcher.

— Tu vas où ?

— Chez Alis.

— Et tu me laisses ici ?

— C'est toi qui m'as laissée ici. Je rentre !

— Attends-moi !

Elle court pour me rejoindre, un peu instable sur ses talons hauts.

— Il fallait vraiment que je mette ces chaussures ce soir !

Je la regarde. Je la déteste.

— Tout aurait été parfait, si tu n'avais pas prêté ta voiture.

— C'est que, quand il me l'a demandée, si je ne la lui avais pas prêtée il aurait pensé que j'étais jalouse !

— Et maintenant tu as l'air d'une conne !

Nous marchons sans rien dire. Je l'entends boiter. Je la regarde du coin de l'œil. Elle a l'air de souffrir. Ses chaussures lui font mal. J'ai été trop dure avec elle. Je me tourne et je lui souris.

— Excuse-moi, Clod…

Elle me sourit à son tour.

430

— Ça va… tu as raison.

Je la prends par le bras. Elle me fait un clin d'œil.

— Et puis, je sais, Caro, tu es nerveuse.

— Pourquoi ?

— Au fond de toi, tu aimais bien Dodo, hein ? Rien ne m'échappe, à moi !

Je secoue la tête et je regarde en l'air. Rien à faire. Je soupire. Quand Clod se met quelque chose en tête, elle n'en démord pas.

— Allez, on marche.

Plus tard. Du côté de la Piazza Venezia, nous avançons péniblement.

— C'est encore loin… je n'en peux plus !

Clod est derrière moi, essoufflée.

— Allez, on est bientôt arrivées.

Une voiture passe en klaxonnant. Un type se penche à la vitre arrière.

— Salut, les beautés ! Combien vous prenez ?

Et ils klaxonnent à nouveau comme des fous en s'éloignant. Juste après, une autre voiture nous arrête.

— Excusez-moi.

— Oui ? demande Clod, naïve.

Je la prends par le bras.

— Viens, on traverse.

— Mais il voulait un renseignement.

— C'est ça ! Il voulait savoir ce que tu étais prête à faire, oui !

Nous traversons en plein milieu de la rue, là où il n'y a pas de passage clouté. Les voitures klaxonnent, freinent, l'une pile devant nous, manquant de nous renverser. Nous n'en croyons pas nos yeux : M. Leone et Mme Bellini.

— Mais, Carolina… Claudia…

Nous faisons un drôle de sourire.

— Nous sommes allées à une fête.

Mme Bellini se penche et nous regarde d'un air amusé.

— Déguisée… super !

— Oui. Bon, on se voit demain.

J'entraîne Clod et nous finissons de traverser.

— Mais Mme Bellini est complètement à la masse… Une fête déguisée !

— On est habillées un peu bizarrement, quand même, Caro…

— Bizarrement ? Mais c'est ça, la mode !

— Si tu le dis. C'est mignon, qu'ils sortent ensemble !

— Ils sont ensemble !

— Non ! C'est fou ! Deux profs qui sont ensemble ! C'est absurde ! Je crois même que ce n'est pas permis. Et puis, je n'aurais jamais cru. Alis va être dégoûtée.

— Pourquoi ?

— Elle aime bien M. Leone.

— Lui aussi ?

— Mais oui… pourquoi, il ne te plaît pas, à toi ?

— À moi ! J'ai juste dit que c'était un bel homme, un type sympa…

— Ah… Quoi qu'il en soit, je ne sais pas comment ça se fait, mais à chaque fois que quelqu'un te plaît, automatiquement il lui plaît aussi !

— Économise ton souffle, va, on est presque arrivées.

Nous nous remettons à marcher en silence. Bizarre, ça. Je n'y avais jamais pensé. Mais c'est vrai. Peut-être justement parce qu'on est si amies, on a un peu les mêmes goûts… Mais je me rappelle qu'une fois Alis s'est mise avec un type que je ne supportais pas. Il avait des clous partout et il ne portait que des pantalons déchirés. Mais ce n'est pas à cause de son look, que je ne le suppor-

tais pas. Chacun fait ce qu'il veut. C'était son attitude.
Il était en troisième et c'était le cousin d'un des Rats.
Bref, chaque fois qu'il me voyait, ce type, qui s'appelait
Gianni, dit Giagua, un Sarde, son nom de famille c'était
Degiu, bref, il se moquait toujours de moi, il me poussait
dans les escaliers, il me tirait les cheveux, et à Clod il lui
disait qu'elle ferait mieux de se mettre sérieusement au
régime. Il voulait quoi, ce type ? Et Alis ne disait rien, je
crois même qu'au fond ça l'amusait. Mais comment elle
pouvait sortir avec lui ? Elle disait que c'était parce qu'il
était alternatif. Alternatif à quoi ? Il faisait son numéro,
à la récréation, il arrivait et la prenait dans ses bras en la
soulevant, mais pas avec douceur, non, comme un bull-
dozer, et Alis poussait de petits cris. Elle était un peu
abrutie, avec cette histoire. Moi, ça, je ne le comprendrai
jamais. Je sais juste que pour moi un garçon bien c'est un
garçon qui respecte aussi mes amies, pour commencer,
en tout cas qui ne se moque pas d'elles. Et puis, s'il vient
me voir à la récré, je ne veux pas qu'il fasse son numéro
pour faire le beau devant ses copains, mais qu'il vienne
m'embrasser juste parce qu'il en a envie.

Alis m'avait même dit qu'il voulait faire l'amour. En
fait, il n'appelait pas ça amour, mais sexe, évidemment.
Elle était un peu indécise. Moi, je lui avais dit qu'à mon
avis c'était trop tôt. Elle avait treize ans ! C'est vrai, faire
l'amour avec un type comme ça, on peut être sûre qu'en
deux secondes il l'aurait raconté à toute la ville. Quoi
qu'il en soit, même si pour beaucoup de choses je me
sens plus proche de Clod, c'est Alis qui connaît mes histoires, avec elle j'arrive mieux à m'ouvrir. Sur ces pensées, nous arrivons enfin chez Alis. Elle court à notre
rencontre, elle est déjà démaquillée et porte un pyjama
très élégant. Qu'est-ce que je croyais ?

— Mais où vous êtes passées ? Vous avez fait quoi ?
Il y avait une autre fête et vous ne m'avez rien dit, c'est

ça ? Vous avez dragué ? De toute façon, j'ai gagné ! J'ai gagné !

Elle danse sur le lit, elle saute, lance les coussins en l'air et fait un sacré bordel. Nous enlevons nos chaussures et nous sautons avec elle. Je ne dis rien de la voiture de Clod, d'Aldo et de tout le reste ! Surtout, je ne dis pas que Dodo a essayé de m'embrasser ! Je n'y pense plus. Je saute et je ris, je ris et je saute. Nous nous embrassons, et finalement nous tombons du lit. Mais heureusement…

— Aïe !

Nous atterrissons sur Clod. Elle s'est fait mal, elle n'arrive pas à se dégager, et plus elle essaye plus nous nous emmêlons au-dessus d'elle, et je vous jure que je n'ai jamais autant ri.

Luci, la mamie de Carolina

Je suis la mamie de Carolina. Je m'appelle Lucilla et elle m'a surnommée Luci. J'aime ma terrasse, les fleurs qui le matin me saluent quand je lève les stores et ma tasse de thé, aujourd'hui aux fruits des bois. J'aime être ici, surtout en fin d'après-midi, quand le ciel prend une teinte orangée et qu'un petit vent se lève… La maison, les chambres, la cuisine où j'aime préparer de bonnes choses. Les tableaux aux murs, les photos de moi et Tom, mon Tom. Bref, mes habitudes, mes points de repère. Quand on devient vieux, ou d'âge mûr, ou du quatrième âge, comme on dit aujourd'hui, de toute façon le fond ne change pas. C'est beau de regarder à l'intérieur de soi et de se sentir à l'aise au milieu de ce que l'on connaît le mieux. De cette manière, il est plus agréable de se remémorer sa vie et tout ce qu'elle nous a offert. En particulier l'amour, le vrai. Moi j'ai eu de la chance, parce que je l'ai trouvé. Aujourd'hui, je m'amuse beaucoup avec ma petite-fille préférée, Carolina, qui me rappelle ma jeunesse, mais qui ne vient pas me voir assez souvent. Je voudrais qu'elle soit toujours ici. Mais je la comprends : elle est jeune, elle est à l'âge des nouveautés, des découvertes, pour lesquelles le temps et l'espace ne suffisent jamais. Elle est drôle, sympathique, vraiment intelligente. Et puis, elle m'écoute, elle est curieuse, et quand on a des cheveux blancs, comme moi, c'est important, ça fait plaisir. Même si parfois j'ai l'impression de l'ennuyer, alors je lui dis « Allez, ouste, sors avec tes amies, tu vas t'amuser bien plus que si tu restes là à écouter mes vieilles histoires. » Mais elle non, elle reste, du moins jusqu'à ce qu'il soit l'heure de rentrer chez elle, autrement son père lui fait des histoires. Je suis un peu triste qu'il ait un caractère si revêche et méfiant, je crois que Carolina en souffre un peu, et Giovanni aussi, ou plutôt Rusty James, comme elle l'appelle. Ils sont tous les deux très sensibles et je sens qu'ils ont besoin de parler, simplement de se confier, comme on fait quand on se sent à l'aise et qu'on n'a pas peur de raconter de bêtises. Mais parfois, avec un père un peu expéditif, on n'ose pas, on a tendance à dire ce qu'on pense qu'il veut entendre. Ma fille est différente, je sais qu'avec elle Giovanni et Carolina ont toujours plus parlé, même s'ils n'ont pas autant d'intimité qu'avec nous, les grands-parents. C'est pour ça que je suis contente de les voir. Je me sens un peu comme une vice-maman. Ce que j'aime par-dessus tout, c'est quand Carolina et moi faisons la cuisine ensemble. Par exemple des fougasses. Elle adore ça. Cuisiner ensemble est un moment magique parce qu'on se sent en syntonie en dosant les ingrédients, en les préparant, et puis pendant l'attente qui suit. On crée quelque chose qu'ensuite on mange ensemble, c'est magnifique. Trois cents grammes de farine, un sachet de levure déshydratée, un peu de romarin et d'huile. Carolina met la farine en fontaine sur le plan de travail, j'ajoute la levure, que j'ai d'abord diluée dans un peu d'eau tiède, une pincée de sel, et elle mélange bien. Quand le moment arrive de diviser la pâte en quatre et de l'étirer, Carolina me passe le relais parce qu'elle dit qu'elle n'y arrive pas bien. Alors moi j'enduis la pâte d'huile et j'y mets un peu de sel et de romarin. Puis la cuisson. Elles sont tellement bonnes, sans rien d'autre. Sans les fourrer ni les tartiner.

Un peu comme l'amour, cru et dépouillé. Oui, peut-être que je suis une mamie trop sincère, et c'est peut-être pour ça que je m'entends si bien avec ma petite fille. Quand les fougasses sortent du four, nous les mangeons tous ensemble, parfois même avec Giovanni, parce que Carolina lui envoie toujours un texto pour le prévenir et lui, s'il peut, il passe pour être avec nous. Giovanni et son rêve d'écriture. Je voudrais tant qu'il le réalise, qu'il soit heureux. Il m'a fait lire quelques textes, il est vraiment bon, intense, doué. Son père ne le comprend pas, il veut pour lui un autre futur, plus certain, plus sûr. Médecin. Mais lui, non, il a décidé de ne plus cacher sa passion et de s'en aller. Quel courage. Je l'admire, mais j'ai aussi très peur pour lui. Je ne voudrais pas qu'il s'en morde les doigts. J'espère qu'il pourra transformer son rêve en un travail, il le mériterait vraiment. Ma petite-fille Alessandra, en revanche, est le point d'interrogation de cette maison. Je ne la comprends pas. Mais je l'aime bien quand même. Comme je dis toujours, chacun se comporte comme il veut, inutile de trop s'en faire. Chacun suit sa route et sa façon de vivre, et même si parfois on n'est pas en syntonie, il ne faut pas juger. Comment peut-on savoir vraiment ce que ressentent les autres ? J'espère donc qu'Alessandra trouvera sa voie, ce qui lui plaira. Cette approche a aussi toujours été celle de Tom, mon Tom. L'amour de ma vie. La personne avec qui je partage tout, qui me comprend, qui me fait rire et rêver. Vivre avec lui, se lever tous les matins en se regardant dans les yeux, partager les joies et les douleurs, les difficultés et les surprises, et l'envie de continuer année après année, toujours ensemble. J'ai de la chance, j'aime et je suis aimée. Et le quotidien n'a rien abîmé, il n'a pas fait disparaître la magie. Notre amour s'est transformé dans le temps, nous avons su le faire grandir par notre volonté. Parce qu'une histoire ne fonctionne qu'avec de l'engagement, des sentiments et de la collaboration. Les papillons dans l'estomac ne suffisent pas, comme dit Carolina. Ça, c'est le point de départ. Ensuite, il faut avoir un projet à construire. Nous, nous avons réussi. Et je souhaite à mes petits-enfants de pouvoir vivre avec autant de beauté et de bonheur.

Aujourd'hui, il y a un problème, mais je ne veux pas y penser. J'ai confiance. Je veux avoir confiance, ne serait-ce que parce qu'il n'y a pas d'alternative.

Février

Si tu étais chanteuse, comment t'appellerais-tu ? Caro x.
Le nom que te donne ta mère ? Petite.
L'âge que tu voudrais avoir ? Dix-huit.
« Quand tu seras grande », tu seras ? Moi-même, j'espère.
Ce qui te plaît correspond-il à ce que tu fais vraiment ?
Presque jamais.
As-tu un « rêve dans le placard » ? Devenir photographe.
L'ouvriras-tu un jour, ce placard ? Si je trouve la clé...
As-tu un petit ami ? Non.
Es-tu amoureuse ? Je crois.
Ta chanson préférée du mois ? Goodbye Philadelphia, de
Peter Cincotti.
Lui (blond, brun...) ? Brun et beau !
As-tu du succès avec les garçons ? Quand ils ne m'inté-
ressent pas, oui.
Ton dernier achat ? Une petite ceinture souple argentée.
Un adjectif pour te décrire ? Nice.
Tu as des animaux à la maison ? Oui, ma sœur.

Dans un mois, c'est le printemps. J'adore cette période
de l'année... Les premières couleurs, l'idée de l'été qui
n'est plus si loin. Tout est toujours plus léger ! Les premières sorties hors de Rome le dimanche avec les voitures
sans permis d'Alis et Clod, mais surtout avec la moto

de mon frère. Parfois, ça me semble fou que lui, oui, lui, me consacre un dimanche ! Oui, il arrive qu'après le déjeuner, si je n'ai rien prévu avec Alis et Clod et que lui, il n'a pas de filles qui lui tournent autour, alors il me propose d'aller faire un tour à moto. C'est génial ! Je le serre fort et je me sens en sécurité. Nous prenons la route de campagne qui va vers le lac de Bracciano et je vois le paysage défiler sur le côté. Quand il accélère, je baisse la tête parce que j'ai l'impression que le casque va s'envoler, je me recroqueville contre lui, tout va très vite. Aujourd'hui, c'est une belle journée ensoleillée, la première du mois. Cudini nous a fait mourir de rire. Triello, un fayot notoire, pire que Raffaelli, était absent. Et ça, ça veut dire qu'il devait être vraiment malade ! Bref, M. Pozzi, le prof de dessin, est arrivé. Il prévoit toujours tout très précisément, il est méthodique. Vous connaissez la bataille navale ? Eh bien, encore plus méthodique que ça. Chaque table est numérotée. 1A, 1B, 2A, 2B et ainsi de suite, avec nom, prénom, toutes les interrogations faites et celles où on était absents.

Bref… écoutez bien.

— Allez, les enfants, à vos places… Asseyez-vous, s'il vous plaît. Liccardi, à ta place.

— Moi je suis Pieri !

— Ah oui, Pieri, à ta place.

M. Pozzi a un très gros défaut : il ne se souvient jamais de personne. Ou peut-être que c'est une qualité. Quoi qu'il en soit, c'était vraiment drôle. Le prof s'est installé à son bureau. Il a sorti son cahier de son sac et il l'a ouvert.

— Alors, aujourd'hui, nous allons interroger… Triello !

Il n'a pas eu le temps de lever les yeux de sa liste que Cudini avait déjà pris la place de Triello : la table 6A. Raffaelli, toujours aussi fayote, à un niveau universel, est intervenue tout de suite, elle a levé la main.

— Excusez-moi, monsieur…

Mais Bettoni, le grand copain de Cudini, l'a arrêtée.

— Ne dis rien… sinon, on te casse la gueule à la sortie.

M. Pozzi a contrôlé sur son plan à qui était cette main levée.

— Oui, Raffaelli, dis-moi.

— Non, non, rien. Je pensais que c'était moi qui devais passer au tableau.

— Non, toi tu as déjà deux notes. C'est au tour de Triello. Alors…

Cudini s'est levé et a mis les mains derrière son dos, bien droit, prêt à répondre à n'importe quelle question.

— Parle-moi de l'art romain…

Cudini sourit, comme pour dire : « Houra, ça je connais ! »

Bettoni, naturellement, a sorti son portable et s'est mis à filmer.

— L'art romain a été pratiquement « volé » par la Syrie antique, les premières peintures étaient des Babyloniens… et des Sumériens !

M. Pozzi a remis ses lunettes sur son nez, comme si ça pouvait l'aider à entendre mieux.

— De qui ?

— Ah non, pardon… des Égyptiens.

— Des Égyptiens ?

— Mais non, qu'est-ce que je raconte… des Français.

— Des Français ?

— Non, non… des Bulgares !

Bref, une série d'absurdités, qui évidemment nous ont bien fait rire. On a tous ri aux larmes, surtout en pensant à Triello qui aurait eu réponse à tout, et qui devenait soudain l'un des plus ignorants de la classe. Tout en étant absent !

— Mais non, je n'y crois pas. Triello ! Tu es devenu fou, ou quoi ?

M. Pozzi a laissé tomber son cahier sur son bureau.

— Et pourquoi vous riez, vous autres ? Vous riez de son ignorance… Bravo ! Bravo ! Il ne faut pas rire. Triello, tu es amoureux, ou quoi ? Ou alors ton équipe a perdu ? Tu as reçu la foudre sur la tête ? Tu avais d'excellentes notes, jusqu'ici ! Et là, tu sais combien je vais te mettre ? Hein, tu le sais ? Non, tu ne le sais pas… tu ne sais rien ! Je te mets très insuffisant.

Et de nouveau les éclats de rire, à n'en plus pouvoir.

Et Cudini qui insiste.

— Monsieur, vous êtes injuste, je savais quelques trucs…

— Comme quoi ?

— Comme quoi ? Mais vous ne suiviez pas, je vous ai donné plein de peuples.

— Oui, dont la plupart sont arrivés après les Romains ! Triello ! Vous êtes la honte de cette institution !

— C'est vous, l'âne qui n'avez rien compris !

Ils ont commencé à se disputer, et ça a pris des proportions telles que Cudini-Triello a été viré de la classe.

— Salut, comment ça va ?

— Comment tu te sens ?

— Tout va bien ?

Triello nous regarde d'un air ébahi. Tout le monde lui demande des nouvelles de sa santé. Il n'a jamais été traité avec autant de considération par personne.

— Nous étions inquiets !

Triello va à sa place habituelle. Évidemment, personne ne lui raconte rien. Mais nous continuons à le regarder et à rire.

L'après-midi, Cudini lui a envoyé un message. « Va sur www.scuolazoo.com. Et… merci ! » Quand Triello s'est connecté à Internet et s'est vu interroger par M. Pozzi, bien qu'il ait été absent, il a failli s'évanouir.

— Maman…

Inutile de dire que la note de Triello est passée à Cudini, qui est resté au top ten de Scuolazoo.com pendant au moins dix semaines. Un record absolu, pour lui.

J'ai l'impression que février est le mois le plus cool de l'année. D'abord, parce que c'est le mois où je suis née, le 3, pour être précise, et ensuite parce qu'il y a la fête des amoureux. Rien que le fait qu'un mois soit choisi comme période pour fêter les amoureux, ça doit être important, non ? Et puis, j'ai compris que le 3 février était un jour spécial. C'est le jour de naissance de plusieurs personnes : Paul Auster, écrivain, Felix Mendelssohn, compositeur, et Simone Weil, une philosophe française. Elle n'est pas très connue mais ce que j'ai lu d'elle m'a beaucoup impressionnée. Elle avait un caractère profond et sensible, et je m'y reconnais un peu, mais ce qui m'inquiète c'est que justement à quatorze ans elle a fait une crise d'adolescence qui l'a presque menée au suicide. Quand j'ai lu ça, je me suis sentie mal. Moi aussi, je dois admettre que j'y ai pensé quelques fois. Et puis j'en ai parlé avec mes amies.

— Vraiment ? Pourquoi ?

Clod me regarde bouche bée.

— C'est absurde… pourquoi tu penses à un truc pareil ?

— Bah, je ne sais pas, peut-être parce que tout me semble si difficile, les choses des adultes me semblent tellement… hors de portée, qu'à l'idée de ce que je ne sais pas mais que je sais que j'aurai à affronter, je préférerais ne pas être là.

Alis se tait pendant quelques minutes. Puis elle nous regarde et sourit.

— Moi j'y ai souvent pensé.

Puis elle reprend, après une pause.

— Peut-être parce que je m'ennuie.

Et elle nous fixe, parce qu'elle sait que ça nous fait enrager.

— Une fois, j'ai même essayé, vous savez.

— Tu as fait quoi ?

— J'ai bu du gin pour me donner du courage.

— Et ensuite ?

— Ensuite je ne savais pas quoi faire, j'avais la tête qui tournait, je me sentais vraiment mal. Finalement, j'ai tout vomi. Maman s'est fâchée parce que j'ai taché son tapis préféré, imagine… Mais bon, maintenant ça m'a passé, le gin me dégoûte. Et aussi le tapis de ma mère… On sort ?

Ce jour-là, elle s'est acheté, et elle nous a acheté, plein de trucs. Pour une raison que j'ignore, elle avait reçu une carte de crédit. Peut-être parce qu'elle avait aussi raconté cette histoire à sa mère et elle, ne sachant pas quoi dire ni faire, lui avait offert la carte. Quoi qu'il en soit, le fait que Simone Weil y ait pensé me rassure. Parfois, on pense à un tas de choses et on a l'impression d'être fondamentalement unique et d'avoir des pensées bizarres, mais en fait non. Nous pensons tous à certaines choses. Mais rares sont ceux qui arrivent vraiment à les raconter. Donc, cette Simone Weil apparemment l'a dit à quelqu'un, sinon ça ne serait pas écrit dans sa biographie ! Elle me plaît beaucoup, cette Simone ! D'abord elle est devenue professeur, ensuite elle a abandonné ses études pour devenir ouvrière et elle a écrit des *Cahiers* avec toutes ses poésies, des réflexions, je cite, « d'une rare intégrité existentielle ». Ça me plaît, ça, parce que c'est rare, même si je ne comprends sans doute pas tout. Je crois que ça veut dire qu'elle a toujours essayé de bien se comporter et ça ne devait pas être toujours facile à l'époque, et le fait qu'elle soit née le même jour que moi, ou plutôt moi le même jour qu'elle, vu qu'elle a vu le jour bien avant moi, nous rend semblables, très semblables.

De même que je dois aussi avoir de vraies affinités avec l'écrivain Paul Auster et le compositeur Mendelssohn, deux personnes profondes et sensibles, célèbres dans le monde entier justement parce qu'ils ont su, à travers les mots et la musique, exprimer ce qu'ils ressentaient.

En revanche, je ne me retrouve pas du tout dans le réalisateur Ferzan Ozpetek. Lui aussi est né le même jour que moi, mais si Rusty, qui l'adore, ne m'avait pas emmenée voir son film, je ne l'aurais peut-être jamais vu. En tout cas pas en ce moment, parce que ses films sont, comment dire, douloureux. Et il y a tellement de choses douloureuses dans le monde que je n'ai pas envie de payer sept euros cinquante pour entendre quelqu'un me raconter pendant deux heures combien il souffre. Je le sais bien toute seule... et personne ne me paye ! Mais comme c'était Rusty qui m'avait offert la place et qu'il y tenait tant, au final ce film, *Saturno contro*, au bout de deux jours je l'avais oublié et je ne l'ai même pas écrit dans mon journal comme « souvenir négatif ». Peut-être Rusty a-t-il raison quand il m'a dit qu'un jour, peut-être, je comprendrai.

Et il ne dit pas ça sur le même ton que papa, qui me prend pour une débile, il le dit gentiment, voilà, comme papi Tom. Bref, ils me font comprendre que pour certaines choses il ne faut pas être pressé, ce sont des sensations, des émotions qui mûrissent avec le temps, comme certains fruits, et quand c'est le moment, oui, c'est délicieux de croquer dedans. Mais ce qui me rend folle, c'est que je suis née le même jour que *Carosello*, l'émission de télé ! Non pas que je la connaisse bien, je ne l'ai pas vue souvent, mais maman me disait toujours qu'elle l'aimait beaucoup. Mamie Luci lui disait toujours : « Tu iras te coucher après *Carosello*. »

Et maman était attachée à cette idée. Après le dîner, elle se lavait les dents et avait le droit de la regarder.

D'ailleurs, ce n'était qu'un ensemble de publicités comme celles qu'on fait aujourd'hui mais qui à l'époque, m'a raconté maman, étaient faites par des acteurs très connus. Et toutes les publicités étaient drôles, avec des chansons gaies et des dessins animés, bref, maman nous a toujours dit qu'elle était la fille de *Carosello* et de la bonne humeur !

C'est sans doute grâce à ça qu'elle sait prendre la vie comme elle vient, elle sourit toujours, même quand elle est très fatiguée, qu'elle a passé une mauvaise journée, qu'elle a couru pour rentrer à la maison, les embouteillages et tout le reste, pour nous préparer le dîner, toujours avec le sourire.

Mais si maman est la « fille » de *Carosello*… et que moi je suis la fille de maman… c'est peut-être pour ça qu'elle a voulu m'appeler Carolina ? Parfois, je suis d'un parano, c'est absurde ! Quoi qu'il en soit, demain c'est mon anniversaire et je n'aurai plus à faire semblant avec tous les Lore, Lele et tous ceux qui croient que c'est si important d'avoir quatorze ans !

Mais… est-ce que d'un coup ma vision du monde, ce que je pense de mon père, de Rusty, du collège, des hommes en général, tout ce qui m'est passé par la tête jusqu'à maintenant, sera différente demain ? Et alors ! Moi, je serai toujours moi, avec un quatorze à la place du treize, ce qui pourrait d'ailleurs me porter plus bonheur.

Il n'y a qu'une chose qui m'embête : Dakota Fanning. Vous savez qui c'est ? Une très jeune actrice américaine qui aura quatorze ans le 23… Eh bien, elle est beaucoup plus célèbre que moi, même si elle est née vingt jours plus tard, mais maman m'a dit que j'avais commencé à écrire à quatre ans, donc je suis plus forte qu'elle, non ? Et puis, de toute façon ça ne vaut pas, elle a eu la chance de tomber tout de suite sur des gens que je pourrais bien ne jamais rencontrer dans ma vie : Sean Penn, Robert De Niro, Denzel Washington, Tom Cruise, Steven Spielberg, Paris Hilton, Michelle Pfeiffer... Bref, d'habitude fréquenter des gens plus âgés t'apprend des choses. Et si c'est ces gens-là, que tu fréquentes, alors forcément tu sais lire à deux ans !

Mais bon, je dois dire qu'elle est vraiment forte. Un soir, Rusty, quand il était encore à la maison, a apporté *Man on fire*, même si maman ne voulait pas que je le voie, j'ai fait semblant d'aller me coucher et en fait je l'ai regardé jusqu'au bout avec mon frère.

Génial ! Rusty a dit que Dakota Fanning était émouvante dans ce film et que Denzel était le meilleur, et au bout du compte je suis d'accord avec Rusty, c'est maman qui avait tort.

Le film ne m'a pas du tout fait peur. Il était un peu violent, c'est vrai, mais avec Alis et Clod on a vu pire. La relation entre Dakota et Denzel est un peu comme ma relation avec Rusty, nous nous sentons tous les deux protégés. C'est peut-être pour ça que, bien qu'elle soit aussi célèbre à quatorze ans, je pense qu'elle ne me déplairait pas comme amie et je suis sûre qu'on pourrait bien s'entendre.

Mais bon, maintenant je vais me coucher.

Papi Tom me dit toujours que « rire et rêver est le secret pour vivre mieux ».

Je ne sais pas si je rirai ni si je ferai de beaux rêves, mais en tout cas je vais me coucher. Il n'y a rien de meilleur pour moi que d'attendre une date où je sais déjà que je serai heureuse. Et demain, ça sera le cas. Rien que le fait qu'en passant de treize à quatorze je n'aurai plus à mentir, pour moi c'est incroyable. Bon, disons que je n'aurai plus à mentir... sur mon âge ! Bonne nuit.

Le matin. Une odeur délicieuse arrive à mes narines.

— Je n'y crois pas ! Maman ! Tu m'as fait ton gâteau à la crème et au chocolat… je l'adore, c'est ce qu'il y a de mieux pour démarrer une journée ! Merci !

Je prends un petit déjeuner fantastique.

— Bon anniversaire, Caro !

Même Ale a l'air plus sympa. Elle m'a fait un bisou par-derrière, en me serrant fort, et je dois dire que je ne m'attendais vraiment pas à ça d'elle. Mais le plus beau, c'est quand je sors de la maison.

— Nooooon !

Ils sont tous là, papi Tom, mamie Luci, Rusty, et derrière moi arrivent maman, papa et Ale.

— Elle te plaît ?

— Elle est magnifique…

J'avance les larmes aux yeux, tout émue de ce qu'ils ont fait. Une Vespa noire 50 Special, dernier modèle.

Mon Dieu, je la regarde de plus près, elle a quelques accrocs et le siège est beige clair, ce qui me semble plutôt bourrin, comme couleur. Ils l'ont sûrement achetée d'occasion. Je tourne autour, oui, elle a bien quelques bosses… Bon, à dire vrai, j'aurais vraiment voulu avoir une voiture sans permis, une Aixam, pour quand il pleut, ou une Chatenet gris foncé avec les vitres teintées, comme celle de Raffaelli… mais ça devait être trop cher, même d'occasion.

Alors, après en avoir fait le tour, je m'arrête et je ferme les yeux, comme la meilleure actrice qui soit.

— Elle est vraiment magnifique… vraiment.

— Caro, je suis heureuse pour toi…

Maman m'embrasse sur le front.

— Je dois filer au travail.

— Moi aussi, j'ai demandé à arriver une heure en retard pour assister à cette surprise, mais là il faut vraiment que j'y aille.

— Merci papa. Tu m'as fait un cadeau magnifique.

Il baisse la main, comme pour dire « ça suffit, n'en dis pas plus… ». Le genre de chose qu'on fait quand on ne sait plus bien ce qu'on a offert à quelqu'un.

— Tiens, c'est pour toi.

Ale me donne un paquet, je l'ouvre. Un casque rose avec un numéro dessus.

— 14 ! Trop fort…

Puis Rusty s'approche et m'en tend un autre.

— Et ça, c'est si tu dois emmener derrière toi une amie…

Puis, un peu allusif :

— Ou un ami…

— Trop mignon, le même casque avec un autre numéro, 14bis.

— Et nous, on t'offre la chaîne, comme ça tu ne te la fais pas voler…

— Papi, ne plaisante pas avec ça ! Ça porte malheur !

— Carolina !

— Et ce porte-clés…

— Trop joli ! Je vais tout de suite y mettre les clés.

Ils en ont choisi un avec un K en acier, comme j'aime, quand je suis Karolina, avec un K, la « Kruelle » ! Bref, quand j'essaye d'être dure et déterminée, mais ensuite… je n'y arrive pas du tout ! Et mamie Luci le sait bien.

Maman essaye de mettre un peu d'ordre.

— Rusty, accompagne ta sœur au collège, sinon elle va être en retard.

— Mais je peux y aller en Vespa.

— C'est Giovanni qui conduit, je te l'ai déjà dit… tu n'as pas ton *patentino*[1], et puis tu es encore trop endormie !

— Maman, mais je sais déjà conduire. Et puis, je ne vais pas me faire arrêter, entre ici et le collège, c'est tout près !

— Oui, d'ailleurs c'est tellement près que si tu continues tu vas y aller à pied. Allez, Carolina, ne fais pas d'histoires, laisse ton frère t'accompagner.

Je soupire. Quelle barbe ! Il faut toujours qu'on me traite comme une gamine, même le jour de mon anniversaire.

Mais dès qu'on a tourné le coin de la rue, Rusty s'arrête.

— Tiens la Vespa…

Je pose mes pieds. Puis il descend et met son casque 14bis dans le top case.

— Tu fais quoi ?

— Je rentre chez moi. Salut, bonne journée, et… bon anniversaire !

Il s'éloigne, avec son sourire unique, il tire un peu sur son blouson et met ses mains dans ses poches.

— Merci Rusty James !

Je hurle comme une folle et je conduis lentement ma Luna 9 ! C'est comme ça que je l'ai baptisée. Parce que, quand je regardais ce qui s'était passé le 3 février, j'ai vu que ce jour-là, en 1966, un vaisseau spatial soviétique a

---

1. En Italie, les jeunes âgés de quatorze à dix-huit ans ont besoin de ce « minipermis » *(patentino)* pour pouvoir conduire un scooter ou une voiture sans permis. Pour passer l'examen, il faut avoir suivi douze heures de cours théorique.

atterri sur la Lune, et comment il s'appelait ? Luna 9 !
Ils n'ont pas beaucoup d'imagination, ces Soviétiques,
mais ça va bien à ma Vespa. Et en effet, je fais un
sacré effet, avec Luna, en « atterrissant » à l'entrée de
l'école.

— Je n'y crois pas ! Où tu l'as volée ?

Gibbo, Filo et Clod courent à ma rencontre, même
Alis et quelques autres me font la fête.

Alis sait toujours tout.

— Elle n'a rien volé du tout, crétin, c'est son anniversaire aujourd'hui !

Elle m'embrasse.

— Tiens, c'est pour toi !

Elle me tend un paquet, je le déballe avec frénésie.

— C'est dingue ! Un iPod Touch ! Alis… tu es
géniale !

— Comme ça, au volant de ta nouvelle Vespa, tu
pourras écouter les chansons que tu aimes… J'ai mis les
Finley, et aussi Linkin Park, Amy Winehouse et Alicia
Keys, comme ça tu peux commencer tout de suite.

Il est génial, rien qu'en touchant l'écran on peut faire
défiler les pochettes des CD. Je sélectionne la chanson
de Rihanna et je mets les écouteurs. Je me mets à chanter
comme une folle, je ris, je saute, je hurle, je suis folle de
bonheur… Et je me cogne contre un ventre proéminent,
imposant, typique de prof. En effet. J'enlève les écouteurs.

— Monsieur Leone…

— Oui, Carolina ?

— Rien… c'est mon anniversaire, aujourd'hui !

J'attends une seconde. Puis il me fait à son tour un
superbe cadeau : il sourit !

— Bon anniversaire, alors ! Et vous, les enfants ? Ce
n'est pas votre anniversaire, que je sache ? Alors tout le
monde en classe…

Une matinée de rêve. Tous les profs ont su que c'était mon anniversaire, ce qui a écarté toute possibilité de passage au tableau.

11 h 30. La cloche sonne.

— Attendez, ne sortez pas.

— Mais monsieur, on a faim, c'est l'heure de la récré.

— Si je vous dis de ne pas sortir, il doit bien y avoir une raison, non ?

Je suis un peu déçue mais je ne me formalise pas. En réalité, c'est parce que je suis occupée à jouer avec mon iPod Touch… Quand soudain, mamie Luci et papi Tom apparaissent sur le pas de la porte.

— Voilà pourquoi je ne voulais pas que vous descendiez, dit le prof.

— Aujourd'hui, pour ceux qui ne le savent pas encore, c'est l'anniversaire de notre petite-fille. Bon anniversaire, Caro !

Mamie Luci et papi Tom remplissent la salle de plateaux garnis de petites pizzas toutes chaudes ! Et aussi de délicieux petits sandwiches ! Et des petits friands qui sentent bon, un vrai bonheur pour les narines.

— Papi, mamie, mais il ne fallait pas… Après la surprise de ce matin.

Je cours vers eux et je les serre dans mes bras, chacun leur tour. Je ne pense à rien d'autre qu'à eux. De toute façon, mes amis se sont jetés sur les pizzas, ils ne s'occupent pas de moi. Puis je m'écarte.

— Merci, vous êtes trop mignons.

Et je cours moi aussi vers les plateaux.

— Eh, laissez-m'en un peu.

Je les regarde, papi avec ses cheveux blancs, mamie non. Papi est grand, mamie non. Ils s'enlacent, ils se serrent, ils se regardent d'une façon que je ne pourrais

452

pas vous expliquer, ils ont l'air encore plus heureux que moi. Même si après je vois mamie fermer ses yeux et lui serrer fort la main, comme si l'espace d'un instant elle avait été émue par quelque chose, qui lui avait fait venir les larmes aux yeux. Mais je m'occupe de Clod.

— Tu as pris tous les friands possibles et imaginables.

— Oui, j'adore ça...

— Je sais, mais laisses-en un peu aux autres.

— Mais les autres préfèrent les pizzas !

Je hausse les épaules, de toute façon sur la nourriture il n'y a pas moyen de lui faire entendre raison. Quand je me tourne, mes grands-parents ont disparu. Voilà pourquoi ils sont merveilleux. Parce qu'ils arrivent et repartent pour t'apporter un sourire, pour que tu te sentes aimée, pour que tu ne te sentes jamais réprimandée, parce que c'est comme s'ils savaient toujours ce que tu penses mais qu'ils faisaient comme si de rien n'était.

Et puis, dans l'après-midi, une drôle de surprise. Mon portable sonne. Filo ? Qu'est-ce qu'il peut bien vouloir, à cette heure-ci ? Il est 15 heures.

— Qu'est-ce qui se passe, Filo ?

— J'ai un problème, je t'en prie, je ne peux pas t'expliquer... Tu peux venir à la gare ?

— À la gare ? Mais je suis en train de faire mes devoirs !

— Tu as tout le temps pour ça. Je t'en prie, je suis dans le pétrin.

— Pardon, mais tu ne pouvais pas appeler Gibbo ?

— Son portable est éteint.

— C'est ça...

— Caro, tu crois vraiment que je te dérangerais aujourd'hui, le jour de ton anniversaire, si j'avais le choix ? Il n'y a que toi qui puisses m'aider !

Je ne dis rien pendant un petit moment. Quelle barbe.

— Je t'en prie…

Pause. Un peu plus longue que la précédente, je pense.

— Tu es mon amie.

— OK, j'arrive.

— Merci, Caro ! Et il raccroche.

Filo est trop fort, il sait toujours trouver les mots justes pour te convaincre de faire ce que tu n'as pas du tout envie de faire, il fait en sorte qu'au final si tu ne les fais pas, je ne sais pas… tu te sens coupable ! Et il sait à quel point le mot « amitié » compte pour moi. Mais avant de sortir, je veux vérifier quelque chose.

Je fais le numéro. Oui, c'est vrai. Le portable de Gibbo est éteint.

À la gare. J'éteins mon scooter, je mets le casque dans le top case et puis, même si je ne vais pas rester long-temps, je mets la chaîne que papi m'a offerte. On ne sait jamais. Quelques minutes peuvent suffire.

Je ferme bien mon manteau, je mets mon bonnet un peu bas et je rentre mes cheveux blonds dedans, pour ne pas trop me faire repérer, non pas que je sois aussi célèbre que mon amie Dakota, mais parce qu'une fille toute seule à la gare… Parfois, ce qu'on m'a dit quand j'étais petite me revient à l'esprit.

« Attention, né va pas toute seule dans des endroits dangereux, ne parle pas aux inconnus, n'ouvre à per-sonne… »

Bref, à tel point que si quelqu'un me demande l'heure je pourrais bien lui mettre un coup de pied où je pense ! J'enfonce encore plus mon bonnet sur ma tête, on dirait un peu Matt Damon dans *La Mémoire dans la peau*… Bref, plus ou moins, moi je n'ai pas de problèmes de mémoire. Je voudrais bien savoir où est Filo ! Je l'appelle.

— Allô, tu es où ?

— Et toi ?

— Devant la gare.

— Entre.

— J'entre ?

— Oui, dépêche-toi, il ne faut pas qu'on me voie.

— Mais qu'est-ce que tu fabriques ?

— Caro, ne me demande rien, il n'y a que toi qui puisses m'aider. Quai n° 7.

— Tu veux que j'aille jusque là-bas ?

— Oui, je ne vais pas m'en sortir, tout seul.

— Écoute, si tu ne me dis pas ce qui se passe, je ne viens pas.

— S'il te plaît, ne fais pas ça, tu le sauras dans une minute.

— D'accord, alors je raccroche.

— Non, non, on reste en contact…

— OK. Alors, je suis entrée…

Et tu es en train d'épuiser mon crédit, j'ai envie d'ajouter, mais ce n'est pas sympa, il a peut-être vraiment un gros problème.

— OK, maintenant va vers les quais.

— J'y suis.

— Alors viens directement au quai n° 7…

— OK.

Je regarde le tableau des départs. Quai n° 7. Départ dans un quart d'heure pour Venise. Dommage, sur le tableau des arrivées, la provenance a déjà été effacée. Mais bon, de toute façon ça n'a peut-être rien à voir avec le fait que Filo soit là.

— Ça y est, Caro, je te vois, avance… oui, c'est ça…

— Tu es où ? Je ne te vois pas.

— Moi je te vois. Tu as un bonnet bleu… pour passer incognito !

Je m'énerve.

— Jamais plus, hein, il faut toujours que tu me mettes dans de sales draps. Gibbo ne ferait jamais ça, lui…

— En fait, il est impliqué aussi !

Et ils bondissent tous les deux de derrière une colonne.

— Bon anniversaire !

Filo et Gibbo me sautent dessus, me serrent dans leurs bras, me couvrent de baisers. Les gens qui passent nous regardent et sourient, amusés.

— Allez, ça suffit ! Quelle bande de crétins ! Vous aviez vraiment besoin de me faire venir jusqu'ici pour me faire la surprise ?

Ils me lâchent.

— Oui.

Filo sourit.

— Parce que, regarde…

Il déplie un sweat-shirt rose, où sont imprimés sa photo et son nom.

— Noon ! Trop génial ! Biagio Antonacci ! Mon chanteur préféré !

— Et ça…

Gibbo sort quelque chose de sa poche.

— Ce sont trois billets pour son concert à Venise.

— À Venise ?

— Oui ! Et ça…

Filo sort à son tour quelque chose de sa poche.

— Ce sont trois billets de train pour y aller. Donc… zou ! Le train va partir !

Ils me prennent par la main et m'entraînent avec eux. Je manque de trébucher.

— Mais vous êtes fous ! Qu'est-ce que je vais dire à mes parents ?

Gibbo me regarde en riant.

— On a pensé à tout ! Tu vas dormir chez Alis, qui au dernier moment te fait une fête surprise.

— Ah oui… Tes amies t'ont même offert des vêtements de rechange pour demain !

— Et tu pourras aller directement en cours.

Je les regarde et je secoue la tête.

— Carrément !

— Bien sûr. On ne va quand même pas te faire rater un jour de cours…

— On est sérieux, nous ! On a l'examen, cette année ! On ne peut pas prendre ça à la légère !

Nous avons tout juste le temps de monter dans le train. L'instant d'après, il démarre, tout ça me semble incroyable, j'enfile mon sweat-shirt, heureusement que j'ai attaché mon scooter ! Nous nous installons dans un compartiment.

— Voici nos places. Mets-toi là, si tu veux. Tu ne t'y attendais pas, hein ?

— Absolument pas, je pensais que comme d'habitude Filo s'était fourré dans le pétrin…

Le train prend peu à peu de la vitesse. Je regarde par la fenêtre. Des grands murs en marbre, des chemins en ciment et des fils d'acier, des quais tout autour et de vieux trains abandonnés, de la couleur de la rouille.

Tchou. Tchou. Dadoum. Dadoum. Il prend de plus en plus de vitesse. Dadoum. Dadoum… Et soudain, la campagne, les champs mouillés, les arbres, la nature fraîche de l'hiver, saine, tonique. J'inspire longuement, très longuement.

— Les garçons, ce sont les plus beaux quatorze ans de ma vie !

Filo et Gibbo éclatent de rire, et l'aventure commence. Le contrôleur passe, nous lui montrons nos billets. J'ai soif, Gibbo a trois petites bouteilles d'eau dans son sac à dos, j'ai faim et il a aussi deux Bounty, noix de coco et chocolat, j'adore. Bref, vous connaissez *La Mort dans la peau* ? Eh bien, c'est encore mieux !

Un peu plus tard : 18 heures, je viens de parler avec Alis, qui naturellement s'en est mêlée.

— Je n'y crois pas ! Moi aussi, je veux venir… C'est une surprise magnifique ! Je suis jalouse.

— Allez… C'est mon anniversaire ! Je dors chez toi, OK ?

— OK.

J'appelle à la maison. Heureusement, c'est Ale qui décroche. Parfois, ça m'embête, mais là c'est l'idéal, je n'ai aucun problème pour lui mentir.

— Tu as compris ? Je reste dormir chez Alis et demain je vais directement au collège.

— OK.

— Répète…

— Tu restes dormir chez Alis et demain tu vas directement au collège.

— Et si elle veut me parler…

— Elle t'appelle sur ton portable.

— Bravo ! Tu fais des progrès.

En effet, mon portable sonne alors que nous sommes presque arrivés.

— C'est maman. Comment je vais faire…

— Attends.

Gibbo se lève et ferme la porte du compartiment. J'inspire un bon coup.

— Allô, maman !

— Salut Caro, tout va bien ?

— Oui, très bien. Alis et mes copines m'ont fait une surprise.

Mais juste à ce moment-là, c'est la compagnie des chemins de fer qui me fait une « surprise ». Une voix métallique dit : « Attention, pour tous les voyageurs qui souhaitent manger, le wagon-restaurant… »

Je raccroche immédiatement.

— Quelle barbe ! Il ne manquait plus que ça !

J'attends que la voix finisse. Et je rappelle maman.

— Que s'est-il passé ?

— Rien, je n'avais plus de batterie…

— Ah…

Je tente de la rassurer.

— Heureusement, une de mes copines avait son chargeur alors j'ai pu le brancher.

— Elles ont vraiment pensé à tout, tes copines.

— Oui…

Je regarde Gibbo et Filo.

— Elles l'ont vraiment bien préparée, leur surprise.

— D'accord… je te couvrirai, avec ton père.

— Merci, maman.

— Ne vous couchez pas trop tard…

— Ne t'inquiète pas. On se voit demain pour le déjeuner.

Je raccroche et je pousse un soupir de soulagement.

— Yahoo ! C'est passé comme une lettre à la poste !

Je leur saute au cou de joie. Et je me sens plus légère, comme si on m'avait enlevé un poids. Juste à ce moment-là, le train s'arrête.

— Venise.

Cette fois, c'est moi qui les prends par la main.

— Allez, on descend !

Je les entraîne, nous sortons de la gare. Nous marchons le long des canaux. Il y a de l'eau partout. Nous traversons des petits ponts. La ville est pleine d'étrangers. Il fait un peu plus froid qu'à Rome, peut-être parce qu'il est plus tard. Nous plaisantons sur le fait de prendre une gondole.

— Oui, on pourrait faire les amoureux à trois… mais à mon avis ça coûte bonbon !

— Je vais essayer.

Filo est comme ça. C'est une grande gueule. Il va demander à un gondolier. Un type à l'air sympa, avec des grosses moustaches et des cheveux blonds, plus beaucoup. Gibbo et moi le regardons de loin. Rien à faire, le gondolier secoue la tête. Filo revient vers nous.

— Alors ?

— Il demande deux cent cinquante euros !

— Quoi ? Pour faire un tour de gondole ! N'importe quoi.

Je décide de tenter le tout pour le tout.

— Attendez… Combien on a ?

— Moi j'ai vingt euros.

— Moi trente.

— Moi cinquante.

Un jeu d'enfant, pour Gibbo.

— En tout, nous avons cent euros tout ronds.

— D'accord… mais si on a besoin de quelque chose, si on a faim, s'il nous arrive quelque chose…

Ils se touchent tous deux l'entrejambe, exactement au même moment.

— Mise à part la chance que vous invoquez, il faut quand même y penser…

Je tente le coup. Je vais voir le gondolier.

— Bonsoir… Je sais que vous n'allez pas me croire, mais aujourd'hui c'est mon anniversaire et ces deux jeunes gens m'ont emmenée à Venise. Seulement, ces deux-là…

J'entame tout un discours, je ne sais même pas comment il me vient à l'esprit ! Mais si clair et si crédible qu'à la fin le gondolier est tout ému.

— OK… d'accord.

Je retourne vers Gibbo et Filo, toute contente.

— Il nous fait faire un tour plus court, mais vous savez combien il demande ?

— Non.

— Quarante euros !

— Comment tu as fait ?

— Oh, en quelque sorte, c'est grâce à toi, Gibbo.

— Pourquoi ?

— Allez, monte, je t'expliquerai après.

— Bonsoir…

Le gondolier nous fait monter, il aide Gibbo en dernier. Quand il le salue, il a l'air un peu désolé, et Gibbo s'en rend compte. Quand nous sommes tous les trois assis sur le confortable petit canapé recouvert d'un drôle de tapis poilu, Gibbo vérifie que le type ne nous regarde pas et dit :

— Mais qu'est-ce que tu lui as dit ?

— Pourquoi ?

— Il m'a accueilli comme si c'était mon dernier tour de gondole !

— En effet, c'est bien le cas.

— Allez, blague à part…

— Mais rien. Tes parents viennent de t'annoncer qu'ils vont se séparer.

— J'aimerais bien… ils passent leur temps à se disputer.

— Et qu'ils vont t'envoyer en pension.

— Ah oui ? J'espère au moins que tu m'as choisi un endroit sympa.

— De toute façon, tu n'iras pas.

— Pourquoi ?

— Tu as fait une fugue.

— Et mes parents ne me cherchent pas ?

— Non. Ils ne sont pas inquiets. Ton père vient d'apprendre qu'il n'était pas ton vrai père…

— En plus !

Filo rit.

— Avec un type qui a la poisse à ce point à bord… il aurait pu nous l'offrir gratis, le tour !

Nous passons sous les petits ponts qui relient les rues de Venise, le gondolier s'appelle Marino, il a un beau sourire sous ses moustaches, il a l'air gentil, et d'ailleurs il l'est.

Quand nous sommes descendus, Gibbo, qui garde notre caisse commune, a payé, et puis au moment où nous allions partir Marino m'a rappelée :

— Carolina, elle était triste, l'histoire de ce garçon… tellement triste que je n'y ai pas cru, tu sais ?!

Nous nous sommes regardés dans les yeux et il a éclaté de rire.

— Amusez-vous bien.

Et puis, il a dit en vénitien *Chi no le fa de carneval, le fa de quaresema* (« Qui ne le fait pas au carnaval le fait au carême »), ce qui en gros veut dire « Qui ne fait pas de folies dans sa jeunesse les fait dans sa vieillesse ». Trop sympa, même si je ne suis pas tout à fait d'accord avec ça… Pourquoi l'un exclurait-il l'autre ? Je veux continuer à faire des folies quand je serai grand-mère, moi ! Et sur cette pensée de folies futures, je rattrape Gibbo. Je l'entends lire quelque chose dans le guide qu'il a acheté pour douze euros. Filo l'écoute et pose des questions à sa façon, c'est-à-dire un peu stupides, mais pas tant que ça… Moi je les suis, je les écoute, et comme a dit Marino : pour moi c'est le carnaval et le carême à la fois. Je me sens grande, à marcher comme ça dans les rues de Venise, et je suis sûre que cette journée est une des choses que je me rappellerai parfaitement bien, même quand de l'eau aura coulé sous les ponts. J'espère juste que Filo et Gibbo seront encore auprès de moi comme aujourd'hui, sans rien changer, même pas une virgule. Puis j'ai un moment de tristesse. Je ne sais pas bien pourquoi. Peut-être parce qu'au fond de moi je sais que ça ne pourra pas être comme ça.

Gibbo se retourne.

— J'ai une idée…

Il me regarde et s'aperçoit de ma tristesse.

— Qu'est-ce que tu as, Caro ?

— Rien, pourquoi ?

— Je ne sais pas, tu faisais une de ces têtes…

— Mais non, tu te trompes… C'était quoi, cette idée ?

Je souris, je fais comme si de rien n'était, et Gibbo est gentil parce que, soit il me croit, auquel cas je suis devenue une grande actrice, soit il fait semblant de rien.

— Regardez. Je lis dans mon guide : « Dans les *bacari*, ces petits bars vénitiens typiques, à cette heure-ci on prend une *ombre*. » C'est un apéritif avec morue, olives, petits poissons, *suppli*, ces boulettes de riz frit, croquettes… Et plein d'autres bons trucs. On y va ?

Un peu plus tard, nous voilà assis sur des tabourets hauts, en bois, avec devant nous plein de bonnes choses à manger, des trucs de dingues… *Baccalà mantecato*, une sorte de brandade de morue, des sardines marinées, des palourdes, des bigorneaux, des petits poulpes tout juste cuits et des *nervetti*, qui sont des petits morceaux de veau avec de l'huile et du vinaigre. Je n'aime pas beaucoup ces derniers, je les trouve un peu durs, mais tout le reste est délicieux ! Du coup… j'oublie mon régime. On n'a quatorze ans qu'une fois, non ? Et nous découvrons que « l'ombre » vient du fait qu'à cette heure-là le soleil se couche et que donc on boit… une ombre. Alors nous prenons un *spritz*.

— Dedans, il y a une goutte de Bitter ou d'Aperol, de l'eau minérale et du vin blanc, c'est léger…

Gibbo et son guide, nous sommes informés de tout.

Mais bon, ce *spritz* n'est pas si léger que ça. Finalement, un peu étourdis, ou plutôt quasiment saouls, je ne sais pas comment nous avons réussi à aller jusqu'à Mestre, au concert de Biagio. Quel pied !

Il a commencé avec *Sappi amore mio*, puis *Le cose che hai amato di più, L'impossibile, Se è vero che ci sei* et *Iris*. Sur la dernière, je vous jure, j'étais tout émue. Tu sais, quand tu sens un drôle de frisson, que tu aimerais qu'on te prenne dans les bras, et malgré la présence de mes deux meilleurs amis Massi m'a beaucoup manqué. Ou plutôt l'amour. Le goût d'un baiser, le bonheur fou, le fait d'arriver trois mètres au-dessus du ciel rien qu'avec le doigt ! Tout ce que seul l'amour fou, soudain, magique, absurde, unique, peut te faire ressentir. À la place, je me suis collée dans les bras de Gibbo et Filo.

— Eh, on danse ensemble…

— J'ai une idée, si on envoyait un MMS à Alis et Clod ! J'aimerais qu'elles aussi sachent ce que nous vivons ! Allez, Gibbo… Tu me filmes ?

Je danse dos à la scène et Biagio *In una stanza quasi rosa* et je souris pour mes amies. Je leur envoie un baiser et je me sens comme une espèce de VJ au milieu de la foule et je chante la chanson, *Guarda questo amore si fa grande e ci fa stare stretti in questa stanza allora fuori, rivestiamoci e poi fuori e diamo luce a tutti in nostri sogni*, et je ferme les yeux, je suis émue.

— C'est fait !

Gibbo me passe son téléphone et je regarde le petit film.

— Il est génial ! Derrière on voit les lumières et Biagio !

Je l'envoie tout de suite à Alis, puis à Clod, à leurs frais !

Au bout de même pas une seconde arrive la réponse d'Alis.

« Je suis jalouse. »

Et puis celle de Clod, ou plutôt de son opérateur téléphonique. Le MMS a été refusé ! Juste après, un texto d'elle.

« Je n'ai plus de crédit. Tu t'amuses bien ? J'espère que oui ! Tu me le montreras demain au collège, OK ? »

Alors je continue à chanter sous les étoiles, sous les nuages légers qui passent. Et je danse, je danse les yeux fermés, à un mètre de la scène, parmi les gens, perdue, dans le stade de Mestre, et je me perds dans les notes de cette musique et je me sens grande, et heureuse, et pendant un instant je ne sais même plus si je rentrerai chez moi. Mais ça ne dure qu'un instant. Plus tard, dans le train, je ris intérieurement.

— Il fait quoi, Gibbo... il dort ?

Filo le regarde et acquiesce. Nous continuons à regarder la nuit par la fenêtre, le paysage qui défile devant nous, quelques maisons avec les lumières encore allumées. On aperçoit quelques télés et leurs reflets. Quelques pièces sombres, quelques personnes qui fument sur leur balcon. Elles ne savent pas que je les regarde, que quelque chose de leur vie entre dans la mienne. Filo a trouvé un bout de ficelle et le fait pendouiller sur le nez de Gibbo, qui se le gratte puis replonge dans le sommeil, et nous rions. Je mets un doigt sur ma bouche pour ne pas qu'il le réveille. Mais Filo continue, comme si de rien n'était... Et le train ne s'arrête pas, il vole jusqu'à Rome. À l'arrivée, nous avons tout juste le temps de descendre.

— Il est quelle heure ?

Gibbo est le seul à avoir dormi. Filo le pousse.

— Tu devrais être le plus réveillé des trois, mais tu es le plus abruti !

— Il est sept heures et demie... tout juste le temps d'arriver en cours.

— On ne prend pas de petit déjeuner ?

— Au bar en face du collège.

— OK.

Nous nous précipitons vers nos moyens de transport respectifs. Heureusement, mon scooter est toujours là. J'enfile mon casque, et je glisse en dessous les écouteurs de l'iPod Touch. Je mets *Iris*, de Biagio, j'ai l'impression d'être encore au concert, mais en fait j'arrive au collège. Dès que je descends, Alis et Clod me sautent dessus.

— Alors? Tu t'es bien amusée? Vous avez fait quoi? Vous avez dîné où? Vous avez vu des endroits chouettes?

— Mais pourquoi vous n'êtes pas restés à Venise? Montre-moi le film que tu voulais m'envoyer…

Alis la pousse.

— Moi je l'ai vu. Génial!

— Je n'avais plus de crédit!

— Comme d'habitude.

Elles sont sur le point de se disputer.

— Les filles, en classe!

Cette fois, c'est la prof de maths qui nous sauve. Avec tout ça, je n'ai même pas pris mon petit déjeuner! Mais c'est la chose la plus amusante que j'aie jamais faite.

Je reçois un texto de maman.

« Tout va bien? Tu es en cours? »

« Oui, bien sûr », je réponds.

J'ai envie de rire. Si seulement elle pouvait imaginer que je suis allée à Venise, puis à Mestre, que j'ai vu le concert de Biagio et que j'ai passé la nuit dans le train, elle en mourrait. Je me retourne. Filo s'est écroulé, il dort sur sa table pendant les explications de la prof. Gibbo, lui, est aussi alerte qu'une sauterelle, et pendant que la prof écrit au tableau il se penche et chatouille l'oreille de Filo avec un bout de papier.

Filo s'énerve, puis se réveille d'un coup et se gratte. Tout le monde rit. Naturellement, Cudini a tout filmé. La prof se retourne.

— Soyez sages, les enfants… Qu'est-ce que vous avez, aujourd'hui?

Gibbo est immobile à sa place. Il sourit. Une sorte de revanche.

Je suis trop forte ! J'ai eu mon *patentino* ! J'ai fait deux fautes mais j'ai réussi ! Maman était contente, mon frère aussi, papa… un peu moins. À mon avis, il n'y croyait pas. Moi non plus, je n'y crois pas ! En effet, quand j'ai fait des essais dans la cour avec lui en utilisant le scooter de ma sœur, on ne peut pas dire que j'étais très forte. J'ai même failli emboutir la voiture de Marco, notre voisin de palier, mais heureusement je l'ai évitée grâce à une sorte de geste athlétique. Sans dégâts. Donc, maintenant, je suis en règle… vive la Vespa ! De toute façon, je l'ai conduite quand même, entre-temps.

Maintenant, je suis une vraie flèche. Plus aucun problème. Ça m'amuse d'apprendre un peu les rues. Bon, d'accord, pour aller chez les grands-parents, comme je n'y étais jamais allée toute seule, j'ai dû regarder une carte sur Internet, c'est génial parce que tu trouves tout de suite, ça te donne la distance et en un rien de temps tu as tout imprimé. Tu le mets dans ta poche et zou ! En effet, en huit minutes, deux de moins que ce que disait Google Maps, j'étais chez eux. Je me suis arrêtée juste une fois pour vérifier la rue où il fallait tourner, j'avais oublié. Mamie est allée faire des courses. Dimanche, elle veut inviter un peu de monde, parce que c'est son anniversaire. Papi est dans son bureau, il dessine. Il est très bon. En un instant, et quelques traits, il arrive à créer des situations, un paysage, une maison, une personne.

— Papi, qu'est-ce que tu fais ?

Il me sourit sans me regarder.

— Une carte pour ta mamie… Demain c'est le 14 février, la fête des amoureux.

— C'est vrai.

Il continue à dessiner. Il utilise des feutres de différentes couleurs, il les ouvre, colorie, remet le bouchon et les laisse tomber sur la table, puis un autre, et un autre encore.

— Ça te plaît ?

— Tu me montres ? Oui, beaucoup !

Je reconnais mamie qui fait la cuisine, et puis au fond une table avec des gens.

— Mais la fille dans le coin, c'est moi !

— Oui… Et à côté, il y a ton frère, comment tu l'appelles ? Rusty John…

— James !

— Ah, oui… Rusty James, Alessandra… Et là, c'est moi !

— Oui, j'avais compris.

— Et elle est en train de préparer toutes les bonnes choses qu'elle sait faire…

Et puis, il y a un grand cœur rouge, que tient papi, avec écrit « Pour toi, qui nourris mon cœur ! ».

— C'est magnifique, papi !

Il regarde son dessin d'un air satisfait et sourit, content. Il le regarde encore. Puis il entend le bruit de l'ascenseur et la clé dans la serrure.

— Chut… c'est elle !

— Vous êtes là ?

Papi cache le dessin sous un dossier, ramasse tous les feutres et les met dans un grand verre. Puis il me regarde d'un air coquin et me fait un clin d'œil.

— Oui, on est là !

Mamie Luci entre dans le bureau.

— Coucou… qu'est-ce que vous faisiez de beau ?

Elle lève un sourcil et sourit.

— Rien, on bavardait…

— Oui, je veux emmener papi sur ma Vespa…

— Mais tu ne peux pas, tu vas avoir une amende…

— Qu'est-ce que tu en sais, toi ?

— Je l'ai lu. Tu dois attendre d'avoir seize ans.

Puis elle s'approche de papi et l'embrasse légèrement sur les lèvres avec un sourire plein d'amour.

— Je t'ai acheté ce que tu m'avais demandé…

— Mes préférées ?

L'espace d'un instant, papi devient un enfant, plus petit que moi.

— Oui, celles-là ! Je vais préparer quelque chose à manger, ça vous va ?

— Oui, mamie, je viens t'aider !

Nous nous mettons à la cuisine. Mamie ouvre un paquet de chips et les met dans une grande assiette.

— C'est ça, qu'il m'avait demandé… des chips au paprika.

— Ah…

Je ne sais pas à quelle chose mystérieuse je m'attendais… Nous préparons le repas, nous installons les serviettes, les verres et tout le reste, en parlant de tout et de rien. Mamie me pose plein de questions, moi j'y réponds avec légèreté, portée par cet amour qu'on respire dans toute la maison. Tout me semble si simple, je lui raconte tellement de choses. Des choses que parfois, même si j'y mets du mien, si je fais tout ce que je peux, je n'arrive pas vraiment à dire.

Les profs ont commencé à nous faire des recommandations pour les examens, mais moi ça me semble encore trop loin, pour l'instant je ne veux pas en entendre parler ! D'ailleurs, en avril, il y aura la grande réunion parents-profs, la dernière, définitive, absolue, mon Dieu, je ne peux plus me permettre de rater quoi que ce soit. Mais ils n'avaient pas parlé de la supprimer ?! J'ai téléchargé plein de textes sur Internet, mais je ne sais pas si ça suffira. Une fois, ma sœur m'a dit que c'était une rigolade mais avec elle je ne sais jamais quoi penser, elle est tellement différente de moi. Alors, à mon avis, en histoire c'est l'Italie de l'après-guerre qui pourrait tomber, en géographie l'Océanie, en italien Italo Svevo ou Italo Calvino, et en sciences ? Je ne sais pas. On peut relier l'Océanie aux volcans et aux tremblements de terre, est-ce que c'est une zone très sujette ? Je ne sais pas. En français et en art, j'avais pensé présenter Henri Matisse. Ça irait bien avec la période, non ? En anglais, je présente l'Australie, en musique je ne sais pas si on a un examen, je pense que je vais la relier en histoire avec le jazz, et en EMT je ne sais pas. Et puis, je n'ai pas compris s'il valait mieux réviser tout le programme dans chaque matière. Est-ce que c'est important ou bien inutile ? Bah. Je ne résiste pas. Tout en me perdant dans toutes ces questions, je déballe mon sandwich sous ma table, je me penche en me cachant derrière la fille devant moi et j'essaye de lécher le Nutella qui dépasse sur les bords. Clod me voit, elle me fait signe. Elle est déjà prête à se porter volontaire. Et comme si j'avais été entendue, ça sonne pour la récréation… Et la nouvelle tombe.

— J'ai largué Dodo.

— C'est-à-dire ?

— C'est-à-dire, c'est tout… J'en avais marre.

Clod et moi nous taisons. Puis je hausse les épaules.

— Je suis désolée… C'était peut-être une histoire importante.

Clod, la grande curieuse.

— C'est parce qu'il demandait trop ?

470

Elle est allusive.

— J'aurais bien aimé !

Alis s'allume une cigarette, elle veut à tout prix être transgressive.

— Rien, il n'en avait rien à faire de ça non plus… Il ne pensait qu'à jouer au foot, toujours avec ses amis, à boire avec ses amis, dehors avec ses amis, et sinon à la boutique de sa mère… Ce n'est pas possible, une vie comme ça, hein les filles ?

— C'est vrai…

En réalité, nous ne savons pas bien quoi dire, elle a fait des pieds et des mains pour se mettre avec lui, et à un moment elle avait même l'air amoureuse. Peut-être qu'elle ne l'a fait que parce qu'il y avait ce concours ; elle veut être la plus forte, elle est en compétition, comme toujours. Mais ça, même si je le pense, je ne peux pas lui dire.

— Vous vous êtes séparés le jour de la Saint-Valentin…

— Hier. Je lui avais même acheté un cadeau, mais l'idée de passer la soirée avec lui… je n'ai pas pu.

— Qu'est-ce que tu lui avais acheté ?

Parfois, Clod parle à tort et à travers, alors qu'elle ferait mieux de se taire. Elle exagère, même.

— Un appareil photo numérique. Je ne lui ai pas donné. Je l'ai avec moi, d'ailleurs je vais vous prendre en photo…

Nous prenons la pose, elle lève l'appareil et nous prend toutes les trois, nous faisons des grimaces. Puis elle regarde ce que ça a donné.

— Parfait ! Dites, on va faire quelque chose…

— Quoi ?

— Ce soir, à la face de tous les amoureux, on va dîner toutes les trois, ça vous dit ? C'est moi qui vous invite… vous savez où on va aller, au Wild West, Via Giustiniana ! C'est super, cet endroit.

— OK !

Heureusement, je passe un après-midi tranquille, je n'ai pas trop de devoirs. Je m'allonge sur le lit, les pieds en l'air et l'iPod allumé. J'écoute un peu de musique en random. C'est fou. On dirait qu'ils te connaissent. Qu'ils vivent avec toi et qu'ils devinent tout ce que tu penses. Parfois, ça me fait ça quand j'écoute certaines chansons. Elles disent tout ce que je ressens et que je voudrais pouvoir dire, par exemple à Massi. Exactement comme je voudrais le dire. Ni mieux ni moins bien. Il faut remercier les groupes et les chanteurs, parce qu'ils parlent pour nous. Quand on aime quelqu'un et qu'on est timide, qu'on a peur de dire ce qu'il ne faut pas, paf ! Il suffit de lui dédier une chanson. Et si on a de la chance, il comprendra tout ce qu'on n'a pas réussi à dire avec des mots, et peut-être qu'il t'en dédiera une, lui aussi. Des chansons à fredonner, à écouter encore et encore, sur lesquelles danser ensemble dans les fêtes. Des chansons pour se serrer dans les bras, des chansons à recopier dans nos journaux intimes… Massi, nous avons déjà notre chanson. C'est drôle, nous n'avons rien vécu mais nous avons notre chanson.

— Maman, ce soir je sors.

— Dis-moi, tu ne travaillerais pas trop peu, toi ?

— Je n'avais pas grand-chose à faire pour demain.

— OK, mais tu rentres à 11 heures…

Puis elle réfléchit.

— Et pourquoi justement ce soir ? C'est la Saint-Valentin… Avec qui tu sors ?!

Si seulement elle avait raison…

— Mais non ! Je sors avec Alis et Clod.

— Tu es sûre ?

— Bien sûr ! Je te le dirais, non ?!?

Je repense à Biagio Antonacci, et je n'en suis plus si sûre. Juste à ce moment-là passe Ale.

— Maman... tu la crois ?

— Sympa. Et toi, tu fais quoi... tu sors avec Giorgio ou avec Fausto ?

— Non, je les ai largués tous les deux.

— Ah... tu as bien fait !

— Oui, mais je sors avec Luca...

Maman est désespérée. J'essaye de lui remonter le moral.

— Elle le dit exprès. Tu la connais. Tout est faux. Elle dit ça pour t'embêter.

Elle reprend un peu du poil de la bête. Mais en réalité, je ne suis pas sûre que tout ça soit faux.

20 h 30. On sonne à l'interphone.

— Vous allez répondre ? Qui ça peut être, à cette heure-ci ?

— C'est pour moi, papa. Oui ?

— Je suis en bas.

En effet, c'est Clod.

— J'arrive.

— Mais tu sors tous les soirs...

— Mais non, papa... Je ne suis pas sortie de la semaine. Et puis, je l'avais dit à maman.

Maman arrive, des assiettes à la main.

— Oui, c'est vrai, elle m'avait prévenue.

Papa n'est pas d'accord. Il doit être stressé, comme d'habitude.

— Le fait qu'elle t'ait prévenue ne veut rien dire.

— Mais elle sort avec ses deux copines...

— Ce n'est pas ça.

— Mais...

Ils se disputent. J'en suis bien désolée, mais Clod m'attend en bas. Et puis, j'ai envie de sortir. Je me sens à l'étroit, dans cette maison. Surtout quand il y a ce genre de discussions. Tellement stupides. Tellement inutiles. Tellement… tellement gênantes ! Je claque la porte du salon, exprès. Puis je descends les escaliers en courant, en sautant à chaque fois les dernières marches. Deux. Puis trois. Jusqu'à quatre à la fois. Je suis en colère. Très. Papa n'est jamais gentil avec maman. Pourquoi elle reste avec lui ? Peut-être pour nous, les enfants. Oui, en un sens c'est aussi de notre faute. Je déteste mon père. Je déteste ses atteintes à mon bonheur.

— Allez, démarre !

— Qu'est-ce qui se passe ?

Clod m'obéit, elle démarre en trombe.

— Rien ! Il ne se passe rien.

Je donne un grand coup sur le tableau de bord.

— Eh, ne t'en prends pas à ma voiture, elle n'a rien fait… Si tu veux savoir, moi aussi je me suis disputée avec ma mère. Elle ne voulait pas que je sorte… Parfois, j'aimerais bien être Alis…

— Moi aussi.

Nous ne parlons pas pendant le reste du trajet, à part quelques indications.

— Au bout à droite. Puis tout droit.

Elle conduit en silence, concentrée. Mais ensuite, tout doucement, ça me passe, comme ça, sans explication. Je n'y pense plus.

— Oh, c'est cool…

J'ouvre la pochette.

— Tu as le dernier des Maroon 5… qui te l'a passé ?

— C'est Aldo qui m'en a fait une copie.

— Vraiment ? C'est gentil.

Je la regarde. Elle me regarde. Elle sourit.

— Tu me le prêtes, je le mets sur mon iTunes, comme ça je l'aurai dans mon iPod ?

— Bien sûr !

Je danse en rythme, jusqu'à ce que nous arrivions au Wild West. Alis nous attend dehors.

— Qu'est-ce qu'il y a ? Qu'est-ce qui se passe ?

— Rien, il y a juste trois couples, et des vieux, en plus !

Je regarde à l'intérieur.

— Mais si, ça a l'air sympa… Et puis, un des vieux, comme tu dis, ressemble à mon frère !

— Si ça pouvait être vrai, je foncerais… regarde ses yeux. Il est vieux à l'intérieur, ce type ! Allez, on s'en va…

Elle monte dans sa voiture.

— Mais tu avais réservé !

— Oui, mais j'avais donné le nom de famille de Clod ! Suivez-moi !

Elle part sur les chapeaux de roues.

Nous la suivons tant bien que mal jusqu'à chez Celestina, dans le quartier Parioli.

Alis laisse sa voiture au gardien du parking.

— Ne me la raye pas, sinon je te tue…

Elle lui dit en riant, mais à mon avis elle ne plaisante qu'à moitié. Nous entrons toutes les trois. Un serveur arrive.

— Oui ?

— Nous avons réservé pour trois. Sereni.

Alis doit avoir appelé de sa voiture, cette fois elle a donné son nom. Elle était sûre que nous irions.

— Salut, Alis.

— Bonsoir.

Une dame la salue, elle est en train de dîner avec un drôle de type, ils ont tous les deux l'air refaits de partout. Ce sont peut-être des amis de sa mère. Vu comment ils sont habillés, ça ne m'étonnerait pas.

— Voici votre table.

Nous nous asseyons. Alis regarde autour d'elle.

— C'est bien mieux ici.

— C'est sûr.

— C'est plus près, aussi…

— Mais le public n'est pas très branché.

À ce niveau-là, il y a de tout, des couples de tous les âges.

— Eh, mais ce n'est pas… comment elle s'appelle ?

Je regarde dans la direction qu'Alis m'indique du menton. Oui, c'est elle. Et elle est avec un autre, le jour de la Saint-Valentin, c'est-à-dire pas un jour comme les autres.

— Mais oui, c'est elle… je ne me rappelle plus son nom.

Alis insiste.

— La copine de Matt !

— Melissa…

— Ah oui, voilà, Melissa !

Et la fille, bien qu'elle soit loin, semble nous avoir entendues. Elle regarde dans notre direction. Clod et moi nous tournons de l'autre côté.

Alis soutient son regard. Elle lève même un sourcil, l'air de dire « Alors, ma belle, tu dînes avec un autre ? ». Puis elle se tourne vers nous. La lutte est terminée.

— Je n'y crois pas. Il lui a pris la main. Il l'a caressée…

— Donc…

— Matt et elle ne sont plus ensemble !

— Demain, je l'appelle…

— Alis ! Il se rappelle à peine de moi, et toi il a dû te voir une fois.

— Oui, mais vu comment il m'a regardée… tu verras, il s'en souviendra. Il s'en souviendra…

— Bon.

J'ouvre le menu. Quand elle fait ça, Alis me tape sur les nerfs. Elle est trop sûre d'elle ! Et puis, pardon, mais j'étais là d'abord, non? En fait, c'est contre moi que je m'énerve, pas contre elle. Parce que je pense que je devrais lui dire, tout ça. Je devrais en parler avec elle, lui dire ce que je pense, parce que je sais que j'ai raison. La prochaine fois, peut-être… Ça aussi, ça m'énerve un peu, le fait que je finis toujours par remettre à la prochaine fois. Parfois, j'ai envie de lui répondre mais je ne trouve pas les mots justes, je rate le moment. Et puis, je rentre chez moi et je trouve la réponse parfaite que j'aurais pu lui faire… mais il est trop tard!

— À quoi tu penses?

— À rien…

CQFD.

— On commande? Le serveur arrive.

Alis nous regarde en attendant que nous choisissions.

— Alors, moi je vais prendre un hors-d'œuvre forestier et des pâtes à l'*amatriciana*.

— Léger… et toi, Clod?

Clod referme le menu.

— Moi, une salade.

— Hein?

Alis et moi nous regardons, perplexes.

— Je ne te crois pas.

— Qu'est-ce qu'il se passe?

— Le mot que tu détestes est enfin arrivé à ton cerveau… régime!

— Vous êtes très drôles. Non, je n'ai pas très faim, c'est tout.

Nous commandons comme prévu. Alis prend une langouste à la catalane, moi j'ai goûté une fois et j'ai trouvé ça trop fort en vinaigre, mais elle adore ça. Une fois le serveur parti, nous reprenons notre enquête psychanalytique.

— Nous voudrions connaître la raison de ce régime!

— Oui, qu'est-ce qui t'a fait entendre raison?

— Qu'est-ce qu'il s'est passé ?

— Tes parents ? Un garçon ?

— Un film ?

— Un rêve ?

Nous nous amusons à lui poser de plus en plus de questions, à la fin Clod n'en peut plus.

— OK, OK… Stop.

Elle ne dit rien pendant un petit moment. Nous non plus.

— C'est que…

— C'est que ?

Clod nous regarde une dernière fois, puis explose en un sourire.

— Je me suis mise avec Aldo.

— Noooon !

— Je n'y crois pas !

Alis se jette en arrière, elle en tombe presque de sa chaise. Moi je suis très heureuse, mais je n'arrive pas vraiment à y croire.

— Ce n'est pas une blague, hein ?

— Je suis du genre à plaisanter sur ces choses-là ?

— Raconte…

Lentement tombe sur notre table un silence comme seul le mot amour sait créer. Parce que l'amour, c'est-à-dire la façon dont deux personnes se rencontrent, se fréquentent, se téléphonent, se mettent ensemble ou se séparent, c'est comme ça, ça intéresse toujours tout le monde. Et puis, quand c'est une fille comme Clod qui le raconte, c'est encore plus émouvant.

— Donc, c'était après le cours de gym. J'avais pris une douche, j'avais les cheveux encore un peu mouillés. Je suis sortie et il était là, sous le porche du gymnase. Il pleuvait, et la pluie se voyait en contre-jour parce que l'ampoule du réverbère avait sauté…

— Ça alors ! Encore mieux…

478

Clod sourit à Alis.

— Et là, bizarrement, il n'a pas essayé de faire d'imitation… Nous nous sommes tus pendant un moment, puis il a dit quelque chose de très beau : « Tu sais, avant je détestais venir à la gym… »

— Et toi ?

— Moi, je lui ai dit que je détestais toujours ça… Mais que j'y allais quand même. Alors nous avons éclaté de rire. Puis une voiture est passée très vite et très près du trottoir, elle ne nous a pas vus, elle a failli nous asperger…

— Magnifique, comme dans les films !

— Oui, alors nous nous sommes rapprochés… et puis, je ne sais pas comment, mais nous nous sommes embrassés !

— Comme deux aimants qui s'attirent…

Il faut toujours qu'elle gâche tout, Alis :

— Mais alors, qu'est-ce que tu fais là… Aujourd'hui, tu devrais dîner avec lui !

— En effet, il m'a envoyé un texto, on va peut-être se voir après.

— Mais vas-y tout de suite !

Clod regarde Alis, comme si elle lui demandait la permission. Mais moi je n'y réfléchis pas à deux fois, j'insiste.

— Mais oui, vas-y ! Alis me raccompagnera !

— Bien sûr… je la raccompagnerai !

Elle n'a pas le temps de finir sa phrase, Clod a à moitié renversé la table.

— Merci. Nous avions organisé ce dîner… Je ne savais pas comment vous le dire.

Elle disparaît hors du restaurant. Nous, nous mangeons, nous bavardons, nous commentons cette nouvelle incroyable.

— Tu te rends compte… Clod maquée, et pas nous !

Mais je suis heureuse. C'était celle pour qui c'était le plus difficile. L'espace d'un instant, Alis a l'air triste, je ne la comprends pas. Nous devrions être heureuses pour notre amie. Elle a réalisé un rêve ! Bon, c'est sûr, pour moi, être avec Aldo et subir chaque jour ses imitations incompréhensibles, ça serait un cauchemar. Mais si elle est heureuse comme ça ! C'est ça qui compte, dans la vie, être heureux pour les bonnes raisons… Je le lui dis, mais elle pense à autre chose.

— Excusez-moi, vous avez du gâteau au chocolat ?

— Oui, bien sûr.

— Apportez-m'en une grosse part.

Puis elle me sourit.

— Peut-être que l'année prochaine nous serons toutes les deux avec quelqu'un et qu'elle sera seule…

— Oui… peut-être. Mais nous pourrions aussi être toutes les trois… avec trois garçons !

Alis me regarde d'un air bizarre, puis hausse les épaules.

— C'est sûr…

Quand même, je trouve ça vraiment bizarre, qu'elle n'ait pas envisagé cette possibilité.

Tom, le papi de Carolina

Je suis Tommaso, le papi de Carolina. Mon petit-fils Giovanni, ou Rusty James, comme l'appelle Carolina, fixe le monde sur des pages blanches. Moi aussi. Mais j'utilise un autre type de papier, le papier photo. L'objectif contient l'espace que je veux immortaliser. Cette petite soucoupe si petite qu'elle peut retenir un moment magique, unique. La photographie arrête le temps, combat la peur de tout perdre. Il suffit d'un clic. L'image, et surtout ce qu'elle évoque, sera nôtre pour toujours. C'est cette idée qui m'a toujours plu dans l'art de la photographie. Des moments que je peux partager avec les autres, ma Lucilla, par exemple. Un modèle magnifique, pour moi. Un visage qui change souvent d'expression et qui offre l'occasion de faire plein de photos. Si vous pouviez la voir… Elle a des yeux, je ne sais pas comment dire. Encore aujourd'hui, je me perds dedans. Je me sens en sécurité, quand je la regarde. Elle marche tranquillement dans la maison. Elle range, elle lit, se fait un thé, me parle. Et je me sens heureux. Je sais que je pourrais mourir aujourd'hui et ça irait bien quand même, parce que j'ai eu tout ce que je voulais. Ou plutôt, j'ai eu ce que je ne savais même pas que je voulais. Parce que souvent on se trompe, quand on désire les choses. On croit savoir ce qui est mieux pour nous, mais en fait on se l'impose. Et on court le risque de ne pas s'écouter vraiment. Avec ma Lucilla, j'ai appris à chercher ce que mon cœur voulait. Quand je ressors mes photos, je peux reconstruire tous les passages de mon voyage avec elle. Elle qui m'a appris la vie et m'a rendu meilleur. Elle qui n'a jamais abandonné, même quand nous n'avions pas un sou et que nous ne savions pas comment faire. Elle a retroussé ses manches et elle a construit tout doucement, avec sérénité, avec le peu que nous avions. Dans le temps, sur ces photos, il y a toute une vie à revoir pour se sentir encore comme pendant tous ces instants que j'ai tenté d'immortaliser. Sans rien perdre. Même quand nous ne serons plus là, ces photos sauront conserver ce qui compte. Et ceux qui aiment pourront y cueillir quelques nuances qui ont été perdues dans la frénésie de la vie. Je fais des photos depuis des années. Je les mets dans les albums que nous avons au salon, et de temps en temps le soir nous nous asseyons sur le canapé pour les feuilleter. Que de souvenirs, d'éclats de rire, et aussi un peu de tristesse pour ce qui ne reviendra pas. Mais le plaisir est de les regarder. Et surtout voir que nos deux visages sont toujours là, et les voir changer page après page. Elle et moi. Quel amour. L'amour. Je me rappelle encore la première fois que je l'ai vue. Nous étions tous les deux très jeunes, et moi j'étais sacrément empoté. Je passais en vélo et je l'ai aperçue. Elle marchait, et je ne pourrai jamais oublier sa démarche. Une démarche belle, solide et légère en même temps. Une démarche qui me rassurait. Ce que j'ai pensé, et qui m'a presque fait peur, c'était que je pouvais la perdre, que si je ne faisais rien, là, à ce moment précis, je ne la reverrais plus jamais marcher comme ça. Il fallait que je l'arrête, que je l'immortalise d'une manière ou d'une autre. Mais je n'avais rien pour le faire. Je n'avais que moi-même. Alors je suis descendu de vélo et je me suis présenté. Elle a eu peur, mais juste après elle s'est mise à rire. Elle s'est mise à rire… à l'époque, si un inconnu s'approchait de toi pour te parler, c'était gênant, les filles étaient farouches, ne serait-ce que par peur de ce que les autres auraient pu dire. Mais pas elle. Bien qu'on fût en plein jour, elle a ri. Et parlé avec moi. Et j'ai su que je ne pourrais plus jamais me passer d'elle. Et ainsi en a-t-il été. J'ai connu d'autres femmes, mais jamais aucune ne m'a semblé aussi magnifique que ma femme. C'est quand elle a ri que j'ai décidé qu'il me fallait à tout prix un appareil photo. Pour la photographier. Pour immortaliser ce rire. Et tous les autres… C'est ainsi que j'en ai acheté un. J'ai dû le payer à crédit, avec mes premiers salaires. Mais je l'ai acheté quand même. Et je me suis mis à la photographier en permanence, et ça la gênait. Mais elle était magnifique, même quand elle faisait des grimaces. Et puis les paysages, les choses, les autres gens, notre fille, nos petits-enfants et tout ce qui m'entourait sont entrés dans l'objectif. La photographie est le moyen par lequel je me décris et je parle. Le dessin aussi, mon autre passion, mais ce n'est pas tout à fait comme la photo. Quand je regarde mes photos, je vois un bout de ma vie et je me rappelle précisément ce jour-là. Puis je souris. Je sais qu'elles me survivront. Peut-être que quelqu'un, en les regardant bien, verra le sourire de mon âme. Si c'est le cas, alors elles seront mon véritable héritage.

Mars

Combien de temps tu as éteint ton portable ? Jamais !
Un regret pour le mois passé ? N'avoir pas encore trouvé
Massi.
Qu'est-ce que le printemps pour toi ? La légèreté.
Le pire texto reçu ce mois-ci : « Qu'est-ce qui fait toin-toin ?
Un tanard. » C'est Filo qui me l'a envoyé !
Cheveux longs ou courts ? Longs.
Le film le plus mignon que tu as vu ? Mignon, je ne sais pas...
en tout cas, très très mignon, Ratatouille.
Blanc ou noir ? Blanc.
Ongles soignés ou rongés ? Aucun des deux.
Le compliment que tu préfères ? Tu es belle.
Celui que tu détestes ? Tu es bonne.

Je me rappelle que, quand j'étais petite, on me disait toujours, *Marzo, mese pazzo* (« Mars, le mois fou »). Je n'ai jamais compris pourquoi on disait ça, ça ne rime même pas. À la limite, *Marzo, grande sfarzo* (« Mars, grand faste »). Là, ça pourrait bien être le mois préféré d'Alis ! Ou bien *Marzo, grande sforzo* (« Mars, gros effort »). Et là, ça irait mieux à Clod et à son régime.

En plus, chaque mois peut être fou à sa façon. Ça dépend de ce qui se passe. Moi, en tout cas, je n'aurais jamais pensé que mars allait changer ma vie. Non. Pas vraiment. Mais commençons au début.

Nico est un type très marrant. Beaucoup plus grand que moi, fort, il est beau, frisé, les yeux bleus. Il a une moto, tout le monde dit qu'« on dirait le vent ». Et lui ça le fait rire, il fait des roues arrière et il est toujours gai. Il a une moto Honda Hornet noire, agressive. Et il arrive quand même à tenir sur une seule roue pendant un bon moment.

— Tu veux venir faire un tour ? Allez, Carolina, monte… Toi et moi, on va défier le vent.

Il me regarde, avec ses yeux bleu profond qui font penser à la mer quand elle est calme, quand tu regardes au loin et que tu ne vois pas où elle finit, quand tu te perds dans ce bleu, au point de ne plus savoir où commence le ciel. Bref, il me plaît, je ne peux pas dire le contraire. Mais un tour sur une seule roue…

— Non, merci, non Nico.

— Comme tu veux…

Il démarre sur les chapeaux de roues, il fait demi-tour sur la roue arrière, freine avec la roue avant et la fait tourner sous lui tandis que la roue arrière soulève un nuage blanc comme si elle brûlait. Mais là, une grosse femme en combinaison arrive en hurlant.

— Arrête, Nico ! Ça pue, ton truc ! On travaille, nous.

Nico s'arrête, éteint le moteur et gare la moto. Puis il remet sa casquette et s'approche de la pompe. Il a l'air un peu triste et penaud. En tout cas, plus aussi crâneur qu'avant.

— Carolina, tu veux prendre de l'essence ?

— Non, non, merci, j'en ai déjà pris.

Oui, parce que Nico est le fils du pompiste. Mais ce n'est pas pour ça que j'ai refusé de faire un tour avec lui. C'est que j'ai vraiment peur ! Mais bon, depuis que je le connais, je prends toujours mon essence ici. Pas pour Nico, lui je l'ai rencontré après, mais pour Luigi, son père. C'est un petit bonhomme avec des grosses moustaches, sous son bleu il a toujours une cravate, et il est souriant et gentil avec moi – même quand je ne mets que cinq euros. Parce que parfois, les pompistes, quand ils voient que tu mets aussi peu, que tu leur fais décrocher la pompe pour « seulement » cinq euros, ils ne sont pas gentils, ils ne te regardent pas quand tu payes et ils ne te disent même pas au revoir. Lui et sa femme Tina, ils sont toujours gentils.

Tina est grosse, robuste, avec une forte poitrine, les cheveux longs et ondulés. C'est elle qui a crié sur Nico tout à l'heure, et il lui ressemble un peu, même s'il a les yeux de son père. Elle se donne beaucoup de mal, cette femme, je la vois souvent laver des voitures. C'est elle qui s'en occupe, elle les lave et ensuite elle les sèche, quand elles sortent de la machine. Elle s'allonge avec de gros chiffons sur le capot, elle tente d'essuyer le pare-brise et le toit, mais avec ses gros seins elle a du mal. Elle est drôle parce que ses seins sont tout comprimés dans sa combinaison, mais elle continue, ses cheveux tombant sur son visage, en nage, elle soupire et fait son travail avec beaucoup de soin. Et quand je vois Nico qui fait des roues arrière pendant que sa mère travaille autant… Bah, ça les regarde.

Un jour, alors que je rentre du collège, une moto s'approche de moi. Elle me colle, je manque de tomber, je suis obligée de freiner, et je ne le reconnais que quand il enlève son casque.

— Nico ! Tu m'as fait peur !

— Pardon… (Il marque une petite pause.) Pourquoi tu ne veux pas sortir avec moi ? Parce que je suis le fils du pompiste ?

J'en reste sans voix. Il est là, devant moi, avec ses cheveux frisés et son visage gentil, mais au fond aussi un peu gêné.

— Pourquoi tu dis ça ? Non, ça n'a rien à voir.

— Tu es sûre?

— Oui.

— Prouve-le.

— Primo, je ne dois rien te prouver. Secondo, je ne sors pas avec toi parce que tu veux m'emmener sur ta moto et que tu conduis comme un fou… Tu as failli me faire tomber de ma Vespa, alors imagine si tu me faisais faire une roue arrière… Je ne pourrais pas.

Alors Nico sourit.

— Et si je te promets que je conduis tout douce-ment… et toujours sur deux roues?

— Si tu me le jures.

— Je te le jure.

Silence.

— On va faire un tour?

— Je ne peux pas.

— Tu vois? Je le savais…

— Je ne peux pas parce que j'ai des devoirs. Aujour-d'hui je n'ai encore rien fait.

— Demain après-midi?

Il me regarde, un sourcil levé. Il me met à l'épreuve.

— OK. Vers 17 heures, en espérant qu'il ne pleuve pas.

Nico est tout content. On dirait un enfant capricieux qui a obtenu ce qu'il voulait.

— Donne-moi ton adresse, je passe te prendre.

— Non, on se retrouve à mon collège. Le Farnesina.

— Pourquoi?

Il est à nouveau méfiant.

— Parce que mes parents ne me laissent pas faire de la moto. Et ils ne croiraient jamais à ta promesse.

— Je te jure que je m'y tiendrai.

— OK. Ciao… À demain.

Il recule un peu sa moto pour me laisser passer.

— Ciao…

Mais en rentrant à la maison, je me sens très nerveuse. Je suis trop bête. Je n'aurais pas dû accepter. Il m'a forcée. Je ne me sens pas libre. Tu sais, ces choses auxquelles tu te sens obligée ? Même si tu en avais un peu envie avant, elle te passe automatiquement ! J'ai toujours été libre de choisir mes fréquentations, mais ce type, avec cette histoire de vouloir lui faire comprendre que le fait qu'il soit le fils du pompiste n'avait rien à voir… Eh bien, je suis tombée toute seule dans le piège. Je suis vraiment trop bête ! Le soir, je suis stressée, heureusement qu'Ale est sortie, sinon on se serait disputées. En plus, je n'ai même pas son portable, je ne peux même pas lui envoyer un texto et inventer une excuse… Quelle barbe !

— Caro, qu'est-ce que tu as ? Je te trouve nerveuse.

— Non, rien, maman.

— Tu es sûre ?

Elle me regarde dans les yeux et plisse un peu les siens, comme si ça pouvait l'aider à me percer à jour. Malheureusement, elle y arrive presque, mais je ne veux pas qu'elle s'inquiète.

— Mais non, rien… c'est que je me suis disputée avec Alis.

— Je te l'ai toujours dit, elle est bizarre, cette fille, vous êtes trop différentes…

— Oui, je sais… tu as raison. Ça va passer.

En effet, une fois au lit, après m'être lavé les dents, ça me passe un peu. Mais oui, je m'en fiche, dans le fond. Je peux sortir avec lui demain après-midi, et ensuite ça suffit. Peut-être même que je vais m'amuser. Et puis, c'est un beau garçon, et puis, je me demande où il va m'emmener. Sur cette pensée, je me calme un peu et je m'endors.

Mais quand je me réveille le lendemain matin, ça me reprend. Je suis à nouveau nerveuse. Une drôle d'agitation, comme quand tu sais que tu as fait un mauvais rêve mais que tu ne te le rappelles pas, que tu as envie de quelque chose pour le petit déjeuner mais que tu ne sais pas de quoi, que tu voudrais rester tranquillement assise à ta place mais que tu tripotes ta trousse, tu sors des stylos et tu cherches quelque chose, mais en fait…

— Mais qu'est-ce que tu as, Caro ?

— Pourquoi ?

— Tu ne tiens pas en place.

Même ma voisine me le dit, et je sais qu'elle a raison, mais ça me dérange, justement parce qu'elle a raison. Dans l'après-midi, après avoir travaillé le minimum indispensable, je me retrouve devant la glace. J'essaye plusieurs tenues, et finalement je choisis un jean, une chemise vichy, un sweat-shirt Abercrombie bleu, des chaussures Nike noires, une grosse ceinture D&G et un blouson bleu foncé Moncler. Bref, ni trop ni trop peu. Je me suis même brossé les cheveux, je suis assise sur le lit et je fixe le radio-réveil posé sur le bureau où je devrais normalement être encore en train de travailler.

16 h 10.

16 h 15.

16 h 18.

Ça me rappelle une histoire que m'a racontée une fois Rusty James. Quand il faisait son service militaire, il se levait très tôt et avait des journées bien remplies. Et ensuite, une heure avant la sortie, il n'y avait plus rien à faire.

Alors tout le monde attendait 17 heures, l'ouverture des portes, le début de la permission de sortie. Le temps passait péniblement. Certains s'asseyaient sur un muret, les jambes pendantes, d'autres faisaient les cent pas, ou fumaient une cigarette, d'autres encore feuilletaient un journal, le seul, qui était en piteux état, pour la dixième fois. Et puis, enfin, le clairon ! Alors tout le monde courait vers un petit portail qui était le seul accès pour sortir de la caserne. Voilà, c'est pareil pour moi. Juste que je ne vais pas en permission. Je sors avec le colonel « Nico » ! Comme si aujourd'hui, juste pour moi, ils avaient levé l'obligation militaire. Finalement, je ne sais pas trop comment, en rangeant ma chambre pour la deuxième fois, le temps passe, il est 16 h 50 et moi aussi je peux me dépêcher de sortir.

Je laisse un mot à maman. « Je rentrerai tôt… Caro. » C'est peut-être la première fois que ça sera vrai. Du moins dans l'intention. J'arrive devant le collège, il est déjà là, appuyé contre sa moto, avec deux casques identiques, un sur le réservoir, l'autre près de lui sur le siège.

— Salut !

Il est tout content.

— Salut…

J'espère que mon ton ne m'a pas trahie. Non. Il ne s'en va pas, donc il n'a rien compris à ce que je pense.

— J'attache mon scooter et j'arrive…

— Oui, oui.

Pour mettre la chaîne, je me penche sur la roue avant et, comme un petit détail entre le carburateur et la béquille, j'aperçois ses chaussures : elles sont en daim avec des petites franges sur le dessus, bien alignées, et une petite boucle sur le côté. Mon Dieu, mais où il a pu les dénicher ? Même en cherchant sur Internet ça ne se trouve pas, des trucs pareils, même pas en allant sur ebay et en écrivant comme catégorie « la chose la plus moche du monde ». Même là, ils n'en arrivent pas à cette extrémité ! De toute façon, ça n'a pas d'importance. Pour maintenant, c'est fait.

Peu après, je me retrouve assise derrière lui, sur la moto. Au moins, il conduit lentement, il respecte sa promesse.

— On va où ? je demande, curieuse.

— C'est une surprise.

Il me touche la jambe avec sa main gauche, comme les chiens à qui tu fais « tap-tap » pour les rassurer. J'ai envie de hurler au ciel et à ma fichue capacité à me mettre dans le pétrin. Mais je laisse tomber et je contrôle la route en lui enlevant la main de ma jambe.

— Conduis avec les deux mains, j'ai peur…

Tout a l'air d'aller pour le mieux.

Un peu plus tard.

Il ralentit, gare la moto entre deux voitures.

— Voilà, on est arrivés !

Il descend et enlève son casque.

— Ça te plaît ?

Le Luneur. Un parc d'attractions.

Il me regarde en souriant, il est tout content, comme si c'était lui qui l'avait construit.

— Tu es déjà venue ?

— Oh… une fois.

En réalité, j'y suis allée quand j'étais toute petite avec mes parents et je me suis bien amusée. Peut-être parce que maman avait peur de tout et papa se moquait d'elle et lui faisait peur. Je me rappelle qu'on a fait la Maison hantée et maman ne voulait pas monter dans le petit train. Finalement, on y est allées toutes les deux, on s'est mises dans le premier wagon et on a hurlé tellement fort que même les monstres avaient peur.

— Viens, par là.

Il me prend la main et m'emmène au Labyrinthe des glaces.

— On le fait, ça te dit ?

— OK.

— Deux billets, s'il vous plaît.

Nous entrons, et c'est plutôt facile de se repérer là-dedans. Quelques minutes plus tard, nous sommes dehors.

— Ça t'a plu ?

— Oh oui, il y a juste eu un moment où je ne savais plus bien où aller.

— Oui, tu t'en es bien sortie.

En réalité, je me suis cognée la tête deux fois contre une glace que je n'avais pas vue. J'ai éclaté de rire. Heureusement qu'il ne s'en est pas aperçu.

— On tire un peu ?

— Oui !

On nous donne deux fusils. Je maintiens la gâchette enfoncée, comme si c'était une mitraillette.

— Non ! Pas comme ça, me crie le type. Un coup à la fois…

Alors je fais comme il me dit, mais Nico doit quand même payer dix euros en plus. Je lui coûte les yeux de la tête. Mais bon, c'est lui qui a voulu venir. Ensuite, nous allons sur le Tagada, nous sautons dans tous les sens quand ça accélère, et lui il lâche le bord pour essayer d'aller au centre.

Un autre type fait comme lui. Ils arrivent à rester debout au centre tous les deux, les bras écartés, comme s'ils se défiaient l'un l'autre, à qui résistera le plus longtemps debout au centre. Avec la copine de l'autre type, nous nous regardons, et elle secoue la tête par solidarité, l'air de dire « tu vois à quoi on en est réduites », et moi j'ai envie de lui répondre : « Oui, mais moi je ne suis pas avec lui, toi si ! » Mais je laisse tomber.

Un peu plus tard, nous voici devant plein de petites bouteilles de verre, et nous essayons d'y envoyer une balle de ping-pong. Au bout d'un moment, Nico en a marre et il en envoie cinq à la fois. Elles rebondissent contre les bords et atterrissent dehors. Il n'a vraiment pas de bol. Moi j'en tire une, dans le mille.

— Bravo, Carolina ! Tu es trop forte !

Un vieux monsieur arrive vers moi avec un sac transparent fermé par une ficelle, avec dedans de l'eau et un poisson rouge.

— Bravo. Il est à toi.

— Merci.

Je regarde ce pauvre poisson rouge dans le sac transparent. Il a l'air à l'agonie. Il est immobile dans la seule position possible pour lui. Il me fait de la peine, mais autant ne pas le laisser ici.

— Viens, tu veux manger quelque chose ? Je t'accompagne.

Nous nous arrêtons devant un drôle de type, tout joyeux, il parle beaucoup mais on ne comprend pas bien ce qu'il dit.

— Tu veux quoi dedans, tzatziki ? Moi je mets si tu veux tomates, oignon, plus kebab et salade fraîche. Déjà lavée, hein ? Ne t'inquiète pas de moi. J'ai tout préparé avec mes mains, tout est frais et lavé.

Il montre à Nico des mains crasseuses… ma mère les lui ferait laver au moins quarante fois.

— Pour moi, beaucoup d'oignons… et toi, Carolina ?

— Non, moi je vais prendre une glace… un cône emballé, merci.

Le vendeur ouvre la porte d'un frigo.

— Choisis, prends ce que tu veux.

Je me décide pour un Mister Freeze à la menthe. Nico se fait faire une pita bourrée de kebab, oignons, mayonnaise, crème fraîche, tomates et laitue. Nous mangeons, assis à une petite table en acier, sur des chaises en fer, toutes un peu écaillées. Devant nous, il y a une boîte en plastique rouge décolorée avec des petites serviettes en papier, mais trop, elles sont encastrées. Nico mange avec avidité.

— Mmh, c'est bon…, articule-t-il en souriant, la bouche pleine de nourriture, mais heureusement pas grande ouverte. Il sait y faire, ce type…

Je me tais. Même l'emballage de la glace avait l'air sale.

Un peu plus tard, nous montons sur la grande roue. Elle est vraiment haute. Notre navette ouverte monte en se balançant dangereusement. Nous sommes très près l'un de l'autre. Moi, j'ai toujours à la main le sachet d'eau avec mon poisson rouge sonné. Nico sent l'oignon. Soudain, la roue s'arrête. Un bruit froid, sourd, de tout le mécanisme central. La navette oscille en avant et en arrière. Puis lentement, tout doucement, elle s'immobilise. Nico se penche. Il sourit.

— Nous sommes les seuls. Ils ont voulu nous rendre service, ils ont arrêté la roue.

Oui… Tu parles d'un service. Mais je ne dis rien.

— Regarde. Regarde comme c'est beau, là-bas, on voit le soleil se coucher.

Derrière les maisons, au loin, vers la mer d'Ostie, on aperçoit un dernier quartier de rouge. Oui, ça doit être le soleil. Plusieurs immeubles reflètent ce rouge orangé. Nico montre quelque chose sur la gauche.

— Là, ça doit être l'Autel de la Patrie, le monument à Victor Emmanuel II…

Un grand pin se dresse juste devant.

— Et là, dit-il en regardant vers moi, le Colisée… et là-bas au fond, le Stade olympique… Où dimanche la Magique joue contre la Juventus… Je touche du bois…

Ensuite, silence. Mais vous voyez, vraiment silence silence ? Je n'arrive pas à trouver un mot, un commentaire, une phrase, n'importe quoi à dire. Je ne pense qu'à une chose. Espérons qu'ils fassent vite repartir la roue. Nico me regarde, il arrange son blouson.

— Tu sais, je suis vraiment content que tu aies accepté de sortir avec moi… Je suis désolé d'avoir pensé que tu étais un peu… Un peu, disons, opposée, pour cette histoire de fils du pompiste…

Je lui souris.

— Mais non, ne t'inquiète pas…

J'aimerais bien savoir, s'il avait dit la même chose à Alis, ce qu'elle aurait répondu. Puis, lentement, Nico s'approche.

— Tu es très belle.

Plus près, de plus en plus près. Mon Dieu… il sent l'oignon. À l'aide. Qu'est-ce que je fais, maintenant ?

— Pardon, Nico… (Je recule et me tourne de l'autre côté.) Ne le prends pas mal. C'est juste qu'on ne se connaît pas beaucoup…

— Oui, tu as raison…

Carolina ! Là, c'est comme si tu lui proposais de le revoir, cher Nico, on verra… En effet. Nico sourit, plein d'espoir.

— J'espère qu'on pourra aller dîner ensemble, un de ces soirs…

Il me regarde, tout confiant. Et non. Ça suffit. Je lui ai prouvé que le fait qu'il soit fils de pompiste n'avait pas d'importance. Maintenant, ça suffit.

— Je suis désolée… (Éclair de génie.) Mais je suis avec quelqu'un…

— Comment ça ?

Ah oui, c'est vrai, il va sans doute m'en dire de toutes les couleurs. Pourquoi je ne le lui ai pas dit plus tôt ?

— En réalité, nous ne sommes plus ensemble, Nico… mais moi je pense encore à lui… Bref, j'ai eu envie de tenter le coup, de sortir avec toi… Je pensais que c'était possible… (Une de ces âneries que j'ai toujours entendu dire me vient à l'esprit.) Tu sais… un clou chasse l'autre…

Silence. Nico sourit, il a encore un peu d'espoir. Soudain, je m'imagine grosse, grasse, avec une énorme poitrine, en combinaison de pompiste, à laver des voitures avec la maman de Nico ! Alors, comme dans un « morfing » à l'envers, je maigris d'un coup, je retrouve ma peau, je redeviens moi-même, comme je suis, libre…

— Mais non, j'ai compris que je pense encore trop à lui… (Nouveau silence.) Tu comprends, Nico ? C'est comme ça. Je suis désolée.

Un peu plus tard, nous redescendons sur terre. Il me ramène à mon scooter sans dire un mot.

— Merci, je me suis bien amusée. (Parfois, il vaut mieux mentir.) On s'appelle.

— Oui, ciao…

Il me dit au revoir entre ses dents, les épaules rentrées, déçu. Il s'éloigne lentement sur sa moto, il me laisse seule, mon poisson rouge à la main.

Au bout de la rue, il fait une roue arrière, avance sur une seule roue, en mettant et enlevant les gaz. Peut-être pour se défouler. Peut-être parce qu'il est débile. En tout cas, heureusement, il ne tombe pas. Il ne me manquerait plus que de devoir l'accompagner à l'hôpital.

Amy Winehouse, *Me & Mr Jones*. Gaie, belle, pétillante. Je suis sur mon scooter, le poisson rouge a l'air de danser en rythme tellement il frétille dans son sachet transparent, plein d'eau, accroché au montant du pare-brise. Mon Dieu, quel après-midi. Plus jamais. Sérieusement, je ne veux plus jamais refaire une sortie comme ça, mais en fait je ne suis pas sûre que quand ça se reproduira je serai toujours aussi lucide et déterminée. « Oignon ». Je l'appellerai « le jour de l'oignon ». Je me demande si j'aurai le courage de l'oublier, quand un nouveau « jour de l'oignon » se présentera.

Avant de rentrer, je passe par Valle Giulia. Il y a beaucoup de virages et je fais attention à ne pas encastrer les roues du scooter dans les voies du tram… Sinon, tu parles d'un vol plané ! Devant la Galerie nationale d'Art moderne, je tourne à droite et je monte le long de la Villa Borghèse.

Je descends du scooter et j'enlève mon casque. Il fait presque nuit mais la petite fontaine est éclairée.

— Voilà, là-dedans, tu auras plein de copains poissons… Tu verras, tu seras très bien… Sam !

C'est le nom que je lui donne, même si je n'y connais rien, je ne sais même pas si c'est un mâle ou une femelle. Je sais seulement que le jour de l'oignon, du moins pour l'instant, a sauvé quelqu'un.

Je renverse le sachet avec Sam dedans dans la fontaine. Plouf. Il fait un beau plongeon, arrive au fond, s'arrête un instant, comme s'il était un peu sonné, mais ensuite il se libère de l'étroitesse du sac en plastique, il bouge la tête, puis tout son corps, tout content.

— Bravo, Sam… amuse-toi bien. Je viendrai te voir bientôt.

Je ne sais pas si je repasserai pour de bon dans les jours à venir, ou le mois prochain, ou au moins avant la fin de l'année, mais je sais que j'aime bien l'idée d'avoir un ami poisson à nouveau libre dans cette belle fontaine. Je le reconnaîtrai, il est rouge avec une petite tache noire sur le dos, juste sous la nageoire. J'arriverai, et je dirai « Sam Oignon, comment tu vas ? ». Et il viendra me voir, où qu'il se trouve dans la fontaine, il s'approchera en remuant sa nageoire, bien qu'il ne soit pas un requin. Oui, je sais que ça n'arrivera jamais, mais j'aime bien le penser… d'ailleurs, si on ne croit pas à ses propres rêves, comment on peut penser que quelqu'un d'autre le fasse à notre place ?

Je me dirige vers la maison, satisfaite, avec une certaine faim. Mais quand j'arrive, il n'y a personne. Je trouve un petit mot.

« Viens vite chez les grands-parents. Nous sommes tous là-bas. Ta maman. »

Cette signature, cette concision, ce « viens vite », cette hâte dans l'écriture. Ce « ta » maman, qui renforce.

Comme si une fille de quatorze ans n'était pas encore prête, n'avait pas développé ses émotions, ses sens, comme si on ne s'inquiétait que pour elle, par crainte de sa réaction. Pendant le trajet, sur mon scooter, je pense, je réfléchis, j'essaye de comprendre. Mais je ne vois pas.

Je ne savais pas que, l'instant d'après, j'allais entendre le bruit silencieux d'un rêve qui se brise.

Bizarre. La porte est ouverte.

— Me voici… Je suis là… Maman… ?

Je la vois au fond du couloir. Elle regarde dans une chambre. Puis elle me voit, se tourne et me fait un sourire. Faible. Léger. Déçu. Gêné. Plein de douleur. Au bord des larmes. Un sourire qui raconte une histoire. Que je ne comprends pas. Que je ne veux pas comprendre. Elle vient lentement vers moi. Puis plus vite. Puis de plus en plus vite, elle court presque, me prend dans ses bras, ferme les yeux dans cette étreinte en respirant longuement, très longuement. Elle veut être grande, mère et forte. Mais elle n'est qu'une fille, les larmes aux yeux.

— Papi est mort.

— Comment…

J'ai envie de hurler, je fonds immédiatement en larmes et j'ai honte.

— Chut… chut… ma petite fille.

Maman me caresse les cheveux, me serre, puis m'emmène avec elle, son bras autour de moi, le long du couloir, jusqu'à la dernière pièce, là où elle se trouvait avant. Papi est étendu sur le lit, le visage silencieux, serein, mais qui ne peut plus rien dire. J'ai un peu peur. Je ne sais pas quoi faire. Je lève mes yeux pleins de larmes. Embués. Comme des lentilles qui changent ma vision des choses.

Plusieurs personnes. De la famille. Des gens que je n'ai pas vus depuis longtemps. Alessandra. Rusty James est dans un coin. Papa, de l'autre côté, parle avec sa sœur.

Je m'écarte de maman. Je me libère d'elle pour aller vers papi. Je reste au bord du lit. Puis je prends confiance, je m'approche un peu, un peu plus. Je sens les yeux des gens sur moi. Je ne lève pas les yeux. Je ne regarde que papi.

Je suis désolée. Tu vas me manquer. Tu me faisais rire, et tu dessinais bien. J'aurais voulu devenir aussi forte que toi, que tu me donnes des cours, tu étais si patient, calme, tranquille, tu ne levais jamais la voix et tu me racontais des choses qui me faisaient comprendre tout ce que tu avais déjà vu et que je ne connaissais pas. Et puis, ton grand amour, comme ce dessin que tu as fait il y a quelques jours. Ton amour pour mamie. Je lève les yeux. Elle est assise en face de moi. Sur une petite chaise. Elle a les épaules rentrées, son visage n'a pas un trait de maquillage, elle est pâle, silencieuse. Elle me regarde mais ne dit rien. Puis elle regarde à nouveau papi. Et moi je continue de la regarder. D'abord elle, puis lui, puis les deux. À quoi elle peut bien penser, mamie ? Au souvenir de quelque chose qu'eux seuls ont vécu ? Où est-elle ? Dans quel temps, dans quel lieu ? Dans lequel de tous les moments où elle a été aimée ? J'ai envie de lui dire : « Mamie, ça a été magnifique ! Vous étiez si beau, toujours main dans la main, votre amour n'avait pas vieilli ! Parfois, vos baisers me faisaient détourner le regard ! Je sentais le parfum de l'amour. Et maintenant, mamie, comment tu vas faire ? » Je sens mon cœur se serrer. Alors je prends mon courage à deux mains, je tends la main et je la pose sur la sienne, sur la main de papi. Elle est froide. Je me sens soudain très seule. Je vois un rêve s'évanouir. Papi derrière moi sur mon scooter. Papi qui se tient à moi et rit, avec ses longues jambes et ses genoux hauts, je peux presque y poser mes coudes en conduisant. Nous nous l'étions promis. C'était une promesse, papi, une promesse. Quelle arnaque. Alors je fonds en larmes.

Avril

Boisson sans alcool préférée ? Jus de pomme.
La personne que tu aimerais rencontrer ? J'aurais dit Massi,
s'il n'y avait pas eu l'histoire de papi. Je dis papi, parce que
je voudrais tant lui dire encore quelque chose.
Pour toi, le verre est à moitié plein ou à moitié vide ? Tou-
jours plein !
Si tu pouvais choisir une profession ? Photographe.
De quelle couleur tu te teindrais les cheveux ? Bleue.
Tu arrives à faire craquer tous tes doigts ? Oui.
La personne qui t'a « donné quelque chose », récemment ? Le
prof d'italien, à ma rédaction ! Il m'a donné « excellent » !
Tu as déjà aimé quelqu'un au point de pleurer ? Oui, mais je
ne l'ai jamais raconté.
Couverture ou couette ? Les deux.
Plats préférés ? Les pâtes, encore et toujours. Et la pizza.
Tu préfères donner ou recevoir ? Donner.
Quitter ou être quittée ? Trop tôt pour le savoir.

Je ne savais pas ce qui allait se passer. Mais j'avais
compris dès le 1er avril, le jour où tout le monde fait des
blagues, que ça allait être un mois spécial… Le plus spécial de ma vie.

— Et ensuite ? Continue, Rusty James.

Je suis affalée dans le fauteuil rouge, mon fauteuil. Joey
est à mes pieds, tranquille, il remue la queue de temps

en temps et écoute avec moi la lecture de mon frère. Son premier roman.

Nuages. Mais il n'est pas encore sûr du titre.

— J'aime beaucoup… continue.

Rusty pousse un long soupir et reprend la lecture. « Et je n'avais qu'un instant pour le rejoindre. Je le regardais s'enfuir en courant, ses cheveux au vent… »

Je le suis, le regard derrière la table en bois, peu d'objets dessus, une chaise cannée sur laquelle il est assis et les pages qu'il tourne l'une après l'autre, au fur et à mesure que son histoire prend vie. Je le regarde pendant qu'il lit, il bouge les mains, s'amuse, entre dans ce qu'il a écrit, me racontant plus que les mots. Et j'écoute, les yeux fermés, je suis émue, je ne sais pas pourquoi, j'ai envie de pleurer. Peut-être qu'en ce moment je suis plus fragile. Peut-être parce que papi me manque. Ce qui me manque, c'est qu'il ne puisse pas être assis ici, sur le canapé, à écouter lui aussi. Puis je souris, toujours les yeux fermés. Peut-être qu'il écoute quand même.

— « Puis je la serre fort. Et je la regarde dans les yeux. — Mais… — Chut. Je lui mets un doigt sur la bouche. — Silence… Tu n'entends pas, mon amour ? Alors elle sourit. Moi aussi. — Ne pars plus jamais. »

Rusty tourne la dernière page. Il pose les mains sur la table. Moi j'ouvre les yeux.

— Caro ! Tu t'étais encore endormie !

— Non…

Je souris. J'ai les yeux brillants, émus.

— J'écoutais… « Ne pars plus jamais. » C'est magnifique… Comment tu as eu l'idée ?

— Je ne sais pas. Comme ça…

— Ça a un rapport avec Debbie ?

— Mais non, quel rapport…

Rusty rougit un peu. C'est la première fois que je le vois un peu gêné, oui, que je le vois rougir comme ça. Puis il me sourit.

— Oui… En fait, un peu.

Il reprend son sérieux.

— Mais ça a aussi à voir avec toi… Dans la vie d'un écrivain, tout le monde intervient avec un mot, un signe, un sourire, une expression du visage qui reste imprimée dans la mémoire, comme un coup de pinceau que personne ne pourra jamais effacer…

Dring.

— Caro, tu es là ?

J'entends les cris de mes amies dehors.

— Ce sont elles, elles sont arrivées !

Je sors en courant avec Joey. Clod et Alis sont là, Joey se met à sautiller devant Clod.

— Gentil chien… viens ici !

Elle se penche et le caresse. Il lui fait la fête, je suis un peu jalouse.

— Enfin !

— Il y avait des embouteillages.

Elles ferment leurs petites voitures.

— Voici les vélos.

— Moi je prends le blanc… Il est plus élégant.

Alis dit ça en riant. Mais elle le prend quand même, et elle monte dessus. Clod monte sur un autre, moi sur celui qui reste.

— Il est trop grand pour moi, celui-là…

— Baisse la selle, Clod, ce n'est pas compliqué !…

Elle est déjà en train de se plaindre.

— Oui, mais n'allez pas trop vite, hein…

Rusty apparaît sur le seuil.

— Vous avez compris ? Doucement, hein ? Pas de courses… Et n'allez pas plus loin que les roulottes au bout de la piste cyclable. Quand vous arrivez là-bas, vous faites demi-tour…

Alis est déjà partie.

— Mais c'est trop court, comme tour…

Rusty s'adresse à moi, plus dur.

— Caro, il y a quatre kilomètres jusque-là… C'est parfait. Ne me fais pas regretter de vous avoir trouvé des vélos…

Puis il aide Clod à baisser sa selle.

— Comme ça, ça devrait aller. Essaye !

Clod monte dessus.

— Oui, c'est parfait.

Nous partons le long du Tibre, sur la piste cyclable rouge, en silence, le fleuve coulant un peu en contrebas, un bruit de circulation au loin. Je me mets en danseuse et je rattrape Alis en deux coups de pédale.

— C'est beau, ici.

— C'est ton frère, qui est beau…

Elle me regarde, les cheveux au vent, l'air malicieux.

— Ça t'embêterait que je sorte avec lui ?

Je souris.

— Non, pas du tout.

De toute façon, Rusty ne sortirait jamais avec une fille plus jeune que lui. Alis continue.

— Une fois, il m'a dit que je lui rappelais sa première petite copine… Carla. Qu'est-ce que ça voulait dire, à ton avis ?

— Ce qu'il t'a dit…

— Pour moi, ça voulait dire autre chose.

— Moi, je ne trouve pas que tu lui ressembles beaucoup. Peut-être qu'il s'est trompé…

— Si je ne lui ressemble pas, alors j'ai raison. C'était une façon de me dire que je lui plais.

Alis hausse les épaules, se met en danseuse et accélère. Je la suis. Nous faisons la course, l'une derrière l'autre, comme si c'était le dernier tour avant la ligne d'arrivée.

— Je le savais ! Attendez-moi…

Clod ne se démonte pas, elle continue à pédaler lentement.

Un peu plus tard, la nuit a commencé à tomber, il n'y a personne sur la piste cyclable, nous approchons des quatre kilomètres. Je me tourne vers elles.

— Les filles, on fait demi-tour…

Clod est d'accord.

— Oui, je suis fatiguée. Ça fait plus d'une demi-heure qu'on pédale.

Mais Alis insiste.

— Moi non, je veux continuer encore un quart d'heure, ensuite on rentre.

— Mais on va aller plus loin que les roulottes, si on fait ça.

— Et alors ? Il n'y a personne, et moi je veux maigrir.

Alis met les écouteurs de son iPod, comme si elle ne voulait plus entendre personne, elle se met à nouveau en danseuse et part à toute vitesse, elle a une énergie incroyable.

— Attends… attends…

Mais elle ne nous entend plus.

— Allez, Clod, on y va…

— Moi je n'en peux plus.

— On ne peut pas la laisser toute seule…

Je me remets à pédaler. Moi aussi, je suis fatiguée, mais au bout d'un moment je la rattrape. Alis me sourit.

— Il faut rentrer !

Rien à faire, elle a ses écouteurs, elle ne m'écoute pas. Je crie plus fort.

— Il faut rentrer, on ne peut pas aller aussi loin !

On dirait qu'Alis le fait exprès. Elle bouge son pouce et son index en indiquant son oreille pour me dire qu'elle n'entend rien. Puis elle accélère, pédale de plus en plus fort. Elle finit par disparaître derrière un virage.

Je ralentis pour attendre Clod.

— Quelle barbe… Elle est folle, elle va où comme ça ? En plus, elle le sait bien, qu'on a le même chemin à faire pour rentrer.

— Elle pense que…

— Non, elle pense à maigrir !

— Tu sais, la maigreur n'est plus à la mode… Aldo l'a toujours dit. Je lui plais parce que je suis un peu ronde… Et puis, ne fais pas cette tête… Il n'est pas le seul à dire ça ! Je l'ai lu dans un journal qui parlait de la mode à Paris…

— Quel journal ?

— Je ne me rappelle pas…

Clod, toujours vague. Trop. Mais après le virage, une surprise nous attend. Alis est arrêtée, entourée par trois types. Ils doivent avoir dix-sept ou dix-huit ans. L'un d'eux est un peu plus âgé, il a aussi l'air plus méchant.

— Voilà tes copines…

Il parle avec un sourire bizarre et antipathique sur le visage. Il est étranger. Il a une cicatrice sur le sourcil. Ils nous arrêtent. Je m'aperçois qu'un des types a l'iPod d'Alis à la main. Il met les écouteurs.

— Elle est belle, cette chanson… c'est quoi ?

Il lit sur l'écran de l'iPod.

— Irene Grandi ? Connais pas.

Alis lève un sourcil. Rien que parce que ce type a mis ses écouteurs, elle n'utilisera plus jamais son iPod, même pas en les changeant.

Un autre des types s'approche de Clod.

— Descends…

Sans même attendre qu'elle s'exécute, il lui prend son vélo. Le troisième lui met la main dans la poche de son pantalon.

— Qu'est-ce que tu fais ?

Clod essaye de se dégager mais l'autre s'approche à son tour et ils la fouillent. Ils finissent par trouver son téléphone.

— Le voilà… Regarde ce truc, c'est un vieux Motorola.

— Rends-le-moi…

Le type plus âgé fait un signe de la tête à l'autre.

— Balance-le… On ne peut rien en faire. Mais avant, enlève la batterie.

Il le démonte et envoie les deux morceaux au loin. La batterie atterrit dans des ronces.

D'un mouvement rapide, je jette derrière moi mon Nokia 6500, sous la piste cyclable. Juste à temps.

— Et toi ? Donne-nous le tien…

— Le mien est en réparation. Je ne l'ai pas… vous pouvez vérifier.

Je lève les mains en laissant tomber mon vélo par terre. Les deux types viennent fouiller mon pantalon, derrière, devant, leurs mains sont sales, graisseuses, moites. Je n'aime pas ça. Je ferme les yeux et je respire profondément. Ils me lâchent.

— Elle n'a rien… Juste ce petit portefeuille…

— Combien tu as ?

— Vingt euros…

— C'est mieux que rien.

Puis ils nous enlèvent nos montres, la chaîne d'Alis, puis celle de Clod.

— C'est celle de ma première communion !

Ils ne lui répondent même pas. Ils montent sur nos vélos, nos affaires dans leurs poches. Le type plus âgé, celui qui a l'iPod d'Alis, se met les écouteurs dans les oreilles. Ils se mettent à pédaler, s'éloignant de nous, vers la piste cyclable, vers une destination inconnue. Peut-être qu'ils vont aux roulottes. Quand ils sont loin, je cours dans l'autre direction. Je descends de la piste cyclable et je cherche dans l'herbe haute. Le voilà, mon portable ! Je fais tout de suite le numéro.

— Allô, Rusty…

— Qu'est-ce qu'il y a ? Qu'est-ce qui se passe ?

Je lui raconte tout, j'ai envie de pleurer de rage, mais Rusty ne dit rien. Il ne me gronde pas. Il ne me dit pas : « Je vous avais dit de ne pas aller plus loin que les roulottes. » Il se tait pendant un petit moment.

— Et tes amies ? Tout va bien ?

— Oui. Elles vont bien.

— OK, alors revenez vers la péniche…

— OK.

Petite pause.

— Rusty James…

— Oui ?

— Je suis désolée…

— Oui, oui, ça va… mettez-vous en route avant qu'il ne fasse noir.

Nous raccrochons.

— Allez, on y va… Il faut retourner à la péniche.

— Il ne vient pas nous chercher ?

Alis a le courage de se plaindre.

— Non… Il a dit que nous devions nous mettre en route, peut-être qu'il viendra à notre rencontre…

— Il ne pouvait pas venir tout de suite, plutôt ?

— Écoute, tout ça, c'est de ta faute.

Alis ne me répond pas, elle se met à marcher.

— Courage, Clod, on y va.

— Mais je ne trouve pas ma batterie !

— Je t'en rachèterai une… Il faut y aller.

Nous marchons à bonne allure sur la piste cyclable. Cinq minutes. Dix. Vingt.

— J'ai chaud…

Clod se plaint.

— Allez, on est bientôt arrivées…

— Je regrette mon vélo ! Tu peux me prêter ton téléphone, que je prévienne mes parents ?

— Bien sûr…

Alis marche devant nous, on dirait qu'elle ne nous entend pas. Elle a la tête haute, le menton levé, comme si toute cette histoire la dérangeait. Même si… elle sait très bien que tout ça est de sa faute. Mais gare à qui le lui répétera. Une caractéristique absurde et fondamentale d'Alis, c'est que rien n'est jamais de sa faute. Si quelque chose se passe mal, c'est que ça devait mal se passer de toute façon, et elle rappelle toujours une phrase que lui disait sa grand-mère calabraise : « Ça veut dire que ce n'était pas ça… »

Mais, après le virage, une incroyable surprise. Un triporteur avec deux gros types à côté, et nos vélos dedans. Et puis… je n'en crois pas mes yeux.

— Rusty James !

Je cours vers lui, je lui saute au cou, tellement haut que j'entoure sa taille de mes jambes.

— C'est ça, ne te gêne pas… tiens !

Il me rend la chaîne de communion de Clod, l'iPod d'Alis et tout ce que les trois types nous avaient pris.

— Et ça, c'est votre argent…

— Soixante euros ? Mais ils ne m'en ont pris que vingt…

— Ah…

Rusty James regarde l'argent en plus, il ne sait pas trop quoi faire. Finalement, il le donne à un des deux types du triporteur.

— Tiens… vous pourrez prendre quelques cafés.

Le type éclate de rire mais le met quand même dans sa poche. Puis ils regardent sous la piste cyclable. Au loin, entre les branchages près du fleuve, je vois les trois types de tout à l'heure. Le plus gros traîne la jambe comme s'il boitait. Un autre a la main sur le visage et de temps à autre il l'enlève et la regarde, comme pour vérifier qu'il n'y a pas de sang. Ils se tournent plusieurs fois vers nous mais cherchent à s'éloigner le plus rapidement possible…

— Voici vos vélos.

Le type en descend un en cognant très fort le pneu contre le sol et le donne à Rusty.

— Ciro, doucement !

— C'est qu'il rebondit…

Ils doivent être napolitains. L'autre type l'aide.

— Celui-là, c'est le mien…

Je m'approche du triporteur au moment où ils descendent celui que je conduisais. Rusty m'aide.

— En fait, ce sont mes vélos… Et justement, je les avais achetés pour que vous en fassiez sur la piste cyclable, mais pas plus loin que les roulottes…

— Tu as raison…

Clod met sa chaîne à son cou et prend son vélo. À l'arrière du triporteur, il y a d'autres choses. Clod les voit et sourit.

— Vous jouez au base-ball ? J'adore ça… J'ai fait une demande pour jouer au softball sur le terrain près de l'Aniene…

Ciro s'adresse à l'autre type.

— Giuliano, remets la toile sur les battes… de baseball. Sinon, elles vont s'abîmer…

Puis le type sourit à Clod.

— On ne joue pas souvent… Seulement quand ça peut rendre service à un ami…

Il regarde Rusty, ils se sourient.

— On rentre à la « base », tu sais où nous trouver…

Ils s'en vont dans leur drôle de triporteur tout coloré, sur le dessus est dessinée une pizza à moitié mangée. Nous rentrons lentement à la péniche. Rusty sur son vélo. Nous devant lui. En arrivant, nous rangeons les vélos. Rusty les attache tous avec une grosse chaîne et les accroche à un poteau.

— Tout est bien qui finit bien.

— Oui.

Je mets les mains dans les poches de mon pantalon. Je me sens un peu coupable.

— Allez, partez, vous allez être en retard… Caro, dis bonjour à maman de ma part.

— Oui, Rusty…

— Ciao !

Alis aussi lui dit au revoir.

— À bientôt.

Elle monte dans sa voiture et démarre en trombe. Moi je monte à côté de Clod. Elle me sourit toute contente en me montrant quelque chose.

— Regarde… Elle me l'a offert.

L'iPod Touch d'Alis.

— Je suis contente pour toi.

Clod le pose sur le tableau de bord. Elle me regarde, un peu perplexe.

— Tu penses que je n'aurais pas dû l'accepter ? Elle m'a dit qu'elle le jetterait, autrement…

— Non, non… c'est Alis, que je ne comprendrai jamais.

Clod me sourit.

— C'est aussi ça, l'amitié, non ? Tu trouves quelqu'un sympa, tu l'aimes bien, un point c'est tout… Tu n'es pas obligé de le comprendre…

Elle regarde la route.

Oui. C'est vrai. C'est peut-être comme ça. Parfois, il y a des choses qui t'échappent et qu'une personne aussi simple que Clod saisit de façon tout à fait naturelle. Je lui souris. Elle me rend mon sourire. J'inspire longuement, puis je fais un petit soupir. Quoi qu'il en soit, j'ai passé une excellente journée, et j'ai adoré le livre de Rusty. Comment c'était, la fin, déjà ? Ah oui. « Ne pars plus jamais. »

Je suis passée voir mamie. Elle m'a préparé un gâteau.

— Merci, je l'adore, celui-là...

Mamie me sourit.

— Tu en donneras un morceau à ta sœur.

— Oui, mais je vais le couper d'abord, sinon elle risque de tout manger !

— D'accord, fais comme tu veux...

Nous ne disons rien d'autre, nous sortons sur la terrasse, nous marchons un peu. Mamie a mis plein de vases et de fleurs.

Elle me montre une plante qui descend sur le mur, une cascade de vert parfumé.

— C'est une glycine...

Elle la prend dans sa main maigre, presque osseuse, et la porte à son visage. Elle plonge dans cette fleur lilas, ferme les yeux et la respire comme si elle concentrait tout le printemps, une partie de sa vie, l'amour qui est parti...

— Sens, sens cette odeur...

Je suis un peu trop petite, elle m'enlace par-derrière et m'aide à me hisser. Un parfum léger et délicat. Je me perds dans ces petits pétales. Je regarde ses yeux, qui scrutent les miens avec curiosité.

— Oui, ça sent très bon...

Nous continuons notre promenade sur la terrasse, elle met une main sous mon bras, je l'écarte un peu pour qu'elle puisse la glisser, nous avançons bras dessus bras dessous, en silence, chacune dans ses pensées, même si moi j'imagine bien les siennes. Je la regarde du coin de l'œil et je vois qu'elle cherche quelque chose dans ses souvenirs, puis trouve et sourit. Elle ferme les yeux. Comme si son cœur se serrait parce que cette image, désormais floue, s'envole. Alors je pose une main sur la sienne, celle qui tient mon bras, je l'effleure, sans la déranger, j'écoute toute cette douleur qui marche à côté de moi, si polie.

Quelques jours plus tard, le soir.
— Je t'ai envoyé un message !
Je suis sur mon lit, je travaille, je n'avais pas regardé mon portable, jusqu'à ce qu'il sonne.
— Ah oui, Clod, je le vois…
— Je voulais savoir ce que tu as décidé. Tu fais quoi, Caro, tu viens ?
— Je ne sais pas… Je n'ai pas très envie.
— Allez, ça va être super… Aldo ne peut pas venir. Je passe te prendre, il y aura de la musique d'enfer.
C'est vrai, j'ai terminé mes devoirs.
— Allez, c'est la soirée de fermeture du Piper, tu ne peux pas rater ça…
— Je ne sais pas. On se rappelle un peu plus tard.
Je raccroche. Je reste là, les pieds sur le mur, les jambes à moitié pliées. Je les bouge à droite, à gauche, ensemble, je fais danser mon mollet, je détends un peu mes muscles.
Mon portable sonne à nouveau. Je le regarde. Alis. Je réponds.
— Je viens d'avoir Clod, ce n'est pas possible… Descends dans vingt minutes, sinon je monte et je casse tout chez toi.

— OK, OK.

Je souris, je sais qu'elle en serait capable.

— Attention, pour de bon, dans vingt minutes je suis en bas de chez toi… ne me fais pas attendre…

— Oui chef !

Elle rit. Je raccroche.

Après une négociation « tactique », bien que risquée, j'arrache un « oui » à maman. Mais ce n'est pas facile ! Heureusement, je ne suis pas sortie de la semaine. Je vais me préparer. Au bout d'une seconde, mon portable sonne encore. C'est Clod.

— Je ne comprends pas, quand c'est moi qui te le dis, ça ne marche pas… mais quand elle t'appelle tu dis oui tout de suite !

Je souris.

— Ce n'est pas vrai… J'ai dit non… Puis elle m'a dit que tu allais mal, que tu t'étais plus ou moins séparée d'Aldo ! Qu'il fallait qu'on te tienne compagnie.

— Mais ce n'est pas vrai du tout ! Vous allez me porter la poisse !

— C'est ce qu'elle m'a dit. C'est pour ça que j'ai accepté.

— C'est ça, je ne sais pas laquelle est la plus menteuse de vous deux ! Sorcières ! Trouvez-vous des copains, vous aussi, vous allez voir, je me vengerai… Bon, on se retrouve à l'entrée. Ne soyez pas en retard !!!

Je raccroche et je me prépare.

Que c'est bon d'être seule à la maison. Ale est chez son nouveau copain, je crois, ou bien elle s'est remise avec celui d'avant. Je n'y comprends jamais rien, avec elle. Je ne sais pas comment elle fait. Moi je trouve ça clair, si quelqu'un te plaît plutôt que quelqu'un d'autre, tu ne peux pas avoir de doutes sur ce sujet ! Mais elle, elle termine une histoire, elle se met tout de suite avec un autre, et puis elle compare, elle repense à celui d'avant.

Elle y repense, elle a l'impression qu'elle était mieux avec le premier, alors elle retourne avec lui. Et après, quand ils sont à nouveau ensemble, à la moindre petite discussion, du genre « On va chez tes copains ? — Non, chez les miens… » ou bien, « Cinéma ? — Non, pizza ! », eh bien, automatiquement, le deuxième se met à lui manquer ! Ma sœur… Je sais tout ça parce qu'elle en parle toujours au téléphone avec Ila, sa meilleure amie. Avec moi elle reste dans le vague, ou plutôt elle fait comme si elle avait les idées très claires ! Moi, ça me fait bien rire.

Je me maquille devant la glace. Je mets un trait de Rimmel, mais vraiment un trait… et puis un peu de bleu, un crayon léger. *Mercy*, de Duffy, passe à la radio. Je danse un peu. Je fais un pas, une pirouette, et je me retrouve devant le miroir. Je souris. Mais oui, allez, j'ai envie d'y aller, à cette fête. Heureusement que j'ai pris cette décision. Je ne le savais pas, mais ma vie allait bientôt changer.

— La voilà, voilà Clod !

Nous nous garons à un mètre d'elle.

— Regarde comment elle s'est fringuée !

Elle a une veste rouge cerise et une casquette en jean.

— Tu es chouette, comme ça !

— Enfin, vous voilà !

Elle regarde sa montre, l'air en colère. Je descends de la voiture.

— Moi, j'étais prête tout de suite…

Alis me donne un coup de coude…

— C'est ça… prête pour aller te coucher, oui ! Allez, venez, on est sur la liste.

Elle dit bonjour au videur.

— Edo, elles sont avec moi.

— OK, entrez !

Alis nous entraîne dans les escaliers.

— Allez, dépêchez-vous, la musique est géniale !
(Alis va au vestiaire et balance sa veste sur le comptoir.)
Prenez-moi un ticket, sinon tant pis…

Puis elle s'enfuit en courant au milieu de la foule.
J'enlève mon blouson et je le mets avec les affaires d'Alis
et Clod.

— Toutes les trois ensemble ? nous demande la fille
du vestiaire, une jolie fille, cheveux noirs avec une petite
frange irrégulière, piercing au nez et chewing-gum trop
gros qu'elle mâche la bouche ouverte.

— Non… non… faites-les séparés.

— OK. Quinze euros.

Clod écarquille les yeux.

— Ils ne s'embêtent pas…

— Laisse, je vais payer…

Heureusement, j'ai de l'argent. La fille nous donne
trois tickets.

— Tiens, celui-ci c'est le tien…

Je le mets dans ma poche, et je garde celui d'Alis à la
main.

La voilà. Elle danse comme une folle au milieu de la
piste. Je la rejoins.

— Tiens…

— C'est quoi ?

— Ton ticket de vestiaire.

— Ah, merci !

Elle le roule en boule dans sa poche.

— Écoute, Caro, écoute ce truc !

Elle ferme les yeux, Alis, et tourne sur elle-même.
Elle lève les bras et danse, danse comme une folle, elle
saute, chante, parfaitement en rythme, les yeux mi-clos,
elle crie avec force, avec joie, elle se donne complètement. Moi je danse devant elle, je secoue la tête, mes
cheveux lâchés perdus dans la musique, j'agite les bras,
et Clod arrive, elle se met à danser aussi. Allez, les filles,

nous sommes les meilleures, et j'ai bien fait de venir ce soir. Le DJ est un vrai mythe, il scratche à merveille. Il commence par les Finley, enchaîne avec Battisti, se surpasse avec Tiziano Ferro, et puis à nouveau Laura Pausini. Grand DJ, musique splendide, tout le monde danse, il y a des lumières partout, et au-dessus de nous une boule magique qui tourne avec tous ses miroirs. Et des lasers, de la fumée, du rythme, nous nous perdons dans les méandres de la disco. Nous sommes comme une marée improvisée, une mer dansante, une onde de musique, des reflets de sourires dans l'ombre, des bras levés qui suivent le rythme. Une folie, des rires, sans boire, sans cigarettes, sans aucune aide, comme ça, folles et naturelles, avec le courage d'être vivantes, libres, sans pensées, abandonnées sur toutes ces notes.

— *Macho macho man !...* Les Village People !

— Trop génial !

Nous dansons toutes les trois ensemble, nous faisons les mêmes mouvements, précis, parfaits, exactement en rythme.

— *Macho, macho man, I've got to be, a macho man ! Macho, macho man, I've got to be, a macho man ! Hey !*

Plus gaies que jamais. Et puis, soudain, le volume baisse. La voix du DJ entre, chaude, parfaitement douce, presque sur la pointe des pieds.

— Et maintenant, une dédicace spéciale... Un garçon pour elle... elle qu'il a toujours continué à chercher...

Le DJ rit.

— Il doit vraiment être amoureux, le type... Elle qu'il a enfin retrouvée...

Et il nous laisse en suspens, sur cette dernière phrase qui se perd dans l'obscurité de la salle tandis que partent les premières notes de *Shine on*.

Non, je ne peux pas y croire. Ma chanson. Celle que m'a offerte Massi. Les couples s'enlacent. Garçons et filles se perdent dans leurs baisers. Lentement, en rythme, en suivant les douces notes.

Are they calling for our last dance ? I see it in your eyes. In your eyes. Same old moves for a new romance. I could use the same old lies, but I'll sing, shine on, just shine on !

Un couple enlacé devant moi. Baisers interrompus par quelques rais de lumière. Il lui caresse le visage en souriant. Un autre couple... Ils dansent lentement, de temps à autre il lui met la main dans les cheveux, les relève, les laisse retomber, puis l'embrasse en souriant, un peu plus loin un autre couple qui danse en se regardant dans les yeux, comme si rien autour n'existait plus, comme si aucun de nous n'était là, juste eux deux et leur amour. Puis soudain, une voix dans mon dos.

— C'est toi que j'ai cherchée...

Puis ses bras qui m'enlacent par-derrière.

— C'est toi que ce soir j'ai retrouvée...

Je ferme les yeux. Je n'arrive pas à y croire. Puis sa voix.

— Je te le demande à nouveau... Dis-moi que tu n'es pas un rêve...

Je me tourne. Son sourire.

— Massi !

Nous nous regardons dans les yeux. Je deviens folle.

— Je n'y crois pas... je n'y crois pas...

— Chut...

Il sourit. Me met un doigt sur les lèvres. Puis indique les haut-parleurs, notre chanson...

Close your eyes and they'll all be gone. They can scream and shout that they've been sold out, but it paid for the cloud that we're dancing on. So shine on, just shine on !

— Tu vois...

Il s'approche. Et m'embrasse. J'ai l'impression que le monde s'arrête de tourner. Je sens ses lèvres, sa langue, et je me perds dans son goût magique. J'ai presque peur d'ouvrir les yeux… Dites-moi que je ne rêve pas… je vous en prie, dites-le-moi ! Quand j'ouvre les yeux il est toujours là, devant moi. Il sourit. Je le trouve encore plus beau qu'avant, que dans mon souvenir. Je ne trouve pas les mots, je n'arrive à rien dire. Je voudrais tout lui raconter : tu sais, j'ai perdu ton numéro, je l'avais noté dans mon portable, on me l'a volé dans le bus, alors je suis retournée là où tu l'avais inscrit, mais ils avaient nettoyé la vitrine, je suis allée presque tous les jours à la Feltrinelli, bon, au moins une fois par semaine, la semaine dernière aussi, mais de toi… aucune trace. Oui, je voudrais lui dire tout ça, et même plus. Mais je n'arrive à rien dire. Je le regarde dans les yeux et je souris. Je me sens un peu hébétée, comme l'amour rend parfois. Je ne trouve vraiment rien à dire, je fais mon plus beau sourire, puis :

— Massi…

Et puis, encore :

— Massi…

Il va penser que je suis stupide ou idiote ou que j'ai fumé ou bu ou quitté l'école depuis longtemps, si je n'arrive pas à articuler une phrase !

— Massi…

— Oui, Carolina… dis-moi…

— Redonne-moi ton numéro, s'il te plaît… Et dis-moi où tu habites, où tu vas en cours, au sport…

Il rit, me prend par la main et m'enlève. Je me retrouve au vestiaire, je sors mon ticket, je prends mon blouson, nous courons dans les escaliers, dans la rue, hors du Piper. J'envoie un message à Clod et à Alis au moment où je monte derrière lui, sur sa moto. Il démarre, nous partons, je me penche et l'enlace, je me perds ainsi, heureuse dans le vent de la nuit. Il fait un peu froid, je me serre plus fort contre lui. Mais alors, les miracles existent

518

vraiment ! Je voulais tant le rencontrer à nouveau. Il y a eu mille journées où j'aurais fait tout mon possible, j'aurais renoncé à n'importe quoi d'autre pour que ça arrive. Et maintenant ? Maintenant, je suis derrière lui. Je le serre encore plus fort. Nous nous regardons dans le rétroviseur, il me sourit et me regarde, curieux, l'air de dire « pourquoi cette étreinte ? ». Je ne réponds pas. Je le regarde et je sens mes yeux se colorer d'amour. Puis je les ferme et je me laisse porter par ma respiration… et par le vent.

Un peu plus tard. Tout est immobile. Même les feuilles des arbres ont l'air de ne pas vouloir faire de bruit, elles sont comme suspendues dans le silence d'une nuit magique. Nous sommes dans un grand pré, au clair de lune.

— Regarde là-bas…

Massi m'indique des grands buissons sur une colline.

— Ça ne se voit pas, mais il y a un château, cette route s'appelle route de l'Acqua Traversa. Je venais courir ici quand j'étais petit, parce que j'habite juste après le virage, Via dei Giornalisti.

Je souris. Même si on me pique mon portable, je pourrai toujours le retrouver. Puis je prends longuement ma respiration. Je suis sûre d'une chose. À partir d'aujourd'hui, nous ne nous perdrons que si nous le décidons. Et j'espère que ça n'arrivera jamais.

— À quoi tu penses ?

Je baisse les yeux.

— À rien.

— Ce n'est pas vrai.

Il sourit et penche un peu la tête.

— Dis-moi la vérité, tu m'as menti, hein ?

— À quel sujet ?

— Le téléphone volé, la vitrine… que tu es souvent retournée là où nous nous étions rencontrés ! Tout est faux, non ? Tout à l'heure, au début, tu ne m'as même pas reconnu…

Je m'approche. Je le regarde dans les yeux. Soudain, j'ai l'impression d'être une autre. Seize ans, dix-sept ans, mon Dieu… Peut-être dix-huit ! Convaincue, sûre, sereine, déterminée. Femme. Comme seul l'amour peut te transformer.

— Je n'ai pas cessé de penser à toi.

Je l'embrasse. Un baiser long. Passionné. Chaud. Doux. Amoureux. Avide. Rêveur. Affamé. Passionnel. Sensuel. Inquiet… Inquiet ? Je m'écarte et je le regarde dans les yeux.

— Ne pars plus jamais.

C'est vrai, je l'ai piquée à Rusty, mais on n'est pas sûrs que le livre sorte… et puis… Qu'elle est belle, cette phrase ! Massi me regarde. Il sourit. Puis il caresse délicatement mes cheveux, sa main emprisonnée. Je m'y appuie, comme si c'était un petit coussin, je m'y perds, j'y pose les lèvres. Mes lèvres sur sa main, légèrement entrouvertes. Comme les ailes d'un papillon, elles respirent son odeur, cette fleur cachée… L'homme que je cherchais. L'homme de ma vie. Quel mot…

— Viens, monte.

Je remets mon casque et saute derrière lui. La moto grimpe une route de plus en plus étroite, elle zigzague, glisse sur un petit caillou rond qui vole au loin et va se perdre dans l'herbe haute. La lune nous guide. La moto s'enfuit le long du petit chemin, et plus haut, encore plus haut, dans l'herbe haute. Ses grandes roues font plier les épis, l'herbe, les plantes sauvages, et moi je me serre contre Massi tandis que nous grimpons la colline.

— Voilà, nous y sommes.

Massi met la moto sur sa béquille, puis il m'aide à descendre. J'enlève mon casque, je le pose sur la selle.

— Viens…

Il me prend par la main. Je le suis. Derrière un grand arbre, il y a une petite place. Une sorte de terre-plein en terre battue, et au centre un puits en vieilles pierres. Rond, avec un seau en zinc à moitié cassé posé sur un côté, et une poulie encore accrochée à un vieil arc en fer, noir, comme un arc-en-ciel, mais en fer, sans couleurs, qui disparaît sur les bords du puits.

— Regarde en bas.

Je me penche, j'ai un peu peur. Mais Massi s'en rend compte, il me passe un bras autour du cou.

— Regarde, dans l'eau, au fond… on voit la lune.

— Oui, je la vois… son reflet.

— Quand la lune est aussi haute que ça, ça veut dire qu'elle est pleine, alors c'est le moment… Il y a une légende antique…

— Laquelle ?

— Tu dois faire un vœu, et si tu arrives à viser son reflet avec une pièce de monnaie, alors il se réalisera. Ça s'appelle la légende de la lune dans le puits.

Il me regarde sans rien dire. Au loin, les bruits de la nuit. Quelques lucioles s'allument et s'éteignent dans l'herbe autour de nous. Puis plus rien. Massi met la main dans sa poche et trouve deux pièces.

— Tiens.

Il m'en passe une, puis m'embrasse et murmure :

— Vise la lune…

Je me penche sur le puits, je n'ai pas peur. Je tends la main. Je la mets au centre, au-dessus de la lune. Alors je ferme les yeux et je fais mon vœu. Un, deux… j'ouvre la main. Je laisse tomber la pièce dans le noir. Elle vole, de plus en plus vite, dans le silence du puits. Je la vois tourner sur elle-même, voler… Puis je ne la vois plus. Alors je fixe la lune, tout au fond du puits, reflétée dans l'obscurité de cette eau si sombre. Et soudain… Plouf ! La pièce tombe pile dans le blanc de cette lune.

— Je l'ai eue ! Je l'ai eue !

Je saute de joie, j'enlace Massi, je le serre fort, je l'embrasse sur la joue. Il rit.

— Bravo ! À mon tour…

Il attend que l'eau sombre redevienne immobile. Silence. De nouveau, une lune virtuelle resplendit au fond du puits. Massi tend la main, ferme les yeux et fait son vœu. Moi je ferme les yeux et je serre les poings, tellement je voudrais que ce soit le même que le mien… Il ouvre la main. La pièce vole dans le puits sombre. Je me penche encore pour essayer de la suivre, jusqu'à ce que… plouf !

— Ça y est ! Moi aussi, je l'ai eue !!!

Nous nous serrons fort… Nous échangeons un autre baiser, puis un autre, puis un autre encore, en nous regardant dans les yeux, affamés d'amour. Puis nous nous écartons un instant. Silence. Je le regarde.

— Dommage qu'on ne puisse pas révéler son vœu.

— C'est vrai… sinon il ne se réalise pas.

Massi sourit dans l'ombre de la nuit. Il cherche mes yeux.

— Oui… c'est comme ça.

Il me donne un dernier baiser, magnifique, tellement magnifique que je l'entends presque susurrer : oui, nos vœux sont identiques…

Mai

Film à voir en mai : Le Soleil tourne, d'Ago Panini.
Chanson du mois de mai : Tre minuti, des Negramaro.
L'ambiance la plus romantique ? En mai, c'est sûr, le soir du 7,
quand il fait sombre mais que le crépuscule est rosé.
Es-tu amoureuse en ce moment ? Amoureuse, j'ai peur de le
dire, mais très heureuse, oui !
Crois-tu aux fantômes ? Je crois que parfois les souvenirs
sont des fantômes.
Pardonnes-tu la trahison ? Trahir signifie qu'on ne s'aime
plus. Le pardon n'a rien à voir là-dedans, ça veut juste dire
qu'une histoire se termine...
Es-tu rancunière ? Beaucoup.
Ta fleur préférée ? Le cyclamen. Ma mère en a un magnifique.
Crois-tu au coup de foudre ? Oui ! En amour, c'est bien ça ?
En tout cas, pas pendant l'orage !

Je n'arrive pas à y croire. C'est l'amour. L'amour
avec un grand A, l'amour fou, ce bonheur absolu, où
plus personne n'existe, tellement c'est beau. Amour
infini. Amour sans frontières. Amour planétaire. Amour,
amour, amour. Trois fois amour. Tu voudrais répéter ce
mot mille fois, tu l'écris sur des feuilles, tu gribouilles
son nom, même si tu ne sais presque rien de lui. Nous
nous voyons tous les jours, ne serait-ce que dix minutes,
en bas de chez moi, ou même dans la rue.

— On se voit un petit moment ?

— Caro, je viens de te déposer chez toi…

— J'ai quelque chose à te dire…

— OK.

Massi rit. Quelques minutes plus tard, nous sommes dans la rue, au milieu des voitures et des bus qui passent à côté de nous mais dont on n'entend pas le bruit. Nous sommes debout, immobiles, alors que tourne le monde autour de nous.

— Alors ? Qu'est-ce qu'il y a ?

Il me regarde. Me sourit. Il lève un sourcil, curieux, il voudrait lire dans mes yeux, dans mon cœur. Je ne peux pas. Je n'y arrive pas. Finalement, j'adopte la solution la plus facile.

— C'est que… je suis heureuse.

Massi me prend dans ses bras, me serre fort. Puis il s'éloigne un peu, secoue la tête et me regarde, amusé de ma folie d'amour.

— Tu es complètement folle…

— Oui… folle de toi.

Les jours suivants. Des jours sereins. Même au collège, je réussis mes interrogations ! Un truc de fous, incroyable, je suis prête en un rien de temps. Je révise un peu et je sais déjà tout. Comme si j'étais magique. Clod et Alis n'en croient pas leurs oreilles.

— Voilà pourquoi tu as disparu comme ça… c'était lui ! En tout cas, il nous plaît beaucoup…

— Oui, il est vraiment canon.

— Alis, c'est réducteur, ça.

— Moi je le trouve canon ! Je ne le connais pas plus que ça, je l'ai vu ce soir-là et deux fois où il est venu te chercher… Je trouve que c'est un vrai canon…

Alis… Elle me fait toujours rire, en fin de compte.

— Tu as déjà couché avec lui ?

— Mais non !

— Tu sais, si tu ne couches pas avec lui, tu vas le perdre. Un type comme ça...

Pourquoi il faut toujours qu'elle essaye de me porter la poisse ? J'ai quatorze ans ! Quelques baisers, un peu de confusion dans les explications de ces dessins faits chez Ciòccolati... Lorenzo et sa main... Les chatouilles. Rien de plus.

— OK, cet après-midi chez moi !

Alis a l'air décidée.

— Toutes les deux. Cours d'anatomie. D'éducation sexuelle, quoi... Que mon expérience avec Dodo ne soit pas perdue !

— Alis !

— Tu ne nous avais rien dit...

Elle nous regarde en souriant.

— Ça ne s'est pas passé. J'ai essayé beaucoup de choses, mais pas tout... Et je veux que vous aussi, vous y compreniez quelque chose ! Maintenant, c'est vous qui êtes maquées...

Clod et moi nous regardons. Clod ouvre les bras.

— Il nous faut au moins ça !

Alis nous prend toutes les deux par le bras.

— Tu as raison.

— Bien ! Alors, cet après-midi, on « bosse » chez moi.

Juste à ce moment-là passe M. Leone.

— Bravo les filles, c'est comme ça que vous me plaisez !

Alis se tourne.

— Je vais les transformer en collégiennes modèles !

Puis, s'adressant à nous deux :

— Si seulement il savait ce que je vais vous apprendre !

L'après-midi chez Alis : incroyable ! Elle a fait installer un tableau dans le salon.

— Alors, je vous explique… ça, comme vous le voyez…

Elle dessine à la craie blanche.

— C'est leur machin… Il peut être plus ou moins grand… Celui de Dodo était comme ça…

Elle écarte ses deux mains pour nous montrer la taille. Clod ne peut pas s'empêcher de dire :

— Tu te le rappelles bien, hein !

Alis sourit.

— Inoubliable ! Alors, il faut être gentilles avec leur machin, ne pas tirer dessus, le caresser, de haut en bas, sans trop tirer au bout… Ni trop tirer vers vous… Sinon vous le lui arrachez !

Clod, toujours égale à elle-même :

— Oui… Et je l'emporte chez moi ! On n'est pas dans *Saw* ?

Juste à ce moment-là entre la mère d'Alis.

— Les filles, moi je sors.

Puis elle voit le tableau.

— Mais… Alis !

— Maman, demain nous avons cours d'éducation sexuelle ! Tu ne veux pas que je rentre avec une mauvaise note…

La mère regarde à nouveau le tableau.

— Bon… si c'est pour le collège !

Elle sort. Nous continuons le cours. Alis est une excellente prof et je découvre des choses que je n'aurais jamais soupçonnées.

— Vous vous rendez compte que nos parents ont fait ça…

— Et peut-être même plus !

J'imagine maman avec papa. Ça me fait vraiment bizarre. Puis moi avec Massi… et là, ça me semble beaucoup plus naturel. Au secours. Le moment approche. Que va-t-il se passer?

Je rentre à la maison.

— C'est moi, je suis rentrée !

Maman, papa, Ale. Tout le monde est là. Je vais à la salle de bains, je ferme à clé et je me déshabille. Je fais couler l'eau, j'y mets les sels que j'ai achetés. J'enfile mon peignoir et je vais dans ma chambre. Je rencontre maman.

— Qu'est-ce que tu fais ?

— J'avais envie de prendre un bain. J'ai le temps, avant le dîner, non ?

— Oui.

Elle me sourit. Je vais dans ma chambre, je prends mon iPod avec ses petites enceintes et je retourne à la salle de bains. Je ferme la porte, je l'allume. L'eau est brûlante. J'enlève mon peignoir et j'entre lentement dans la baignoire. Je glisse tout doucement. Je me brûle un peu, mais dès que je me suis habituée, c'est parfait.

La musique démarre en random. Ça tombe sur Alicia Keys. Je l'adore. Lentement, je m'immerge encore plus. La tête sous l'eau. Elle est chaude. Bonne. Relaxante. Le parfum léger des sels. Massi. J'aimerais tant que tu sois là. En pensant à lui, presque sans le vouloir, je me caresse une jambe. Je l'imagine. J'imagine que c'est sa main. Je sens son bras, son parfum. Je fais glisser ma main vers le haut. Sa main. Et je suis les explications d'Alis. Je souris. Abandonnée. Je ne ressens plus de chatouilles. Massi… Si seulement tu étais là. Je le ferais, tout de suite. Je ferais tout. L'eau chaude est parfaite, je rejette ma tête encore plus vers l'arrière et je me caresse, je cambre mon dos, j'écarte un peu les jambes. Je pose mes pieds contre les coins de la baignoire, ils ne peuvent pas aller plus loin…

Je continue, légère, délicate, douce. Alis m'a très bien
expliqué. Ça me plaît. Et je n'en ai pas honte. Je n'ai pas
honte, encore, comme ça…

Toc toc toc. On frappe à la porte.

Je me redresse.

— Qui est-ce ?

On essaye d'ouvrir. Heureusement, j'ai fermé.

— C'est moi, Ale ! Tu en mets un temps, Caro !

— Écoute, pour l'instant c'est mon tour, d'accord ?
Attends.

— Je vais défoncer la porte.

Boum. Elle donne un coup de pied donné dans la partie basse de la porte. Fort.

— Oui, oui…

Boum. Un autre. Ma sœur. Quelle barbe. Je me
redresse complètement. Je me rince, je m'essuie. Je mets
mon pyjama bleu turquoise. J'ouvre la porte et je sors,
toute parfumée, légère. Je me sens propre. Tranquille.
Détendue.

— Pas trop tôt…

Ale entre dans la salle de bains. Je ne fais pas attention à elle. Merci Alis. Tes explications étaient parfaites. Je
souris. C'était ma première fois, en quelque sorte. Je
m'assieds sur le canapé. Le dîner n'est pas encore prêt.
J'allume la télé. Je tombe sur la Star'Ac. J'aimerais bien
être l'un d'eux, mais sans participer à la compétition. Ils
s'en vont tous, ils sortent du studio, ils poussent même la
présentatrice dehors et me voici, avec mon pyjama bleu
turquoise et mon micro à la main. Je chante très bien.
Et sur les gradins, il n'y a que lui. Massi. Je chante pour
toi, Massi.

Je prends mon portable et je me mets debout sur le
canapé.

Iris.

Je chante à tue-tête.

— Caro ! Tu es devenue folle ?

Je me tourne. C'est maman. Je lui souris.

— Mais non, c'est ma chanson préférée !

— Oui, encore un peu et tu vas te retrouver à Sanremo… Allez, viens manger, le dîner est prêt.

— Oui, maman.

Je rougis un peu. Une pensée soudaine. Si elle pouvait imaginer, si elle savait ce qu'il s'est passé dans la salle de bains. Et tout ce qu'il m'arrive. Ça serait bien, parfois, de pouvoir parler de tout sans problème, en particulier à quelqu'un comme elle. Je m'assieds en face de maman, je déplie ma serviette et je lui souris.

— Mmh… ça sent bon… ça a l'air bon.

Elle ne dit rien, elle me sert. Je baisse les yeux et toutes mes pensées s'envolent, sauf une. Souvent, même quand nous sommes très proches, nous sommes loin.

Je suis allée voir mamie. Ça fait un moment que je n'étais pas passée. Je me sentais un peu coupable. Comme si mon bonheur et sa douleur étaient trop en décalage. Mais aujourd'hui, Massi ne pouvait pas me voir après les cours. Alors je me suis dit qu'il fallait y aller. Pour toutes les belles choses que m'ont montrées mamie Luci et papi Tom. Un couple magnifique.

— C'est quoi, ça ?

— Un abricotier. Mais les fruits sont encore verts.

— Ça s'appelle « abricotier » ? Je ne l'avais jamais entendu.

Mamie sourit, elle marche sur la terrasse avec ses pantoufles bleu foncé, elle s'approche des plantes, comme si elle les caressait. Elle a changé. Elle est plus silencieuse.

— Aujourd'hui ça s'est très bien passé, les cours…

— Ah oui ? Raconte.

Je lui raconte l'interrogation, la rédaction, mes bonnes notes, les choses en général. De temps en temps elle me

regarde, elle jette un coup d'œil vers moi, puis de nouveau vers ses fleurs. Elle acquiesce en écoutant, mais
ensuite elle devient plus attentive, elle cherche mon
regard, m'observe, comme si elle cherchait quelque
chose de nouveau. Elle a dû s'en apercevoir. Je suis si
heureuse… J'aimerais bien lui parler de Massi mais je ne
peux pas, je n'y arrive pas, c'est impossible.

— Bravo, tu as bien réussi…

— Oui. Et maintenant il faut que je me prépare
comme il faut pour l'examen final…

— Toujours avec tes deux amies Alis et Clod, n'est-ce
pas ?

— Bien sûr.

— Ça a l'air d'être une excellente période…

— Oui, mamie, c'est vrai.

Je lui souris, je suis sur le point de lui parler de Massi.
Mais juste au moment où je vais le faire, elle se tourne
de l'autre côté, arrange une mèche de cheveux qui lui
tombe sur les yeux, la remet en arrière, comme si elle
voulait la jeter derrière elle.

D'un coup, elle redevient triste, elle cherche quelque
chose dans l'air, dans ses souvenirs, dans un passé
proche ou lointain, dans son jardin privé plein de fleurs,
de buissons bien entretenus, de choses souterraines ou
de trésors, cet endroit à l'ombre que nous avons tous et
où nous nous réfugions de temps en temps, ce lieu dont
nous seuls avons les clés. Puis, comme si elle se rappelait
soudain ma présence, elle se tourne et me fait un sourire
magnifique.

— Caro… Aide-moi à satisfaire une curiosité… Ce
garçon, celui qui t'avait marquée… Comment il s'appelait…

Elle regarde le ciel comme si elle cherchait l'inspiration. Puis elle sourit :

— Massi !

Elle s'en souvient toute seule, je rougis.

— C'est comme ça que tu l'appelais, n'est-ce pas ?

— Oui.

— Tu l'as revu ?

J'ai envie de tout lui raconter, cette fête où je ne voulais pas aller, puis notre chanson et soudain, lui derrière moi, et le baiser… mais je sens mon cœur se serrer, je me sens stupide. Elle avait la plus belle histoire d'amour du monde et elle a fini comme ça, sans qu'ils se quittent. Elle n'a pas fini, en fait. Mais je la regarde et je m'aperçois que je n'arrive plus à la rendre heureuse, que rien ne peut plus lui suffire, être sa raison de vivre, son bonheur. De quoi je peux lui parler, moi ? J'ai une énorme envie de pleurer.

— Non, mamie. Malheureusement, je ne l'ai pas revu…

— Dommage.

Elle rentre dans la maison.

— Tu veux quelque chose à boire, Carolina ?

— Non, mamie, merci. Il faut que je file.

Je lui donne un baiser rapide puis je la prends dans mes bras et je la serre fort, je ferme les yeux et je pose ma tête sur son épaule. Quand je les ouvre, je le vois sur la table. Le dessin que papi lui avait fait pour la fête des amoureux, un gros cœur rouge avec écrit « Pour toi, qui nourris mon cœur ! ». Je pousse un très long soupir. J'ai les larmes aux yeux.

— Pardon, pardon mamie, mais je suis en retard.

Je m'enfuis.

Je descends les escaliers en courant, je sors dans la rue, je respire. Lui. Rien que lui. Maintenant, tout de suite. Je sors mon portable de ma poche. Je fais son numéro.

— Où es-tu ?

— Chez moi.

— Ne bouge pas, s'il te plaît.

En un rien de temps, je suis en bas de chez lui. Je sonne à l'interphone. Heureusement, c'est lui qui répond.

— Qui est là ?

— C'est moi.

— Mais tu as volé !

— Oui.

J'ai envie de lui dire que j'avais besoin de voler vers lui. Mais je n'y arrive pas.

— S'il te plaît, tu peux descendre un moment ?

— J'arrive…

Tandis que j'attends en bas de chez lui, un éclair. Un ciel soudain noir. Du tonnerre au loin. J'ai peur. Mais juste à ce moment-là, il arrive.

— Qu'est-ce qui se passe, Carolina ?

Je ne dis rien. Je l'enlace. Mes mains par-dessous. Derrière ses épaules, je pose la tête sur son torse et je le serre fort. Plus fort. Je serre encore. Un autre grondement, et il se met à pleuvoir. Une pluie légère, au début. Puis de plus en plus forte.

— Carolina, viens, entrons, on va être trempés…

Il essaye de s'enfuir. Mais je le tiens fort entre mes bras.

— Reste ici.

Tant mieux. Sous la pluie, mes larmes ne se verront pas. Je lève les yeux, nous sommes trempés. Il sourit.

— Tu es vraiment folle…

L'eau glisse sur nos visages. Nous nous embrassons. Un baiser magnifique, infini. Éternel. Mon Dieu, ce que je voudrais qu'il soit éternel. Je ne m'arrête plus, je l'embrasse encore et encore, je lui mords les lèvres, affamée de lui, de la vie, de la douleur, de papi qui est parti, de mamie qui est si malheureuse.

Encore de la pluie, de la pluie et de la pluie. Je suis trempée. Ce sont les anges qui pleurent. Oui, ça vient de là-haut, bien qu'on soit en mai. Je regarde au loin.

Un rayon de soleil a percé l'obscurité et passe entre les nuages. Tout au fond, il éclaire une partie de la banlieue.

Je t'aime, Massi. Je t'aime. J'ai envie de le hurler. Je voudrais te le dire en face en te regardant dans les yeux avec un sourire. Je t'aiiiiiiimmme… Mais non, je n'arrive même pas à le susurrer. Je me sèche le visage avec la paume de la main, je mets mes cheveux en arrière, comme si ça servait à quelque chose. Quelle idiote, nous sommes sous la pluie.

— Qu'est-ce qu'il y a, à quoi tu penses ?

Il me sourit. Je me réfugie à nouveau contre son torse, dans la cavité près de son épaule, cachée de tout, de tous. En profondeur, juste avec lui, tandis que la pluie continue de tomber.

— Je voudrais m'enfuir avec toi…

Nous échangeons un autre baiser, plus frais que jamais. Long. Sous le ciel. Sous les nuages. Sous la pluie, tandis qu'au loin le calme revient, et un soleil rouge apparaît, parfait, propre, dans son crépuscule. Je le serre contre moi et je souris. Je suis heureuse. Je respire. Je me sens un peu mieux. Pour le moment. Pour le moment, j'ai compris que je l'aime. Et c'est magnifique. Un jour, j'arriverai à le lui dire.

Choses incroyables que nous avons faites les jours suivants.

Nous avons passé tout un après-midi sur le même banc sous la madone de Monte Mario. C'est une madone magnifique, énorme, on la voit de loin. Elle est toute dorée. Mais ça n'a pas d'importance. Massi a tout voulu savoir de ma vie, en ce qui concerne les garçons. Je lui ai raconté le peu qui m'est arrivé. En gros, j'ai admis que je n'avais rien fait. Au début, il était inquiet, puis moins, il a souri. Puis il m'a un peu déconcertée en disant :

— Tant mieux…

Je n'ai pas compris s'il pensait à quelque chose de précis. Mais ça ne m'inquiète pas plus que ça, je ne suis pas inquiète, je suis sereine. J'ai envie de le connaître, de me connaître, de découvrir et de me faire découvrir. J'ai compris. Je devrais m'inquiéter. Pourquoi un garçon veut-il savoir avec qui une fille a été ? Qu'est-ce que ça change à ce qu'il ressent pour elle ? Et si je lui avais dit « Massi, je ne suis plus vierge, j'ai eu trois copains, non, quatre, j'ai fait ça, ça et ça… », comment il aurait réagi ? Dommage que je n'y aie pas pensé avant. Maintenant, je ne peux plus rien y faire. Je pourrais toujours lui dire que je lui ai menti. Oui, ce n'est pas une mauvaise idée. Je lui souris.

— Massi, je t'ai menti.

Il change complètement d'expression.

— Sur quoi ?

— Je ne te le dis pas. Sache que j'ai été sincère… mais que je t'ai menti.

Il est un peu perplexe, il ne sait pas bien quoi penser. Puis, croyant peut-être que je plaisante, il rit et m'embrasse.

— Mais alors tu n'as pas été sincère…

— Si, si, bien sûr que si…

Je me libère de son étreinte.

— J'ai été très sincère, je t'ai juste raconté un mensonge.

Massi secoue la tête et hausse les épaules. Il me regarde dans les yeux, curieux, il m'étudie, comme s'il essayait de distinguer le vrai du faux. Moi je lui souris et je me tourne de l'autre côté. Il n'est plus si sûr de lui. Tant mieux.

Les jours suivants, nous sommes allés manger un peu partout.

Au japonais de Via Ostia, délicieux, dans une pizzeria près de la Via Nazionale qui s'appelle Est Est Est, une tuerie, et au 56 de la Via Panisperna. La Carbonara, de quoi se lécher les babines. Les trois fois, j'ai très peu mangé ! Massi m'a regardée, les trois fois, l'air un peu inquiet.

— Tu n'aimes pas l'endroit ? Tu détestes le japonais ? Tu trouves les pâtes à la carbonara trop lourdes ?

Chaque fois, je riais un peu bêtement.

— Ah… j'ai compris, pire, tu es au régime !

— Mais non, pas du tout ! Je suis très bien, j'adore cet endroit et tout est délicieux.

— Alors ?

— Je n'ai pas très faim…

— Ah, c'est tout ? Tant mieux.

Il prend mon assiette et avale tout ce que j'ai laissé, le met dans sa bouche avec voracité.

— Je vais faire des économies !

J'essaye de le frapper.

— Crétin ! Tu n'es qu'un bourrin…

Il fait exprès de manger la bouche ouverte.

— Tu me dégoûtes ! Je ne t'embrasserai plus.

Alors il exagère, il bouge encore plus la tête, de haut en bas, l'air de dire : « Tant mieux, alors je continue ! »

Nous chahutons, je tire la manche de sa chemise pour qu'il arrête, il essaye de me chatouiller, nous plaisantons, nous faisons semblant de nous disputer et nous rions. La vérité c'est que, quand je suis avec lui, je n'ai pas d'appétit.

— On fait la paix ?

Je n'en peux plus, je me rends.

— OK.

Il sourit, me verse un peu d'eau, puis en prend aussi. Nous nous regardons en buvant et nous avons la même idée, nous faisons semblant de cracher sur l'autre l'eau que nous avons dans la bouche. Je prends un air inquiet. Finalement, Massi s'approche de moi et ouvre la bouche comme s'il voulait me cracher dessus, mais en fait il l'a avalée. Je secoue la tête, je souris, et tout doucement tout devient plus calme. Je le regarde, mon cœur bat la chamade, mes yeux sont émus. Ils se teignent d'amour. Qu'est-ce qu'il m'arrive ? Je me regarde dans une glace pas loin... Régime, tu parles... Ça, c'est l'amour ! C'est l'amour, l'amour, l'amour. Trois fois amour. Je suis fichue !

Aujourd'hui, on va voir *Juno*.

Trop fort ! Écrit par Diablo Cody, une jeune bloggeuse qui a eu un Oscar pour son premier scénario. C'est vraiment un pays incroyable, l'Amérique. Le pays des opportunités. C'est vrai, là-bas quand quelqu'un gagne au loto ou au casino, on voit tout de suite des photos de lui avec un chèque gigantesque et la somme écrite dessus. On voit pour de vrai les gens qui ont gagné ! De vraies personnes, avec un beau sourire sur le visage. Chez nous, on n'est jamais au courant de rien, au maximum on apprend qu'Emilio Fede, le journaliste de la télé, a gagné au casino. Là-bas, sans être célèbre du tout, cette bloggeuse, Diablo Cody, a gagné un Oscar. Imaginez si ça arrivait à Rusty James ! Je me mettrais sur mon trente et un et j'irais avec lui à Los Angeles pour le retirer, et puis je ferais comme Benigni : je me mettrais debout sur mon fauteuil en criant « Rusty James ! Rusty James est mon frère ! ».

Je m'y verrais bien, ça se finirait par une glissade et par terre !

Quoi qu'il en soit, la première partie avant l'entracte se termine. C'est un film génial, plein de répliques trop marrantes. L'actrice est très jeune et excellente. Ellen Page, je crois qu'elle s'appelle. *Juno* est l'histoire de cette fille qui décide de le faire avec son copain, un drôle de

537

type, un peu loser, mais mignon, tendre… et elle tombe enceinte !

— C'est sûr que si ça arrive…

Massi entre dans mes pensées.

— Un sacré bordel.

— Je ne sais pas comment elle fait pour être aussi cool, elle… Peut-être parce que c'est un film…

Massi me touche le ventre.

— Tu ferais quoi, toi ?

Je ferme les yeux.

— J'adorerais avoir un enfant, mais j'ai quatorze ans !

Je les rouvre.

— Elle, elle en a quinze ! Donc j'ai encore au moins un an de liberté devant moi…

— Si tu vois déjà ça comme de l'esclavage, ça ne va pas. Sérieusement, ça te plairait ?

— Je pense que l'idéal serait que ça m'arrive quand j'aurai vécu le double de ce que j'ai vécu… c'est-à-dire à vingt-huit ans…

— OK, ça me va. Je réserve pour dans quatorze ans…

Il sourit et me prend la main.

Il a dix-neuf ans, un de moins que mon frère. Que dirait Rusty, s'il le rencontrait ? Serait-il jaloux ? Je mets ma tête sur son épaule. Mes cheveux blonds épars sur son pull bleu. Tranquille, avant que le film ne reprenne.

— Carolina, tu veux du pop-corn, un Coca, quelque chose à boire ?

Je réfléchis un instant, je regarde le monsieur qui vend des glaces, qui est dans un coin devant l'écran, avec plein de gens autour de lui.

Non ! Incroyable. Juste devant nous je vois Filo se lever, il est avec Gibbo et d'autres de la classe, Raffaelli et Cudini, et aussi Alis et Clod avec Aldo.

— Non, non, merci, je ne veux rien.

Je m'enfonce dans mon fauteuil. Je ne sais pas pourquoi, mais ça me gêne. Je n'ai pas envie qu'ils me voient. Pas avec lui. Massi est à moi. Je ne veux le partager avec personne. Non, en fait ce n'est pas ça. C'est que je suis trop heureuse et mon bonheur me semble si fragile, oui, comme une toile d'araignée. Il est fait de fils de cristal très fins et moi je suis au centre, prisonnière, mes cheveux blonds épars sur mes épaules, et Massi avance, marche à quatre pattes et me regarde, splendide homme-araignée, Spiderman en noir… Il suffit d'un rien pour que notre toile magique s'évanouisse, pouf… et que je tombe par terre.

Je m'enfonce un peu plus dans mon fauteuil, je disparais presque. Puis, heureusement, les lumières s'éteignent. Je regarde *Juno* mais je ne m'amuse pas autant qu'avant. Je les vois de loin, je reconnais leurs silhouettes malgré la pénombre de la salle. De temps en temps, une scène plus lumineuse dans le film les éclaire un peu plus, alors je les vois encore mieux. D'ailleurs, je les connais par cœur ! Je les vois tous les jours depuis quatre ans. Je connais chaque détail d'eux. Comment je pourrais me tromper ? Ce sont mes amis. Sur cette considération, je me sens un peu plus tranquille, j'arrête de m'agiter, je m'installe plus confortablement dans mon fauteuil. Je me remets dans le film, je ris avec les autres, aux mêmes moments, je me laisse aller, je me fonds dans le public, exactement comme eux, comme mes amis, comme ça, tout simplement.

Le film se termine. Je me lève tout de suite, bien qu'en général j'aime regarder le générique pour voir les noms des acteurs et aussi des musiques qui m'ont plu. Je tourne le dos à mes amis et je vais vers la sortie. Massi est juste derrière moi. Ses épaules larges me rendent invisible.

Un peu plus tard, dehors, nous venons de tourner le coin de la rue.

— Caro…

Je me tourne, c'est Gibbo.

— C'est fou, tu étais dans le cinéma, toi aussi, je ne t'ai pas vue !

Il s'approche, et tous les autres arrivent.

— Ça t'a plu ?

— Oui, j'ai adoré.

— Imagine, tomber enceinte à son âge ! Ce n'est pas à toi que ça arriverait !

— Pourquoi pas ? Peut-être l'an prochain…

— Oui, avec l'aide du Saint-Esprit.

— Même pas ! Même pas un miracle !

— Oui, oui un miracle de mes deux…

Ça fait rire tout le monde, même si, on ne peut pas le nier, Cudini est vraiment lourd. Ils continuent à s'envoyer des vannes, à faire des blagues, à chahuter, comme toujours quand on est en groupe. Puis je m'aperçois qu'on me regarde avec curiosité.

— Ah, je vous présente Massimiliano.

— Salut !

Il fait un mouvement de la tête pour saluer tout le monde.

— Voici Clod, Aldo… Lui, c'est Cudini, et puis Filo, Gibbo, et voici mon amie Alis. Tu te rappelles ? Je t'ai parlé de Clod et Alis…

Ils se serrent la main, se regardent dans les yeux, et moi j'ai une sensation étrange.

— Oui, oui, tu m'as parlé de tout le monde…

Mais Massi est exceptionnel, il dit cette phrase d'enfer, et mon malaise se dissipe aussitôt. Alors, amusée, je scrute les expressions de mes amis qui le regardent. Ils l'étudient avec curiosité, ils font semblant de rien, comme s'ils étaient distraits, peut-être qu'ils le sont vraiment, et ils nous laissent partir.

— Sympas, tes amis…

— Oui, c'est vrai. On est dans la même classe depuis longtemps…

— Elle est mignonne, ta copine…

— Oui…

J'ai envie de le frapper, mais je ne le montre pas.

— Elle a un copain.

Massi sourit.

— Je ne suis pas jaloux.

Je l'ai déjà entendue, cette réplique. Dans la bouche de Paolo, un des copains d'Ale… Je l'ai trouvé très antipathique, quand il a dit ça. Je regarde Massi. Bon, avec lui, ça fait un autre effet, quand même. Il s'en aperçoit, éclate de rire et me prend dans ses bras.

— Je disais ça exprès pour t'embêter…

Je reste sur mon quant-à-moi.

— Eh bien, je suis désolée… ça n'a pas fonctionné.

Il essaye de m'embrasser, nous nous bagarrons un peu, mais au final je cède avec plaisir.

Mais c'est à la fin du mois de mai que le plus beau est arrivé.

Un matin tôt. Bon, pas si tôt. J'arrive essoufflée au collège. J'accroche mon scooter et je me penche pour ramasser mon sac à dos que j'avais jeté par terre pour sortir la chaîne. Quand je me relève, je vois Massi, un paquet à la main.

— Salut ! Qu'est-ce que tu fais là ?

Il me sourit.

— Je veux venir en cours avec toi.

— Idiot, tu sais bien que c'est impossible… Tu n'es pas censé travailler ?

— Ils ont reporté l'examen de droit à fin juillet.

— C'est mieux, non ? Tu n'arrivais pas à tout apprendre.

Je le regarde, intriguée.

— C'est quoi, ce paquet ?

— C'est pour toi !

— Quelle belle surprise ! Vraiment ? Merci !

Ça me gêne de l'embrasser et de lui sauter au cou ici, devant le collège, mais j'en ai bien envie… Mais bon, et si les autres me voient ? Ça me porterait malheur. Quoi qu'il en soit, je suis très émue, même si j'essaye de ne pas le montrer. J'ouvre le paquet.

— Mais… c'est un maillot de bain !

Il est bleu-gris et bleu ciel, magnifique.

— En plus, c'est la bonne taille.

Je le regarde, perplexe.

— Mais tu es sûr que c'est pour moi ?

Il me prend la main.

— Bien sûr. Je suis certain que tu ne l'avais pas.

— Celui-là, non… mais d'autres, oui !

— Tu ne les avais pas avec toi. Parce que maintenant…

Il s'approche de la moto, sort un autre casque et monte dessus.

— … nous allons à la mer.

En un instant, je vois défiler devant mes yeux le prof d'italien, la prof de maths, la troisième heure d'histoire, et puis la récré, et puis l'heure d'anglais… Et ça m'inquiète, non pas que j'aie des problèmes avec les langues, non, mais parce que sécher les cours, comme ça, sans y avoir réfléchi, sans avoir préparé d'excuse au cas où… Puis je le regarde avec une tendresse infinie, et il me dit :

— Alors ?

Mais avec tellement de délicatesse, de naïveté, déjà déçu d'un hypothétique non.

— On y va ?

Il me sourit et tous mes doutes s'évanouissent. Je prends le casque et le mets sur ma tête, et la seconde d'après je suis derrière lui, je le serre fort, je m'appuie contre son dos. Je regarde le ciel et je n'en reviens pas. Je sèche les cours ! Je n'arrive pas à y croire. Je n'ai pas hésité plus d'une seconde, je n'ai pas eu de doute, de remords, d'indécision. Je sèche les cours ! Je me le répète intérieurement, mais je me sens déjà loin…

La ville défile sous mes yeux. Une rue après l'autre, toujours plus vite, des murs, des rideaux de fer, des magasins, des immeubles. Et puis plus rien. La campagne verte, tout juste en fleurs, des épis secs qui se courbent avec le vent, de grandes fleurs jaunes qui remplissent des carrés. Nous filons, de plus en plus loin, vers Ostie.

La pinède. Il n'y a personne. Il a ralenti. La moto ronronne en nous emmenant vers la dernière plage, là où se jette un petit fleuve. Il s'arrête. Enlève son casque.

— Nous y voici.

Un panneau. Capocotta. Mais ce n'est pas une plage de nudistes, ça ? Je ne le dis pas. Le soleil est haut, magnifique, il fait chaud mais pas trop. Massi sort des serviettes de son coffre, il a pensé à tout.

— Viens !

Il me prend par la main, je cours derrière lui, heureuse, en riant, vers cette immense mer bleue qui a l'air de n'attendre que nous.

— On se met ici.

Je l'aide à étendre les serviettes. L'une à côté de l'autre. Il n'y a pas de vent. La plage est vide.

— Tu sais, c'est une plage de nudistes, d'habitude.

— Oui, en effet, le nom me disait quelque chose.

— Oui, mais on a de la chance, il n'y a personne aujourd'hui.

Je regarde autour de moi.

— En effet.

— On n'a qu'à faire les nudistes !

— Crétin ! Je vais mettre mon maillot.

Heureusement, à quelques mètres il y a une maison en pierre, une ruine antique qui faisait partie de je ne sais pas quelle villa romaine. Je trouve un coin caché pour me changer. J'ai de la chance, il n'y a vraiment personne.

Le maillot me va bien, du moins je crois, malheureusement il n'y a pas de miroir. Je remets ma chemise par-dessus et je sors de la vieille ruine.

Massi s'est déjà changé. Il est debout près des serviettes. Il a un corps magnifique, mince mais pas trop maigre. Et pas trop de poils. Un maillot noir, large, pas très long. Je m'aperçois que je regarde juste là, j'ai un peu honte et je rougis. Mais bon, personne ne m'a vue.

— J'ai bon pour la taille ?

Je souris.

— Oui. Et ça ne me plaît pas du tout.

— Pourquoi ?

— J'aurais préféré que tu te trompes… Ça veut dire que tu as l'œil. Et que tu es entraîné !

— Idiote…

Il m'attire à lui. Il m'embrasse, et le fait d'être si proche avec rien sur moi, presque rien, me fait bizarre, mais je n'ai pas honte. Au contraire.

Nous nous allongeons sur les serviettes. Je l'épie. Je le regarde. Je l'admire. Je le désire. Il est à plat dos, il prend le soleil. Il joue avec ma jambe, me caresse. Il me touche le genou, puis remonte. Puis redescend. Puis un peu plus haut. Et le soleil. Le silence. Le bruit de la mer. Je ne sais pas. Ça m'excite. Je me sens toute chaude à l'intérieur. Quelle drôle de sensation. Je ne comprends plus rien. À un moment, Massi se tourne vers moi. J'ai les yeux fermés mais je le sens. Alors je tourne lentement le visage vers lui et j'ouvre les yeux. En effet. Il me regarde. Il me sourit. Je souris aussi.

— Viens.

Il se lève d'un bond. Il m'aide à me relever. Je cours derrière lui. Le sable n'est pas trop chaud. Nous allons jusqu'à la vieille ruine. Il regarde autour de lui. Il n'y a personne. Il m'écarte de lui, comme pour mieux me regarder.

— Il te va vraiment bien, ce maillot.

Je me sens observée et j'ai honte.

— J'aimerais bien être un peu bronzée. Ça m'irait mieux…

— Mais non, tu es superbe…

Il m'attire vers lui. Nous sommes dans un coin de la ruine, entre deux murs, cachés du reste de la plage. Seule la mer est spectatrice. Curieuse, mais polie. Elle respire en silence avec quelques petites vagues. Je sens la main de Massi sur ma hanche. Il m'embrasse. Je l'enlace. Je le sens contre moi. Je sens qu'il est excité. Beaucoup. Trop. Je ne sais vraiment pas quoi faire. Mais lui si, il sait. Je sens sa main sur mon maillot. Lente, douce, délicate, agréable. Il s'arrête au bord, écarte un peu l'élastique et plouf, un plongeon délicat. Sa main dans mon maillot. Il descend, encore plus bas, sans me chatouiller, entre mes jambes, il me caresse lentement et moi je m'abandonne à son baiser, comme si c'était un refuge pour contenir tout ce que je ressens et qui me surprend, m'émerveille, que je voudrais arrêter, fixer pour toujours, sans honte, avec amour.

Nous continuons à nous embrasser, ma respiration se fait plus courte, essoufflée, affamée de lui, de ses baisers, de sa main qui continue à bouger à l'intérieur de moi. J'ai presque envie de crier… Je n'en peux plus, je me mords la lèvre supérieure et je reste les lèvres ouvertes, suspendues dans ce baiser. Un moment. Maintenant sa main,

lente, plus lente, comme une dernière caresse, presque
sur la pointe des pieds, polie, sort de mon maillot. Il
me regarde comme s'il m'épiait, comme s'il cherchait
derrière mes yeux fermés des signes de plaisir. Alors,
émue, les yeux mi-clos, je souris. Quand soudain je sens
quelque chose, j'ai peur. Non. Je me détends. C'est sa
main, il m'effleure le bras, le droit, il glisse le long de
mon avant-bras, puis de mon poignet. Il me prend la
main. Il la garde un moment suspendue dans l'air, immobile, comme si c'était un signal. Mais je ne comprends
pas. Je l'entends respirer plus vite, il me serre la main et
la guide lentement vers son maillot. Alors je comprends.
Quelle idiote. Et maintenant ? Comment je fais, maintenant ? Ce n'est pas que je ne veux pas, c'est que je ne sais
pas faire ! Je me rappelle soudain tout. Les explications
d'Alis. Est-ce qu'elles sont justes ? Vraies ? Je repasse
rapidement tout ce dont je me souviens, mais en un instant je me retrouve là, sur son maillot, ça y est, ma main
est laissée seule, abandonnée par la sienne qui s'en va.

Je reste immobile un instant, juste un instant. Puis je
bouge lentement, doucement, et sans hâte, sans peur,
j'entre dans son maillot, délicatement, en cherchant en
bas, plus bas, jusqu'à le trouver. Au même moment je
cherche sa bouche et je l'embrasse, pour me cacher,
pour fuir ma honte. Et en même temps je bouge la main
de bas en haut, lentement, tout doucement, et puis un
peu plus vite. Je sens la respiration de Massi s'accélérer.
Ses baisers sont rapides, affamés, soudain interrompus,
et puis à nouveau à l'attaque, et moi je continue, décidée,
sûre de moi, plus vite, encore, plus, je sens son désir monter. Et d'un coup, cette explosion chaude dans ma main,
je continue encore un peu tandis que ses baisers ralen-
tissent, plus calmes, tranquilles, ils freinent presque ma
bouche. Puis Massi pose sa main sur la mienne à travers
le maillot, pour l'arrêter. Je souris.

— J'en ai fait de belles…

Massi hausse les épaules.

— Ça ne fait rien… Viens.

Il m'entraîne hors des ruines, sur la plage déserte, abandonnée, balayée par un petit vent léger, nue, sans personne. Nous marchons seuls sur ce sable doux, blanc, chaud, comme ce que nous venons de vivre. Nous arrivons à la mer. Massi court dans l'eau, moi je m'arrête.

— Elle est froide ! Elle est glacée !

— Viens ! C'est trop bon…

Il se remet à courir pour donner encore plus de sens à son choix et plouf ! Il plonge puis se met à nager à toute vitesse pour se débarrasser de ses frissons de froid. Puis il s'arrête et se tourne vers moi.

— Brrr ! Une fois dedans, elle est très bonne.

Alors je me convaincs et j'y vais, moi aussi. Je cours sans m'arrêter et je plonge, je ressors et je nage vite, plus vite, jusqu'à le rejoindre. Il me prend dans ses bras. Un baiser doux, salé, chaud, fait de mer et d'amour. Puis il s'écarte et sourit dans les reflets du soleil.

— Ça t'a plu ?

— Beaucoup.

— Moi aussi…

— Vraiment ? Je ne l'avais jamais fait.

Il me regarde et cherche à voir si je mens. Je me rappelle qu'il ne faut pas que je le laisse se sentir trop sûr de lui.

— Caro, tu me dis la vérité ?

— Bien sûr…

Je m'enfuis en nageant. Puis je m'arrête, je me tourne et je le regarde, magnifique dans notre mer.

— Je te dis toujours la vérité, à part quelques mensonges…

Juin

Simple ou compliqué? Simple.
Amitié ou amour? Tout.
Scooter ou voiture sans permis? Pour l'instant, je suis contente de Luna 9, ma Vespa, ensuite on verra.
Portable ou carte de téléphone? Portable.
Maquillage ou eau savonneuse? Ça dépend, mais d'après Alis je devrais me maquiller un peu plus.
Quelque chose de bizarre? Me sentir comme je me sens maintenant.
Quelque chose de beau? Massi.
Une raison pour se lever le matin? Massi.
Une raison pour rester au lit? Massi qui n'est pas là...
Qu'est-ce que tu écoutes, là? Le silence.
Qu'est-ce que tu écoutes avant d'aller te coucher? En ce moment, Elisa.
Une habitude à laquelle tu ne renoncerais pas? Le chocolat.
Une citation qui fonctionne toujours? « Il faut faire le meilleur usage possible de son temps libre », Gandhi.
Un mot qui sonne toujours bien? Amour.

Vous savez, ces matins où on n'a pas envie de se lever, où le lit est l'endroit le plus confortable et accueillant du monde? Voilà, aujourd'hui c'est ça pour moi. Mais je ne peux pas faire la grève. Quelle rage. Tout est lent.

Pénible. Bizarre. Mes chaussons pas à leur place. Un peu mal à la tête. Le samedi et le dimanche, quand on peut enfin dormir, on ne se sent jamais comme ça. Ces jours-là, il m'arrive même de me lever plus tôt que d'habitude, même si je ne suis pas obligée. Pourquoi le lit est-il si bon les jours de classe ?

Je me lève, maman est déjà partie. Papa aussi. Il n'y a qu'Ale, avec son croissant à la crème habituel, et après elle se plaint de grossir. Pas étonnant. En plus, elle le trempe dans une énorme tasse de lait.

— Bonjour, hein !

Rien. Elle ne dit rien. Elle émet une sorte de grognement de pourceau avide de glands. Ce matin, Ale est encore moins accessible que d'habitude. Elle gronde ! Je me prépare mais je n'ai pas beaucoup d'imagination, je mets mon jean brodé sur les côtés et un t-shirt bleu. Je me regarde dans le miroir. Si un étranger me voyait dans la rue aujourd'hui, il ne me regarderait pas. Il y a des matins où on ne se plaît vraiment pas, et si par hasard quelqu'un nous fait un compliment on refuse d'y croire. Soudain, ça me revient à l'esprit… « Après tout la vraie beauté est dans la pureté du cœur. » Papi me le répétait souvent. C'est Gandhi qui le lui avait dit. Enfin, pas directement, papi l'avait lu dans un livre de citations. Je ne sais pas si mon cœur est pur, mais en tout cas j'aimais bien comment papi me le disait. Pendant un instant, je sens un drôle de vide à l'intérieur, quelque chose d'indéfini, comme une sorte de vertige. Aujourd'hui, disons que j'accepte que mon cœur soit beau, en tout cas plus que mon visage.

Bip bip.

Ça doit être Alis. Je suis sûre qu'elle me demande de l'attendre devant le collège pour copier quelque chose. Peut-être les maths, c'est vrai que les devoirs étaient difficiles. Je n'ai pas tout compris à l'équation algébrique. À quoi ça sert de mettre des lettres s'il s'agit de chiffres ?

Déjà que je n'y comprends pas grand-chose aux chiffres, si en plus on me rajoute l'alphabet… En plus, on m'a dit que c'était au programme de seconde, mais la prof voulait qu'on le voie avant, comme ça on sera préparés l'an prochain. Alis peut toujours m'attendre… elle ne pouvait pas demander à Clod ?

J'ouvre le message. C'est RJ ! À cette heure-ci, c'est bizarre. « Ciao Caro… tu vas en cours où tu nous inventes quelque chose ? » J'y vais, j'y vais, si seulement j'avais assez d'imagination pour trouver une excuse… « Tu veux venir avec moi cet après-midi ? Je dois aller quelque part. Envoie OK si ça te dit, je passe te prendre à 15 heures. »

Rusty est incroyable, on ne le changera pas. Il ne te dit pas où on va, tu le découvres après. Soit tu acceptes la boîte fermée, soit rien.

« OK. » J'envoie le message. Je prends un petit déjeuner rapide, je me lave les dents, je finis de me préparer et je sors. Ale me dit même au revoir. Incroyable. La journée est en train de prendre une autre tournure, je retrouve la bonne humeur. Et puis, maintenant que j'y pense, les surprises de RJ me plaisent justement parce qu'elles sont mystérieuses. Mais je ne savais pas que, cette fois-ci, j'allais me sentir grande. Ces surprises dont tu sais qu'elles arriveront tôt ou tard, mais pour lesquelles tu ne seras jamais prête.

Au collège, c'est moi qui copie l'équation sur Clod. Mais tout se passe bien. Les heures passent vite, et je me retrouve derrière lui.

— On peut savoir où on va ? je hurle dans mon casque.

— Tout près.

Rusty James est passé me prendre en bas de la maison, il a fait sonner mon portable pour éviter de sonner à l'interphone et de tomber sur maman. Nous zigzaguons dans Rome et je n'arrive pas à comprendre où nous allons. Je vois un sac jaune sous le siège de Rusty.

— Ça ne va pas tomber ?

— Non, et puis tu t'en rendrais compte. Sinon ça sert à quoi que je t'emmène ? D'ailleurs, il y a une raison…

— Laquelle ?

— Je te dirai plus tard.

Au bout d'un moment, nous nous arrêtons. RJ gare la moto et prend le sac. Moi je fais comme d'habitude un petit saut pour descendre. Je regarde autour de moi. Un immeuble ancien avec une gigantesque porte en bois et plein de plaques sur le côté.

— On est où ?

— Je monte un moment. Attends-moi.

— Pourquoi je ne viens pas avec toi ?

— Par superstition.

— Je porte malheur ?

— On ne sait jamais.

Il me laisse sur place, et entre en courant dans l'immeuble. Je regarde les plaques. Il y a de tout : consultant du travail, cabinet d'affaires, avocat, notaire, éditeur, agence immobilière, couturière, et en dernier un panneau plus en évidence que les autres, centre esthétique, épilation pour les hommes également. Où peut-il être allé ? J'entre dans le hall, je vois des escaliers, un ascenseur, mais RJ a déjà disparu. Au bout de dix minutes, je le vois redescendre les marches trois par trois. Il court vers moi et fait une pirouette.

— Alors, tu me dis ? Tu étais où ?

— Devine ! Je te connais, à mon avis tu as lu toutes les plaques !

— Mmmmh… tu t'es fait épiler et tu ne veux pas me le dire !

Rusty soulève une jambe de son jean et me montre ses mollets, pas très poilus mais pas lisses non plus.

— Alors tu as fait des conneries et tu es allé voir l'avocat !

— Non, mon casier judiciaire est vierge !

— Tu t'es fait faire un costume de monsieur sérieux ! Pantalon et veste.

— Peut-être un jour…

— Je donne ma langue au chat.

— Il y a un rapport avec ce que je t'ai dit tout à l'heure.

— Sur la moto ?

— Oui ! J'avais mis le sac dessous pour qu'il absorbe un peu de… chance !

— Ah, et qu'est-ce qu'il y avait à l'intérieur ?

— Mon livre…

— Noooooon ! Tu ne pouvais pas me le dire ?

— Ça aurait changé quoi ? Tu m'aurais demandé de te le lire… Mais à la place, tu es venue avec moi pour le remettre à la maison d'édition, et peut-être que tu vas me porter bonheur ! Ça te dit de marcher un peu ? Je n'ai pas envie de reprendre tout de suite la moto.

— D'accord, de toute façon Clod et Alis ne m'attendent que dans deux heures.

— Vous ne travaillez jamais, toutes les trois ?

— Bien sûr que si, d'ailleurs c'est ce que nous allons faire !

— À 6 heures du soir ?

— Bien sûr, c'est là que mon biorythme est le plus actif ! C'est Jamiro qui me l'a dit…

— Tu ne fais plus rien sans lui, hein ?

— Plus jamais !

Nous rions, et nous marchons tout proches l'un de l'autre. Le soleil est haut, c'est une belle journée et je me sens mieux, mais alors beaucoup mieux que ce matin. Grâce à l'effet RJ. Une sorte de typhon qui chasse l'ennui. Nous passons devant une vitrine. Un magasin de photographie. Nous nous arrêtons tous les deux en même temps. Derrière la vitre, des appareils numériques, les plus modernes, quelques reflex, des objectifs, des photos de femmes qui sourient. Nous nous regardons. Une fraction de seconde. Un sourire entendu, un silence qui n'a pas besoin de mots. Nous pensons à la même chose. Papi. Notre papi adoré. Papi doux, grand, bon, papi qui nous manque, qui nous donnait confiance, du moins à moi. Et je reviens à ces jours absurdes. La maison pleine de gens silencieux. Mamie sur la chaise à côté de lui. Lui qui avait l'air de dormir. Ça ne me semble pas possible. La mort ne me semble pas possible. Je ne sais même pas ce que c'est. Parfois, je voudrais pouvoir oublier, prendre mon scooter, aller chez eux comme toujours et avoir une belle surprise, voir papi Tom à son bureau qui manigance quelque chose. Et puis, son parfum. Cet après-rasage qu'il mettait depuis des années. Le parfum de papi. Mais je ne le verrai plus jamais. Je ne peux pas y penser. Sans que je puisse rien y faire, mes yeux s'emplissent de larmes. Rusty s'en aperçoit.

— Allez…

— Allez quoi… comment on fait ?

Je renifle.

— Il me manque. Et je sais qu'il n'y a pas de solution. Je ne peux même pas en parler avec maman, elle se met tout de suite à pleurer et j'ai l'impression de la faire souffrir encore plus.

— Il me manque, à moi aussi, mais je ne trouve rien à dire, je pense toujours à mamie, comment elle doit se sentir… Devant elle, j'ai l'impression de ne même pas avoir le droit…

— C'est vrai. Ce n'est pas juste.

Je pense vraiment que ce n'est pas juste. C'est vrai, quelqu'un comme papi, tellement bon, avec toute sa curiosité, son envie de vivre, un papi jeune homme… et il s'en va comme ça. C'est la mort, que je ne comprends pas. Elle emporte les gens comme ça, sans qu'on puisse rien y faire. On ne peut plus jamais leur parler, les toucher, les voir, rire avec eux. Plus jamais les écouter, plus jamais pouvoir leur acheter un cadeau ou leur dire ce qu'on n'a jamais eu le courage de leur dire. Oui, juste une dernière fois, s'il vous plaît, juste une dernière fois, pour pouvoir dire à papi que je l'aime.

— À quoi tu penses ?

— Je ne sais pas… plein de choses.

Je le regarde.

— Toi, tu y penses, à la mort, RJ ?

— Non… Pas beaucoup.

Il sourit.

— Je pense qu'on ne peut la prendre que comme ça, comme elle vient, et être heureux de ce qui a été.

— On dirait que tu l'as lu quelque part, ou alors que tu le dis en tant qu'écrivain.

— C'est beaucoup plus simple que ça : c'est ce que m'a toujours dit papi.

— Tu en parlais avec papi, de la mort ?

— Non, de la vie, et il me disait que si la mort n'existait pas la vie ne pourrait pas continuer. La mort est la façon dont la vie se défend d'elle-même. Une fois, il m'a lu une poésie magnifique d'un poète qui s'appelle Neruda.

Nous continuons à marcher tandis que Rusty essaye de se souvenir, puis sa voix devient plus douce.

— « Il meurt lentement celui qui évite la passion / celui qui préfère le noir au blanc / les points sur les i à un tourbillon d'émotions / celles qui redonnent la lumière dans les yeux et réparent les cœurs blessés »…

— C'est magnifique.

— En effet. Et ça dit la vérité. Caro, ceux qui meurent pour de bon sont ceux qui ne vivent pas. Ceux qui se retiennent par peur de ce que leur diront les autres. Qui prennent le bonheur au rabais. Qui agissent toujours pareil en pensant ne pas pouvoir faire autrement, qui croient que l'amour est une cage, qui ne font jamais de petites folies pour rire d'eux-mêmes ou des autres. Les morts sont ceux qui ne savent pas demander d'aide, et qui ne savent pas non plus en donner.

— C'est toujours Neruda ?

— Non, ça c'est ce que je pense aujourd'hui, grâce à papi.

Nous remontons sur la moto et nous filons dans la circulation, parmi la foule, toute cette vie. Les gens marchent sur les trottoirs, certains sont réunis devant les bars où les magasins, d'autres attendent que le feu passe au vert pour traverser, certains rient, bavardent, s'embrassent. Les gens. Tant de gens. L'espace d'un instant, je me sens mieux, je n'ai plus envie de pleurer. Je me sens sereine, peut-être plus mûre, et j'ai l'impression de voir papi au milieu de tous ces gens. Il ne me manque plus, peut-être parce qu'il a laissé tellement de choses que je n'aurai jamais le temps de l'oublier.

Nous y sommes. Ça m'attriste un peu. Dans vingt jours, nous commençons les écrits pour l'examen, puis les oraux, et ensuite c'est notre fin en tant que classe. Ça fait bizarre. Tout a l'air lointain et un jour, paf, ça arrive sans prévenir. Je plaisante, mais j'ai un peu peur des examens. Je me donne vraiment tous les moyens de réussir.

Par exemple, aujourd'hui nous avons très bien travaillé, chez Alis. Clod est trop contente de comment ça se passe avec Aldo. Elle nous fait rire avec ses histoires et elle se dévoile beaucoup pour partager avec nous chaque instant de ce qui lui arrive. Moi je ne pourrais pas. Du moins pas comme ça. Elle est sereine. Peut-être qu'elle se sent plus tranquille que nous. Je ne sais pas. Alis intervient soudain dans mes pensées.

— Je sors avec quelqu'un…

— Vraiment ?

Je suis en train de prendre mon goûter quand elle me balance cette bombe de curiosité.

— Mais tu ne nous as rien dit !

— Je vous le dis maintenant… Nous nous sommes revus la semaine dernière chez une de mes cousines, il est de Milan, il a vingt et un ans et il est super beau…

— Vingt et un ? Ça ne fait pas un peu trop ?

En le disant, je pense à Massi et à ses dix-neuf ans. C'est vrai, deux ans de plus, quelle différence ça fait ? Quand même, le fait qu'il soit dans la même dizaine donne un sentiment de normalité, de proximité. Je me sens un peu bête, quand je dis ça, on dirait ma mère. Non pas qu'elle soit stupide… Mais c'est vraiment le genre de trucs que dit une mère ! Ces remarques qui n'ont pas l'air de vouloir dire grand-chose, mais qui avec le temps… Qu'est-ce que je peux être rasoir, parfois.

— Il est comment ? Il est comment ?

Clod et sa curiosité. Alis sourit, elle a l'air contente qu'elle morde à l'hameçon.

— Alors, il est grand, brun, super bien foutu, il travaille dans la mode, son père est un entrepreneur très connu, il vend des vêtements italiens à l'étranger, au Japon. La première chose qu'il m'a dite, c'est que je pourrais très bien être mannequin pour leur collection privée.

— Vraiment ? Cool !

— Et ensuite ?

— Ensuite il a voulu me voir nue.

— Non !

Alis fait signe que oui avec la tête.

— Si, si. Nous étions dans le salon de ma tante, le dîner allait commencer, nous sommes allés à côté, j'ai enlevé la bretelle de ma robe et je l'ai laissée tomber par terre, à mes pieds. Et vous savez quoi, il était gêné !

— Évidemment !

— Il regardait vers la salle à manger, au cas où quelqu'un vienne nous appeler. Puis il m'a dit : « C'est parfait, tu serais parfaite… » Pendant le dîner, je n'ai pas arrêté de le regarder. Il ne soutenait pas mon regard.

— Tu lui as fait peur…

— À vingt et un ans !

— Il n'avait peut-être jamais rencontré personne comme toi.

Alis hausse les épaules.

— Peut-être… Le dîner n'a pas duré longtemps, mais à la fin je m'ennuyais. Je lui ai demandé de me raccompagner.

— Et lui ?

— Il l'a fait.

Elle sourit et nous regarde.

— Chez moi, il n'y avait personne… Je l'ai fait monter.

Petit silence.

— Nous nous sommes embrassés, puis nous sommes allés dans ma chambre et nous avons fait l'amour…

— Oui, boum !

Ça m'a échappé.

Alis se tourne vers moi.

— Tu ne me crois pas, Caro ? Pourquoi je te raconterais des bobards ? Tu penses que je veux me faire mousser devant toi ? Tu crois que je n'en serais pas capable ?

— Non, c'est-à-dire… Si, si, quel rapport…

Elle me fait presque peur, avec toutes ses questions.

— Bien sûr… c'est que je trouvais ça bizarre, juste après l'avoir rencontré…

— Nous nous sommes vus tous les étés à la mer, mais il ne s'était rien passé avant. Il m'a toujours plu. Je crois que je suis amoureuse. J'y pense très souvent, et nous nous appelons toute la journée. Peut-être un peu trop, d'ailleurs… ça devient une obsession.

Elle rit.

— Là, il est parti à Milan… Je veux lui faire une surprise, je vais aller le voir. Vous pourriez venir avec moi…

Bien sûr, je me dis intérieurement, en avion, et avec la permission de nos parents. Parfois, Alis ne se rend pas compte de notre âge.

— Oui, oui, bien sûr… ça serait cool…

Clod n'est pas de mon avis.

— Et puis, là-bas, ça doit être génial de faire du shopping, il y a des magasins incroyables, c'est la ville de la mode. Quand elle vient en Italie, Paris Hilton s'arrête toujours en premier à Milan. C'est une étape obligée.

— Alis…

Je la regarde, j'essaye de mieux comprendre.

— C'était comment ?

— Beau… Au début, ça m'a fait mal… Mais ensuite, tout s'est bien passé. La seule chose, c'est que je lui ai fait mettre un préservatif.

— Ça alors ! Tu n'as pas eu honte ?

— Tu plaisantes ? J'aurais pu finir comme Juno… Et puis… Je garderais l'enfant, ce qui d'un côté me plairait beaucoup, mais de l'autre serait très compliqué. Je suis si jeune…

— Oui, c'est sûr…

Même si, avec tout l'argent qu'elle a, je n'arrive pas bien à imaginer quelles complications il pourrait y avoir. Je la regarde. Je ne sais pas si elle m'a menti ou non. Alis est capable de tout, elle est imprévisible. Parfois, je ne la comprends vraiment pas. Je l'aime bien, c'est mon amie, c'est vrai, mais il y a toujours quelque chose qui m'échappe chez elle.

— Imaginez, il n'avait pas de préservatif sur lui…

— Et alors ?

— Alors heureusement que j'en avais un.

— Vraiment ?

— Oui.

Elle ouvre un tiroir et en sort une petite boîte ouverte. Control. Alors c'est vrai !

— Je me les étais achetés parce que je savais que ça pouvait arriver un jour ou l'autre… Et que « lui », il n'en aurait pas sur lui ! Alors, pour ne pas prendre le risque de ne pas le faire… J'en ai acheté, et je préfère les garder ici ! Tiens…

Elle en donne un à Clod.

— Et tiens…

Et un à moi. Elle sourit.

— Les filles, c'est magnifique… Pour ce jour-là, pour quand vous aurez envie… Pour quand vous serez prêtes !

Clod le lui rend.

— Moi, avant seize ans, c'est hors de question… Garde-le, sinon il va périmer.

— Pourquoi pas avant seize ans ?

— Je ne sais pas. J'ai décidé, c'est tout…

En réalité, Clod a peur de ce qui est nouveau. Alis me regarde, effrontée.

— Et toi ?

— Et moi… je te dis merci.

Je le mets dans ma poche.

— Je n'ai pas fixé de jour… ça viendra quand ça viendra. Je veux être sûre d'une chose…

Alis est curieuse.

— Sûre de quoi ?

— De l'amour. De son amour… du mien, je suis sûre !

Clod sourit.

— Vraiment ? C'est très beau, ce que tu ressens.

Je suis un peu gênée. J'ai presque peur de mon bonheur.

— Oui... Excusez-moi, mais il faut que j'y aille.

— Où ça ? Chez Massi ?

— Oui.

— Je t'ai donné des idées, hein ?!

— Oui...

Je souris, et je sors de chez Alis. Je détache mon scooter, je mets mon casque et zou. Je m'arrête près d'une poubelle. Je sors de ma poche le préservatif que m'a offert Alis et je le jette. Je repars. C'est vrai, à mon avis ça porte malheur d'avoir un préservatif dans sa poche avant de le faire. Et puis, qui sait quand ça arrivera. Et surtout, imagine si je l'oublie quelque part et que ma mère ou mon père le trouvent ? Trop risqué. Un peu soulagée, je reprends ma route. Je m'arrête à un feu rouge et je mets les écouteurs de mon iPod. Je l'allume. Random. Au hasard. Je veux voir sur quelle chanson je tombe en premier... Musique. Nooon ! Je n'y crois pas ! Vasco. *Voglio una vita spericolata... voglio una vita piena di guai* (« Je veux une vie téméraire... je veux une vie pleine d'ennuis »)... Je ris. Après avoir jeté un préservatif par peur de mes parents, ça fait rire, hein... La vie est ainsi faite. Parfois, elle le fait exprès, elle se moque de toi ou elle te fait te sentir importante. Je ne sais même pas pourquoi j'ai menti à Alis et Clod. Ce n'est pas vrai que je vais chez Massi, je vais chez mamie, je lui ai promis que je passais lui dire bonjour et je n'ai pas envie de lui poser un lapin, pas à elle. D'ailleurs, j'ai une très bonne idée.

— Bonjour !

— Carolina ! Quelle belle surprise ! Excusez-moi...

Sandro s'éloigne d'un vieux monsieur pour venir me dire bonjour. Il me tend la main. Il me fait rire, quand il fait ça. Quelques jours après avoir rencontré Massi, j'ai trouvé ça sympa d'aller voir Sandro pour tout lui raconter, dans le fond la première fois que nous nous étions vus, Massi et moi, c'était là-bas, et puis Sandro m'avait aidé à le chercher. Mais depuis, chaque fois qu'il me voit, il s'inquiète de mon histoire avec Massi.

— Qu'est-ce que tu fais là ?

Il me regarde dans les yeux.

— Tout va bien, n'est-ce pas ?

— Bien sûr ! Très bien… Et toi, comment elle va, cette Chiara qui est jalouse de notre amitié ?

— Comme ci comme ça…

Sandro hausse les épaules.

— Je lui ai proposé d'aller boire un verre après le travail et elle m'a dit oui.

— Bien.

— Elle a ajouté qu'elle ne rentrerait pas tard parce que son copain est jaloux.

— Moins bien…

— Mais elle l'a dit en riant. Comme si elle voulait me faire comprendre que cette histoire l'ennuie un peu.

— Très bien !

— Oui, mais il ne faut pas être pressé !

Il sourit.

— Excusez-moi, et celui-ci ? De quoi il parle… ?

Le vieux monsieur a un livre à la main. Je lis de loin. *La Petite Marchande de prose*, de Daniel Pennac.

— Non, ça ne lui plairait pas.

Le monsieur hausse les épaules, le pose dans le rayon et se remet à chercher. Sandro se tourne vers moi et lève les yeux au ciel.

— Viens, on va aller là-bas… Ce monsieur est fatigant. Il prend des livres au hasard, se les fait raconter, veut connaître tous les détails… et il n'achète presque jamais rien ! Alors ? Qu'est-ce que tu fais dans le coin ?

— Je voulais acheter un livre à ma grand-mère…

— Ah oui, ta mamie Luci.

Silence.

— Je t'ai dit ce qui était arrivé…

— Oui, bien sûr. Je m'en souviens.

— Quand je peux, ça me fait plaisir d'aller la voir, vu que ma mère, sa fille unique, travaille toute la journée…

Il me regarde et me sourit tendrement, comme si j'étais spéciale. Moi, ça me semble normal, tout ça.

— Laisse-moi réfléchir… Oui, voilà.

Il prend un livre.

— Celui-ci pourrait lui plaire : *La Solitude des nombres premiers*. C'est l'histoire de deux personnes qui s'aiment mais qui se retrouvent seules.

— Sandro ! C'est trop triste !

— Un peu, mais c'est très beau.

— J'ai compris, mais en ce moment mamie a besoin de sourire !

— Tu as raison. Alors il y a ça… *L'Élégance du hérisson*. C'est plus léger, amusant, mais tout aussi beau.

— Ça parle de quoi ?

— C'est l'histoire d'une concierge très cultivée qui fait semblant de ne rien savoir parce que sinon les gens de son immeuble la trouveraient antipathique… Et elle devient amie avec une petite fille…

— Ça me semble beaucoup mieux, même si on n'a pas de gardien, nous !

Soudain, une autre voix entre nous.

— Oh oui, ça irait bien, ça ! D'ailleurs, la petite fille a décidé de se tuer le jour de son anniversaire, et son amitié avec la concierge l'aide dans sa solitude et…

Ce drôle de monsieur en costume prince-de-galles à carreaux gris, avec gilet et nœud papillon, se rend compte que nous le regardons drôlement, Sandro et moi. Soudain, il s'interrompt.

— Peut-être que je ne devrais pas trop en dire… en tout cas, moi, ça m'a beaucoup plu.

Et il repart, gêné par notre silence. Sandro le regarde s'éloigner.

— Il voulait engager la conversation…

— Oui, et me dévoiler le final !

— En plus, il ne l'a pas lu ! C'est tout ce que je me rappelle lui avoir raconté… Tu sais… Il est très seul. Il vient ici pour bavarder, et à la fin du mois il achète un livre, le moins cher, pour me montrer que tout ce que je lui raconte sert à quelque chose !

Je le regarde. Il se promène parmi les livres. Il en ouvre un, le feuillette, lit quelque chose, mais en fait il fait semblant, en réalité du coin de l'œil il regarde dans notre direction, il sait que nous parlons de lui. Puis il se tourne complètement. Il sourit. Au fond, il doit être sympathique. Lui et mamie Luci. Qui sait, peut-être qu'un jour ils pourraient prendre un thé ensemble, bavarder, se tenir compagnie. Mamie connaît plein d'histoires, elle lui en raconterait une par jour jusqu'à la fin de ses jours. Non. Mamie n'aura plus envie de parler avec aucun homme. Mamie parle chaque jour avec papi Tom. C'est nous qui ne pouvons pas les entendre.

— Carolina ! Quelle belle surprise…

Mamie m'accueille avec un baiser sur la joue et une longue étreinte pleine d'amour. Puis elle met ses mains sur mes épaules et me regarde, comme si elle cherchait quelque chose à l'intérieur de moi.

— Je n'avais pas compris que tu passais pour de bon…

Je ne sais pas si je dois la croire. À mon avis, ce n'est pas vrai. Elle aurait été déçue si je n'étais pas passée. Très. Elle pousse un soupir de soulagement, puis redevient la mamie de toujours.

— Comment tu vas… tu me sembles différente chaque jour…

— Différente comment, mamie ?

Elle referme la porte derrière moi.

— Grandie. Plus femme. Plus jeune fille…

— Mais je suis une jeune fille !

Je ris et me tourne pour la regarder.

— Oui, oui, je sais…

Elle est curieuse.

— Tu n'as rien à me dire, n'est-ce pas ?

Je vois bien à quoi elle fait allusion.

— Non, mamie, rassure-toi.

Nous nous dirigeons vers la petite table à l'ombre de l'abricotier, sur la terrasse.

— Il fait ses premières fleurs.

— Oui…

Nous passons un moment à regarder ces fleurs tout juste écloses, légères et fragiles, qui se plient au moindre souffle de vent. Je me demande quels souvenirs elles lui évoquent. Je vois ses yeux se teindre d'émotion. Se remplir de larmes légères, opaques. Elle est absorbée, prisonnière du passé. Ce vase. Cet arbre. Un baiser reçu à cet endroit. Un cadeau. Une promesse. Je me tais, elle navigue au loin, portée par un courant de souvenirs. Puis elle revient. Un long soupir. Elle me regarde à nouveau, sourit avec sérénité. Elle n'a pas honte de sa douleur. Je lui rends son sourire.

— Un thé, ça te dit ?

— Oui, mamie ! Du thé vert, si tu en as.

— Bien sûr que j'en ai. Depuis que tu aimes ça, il y en a toujours…

Elle va à la cuisine. Moi je m'assieds à la table en bois, dans le coin, près des jasmins et du mur des roses sauvages. Je me rappelle que papi a fait de superbes photos de moi devant ces roses. Je ferme les yeux, je respire le délicat parfum des fleurs. Je me sens détendue, je me repose, même s'il n'y a pas vraiment de raison pour que je sois fatiguée. Bon, d'accord, j'ai peut-être un peu trop travaillé. J'ai même raté la gym. Ce sont les derniers cours, mais il est vrai que l'examen approche à grands pas. Je me perds dans mes pensées, puis soudain quelque chose que m'a dit maman me revient à l'esprit. Un peu après l'enterrement de papi, quand nous sommes rentrés à la maison. Elle était restée au salon, moi je n'avais pas sommeil et je l'avais rencontrée par hasard sur le canapé, les jambes repliées sous elle, exactement comme je fais d'habitude.

Ce soir-là.

— Eh, viens ici…

Je m'assieds sur une chaise face à elle.

— Non, à côté de moi…

Elle me fait un peu de place sur le canapé, je m'installe près d'elle, dans la même position. Nous sommes deux gouttes d'eau séparées par un petit intervalle de temps.

— À quoi tu penses, maman ?

— À quelque chose que j'ai toujours imaginé mais qui n'a jamais été possible…

Elle reste un moment sans rien dire, le regard perdu au-delà de la télé éteinte, au-delà de l'autre canapé, du tapis usé. Au-delà du vieux miroir.

— Je peux savoir ce que c'est ?

Elle se tourne lentement vers moi et sourit.

— Oui, bien sûr. Ils s'aiment tellement… C'est-à-dire, ils s'aimaient tellement que j'aurais voulu qu'ils disparaissent ensemble, au même moment… Même si pour moi cela aurait été terriblement douloureux.

Je m'approche d'elle et je pose ma tête sur son épaule. Je lui susurre presque :

— Ils s'aiment encore, maman.

Elle me caresse les cheveux, puis le visage, puis à nouveau les cheveux.

— Oui. Oui, ils s'aiment encore.

Elle se met à pleurer. En silence, elle n'arrive pas à freiner ses pleurs, à retenir ses sanglots, qui deviennent de plus en plus forts. Alors moi aussi je pleure en silence et je la serre fort dans mes bras, mais je n'arrive à rien dire, ni même à imaginer quoi que ce soit, à trouver une belle phrase, à part « Je suis désolée, maman… ». Nous continuons à pleurer comme deux petites filles de mères différentes.

— Voilà ton thé.

Elle le pose, en tremblant un peu, sur la table en bois. Je rouvre les yeux et je les sèche en vitesse, pour ne pas lui montrer que j'étais encore en train de pleurer.

— Quel bonheur… tu ne peux pas savoir à quel point j'en avais envie, mamie !

Je verse l'eau dans la tasse, je déballe le sachet et je le plonge dedans.

— Tu ne veux pas le goûter ?

— Non, merci, je préfère le thé normal, *English*.

Mamie s'assied en face de moi et elle sourit, fière de sa prononciation. Je hausse les épaules.

— Comme tu veux, mamie…

Je prends un biscuit.

— Mamie ! Ils sont au beurre…

Elle sourit.

— C'est pour ça qu'ils sont si bons !

Je secoue la tête. Elle ne veut pas entendre parler de mon régime, elle ne m'aide pas du tout, au contraire.

— Ça te va très bien, ces quelques kilos en trop !

— Oui, c'est ça… au lieu de m'aider…

— Mais je t'aide… à être belle !

— Si tu y crois… Tiens, je t'ai apporté ça.

Je pose sur la table le livre emballé.

— Qu'est-ce que c'est ?

— Ouvre-le...

Mamie pose sa tasse de thé et prend le paquet. Elle le déballe. Elle est émue.

— Merci !

Elle tourne et retourne le livre entre ses mains. *Le Bal des imposteurs*.

— J'espère que ça te plaira. C'est une histoire écrite par un garçon très jeune, mais elle est tellement romantique...

Mamie me regarde avec des yeux émus, elle est au bord des larmes.

— En tout cas, c'est ce qu'on m'a dit.

— Oui, bien sûr... ne t'inquiète pas. Moi aussi j'ai quelque chose pour toi. Attends-moi ici...

Curieuse, je sirote mon thé, il est moins chaud mais toujours bon, quand mamie arrive avec un cadeau.

— Tiens, un jour nous sommes sortis et nous avons vu ça... Nous voulions attendre Noël...

Elle s'arrête. Elle ne dit plus rien. Elle ne dit pas : « Malheureusement, il n'y a plus rien à attendre... », ni « Papi n'est plus là ».

Elle se tait, tout simplement. Et son silence dit tout, et encore plus. J'essaye de la comprendre. J'ai envie de pleurer. Elle aussi. Alors je fais exprès de détourner l'attention.

— Une surprise, génial ! Je me demande bien ce que c'est !

J'ouvre le paquet, j'arrache le papier en riant, et quand j'ai terminé je l'envoie dans une poubelle juste derrière. Mais je rate mon coup. Mamie me regarde en secouant la tête, je souris.

— Je le ramasserai après...

Je regarde la boîte.

— Mais c'est magnifique ! Un appareil photo !

— Il te plaît ? Il disait que tu étais douée, qu'il te plai-rait parce que celui-là... Il peut faire plein de photos sans pellicule...

— Un appareil numérique !

— Oui, numérique !

— Il me plaît beaucoup...

J'ouvre la boîte, je le sors et je le regarde, en essayant de comprendre comment il fonctionne. Je l'allume.

— Il est chargé... Trop fort...

Je trouve le bouton pour faire les photos. J'en fais une de mamie.

— Souris !

Et tac ! À côté, je vois qu'il y a écrit « retardateur ». J'appuie et le compte à rebours démarre. Trente. Vingt-neuf. Vingt-huit. Je le pose sur la table, prêt de la théière.

— Viens, mamie ! On fait une photo toutes les deux !

Je la place avec moi devant l'appareil, au milieu des roses, et je lui passe un bras autour du cou. Elle pose la tête sur mon épaule juste au moment où...

— Flash ! Ça y est !

Je cours à l'appareil et je regarde ce que ça a donné.

— Regarde mamie ! On est superbes ! Deux manne-quins...

— Oui, oui !

Elle rit en regardant l'appareil. Je le prends dans mes mains et je commence à le tripoter. Je vais au menu pour comprendre un peu mieux comment il marche. Photos disponibles, 430. Pourquoi il y a écrit 450 sur la boîte ? Je trouve le bouton, je vais en arrière, et soudain il appa-raît. Papi. Papi qui sourit. Papi qui fait des grimaces. Papi les bras croisés, puis papi et mamie enlacés, une photo magnifique, elle rit en s'appuyant contre lui, près de l'abricotier. Peut-être que c'était à ça qu'elle pensait tout à l'heure. Elle se rappelait ce jour-là, ces photos, ce sourire, son bonheur. Je la regarde. Elle me sourit.

— Il y a encore nos photos, n'est-ce pas ?

J'acquiesce. Je ne sais pas quoi dire. J'ai la gorge nouée. J'ai envie de pleurer. Pourquoi je suis aussi sensible ? Je n'en peux plus. Mamie me fait une caresse. Elle a tout compris et elle veut être forte à ma place.

— Tu me les imprimes, si tu peux ? Sinon, tant pis… ne t'en fais pas.

Je pousse un grand soupir et je retrouve le contrôle de moi-même.

— Bien sûr, mamie, que je vais te les imprimer… Merci. Vous m'avez fait un cadeau magnifique.

Je la serre dans mes bras.

Quelques jours plus tard.

— Salut Caro !

Il m'enlace et me donne un baiser qui me coupe le souffle, qui fait faire des bonds à mon cœur, comme la première fois que j'ai croisé son regard dans le miroir de la librairie. Massi. Il a un t-shirt bleu, il est déjà un peu bronzé. Mi-juin, c'est un record. Il sent la mer. Oui, ce bleu, son sourire, ses yeux, son bronzage sentent la mer… et l'amour. Une plage sur une île déserte, les vagues qui se brisent sur les rochers, ses cheveux et son sourire, lui allongé… qui m'accueille.

— Caro, à quoi tu penses ? Tu fais une de ces têtes…

— Je pense à l'examen qui approche.

Je mens.

— Non, sérieusement, à quoi tu pensais ? Tu souriais !

Je hausse les épaules et je fais la dure.

— Bien sûr, moi les examens ça me fait sourire…

Il me prend dans ses bras et me soulève de terre avec légèreté.

— Attends ! Tu vas faire tomber ça !

— Qu'est-ce que tu as apporté ?

— Des petites pizzas de chez Mondi.

— Mmh… mais ça sera pour après.

Il les prend, les pose sur la table de la cuisine et m'entraîne dans le couloir, le salon, jusqu'à sa chambre.

— Voilà…

Il me pousse sur le lit et saute à son tour. Il manque d'atterrir sur moi.

— Tu es fou, tu as failli me sauter dessus !

— Je veux te sauter dessus tout de suite…

Il lutte avec ma ceinture, famélique, la détache avec frénésie. Je l'arrête.

— Massi, tu as fermé la porte ?

— Non…

Il sourit.

— Et si tes parents arrivent ?

— Impossible. Ils sont à la mer. Ils reviennent fin juillet…

— Tu es sûr ?

— Certain… C'est pour ça que je te mange tranquillement… Miam !

Il mord mon jean, entre mes jambes, et me fait un peu mal.

— Aïe.

Il continue à faire comme s'il était un animal.

— Je suis le loup… qu'est-ce que tu as la peau douce…

Il ouvre mon jean et me mord légèrement, il suce ma peau juste là, au bord de ma culotte.

— Aïe ! Tu m'as mordue…

— Oui, pour mieux te manger !

Il fait un drôle de grognement.

— On dirait un porc, plutôt qu'un loup…

— Oui, je suis une nouvelle espèce, le loup pourceau…

Il baisse mon pantalon. Il me l'enlève avec mes chaussures et mes chaussettes et je me retrouve comme ça, dans ses bras.

— Il y a trop de lumière…

Il se lève très vite pour baisser les volets. Pénombre.

— C'est mieux, comme ça ?

— Oui.

Je souris.

— Je vois tes dents blanches, magnifiques… tes yeux bleus, intenses !

Il se déshabille, enlève tout et s'allonge près de moi. Il n'a plus que son slip, il l'enlève aussi. Il se retrouve complètement nu. Il se met à me caresser, sa main entre mes jambes, perdue, et moi je m'accroche à lui, je m'agrippe tandis qu'il me donne du plaisir, de plus en plus, encore plus, encore et encore.

— Je veux faire l'amour avec toi.

Il me susurre à l'oreille. Moi je me tais. J'ai envie. J'ai peur. Je ne sais pas quoi faire. Je me rappelle *Juno*. Je suis morte de peur. Peut-être qu'il vaut mieux attendre un peu.

— C'est encore tôt…

J'espère qu'il ne va pas se fâcher. Il s'arrête, puis sourit.

— Tu as raison…

Il me prend doucement la main. Il embrasse la paume, puis la pose sur son ventre. Je sens des petits poils, ses abdominaux cachés. Alors je descends lentement, tout doucement, délicatement. Au milieu des poils plus fournis, je le trouve. Je le prends. Je le serre doucement et commence le va-et-vient. Je l'entends soupirer. Puis il met sa main sur la mienne et la fait monter un peu. Il sourit.

— Voilà. Comme ça…

Je me remets à bouger de haut en bas. Et lui, tout en soupirant :

— Oui, comme ça… plus… plus vite…

Je fais ce qu'il dit, un peu plus vite, encore plus, de plus en plus vite. Soudain, il se raidit, et puis tout lui, dans ma main, au-dessus, sur mon ventre. Et puis son sourire, perdu dans un baiser plus doux, abandonné entre mes lèvres. Tout doucement, maintenant, son cœur ralentit, de plus en plus, un soupir puis un autre, plus profond. Nous restons enlacés dans la pénombre, avec cette nouvelle odeur entre nous, ce léger plaisir qui sent les pignons, la résine, l'herbe fraîche. Bref… qui sent l'amour.

Plus tard, nous prenons une douche ensemble, la musique à fond, libres et adultes.

— Tiens…

Il me passe un peignoir tout frais, parfumé, rose pâle. Perdue dans les longues manches, je me regarde dans la glace. Les cheveux mouillés, les yeux heureux. Il m'enlace par-derrière.

— C'est celui de ma mère…

— Elle ne va pas se fâcher ?

— Elle n'en saura rien.

Je ferme les yeux, je m'abandonne à son étreinte, je pose la tête sur son épaule, derrière moi, et je sens sa joue douce, son parfum, sa bouche entrouverte qui m'embrasse, qui me respire, qui me fait sourire. J'ouvre les yeux et je le regarde. Nos regards dans ce miroir, comme la première fois. Émue, sans rien dire, je le fixe, et les mots se coincent sur le seuil de mon cœur, timides, ils voudraient sortir sur la pointe des pieds, pour ne pas faire de bruit, ils voudraient hurler « je t'aime ». Mais je n'y arrive pas.

À nouveau sur le lit. J'ai les jambes écartées. Je caresse lentement ses cheveux frisés. Douce, abandonnée, je sens sa langue. Ses yeux verts malins me regardent d'en bas, il sourit en cachette, tout en me donnant du plaisir sans s'arrêter. Il insiste. Plus fort, avec fougue, avec rage, avec envie : je le sens, enlevée, abandonnée, conquise... et à la fin je crie. Puis, vidée, la respiration courte. Je récupère lentement. Un autre soupir. Je lui caresse les cheveux. Puis il remonte près de moi. Il m'embrasse, il sourit, moi aussi, ivre de tout ce plaisir. Partout, entre nous, sur les draps, dans nos baisers, dans l'air. Je voudrais avoir le courage de faire l'amour.

— Je reviens tout de suite.

— Oui...

Je souris en le regardant sortir de la chambre, de notre chambre. Nu. Pieds nus. Libre de tout et de tout le monde. Mien. Je me tourne, dans le peignoir ouvert. Je serre le coussin, fort, et en une fraction de seconde je sombre dans un délicieux demi-sommeil. Je flotte, légère. Je ferme les yeux. Je les rouvre. Extasiée par les bruits lointains, perdue dans mon rêve, délicatement, en me rappelant les instants que je viens de vivre, je m'endors.

Bip, bip.

J'ouvre les yeux. Un bruit soudain. Je regarde autour de moi. Soudain réveillée, lucide. Bizarrement attentive.

Bip, bip.

Encore. Ça y est, je l'aperçois. Son portable. Posé sur la table. Il doit avoir reçu un message. Je me lève. Deux pas sur la pointe des pieds et j'arrive à la table. Sur l'écran, une enveloppe clignote. Message reçu. Je reste immobile, suspendue dans le temps, tandis que l'enveloppe continue à clignoter. Qui lui a envoyé un message ? Un ami ? Ses parents ? Une fille ? Une autre fille ? À cette idée, j'ai l'impression de m'évanouir. Mon ventre se noue, mon cœur, ma tête. Tout. Je deviens folle rien qu'à l'idée. Une autre. Une autre fille. Je regarde la porte, puis le portable. Puis de nouveau la porte, puis le portable.

Je n'en peux plus, je deviens folle. Ça suffit. Je ne résiste pas. Je prends le portable, je le regarde, je le fixe. Après, plus rien ne sera plus jamais comme avant, peut-être que ça sera fini pour toujours, impossible à récupérer. Ou alors vaut-il mieux ne pas savoir, laisser tomber, ne pas ouvrir cette enveloppe, ne pas lire ce message ? Je ne peux pas. Je ne peux pas vivre avec le doute « Ah, si je ne l'avais pas ouvert… ».

Maintenant que j'y suis… Mais si ce n'était rien ? Je jure que s'il n'y a rien écrit de compromettant, si c'est un ami, ses parents ou autre, je ne lirai plus jamais aucun de ses messages. Alors, forte de cette dernière promesse désespérée, j'ouvre le message.

« C'est bon. On joue à 8 heures au Football-Club ! Maillot bleu. »

Maillot bleu ! Je n'ai jamais rien lu qui me rende aussi heureuse ! Maillot bleu !

J'efface le texto, comme ça il ne verra pas que je l'ai lu, je repose le portable sur la table et je plonge sur le lit. Juste à temps. Il entre avec un plateau.

— Caro… Je croyais que tu t'étais endormie !

Je lui souris.

— Un peu… mais ensuite je me suis réveillée.

Il me regarde, intrigué. Il regarde autour de lui. Puis il hausse les épaules et pose le plateau.

— Alors, j'ai mis tes fantastiques petites pizzas… J'en ai mangé quelques-unes au passage ! Elles sont délicieuses… Et puis je t'ai fait un thé. À la pêche, ça va ?

— Oui, c'est parfait.

— Je sais que tu aimes le thé vert mais il n'y en avait plus.

Il se souvient même de ce que j'aime. Je n'y crois pas. Il est parfait. Je lui fais une caresse. Il appuie sa joue contre ma main, l'emprisonnant dans son cou. Puis je prends une petite pizza.

— Mmh… c'est vrai, elles sont délicieuses.

Je lui souris. Je lui mets dans la bouche le morceau qu'il reste. Il le mâche, sourit, et nous nous embrassons. Un baiser à la tomate. Nous rions, en sentant ce goût. Je me laisse aller contre l'oreiller, il est sur moi. Il m'embrasse avec passion. Puis il se lève et me regarde dans les yeux. Il sourit. Il a envie de dire quelque chose. Mais il se tait.

Moi aussi, j'ai envie de dire quelque chose : « Massi… tu sais, tu joues en maillot bleu ! » Mais je ne peux pas. Il comprendrait. Alors je l'enlace, je le serre contre moi, je suis heureuse d'avoir lu ce message et je jure que je n'en lirai plus jamais, je le jure, je le jure ! À moins que ça ne soit lui qui me le demande…

— Qu'est-ce que tu as, Caro, pourquoi tu souris comme ça ?

C'est sûr, il ne peut pas savoir.

— Je pensais que c'est le plus bel après-midi que j'aie jamais passé.

— Vraiment ?

Il me regarde en plissant les yeux, comme s'il ne me faisait pas confiance.

— Oui, je te le jure.

— Je ne sais pas pourquoi, mais j'ai l'impression que tu me racontes un bobard…

— Je te l'ai déjà dit… je te dis toujours la vérité… à quelques exceptions près !

Toute contente, je mords dans la pizza qu'il allait manger.

Je suis allée mille fois chez lui, ce mois de juin. J'ai apporté des petits sandwiches, des beignets, des croquettes, et même des pizzas calzone… Toutes les bonnes choses que l'on peut manger à Rome.

Nous avons regardé le soleil se coucher depuis la fenêtre de sa chambre. J'ai appris par cœur chaque partie de son splendide dos et, si je savais dessiner, il me suffirait de fermer les yeux pour l'avoir devant moi et le recopier sur une feuille, dans ses moindres détails, ses mains, ses doigts, sa bouche, son nez, ses yeux, beau comme moi seule je le vois, moi qui en connais la respiration, qui l'ai senti s'endormir dans mes bras, et se réveiller peu après avec un sourire.

— Eh ? Qui est…

— Chut…

Et le cajoler comme le plus doux des enfants. L'entendre rire quand il prend mon sein dans sa bouche et fait semblant de boire du lait, le voir s'endormir à nouveau, serein, et respirer tout mon amour.

Les autres jours que nous avons passés chez lui, d'autres messages sont arrivés et moi, comme je me l'étais promis, je ne les ai pas lus.

Ce n'est pas vrai. Je les ai tous lus. Chaque fois qu'un message arrivait, quand j'étais seule je le lisais, et à chaque fois j'avais le cœur qui se serrait, puis je souriais.

C'est le dernier, qui m'a convaincue.

« Pourquoi tu ne viens plus t'entraîner ? Tu es amoureux, ou quoi ? »

Oui, je l'ai lu, j'ai souri, puis j'ai décidé.

Je ferai l'amour avec lui, et cette décision fait de moi la fille la plus heureuse du monde.

Juillet

Hector ou Achille? Achille.
Donald ou Mickey? Mickey.
Lumière ou obscurité? Ça dépend des moments.
De quelle couleur sont les murs de ta chambre? Bleu ciel.
Qu'as-tu accroché aux murs de ta chambre? Le poster du
concert de Biagio à Venise, même si maman ne sait pas que
j'y suis allée, le calendrier avec les photos de papi, des pos-
ters des Finley et des Tokio Hotel, le grand cadre avec mes
photos.
Sous le lit? Pas de monstre, j'espère.
Qu'est-ce que tu veux faire quand tu seras grande? Être
grande.

Juillet. Le mois de la plage. Nous faisons des allers-
retours avec les voitures sans permis. Alis et Clod adorent
la mer.

Heureusement, l'examen s'est bien passé pour toutes
les trois.

Quand je pense à quel point j'étais inquiète… pour la
rédaction, par exemple. Comme sujets au choix, il y avait
Écrivez une lettre, un article ou une page de journal intime
où vous parlez de vos années de collège et de ce que vous
attendez du futur, Parlez d'un problème d'actualité que
vous pensez qu'il est urgent de régler et *Écrivez un texte*

sur un sujet que vous avez étudié et qui vous a particulièrement intéressé. J'ai pris le premier, et j'ai bien fait. J'ai eu très bien. En maths, un problème sur un prisme quadrangulaire avec des pyramides superposées et divers calculs d'aires et de périmètres, puis quatre équations. Et puis, les traductions d'anglais et le test de compréhension. Même l'oral s'est bien passé, ils m'ont juste demandé de parler de mon petit mémoire.

M. Leone nous a fait des compliments à toutes les trois !

— Bravo, les filles, vraiment je ne m'y attendais pas…

Nous nous regardons. C'est drôle, quand la troisième se termine, on a l'impression de conclure un moment de sa vie, comme si un cycle se refermait, et puis on s'en va comme ça, tout simplement.

— Au revoir, monsieur !

Alis et Clod bavardent, mais moi j'ai du mal à penser à autre chose que ce à quoi ma vie va ressembler, maintenant.

Elles marchent devant moi. Je les regarde et je souris. Clod, avec son pantalon large, un peu tombant, ses cheveux attachés à sa manière, son gros sac à dos sur les épaules, ses mains qu'elle agite pour s'expliquer.

— Tu comprends, Alis ? Tu n'es pas d'accord avec moi ? C'est important, tu sais… Fondamental…

Fondamental. Les grands mots ! Je me demande de quoi elles parlent. Alis sourit en secouant la tête.

— Non, je ne suis pas d'accord…

Bien sûr. Alis et ses convictions. Alis toujours rebelle, réactionnaire par principe. Alis et ses cheveux lâchés, ses fringues neuves, de marque.

Je les rattrape, je leur passe le bras autour du cou par-derrière. Alis à gauche, Clod à droite.

— Allez, ne vous disputez pas, vous êtes toujours en train de discuter.

Je les serre fort.

— C'est que nous n'avons pas la même vision des choses…

Clod soupire.

— Ce n'est pas une vision, pour toi. Tu vis dans ton monde…

Et, comme pour se consoler de cette déclaration, elle prend dans la poche de son jean un caramel au chocolat Toffee et le déballe.

Rien à faire, elles restent sur leurs positions. J'essaye de faire diversion.

— Vous vous rendez compte qu'on a fini le collège ? C'est la fin d'une époque… on pourrait ne jamais se revoir…

Alis se dégage de mon bras et se plante devant moi.

— Ne plaisante pas avec ça… Nous continuerons toujours à nous voir. Ni l'école, ni les garçons, ni rien d'autre ne doit pouvoir nous éloigner.

— Oui, oui…

Elle me fait peur, quand elle est comme ça. Elle me regarde fixement dans les yeux.

— Jure-le-moi.

Je pousse un soupir, puis je souris.

— Je te le jure.

Alis se détend, puis elle regarde Clod.

— Toi aussi.

— Ah… ça m'aurait fait mal que tu ne me le demandes pas, à moi aussi. Croix de bois…

— Ah non, comme ça ça ne vaut pas ! Croix de bois, croix de fer…

Alis lui pique son paquet de bonbons et s'enfuit en courant.

— Non ! Tu ne peux pas faire ça !

Clod la poursuit en essayant de le récupérer.

— Croix de bois, croix de fer, si je mens je vais en enfer !

Alis rentre dans sa voiture et s'enferme.

— Allez, rends-les-moi…

Elle en prend deux, les déballe et se les met exprès dans la bouche. Puis elle baisse la vitre et lui rend ceux qu'il reste.

— Samedi, vous venez chez moi à la campagne, à Sutri. J'ai fait préparer la piscine. Il y aura tout le monde.

— Tout le monde qui ?

— Tout le monde… Tous ceux qui comptent !

Et elle démarre comme à son habitude, sur les chapeaux de roues, une voiture arrivée sur le côté est obligée de piler, elle klaxonne pour se plaindre de ce départ brutal.

— Maman, maman, j'ai eu Bien !

— Bravo ! Magnifique ! Je suis très contente pour toi.

Elle me serre dans ses bras, me couvre de baisers. Et ça ne me dérange pas, cette fois. Je suis trop contente.

— Tu as entendu, Dario, tu as vu comme elle a été forte, Carolina ?

Papa arrive de l'autre pièce, son journal sportif dans les mains. Il sourit. Mais pas trop. Papa. Des fois qu'il gâche un sourire…

— Bien, alors on va pouvoir partir en vacances tranquillement… Pas comme avec ta sœur Alessandra.

Il lève un peu la voix pour qu'elle l'entende de sa chambre. Puis il s'en va.

Maman sourit puis lève les deux sourcils.

— Elle a été recalée, cet été il va falloir qu'elle révise. Elle va devoir emporter ses livres. Et tes amies ? Comment ça s'est passé, pour elles ?

— Bien !

Je m'assieds à la table.

— Clod a eu Passable.

— Pas si bien, alors…

— Mais elle s'en fiche, elle l'a eu quand même. Alis a eu Très Bien.

— Elle a dû minauder avec le prof !

— Maman, qu'est-ce que tu racontes ! Chaque fois qu'elle fait quelque chose de bien, il faut que tu y voies du mal…

— Elle ne me plaît pas. Sa famille ne me plaît pas. Sa mère qui n'est jamais là, son père qui ne l'appelle que pour son anniversaire…

— Mais quel rapport avec sa mention ? Si elle savait, si elle a bien répondu aux examens, pourquoi elle ne devrait pas avoir Très Bien ?

— Alors, c'est que je ne suis pas contente qu'elle ait eu mieux que toi…

— Si c'est ça…

Je m'approche de l'évier où elle lave de la salade pour le dîner.

— Ça me va !

Elle sourit.

— Personne ne peut faire mieux que ma fille…

— Mais maman, tu sais bien que je suis nulle en maths…

— Ça s'arrangera… Je suis sûre que ça va s'arranger. Pas vrai ?

Elle se tourne vers moi et me serre les joues avec ses mains mouillées.

— Maman ! Je suis toute mouillée !

Je me libère de son étreinte et je vais vers la porte, puis je m'arrête un instant et je lui fais un énorme sourire, le plus beau que je lui aie jamais fait.

— Samedi, il y a la fête de fin d'année à Sutri, je peux y aller, n'est-ce pas ?

Maman me regarde et prend un air un peu contrarié.

— Je l'ai appris ce matin, je te le jure !

— Oui, oui… croix de bois…

Je vais dans ma chambre, contente de sa réponse, qui était une manière de dire oui.

— Ciaoooo !

— Caro, je ne t'attendais pas…

Rusty James me sourit pendant que je franchis la passerelle de la péniche.

— Je suis venue te faire une surprise…

— Bien…

Il me le dit sur un drôle de ton. Puis j'entends des bruits dans la cuisine, et je la vois.

— Debbie ! Génial, je ne savais pas que tu étais là…

— Salut !

Debbie pose un plateau sur la table. Je cours vers elle et je l'embrasse.

— Ça fait longtemps que je ne t'ai pas vue… Tes cheveux ont poussé et tu es bronzée…

— Toi aussi, Caro, tu as l'air en pleine forme.

Rusty James ouvre les bras.

— Vous n'avez qu'à échanger vos numéros de téléphone ! On dirait deux vieilles copines qui se retrouvent…

Nous nous sourions, Debbie et moi.

— Oui… c'est ça. Attends. Je vais prendre un troisième verre.

Elle disparaît dans la cuisine.

Je regarde Rusty James, il a une enveloppe à la main.

— Bravo, RJ, je suis heureuse…

— Il n'y a pas de quoi…

Il ne veut pas me donner confiance en moi. Je souris et je m'assieds près de lui.

— Je suis contente, un point c'est tout… Tu le sais, je la trouve très sympa.

Je suis sur le point d'ajouter quelque chose, mais Debbie revient.

— Tu veux du thé glacé au citron ou à la pêche ?

— Ce qu'il y a…

— J'ai apporté les deux.

— Pêche, alors.

— Alors nous avons tous les mêmes goûts…

Debbie verse du thé à la pêche dans les trois verres. Je prends le mien et je le lève.

— Buvons à ma mention Bien !

— Bravo, je suis content pour toi !

Debbie trinque avec moi, RJ siffle.

— Ouf… je croyais que tu ne l'avais pas eu.

— Crétin.

— Alors tu n'as pas été recalée… Finalement, qu'est-ce que tu as à voir avec Ale ?

— Rien ! Ni avec toi, d'ailleurs…

— Oui, c'est vrai.

Il prend un air sérieux.

— Nous sommes très différents, tous les deux.

— Non ! Je ne veux pas !

Je me jette sur lui.

— Je veux être pareille que toi !

— Aïe ! Caro…

Il me repousse sur ma chaise.

— Attention, Debbie est jalouse…

— Moi ?

Debbie prend une gorgée de thé.

— Pas du tout… mais dis-moi, tu le fais exprès, ou quoi ? Ouvre cette lettre…

Rusty James reprend l'enveloppe qu'il tenait à la main. Il la tourne et la retourne dans ses mains, tente de la lire à contre-jour.

Debbie n'en peut plus.

— Allez, ouvre-la… Il fait ça depuis ce matin…

— Mais c'est quoi ?

Rusty James me regarde.

— C'est une lettre d'une maison d'édition. Ils ont dû lire mon roman.

— Et ils t'écrivent ?

— Oui… pour me dire si ça leur a plu ou non.

— Tu veux que je l'ouvre pour toi ?

— Non. C'est que je voulais profiter du moment où je le ferais. Voilà. Il est sept heures et quart, il y a un magnifique coucher de soleil et je suis en compagnie de deux femmes splendides.

Je lui souris.

— Et d'un excellent thé à la pêche…

— Exact.

Il n'hésite plus. Il pousse un long soupir et l'ouvre, la déchire presque. Il en sort une feuille, la déplie, la met dans le bon sens et se met à la lire.

Debbie et moi sommes comme suspendues, la bouche ouverte, la respiration arrêtée, inquiètes que quelque chose, même le plus petit mouvement, puisse gâcher ce qui a déjà été décidé sur ce papier. Rusty James replie la feuille. Il nous regarde. Ouvre les bras.

— Rien à faire… Ça n'a pas marché. Dommage…

Il se lève.

— Je vais prendre quelque chose dans le frigo.

Je le suis.

— Oui, mais ce n'est pas grave, il y en aura d'autres, et peut-être la bonne… Tu en as envoyé à plusieurs maisons, pas vrai ?

— Oui, bien sûr…

— Alors !

— Oui, tu as raison…

Je le laisse à la cuisine et je rejoins Debbie.

— Dommage… dommage qu'il le prenne comme ça.

Je prends la feuille et je lis.

— « Cher monsieur Giovanni Bolli, nous sommes désolés… »

— … mais votre roman ne rentre pas dans notre ligne éditoriale…

Je baisse la feuille.

— Oui, c'est exactement ça ! Comment tu savais ?

Debbie ouvre un tiroir.

— Regarde…

Il est plein de lettres d'autres maisons d'édition. Je m'approche. J'en prends une. Puis une autre.

— Il en a déjà reçu… oui, neuf, et elles disent toutes la même chose, plus ou moins…

Je regarde la feuille plus attentivement. En haut, il y a le titre de son roman.

— *Comme un ciel au crépuscule*. C'est comme ça qu'il l'a appelé, finalement… c'est beau.

— Oui, moi aussi ça me plaît beaucoup.

— Je suis sûr que tôt ou tard il sera lu par quelqu'un qui saura l'apprécier… et ça sera un succès.

Juste à ce moment-là revient Rusty James.

— Tenez, j'ai apporté des fraises…

Il pose une coupelle devant nous, et aussi de la glace à la vanille.

— J'ai entendu, tu sais ? C'est dommage…

— Quoi donc ?

— Dommage que tu n'aies que quatorze ans… Si tu étais plus grande, je t'aurais prise comme agent !

— Debbie peut s'en charger…

— Non, elle non. Elle n'est pas objective. Elle se laisse trop influencer…

Rusty James la serre fort dans ses bras.

— À mon avis, si quelqu'un refuse le livre, au lieu de lui présenter les bons côtés de ce que j'ai écrit… elle lui renverserait du thé sur la tête… Tu m'aimes trop !

Il l'embrasse sur la bouche. Debbie s'écarte et rit.

— Tu as raison sur un point…

— Que tu m'aimes trop ?

— Que je lui renverserais du thé sur la tête !

— Ah, salope…

Debbie s'enfuit, Rusty James la poursuit.

— Je vais t'attraper…

— Non, non, à l'aide… à l'aide !

Debbie rit, elle passe derrière les canapés, se cache derrière une colonne, s'arrête derrière un fauteuil. Elle fait une feinte à droite, puis à gauche, puis encore à droite. Rusty James lui saute dessus pour essayer de l'attraper mais elle fait un bond en arrière, il trébuche et tombe avec le fauteuil.

— Aïe ! si je t'attrape…

Toujours à terre, il essaye de lui agripper les jambes, mais elle saute et s'enfuit en courant.

Rusty James se relève et la suit.

— Non ! Au secours ! Au secours !

Ils finissent dans la chambre à coucher. Un bruit sourd.

— Aïe ! Aïe, tu me fais mal…

Et puis plus rien. Un rire contenu.

— Allez…

Une voix au loin, un peu suffoquée.

— Arrête, ta sœur est là…

— Mais elle va partir.

Je les entends très bien du salon, et je n'hésite pas une seconde. Je parle fort pour qu'ils m'entendent.

— Salut, moi j'y vais…

— Tu vois ?

— Salut, Caro… et bravo !

— Pour quoi ?

— Pour ton examen !

— Ah, je pensais que c'était parce que je partais !

Je les entends rire. Je monte sur mon scooter, je le démarre et je mets le casque. Je pars dans le léger parfum des fleurs jaunes, en regardant le magnifique crépuscule qui s'encastre dans l'arche d'un pont lointain.

« Tu m'aimes trop. » Puis les rires. La fuite. La chute. Ils doivent être en train de faire l'amour, maintenant. Je souris. « Tu m'aimes trop. » Une fois la peur dépassée, ça doit être magnifique.

Massi. Et moi ? Je n'ai pas encore réussi à lui dire « je t'aime ». « Je t'aime, je t'aime, je t'aime. » J'essaye toutes les intonations. Comme une actrice. « Je t'aime. » Sérieuse. « Je t'aime. » Gaie. « Je t'aime. » Passionnelle. « Je t'aime. » Menaçante. « Je t'aime. » Légère. « Je t'aime. » Chanson napolitaine. « Je t'aime. » Soap vénézuélienne. « Je t'aiiiiiiiime. » Crieuse folle.

Deux types, qui courent dans l'autre sens sur la piste cyclable où je suis avec mon scooter, se retournent en riant. L'un des deux est plus rapide que l'autre.

— Moi aussssiiiiiiii !

Et ils s'en vont en rigolant.

Maintenant je suis prête, et beaucoup plus sereine.

Quand nous entrons dans le superbe parc, la musique est déjà à fond.

Tout le monde danse au bord de la piscine, certains en maillot, d'autres habillés. Le DJ, sur une estrade dans un arbre, lève une main vers le ciel, le casque à moitié retourné sur son cou, l'autre main sur son oreille, qui écoute déjà le prochain morceau, qui démarre. *Please don't stop the music.*

— Génial, celle-là ! Je l'adore ! Massi, gare-toi là, il y a de la place.

Il suit mes indications et gare sa Fiat 500 bleu pétrole avec un drapeau anglais dessus.

— Viens.

Je descends de la voiture et je l'entraîne.

— Attends, je ferme !

— Mais non, personne ne va te la voler, ici !

Nous courons vers la grande piste naturelle au centre du terrain de la splendide villa d'Alis à Sutri.

— Les voilà, ils sont arrivés !

Plusieurs personnes courent à notre rencontre.

— Ciaooooo ! Voici Massi.

— Enchantée, Virginia.

— Salut, on s'est déjà vus, je suis Clod, la copine de Caro.

— Oui, bien sûr. Et lui c'est Aldo, ton copain…

Je le regarde fièrement. Massi se souvient de tout.

— Et voici Alis, dont c'est la fête.

Ils se sourient.

— Oui, mais nous nous sommes déjà vus, tous les deux.

— Oui, au cinéma.

— Ah oui. Mais ce n'est pas ma fête ! C'est la fête de tout le monde ! Viens, Caro, on va danser…

Alis m'emmène au milieu de la piste. Clod nous rejoint et nous nous amusons comme des folles, nous faisons les mêmes pas, en rythme, nous sautons, parfaites, oui, les amies parfaites.

— C'est génial, ici !

— Trop beau !

Je hurle pour couvrir la musique.

— Ça te plaît ?

— Beaucoup ! Je ne me rappelais pas que c'était aussi beau.

— On a fait installer la piscine et les chevaux récemment. Regarde.

Je me tourne. Derrière moi, Gibbo prend son élan, met ses jambes contre son torse et fait une bombe dans la piscine, en éclaboussant partout.

— Noooon ! Tu as même invité les profs !

M. Leone et Mme Boi, au bord de la piscine, regardent leurs vêtements tout juste trempés par Gibbo.

— Bien sûr… c'est grâce à eux ! C'était normal de les récompenser !

Juste après, de l'autre côté de la piscine, Filo fait une bombe qui éclabousse encore plus.

— Récompense… Punition, plutôt !

— Il ne manque plus que Clod se jette à l'eau, là leur punition sera complète !

— Crétines !

Nous continuons à danser comme des folles en nous poussant, en riant, tandis que du coin de l'œil je vois que Massi boit un verre avec Aldo, en parlant de tout et de rien.

Les heures passent. Le DJ met *Fango*, de Jovanotti, puis *Candy Shop*, de Madonna, puis Caparezza et Gianna Nannini. La lune est haute dans le ciel, maintenant. Plein de gens se baignent dans la piscine, l'eau est chaude. Même les deux profs se sont trempés, ils ont l'air de bien s'amuser. M. Leone joue au water-polo et de temps à autre un élève fait exprès de le tremper encore plus…

— Dis-moi, Aldo, est-ce que tu as vu Massi ?

— Qui ?

— Massi, mon copain.

— Ah, Massimiliano. Non, on a bavardé tout à l'heure, et puis il est parti par là.

Je suis son indication. Je vois Filo et Gibbo qui discutent avec Clod. Je m'approche.

— Tu ne t'es pas baignée ?

— Non.

— Toi non plus, Clod ?

— Je ne peux pas…

Elle fait une tête bizarre, comme pour souligner une impossibilité féminine. À mon avis, elle a honte de se mettre en maillot, c'est tout. Mais je laisse tomber.

— Vous avez vu Massi ?

Clod me sourit.

— Oui… il est là-bas.

Elle se tourne vers le grand arbre.

Sur les bancs qui l'entourent, quelques jeunes gens et jeunes filles fument et se font passer une bière. Certains sont debout, d'autres assis. Et là, sur le banc du milieu, Massi avec Alis. Il est debout, il sirote une bière, elle est assise sur le dossier du banc, les pieds dessus. Elle rit. Elle écoute ce qu'il lui raconte et elle rit. Elle se met les cheveux d'un côté et se les lisse en l'écoutant. Elle est attentive, amusée, perdue. Perdue ? Mon Dieu, non !

Serais-je jalouse de mon amie ? Elle nous a invités, et au lieu d'être contente qu'elle bavarde avec tout le monde, y compris avec mon copain, je me prends la tête ? Impossible. Clod me rejoint.

— Tu l'as vu ?

— Oui, oui, le voilà… Tant mieux.

Filo et Gibbo rient.

— Tant mieux quoi ? Tu pensais que tu l'avais perdu ?

— Ce n'est plus un bébé…

— S'il veut, il sait rentrer chez lui tout seul !

— Sympa… Clod, tu viens avec moi, j'ai faim ?

— Bien sûr.

Nous allons au buffet, je me fais préparer une assiette.

— Oui, ça, merci… les pâtes.

Le serveur indique un plat.

— Celles-ci ? Les pâtes de tata ?

— Quoi ?

— Tomate et mozzarella.

— Oui, oui, c'est parfait.

Clod, naturellement, ne peut pas s'empêcher.

— Vous pourriez me faire une assiette, à moi aussi ?

— Bien sûr…

Quelques secondes plus tard, il nous passe deux assiettes. Nous prenons des fourchettes et des serviettes en papier et nous allons nous asseoir.

— Mmh, c'est bon…

— Très bon.

— Comme si tu pouvais ne pas être d'accord.

— Mais non, elles sont vraiment bonnes, ces pâtes, *al dente.*

Je regarde sous le grand arbre. Massi est toujours là. Il s'est assis lui aussi sur le dossier du banc et ils parlent toujours, plus proches.

— Qu'est-ce qui t'embête ?

Je me tourne vers Clod.

— Quoi ?

Elle prend une autre bouchée et indique Massi et Alis avec sa fourchette vide.

— Eux.

Je les regarde à nouveau puis je me mets à manger moi aussi.

— Non, pas du tout, je les regardais, c'est tout.

— Tu regardais quoi ?

— Ce qu'ils se disent. Comment ils seraient ensemble s'ils s'étaient rencontrés, si elle était à ma place…

— Et ça ne t'embête pas ?

— Non. Elle parle avec lui parce qu'il est à moi.

Je lui souris.

— Et il le restera.

Je continue à manger tranquillement.

Juste à ce moment-là, Edoardo, le copain d'Alis, arrive sous le grand arbre. Il se met devant eux et se dispute avec elle. Clod s'en aperçoit.

— Caro… regarde par là.

Je me tourne et je vois la scène, puis Massi qui se lève du banc et qui s'éloigne.

Clod secoue la tête.

— Le copain d'Alis n'a pas supporté… Il n'est pas d'accord avec toi.

Je continue à manger sans la regarder.

— Il n'est pas sûr de lui.

Je termine mon assiette et je la pose.

— Ne jamais avoir l'air de manquer de confiance en soi… Tu viens te baigner ?

— Je t'ai dit que je ne pouvais pas.

— Je viens de te le dire : ne jamais avoir l'air de manquer de confiance en soi…

Clod y réfléchit un instant, puis sourit.

— Je vais prendre ma serviette et j'arrive.

Nous faisons un match de water-polo inoubliable.

— Lance, lance !

Je reçois la balle et j'essaye de marquer. Rien à faire ! M. Leone pare et repart à l'attaque. Nous continuons pendant un moment.

— Allez, Clod, passe-la !

Elle me centre la balle. Massi essaye de nous arrêter mais j'arrive à l'éviter et je tire.

— Goal !

Un peu plus tard, sous la pleine lune. Les grands chevaux élégants qui nous portent avancent lentement dans l'herbe haute. Quelqu'un guide la promenade.

— Par ici, par ici, suivez-moi…

Je suis derrière Massi, nous avons changé de maillot. Je sens sa peau et celle du cheval. Je me colle à lui, je voudrais être sauvage. Maintenant. Le toucher de derrière, dans l'obscurité de la pinède. Mais je n'y arrive pas. Je l'enlace et je l'embrasse sur le dos, en faisant de la chaleur avec ma respiration. Il se tourne, sourit et me susurre doucement dans la nuit :

— Tu me donnes des frissons…

— Je veux te donner des frissons…

Je l'embrasse encore. Il se rebelle. Je ris et je continue à l'embrasser. Alis passe près de nous. Elle nous regarde et s'éloigne. Puis son copain. Ils sont sur deux chevaux différents. Il ne nous regarde pas. Je serre Massi plus fort. Il penche sa tête en arrière et la pose contre moi, plus près. Je peux voir sa bouche.

— Tu étais jalouse, tout à l'heure, quand j'ai parlé avec Alis ?

Je ne bouge pas d'un pouce.

— J'aurais dû ?

— Oui. Mais sans raison…

— Alors non, je n'étais pas jalouse.

Le cheval avance en nous emportant sous la pleine lune, dans le silence de la pinède, au milieu des autres chevaux, dans le noir. Massi me caresse la jambe.

— Tant mieux.

Je souris, et je me sens enfin prête.

— Massi… ?

— Oui ?

— Je t'aime.

Je le serre plus fort. Je sens qu'il sourit, il met un bras derrière lui pour me serrer contre son dos, pour me faire sentir importante, aimée… et heureuse. Puis il se tourne vers moi et me sourit.

— Idem…

Non ! Je n'y crois pas ! Il m'a dit comme Patrick Swayze dans *Ghost*. La plus belle histoire du monde. J'ai beaucoup pleuré en le voyant. Mais moi je veux être heureuse avec lui. Je suis heureuse. Je le serre encore plus fort, en répétant dans ma tête « Je t'aime, je t'aime, je t'aime… » tandis que nous nous perdons dans la nuit.

Ainsi, nous y voici.

À ce matin-là.

Tout ceci s'est passé pendant l'année qui vient de se terminer. Et je suis heureuse. Parfois, c'est difficile de l'admettre.

J'avance sur mon scooter, les fleurs entre les jambes, protégées, pour que leur parfum ne se perde pas dans le vent. J'écoute de la musique avec mon iPod. *Solo per te*. Des Negramaro. Magnifique. Je conduis lentement, il y a un peu de monde, ce matin de juillet. Le 18. Un jour qui m'est sympathique. Peut-être parce que d'une certaine façon il désigne la maturité. Et moi, aujourd'hui, je me sens doucement immature.

J'ai acheté une nouvelle robe qui voltige entre mes jambes. J'ai toujours eu cette idée : mettre les vêtements neufs les jours spéciaux. Un événement, un examen, une fête. Et aujourd'hui, c'est un peu tout ça à la fois.

J'espère juste que je ne serai pas recalée !

J'arrive en bas de chez Massi. Je gare la Vespa, je l'éteins, je mets la chaîne, parce que je ne sais pas combien de temps durera cette journée… je me sens bête, je me mets à rire, je rougis rien que d'y avoir pensé. Puis je m'assieds sur un banc. Je pose les fleurs, le sac avec la bouteille de cappuccino, les croissants et les journaux. Je suis un peu endormie, béate et rêveuse, sous ce soleil léger. Rien à faire. Je n'arrive pas à rester immobile. J'ai la bougeotte. Je souris à nouveau, c'est normal d'être un peu nerveuse, émue. On désire toujours avec un peu de crainte ce qu'on ne connaît pas. Ça me plaît. C'est une bonne phrase, pour le moment que je vis. Peut-être que quelqu'un l'a déjà dit. Mais j'aime penser que je l'ai inventée.

J'ouvre mon sac et je la note dans mon agenda. Puis je prends mon portable. Je l'appelle. Éteint. Je souris. Bien sûr. Il a dû rentrer tard. Je regarde ma montre. 10 h 20. Il m'a dit de ne pas l'appeler avant 11 heures. Il est toujours très précis, là-dessus. Pour d'autres choses, non, mais pour ce qui est de dormir il ne faut pas le contrarier.

Je sors de mon sac un petit miroir rond. Je l'ouvre et je me regarde. Je vérifie la touche de maquillage que j'ai mis, au cas où il aurait coulé, dans le fond je me promène depuis 8 heures du matin. Et tandis que je me regarde dans le miroir, j'ai l'impression d'entendre le bruit de la porte de son immeuble qui s'ouvre. Je la reconnais parce qu'elle grince un peu. Je referme le miroir et je regarde dans cette direction.

La place est déserte. Quelques voitures garées, mais aucune qui passe, personne à part un marchand de journaux qui range un peu son kiosque. C'est tout.

Je m'installe plus confortablement sur le banc et je regarde un peu plus loin. Du moins, j'ai eu l'impression de l'entendre, cette porte. Je suis cachée par une voiture garée devant moi. Je me suis peut-être trompée. Et juste à ce moment-là, je le vois, Massi. Il est devant la porte, comme s'il devait sortir. Mais il s'arrête, tourne lentement la tête vers la droite et sourit. Il attend qu'une autre personne sorte. Il est tranquille, serein, heureux. Un voisin ? Un ami ? Qui d'autre ? Une fraction de seconde. Mon cœur se met à battre vite, de plus en plus vite. Ma respiration se fait plus courte. J'ai peur, il faut que je parte, je veux partir… Non, je dois rester. C'est impossible, je dois rêver. Massi est là, complètement réveillé. Il tient la porte, mais à qui, et ce sourire, mais à qui, à qui ? Ça ne dure que quelques secondes mais l'attente me semble infinie, une éternité. Puis elle arrive. Elle marche lentement, comme au ralenti. Alis. Elle s'arrête près de lui, sur le seuil. Elle lui sourit, arrange ses cheveux comme je l'ai vue faire mille fois, penche la tête et s'approche de lui, lentement, plus lentement. Je voudrais l'arrêter, dire quelque chose, hurler. Mais non. Je ne dis rien, pas un mot. J'arrive juste à regarder. Ils s'embrassent.

Et moi je me sens mourir. M'enfouir sous terre. Disparaître. Me dissoudre dans le vent. Je reste comme ça. Sans voix, la bouche ouverte, et le cœur détruit. Anéantie. Comme si soudain le ciel était devenu noir, le soleil avait disparu, les arbres avaient perdu leurs feuilles, les immeubles s'étaient tous colorés de gris. Le noir. Le noir total.

J'essaye péniblement de reprendre ma respiration. Je n'y arrive pas. Je manque d'air. Je n'arrive pas à respirer. Je vais m'évanouir, ma vue se brouille. Je pose mes mains sur le banc, près de moi, pour me sentir sur la terre ferme.

Encore vivante.

Malheureusement, je trouve encore la force de regarder vers eux. Elle lui sourit. Elle part, ses cheveux se balancent, heureuse comme je l'ai vue mille fois, mais avec moi ou avec Clod. Pendant des fêtes, des occasions, des sorties, en cours, dans la rue. Nous, juste nous, toujours nous, les trois meilleures amies.

Alis monte dans sa voiture. Comment j'ai fait pour ne pas la voir avant ? Comment j'ai pu ne pas la remarquer ? Cela m'aurait suffi pour comprendre, pour partir, pour éviter cette scène, ce baiser, cette immense douleur que je n'oublierai jamais. Mais parfois on ne voit pas. On ne voit pas les choses qu'on a devant les yeux, quand on ne cherche que le bonheur. Bonheur qui t'embrouille la vue, bonheur qui te distrait, bonheur qui t'absorbe comme une éponge. On ne voit pas. On voit ce qu'on veut, ce dont on a besoin, ce qu'il nous est utile de voir. Je reste sur mon banc, comme une statue, celles qu'on fait pour se souvenir de quelque chose. Oui. Ma première vraie déception, la plus grande.

Je vois Alis disparaître, dans cette petite voiture qui m'a si souvent raccompagnée chez moi, avec laquelle nous avons partagé mille soirées et sorties à la mer, en ville, en riant, plaisantant, parlant de tout et de rien, de nos amours…

Nos amours.

Notre promesse.

Mon serment.

Jamais rien ne nous séparera…

Jure que nous ne nous perdrons jamais.

Jure que tu seras mon amie pour toujours.

Je regarde vers l'immeuble. Massi a disparu. Il est rentré. Et alors, sans m'en rendre compte, comme un automate, je me mets à marcher. Je laisse les journaux sur le banc, avec le cappuccino et les croissants. Je ne pense même pas à les donner à un clochard, à quelqu'un qui a faim, qui en a vraiment besoin.

Pas aujourd'hui.

Aujourd'hui, je ne veux pas être bonne.

Je m'éloigne, mes fleurs bleues abandonnées par terre. On dirait ces fleurs qu'on laisse sur la route en mémoire de quelqu'un qui est mort. Après une mort causée par un stupide, dramatique accident, peut-être à cause de quelqu'un et de sa distraction. Non. Ces fleurs sont pour moi.

Pour ma mort. Par la faute d'Alis. Et de Massi. En marchant je repense à ses baisers, cette fois à la mer, les courses sur la plage, derrière lui sur la moto, enlacés dans le crépuscule, le regard heureux perdu dans les vagues lointaines de la mer et de son amour. Je me mets à pleurer. En silence. Je sens les larmes couler, le long de mes joues, lentes, inexorables, l'une après l'autre, sans que je puisse rien faire pour les arrêter. Elles coulent, elles strient mon visage de maquillage, de douleur, je me sèche avec le dos de la main et je sanglote, toujours en marchant. Je ne peux pas arrêter ma poitrine, elle monte et descend, bruyante, distraite, imprécise, porteuse de toute ma douleur. Immense. C'est impossible. Je ne peux pas y croire. Soudain, mon téléphone sonne. Je sèche mes larmes et je le prends dans mon sac. Je vois son nom sur l'écran. Massi. Je regarde ma montre. Onze heures. Quel salaud. Voilà pourquoi il ne voulait pas être réveillé avant.

Je le laisse sonner, je le mets sur silencieux. Quand l'appel se termine, je l'éteins carrément. Pour l'instant. Pour demain. Pour tout le mois. Pour toujours. Je changerai de numéro. Mais ça ne changera rien à ma douleur. Ça n'effacera pas leurs visages. Ce sourire, cette attente, ce baiser que j'ai vu. Je continue à marcher. Ça doit être pendant la fête, quand ils parlaient sur le banc, sous le grand arbre. Ils ont dû échanger leurs numéros. Puis s'appeler. Rage soudaine. Je me remets à respirer, vite. Trop vite. Je sens des coups dans mon estomac. Mais je n'arrive pas à m'arrêter, j'imagine, je pense, je raisonne, je me fais du mal. Ils ont dû se voir avant, un autre jour, autre part, puis ils ont décidé. Mais qui a fait le premier pas ? Qui a dit la première chose, qui a fait la première allusion, qui a donné le premier baiser, la première caresse ? Ça ne change pas grand-chose. Et même rien. Entre deux coupables, quel sens ça a de trouver celui qui est un peu plus innocent ?

Je continue à me lacérer, me détruire, m'anéantir, je souffre, j'ai envie de hurler. De m'arrêter. De m'allonger par terre. De m'échapper. De ne plus parler. De courir. De n'importe quoi qui me libère de cette morsure qui me suffoque. Qui a dit on se voit chez toi demain matin tôt ou, pire encore, hier soir ? Oui, hier soir. Ils ont sûrement dormi ensemble. Et sur cette dernière pensée, j'ai une sorte de malaise. Ma vue se brouille, ma tête fourmille bizarrement, j'ai comme du coton dans les oreilles. Je me sens partir. Je vais tomber. Je m'appuie à un poteau et je reste comme ça, le monde tourne avec ma tête et mes larmes, malheureusement, ont fini de couler.

— Caro…

J'entends une voix. Je me tourne. Une Mercedes bleu pâle, un vieux modèle, est arrêtée devant moi, toute ouverte, neuve, magnifique. Je souris mais je ne comprends pas.

— Qu'est-ce qu'il y a ? Quoi ?

Puis je le vois descendre.

— Caro… Qu'est-ce qu'il t'arrive ?

C'est Rusty James. Il court vers moi, me rattrape avant que je ne m'écroule par terre. Je souris dans ses bras.

— Rien. Je n'ai pas beaucoup dormi… J'ai la tête qui tourne. J'ai dû manger quelque chose qui n'est pas passé…

— Chut…

Il me met une main sur la bouche.

— Chut, ça va…

Il me sourit, je me love contre lui, je le serre.

— Oh, Rusty James… pourquoi ?

Et je me mets à sangloter sur son épaule.

— Caro… ne t'inquiète pas. Quoi qu'il se passe, nous allons arranger ça.

Il m'aide à monter, me fait m'asseoir, remonte mes jambes et ferme la portière. Puis il monte près de moi, démarre et part. Il jette des regards. Il est inquiet, je le sais, je le sens. Il essaye de me changer les idées.

— Je te cherchais, tu sais, je voulais te montrer le cadeau que je me suis fait… elle te plaît ?

J'acquiesce sans un mot. Il veut m'empêcher de penser, je le sais… je le connais. Mais je n'y arrive pas. Il continue à me regarder, tout en parlant, il essaye de sourire, mais moi je sais qu'il a mal pour moi.

— *Comme un ciel au crépuscule* a été accepté ! C'est toi qui avais raison ! Alors j'ai décidé de fêter ça, je te cherchais… Parce que je voulais partager ce moment avec toi.

Je voudrais être heureuse avec lui, comme il le mériterait en ce moment spécial, mais je n'y arrive pas. Je ne peux pas. Pardonne-moi, Rusty James. Je pose une main sur la sienne.

— Excuse-moi…

Il me sourit. Il ferme lentement les yeux, comme pour me dire « ne t'inquiète pas, je sais, ne me dis rien, je suis passé par là, moi aussi ».

Et tant d'autres choses dans son regard.

Mais il me dit simplement :

— Où tu veux aller ?

— Emmène-moi à la mer…

Il passe les vitesses et accélère un peu, puis il conduit tranquillement, je sens le vent dans mes cheveux. Je pose la tête contre le siège et je me laisse porter. Nous sortons de la ville. J'enfile mes grosses lunettes, il met un peu de musique. Alors je ferme les yeux. Quand je les rouvre, je ne sais pas combien de temps a passé. Je sais juste que devant moi je vois la mer. Calme. Des petites vagues se brisent, des dunes de sable alternent avec de la verdure. Je respire longuement et je sens l'odeur des pins, de la mer et du soleil sur l'asphalte qui nous entoure. Je lis un panneau, nous sommes aux dunes de Sabaudia.

Un couple sur la plage. Il court en tirant un cerf-volant. Elle le regarde, les mains sur les hanches. Il court,

court, court. Mais il n'y a pas de vent, le cerf-volant fait lentement un petit arc, puis se précipite vers le sol, avant de s'écraser dans le sable. Elle rit, il la rejoint, fatigué, défait par cette inutile tentative de vol. Elle rit encore plus, se moque de lui. Alors il l'enlace, la tire vers lui, elle se débat, et à la fin ils s'embrassent. Ils s'embrassent devant la mer, sur cette plage déserte, sans personne, sans temps, avec ce bleu du ciel infini, le soleil haut et l'horizon lointain où la mer et le ciel se confondent. Et moi je me remets à pleurer. Les larmes s'arrêtent dans la partie basse des lunettes. Alors je les enlève et je les fais sortir. Je me mets à rire. Je le regarde. Il n'a rien vu. Puis il se tourne vers moi et me caresse le bras, me sourit mais ne dit rien. Je me penche et je m'appuie contre lui. Il passe son bras derrière mes épaules et soudain je me sens un peu plus sereine, j'arrête de pleurer. Mais oui. Demain est un autre jour. Je me sens si stupide. J'ai envie de rire, je me sens un peu fatiguée. Alors je ris. Et je pleure à nouveau, je renifle, cette fois il s'en aperçoit, il me serre plus fort et je ferme les yeux. Je suis désolée, mais je ne peux pas. J'ai un peu honte. Mais j'étais tellement amoureuse. Un long soupir, très long. Je rouvre les yeux. Le soleil est juste devant nous, maintenant. Des mouettes volent sur la mer, légères. Elles effleurent l'eau et repartent vers le ciel.

Il faut que je m'en sorte. L'amour me manque déjà. Et je me sens seule. Seule à mourir. Mais je retrouverai le bonheur, non ? Il faudra peut-être du temps, mais je ne suis pas pressée. Alors je souris, je regarde Rusty James, il me rend mon sourire. J'inspire longuement, et je me sens un peu plus confiante.

Oui, je vais m'en sortir. Dans le fond, je n'ai que quatorze ans.

REMERCIEMENTS

Merci à Giulia et à toutes ses histoires. Certaines sont tellement amusantes que, même si je n'étais pas là ce jour-là, elles m'ont fait tellement rire que c'est comme si je les avais un peu vécues, moi aussi.

Merci à Alberto Rollo qui a lu ce livre avec une affection particulière, qui a connu et rencontré parmi ces pages tout ce qu'il avait déjà un peu vu dans nos discussions, et qui a su me suggérer les meilleurs choix.

Merci à Maddy qui se passionne et implique les autres, avec son enthousiasme et sa grande professionnalité.

Merci à Giulia Maldifassi pour sa curiosité et son amusement, si rare, ainsi qu'à tout son bureau de presse.

Merci à Ked, Kylee Doust, à sa passion et à toutes ses suggestions.

Merci à Francesca, qui me suit toujours avec amusement et sagesse, bien qu'elle ait finalement changé de scooter.

Merci à Inge et Carlo, dont le sourire me tient compagnie quand je travaille.

Merci à Luce parce qu'elle est présente à chaque page avec tout son amour.

Merci à Fabi et Vale, mes lectrices attentives et rigolotes.

Merci à Martina, parfois j'ai l'impression d'être en cours avec elle et de partager ses journées. Pour cette fois, je te fais grâce d'une petite morsure !

Merci à la force de vente Feltrinelli qui, grâce à quelques questions simples, m'a permis de clarifier ce que je voulais raconter.

Merci à toute l'équipe de la grande distribution, ils ont tellement d'enthousiasme qu'il en devient communicatif !

Et puis, un remerciement particulier aux amis de mes parents. Chaque livre est fait de ce qui m'est arrivé, et même plus. Certaines choses du passé m'avaient échappé, et le fait d'écrire m'a aidé à les retrouver un peu, à mieux les comprendre, à ne pas perdre ces instants que j'ai vécus. Ainsi, je remercie de tout cœur les personnes qui, pendant mon adolescence, m'ont tenu compagnie à Anzio. Ces amis de mes parents si sympathiques qui, il y a plus de trente ans, ont donné naissance aux magnifiques souvenirs d'aujourd'hui.

Un remerciement particulier, enfin, à mon ami Giuseppe. Même si j'ai souvent l'impression de me tromper, je ne m'inquiète pas. Je sais que tu seras toujours là pour m'aider.

Table

16h08 ⎤12
16h20 ⎤12
16h42 ⎤22
17h05 ⎤23
17h11 ⎤ **6**
17h19 ⎤ **8**
17h28 ⎤ **9**
17h34 ⎤ **6**
17h48 — 14
17h56 — 8
17h56 — 7
18h03 — 7
18h14 — 11
18h24 — 10
18h32 — 8
18h41 — 9
18h44 — 3
18h49 ⎤5